琴《こと》海《うみ》の嵐

―幕末大村藩剣客、渡辺昇《のぼり》伝―

山浦 久司
YAMAURA Hisashi

文芸社

プロローグ

佐賀藩支藩、蓮池《はすいけ》藩の嬉野《うれしの》から大村藩領に入る手前の俵坂の関を抜け、長崎街道の曲がりくねった坂を徐々に下ると琴海が見えてきた。その遠い水面《みなも》は、朝日を受けながらも、まだ覚めきれない鈍い蒼《あお》であった。

汗かきの昇《のぼり》は、故郷の海を久しぶりに見ながら、懐かしさよりも、背中に当たる陽の光が気になり、「暑くなりそうだな。やはり、江戸とは違うわい」と、独りつぶやいた。

文久三年（一八六三）の二月中旬、肥前の国大村に、一人の藩士が江戸での四年近くに及ぶ剣の修業を終えて帰って来た。名前を渡辺昇といい、天保九年（一八三八）四月の生まれなので、もうすぐ二十五歳になろうとしていた。

これから記す、幕末の大村藩に起きた「大村騒動」と称される内訌《ないこう》と、その後の鳥羽伏見《とばふしみ》の戦いや戊辰《ぼしん》戦争への出兵と奮戦は、ある者にとっては歴史的快事である。だが、別の立場の者からみれば悲劇、あるいは恐ろしい話でもある。

これらの出来事のすべては、渡辺昇という、ひとりの藩士の江戸からの帰国に始まった。

渡辺 昇（大村市立歴史資料館所蔵）

江戸時代の大村藩領と周辺の藩配置略図

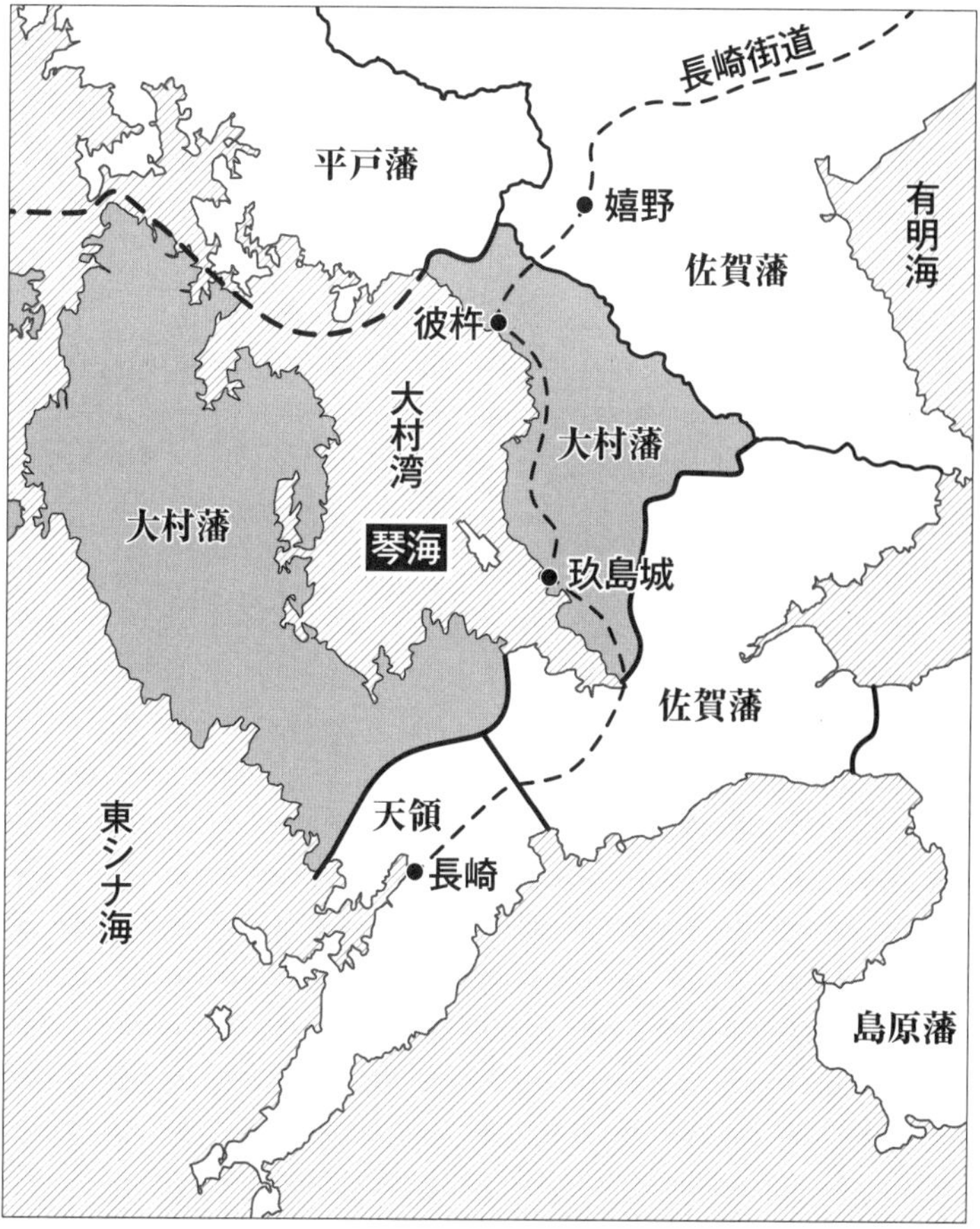

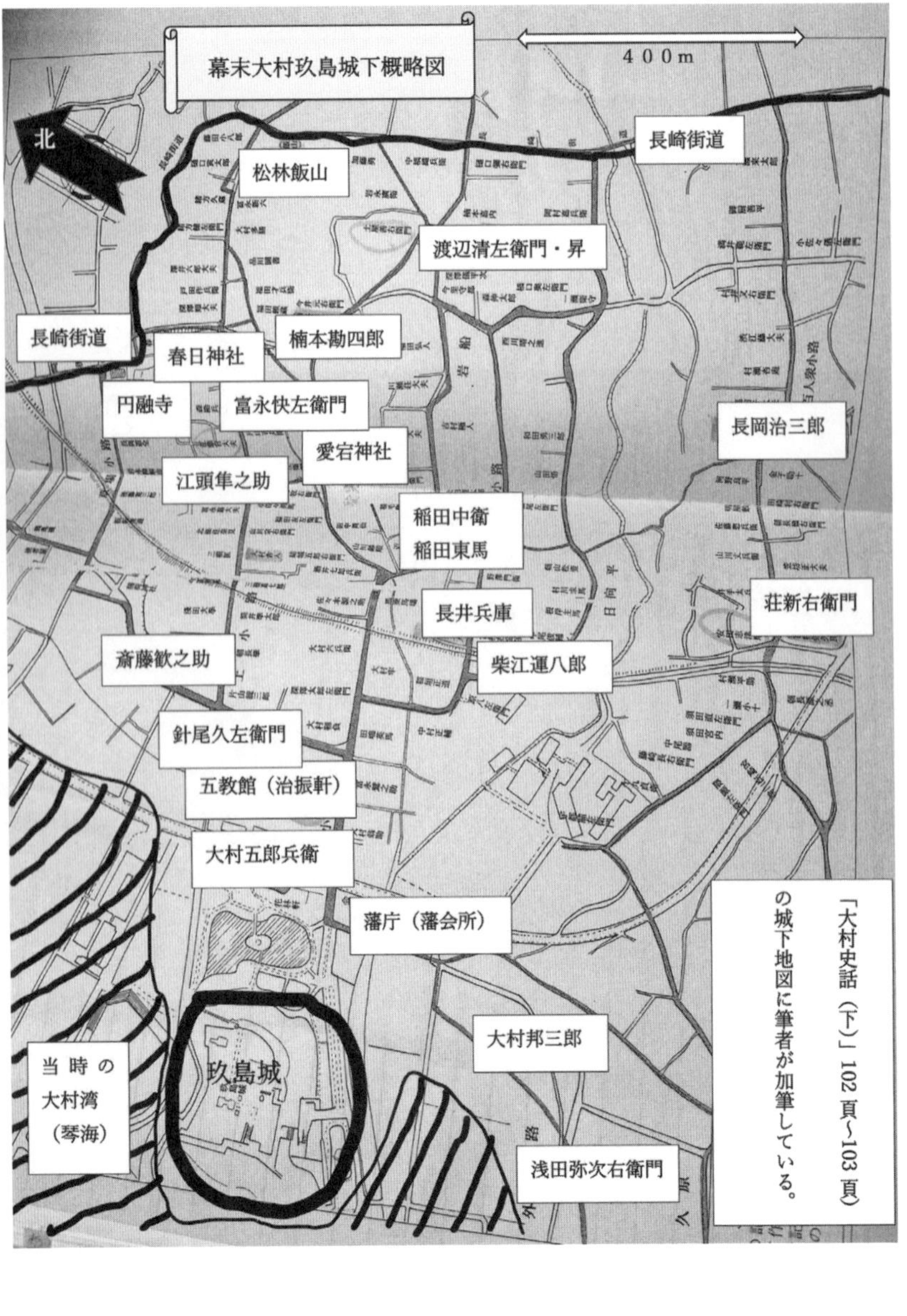

幕末大村玖島城下概略図
400m
北
長崎街道
松林飯山
渡辺清左衛門・昇
長崎街道
楠本勘四郎
春日神社
円融寺
富永快左衛門
長岡治三郎
愛宕神社
江頭隼之助
稲田中衛
稲田東馬
長井兵庫
荘新右衛門
斎藤歓之助
柴江運八郎
針尾久左衛門
五教館（治振軒）
大村五郎兵衛
藩庁（藩会所）
大村邦三郎
玖島城
当時の
大村湾
（琴海）
浅田弥次右衛門
「大村史話（下）」102頁～103頁の城下地図に筆者が加筆している。

目次　「琴海《ことうみ》の嵐―幕末大村藩剣客、渡辺昇《のぼり》伝」

第五章　幕府の圧力（鳥羽伏見の戦いまで二年八か月）……… 186

第六章　討幕への道（鳥羽伏見の戦いまで二年四か月）……… 227

第九章　長州再征討の後（鳥羽伏見の戦いまで一年四か月）……348

第十章　騒動直前（鳥羽伏見の戦いまで一年余）……388

主な登場人物

渡辺昇　主人公、大村藩士、馬廻、勤王党
渡辺清左衛門　大村藩士、渡辺昇の実兄、馬廻、勤王党
渡辺雄太夫　大村藩士、昇と清左衛門の父
サン　渡辺雄太夫の妻、昇の母、清左衛門の継母
ゲン　清左衛門の妻
フデ　清左衛門の長女
フク　昇の最初の妻
楠本勘四郎（正隆）　大村藩士、昇の親友、馬廻、勤王党
梅沢武平　大村藩士、昇の従弟、馬廻、勤王党
大村純熈《すみひろ》　大村藩第十二代藩主
桂小五郎（木戸孝允）　長州藩士、国政用談役
太田市之進（御堀耕助）　長州藩士
高杉晋作　長州藩士
伊藤俊輔（博文）　長州藩士
杉孫七郎　長州藩士
小田村文助（楫取素彦）　長州藩士

白石正一郎　下関廻船問屋当主
黒田山城　福岡藩、家老
加藤司書　福岡藩士、中老、福岡藩勤王党弾圧で切腹
月形洗蔵　福岡藩士、福岡藩勤王党弾圧で刑死
西郷吉之助（隆盛）　薩摩藩士、軍賦役
大久保利通　薩摩藩士、応接役
小松帯刀　薩摩藩士、家老
吉井幸輔（友実）　薩摩藩士、京都藩邸留守居
五代才助（友厚）　薩摩藩士、藩会計役
土方楠左衛門　土佐藩脱藩士、三条実美ら五卿の衛士筆頭
坂本龍馬　土佐藩脱藩士
中岡慎太郎　土佐藩脱藩士
吉井源馬　土佐脱藩士、五卿の衛士
小曾根英四郎　長崎の豪商
三条実美　公卿、七卿落ちの一人、大宰府に幽閉
近藤　勇　新撰組局長
斎藤歓之助　昇の剣の師、大村藩士

荘新右衛門　大村藩士、側用人、家老江頭隼之助の実弟

和助　渡辺家下男

柴江運八郎　大村藩士、斎藤歓之助門下の昇の兄弟子、馬廻、勤王党

稲田東馬　大村藩士、側用人、勤王党

稲田中衛　大村藩家老、稲田東馬の実兄

長岡治三郎　大村藩士、馬廻、勤王党

中尾静摩　大村藩士、馬廻、勘定奉行、勤王党

江頭隼之助　大村藩家老

針尾九左衛門　大村藩家老、勤王党党首

浅田弥次右衛門　大村藩家老

大村太左衛門　大村藩家老

土屋善右衛門　大村藩中老、勤王党

大村歓十郎　大村藩士、側用人

松林飯山　大村藩士、藩校五教館祭酒、勤王党

北野道春　藩医。昇と清左衛門の伯父、勤王党

長与専斎　藩医。大村に先進の西洋医学をもたらす。

長井兵庫　大村藩士、藩校五教館武館治振軒取立（館長）

根岸陳平　大村藩士、馬廻、勤王党
藤田小八郎　大村藩士、中小姓、勤王党
中村鉄弥　大村藩士、馬廻、勤王党
加藤　勇　大村藩士、大坂藩邸留守居など、勤王党
山川宗右衛門　大村藩士、大目付、勤王党
大村邦三郎　大村藩士、御両家（門閥）当主
大村五郎兵衛　大村藩士、御両家、格外家老、藩士中、最高の禄高
浅田進五郎　大村藩家老。

第一章　帰国（鳥羽伏見の戦いまで約五年）

【一】琴海の国、大村

昇の帰国に先立つ四十五年前の文政元年（一八一八）五月、同じ長崎街道を下って長崎に向かっていた頼山陽《らいさんよう》は、彼杵《そのぎ》の港から時津《とぎつ》へと大村湾を南下する船に乗り、そこからの眺めを琵琶湖の膳所《ぜぜ》辺りの景色に見立てて七言五行の詩にした。

海水如盆瑠璃碧（海水は盆の如く瑠璃碧なり）
邑屋参差《ゆうおくしんし》岸樹隙（邑屋参差たり岸樹の隙）
欲説琵湖与膳城（説かんと欲す琵湖と膳城と）
舟中少人知上国（舟中人の上国を知るもの少なり）
吾行《ぎょうい》已歴万重山（吾が行已に歴たり万重の山）

〈海は盆のようで水面は碧《あお》のガラスと見まごう。村の家々が海岸の木々の隙間からまばらに見える。この風景が琵琶湖と膳所《ぜぜ》の城の辺りに似ていることを話題にしたいと思うが、船の中に上方を知っている人は少ない。私の旅はすでに幾重もの山々を越えてきた。〉

（『頼山陽詩選』〈揖斐高訳注／岩波文庫／二〇一二年〉より。筆者一部加筆）

詩に詠われた大村湾は、琵琶湖の半分ほどの広さである。海湾とはいえ北部の針尾瀬戸と早岐《はいき》瀬戸の二つの狭い海口を持つだけで、湾の奥深いところにある大村辺りになれば潮の流れや干満の影響は少なく、むしろ湖と称した方が相応《ふさわ》しい。

当時、大村湾は「琴海」とか「琴湖」と呼ばれた。名の由来は、頼山陽がたとえた琵琶湖に似ているためという説もあるが、昔、琴という娘が添い遂げられぬ恋人を慕って海に身を投げ、その化身が美しい真珠となって現れたことに由来するという説もある。

事実、真珠はここで採取され、かつて、大村純忠《すみただ》が派遣した天正遣欧少年使節団（天正十年〈一五八二〉出航）のローマ教皇への献上品の一つでもあったし、江戸時代の大村藩の収入源でもあった。

また、頼山陽が膳所の城にたとえた大村藩の城を玖島《くしま》城という。湾内の海岸近くにあった小島である玖島までの浅瀬を埋め立て、島の上に城を築いたのでこの名が付いた。

この城に天守はないが、多良岳《たらだけ》を背後に控えて海に浮かぶように見える佇まいには、天守がないがゆえに自然に溶け込んだような美しさがあり、比叡山に抱かれた膳所城の風景に似ている。

玖島城の主である大村氏は、四国伊予の国から十世紀にこの地に移り住んだ（ただし、別の説もある）。十六世紀にキリシタン大名として名を残した大村純忠（純忠自身は有馬家から養子に入り、大村家の姫と婚姻）でさえ第十二代当主というから歴史は古く、しかも戦国時代から江戸時代を通して領地を守ったという数少ない大名の系譜を誇った。

江戸時代、第三代藩主大村純信《すみのぶ》で一旦、宗家の大村氏の血は途切れ、他家から養子に入った第四代藩主大村純長《すみなが》に傍系の大村氏の姫が嫁いで大村家としては続き、幕末の藩主大村純熙《すみひろ》は、幕藩体制下では十二代、大村氏初代の直澄《なおずみ》からは三十代当主となった。

大村藩は、徳川幕府から得た朱印石高、つまり表の石高は二万七千石余で小藩といえる。しかし、藩域は広い。琴海を挟む東西両側を領し、北は平戸藩、東は多良岳山稜を境に佐賀藩やその支藩の蓮池藩や佐賀藩連枝の武雄《たけお》藩、南は、やはり佐賀藩領諫早《いさはや》と天領の長崎、西は五島灘を挟んで五島藩と接する。

藩域は広大でも平野部は狭く山がちであるため、米の収量は少なく、中下層の武士や民の主食は芋といってよい。この点、藩の経済という面では、米本位制ともいえる江戸時代の他藩とは一線を画した。

島嶼《とうしょ》部を含む長大な海岸線と海域も支配するため、豊かな海からは、干海鼠《なまこ》などの俵物《たわらもの》や鯨肉や鯨油、さらに塩なども商品として上方に搬出された。とくに、捕鯨から得られる収入金から支払われた運上金は藩の財政を支えた。

ただ、幕末には、米国の捕鯨船が日本近海の鯨を鯨油のために乱獲し、鯨漁は衰退した。一方で、同じ幕末には蒸気船用の良質な石炭が松島で産出し、さらにまた波佐見《はさみ》焼などの特産もあるために、朱印石高に比して実際の実入りは倍ほどになった。

長州藩の「防長風土注進案」や水戸藩の「水戸藩史料」などと並ぶ幕末期の重要な地誌史料の一つとされる「郷村記」（文久二年〈一八六二〉完成）は、天和元年（一六八一）に着手されたものを、第十代藩主大村純昌《すみよし》が再度着手し、純顕《すみあき》、純熈の二代の藩主の手によって完成されたが、これによれば、大村藩には安政年間で約二千九百名弱の藩士がいた。

このうち、玖島城下には門閥家、家老・城代家、馬廻《うままわり》、城下大給、小給、足軽ら千名が住み、残り千九百名弱の藩士は郷村に住まいした。

なお、城下の人口は武士、農漁民、町民、神官僧侶などを合わせると約一万名である。また、大村藩全体の人口は十一万六千名ほどであった。

いずれにせよ、藩士の数は、大村藩程度の小藩では異常なほどに多い。幕府が定めた軍役規定では、一万石あたり二百二十から二百三十名程度の動員を求められ、そのうち足軽や中間を除けば、百から百二十名程度が正規の武士の数となる。したがって、大村藩の藩士の数は異常である。

その理由は、大村家の長い歴史のなかで新田開発も盛んで、その度に家臣の家の分家を寛容なまでに許したために、鼠算《ねずみざん》式に増えたことにある。当然、大半の武士は貧しかった。家臣団の知行、俸禄も低い。最高の禄高も、門閥家の千石余がせいぜいである。

ただ、大村藩について特筆すべきは、海外に向けて唯一開かれていた長崎に隣接しているということであり、江戸時代を通じて、海外事情についての知の蓄積と受容性は驚くほどに高かった。

また、政《まつりごと》は仁を重んずる王道を尊び、この理に反するような夷《えびす》（外国勢力）は攘《はら》わねばならぬという当時流行の「尊王攘夷」も、大村藩にとっては具体的であった。

幕末、尊王攘夷を唱える人々の多くは、「西洋人」なるものを想像上の生き物として観念的に忌み嫌い、やがては天皇崇拝、神州思想と結びつき、反幕の合言葉となっていった。

しかし大村藩は、長い間長崎警護の任に就き、幕府の鎖国政策の一翼を担った。

そもそも、鎖国政策の一因となったカソリック教が西欧からの到来であったし、初めてのキリシタン大名とされる大村純忠（天文二年〈一五三三〉～天正十五年〈一五八七〉）は大村氏十二代当主である。その後、豊臣政権から徳川幕府に引き継がれた禁教令、さらに島原の乱（寛永十四年〈一六三七〉～同十五年）を経て、大村藩はキリシタン弾圧にやっきとなった。

また、時代が下がって、十九世紀に入って発生したフェートン号事件（文化五年〈一八〇八〉）では、イギリスとオランダの抗争が長崎に飛び火し、大村藩は藩主が軍勢を率いて出張り、イギリス軍と一戦を交える覚悟までした。

さらに、長崎新地の中華人居留地に流れてきた中国人の口からアヘン戦争（一八四〇～一八四二）後の中国本土の悲惨な状況が語られ、欧米諸外国に対する警戒感が藩内に広がるのも早かった。

さらにまた、安政五年（一八五八）の日米修好通商条約を皮切りに、イギリス、フランス、ロシア、オランダとの通商条約で実際に長崎に外国人居留地が生まれ、外国人が闊歩し始めると、中国の二の舞にならないようにとの警戒感はなお増した。

とくに、文久元年（一八六一）のロシア艦による対馬占拠事件では、長崎は一種の前線基地の観を呈し、当然に大村藩も総出で領海警護に当たったが、ロシアのみならず、裏に見え隠れするイギリスなど列強の領土欲にも警戒を怠らなかった。

このように、外国との接触が日本の他の地域に比べて遥かに多い大村藩にとって、尊王攘夷の持つ意味は極めて現実的な問題であった。

一方、徳川幕府にとっては、長崎貿易から生み出される収入は重要な財源となり、かつまた長崎は、鎖国、ひいては幕藩体制の維持のための重要な地であったため、長崎管理の一翼を担う大村藩には、良きにせよ悪しきにせよ、幕府は常に重大な関心を持ち、恩典を与えると共に、長崎奉行を通じて干渉も行った。

たとえば、大村藩の参勤交代には特典が認められていた。通常の参勤交代は藩主が一年おきに国元と江戸とを往来するが、大村藩では隔年九月二十六日に藩主が大村を発ち、十一月上旬に江戸に着き、翌年二月下旬か三月上旬に江戸を発ち、四月上旬までに帰藩するのである。これは、季節風頼りであった時代の外国貿易船の寄港に合わせて警護の兵を大村から出させ、その指揮に藩主は欠かせないという理由での特例的措置だった。

もっとも、幕末になると、貿易に動力船が使われ、季節風はあまり影響しないようになったが、通商条約後、外国人居留地の警護の任を課したり、相次ぐ外国船の領海侵入に対する海上巡視と沿岸防御を強く求めたりと、幕府にとって大村藩の重要性はますます高まった。

だが、幕府の打つ首尾一貫しない対外政策、さらには幕藩体制という日本の分断政策を、長崎を通してまともに目にする大村藩は、夷狄《てき》から国を守るには、朝廷の下に日本がまとまるしかないという意識を藩主が率先して強く持つようになった。つまり、これが大村藩の勤王、そして尊王攘夷である。

この点で、大村藩は、小藩とはいえ、幕末に特異な光彩を放つのである。

【二】昇のこと

昇は、身の丈六尺（約一八〇センチ）を超え、筋骨逞《たくま》しい偉丈夫である。ただ、美男ではない。幼名を兵力《ひょうりき》といい、家族や親しい友人は幼名で呼ぶ。また、自らは名前の「昇」を「のぼる」ではなく、「のぼり」と言った。これは本人のこだわりである。

昇は、玖島の城下で馬廻四十石の中級武士の次男坊として生まれた。父は雄太夫《ゆうだゆう》という。剣術修行のために藩費で江戸に出たのは安政六年（一八五九）五月である。それから帰国まで四年弱というのは、剣術修行としては長すぎるが、修行先の神道無念流《しんとうむねんりゅう》練兵館（現、靖国神社境内）で、二年半の間塾頭を務めたので、その分長くなった。

練兵館は、初代斎藤弥九郎が文政九年（一八二六）に開いた剣道場で、江戸三大道場の一つである。あとの二つは、桃井春蔵の鏡新明智流《きょうしんめいちりゅう》士学館と千葉周作の北辰一刀流《ほくしんいっとうりゅう》玄武館で、この三つの道場は常に二千名前後の塾生を抱え、技と名声を競い合っていた。

後に、位（品格）の桃井、技の千葉、力の斎藤といわれるが、練兵館では上段の構えから力業《ちからわざ》で撃ち掛かる撃剣を鍛錬する。「一本」というのは、面か突きであり、そのために稽古では怪我人が続出した。しかし、黒船騒ぎ以来、騒然とする世の中で、実戦向きの練兵館は繁盛した。

また、練兵館では、剣の稽古だけでなく、古来兵法から西洋式戦術までも講義し、さらに大砲や鉄砲や騎馬を用いた用兵訓練を行った。そのため、塾頭になる者は、日本国中から集まる剣士に剣技や胆力で勝れるだけでなく、知性や教養も備え、塾生に一目も二目も置かれなければ務まらない。昇の前の塾頭は長州の桂小五郎（のち、木戸孝允《たかよし》）であるが、名塾頭といわれた小五郎が自分の後継として指名したのが昇であった。

昇は、その剣技が認められて藩費で江戸に出してもらったが、藩の期待に違《たが》わず、すぐに頭角を現し、小五郎と二人して練兵館の双璧と称賛されるようになった。また、この二人は気が合い、小五郎が尊王攘夷の急先鋒として活動するようになると、昇も自然に行動を共にするようになった。

小五郎との親密な関係をあらわす逸話がいくつかある。

その一つは、明治四年（一八七一）に、いわゆる断髪令が出されたとき、小五郎改め木戸孝允は「一人で切るのは寂しい」と言い、昇を東京駒込の自分の屋敷に呼び、二人並んで髷《まげ》を切った。また、二つには、明治十年（一八七七）に小五郎が京都で没しようとするとき、近親者以外の最後の見舞客は昇であった。

ところで、大村への昇の帰国については、尊王攘夷の活動家たちが「田舎に埋もれさせるに忍びない」と引き止めようとし、また小五郎は「次男坊では何もできまい」と、長州藩への仕官の口を見つけ、脱藩にならぬように大村藩に周旋しようとさえした。さらに、斎藤弥九郎は「練兵館に留まるもよし。仕官がよければ水戸藩にどうか」とも言ってくれた。

しかし、昇は長州藩や水戸藩の話を断って帰国した。それは、万延元年（一八六〇）十月に藩主大村純熈が参勤で出府した際に、昇と密かに交わした約束でもあった。

その出府の折、藩主純熈は江戸家老浅田弥次右衛門（二百十二石）から昇のよからぬ行状について報告を受けた。

「このままでは昇は脱藩し、尊王攘夷の輩とよからぬことを仕出かしかねませぬ。先だって、桜田門で井伊《いい》大老が水戸藩の者たちに襲われた際、藩邸の者に様子を見に行かせたところ、昇は浪士風情の者たちと襲撃の後始末を見ていたとのことで御座います。このまま昇を放っておけば、わが藩に仇《あだ》なすかもしれませぬ。悪い草の芽は早いうちに摘み取っておくべきかと存じます」

浅田家老は藩内守旧派の領袖で、先代藩主大村純顕の時代は元締として、また現藩主純熈の代には江戸家老として、藩政に細々《こまごま》と口を挟んできていたが、藩主が出府した万延元年は、その三月に、江戸城の桜田門の手前で彦根藩主井伊直弼《いいなおすけ》が水戸藩士らの尊王攘夷派暴徒に襲われ、落命した事件が発生したばかりであった。

したがって、浅田家老が尊王攘夷の動きに過敏になっていることもわかるが、藩主は、浅田家老が昇のことを憎々しげに言う様子から、このままでは昇は浅田家老に殺されるか、あるいは脱藩を余儀なくされ、藩是により、追捕使に討たれる羽目に陥るのではないかと心配した。

事実、昇も鼻っ柱の強さでは人一倍であり、浅田家老の執拗さに堪忍袋の緒が切れ、一時は刺し殺して、自裁しようとさえした。幸い、兄の親友が藩邸にいて、怒る昇を宥《なだ》めて凶事を食い止めたが、いずれにせよ、昇と浅田家老は犬猿の仲であった。

藩主の帰国の日が近づいた頃、昇は江戸白金の大村藩下屋敷の藩主の書院に密かに呼ばれた。

「昇。今日、其《そ》の方《ほう》を呼んだのは、これから余が申すことを心に刻み付け、そのうえで、余に尽くしてもらわねばならぬからだ」

「畏《おそ》れ多いことで御座います。もとより、何なりと御命じ付けいただければ、殿様に御奉公申し上げる所存で御座います」

「そうか。それを聞いて、嬉しく思う」

昇は頭を下げ、藩主の次の言葉を待った。

「ほかでもない、余は若くして隠居させられた先代様、というより兄上の無念さを思い、政を引き継ぐ所存だ。其の方も知っての通り、先々代の純昌様が家臣の知行地を取り上げ、蔵米《くらまい》給付とし、浮いた金穀を兵制改革と防備強化に充てられた。先代様は、これを引き継ごうとされたが、知行地を旧に戻そうとする家臣の一部が、幕府、長崎奉行と結託し、先代様に隠居を強いたというのが余の見立てじゃ。余は、図らずも藩主となったが、先代様の無念は余の無念じゃ。余の藩政を進めるには其の方らの若い力が要る。なかでも、其の方は、今は行いを慎み、忍ぶべきときは忍び、剣を研鑽《けんさん》して大村に帰って来るのだ」

純熈は、先代十一代藩主で実兄である大村純顕が、若くして隠居させられた背景に先々代藩主純昌の藩政改革以来、溜まったうっ憤があると考えていた。純熈は、純顕の無念を払うためにも、純顕の改革方針を引き継ぐと決心し、そのためにも、股肱《ここう》の家臣団を作り、守旧派に対抗する力を付けなければならないと考えた。その有力な候補の一人が昇であった。江戸の大道場の塾頭を務めたという昇の実績は、武士の世界では一枚看板であり、使い方次第で重宝な存在であったからである。

藩主自らの言葉に感激した昇は、「必ず、大村に戻ります。ただ、殿のお役に立てるようになるためには、もう少し剣を磨きたいと存じます。あと少しの猶予をくださいますよう、お願いいたします」と言い、許された。

その直後、浅田家老は、帰国を命じられて国元で城代家老に就いたので、当面の衝突は避けられることになった。

しかし、文久二年（一八六二）八月、神奈川の生麦村《なまむぎ》で、江戸から帰国するため同地を通過しようとした薩摩の国父島津久光の行列に、横浜居留地から遠乗りに来た四人の外国人が紛れ込み、「列を乱した」として、これを供回りの侍が殺傷した。いわゆる、生麦村事件であり、これが、予定より早く昇が帰国を決断する契機となった。

この事件でイギリスは、遺族への損害賠償を幕府と薩摩藩に求めたが、薩摩藩はこれを拒否し、その報復にイギリスの艦隊が横浜に集結し、鹿児島を攻撃するとの噂《うわさ》が流れた。

当初は、鹿児島だけが攻撃対象と思われたが、イギリス軍は鹿児島攻撃の前か後に長崎を襲って占拠し、香港のような植民地にしようとしているとの噂が立ち始めた。

その場合、隣接する大村は、当然にイギリスと一戦を交えることになるはずであり、昇にとっては、大村、さらに日本を救わねばならないとの思いから帰国を決めた。

実は、昇には「一縄《ひとなわ》の策」という考えがあった。個々の藩が個別に幕府に対抗しても勝ち目はない。分断されている藩が一本の縄のように結束し、幕府の施政に改めるべきところがあれば改めさせる。また、強大な軍事力、経済力を背景にアジア各地を植民地化する欧米列強に対しても、「一縄の策」で当たらねば日本は滅びると、昇は考えたのである。

昇が帰国したのは、藩主との約束に加えて、まさに大村に危機が迫っているとき、縄となる藁《わら》の一つになるように、自分が大村を作り直してみせるという、強烈な自意識もあったからである。

引き留めようとする桂小五郎に昇が「一縄の策」を打ち明けたとき、桂は、「そこまでの覚悟であれば、もう何も言うまい。お主《ぬし》は大村で自分の理を貫くのだ」と言い、激励して送り出したのである。

【三】家族と友

長崎街道を下り、昼をかなり過ぎた頃、大村に到着した昇は玖島城の入り口門の脇にある藩会所で帰国を届け出た後、実家への道を急いだ。

大村の城下は、玖島城を基点に、北東、東北、東、東南、南へと、いくつかの小路が延び、小路に沿って武家屋敷が連なっている。その小路の一つ、本小路を多良岳に向かって東北東へ緩やかに上り、突き当たりにある愛宕神社の鳥居の前で二股に分かれる道を右に折れれば、渡辺家のある岩船《いわふね》に着く。城から距離にして十町（一町は百メートル強）ほどである。

目前の愛宕神社の鳥居にさしかかったところで、母のサンと下男の和助が迎えに来るところに出会った。

「母上、ご健勝のようで何よりです。ただ今、帰りました。留守中はご心配をおかけして申しわけ御座いませんでした」

昇は、思わず両手で覆うような仕草で母の両肩を抱いた。

「お帰りなさいませ。兵力も息災《そくさい》で何よりじゃ。真に嬉しい」

母は大柄で気丈な性格であるが、昇の腕の中で涙を見せた。昇は、母が出府前よりも一回りも二回りも太ったようだと思った。

「兵力様、お帰りなさいませ。旦那様からのお報せがあり、兵力様をお迎えに藩庁まで奥様のお供をして参るところでした。それにしても逞しくお成りになりましたな」

「和助、懐かしいの。お主も息災であったか」

「身体だけは、丈夫で御座います。それにしても、お祖父様が御存命であれば、さぞお喜びのことではなかったかと存じます。兵力様が練兵館の塾頭に御就任なされたという報《しら》せが参ったとき、お祖父様は『やはり、渡辺家は武士の家系じゃ。兵力め、出かしたぞ』と仰って、大村の知り合いという知り合いを自慢話でお回りになるのに三か月もかかりました」

祖父の太郎太夫は昇を愛し、また厳しい教育も施してくれた。江戸に上るときに新たに持たせてくれた佩刀《はいとう》も祖父の餞別だった。昇が練兵館の塾頭になったことを一番に喜んでくれたのも祖父だったが、残念ながら死に目に会えなかった。

「キネも息災か」

キネは和助の妻で、長年、夫婦で渡辺家の雑用や屋敷内の農地で野菜作りをしてきた。

「キネはこのところ耳が遠くなり、時折、奥様や若奥様から小言を頂戴しますが、身体は至って丈夫です。先に戻り、兵力様のお帰りを報せます」

と和助は答え、昇の荷物を受け取って実家の方に走って行った。

渡辺家の表間口は大きい。表門の左脇は郎党二人が寝泊まりする部屋、右脇の二間は和助一家が住む。父雄太夫と兄清左衛門らが住む母屋は一段上がった場所にある。

「ただ今、戻りました」

門を潜《くぐ》るなり、昇は大きな声で叫んだ。和助が庭先から出てきて、「兵力様、お帰りなさいませ」と改めて辞儀をした。

玄関先で、兄清左衛門の妻ゲンが「お帰りなさいませ」と挨拶した。

兄は昇の出府中にゲンと結婚しているが、昇とゲンは幼馴染である。母サンの実弟が継いだ松田家の娘がゲンであるので、親戚の冠婚葬祭でも会ったことがあるし、渡辺家と松田家は近所でもある。もっとも、サンは後妻であり、清左衛門の実母ではない。したがって、従兄妹同士とはいえ、ゲンを娶《めと》ることについて問題はなかった。

昇が玄関で和助の持ってきた盥《たらい》で足を洗っていると、奥から娘の声がした。

「兄上、お帰りなさいませ」

家の奥は暗いので顔がわからなかったが、上り口のところで手をついて辞儀をしている娘が顔を上げた。

「マスではないか。大きくなったのう。見違えたわい」

昇の妹のマスである。昇が出府するときは十一歳だったので、もう十五歳を過ぎている。母に似て大柄で、美人ではないが、明るい笑顔が何よりである。

「出迎えが遅れまして申しわけありませぬ。フデを探していたので遅くなりました」

「フデとは」

「おじうえ、おかえりなしゃいませ」

と、大柄なマスの後ろに隠れるように顔を出した子が細い声で挨拶した。

その子を見て、昇は、兄からの手紙にあった「筆」だと思い当たった。文久元年（一八六一）四月の生まれだから、もうそろそろ三歳になるはずだ。

「フデか」

改めてその子を見ると、江戸で見た奥州生まれの女のような白い肌、さらに吸い込まれるような黒い瞳と形の良い鼻に、思わず「別嬪じゃの」と笑みが出た。昇が手をフデの頭にやろうとすると、フデがマスの後ろに引き下がった。

「兄上。その形《なり》ではフデが怖がります。先ほども、兄上が玄関に入ってこられるのを見た途端にフデは逃げ出しましたのですよ」

「フデ、許せ」

と、昇は髭《ひげ》に覆われた自分の顔を撫でながら大笑いした。フデはマスの後ろで大きな賢そうな目をクリクリさせていた。

「湯を沸かしましたから、旅の垢《あか》を落として髭を剃ったら如何《いかが》ですか。父上もそろそろお城からお下がりになる頃です。今夕は琴海の魚を兵力に食べてもらおうと、キネを水主《かこ》町に買い求めに遣《や》りました」と、サンが言った。

足を洗って家に上がった昇は、まず仏間で祖父母の位牌に帰国を報告した。その後、大盥に張った湯に浸かり、マスに背中を流してもらい、サンが髪を漉《す》いて髷を藩士らしい形に整えてくれた。髭もあたり、さっぱりした姿に変わった。昇は、何年かぶりに家族の温かみを感じていた。

暗くなって父雄太夫が郎党を従えて城から下がってきた。雄太夫は、天保十三年（一八四二）に家督を相続し、武具方奉行、山奉行、勘定奉行、郡奉行、宗門奉行兼寺社奉行を歴任した。安政五年（一八五八）、第十四代将軍、徳川家茂《いえもち》の就任にあたっては、藩主の名代として出府した家老稲田昌廉《まさかど》（二百五十石）に付き従い、幕府からの藩士安堵の朱印状を持ち帰るなどした。今は用人並みで藩政に加わっているものの、長男の清左衛門に家督を譲ることを藩庁に申し出て、まだ許可が下りていない。

昇は父に帰国の挨拶をした。

「兵力、出府中のお主のことは、いろいろと聞いている。とりわけ、練兵館の塾頭に就いたことは、儂《わし》もじい様も嬉しく思ったが、何よりも殿様がお喜びなされた。本日、お主が帰国したことは、お耳に届いている。近日中に殿様がお主を謁見されるであろう」

「ありがたいことです。ところで、兄上は、どちらにおいででしょうか」

「範助（清左衛門の幼名）は外国との戦《いくさ》が始まるかもしれぬとのことで長崎に出張っているが、幸いに戦の気配はない。落ち着けば戻って参るであろう」

イギリスが長崎を占領するために攻撃するかもしれない——という噂を聞いて帰国を急いだ昇であったが、父の話でひとまず安堵した。

次の日の朝、長旅の疲れと昨夜の酒が残って寝床でぐずぐずしていると、縁側の障子の外から、「兵力、よろしいか」とサンが声をかけ、障子を開けた。縁側にはサンとフデが座っていた。すでに陽は高い。

「おじうえ、朝餉《あさげ》をめしあがれ」

「いやはや、フデに起こされるとは面目ない」

昇は笑いながら言い、

「やはり、この子は美しくなる。可愛い子だ」

と、改めて思った。

「お父上は、今朝方、早くからお城へ御出仕になりましたが、すぐにお父上の使いが来て、今日と明日は兵力には藩庁から特段の御用も達せられないとのことです。ただ、数日中に藩庁からの呼び出しがあるはずで、今のうちに御先祖の墓参りと挨拶を済ませるところは済ませておくようにとのことでした。さあ、フデ、叔父様の手をお取りなさい」

昇はフデに手を引かれて立ち上がった。

朝餉の前に仏間で祖父母の位牌に改めて帰国の挨拶をし、マスが四か月後に決まっている婚礼に向けての花嫁修業にと、サンと一緒に用意したという朝餉をとった。その後、昇は代々の墓参りを済ませ、その足で楠本家に出向いた。

当主楠本勘四郎は、昇の親友である。勘四郎が藩主の名代で伊勢神宮に代参していることは、昨夜、父から聞いたが、勘四郎の母にだけでも挨拶をしておこうと思ったからである。

楠本家は六十石で、渡辺家よりも家格は上であるが、歴代、楠本家が就いた職に若干遅れて渡辺家が就くといった具合で、家が近所でもあり、両家の付き合いは深い。しかも、勘四郎は昇とは同じ年に生まれ、昇の最も仲の良い幼友達である。

勘四郎は温厚で整った顔をしており、幼い時から人々に可愛がられたが、それが嫉妬を招いて悪童に苛《いじ》められた。逆に昇は暴れん坊で、家格に関係なく喧嘩をし、喧嘩で負けた子の親から渡辺家に苦情がしばしば寄せられるほどであった。

その好対照の二人が、何時も行動を共にしたから不思議がられた。利かん気の強い昇も、勘四郎の言うことは素直に聞いた。また、昇が傍《そば》にいる限り、勘四郎が苛められることはなかった。長ずるにつれて、二人は神道無念流を修練し、江戸出府は楠本家の嫡男である勘四郎が先だったが、やがて昇も出府し、しばらくは江戸暮らしを共にした。

したがって、昇が帰国後に最初に会いたかったのは勘四郎であった。楠本家の玄関で挨拶に出た勘四郎の母は昇の帰国を心から喜んでくれ、「勘四郎も、そろそろ帰る頃とは存じますが、常々、あなた様に会いたいと申しておりました」と言った。

「では、勘四郎の帰国の折に、また伺います」

「兵力殿。少々、お待ちください」

「はい、何でしょうか」

「勘四郎が嫁を娶《めと》りましたので、紹介しておきます」

そう言って奥に入ったが、しばらくして戻り、「どこかに用を足しに出たのかもしれませぬ。次にお見えの折に、改めて紹介いたしましょう」と言った。

「では、若奥方によろしくお伝えください」

と言ったが、昇は勘四郎が嫁をもらったことを知らなかったので、少し取り残された気がした。

【四】微神堂《びしん》

昇には、帰国したらすぐにでも挨拶しなければならない人物が何人かいた。その筆頭は、斎藤歓之助（二百石）と藩主の側用人《そばようにん》をしている荘新右衛門（六十石）の二人である。

歓之助は、練兵館初代斎藤弥九郎の次男で、斎藤新太郎改め二代目斎藤弥九郎の実弟である。歓之助は、江戸では「鬼歓《おにかん》」といわれ、その荒々しい剣で名を知られたが、この男が安政元年（一八五四）に大村藩に仕官し、その後大村に来て、昇らの若手藩士を指導したことから昇は剣の才に目覚めた。

その歓之助が大村に仕官するきっかけは新右衛門にあった。新右衛門は筆頭家老江頭官太夫（二百七十六石）の次男で、大村の名門である荘家に婿入りした。嘉永年間に新太郎が神道無念流を広めるための廻国修行として大村に来て御前試合をした際、当時、荘勇夫といった新右衛門は新太郎の相手となったが、全く歯が立たなかった。

悔しいと思った新右衛門は父官太夫に願い出て、練兵館で修行するために出府した。そこで会った歓之助と意気投合し、歓之助も新右衛門の求めに応じて、破格の待遇で大村藩に仕官することになったのである。

当時、昇は、藩校五教館《ごこうかん》の武館である治振軒《ちしんけん》で一刀流を学んでいたが、歓之助の来訪と共に藩を挙げて神道無念流に剣技を統一することになり、昇も流儀を変えた。ところが、歓之助の乱暴ともいえる教え方が昇の性に合ったらしく、メキメキと腕を上げたのである。

歓之助は、大村に来てすぐに、城近くの拝領屋敷の中に微神堂という、南北十間（約十八メートル）、東西六間（約十一メートル）ほどの小さな剣道場を設けた。

「微神」とは、「孫子」の虚実篇、「微《び》なる哉《かな》、微なる哉、無形にいたる。神《しん》なる哉、神なる哉、無声にいたる」との一節からの言葉である。かすかになって無形となり、もって己を悟らせず、自然の一部となって静かに敵を包み込み、敵が気付いたときはすでに勝敗が決しているような剣を極意とする――という意味である。

これは斎藤弥九郎が目指す剣の境地でもあるとして、大村に下る歓之助のために、当時、安政の三筆と称された市川米庵《べいあん》に揮毫《きごう》してもらって持たせた。これを歓之助が扁額にし、道場の名としたのである。

この微神堂で、昇は歓之助に徹底的に鍛えられた。そして、歓之助も昇の上達を喜び、昇を練兵館に送り込みたいと思ってこれを新右衛門に相談した。新右衛門は歓之助の希望をかなえるために父江頭官太夫に昇を推挙し、藩費での出府が実現したのである。

このような経緯から、昇は、歓之助と新右衛門を大恩人だと思っている。ただ、その後、歓之助は卒中で倒れた。酒の飲み過ぎだといわれている。幸い、夫人が藩医長与中庵の長女で、かつ父を継いで藩医に就いた長与専斎の姉であったため、専斎の最新の医術で死は免れた。だが、右半身に麻痺が残った。専斎は大坂の緒方洪庵の適塾で福沢諭吉の後を継いで塾頭となり、帰国したばかりであった。

昇は、楠本家から回って歓之助の屋敷を訪れた。広間に通された昇の前に、夫人に右脇を支えられた歓之助が現れたが、やはり往時の覇気はなく、昇は声を失った。

「昇。父上の手紙を読んだ。お主のおかげで、練兵館も賑わっているようで、父上もお喜びだ。拙者《せっしゃ》からも礼を言う」

昇は、昨夜のうちに和助に命じ、弥九郎から預かった手紙を歓之助に届けさせていた。

「これも、先生のご指導の賜物です。先生の鍛錬がなければ、拙者が塾頭という大役を仰せつかることはなく、その御恩を忘れたことは御座いません」

「お主の修練が実を結んだのだ。拙者はこのような身体になり、道場には立てぬが、お主の消息を聞く度に嬉しく思った。新右衛門殿も同じだ」

「忝《かたじけな》く存じます。新右衛門様には、今日か明日にでもご挨拶に伺うつもりでいます」

「本来であれば、お主の帰国を祝して、一献、交わしたいところだが、藩からの達示で朝から酒を飲むのは禁じられている。今日の午後は、柴江（運八郎）と梅沢（武平）が微神堂で汗を流しに来ることになっておる。どうだ、お主も、稽古をしないか。梅沢も、格段に腕を上げたゆえ、今は二十騎馬副《にじゅっきばぞえ》だ」

柴江運八郎（三十石）は昇より四歳上である。一刀流の剣術指南の家系に生まれたが、神道無念流に流儀を変え、今は、藩内一の剣の達人とされ、治振軒の剣術師範（役料十五石）をしている。昇が一刀流を学び始めたときは、運八郎は昇の兄弟子でもあった。

梅沢武平は父雄太夫の実弟の子、つまり昇の従弟で一つ下である。武平も次男で部屋住みであるが、武芸の精進を怠らず、歓之助の手ほどきを受け、歓之助が病に倒れた後、運八郎と共に微神堂を守り、多くの藩士を鍛えていた。

「武平が二十騎馬副ですか。それほどの腕であれば、手合わせしてみたいと存じます。早速、屋敷に戻り、稽古道具を持って参ります」

二十騎馬副とは、歓之助が大村に来て創設した藩主の親衛隊である。必ずしも定員が二十名ということではないが、武芸達者であれば、次男以降の部屋住みでも選ばれる。役料は八石であり、部屋住みの身で、武芸で身を立てるとすればこれしかなく、かつて昇も憧れた。

その日の午後、昇は微神堂に稽古道具を抱えて行った。ところがそこには、歓之助が声をかけたらしく、新右衛門も来ており、歓之助と二人して見所に座っていた。

昇が挨拶しようとすると、新右衛門は先を制して言った。

「昇。歓之助殿から一報をいただいたゆえ、殿様のお許しを得て、お主の剣を見学しに参った。挨拶は後じゃ」

「運八郎が先に手合わせしたいと、支度《したく》して待っている。新右衛門殿に審判を引き受けていただいた」

と歓之助も言い、すでに道着姿で対戦の場に座している運八郎が昇に軽く頭を下げた。その隣には、やはり道着姿の武平が控えていた。

「拙者も、運八郎様には江戸での鍛錬の成果を見ていただきたいと楽しみにしてきましたので、早いうちに、一手お願いしたいと思っておりました。運八郎様の方でよろしければ、拙者の方から所望いたしたく存じます。拙者も支度をしますので、お待ちください」

昇は道場の片隅に行き、準備した。

二人の対戦は、共に剣術家らしく防具はなく、得物は木刀である。

試合は、蹲踞《そんきょ》の姿勢から、昇の青眼、運八郎の上段の構えで始まった。運八郎の背丈は昇よりも五寸（約十五センチ）ほど低い。昇は間合いを掴むために青眼で構えた。

「ヒョーッ」と、運八郎が声を出して、しきりに打ち掛けようとする。

「ドウ、ドウ」と、昇は動じず、剣線を運八郎の眉間に当てていなした。

初めに打ち掛かったのも運八郎であった。上段から振り下ろして突きに変わる神道無念流の技である。しかし、この技のあしらいに昇は慣れている。難なく突きの切っ先を払い、再び剣線を運八郎の眉間に当てようとした。

「キエーッ」と、運八郎は昇の払いを予期したかのごとく突いた切っ先を引き、昇の剣線など無視するかのように全体重を乗せて、またしても突きを仕掛けた。まさに捨て身である。

さすがの昇も、これをまともに受ければ相討ちになると咄嗟《とっさ》に判断して、喉元一寸前のところで切っ先を右に払い、左に避けたが、運八郎は突いたまま板壁に当たり、その反動を利して、再度、突いてきた。昇はこれも払って、再び体が入れ替わり、二人は青眼での対峙となった。

このような激しい剣は、江戸の道場ではあまり見られない。無茶狂いの剣だといわれて、田舎臭いと嫌われる。

しかし、かつて練兵館に試合を挑んできた馬庭念流《まにわねんりゅう》の遣い手と立ち合った際、先に対戦した練兵館の猛者《もさ》たちが、馬庭念流の体ごとの攻撃に逃げ体の形で下がるところを打たれて次々と敗れた。それを見て、昇は逆に相手に力負けしないようにして初手を凌《しの》いで前に出て、馬庭念流を破った。運八郎の剣筋を破るにはこれしかないと思った。

「オリャーッ」と、再び運八郎が青眼からの突きを体ごと繰り出してきた。

「ドーッ」と、今度は昇が前に出た。

運八郎の突きの切っ先を力負けしないように耐えて受け止め、木刀を絡めながら、一瞬、離れ、次に繰り出された運八郎の切っ先は昇の右手の甲をかすって流れ、昇の切っ先は運八郎の喉仏を避け、左首筋を擦るように伸び、物打ちが首に当てられたまま止まった。

「それまで」と、新右衛門の手が挙がった。

「参った」と運八郎は言って、精魂を尽くしたかのように木刀を収めて座り込んだ。

その日の夕刻、武平が酒を抱えて渡辺家に来た。武平は、昼間、昇と運八郎の試合の後、昇に試合を所望し、やはり格段の腕の違いを見せつけられていた。ただ、二人は幼い頃から兄弟同然に過ごしていたので、試合の結果も当然として、武平にわだかまりはなかった。武平は、明日が非番で泊まっていくというので、母サンが気を利かせて、昇の部屋に酒と肴を用意してくれた。

「武平。二十騎馬副に就いたそうではないか。俺も嬉しいぞ」

「忝く存じます。されど、今日、兄様と手合わせしましたが、恥ずかしくなりました。まだまだ、精進が足りぬと思い知った次第です」

「良い心がけだ。ところで、留守中、藩内の勤王派の動きはどうなっているのだ」

武平も、幼い頃から昇にくっ付いて回っていたので、清左衛門らの水戸学の勉強会にも顔を出し、自然に勤王の志を持つようになっていた。

「幸い、殿様が勤王のお志が篤《あつ》くあられ、佐幕の連中も我らに手を出せません。五教館の学生も、殿様に感化される者が多くなりました。ただ、我らの仲間にも、兄様が尊王攘夷の闇雲《やみくも》な考えに染まっていないかを心配する向きもあります」

武平が心配したように、横浜や江戸で、しばしば外国人が斬られる事件が起き、長崎でも警護の大村藩士が犯人探索や外国人の保護に駆り出されていた。

「何だと。ハッ、ハッ、ハッ。俺は、攘夷には納得だが、あくまでも外国の理不尽な侵略から日本を守ることが大事と考えている。そのための勤王じゃ。一人や二人の外国人を斬ったとて、日本を守れるわけではない。そこは、看板だけの尊王攘夷の輩とは違うわい。どうせ、浅田家老あたりが、俺のことをいろいろと喧伝しているのだろう」

「まあ、そのようなところです。ところで、兄様はご存知でしょうか。先日、朝廷から禁裏警護の御神兵を派遣せよとの勅諚を拝受した旨の前触れと、勅諚の写しが大坂藩邸より参りました。そこで、殿はこれを奉戴《ほうたい》して、近々、兵を引き連れて上洛なさるお覚悟をお決めになられました。それを決する御前会議が四日前に開かれ、来月早々にも藩士を城に集めて、壮行の儀を催されることになりました。二十騎馬副も、殿の駕籠回りを固めて京に上ることになりました。拙者もお供することになっています」

「殿の御上洛のことは、昨夜、父から聞いた。じゃが、長崎奉行は口を挟まないのか」

「よくはわかりませぬが、最近は幕府の力も衰え、以前のように、あれこれと指図することはなくなったようです」

その夜、昇は武平に自分の同志になることを頼んだ。

「兄様の仰せであれば、死ぬことも厭《いと》いませぬ」

と武平は言い、二人は志を誓い合った。

ところで、この日、昇と運八郎が対戦し、昇が勝ったことは、瞬《また》く間に城下に知れ渡った。

それまで、運八郎が大村藩では一番の遣い手だとは、誰もが認めるところであった。そのために、運八郎の名誉を考えて、歓之助も新右衛門も微神堂の試合については口外しないことにし、昇も武平も口を閉ざした。

ところが、当の運八郎が、

「昇は、強い。拙者の一撃をものの見事に払いのけた。真剣であれば、拙者の首は無かった」

と、広言した。運八郎としては、昇に負けないために研鑽した四年余であったが、それが叶わなかったので、昇への思いが吹っ切れた感があったのである。

【五】剣技

昇が藩主へ拝謁したのは、帰国して四日目の朝であった。この日、昇は父雄太夫に伴われて登城した。麻裃《あさかみしも》姿である。

雄太夫の後について藩会所の前の城への通用門を潜《くぐ》ると、右は藩主の家族や近親者が住む桜田屋敷の黒板塀が城を囲む長堀まで続く。左は水が淀む沼沢であり、それらに挟まれて馬道が真っ直ぐに通じている。

その道を進むと、右に幅九間（約十六メートル）の長堀に囲まれた城の石垣が迫り、石垣に沿って一町（約百メートル）ほど行けば大手門前の石橋に行きつく。橋を渡り、大手門横の通用門から城内に入り、左に石段を上り、枡形《ますがた》門から石段を右、さらに左に上がると二の郭《くるわ》であり、そこで本丸を囲む石垣が現れる。そして、石垣を右に見ながら進めば、やがて虎口門に着き、抜けて右に石段を上れば、本丸玄関前の広場に至る。

雄太夫が玄関脇の勝手口で案内を乞うと、稲田東馬が出てきて、敷台に片膝をつき雄太夫に目配せをした。

東馬は前の家老稲田昌廉《まさかど》の次男で、今は荘新右衛門と同じ側用人である。兄、稲田中衛《なかえ》（二百五十石）は父の跡を継いで中老に就いている。

「兵力、儂は藩庁で会議があるゆえ、これからはお主一人で殿様に御挨拶せよ」

雄太夫はそう言って、戻って行った。

昇より四歳上の東馬とは、万延元年に藩主が江戸に参勤で出府したとき、白金台の下屋敷に昇が密かに呼ばれて藩主の引見を受けた際、当時近習番であった彼に会った。そのとき以来であるが、昇にとっては、殿をお守りするという仲間意識がある。

「昇よ、久しぶりじゃ。殿様が書院でお待ちかねだ。ついて参れ」

と、東馬が立ち上がった。昇は、慌てて草履を敷台の端に脱いでついて行こうとしたが、東馬が「太刀は置いて参れ」と言うので、玄関番に預けた。

東馬の後から大広間の横の廊下を通り、突き当たりを右に折れ、廊下の先の木戸を開けて中に入ると、そこは庭が見える板敷きの間である。

「殿に取り次いでくるゆえ、ここでしばらく待っておれ」

と言って、東馬は庭に面した縁側に姿を消した。板敷きで正座して待っていると、間もなく、東馬が戻って来て、「こっちだ」と昇を案内した。

書院の前と思しき縁側に東馬が片膝をついて、障子戸の外から「昇が罷《まか》り越しました」と声をかけた。昇は縁側に正座し、名乗った。

「渡辺昇に御座います」

「遠慮はいらぬ。入れ」

紛れもない藩主純熈の声である。

「殿の仰せじゃ。中に入れ」

と東馬は言い、昇を促して、障子戸を開けて先に部屋に入った。

「御無礼仕ります」

昇は膝を進めて部屋に入った。障子戸を閉めて藩主に向き直り、深く辞儀をした。

「待ちかねたぞ。顔を見せい」

昇が頭を上げると、

「久しいのう。江戸の下屋敷で会って以来じゃ。噂に違わず、顔つきが頼もしくなった」

と声がかかった。藩主の傍らには、側用人の荘新右衛門もいた。

「殿様におかれましては、恙無《つつがな》くお過ごしのことと受け承っておりますれば、何よりのことお喜び申し上げます。本日は、御拝謁を賜り、真にありがたく存じ上げます」

「どうじゃ、久しぶりの大村は。少しは寛《くつろ》いだか。お主は部屋住みの身で、突然の帰国でもあり、今は表の職目を授けることができぬ。新右衛門とも相談したが、しばらくは治振軒にて、長井兵庫のもとで師範心得として藩士の剣を鍛えてもらう。ただ、来たる上洛の折は、余の駕籠脇に控えておくことを命ずる。その支度《したく》については、新右衛門とも相談せよ。このことは雄太夫も承知じゃ。これより、余のために汗をかいてもらわねばならぬ」

「もとより、殿様のためには心骨生命を惜しまぬ覚悟で御座いますれば、何なりとお命じ付けくださりませ」

「嬉しく思うぞ。帰国の途次の諸国の事情など、後で聞かせてくれ」

「畏れながら、そのことで御座いますが、よろしゅう御座いますか」

東馬が「これ、昇」と注意したが、「いや、構わぬ」と藩主が制した。

「されば、私が聞いた話では、イギリスが島津を攻める前か後に、派遣した軍艦で、長崎を攻撃して占拠し、日本国支配の拠点を築こうとしているというので御座います。この話は殿様のお耳元まで達して御座いましょうか。御上洛の隙を突かれぬように、準備されるのが何よりと存じます」

「昇、口が過ぎるぞ」

次は新右衛門が注意した。

「構わぬ。イギリスの動きについては、昨年の秋から同じような噂を何度か聞いておるが、何ぶん、幕府も長崎奉行所も明確な指示を出さぬゆえ、当方も特段のことをするわけには参らぬ。

無論、防備は日頃から固めておるゆえ、滅多なことでは後れを取らぬとは思うが、お主が帰国して心強い。以後、勤めよ」と藩主は言った。

「失礼をいたしました。また、拝謁を賜り、ありがたき幸せに御座います」

「そうじゃ。先程、新右衛門と話したが、お主の剣技を披露しておいた方が藩士の鍛錬にはよろしかろうということになった。お主の撃剣と居合を見せてもらうこととする。楽しみじゃ」

「何を披露するかは、柴江運八郎と相談すればよい」

新右衛門がそう付け足した。

昇は「心得ました」と答え、東馬と一緒に部屋を下がった。

昇の剣技披露の日はすぐにきた。藩主に拝謁したその日に、治振軒取立である長井兵庫（五十石）から剣技披露の命が下り、二月二十六日に城内馬場にて執り行うこととなった。

昇は、急ぎ運八郎に相談し、披露する演武を決め、一通りの練習をした。運八郎は、先日の試合の結果を引きずらず昇に協力してくれたので、滞りなく準備をすることができた。

このとき、昇にとって嬉しいことがあった。

「お主は江戸で多くのことを見たり、聞いたり、考えたりしたはずだ。そこで得た志を抱いて大村に帰ってきたのであろう。俺は武辺者で、しかも大村では考える種は限られる。先だっての勝負で、俺はお主が考えることを信じると決めた。神道無念流の剣を極め、俺に勝ったというだけで、俺にはお主を信ずる理由が立つ。大村をどう変えるか、お主は考えているはずじゃ。

だが、今はときを待て。俺はお主を信頼しているが、お主も俺を信じよ。無論、斯《か》く言う上は、俺の命をお主に預ける」

と運八郎が言って、昇の手を握った。

「忝く存じます。無論、拙者も運八郎様を信じます」

昇は運八郎の手を握り返し、応えた。武平に次ぐ二人目の同志を得たのである。

剣技披露の日の朝、城郭の下にある馬場の一角に天幕が張られ、一段高く設《しつら》えた白木の台座に床几を据えて藩主が座り、左右に藩の執政らが並んでいる。そこには、父雄太夫もいた。さらに、藩士たちがすし詰めに座り、後ろでは立って見ている者もいる。馬場を取り巻く見物の者は、五百名は超えていようか。噂に聞いた昇の剣技を一目見ようと、城下や近くの郷村に住まう藩士も集まってきたようである。

まず、白襷《しろだすき》掛け、白鉢巻きの昇と運八郎との間で、真刀《しんとう》で神道無念流の面打ち、突き、小手打ち、胴打ち、連続打ちといった主要十八手の組太刀演武を行った。運八郎は治振軒で神道無念流を教えている。神道無念流の太刀筋が身に付いていなければ、打つ方も受ける方も真剣を振るって寸止めすることはできない。

ただ、日頃の昇の佩刀は刃渡りの長い肥後の業《わざ》物である。刀の刃渡りは、通常二尺三寸（約七十センチ）程度であるが、昇の刀は二尺六寸（約八十センチ）もある。その分、鎬《しのぎ》も厚くなるので、重たく、膂力《りょりょく》逞しい昇しか扱えない。組太刀とはいえ、相手の運八郎にとっては昇の刀は受け止めにくい。そこで、組太刀演武は両者二尺三寸の刀で行った。そして、最後に昇が居合の真刀斬りを披露することになった。使う刀は昇の佩刀である。

馬場には、十分に水を吸った藁《わら》を直径で五、六寸（一寸＝約三センチ）ほどに巻いた、六尺（一尺＝約三十センチ）ほどの高さの青竹を俵土嚢《どのう》に突き立てたものが四十個、約二間半（一間、約百八十センチ）おきに大きな半円形に並べられた。

昇は藩主に向かって礼をしたのち、腰を落として蹲踞《そんきょ》し、最初の一本に対峙した。そして、鞘《さや》に左手を当て、鯉口《こいぐち》を切って立ち上がった。

「エイーッ」と、抜き打ちで一本目を左下から右上に斬り上げると、「キエーッ」と、返す太刀で右上から二本目を落とし、間髪入れず、三本目を走りざま跳ね上げ、四本目を右上段から袈裟懸けに斬り下げた。間を置かず、五本目を左から、六本目を右から真横に両断し、七本目を左上段から袈裟落としに斬り下げ、残る藁巻きの竹の上から一尺ほどのところを、ほとんど走り去るような早さで、まるで人の首を刎《は》ねるかのように薙《な》ぎ落としてしまった。

藁巻きの青竹に倒れたものはなく、斬り落とされた部分だけが地面に転がっている。凄《すさ》まじい剣技である。

「フーッ」と、刀を鞘に収めた昇は、詰めていた気を吐き、少し足を開いた姿勢から蹲踞に戻り、左膝を突いて藩主に向かって礼をした。息の乱れはない。藩主をはじめ、その場にいた者たちは昇の鬼気迫る剣技に魅入り、ある者は恐れた。

「あっぱれじゃ。お主の剣をしかと見届けた。善き精進じゃ。皆の者、この剣を見習え」

と、藩主は大声で言った。

こうして、昇は自分の存在を皆に確かに刻みつけたのである。

その夜、昇は運八郎と共に、藩主から褒美の酒をふるまわれた。その席には演武を取り仕切った新右衛門と歓之助もいた。二人は、この日の昇の剣技を褒め、とくに歓之助は、「昇。これで大村の神道無念流は安泰だ。以後、よろしく頼む」とまで言った。

【六】長崎騒動

昇の演武から間もない、文久三年（一八六三）三月七日、大村藩大坂藩邸留守居井石兵衛から緊急の文書が大村に届いた。

それには、長崎でイギリス艦隊との間で戦端が開かれるかもしれないとの噂があり、井石が大坂城に老中牧野備前守忠恭《ただゆき》を訪ね、その噂の真偽のほどを問い合わせた。幕閣はその噂に近い動きがあることを確認していること、しかも、開戦の可能性を関係各藩に通知する文書もあり、その写しを手に入れたので、それを同封するとあった。

慌てた大村藩では、早速、評定を行い、イギリスとの開戦も已む無しと判断し、藩主の上洛を延期し、あわせて藩士に長崎出兵の準備をすることを達示したのである。

その後、三月十五日になって、長崎奉行所との取り次ぎを行っている大村藩長崎藩邸の聞役《ききやく》が長崎奉行大久保豊後守に呼び出された。大久保は聞役に対して、イギリスと戦端を開く危機が迫り、長崎警護と領海防備を厳重にせよとの幕命を伝えたと報せてきたのである。

大村藩では、すでに進めていた戦時体制を固め、長崎奉行所の指図に従って福田砲台に据え置いた大砲の一部を浦上に移動させ、また側用人荘新右衛門をして長崎藩邸詰を命じ、先陣二百人を率いて出立させた。

さらに、後詰《ごづめ》の本隊五百人を付けて、侍大将で格外家老の大村五郎兵衛（千四十石）、者頭《ものがしら》の雄城《おぎ》五郎右衛門（百石）ら藩の主だった者を長崎へ派遣すると同時に、外海《そとめ》の福田、瀬戸、崎戸の大番所をはじめ、計十六か所の番所へも差配格の藩士と補充の兵を派遣した。

この騒動のため、昇は荘新右衛門に従って長崎藩邸に詰めることとなった。柴江運八郎も一緒である。イギリスとの開戦の際には、長崎市街地での戦闘も予想されるので、手練《てだ》れの昇や運八郎を連れていくことを新右衛門が藩主に乞い、藩主も了承したのである。

昇は、長崎藩邸に向かう途中、一年前から浦上屯所に詰めている兄清左衛門に会った。

「兄様。イギリスの艦隊が攻撃するやもしれぬという危急のときにお会いすることになりましたが、お達者で何よりに御座います」

「お主こそ、息災で何よりじゃ。剣技披露のことは父上からの手紙に書いてあったが、父上も喜んでおられた。それよりも、これを見てみろ」

と清左衛門は言って、いきなり昇に鉄砲を差し出した。前置き抜きで用件に入るのは兄の癖である。

昇が受け取った銃は、全長が四尺（約一メートル二十センチ）を超えるが、思ったよりも軽く、手に馴染んだ。

「エンフィールド銃じゃ。射程は五町（約五百メートル）以上で、火縄銃のように裸火が要らぬから雨でも撃てる。頑丈にできているから扱いやすい。イギリスの軍で使っているものを、一丁だけ内密に手に入れたが、銃口から覗くと施条の溝が見えるはずじゃ」

昇は、言われるまま銃口から中を覗くと、溝が刻まれているのがわかった。

「その溝をライフルという。これが凄まじい威力を出す。これまでの火縄銃は無論のこと、西洋銃よりも格段に命中する。しかも、弾の飛距離も五、六倍、さらに装填が早くできる。こんな物騒な銃をイギリス軍は使っているゆえ、できれば戦はしない方がよい」

昇は、清左衛門の話す意味は何とか理解できたが、「戦はしない方がよい」という点については反感を覚えた。しかし、兄は昔から嘘はつかないし、兄が言うことに従っていれば間違いないという経験上の実感があったので、「然様《さよう》ですか」と答えるに留めた。

「ところで、昇には折り入って話しておかねばならぬことがある。今日は人目もあるゆえ、非番の時に、拙者が長崎に行く」

清左衛門はそう言って、二人は別れた。浦上から長崎藩邸までは、急げば半刻（一時間）である。

その数日後、清左衛門が長崎藩邸を訪ねてきた。

「このような折ゆえ、酒を飲むのも憚《はばか》られる。少し歩きながら話そう」

と、清左衛門は昇を、海とは反対側の高台にある福済寺の境内へと誘った。

「昇。お主は今の藩がどのようになっているのか、帰国したばかりで判らぬであろうが、殿様は孤立しておられる。先代様（純顕）と同じように、余儀なく禅譲《ぜんじょう》仕ることになられるかもしれぬ」

「兄様。誰が、何故《なにゆえ》あってそのような謀《はかりごと》を企むのですか」

「御家老、御両家、さらに元締の富永快左衛門殿あたりが中心であろうが、無論、長崎奉行の息もかかっているはずじゃ。理由は簡単だ。殿様は藩の財政に無理をしても武力を強めようとなされていることだ」

富永快左衛門（八十三石）は、家老の浅田弥次右衛門の実弟で、藩庁の事務方全般を取り仕切る元締役をしている。

「されど、それは外国から国を守るうえで必要なことで、長崎奉行にも都合がよいことではありませぬか」

「問題は、殿様が勤王の志をお持ちであることだ。それが幕府は気に入らぬようだ。さらに、御家老（浅田）は、このままでは藩の財政が立ち行かぬと心配しておられる。藩士の多くも困窮し、農民や漁民や町方も税に喘《あえ》いでおるのも事実じゃ。こうした藩内の不満を後ろ盾にして、御両家と御家老は、御養子絢丸《あやまる》様を立てようとしておられ、これを長崎奉行と幕府が後押ししているようじゃ。幕府にしてみれば、藩主の座を二代にわたって仕置きできれば、今後、大村藩は意のままになる。何しろ、銭函《ぜにばこ》の長崎を黙々と守ってくれる重宝な藩だからな」

絢丸は、先代藩主大村純顕の子で、本来は藩主の座を引き継ぐところ、幼少であることから現藩主が継ぎ、その養子になって世子《せいし》の届けが幕府に受理されながら亡くなった於兎丸《おとまる》の弟である。今は、絢丸も兄と同じく、藩主の養子と世子の届けが幕府に受理されている。

「怪しからぬことではありませぬか。たとえ御宿老といえども許せませせぬ」

「そういう、お主の短気が心配なのじゃ。父上も、お主が帰国して何を仕出かすか心配だと仰せじゃ。昇、よく聞け。今は、ひたすら殿様を支えるのじゃ。殿様が進めておられる武力の増強も、ひとたび攘夷戦争が起これば、先見の明があったと幕府に認められる。そうなれば、禅譲の話などは吹き飛ぶ。藩の財政の窮乏も今が耐え時じゃ」

兄清左衛門や父雄太夫が昇の帰国後のことを心配するのも無理はなかった。昇は幼い頃から腕白で、気に入らないことは腕力に頼るきらいがあった。藩内の力の均衡が微妙に保たれているところに昇が加わるのは、均衡が崩れ、やがては藩が混乱に陥り、幕府につけ入る隙を与えることになりかねない。とくに、浅田家老と昇は仲が悪い。それだけに、何としても昇の暴発は抑えねばならなかった。昇は兄に改めて自重を約束させられて別れたのである。

昇らが長崎藩邸に待機して数日後の三月二十一日に、藩主純熈が自ら長崎に出て、長崎奉行大久保豊後守に挨拶し、その足で長崎藩邸に入って、派遣されて駐留する軍の主だった将兵を激励して二十三日には大村に帰着した。

翌二十四日、藩主は家老や用人らを集めて、兵站《へいたん》計画の会議を開いた後、側用人の稲田東馬や勘定奉行の中尾静摩（五十石）といった側近を内々に呼んで、昇の処遇について意見を聞いた。中尾は清左衛門の旧友で、やはり勤王の志を共にし、昇にも優しい。

「此度《こたび》、長崎奉行豊後守殿を訪ねた際、御家来衆が、江戸表で剣豪の名が高い昇に神道無念流の剣を学ぶことを所望しているとのことであった。ついては、長崎奉行所に出稽古で来てもらうか、御家来らが長崎藩邸の剣道場に通うことでも構わぬので、何とか実現の運びで進めてもらえぬかという催促があった」

「殿。此度の長崎騒動については、昇が最も早く、しかも正確に状況をつかんでおりました。さらに、京より戻った弟（長岡）治三郎らの報告によれば、武家伝奏の坊城《ぼうじょう》俊克《としかつ》様に殿の御上洛の御予定を言上申し上げた際、すでに長州藩からも殿の勤王の御志が強固であると聞いており、とくに長州藩の桂小五郎殿が当藩の勤王振りを褒めていたとのことで御座います。桂小五郎殿といえば、昇とのつながりが強く、ここは、今後、昇を対外の交渉役として使うのは、わが藩にとって益多いことかと存じます」と、中尾。

「真に昇は、剣の腕のみならず、胆力があり、人脈も豊かなれば、このように朝廷、幕府、諸藩の動きが激しいとき、事情に通じるためには、わが藩には欠くべからざる者かと存じます。練兵館に剣を学ぶ者が、北は蝦夷の松前藩から南は薩摩藩まで全国から来ておりますし、事実、この度の帰藩の途中で諸藩を訪れ、どの藩でも歓待されたようで御座います」

と、東馬も言った。

「然様《さよう》か。ますますもって、昇の使い道を考えねばなるまい」

純熈がそう言うと、東馬はこう進言した。

「ただ、厄介なことには、御家老浅田様は、昇を好ましく思っておいでではないようで御座います」

「そこよ。此度の長崎奉行の申し入れも、昇を大村から離しておく浅田の入れ知恵ではないかと疑ったが、浅田が昇を嫌っていなければ、帰国する絢丸の剣術指南に登用して、相応の扶持を与える手もあるのじゃが」と純熈。

幕府に養子届を出して世子とした絢丸は、幕府の人質解放政策で江戸を発ち、大村に帰る途中であった。

「しばらくは、今の治振軒師範心得のまま役扶持を給するだけとし、足りねば別に余の手許から内緒金を給することとする。浅田らには悟られないようにせよ。そのうちに、昇を使うときが来ようゆえ、働きようによって、追々、表で登用することにする。お主ら、然様、心得よ」

と、純熈は昇の処遇を決めた。

藩士の嫡男以外が藩の役目を担う場合は、役扶持として年間米三俵が与えられることになっている。事実、昇には、治振軒剣術師範見習いとして年三俵の蔵米が与えられている。

「さて、長崎奉行所の件は如何《いかが》する」

と、純熈は東馬らに重ねて問う。

「長崎奉行所とつないでおくことは重要で御座いますが、やはり、昇は手元に置いておくことが肝要かと存じます。昇を長崎に置いたままにしておきますと、長崎奉行が如何な因縁を付けて抱え込もうとするかもしれませぬ。さすれば、昇をひとまず大村に呼び戻し、長崎へは、神道無念流の相応の手練れを遣ればよろしいのではないかと存じます。何、江戸から下ってきた長崎奉行所の青侍《あおさむらい》にわが藩士は滅多なことでは破れはしませぬ」と中尾は言う。

「打って付けの者がおります。二十騎馬副の梅沢武平で御座います。武平は、顔つきも体つきも昇に似ておりますし、剣の腕も藩士の中では相当のものです。昇とは従兄弟同士でありますし、二、三か月に一度程度は昇自身に出稽古に伺わせる、とでも言えば、奉行所も受け入れるのでは御座いませぬか」と東馬。

「良き案じゃ。その方向で進めよ」

と純熈は言い、早速、昇の大村召喚が達せられた。また、同時に梅沢武平の長崎藩邸詰めが決められた。ただし、二十騎馬副の身分と手当はそのままである。

第二章　激動の始まり（鳥羽伏見の戦いまで四年四か月）

【一】楠本勘四郎

　文久三年（一八六三）四月上旬、長崎から呼び戻された昇は、東馬を通じて藩主から内緒金が支給されるとの沙汰を受けた。しかし、もともと金銭には頓着しない質《たち》である。また、役宅はないが、父の屋敷に住むので、これもとくに不自由はない。昇は、治振軒で伸び伸びと藩士の剣の鍛錬に当たるようになった。

　こうして、昇の評判は瞬く間に藩領全域に及び、昇に、一手指南を受けたいという領内各地からやって来た藩士で、治振軒の門前は賑やかになった。とくに若い藩士は、長崎騒動が起き、剣の面で積極的に指導を仰ぐようになり、自然と昇の周りに集まるようになった。

　また、微神堂も昇の参加により賑やかになり、なかには隣の平戸藩や五島藩、佐賀藩領諫早、さらには譜代の島原藩からも入門の問い合わせがあり、かつて斎藤勧之助を大村に招聘《しょうへい》したときのような活況が、徐々に蘇り始めた。

　この頃の昇の楽しみは、姪のフデを連れての毎朝の散歩である。昇の巨躯と小さいフデの対比は傍《はた》から見れば可笑しかったが、近所の人々は二人を微笑ましく眺めた。そして、これが昇への当初の警戒心を和らげることになるとは、当の昇も気付かなかった。

帰国後の昇の身辺が変化し始めた四月末に、伊勢神宮へ藩主の代参に出かけていた楠本勘四郎が帰国した。勘四郎は藩会所に帰国の届けを済ますなり旅装束のまま治振軒にやって来て、玄関脇から稽古中の昇に叫ぶように声をかけた。

「兵力」

「おお、勘四郎か」

昇も稽古を止めて駆け寄り、二人とも両手を差し出して肩を抱き合った。

「お主は太くなって、まるで相撲取りだな」

「お主こそ、顔つきが一人前の侍になったな」

「当たり前だ。家督も継いだし、嫁ももらった。今は平之丞《ひらのじょう》と名乗っておる」

「平之丞というのか。それは知らなかった。じゃが、やはり勘四郎にするわ。嫁御がいることは聞いている。拙者と違ってお主は女子《おなご》に好かれとったから、嫁御選びにも事欠かなかったのではなかったかのう」

「お主の口ぶりは昔と全く変わっておらぬ」と勘四郎は苦笑いした。

「久しぶりじゃ。今夜、一杯やらぬか。お主の屋敷に酒を持って行くが、どうじゃ。拙者も、留守中の藩のことも、お主の旅のことも、いろいろと聞きたいのじゃ。それに、嫁御殿にも挨拶しておかねばならぬ」

「済まぬが、今夜は勘弁してくれ。藩庁で帰国の届けをした折、お主がここにいると聞いて急いで会いに来たが、これから藩庁に戻り、御家老に大事なことを報告しなければならぬ。それに、屋敷に帰れば、拙者の留守が長かったゆえ、妻も母も夕餉を共にしたいと思っているはずじゃ。拙者もゆるりとしたい」

勘四郎の妻は、知行七十五石の馬廻村部俊左衛門の娘である。

「いや、済まなかった」

と、昇はさすがに邪魔だったことに気付いた。

「拙者もお主に積もる話がある。明日は殿に代参の報告をし、京、大坂の事情を話さねばならぬ。大方、夕刻には屋敷に戻ると思うが、戻れば、お主のところに使いを出す。それから拙者の屋敷に来ぬか。お主の帰国祝いもしなければならぬ。酒と肴を用意しておくように、妻と母には言っておく」

そこで二人は別れ、勘四郎は藩会所に戻った。

次の日の夕刻、勘四郎の屋敷で二人は酒を酌み交わした。勘四郎も出府の折に通った練兵館のことや、昇が留守していた間の藩での動きなど、一通りの話題の後に、話は自ずと天下の情勢に移った。勘四郎は最も新しい情報を得て帰って来ていたからである。

この頃、京では、公武合一派と尊王攘夷派との間の鬩《せめ》ぎ合いが続いていた。

公武合一（合体ともいう）派は、天皇の下で、幕府を中心とする雄藩連合を作って国難に対処しなければならないと考えていた。武家では将軍後見職一橋慶喜《よしのぶ》、政事総裁職松平春嶽《しゅんがく》、宇和島藩主伊達宗城《むねしろ》をはじめとする面々であり、公家では先の関白近衛忠熙《ただひろ》、現関白鷹司輔《たかつかさすけ》熙《ひろ》、久邇宮朝彦《くにのみやあさひこ》親王（青蓮院宮改め。通称、中川宮）、議奏中山忠能《ただやす》などが代表である。

また、近衛忠熙の背後には島津藩があり、島津久光も将軍上洛に合わせて上京しようとしていた。さらに、土佐藩の前藩主山内容堂《ようどう》も上洛し、京で活躍していた土佐勤王党の平井収二郎や間崎哲馬を国元に送り返し死罪に処すなど、親幕府の立場から動き始めていた。さらにまた、文久二年（一八六二）に京都守護職に就任した会津藩主松平容保《かたもり》が十二月末に軍を率いて京に入り、治安の回復に力を注ぎ、その効果が徐々に現れ始めていた頃でもある。

一方、尊王攘夷派の武家の筆頭は、名目上は長州藩主毛利敬親《たかちか》だが、その背後に、桂小五郎、久坂玄瑞《げんずい》、高杉晋作らの長州藩士、武市半平太らの土佐の藩士や脱藩浪士、その他の尊王攘夷の浪士たち、また公家では、一月に議奏に任じられた三条実美《さねとみ》、姉小路公知《あねこうじきんとも》らがいた。

また、尊王攘夷派は、これまで土佐の岡田以蔵や薩摩の田中新兵衛などを使って幕府協力者とみられる者の暗殺を行い、文久三年に入っても、儒学者池内大学をはじめ、暗殺や脅迫を続けて圧力をかけていたために、朝廷内では公武合一派が急速に勢いを失いつつあり、国事参政等の要職の大半は三条らの尊王攘夷派に握られた。

この背景には、孝明天皇が大の外国嫌いであることが影響しているといわれるが、尊王攘夷派がそれを、ことさら利用した節《ふし》もある。

京都において尊王攘夷派と公武合一派が鬩ぎ合う情勢の中、文久三年三月四日に将軍徳川家《いえ》茂《もち》が上洛した。文久元年（一八六一）の皇女和宮《かずのみや》降嫁への礼という名目だが、実際は、すでに開港した横浜、長崎、箱館（函館）の閉港と、攘夷決行の意志を明確にするように朝廷から求められていることに対して、将軍直々に上洛し、過激な攘夷を押しとどめることが目的であった。幕府は、三港の閉鎖など現実的でないと考えていたのである。

それにしても、徳川将軍の上洛は二百三十年ぶりであった。まさに、政《まつりごと》の中心が江戸から京に戻った感があった。

「将軍家茂公が上洛したと聞いたが、本当か」と昇が勘四郎に聞いた。

「そうじゃ。実は、殿からは伊勢代参も重要だが、京に上っての事情探索の方が大事と言われていたのだ。しかし、伊勢から京に上る間、関所、関所で止められるわ、宿改めで吟味されるわで、難儀した。幕府も、将軍家上洛には並々ならぬ覚悟をもって臨んだようだ。それにしても、老中水野忠精《ただきよ》と板倉勝静《かつきよ》までもが将軍に同道し、将軍後見職一橋慶喜侯と政事総裁職松平春嶽侯が滞京する有様は、まさに政が江戸から京に戻された観だ。早速、わが藩も六条本圀寺《ほんこくじ》山門近くに仮藩邸を構えることになると、大坂藩邸で聞いた」

「朝廷の威光が高まることは良いことだが、孝明天皇は夷狄をお嫌いだと聞いている」

「そのようだな。これで孝明天皇のお望みになる攘夷が約束されるはずと、公家方は喜んでおられるようだ」

「そうか。だが、幕府は夷狄と条約を結んだ立場だ。簡単に破約へと進むとは思えぬ。此度の長崎騒動も、幕府の腰が据わっておらぬゆえ、長崎の民もわが藩も迷惑しておる。のらりくらりと事態の決着を先送りしているのではないかと思っておる」

「確かに、お主の言う通りだ」

「それで、攘夷は行うのか」

「殿と御家老方にしか話していないが、実はそのことで帰国を急いだのじゃ。四月二十一日に武家伝奏から京大坂に藩邸を構える諸藩の留守居役に、五月十日をもって攘夷を行う旨の伝達があった」

「何、五月十日だと。すぐではないか。攘夷をどのように行うというのか」

「拙者は、攘夷決定のことを早く国元に報せようと二十三日に大坂を発ったゆえ、詳しいことはわからぬ。追って大坂藩邸からの報せも参ろう。それにしても、帰る途中、殿の命で備前、備後、安芸、長州の海岸を観察してきたが、実際、長州だけが攘夷の備えをしている。馬関《ばかん》（下関）の砲台など、拙者のような他藩の者にも歴然とわかる備えであった」

昇は、長州藩が攘夷で世間を騒がせ、また政治でも攘夷一辺倒であったから当然だとも思ったが、どれほどの実力があるのか、長州の攘夷決行を見てみたいものだと思った。

翌日、昇は側用人の稲田東馬に面会を求めた。

「長州、馬関（下関）で、攘夷の開戦がありそうです。わが藩の備えの参考に、是非に観戦したいと存じます。出張《でば》りをお許しくだされ」

「長州が攘夷の戦を始めるのかどうか、わからぬではないか。また、攘夷の幕命も届いておらぬ。焦ることもなかろう」

「拙者は、多くの長州藩士を鍛えて参りました。その者たちが異口同音に申すには、攘夷のための鍛錬という言葉でした。幕命が出れば、即座に攘夷の戦を仕掛けるはずです。拙者も、鍛えた者たちがどのような戦をするのか見たく存じます。どうか、殿様のお許しをいただきたく、お願い申し上げます」

しかし、攘夷決行の幕命は届いていないとして、東馬は藩主に取り次ぐことを一旦拒否したのであるが、大坂藩邸から幕命が下ったとの報せが五月五日に届いたのである。

その内容は、五月十日をもって外国との条約を破棄するので、開港場からの三十日以内の外国人の立ち退きを要求すること、ついては外国人が承知しなければ戦争となるであろうから、外国人が襲来の折は撃退すべきこと、といったものであった。

ただ、この通知では、大村藩として何をすべきか判別できないので、とりあえず長崎での軍勢の配置をそのままにして長崎奉行所に問い合わせた。他方で、昇の申し出を受け入れて、長州藩の出方を観察するために、下関に彼を派遣することにしたのである。

【二】長州藩の攘夷決行

昇は、従兄弟で砲術方を務めている千葉茂手木《もてぎ》を同道して大村を発ち、四十里を三日間歩き通し、大里から渡し船に乗って、五月九日夕刻に下関に着いた。

昇らは下関で廻船問屋の白石正一郎の屋敷を訪れた。名乗って案内を乞うと、白石自身が現れた。

「これは渡辺様。珍しい方がいらっしゃいました」

と白石は喜び、海が見える二階の客間に案内した。昇は白石とは江戸で小五郎に紹介されて面識があった。

「白石殿。お久しぶりです。早速だが、長州藩が攘夷の戦を始めると聞いて大村から飛んで参りました。明日が期限の日ですが、観戦したいと存じます。然るべき伝手《つて》を紹介願えないかと存じ、貴殿を訪ねて来た次第です」

「さすがは渡辺様で御座います。そういうことで御座いましたら、是非にお役に立ちとう御座います。この数日、攘夷じゃ、攘夷じゃと、萩、山口だけでなく、長府、岩国、さらには江戸や京からも大勢の藩士の皆様が下関に下って来ていらっしゃいます。また、全国の勤王の御浪士の方々もお集まりです。そうした方々を合わせると、総勢で千名は超えていると伺っています。全体の御奉行は御支藩長府藩主の毛利元周《もとちか》様が務めておられますが、前田砲台では久坂玄《げん》瑞《ずい》様が陣頭指揮を執っておられます」

「久坂殿にはお目にかかったことはないが、お名前は何度も聞いております」

「では、明日、久坂様の陣屋に手前どもの手代がご案内いたします」

こうしてその日、昇らは白石の屋敷の離れを宿所に使わせてもらい、翌朝、夜も明けきらない暗いうちに白石の店の手代の案内で前田砲台に出向き、久坂に会った。

久坂は昇より上背が少し低いくらいで、偉丈夫である。久坂は昇のことを知っていた。

「小五郎殿から貴殿のことは聞いております。遠方からの御来訪ゆえに、ゆるりとお話をさせていただきたいところですが、本日は攘夷決行の初日につき忙しくしており、御無礼をいたします」

そう言って、昇と話を交わす暇もなく陣屋を出て行った。ただ、「この者が、貴殿の御用を承るでしょう」と、自分の手下だという者を付けてくれたのである。

結局、昇と久坂はこの日が、最初で最後の邂逅となった。

その日、昇らが調べた長州藩の陣立ては、前田と壇ノ浦を中心に下関海峡の長州藩側要衝数か所の砲台から海上に睨《にら》みを利かせ、二隻の蒸気船を含む軍艦四隻の遊弋《ゆうよく》行動で海上を封鎖し、千名ほどの兵で陸を固めるといったところであった。

筆で記録することは禁じられたが、前田砲台の見学に同行した千葉が感心して言った。

「このような大規模な大砲陣地は見たことがありません。また、大砲も、わが藩のものとは倍の大きさで、砲身が三間（六メートル弱）もありますので、弾も十町（約一キロメートル）は飛ぶはずです。この砲がそれぞれ五門、さらに小さな砲も十門ほどで、これではさすがの外国軍も敵わないでしょう」

千葉家は、代々大村藩の砲術三家の一角をなしていた。砲術三家とは、千葉家（自覚流）、淵山家（淵山流）、大島家（荻野流）であり、なかでも千葉家は戦国時代から大村家に仕え、三家のなかでも最古参の家柄である。それだけに火砲や戦術には詳しく、長州藩の大掛かりな大砲や陣地設営には驚いたようである。

この日、昼までは特段の動きもなく、昇が前田砲台に近い高台に腰をおろして白石邸で持たせてくれた弁当を食べていると、急に周りが慌ただしくなった。すぐに、千葉が聞き回ってきた。

「昇殿。どうやら、対岸の田ノ浦に外国船が停泊している模様で、こちらの砲台では攻撃のための大砲の準備を始めた様子です。ただ、ここにある大砲でも弾は届かぬと存じます。軍船も動き始めましたので、あるいは船戦《ふないくさ》になるかもしれません」

と言い、なおも状況を探りに行った。

その頃本陣では、指揮官毛利元周配下の戦《いくさ》奉行と久坂が激しく議論を戦わせていた。

「外国船は小倉領に停泊しているゆえ、小倉藩が討ち払いをするのが筋である。長州藩としては、外国船が長州藩内に入ったところを攻撃すればよい。その機が来るまでは、攻撃の準備だけを手抜かりなくしておくことが肝心じゃ」

と、戦奉行は言った。これに対して久坂は反論した。

「そもそも攘夷は日本全体の問題です。藩領などという細かい問題に拘《こだわ》るべきではありませぬ。小倉藩は譜代で、本来、一番早く幕府の命令を実行すべきでありますが、それをやらないのは臆していているだけです。幕府から攘夷の命令は下されており、何憚《なにはばか》ることなく我らから攻撃すべきです。幸い軍船も揃っており、砲撃を加えれば外国船も田ノ浦を出ざるを得ぬものと存じます。そこをわが砲台が攻撃することとすれば、よろしいのではありませぬか」

そして、動かぬ戦奉行に対して「さては、貴殿は臆されたか」とまで言ったので、今度は、長府藩の藩士たちが刀に手をやる騒ぎになった。さすがに、長州本藩から派遣されている軍監が間に入り、久坂を黙らせ、一方で毛利元周に促した。

「ここで手を拱《こまね》いても事態は動きませぬ。一旦、小倉藩に使者を遣り、本日中に外国船を討ち払うか、あるいは立ち退きを命じるよう督促してくだされ。さもなくば、出陣した兵や全国から集まった諸士が収まりませぬ」

毛利元周もこれを受け入れ、早速、早船で田ノ浦の小倉藩陣所に使者が送られたが、梨の礫《つぶて》であった。

小倉藩側は、長年下関海峡を挟んで諍《いさか》いが絶えない長州藩の攘夷への突出ぶりに辟易《へきえき》していた。また、幕府からも外国船へのこちらからの攻撃は慎むように報せが来ていた。そこに、田ノ浦沖に停泊している外国船を攻撃するようにとの長州藩からの要求であるから、無視したのである。

結局、長州藩の攻撃開始は五月十一日の夜中になった。最初に前田砲台の砲が開戦の合図のように鳴り響き、満を持していた長州藩の軍艦庚申丸《こうしん》と癸亥丸《きがい》が砲撃を開始した。

庚申丸は長州藩が独自に建造した大型帆船で、搭載する大砲も三十斤（一斤は一キログラム）六門と癸亥丸の十八斤砲二門、九斤砲八門よりも強力であるが、癸亥丸はイギリス製の蒸気船で船足は速かった。

一方、予告なしの砲撃は当時の国際法に反する行動であり、また攻撃を受けた外国船はアメリカの商船であり、商船に対する攻撃も国際法違反である。しかし、長州側はそのようなことには頓着なかった。もっとも外国船は商船であり、長州藩側から砲撃を受けたものの反撃しないで無傷で周防灘に逃げ切った。

この間、昇らは前田砲台にいた。千葉が砲術方らしく、長州藩の大砲の見学を始め、砲撃準備の様子を昇に刻々と伝えるので、昇も据え付けられた大砲が発射されるのを待った。そして夜中になり、大砲が発射され、沖合でも軍艦の砲らしい発射音が聞こえたが、命中したのかどうかはわからず、ただ砲台の兵たちの歓喜の声だけが長く続いたのである。昇らにとっても、あっけない攘夷戦争の開始であった。

次の朝、まだ見物したいという千葉を前田砲台に残して白石邸に戻った昇は仮眠を取り、昼過ぎに白石と話した。早速、砲撃の様子を白石に話したところ、白石は声を落とした。

「外国勢が本気で本藩に戦争を仕掛けてきたら、手強いと存じます。まず、こちらからの砲撃が海峡の向こうまで届かねば、小倉藩が手出ししない限り、外国船は平気で往来できます。こちらの船も装備も外国の軍艦に見劣りします。お侍様には言いにくいことですが、多分、この戦争は負けます」

昇は、白石の弱気な見方に意外な感を抱いた。

「では、長州藩は何故に戦争を始めたのだろうか」

「これは御家老の麻田様のお言葉ですが、長州の攘夷は嚆矢《こうし》であり、捨て石に過ぎぬと仰っていました」

「麻田様とは」

「失礼いたしました。周布《すふ》政之助様のことですが、公儀を憚り、今は麻田公輔と名を変えておいでです」

「周布様ならば江戸で何度かお会いしたが、周布様がそのようなことを仰せであるか」

「日本が一丸となるしか外国には勝てぬ。加えて、彼我《ひが》の武力の差も埋めねばならぬとも仰せです。此度の戦で長州藩が苦境に陥ったとしても、幕府は助けないでしょう。むしろ、外国勢と結託して、長州の取り潰しに当たるは必定。それを他藩が見て見ぬ振りをするのであれば、日本はそれまでのこと、このような国は潰れればよいとも仰せです」

昇は「そのようなことはさせぬ」と言い返したが、勝算があるわけではない。

「その気概で御座います。どうか、大村に戻られても、長州の戦いぶりをしっかと見ていただき、続いていただきたいのです。渡辺殿、どうかお願いいたします」

昇は白石と話して、自分が尊王攘夷を口にしても口だけではなかったか、周布のような覚悟が備わっていないのではないかと反省し、同時に高揚感を覚えながら、「不肖、渡辺昇、日本のために働いて見せますぞ」と自分に言い聞かせるように白石に言った。

数日して、昇らは攘夷戦争に特段の動きがないと判断して、帰国することにした。見聞した攘夷戦争の中身は乏しいものの、砲台の備えや軍船の配置などに参考になる点も多い。それを早く大村に持ち帰る必要があった。しかしそれ以上に、昇にとっては白石とのやり取りのなかで得た覚悟を噛み締めながらの帰途となった。

ただ奇しくも、五月十一日は、後に「長州ファイブ」と呼ばれることになるイギリスへの留学生五人（野村弥吉、山尾庸三、志道（井上）聞多《もんた》、伊藤俊輔、遠藤謹助）が横浜から旅発った日であった。

この留学は周布が斡旋したのであるが、前年十二月の品川御殿山のイギリス公使館焼き討ちに参加した、山尾、志道、伊藤がその半年後にイギリスに留学するのであるから、一見不思議である。しかし、白石が昇に周布の話として述べたように、長州藩は攘夷一辺倒ではなく、敵の事情を研究して彼我の差を埋める必要性も理解していた。このあたりは、大村藩とは異なり、長州藩は大藩の懐の深さを備えていたのである。

【三】攘夷戦争の展開

五月二十一日に昇らが大村に帰ると、大村も長崎も下関での切迫した様相が夢であったかのように静穏であった。

とくに、昇らが下関に出立した日、幕府の人質解放策によって世子絢丸《あやまる》が江戸から大村に戻り、その奉迎で藩全体が浮いた様相を呈していた。そうした影響もあってか、昇らが復命の報告を側用人の稲田東馬にしたものの、内容的には攘夷決行日の翌日の夜中に外国船に砲撃をしたというだけであったので、東馬は「そうか」と言っただけであった。

東馬は、攘夷命令について幕府の意図が明かされたと昇に言った。

「攘夷期限が間近に迫ったが長崎奉行所は動かず、本藩のみならず、佐賀、福岡、島原、五島の各藩の長崎聞役、さらに長崎に蔵屋敷を持つ他の藩の留守居役らも次々に奉行所に問い合わせたが、要領を得ないままであった。そのうちに、攘夷期限となり、長崎奉行大久保豊後守様の名で、現在、薩摩の件（生麦事件の賠償問題）で幕府がイギリスと交渉中であり、その間は無謀過激な行動を慎み、穏便に努めよとの通達が関係諸藩になされた」

「つまり、攘夷の戦をするな、ということですか」

「然様《さよう》じゃ。その交渉では、長崎や横浜等の鎖港の問題は、一切取り上げられていないとのことが判った。我らに戦時体制を強いながらの幕府のやり口には、各藩とも憤りよりも唖然《あぜん》としたものだ。殿様は、早速、五月十一日に、攘夷決行をしばらく延期する旨の布告をお出しになされた。そのうえで、十九日に御家老（浅田弥次右衛門）が長崎にある佐賀と福岡の藩邸を訪れ、長崎警護と攘夷決行時の対応に引き続き協力して当たることを申し合わせ、長崎奉行の次の命令を待っているところだ」

「では、幕命に従って戦に踏み切った長州はどうなるのですか」

「長州には可哀想だが、幕命を待たずに突出したことで、お咎《とが》めがあるかもしれぬ」

昇は、「然様に理不尽なことが許されると、幕府は思っているのでしょうか」と言い、下関で白石が話してくれた周布の存念を思い出し、口には出さないが、「やはり、日本のためには幕府は害だ」と思ったのである。

その後数日して、幕府が生麦事件に関わる謝罪と賠償金の支払いを五月九日にイギリスに終えたことも知れ渡り、結局、幕府は時間稼ぎに攘夷決行を朝廷に約束したに過ぎないことがわかった。これを受けて大村藩は、六月になって長崎騒動以来敷いてきた戦時体制を緩め、各地に派遣していた兵を引き揚げることになる。長く、大規模な出動態勢が藩の財政を圧迫していたのである。

　一方、長州藩は、攘夷の開戦の火ぶたを切った後も、続けて外国船への攻撃を続けた。昇が観戦した五月十一日夜中のアメリカ商船砲撃では船は逃げ去ったが、同月二十三日にはフランスの通報艦を下関海峡で砲撃した。今度は、フランス艦が損傷を受け、交渉のために上陸しようとしたフランス側一行を銃撃してフランス側に死者が出た。さらに、二十六日にはオランダ海軍の艦艇を下関海峡で砲撃し、砲弾を受けたオランダ側に死者が出た。

　これらは、いずれも未通告の攻撃であり、当然にイギリス、アメリカ、フランス、オランダの四か国は、長州藩に報復のために艦隊を派遣した。

　折しも大村藩では、藩務で上坂する中老の土屋善右衛門を下関に寄らせ、長州の外国船砲撃のその後の状況を調べさせることにした。土屋ら一行の大村出立が五月二十八日であり、一行は六月五日、偶々《たまたま》フランス軍艦二隻が長州藩の前田、壇ノ浦の両砲台を攻撃し、占拠し、民家に火をつけて悠々と退避していく有様を下関海峡の対岸から目のあたりにした。

　しかも、委細を尋ねれば、四日前の六月一日にアメリカの戦艦が襲来し、長州藩が所有する軍艦三隻のうち二隻を撃沈し、一隻を大破させて去っていったことを知り、これらの一連の戦況を急飛脚を立てて大村に報せたのである。

　大村では、この報せと先の昇らの報告とを合わせて分析した。そして、昇らの報告では、長州藩の前田砲台や壇ノ浦砲台の規模や設置された砲の数と種類は、大村藩が長崎周辺、あるいは近海に設置しているものより格段に強力なものであった。それにもかかわらず、それが無残に破壊されたというのであるから、外国勢の火力、戦力は侮れないものであることがわかったのである。

一方、長州では、攘夷一辺倒でのめり込んできたにもかかわらず、外国勢との圧倒的な武力の差で負けた衝撃は大きかった。前田砲台などの修復に取り掛かると同時に、兵制の改革が急務となった。

藩主毛利敬親は周布らの勧めで、隠遁《いんとん》していた高杉晋作を呼び出して意見を求めた。高杉は、従来の藩士中心の兵力動員体制では数が限られ、指揮命令も指揮官の実力でなく身分にとらわれ、身分にとらわれた者ほど戦闘意欲がなく、大砲や鉄砲などを足軽階級の武器だとして馬鹿にすると言い、身分階級にとらわれない軍隊組織の創設が不可欠だと主張した。

藩主は、高杉の主張を受け入れ、奇兵隊創設の許可を与えたのである。

奇兵とは「奇をもって虚を衝く兵」という意味であるが、高杉は、師吉田松陰が唱えた「草《そう》莽《もう》崛《くっ》起《き》」の教えをもとに、武士、農民、町人にかかわらず、身分に囚われない兵士を募集し、早くも六月には立ち上げた。高杉は奇兵隊員が起こした事件で間もなく総督の職を解かれるが、奇兵隊は、その後の長州藩の武力の中心的役割を担うことになるのである。

ところで、文久三年は、五、六月の長州藩の攘夷戦争だけでなく、七月には薩摩でイギリスとの間で戦争があった。薩英戦争である。

前年の文久二年八月二十一日、島津久光が下向する途上、横浜近くの生麦村において馬で通りかかったイギリス人が行列を乱したとして、供の島津藩士がイギリス人に斬りかかり一人が死亡、二人が負傷した生麦事件について、イギリスが薩摩藩に損害賠償を求めた。

しかし、大名（島津久光は大名ではないが）行列を乱すものを誅するのは国の法であるとして、薩摩側は非を認めず、イギリスは幕府に賠償を求めた。その結果、幕府は文久三年五月に賠償金を支払ったが、薩摩藩に対しても、犯人を処罰し、遺族への賠償をすべきことをイギリスが要求した。しかし、薩摩藩が応じなかったために、横浜を出港した七隻からなるイギリス艦隊が六月末に鹿児島に押し寄せたのである。

鹿児島での最初の交渉でイギリス側の要求を薩摩藩は改めて拒否し、それを受けて七月二日にイギリス側が薩摩藩の三隻の蒸気船を捕獲することから戦端が開かれた。その後、二日から三日にかけて薩摩側の砲台とイギリス艦隊側とが砲撃戦を展開し、薩摩側は、砲台、火薬庫、軍需品製造設備（集成館）のほとんどが破壊され、捕獲された三隻の他に民間の船も焼かれて沈没した。さらに、寺社、城郭等の目立つ建物、侍屋敷、民家も砲撃の対象になり、鹿児島市街地の一割が焼失した。ただ、人的な被害は意外と少なく、数名が死亡したに止まった。

これに対して、イギリス側は、艦船の大破一隻、中破二隻のほか、戦死者十三名と負傷後に死亡した者七名、負傷者四十名以上というように、薩摩側よりも多くの人的損害を出している。戦死者の中には、艦隊の旗艦艦長と副長も含まれた。

そして、イギリス艦隊が薩摩を撤退したのが四日、横浜に帰着したのが十一日であったが、横浜港に戻ったイギリス艦隊の凄まじい戦闘の痕跡を見た日本人は薩摩を称賛したのである。また、イギリスも、これまでのような、日本人へのあからさまな侮蔑の態度は見せなくなり、とくに薩摩の実力を認めて連携を強めることになる。

実は、薩摩藩では、久光の兄で、前の藩主島津斉彬《なりあきら》が欧米の科学技術の取り込みに熱心で、反射炉や化学工場の建設などの先進的な施策を取り、大砲などの銃火器の自前での生産にも力を入れていた。また、新式の武器、船舶の輸入にも力を入れていた。そのためにイギリスは思わぬ反撃に遭い、大きな損害を被ったのである。

この薩英戦争の様子が長崎経由で大村に伝わったのは七月中旬であるが、これを聞いて興奮したのは昇の兄の清左衛門である。自分が長崎で学んだ新式の鉄砲や大砲は、薩摩藩も長崎蔵屋敷を通して買い入れている。それらが実際の戦争でどのように使われ、どのような実績をあげたかを知りたいのである。

そこで、清左衛門は藩会所で勘定奉行の中尾静摩に会って頼み込んだ。

「静摩。此度の薩摩とエゲレスとの戦は、わが藩にも大いに参考になる。いろいろと調べたいことがあり、ついては、拙者を鹿児島まで遣らせてもらえぬか」

中尾と清左衛門は同年で、しかも、勤王の志を互いに持ち、昔から仲が良い。

「お主ら兄弟は、よほど戦が好きとみえる。昇もお主のように談判して、殿様の裁可を得てとうとう下関まで行きおった。とは申せ実は、殿様も長崎を防備するうえで鹿児島の事情は役に立つのではないかと、拙者と（稲田）東馬殿に調べを命じられたところじゃ。とりあえず、長崎の薩摩藩邸に出向き、鹿児島へ行く便を図ってもらえばよかろう」

大村から鹿児島へは、陸路よりは長崎からの海路が早い。薩摩藩は蒸気船を持っているので、それに乗せてもらえれば、陸路の三分の一程度の日数で行くことができる。

薩摩行きの裁可を得た清左衛門は、早速、長崎の薩摩藩邸に出向いた。しかし、藩邸の留守居は清左衛門の申し出を断った。

「今、鹿児島では戦の片づけに追われております。折角のお越しでもありますが、他国からの入境を禁じているところです」

だが、清左衛門も食い下がった。

「長崎は鹿児島と同じく、何時、外国の攻撃を受けるかしれませぬ。尊藩の此度の戦で得た防備上の懸案をお教えいただければ、屹度《きっと》、役立てることができます」

留守居も根負けして、「実は、わが藩の蒸気船はイギリスに沈められました。次に鹿児島から長崎に来る船の見込みは立っておりませぬが、来れば鹿児島での戦も詳《つまび》らかになりましょう。その折は、お報せいたす」と約束してくれた。

清左衛門はそのまま大村藩邸に留まり、薩摩からの船の来航を待ち、八月に入ろうとする頃にやっと薩英戦争の様子を聞き取ることができた。なかでも、イギリス艦船の大砲の飛距離、照準の正確さ、砲弾の爆発力、それにより引き起こされた城下の火災などをより詳細に聞き出せたことで、下関戦争でおぼろげながら得た外国勢の火器の威力に関する情報をより具体的に理解できるようになったのである。

【四】長崎総奉行

下関と鹿児島で相次いで攘夷戦争が始まるなか、五月二十六日付けで藩主大村純熈が幕府により長崎奉行への就任を命ぜられた。これは、まさに青天の霹靂《へきれき》であった。

長崎奉行は、主として旗本か譜代大名が就任するのが長年の決まりであった。その権限は大きく、単に長崎の管理だけでなく、豊後の日田《ひた》に設けられた幕府代官所と共々、九州一円の大名に対する幕府の代理としての役割を担い、とくに外様大名に睨みを利かせた。

また、鎖国時代の唯一の貿易地としての長崎に奉行として赴任すれば、幕府への運上金や口銭《こうせん》（売買税）から一部が奉行の懐にも入るうえに、様々の許認可権に伴う献金等の金銭や物品の実入りもあった。したがって鎖国時代は、長崎奉行の職は猟官活動の的となった。

しかし、十九世紀初頭のフェートン号事件では長崎奉行が腹を切ることになったし、各国通商条約の締結後は、外国船の入出港の管理や外国人居留地の警護の手配にはじまって、文久年間ともなると、攘夷戦争への備えなどが加わり、赴任さえすれば実入りが保証される「美味しい」職ではなくなった。

そのうえ、下関での攘夷戦争の勃発により、長崎赴任の海路交通手段さえもが怪しくなった。外国船に便乗することはできないし、日本の船でも、幕府役人が下関を通過する際には長州藩の臨検で意地悪をされた。

また幕府も、長崎に迫り来る外国の脅威に対抗するには従来の旗本の充《あ》て職ではなく、大名並みの軍事力が必要と判断した。その点、長崎に近い譜代大名は島原藩（深溝松平）であるが、島原藩は財政が火の車で、長崎に兵員を派遣する力はなかったし、従来から警護に当たってきた大村藩を差し置いて交代させるのも憚られた。とはいえ、長崎警護を隔年で担当する筑前（福岡）か肥前（佐賀）は外様の大藩であり、奉行にすれば長崎を乗っ取られる恐れがあるので論外である。

そのなかで、異例ではあるが、大村藩主を長崎奉行に任ずる決定がなされたのである。それは、長崎の管理に長年の実績があるというだけでなく、禁裏警護の勅諚下賜など、勤王への傾斜を強める大村藩を幕府側に引き留める意味もあったのかもしれない。

正式の任命命令が長崎奉行所で藩の長崎聞役に伝えられたのは六月三日であったが、その日のうちに早馬で大村に知らされ、翌四日には藩主が病気で長崎に赴任するのが困難だと届け、月末には辞任願いを幕府に提出することになった。しかし、その願いは受理されず、家老浅田弥次右衛門を代わりに長崎に行かせたものの、再度、辞任伺いを出している。

藩主が長崎奉行を辞退した理由は財政難である。ただでさえ、長崎警護や近海の巡察に負担を強いられているうえ、さらに兵員を動員する余力はなかった。ましてや、約五十年前に起きたフェートン号事件だけでなく、二年前に発生した、ロシア船による対馬占領事件のように、頻々と外国との紛争事件が生じている。その度に、幕府が外交的にも軍事的にも無能ぶりをさらけ出し、イギリスなどの外国の力に頼って解決しているのが実態である。そのような事件に巻き込まれ、不甲斐ない幕府の尻拭いをさせられて藩主自らが責任を取らされることになることもあり得る。

また、五月末に松林飯山《はんざん》が畿内から帰国したことも背景にあったと思われる。

松林飯山は天保十年（一八三九）の生まれで、大村藩の当代随一の秀才と謳われた。若くして江戸の昌平坂学問所に学び、詩文の助教も務め、そこで各地の秀才と親交を深めた。仙台藩の岡千仞《せんじん》（鹿門《ろくもん》）、三河刈谷藩の松本奎堂《けいどう》と共に、大坂に雙松《そうしょう》岡塾《こう》を設立したが、幕府に睨まれ、その後藩に戻り、藩校五教館の教授として藩士の教育に努めていた。

飯山はこの年の一月に大村藩への禁裏警護の勅諚下賜を確実なものにするために大坂に出たのであるが、下賜が決まった後は、京で若手の尊王攘夷派の公家や脱藩浪士たちと親交を篤くし、以前にも増して勤王の志を強くしていた。当然に反幕である。

飯山は藩の執政たちの会議に出ることが許されている。

「殿。長崎奉行を御辞退なさいませ。各地で勤王の機運が高まり、京の公卿方には幕府に政《まつりごと》を奉還させるべしという論さえ出ています。このような折、殿が長崎奉行をお受けなされれば、徳川に臣従したのも同然として、譜代を除く九州の諸大名とは絶縁となります。長きにわたって築いてきた朝廷との関係、就中《なかんずく》、殿の勤王の志が主上にも届き召されているとも聞き及びますれば、何を好んで、今、徳川の臣下にお成りあそばすのでしょうか」

と、「気が触れたか」と言わんばかりの厳しい口調で飯山は藩主を諌《いさ》めるのである。

これに対して、親幕の家老浅田弥次右衛門は声を荒らげて飯山を罵倒《ばとう》した。

「えーい、控えよ、飯山。お主こそ勤王とやらに逆上《のぼ》せ上がり、本藩の道を誤らせる者である。なおかつ、殿様に向かってのその増長無礼な言は、我ら臣下としても許しがたい。殿、飯山の言に惑わされてはなりませぬ。長崎は元々、本藩の領土で御座る。長崎を再び大村の領土とすることは、藩士一同の長年の夢であります。幕府の思惑はどうであれ、奉行就任を幕府が命じてきたので御座います。これを断る理由は些《いささ》かなりとも御座いませぬ。また、幕府は本藩に助けを求めてきたので御座います。ここは恩を売るつもりで奉行に御就任なさることを、臣下一同、心からお願い奉《たてまつ》ります」

藩主は飯山の思想的影響を強く受け、勤王に身を捧げるつもりでいる。さらに、日頃から浅田家老を幕府と通じていると疑い、今回の奉行任命も浅田が絡んでいるのではないかと感じている。ましてや、世子届けを受理された絢《あや》丸が江戸から帰国してからは、浅田は事あるごとに絢丸を立てようとする。これは、先代純顕と同じように、自分に絢丸への禅譲を迫るための下準備ではないかと思うのである。しかし、飯山の言うような形で奉行就任を頭から拒絶すれば、幕府がどのような報復を仕掛けてくるかわからない。

「余は病じゃ。よって、奉行の任に堪えられぬ。お主が名代で長崎に行き、病気は長引こうゆえに、しばらく奉行の職を代行せよ」

と、藩主は家老の浅田に言い、二人を下がらせた。そして傍《そば》に侍《はべ》る稲田東馬に命じた。

「これより、若年寄の有馬遠江守道純殿に奉行辞任の内願書を書くゆえに、これを江戸藩邸に至急送り、江戸家老を通して願い出るようにするのじゃ」

この内願書では、脚気《かっけ》につき奉行職が務まらぬという理由が記されていた。当時、脚気は原因がわからず、死に至る病とされた。事実藩主は、養嗣子絢丸の実兄で、前の養嗣子於兎《おと》丸を脚気で亡くしていた。

この内願書が若年寄の有馬遠江守の許に提出されたのは七月十九日であったが、その日のうちに差し戻された。それどころか、八月八日に江戸藩邸の聞役が江戸城に呼び出され、藩主を「長崎総奉行」(「長崎惣奉行」とも書く)に任ずる命が下されたのである。

このような急展開の裏には、藩主の名代で長崎に赴いた浅田家老が、長崎奉行所の奉行代行に、藩主は病気で職に就くことができぬというが実は藩主が幕臣同様に処遇されることを嫌っている——という意味のことを言ったことが江戸に伝えられたことにある。

「なるほど、長崎奉行は代々旗本の職。大名である大村侯が旗本と同じ扱いでは面白からぬわけじゃ」と幕閣は早合点し、長崎総奉行という新しい職名を作ったのである。とはいえ、実質的な職責は長崎奉行と変わりはなかった。

結局、藩主はこの命を断り切れず、長崎総奉行に就任することになった。また、当面は参勤交代の要なしと通達された。

しかし、飯山や五教館で飯山に教えを受けている塾生、さらに勤王派の昇や清左衛門、楠本勘四郎、中尾静摩らにとっては、勤王を理解し、自分で実践する藩主が幕臣のような地位に就き、幕府攻撃がそのまま藩主への批判へとつながりかねない事態となり、沈黙せざるを得ない場面も多くなることが予想された。

一方で、浅田家老ら佐幕派に属する藩士は、藩主が幕政の要職に就いたことで、自分らの主義主張の裏付けを得た思いであると共に、地位の安泰を図ることができると思ったのである。

【五】八月十八日の政変

当時、京都では、幕府による五月十日攘夷決行の発令以降も佐幕と勤王が駆け引きを続けていた。それが如実になったのが、五月二十日の夜に起こった右近衛権少将姉小路公知《きんとも》の暗殺であった。

姉小路は三条実美と共に尊王攘夷派公卿の代表の一人であったが、暗殺現場に落とされた刀が証拠となり、薩摩藩の田中新兵衛が犯人とされ、それがきっかけになって薩摩藩は皇居の守衛役を外された。その分、長州藩が勢力を増したのである。

ただ、孝明天皇は外国嫌いで攘夷を願っていたが、幕府を倒すことまでは考えず、公武合一が望ましいと考えていた。しかし、長州藩と、京に雲集した尊王攘夷の脱藩士たちに後押しされた若手公卿たちが朝議を牛耳り、次第に討幕の機運さえ生まれてきた。

とくに長州藩は、攘夷決行の命令に従って外国船を攻撃したものの、六月にはアメリカとフランスから反撃を受け、しかも、幕府はおろか、他藩の支援が一切得られない事態に、不満と共に危機感を抱いていたのである。

そこで長州藩は、天皇に攘夷親征を願い出るという策に出た。天皇自ら攘夷の先頭に立ち、挙国一致で攘夷に当たることを歎願するというもので、そのために、関白鷹司輔熙《たかつかさすけひろ》に長州藩主毛利敬親《たかちか》の名で建白書を提出し、同時に京に兵力を上らせるなどして圧力をかけた。その結果、長州藩や浪士らに後押しされた三条実美ら尊王攘夷派公卿が多数を占める朝議の場で攘夷親征が決議され、八月十三日に大和行幸の詔勅が発せられたのである。

詔勅の内容は、天皇自ら大和に行幸し、神武天皇陵と春日神社に攘夷戦勝を祈願し、軍議を開いた後、伊勢神宮に報告するというもので、尊王攘夷派公卿は、軍議の場で徳川幕府を退け、政権を朝廷に一気に奪い返す画策をしていたともいわれる。そのための武力も長州藩は準備していた。この画策の背後には久坂玄瑞らがいて、さらに久留米藩の真木和泉守（保臣《やすおみ》）や肥後藩の宮部鼎蔵《ていぞう》も大きな役割を担った。

しかし、朝議の場での尊王攘夷派公卿の形振《なり》り構わぬ動きに、懸念や嫌悪感を抱いたのは天皇だけではなかった。かつての青蓮院宮で、還俗《げんぞく》後に名が改まった久邇宮朝彦《くにのみやあさひこ》親王（中川宮）は、公武合一の立場から朝廷政治の刷新にかかった。

鷹司関白、京都守護職松平容保《かたもり》、近衛忠熙前関白、薩摩藩留守居、その他、在京の有力諸藩の藩主らと語らったうえで、八月十八日に尊王攘夷派公卿を参内禁止のうえ、自邸禁足にし、長州藩を御所の警護職から外し、会津藩と薩摩藩が中心になって御所の守りを固めたのである。

この後、三条実美らの公卿二人と朝臣《あそん》五人は翌十九日には長州兵の護衛で京を脱出し、真木和泉守や土佐藩脱藩士土方楠左衛門（久元）らに付き添われて長州に落ちていったのである。いわゆる、「八月十八日の政変」と「七卿落ち」である。

また、この政変の直前、京に屯《たむろ》していた尊王攘夷の浪士たちの一部が大和行幸の先鋒を務めるという名分で天誅組《てんちゅうぐみ》の乱を起こした。

前の侍従中山忠光卿を大将に戴して、松本奎堂《けいどう》（三河刈谷藩）、藤本鉄石（岡山藩）、吉村虎太郎（土佐藩）らを総裁とする約四十名が大和に進軍した。八月十七日には幕府代官所を攻撃し、代官を殺し、天朝領を宣言し、地侍等を糾合して気勢を上げたのであるが、ここには土佐藩と久留米藩の脱藩浪士が多く加わっていた。総裁の松本奎堂は、松林飯山や岡鹿門（仙台藩）と私塾を開き、三人は刎頸《ふんけい》の交わりを結んでいたのである。しかし、この乱は九月には鎮圧され、松本奎堂は戦死した。

このような激動の中、昇は病後の静養中のため何もできずにいた。実は、北九州一帯を襲った疫病に昇も罹患し、幸いに伯父で侍医の北野道春と長与専斉のおかげで何とか死だけは免れたが、病後の回復のために一か月ほどを病床で過ごしていたのである。

九月末になって、ようやく木刀の素振りができるようになった頃、兄清左衛門が長崎への出動から戻ってきた。清左衛門は父雄太夫の隠居が認められ、正式に家督を継いでいた。

「兄様、このような大事な時に病に倒れ、申し訳ありませぬ」

「昇。命あって、何よりじゃ。東馬殿の話では、殿様も心配されておられるようじゃ。東馬殿には、『昇も、大方回復し、そろそろ治振軒での稽古にも出ることができそうです』と、殿様にお伝えいただきたいと申しておいた」

「皆に心配をかけているようです」

「気にせず、養生することじゃ。ところで、長州藩が朝廷から退けられたということじゃが、お主は京の動きを何と見る。御家老（浅田弥次右衛門）や元締殿（富永快左衛門）は、やはり幕府の意向を大事にすべきと仰せで、御両家の方々は殿様が早く長崎総奉行として長崎奉行所でお勤めなさるよう催促しておられる」

昇は、京都で渦巻いていた尊王攘夷のうねりが簡単に消滅するとは思えなかったし、何よりも、長州の桂小五郎や高杉晋作が簡単に志を曲げることなど考えられなかった。さらに、昇自身も、幕府の優柔不断な対外政策がやがて日本を滅ぼし、外国による植民地化を招くとの思いを崩していなかったし、下関や薩摩での外国勢の戦力を聞くに及び、危機感を一層、強くしていた。それにもかかわらず、大村藩内では、浅田家老や門閥を中心とした佐幕派の力が尊王攘夷派を圧倒し始めていたのである。

「兄様。ここは辛抱が要るときであろうかと存じます。長州藩が京を失地したことは聞きましたが、尊王攘夷の火が消えたわけではありませぬし、消すわけにも参りませぬ。とはいえ、何もせずに手を拱《こまね》いておれば、藩内の尊王攘夷の火が消えます。幸いに、殿の御理解を得ておりまするので、今のうちに足元を固めることこそ寛容かと存じます」

「つまり、同志を糾合しろというのか」

「然様です。無論、藩是に触れることは承知のうえで申し上げております。日本のことを憂うるに、藩の則《のり》が邪魔であれば乗り越えるのみです」

大村藩の藩是では、私的な結党は重罪である。まず、結党した一味は斬罪、知行地があれば召し上げ、父母らの家族は親類預け、男子があれば流罪、兄弟は蟄居といった罰が加えられるのである。これは、謀反を防ぐ目的で大村家に戦国時代から続く規則であった。

「お主は江戸で、剣のみならず肝も鍛えられたようだのう。実は、かつての仲間を呼び集め、改めて尊王攘夷の志を確かめねばならぬと相談しておったところであった。拙者が肝煎りで動くことになるが、お主にも働いてもらわねばならぬ」

その頃、城中の広間では、藩主を前に激しい議論が戦わされていた。発端は、藩主が松林飯山を藩校五教館の祭酒（校長）にする、と執政らに宣告したことにあった。祭酒とは、儒教の祖である孔子を祭る際、酒を天と地に撒《ま》いて学業の成就を祈る儀式を取り仕切る者を意味する。ただし、祭酒はあくまでも五教館の教務の責任者であり、事務方の責任者は取立といい、取立が五教館の総責任者である。とはいえ、祭酒は教育機関である五教館の顔であり、祭酒が誰であるかにより、五教館の教育方針が推し量られる。

藩主が飯山を祭酒に指名した背景には、飯山が致仕《ちし》を申し出たことにある。理由は、運命を誓い合った友人の松本奎堂が勤王の世を創ろうとして天誅組を率い死んだことで、飯山自身が安穏と生きていることができないと思ったからである。飯山は藩を出て、尊王攘夷に身を投じようとしたのである。

これに対して藩主は、「飯山。今、京に上るのは犬死にとなろう」と言い、飯山が去れば、大村どころか、九州の地での勤王の勢いが衰える。今は耐え、大村で勤王の教育を行い、人を育てて、時節が来れば、藩主自身が先頭に立って勤王の世の実現に向かうと約束した。その証に、飯山を祭酒にして、五教館の教育のすべてを任せることにしたのである。飯山も藩主の決意に心を動かされ致仕を翻意したが、藩主と飯山の二人だけの約束は誰も知らない。しかし、飯山を祭酒に任ずるという藩主の決定を聞いた藩の執政たちは、一様に不安そうな顔をした。

「殿、この時節に勤王の色を明らかになされぬ方がよろしいのではありませぬか」と、家老の一人が執政を代表して言上したが、藩主純熈は強い口調で命じた。

「世の動きを眺めれば、そなたらの懸念するところは分からぬでもないが、飯山の理は幕府を非とするものでない。むしろ、幕府は尊王の政を進め、先頭に立って日本国をまとめるべきと説くものである。攘夷も、万民が願うところであり、我らはその前線にある。また、勤王は、古来、大村家の心柱である。飯山の理と志は余と同じだと思え」

執政らは、このような口調のときに逆らっても藩主が頷くことはないとわかっている。渋々、飯山の五教館祭酒就任を受け入れたのである。これは、藩内の勤王派にとっては朗報であるが、同時に、佐幕派との線引きが次第に明らかになってきたことに人々は気づき始めたのである。

【六】二十騎馬副《にじゅっきばぞえ》

十月に入ると、昇の日課は正常なものに戻った。まず、朝の木刀の素振り二千回を行うことから始まる。その木刀の長さは約三尺（九十センチメートル）で握りはやや細身だが、全体は径二寸（六センチメートル）の丸太のような形をしている。多良岳で切り出されたいちい樫《かし》を昇自身で削り出したもので、通常の木刀の三倍の重さである。昇は、この木刀を片手で左右千回ずつ振ることを朝の日課とした。

素振りの後、フデの体調が良ければ背負って近くを歩く。フデは、八月に昇が病に倒れた後、原因不明の熱病に侵され、一時は命を覚悟しなければない事態にまで重篤《じゅうとく》化したが、幸いにとりとめた。しかし、医者はフデが子を産めぬ体になったかもしれぬと言い、昇は、自分の病がフデに伝染したのではないかと自責の念に駆られ、今まで以上にフデには優しくなった。

昇は朝餉《あさげ》の後に治振軒に出向く。昼までは藩士、昼からは五教館生を相手に剣の指導をして過ごし、夕刻には微神堂で鍛錬するというように、剣術漬けとなった。微神堂には、柴江運八郎や楠本勘四郎の他に常に二十人近くが集まり、汗を流した。

そのような生活が軌道に乗った十月下旬のある日の午後、治振軒で五教館生相手の剣の指導が終わる頃、側用人稲田東馬からの使いが来て、昇は城中に呼び出された。本丸の玄関脇の通用口から案内されたのは、以前に訪れた大広間の奥の書院である。

藩主の斜め前に座る東馬が言った。

「昇。殿は来月、長崎総奉行として長崎巡視に出向かれる。この際、お主は二十騎馬副に就き、警護に当たるべしとの殿の思し召しじゃ。ありがたくお受けせよ」

昇は、突然のことなので驚きが先で、「ありがたく、お受けいたします」と言うのが精一杯であった。この命により、昇には、二十騎馬副と治振軒師範代の役料を合わせて二十石の蔵米が支給されることになった。

「昇。そちが帰国して以来、役らしい役に就けることができなかったが、二十騎馬副であれば、そちの剣の腕前からして誰も口を挟むことはできまい。余も、そちを傍に置くことができるゆえ心強い。とりあえず、長崎巡視の節は余の駕籠を守ってくれ」

との藩主の言葉に昇は、

「畏《おそ》れ多いことです。この身に代えて、殿をお守り申し上げます」と答えた。

十一月五日、藩主は病の全快を公にし、長崎総奉行として初めての長崎巡視の出陣式も兼ねて、家老以下、馬廻以上の主だった家臣六十人ほどを城内本丸の大広間に集めた。無論、上層部は藩主の仮病を知っているが、全快祝いの儀式は必要であった。

清左衛門は父の跡を継いだ馬廻として後ろの席に座り、昇は二十騎馬副として勘四郎らと共に武者備えの間で控えていた。

この三日後、藩主は長崎巡視のために大村を発った。藩主が長崎に行くとき、多くの場合は城中の御船蔵《おふなぐら》から長与に向けて船を出す。琴海は波が穏やかで、しかも松浦水軍に伝わる操船技術を代々伝授しているために、水運が発達している。

今回は、率いる軍勢が八十名に及んだため、藩主の御座船と、それに従う僚船四隻の計五隻に三十名ほどが乗り込んで海上を進み、者頭《ものがしら》雄城《おぎ》五郎右衛門に率いられた五十名余は陸行した。

僚船の一隻には、藩主の駕籠と担ぎ手を乗せ、昇ら二十騎馬副五名余と二十名の鉄砲兵が二隻に分かれて乗った。残りの一隻には、藩主と随行する執政二人のための乗馬三頭を乗せている。また、これだけの員勢が滞在するには糧食類が必要で、それらも船と陸とで前もって運んでいるが、荷駄人足は百名を超えた。

藩主一行はその日のうちに長崎藩邸に入り、藩主の名代で藩邸に詰めている浅田家老と、先の長崎騒動で出陣してそのまま長崎藩邸に留まり、今は浅田家老の補佐をしている荘新右衛門の出迎えを受けた。また、遅れた陸行組は浦上番所に泊まり、次の日に長崎藩邸で合流し、行列を整えて長崎奉行所に入った。

大村藩の長崎藩邸と長崎奉行所は近い。その日、夏に着任したばかりの長崎奉行服部長門守常純が「大村丹後守様の長崎総奉行としての初の御来駕を賀す」として宴を張ったが、手狭な奉行所には奉行と総奉行が同時に寝起きする場所もなく軍勢も収容できないことから、終わった後、藩主は藩邸に戻った。

次の日から、藩主は昇らの二十騎馬副の警護で奉行所に通い、業務の説明を受けたり、市内や近海の砲台を巡察したりしたのである。この間率いて来た軍勢は、何かの変事に備えて藩邸で待機する態勢をとったが、外国の領事が挨拶に来るときは、軍勢を奉行所に入れて示威した。

軍勢の総勢八十名の半数にあたる四十名は鉄砲隊で、旧式とはいえ、ゲベール銃を主体にした威圧的編成での警護の下、十一月十二日にフランス領事、十九日にはプロシア、イギリス、オランダ、アメリカ、ポルトガルの領事たちの挨拶を受けた。

また翌二十日には、藩主自らが答礼として外国人居留地を訪れ、案内を受けた。そして、藩主は二十四日に大村に帰着し、これによって、とりあえず長崎総奉行としての役目を果たしたのである。

藩主の長崎滞在の間、浅田家老は「畏れながら、殿に申し上げねばならぬことがあります」と言って、二人だけの会合の機会を願い出た。藩主は、それを受け入れた。

「殿。飯山を祭酒に御任じなされたということですが、何故で御座いますか」

「そのことなら、すでに余の存念は申した」

「畏れながら、長崎奉行所に届いた報告によれば、畿内での騒乱の首謀者の一人は、三河刈谷藩士の松本奎堂《けいどう》なる仁でございます。松本は、江戸昌平坂学問所で飯山と刎頸《ふんけい》の交わりを持ったと言われ、その証拠に、大坂で同じく仙台藩士岡千仞《せんじん》と三人で雙松岡塾《そうしょうこう》なる私塾を開いていました。しかし、その余りにも激しい幕政攻撃で、京都所司代と大坂奉行も看過できず、解散を命じたほどで御座います。先日、長崎奉行服部様から、飯山が大村で何をしているのかと厳しい御下問があり、拙者は『大村では、おとなしく五教館で論語を教えております』とお答えしました。されど、殿が五教館の祭酒にお就けになったということを聞きまして、これが服部様、ひいては幕府に聞こえたら、いかなる譴責《けんせき》が下るか、家臣一同心配しております」

「余は、飯山の志が決して邪悪なものではないと考える。勤王の旗印の下で、幕府も諸藩も一丸となって外国に立ち向かい、日本の国を侵されないようにすべきという飯山の考えは、当たり前のことじゃ。よって、その考えを五教館の学生に伝える先導の役を飯山に命じただけのこと。幕府に譴責を受ける謂《いわ》れはあるまい」

「殿が然様に申されても、幕府が飯山を害なす者と断じれば、自ずと大村にも責が及ぶのではないかと心配しているので御座います」

藩主は、「諄《くど》い。今、幕府は安政の大獄のようなことはできぬ」と言い、浅田家老を下がらせたのである。

藩主と浅田家老の二人だけの会合ではあっても、昇ら二十騎馬副は警護のために隣室に控えており、会話は聞き取れた。昇は、改めて藩主を見直す思いであった。

こうして、昇は二十騎馬副として藩主の警護で忙しくしていたが、大村藩籍を残したまま長崎奉行所に通いで剣術師範をしている従弟の梅沢武平とは、藩主一行が長崎に到着した日に武平が挨拶に顔を出しただけで話す機会も見つからなかった。

藩邸の者に事情を尋ねると、武平は奉行所から役宅を与えられ、そこから直接に奉行所の道場に通っているとのことで、大村藩邸にはたまにしか顔を出さないことがわかった。心配になった昇は、藩主に従って奉行所に行った折、道場に回り、そこで武平をつかまえた。

「武平。藩邸にいながら、お主が顔を出さぬので、どうしているかと案じていた」

「兄様。申し訳ありませせぬ。気にはしていたのですが、こちらの手が外せず失礼しております。実は先月から、奉行所では自前の警護隊を新たに設けるということで、奉行所役人の二男、三男や長崎に流れてきた浪人に仕官の声をかけています。応募する者の腕前を試すのも拙者の役目ですが、その中には相当の腕を持つ者もいます。しかし、大方は駄目です。よって、今までは、三日に一回奉行所の道場に顔を出せばよかったのですが、このひと月あまり、連日、道場で新規召し抱えの隊士に剣の指導をしているのです」

「そういうことか。事情はわかった」

「このことで差配の与力殿からは、拙者を剣術師範として奉行所召し抱えにしたいという話が出ていますが、それだけは勘弁していただきたいと固辞しています。無論、役宅ももらい、手当ても同心並みで、今の藩の扶持よりは多くいただけますので妻は喜ぶでしょうが、拙者は大村藩士です。いずれ、近いうちに帰国を願い出ようかと思っています。その折は、兄様に真っ先に相談に伺います」

「わかった。お主は、拙者の身代わりで長崎に遣られていると聞いているゆえ、拙者にも責がある。お主が帰りたければいつでも言ってくれ」

「その折は、お願いいたします」

　こうして、二人は別れたが、しばらくして、長崎奉行所から武平召し抱えの件が正式に申し出され、大村藩は受諾した。しかしこの裏には、武平に間諜の役を引き受けてもらうとの含みがあり、武平も「藩に役立つのであれば」と、この件を引き受けることにしたのである。

第三章　勤王の道（鳥羽伏見の戦いまで三年四か月）

【一】幽竹の間

文久三年（一八六三）十一月、藩主が長崎総奉行として長崎を巡視して留守している間に、清左衛門に男子が生まれた。

しかし妻のゲンは、八月の娘フデの病の看病にあたっている最中に自らも同じ病となり、高熱を発したためか、生まれた子は早産であった。しかも、ゲンも肥立ちが悪く、出産した後も床についたままである。

ゲンは乳児への授乳もできず、近所の農婦にもらい乳をしているが、飲む力も弱く、やっと生をつないでいる有様であった。幸いにして、父雄太夫と母サンは元気であったので、家事は母が行い、父は和助夫婦と野菜作りに精を出していた。

私事でも多難な中にあって、清左衛門は藩内勤王派の草分けの一人として焦りを感じていた。八月十八日の政変では、尊王攘夷派が頼みとする孝明天皇が親幕派に絡めとられたし（実際は、天皇は政変を歓迎）、その後、天誅組の乱も鎮定された。

また但馬国生野で、福岡藩士で尊王攘夷派の指導者の一人である平野国臣が起こした乱も瞬く間に鎮圧され、平野は捕らえられて京都所司代の獄舎に送られた。その乱では、京の政変で長州に落ちていった澤宣嘉《のぶよし》が盟主に担がれたものの、乱の鎮圧後に行方知れずとなった。

　こうした動きは大村にも伝わり、当然に藩内の勤王と佐幕の勢力関係にも影響していった。これに危機感を抱き始めた清左衛門は、十一月の中旬、松林飯山に打開策を相談するため、五教館祭酒の部屋を訪れた。すると、飯山も勤王の火を消すわけにはいかないと思っていたため、真摯に清左衛門の相談に向き合った。

「清左衛門殿。拙者も貴殿と同様に今の事態に危惧を覚えています。このまま手を拱《こまね》いておれば、やがては親幕派が藩政を牛耳ることになり、勤王はおろか、殿様の御身にも関わる一大事ともなりかねませぬ」

「如何でしょうか。藩是に反することは、重々承知ですが、勤王の心を一にする者で結党し、飯山殿にも加わっていただくことはできませぬか。かつて、藤田東湖様の『回天詩史』に感銘し、勤王の志を誓い合った者たちがおります。その志を固めるために血を交わした者たちですので、声をかければ集まります」

　血を交わすとは、刀の小柄《こづか》で指先を切り、血を皿に落として混ぜ合わせ、それを傷口に塗って誓い合うことを云う。武士の誓いであり、違背すれば死の制裁を受けることも覚悟のうえである。飯山自身も昌平坂学問所で松本奎堂と岡千仞との三人で同じことをした。

「よろしいでしょう。貴殿にお任せします」

「飯山殿に加わっていただければ弾みが付きます。早速、同志に伝えます」

清左衛門は、そう答えて、辞去した。

清左衛門はその足で、かつての勤王思想の勉強会の仲間を回って結党に対する賛同を得ようとして、長岡新次郎（四十石）の屋敷に行った。新次郎は宮原半十郎、冨井源四郎、根岸陳平（石高不詳）、中尾静摩（五十石）といった同い年の仲の良い友人の一人である。ただ、宮原半十郎は江戸詰めの折、藩邸で流行り病にかかって死に、冨井源四郎も、やはりこの夏に病で亡くしていた。清左衛門にとって、残り少なくなった竹馬の友が新次郎である。

清左衛門が一通り結党の趣意を話すと、新次郎は賛成してくれた。

「清左衛門。お主が言うことはわかった。拙者も、半十郎や源四郎の思いも背負って、お主と共に勤王の道を進もう」

「忝《かたじけな》い。ついては、手分けして同志を集めようではないか」

「慌てるな。今、藩内は佐幕の連中が元締の富永快左衛門を中心にまとまっている。大目付も抱き込んでいるゆえ、些細なことでも結党禁止の藩是を持ち出して、我らを潰しにかかる恐れがある。同志集めも慎重にしなければならぬ」

「なるほど。で、どうする」

「最初に、絶対に信用できる者数人に声をかける。集まる場所も目立たぬところがよい。それに、昇は是非に入れてくれ。昇がいれば、佐幕の連中も簡単には手出しできぬ。我らにとっては、心強い」

「昇のことは心配いらぬ。もとはといえば、此度《こたび》の結党は昇が言い出したことだ」

こうして、最初に声をかける相手は、根岸陳平、昇、新次郎の義理の従弟で中尾静摩の実弟であり冨井源四郎の実弟でもある長岡治三郎（四十石）、そして中村鉄弥（石高不詳。四十石か）の四人とし、集まる場所は追って決めることにした。

数日後、集会の場所と日時が、長岡治三郎の屋敷に十一月二十五日夕刻と決まった。そこは武家屋敷街の西の端の百人衆小路にあり、隣の小姓小路から細い切り通しを抜けた突き当たりである。しかも、その切り通しは窪んだ小道で藪に隠れているうえに、百人衆小路に出ずに裏の畑から屋敷に入れば目立たない。

その治三郎の屋敷に「幽竹」と揮毫《きごう》された額がかかる部屋があり、勉強好きな治三郎はこの部屋を書斎として使っている。「幽竹」の書は、治三郎の祖父が江戸詰めから帰藩するときに京に立ち寄り、幕末の三筆と称される貫名菘翁《ぬきなすうおう》に書いてもらったもので、治三郎が中尾家から長岡家に養子に出されたときに持たされたものである。

治三郎は、目立たぬように、三々五々、訪れた四人をこの部屋に案内した。昇は藩務があり、少し遅れての参加となるという。

「皆に集まってもらったのは他でもない。わが藩の勤王の火が消えようとするとき、改めて志を一にする同志を糾合し、幕府迎合の輩《やから》に対峙することが喫緊のことと存ずるからだ」

と、清左衛門が口火を切った。

これに対して、一番若い治三郎が真っ先に思っていることをぶつけるように言った。

「拙者は、清左衛門様のお申し出をお待ち申しておりました。わが藩の執政の方々の多くは日本の動きをよく御存じではありませぬ。下関や薩摩での外国との戦を、幕府は容認どころか外国を後押ししています。これは、まるで国を売るに等しきことで、許し難いことです」

治三郎は藩の探索方を務めてきたので事情に詳しいし、亡き実兄、冨井源四郎の志を継ぎたいとも思っている。陳平も続いた。

「清左衛門。拙者とて、若き日に触れた勤王の志を今まで腹に仕舞ってきたが、空《むな》しく時を過ごすよりは、むしろ脱藩して、勤王に身を投じることこそ拙者の行くべき道と考えておった。お主らが立つのであれば拙者も異存ない」

続いて鉄弥も、

「拙者の心も根岸殿と同じです。藩是を破ろうとも、ここで同志を募り、共に勤王の道を歩もうではありませぬか」と言った。

新次郎も清左衛門と顔を合わせ、感極《きわ》まったように言った。

「やはり、皆も、同じ思いであったのか」

清左衛門が続けた。

「皆の賛同を忝く存ずる。今後、同志を誘い入れることになるが、ことは慎重に進めることが肝要であろう。ついては、誰を同志に誘うかを相談したい」

丁度その時、昇が来た。昇は、前日、藩主の長崎巡視からの帰国に従って大村に帰っていたが、藩会所での雑務を済ませていたので、会合に半刻ほど遅れて参加したのである。

「昨夜、兄様から概略承りました。拙者もわが身を賭して、大事の成就に向けて皆様と歩を一にして進みたく存じます。ところで、兄様の話では、今後同志を募るとのことですが、すでに飯山には承諾を得ていると伺いました」

「飯山殿には拙者が参加を願い出たが、それが何か不審か」

清左衛門は昇に問い返した。

「拙者は幼き頃よりあ奴を知っておりますが、あ奴は学徒に過ぎぬのではないかと案ずるのです。我らの企ては、露見した折には死を覚悟せねばなりませぬ。よって、いざという時に互いに命を預け、共に死ぬ覚悟を持つ同志を引き入れたいと存じますが、さて、あ奴にその覚悟と度胸があるのか、拙者は懸念を持つのです」

「昇。お主が飯山殿とそりが合わぬことは皆が承知じゃ。されど、この大事は私事を超えて遂げねばならぬ。飯山殿が説く勤王の志は、我らと同じじゃ。さらに、殿様も飯山殿の志を慕っておられる。このことは、我らの大事が成るかどうかの肝心なところじゃ」

と、新次郎が割って入った。

実は、昇は幼い頃、飯山が自分より年少のくせに、藩主の前で論語の講義をしたことが悔しく、さらに藩校五教館でも、飯山がもてはやされることが気に食わなかった。そのときの思いを引きずり、江戸から帰国しても、飯山とはまともな会話をしたことがない。

昇より一つ年少の治三郎が、

「昇殿。飯山殿は日本にその名を轟かす学者です。その学者の論は、我らが一党の心の支えともなります。どうかここは堪《こら》えて、飯山殿を我らが同志にいたそうではありませぬか」

と言うと、昇は、

「皆様がそのようにお考えであれば、拙者とて、これ以上は申しませぬ」

と言って、飯山を同志とすることを了承した。

その後、誰を同志に引き入れるかを話し合った。まずは、治三郎の実兄で、勘定奉行の中尾静摩、陳平の兄の根岸主馬（百石）、中村鉄弥の兄の中村平八（八十石）、さらに昇の提案で、楠本勘四郎（六十石）、梅沢武平（長崎奉行所）、柴江運八郎（三十石）、また清左衛門の提案で藩医の北野道春（二十石）らの名が挙がった。しかし、清左衛門は、

「とりあえずの名は挙がったが、もの足りぬ。藩の執政にもつながる人物を入れねば、佐幕派と対抗せねばならぬ時に力不足じゃ」

と言った。これに、昇が即座に反応した。

「兄様の仰せの通りです。近頃、城代の針尾九左衛門（四百六石）様にはお目通りすることも多く、針尾様は藩の行く末に心を痛めておられます。とくに、浅田（弥次右衛門）家老と富永快左衛門らが御両家と図り合って殿の禅譲を画策しておられる様子を苦々しく思っておいでで

すが、針尾様は勤王の志も篤い御方と存じます。針尾様を一党の盟主に戴《いただ》くことにしては如何ですか」

この昇の提案に、「それが良い」と、皆の意見が一致した。

針尾九左衛門は四十歳で、平安の時代から大村湾口の針尾島に割拠した海賊の流れを受け継ぐ古豪の末裔である。大村家とも姻戚関係を持ち、御両家に次ぐ石高を誇る名門の当主である。源平合戦で落ち延びた平家一門の血も混じるといわれ、勤王の志が篤いことで知られている。この頃は、九左衛門は城代として旗本番頭を務め、治振軒の肝煎り（世話役）も兼ねている関係で昇と会う機会が多い。また、九左衛門も昇の剛毅な性格を気に入っていた。

翌日、清左衛門は五教館に飯山を訪れた。清左衛門が話し出す前に飯山から、「その後、例の件は如何ですか」と聞いてきた。

「皆の了解を得ました。盟主に針尾様を戴けないかと存じておりますが、ことは慎重に進めたいと存じますので、頃合いを見計らって昇がお願いすることになっています」

「針尾様を盟主とするは賛同いたすとして、御舎弟もお加えなさるのですか」

「何か、不都合でもありますか」

「失礼ながら、御舎弟は乱暴の御仁で、この大事を共に語るには心配です」

と、飯山は顔を曇らせながら言った。

清左衛門は、「二人とも、いい加減にせい」と思いながら言った。

「御言葉を返すようですが、此度の血盟は昇が言い出したことです。また、昇は日本の尊王攘夷の志士方にも顔が利き、いざという時には武の盾となります。昇は、味方として是非にも必要というのが、此度、結党を誓い合った者たちの一致した意向です。昇には、突出を控えるように厳に戒めますので、何卒飯山殿には、昇を受け入れていただきたく存じます」

「皆様がそのような御存念であれば、是非もありませぬ」

と飯山は言って、この件を了承したのである。

【二】 終夜《しゅうや》立切稽古《たちきりけいこ》

幽竹の間での会合は何度か重ねられたが、昇が結党への参加を最初に打診した相手は柴江運八郎であった。運八郎は昇の誘いを即座に受けた。

「昇。今さら、拙者の決意を確かめるまでもない。拙者はお主に命を預けることにしておる。ただ、拙者は武辺者じゃ。拙者にできることは、せいぜい剣を振るうことくらいじゃ。そのことを弁《わきま》えて拙者を使え」

昇は、本当は親友の楠本勘四郎を最初に誘うつもりでいたが、勘四郎の妻に昇は嫌われたらしく、会合に誘い出そうとしても、勘四郎は済まなそうな顔をして断るのである。結局、微神堂での稽古の帰り道に歩きながら話して、勘四郎の参加を引き出した。

ただ勘四郎の妻には、この件を伏せるように言った。義父村部俊左衛門（七十五石）は者《もの》頭《がしら》で、その妹は家老浅田弥次右衛門の後妻となるなど、二人との関係が濃かったからである。

また、武平は長崎から大村に墓参りで戻って来た折に昇が誘い、結党に参加することになった。武平は「長崎奉行所の青成侍《あおなりさむらい》らを相手にしているうちにすっかりと腕が落ちました。無念です。かくなる上は、長崎務めはこれ切りにして、大村に帰していただきたい」と言い始めた。昇は、「わかった。お主の存念は殿様にお伝えするが、今は辛抱せよ」と言って、宥めたのである。

十二月十日、治振軒での剣の指導を終わったところで、運八郎が昇にある提案をした。

「そろそろ年の瀬じゃ。お主が留守の間も治振軒では年末の半夜《はんや》立切稽古は続けてきているが、その準備をせねばなるまい。じゃが、今年は長崎騒動のせいで藩士らが落ち着いて稽古ができなかった。ここで、今年の締めくくりに、久しぶりに終夜立切稽古をせぬか」

治振軒では、年末から正月三が日まで武道場を閉めるにあたって、年間の稽古の締めとして「立切稽古」を行うのを慣例としている。通常、明け六つ、卯《う》の刻（午前六時頃）から、夕刻、酉《とり》の刻（午後六時頃）まで、治振軒に通う剣士が総掛かりで立ち通しの稽古をする。剣士たちは食事も握り飯を立ったまま食べ、水も立ったまま飲みながら、ひたすら稽古相手を見つけては竹刀を振る。師範は、足が止まった者に稽古を督促し、挑んでくる相手には立ち合う。これを半夜立切稽古という。

昇が江戸に藩費で出る機会を得たのも、この稽古で剣の実力が認められたからである。しかし運八郎の提案は、次の日の明け方までの丸一日、稽古を続ける終夜立切稽古である。

嘉永七年（一八五四）に斎藤歓之助が大村に招聘《しょうへい》されたとき、歓之助は練兵館道場の稽古法を採り入れてこの終夜立切稽古を始めたのであるが、歓之助が病に倒れた後は次第に短縮され、明け方から夕方までの半夜立切稽古に変わっていたのである。

昇は、歓之助が元気な時に一度、さらに江戸の練兵館では、毎年終夜立切稽古を経験し、師範も務めているので、運八郎の提案にすぐに賛成し、「早速、取立（治振軒総裁）に掛け合いに出向きましょう」と言って、運八郎と連れ立って長井兵庫（五十石）に会った。

兵庫も「それは結構だ」と言って、今度は兵庫も一緒になり、歓之助の許《もと》を訪ねて賛同を得て、最後に針尾九左衛門の決裁を得た。その日から昇は、結党の件を忘れたかのように終夜立切稽古の準備で忙しくなった。

日頃から治振軒で鍛錬する剣士の中には、大村藩士はもちろん、昇に教えを乞うために滞在している他藩の侍もいた。また、在郷の藩士にも有力な剣士がいたので、それらには手紙で報せ、結局、二百名ほどが集まることになった。

ところが意外にも、飯山も参加するという。運八郎の話では、飯山は勤王を目指すには剣や鉄砲術も欠かせないと言って、五教館の書生にもこれらの鍛錬を促すと共に、自らも切磋しているという。そのためか、今回の稽古には五教館の書生も見学するという。当然に治振軒の道場では入り切れないために、日頃は仕切られている板壁を兼ねた雨戸を取り外し、隣接する弓道場の的場も使うことにした。

いよいよ師走の二十五日の朝、八年ぶりに復活した終夜立切稽古が始まった。

この日は、昼に藩主の御成りがあり、参加者一同に言葉を賜った以外は皆がひたすら稽古に励んだ。しかし夜になり、灯りが道場の壁の何か所かに架けられた蝋燭《ろうそく》の炎と的場の篝火《かがりび》だけになると、足元も見にくく、疲れも重なり、間合いが狂って怪我人も続出してくる。

さらに、冷え込んでくれば、篝火の傍近くで暖を取る輩も出てきて、昇と運八郎は、それらを叱咤しながら稽古を続けさせた。無論、武平も長崎から出てきたし、勘四郎など、微神堂で鍛錬している剣士たちも監督を手伝い、取立の兵庫は師範席で、終始稽古を見守ったのである。

明け方近くになると、道場の壁に背をもたれる剣士も何人か出てきた。昇は、そのうちだらしなく座り込んでいる一人に、「しっかりせよ。夜明けは近いぞ。さあ、立て！」と声をかけて、竹刀で頭をコツンと打った。

「昇。儂《わし》じゃ。ちと、休ませてくれ」

と、面の中から声がした。その声の主は、兄の清左衛門であった。昇は苦笑いするしかなかった。

このような出来事もあったが、参加者のうち、十名ほどが怪我で脱落した以外は稽古を乗り切った。昇にとって、飯山が意外にも元気に稽古を終えたことは新しい発見であり、飯山を見直す思いであった。実際、この稽古を境にして、昇と飯山の距離は、急速に近くなったのである。

終夜立切稽古の二日後、昇は運八郎と共に針尾九左衛門の屋敷に呼ばれた。稽古が無事に済み、九左衛門が二人を労《ねぎら》いたいということであった。

その席で昇は九左衛門に、「針尾様には、是非にお聞き届けいただきたい儀があります」と言い出した。

「何じゃ。遠慮なく申せ」

「されば、申し上げます」

と昇は続け、運八郎も姿勢を正した。

「わが藩には、藩のみならず日本の行く末を案じている者が多くおります。とくに、今の幕府のやり方では日本が外国に蹂躙され、長崎の居留地を広げられ、上海のような占領地になり、やがては大村も呑み込まれていくのではないかと危惧を抱いております。されど、わが藩のみでは、所詮、蟷螂《とうろう》の斧《おの》。外国には対抗できませぬ。この際、日本が結束するのが肝要かと存じますが、幕府はそれを認めませせぬ」

ここで九左衛門も、目を据えて昇の次の言葉を待った。

「藩内には幕府が間違ったことをするはずがないと頑《かたく》なに信じている者やら、幕府に楯突いても何も変わらず、逆にわが藩が叱責を受け、藩を危うくするゆえ、幕府の少々の無理難題も忍ばざるを得ぬと考える者が多いことも事実であります。されど、幸いに朝廷の下に日本の力を集め、そのために政《まつりごと》の仕組みを新たなものにするという志を持った者も何人かおります」

「それは知っている。それで、どうした」

「此度、その者たちが集まり、藩のため、さらには日本のために立ち上がることを決意しました。つきましては、針尾様におかれましては、我らが盟主に就いていただくわけには参りませぬか」

「やはり、噂《うわさ》は事実であったか。お主らの結党の動きについては、それらしき気配が漂っているという程度のことしか判らなかったが、執政の方々の間では心配される向きも多い。富永（快左衛門）殿などは、藩是に禁じられておる結党の動きがもし事実であれば、芽のうちに摘み取ることが何よりじゃと申しているが、明確な証拠があるわけでなし、今のところ様子をみようということになっておる。如何《いかん》せん、殿様が其の方どもと同じような御意向をお持ちであるゆえ、富永殿も迂闊には手を出せぬ」

「そのような噂が御座いますか」

　昇は、内心驚き、逆に聞き返した。

　結党の話がまとまったのは、ついひと月前である。しかも、心を許した者だけの集まりであり、秘密を守ることを誓い合っているので内通はあり得ないと思うが、多分に結党への参加を誘う動きが、いつの間にか噂として流れ出しているのであろう。

「昇。大村は江戸とは違い、狭い所じゃ。しかも、藩士の家々は縁《えにし》によって様々につながっておる。秘密にしておくことは難しい。とはいえ、藩是を持ち出して厳しく罰することもできようが、今、わが藩が置かれた状況は内輪《うちわ》揉《も》めをしておるときではない」

「その通りで御座いますが、座して、なすがままに、世の中を眺めておれば済むことなどできませぬ」

「その意気は買おう。されど、何故、儂にそのような大事を打ち明け、あまつさえ盟主に就いてくれなどと申すのだ。もし、儂がお主らの申し出を断り、大目付にでも告げれば、お主らは只では済まぬぞ」

「畏れながら、そのことは心配して御座いませぬ。針尾家が代々勤王の御家であることは誰もが存じ上げているところで御座います。さらに、我らの志は勤王であることは申すまでもなく、かつまた殿様の志でもありますれば、何一つ恥じることも、隠れることも御座いませぬ。確かに結党は藩是に触れることで御座いますので、今、針尾様に申し上げたことが大目付に伝えられたとしても、拙者と運八郎殿だけの企《たくら》みで御座候《そうろう》と申し開き、我らだけが罪を被《かぶ》れば済むこと。ただ、畏れながら、御相談申し上げた針尾様については、拙者らの目に狂いがあったことも確かで御座いますので、この場で腹を切る覚悟で御座います」

昇の話を傍で聞く、運八郎も同意と頷いた。

「冥途の土産に、儂を刺して腹を切るつもりか。お主らの脅しには乗らぬぞ。されど、儂も、今、幕府が進めている外国との交渉は危ういと思っておる。また、わが藩に対する要求は理不尽そのものじゃ。加えて、外国勢が長崎を占拠することにでもなれば、針尾島のわが所領も危うい。自らの力で、日本どころか長崎さえ守れず、殿様に長崎総奉行などという妙な役目を押し付け、防備の負担をわが藩に被せておる。儂はとうの昔に幕府を見限っておるわ」

「これは、失礼なことを申し上げましたが、お許しください」

「お主らの申し出は判った。お主らに見込まれたのも何かの縁であろう。盟主の件は引き受けよう。されど、藩是もあることゆえ、ことは慎重を要する。誰が結党に加わっているのかは、今は尋ねぬ。然るべきときが来れば儂も名乗ろう」

そして、九左衛門が発した「勤王党じゃな」という言葉が、その後の党の呼び名になったのである。

【三】文久から元治へ

九左衛門を党首に戴すという昇の提案は実現することになったが、「勤王党」の立ち上げを公言するわけにはいかなかった。

激動する幕末の情勢ではあっても、藩士の多数は慣れ切った幕藩体制に疑問を持たず、ましてや地位や生活の基盤を築き上げている藩士の多くは、現状を壊すような動きを嫌った。さらに、結党禁止の藩是は、勤王党加入への勧誘を進めようとする昇らの手足を縛った。

このような中で、文久四年（一八六四）二月二十日に元号が元治に改められた。

この年は甲子《かっし》革令の年にあたり、古来中国の予言である「讖緯《しんい》の説」によれば、変革が起こりやすいといわれてきた。孝明天皇はこれを嫌い、革令の年には改元を行うという古式に則ったのである。

ただ、朝廷が第一に希望した「令徳」は徳川に令する意味として幕府に退けられ、次候補として挙げた「元治」も、「元に治る」が王政復古を意味するとして幕府が難色を示した。しかし、前越前藩主で幕府政事総裁の松平慶永《よしなが》（春嶽）の取り成しで「元治」で収まったという。とはいえ、後世からみれば、その名が示すように、幕府瓦解への布石となる年となった。

この頃、大村藩では、藩主大村純熈の長崎総奉行就任中の参勤のあり様を幕府に尋ねていたが、総奉行就任中の参勤は不要との回答が文久三年末に下された。その代わり、長崎の警護と沿岸防備を怠りなく務めるべしとの命令が付されていたため、文久四年一月下旬に、藩主は長崎総奉行としての務めを果たすために再び長崎を訪れた。

今回も兵卒を従え、長崎市内から茂木や時津まで幅広く巡視したが、この間、藩主の傍には二十騎馬副として常に昇がいた。この巡視から帰ると、藩主は幕府の許可を得たうえで、隔年で長崎の警衛に当たっている佐賀藩と福岡藩との協力を得て、長崎港への侵入経路の防備を強化した。

また、大村藩内の沿岸部についても、海防設備の大掛かりな改修に着手した。とくに外国の軍艦が外洋部に晒《さら》された台場（砲台）を最初に破壊する作戦を採ることを下関戦争や薩英戦争の分析から読み取ったことから、これらの台場を廃止し、外洋から隠れた場所に移動した。

さらに、外国軍艦が外洋から琴海に侵入する場合に通過する瀬戸口にあたる伊ノ浦に、新しい台場を築いた。さらにまた、砲撃戦となれば外国軍艦の射程距離の長い大砲に利があることから、むしろ外国軍隊の上陸に備えた陸戦の備えを強くする必要があるとして、鉄砲隊の強化に力を入れたのである。

そうした動きのなかの元治元年三月十三日、玖島城の大広間に主だった藩士が集められた。新たな藩人事が発表されることが前もって伝えられていたために、ざわざわとした落ち着きのなさが漂っていた。

「御成りー」という声がかかり、藩士が平伏するなかで藩主が座に着いた。顔を上げると、藩主と共に広間に入ってきたらしい筆頭家老の江頭官太夫が藩主の前に座っていた。

官太夫はかねてより老齢と病を理由に家老職の辞任を申し出ていたが、藩主は許してこなかった。いざというときに、浅田家老らの守旧派を抑えるには、官太夫が必要だったからである。

そのために官太夫は、この年の正月には、絹の衣服を着ることを許され、家臣としてすでに特別な存在に祀り上げられていた。

しかし、官太夫も齢と病には勝てず、藩主も隠居を認めざるを得なくなった。

藩主は「余は、此度、官太夫の望み通り隠居を認めることとした。合わせて、官太夫のこれまでの功を褒《め》で、嫡男隼之助を家督相続のうえ、家老とし、脇備《わきぞなえ》侍大将に就くことを命ずる。皆の者、然様《さよう》、心得よ」と言い、続けて、「官太夫、其の方、長年、余と先代様に奉公してくれたことを嬉しく思う。これよりは、心おきなく、身を養生せよ」と言って、感状と赤い綿入れを側小姓から下げ渡した。

官太夫は、「殿におかれましては、私めの願い出をお聞き届けいただき、また、隼之助へ過分なる思し召しをいただき、真にありがたき幸せに存じ奉ります」と言い、「これで心残りは御座いませぬゆえ、私めはこれにて失礼仕りますが、どうか、殿には御健勝であられますことを願い申し上げます」と官太夫は広間を後にした。

その後、新しく就任した大目付山川宗右衛門（百五十六石）から人事が読み上げられた。

まず、家老の浅田弥次右衛門はそのままとし、新たに大村太左衛門（百九十八石）を家老にした。したがって、家老職は、筆頭に浅田弥次右衛門、次いで城代に針尾九左衛門、さらに大村太左衛門と江頭隼之助（二百七十六石）であり、門閥である御両家から格外家老に選ばれている大村太郎兵衛はそのままとなった。だが、浅田家老の実弟で、家老の有力馬とみられていた富永快左衛門は元締役に留任となった。

新家老の太左衛門は藩主につながる直系の一族ではなく、家臣ながら大村姓を賜り、今に続く家柄であるが、その妹は清左衛門の伯父北野道春の妻である。道春の妻には昇も前年の病気の折に世話になり、それが縁となり、太左衛門にも気さくに声をかけられる。話をしてみれば、藩主への敬愛の念も強く、また勤王の志が篤い人物と昇は判断し、折をみて勤王党へ誘い入れたいと考えている。

稲田東馬の兄、稲田中衛（二百五十石）が中老兼先手侍大将となり、土屋善右衛門（百十石）と同役となった。側用人稲田東馬と荘新右衛門は留任、新たに大村歓十郎（百五十三石）を側用人となし、中尾静摩を作事奉行兼側用人とした。根岸主馬（百石）は勘定奉行となり、長岡治三郎は五教館副取立として、将来、取立を継ぐ立場となった。

また、兄の清左衛門は硝石《しょうせき》方用掛かりとなり、大砲や鉄砲の火薬の買い入れや精製、さらには鉄砲の買い入れの責任の一端を負う。また、藩の海防強化が進むなかで、大砲の鋳造にも責任を持たされ、台場の新設にあたり各地の寺の釣鐘を徴発し、鋳直して大砲にする役目も担った。

要するにこれらの人事は、藩の要所に勤王派を充てたもので、親幕的で保守的な藩士が遠ざけられたことは明らかであり、とくに、浅田弥次右衛門と富永快左衛門の兄弟と大村御両家、さらにはそれらに従う藩士らは、藩主の依怙贔屓《えこひいき》に強い反感を抱くことになった。

その頃、京都では、前年文久三年八月の政変で長州藩を京から放逐した後、孝明天皇が幕府を中心にした公武合一の政治を求め、この要望を受けて文久四年一月に有力諸侯の参与会議が成立した。

参与会議には、松平慶永（春嶽。三月に京都守護職。ただし、四月に辞す）、前宇和島藩主伊達宗城、前土佐藩主山内豊信（容堂）、将軍後見職一橋慶喜、少し遅れて薩摩藩主の父島津久光が加わり、さらに熊本藩主細川斉護《なりもり》の子長岡護美《もりよし》と福岡藩世子黒田慶賛《よしすけ》らも加わった。

参与会議は二条城と御所を交互の会議場として開かれたが、孝明天皇は攘夷の立場を崩さず、横浜港の鎖港や兵庫開港の取り止めなど、旧体制への復帰に拘《こだわ》った。一月に再上洛した将軍徳川家茂も、前年に攘夷決行を約束した手前、天皇に逆らうこともできず、一方で、参与会議の諸侯らの多くは開国派、あるいは開国を避けられないと考え、挙国体制の公武合一を主張したために、次第に幕府ならびに朝廷との間に齟齬《そご》が生まれてきた。

また、横浜港を巡って、天皇の意思を汲み取って鎖港を進めようとする一橋慶喜と鎖港に反対の島津久光が対立し、長州宥免《ゆうめん》問題も絡み、二月末には参与会議自体が頓挫した。やがて一橋慶喜は幕閣とも距離を置き、将軍後見職を辞し、禁裏御守衛総督となり、三月に京都守護職から軍事総裁に就いた松平容保（会津藩主）、さらに京都所司代松平定敬（桑名藩主）と組んで、京都で独自の道を進み始めた。いわゆる、一会桑政権である。

そして、慶喜以外の参与会議の諸侯は京都から去っていき、再び、政の行方が混とんとしてきた。当然に島津久光も参与会議に見切りをつけ、幕府を見限った形で国元に帰るが、一方で、京都での薩摩藩の勢力が衰えることを懸念し、遠島、押込めの刑に処していた西郷吉之助（隆盛）を沖永良部島《おきのえらぶ》から呼び戻して、上洛させ、三月十九日に京の薩摩軍の軍賦役（軍司令官）に任命した。

これは、大久保一蔵（利通）の久光への進言で実現したことであったが、実は、この薩摩藩の人事は大村藩の行く末にも大きな影響を与えることになる。後に大村藩兵を薩摩藩軍に紛れ込ませて、鳥羽伏見の戦いに参戦させることにしたのが西郷であったからである。

いずれにせよ、前年の八月の政変で、強硬な尊王攘夷派の公家と、それを後押しする長州藩士や浪士たちを京から追い出したにもかかわらず、根っこにある、幕府対朝廷、開国対攘夷の思想的、勢力的対立は、依然として残ったままであった。

しかも、幕府側でも、幕閣に対して一橋慶喜が距離をおき始め、参与会議に参加した大藩も思惑の違いが見え隠れし、公武合一の旗の下で一枚岩になる状況ではなかったのである。

【四】池田屋事件

京では、八月十八日の政変後も、尊王攘夷の思想を掲げる志士たちが潜伏し、自分らの思想の実現を画策しているなかで、六月五日に新撰組によって池田屋事件が引き起こされた。

新撰組は、上洛する将軍警護の名目で幕府が募集し、文久三年二月に江戸から京に上った二百名ほどの浪士隊が母体となっている。ただ、京に上るや、尊王攘夷を唱える一派と、あくまでも将軍警護の職を全うしようとする一派が分裂し、前者は江戸に戻ったり、京で別の一派を形成したりした。

また、将軍家に忠誠を尽くすとして京に残留した者たちを会津藩が預かったが、芹沢鴨《かも》の水戸派浪士らと、江戸試衛館の近藤勇らが対立し、芹沢らを粛清した近藤勇のもとで同年九月に組織されたのが新撰組である。

その後、新撰組自身で隊士を徴募し、次第に勢力を増してきていた。新撰組は、前年の八月十八日の政変後の京の治安の維持にあたり、京都守護職の会津藩や京都所司代の桑名藩の正規の藩士が手を下しにくいことを代わりに行い、京に潜入した尊王攘夷の浪士たちを強引に拘引、あるいは殺害したりしていたのであるが、奇しくも、組長の近藤をはじめ、土方歳三、沖田総司らの幹部は昇の江戸での飲み仲間であった。

近藤が道場主であった試衛館は、昇が塾頭をしていた練兵館（現在の靖国神社境内）の近くの市ヶ谷にあったことから付き合いが始まった。試衛館に道場破りが来て、それが強そうであると練兵館に応援を求め、これに応じて、しばしば、昇が助っ人に行ったという。そして、助っ人が終わると、試衛館の道場内で酒を飲み、その流れで近藤らが昇を連れて岡場所に行き、昇に悪い遊びを教えたというのである。

ところで、池田屋事件は、尊王攘夷の浪士たちが京で騒擾《そうじょう》を起こそうとする謀議を図る会合を三条木屋町にある池田屋、あるいは界隈の旅亭で開くとの情報を新撰組が得て、手分けして探索するなか、近藤が率いる部隊が池田屋を急襲したものである。事件直後の残党の捜索や関係者の捕縛なども含めれば、三十名近い尊王攘夷の浪士や長州藩を中心とした諸藩の藩士、さらには町人が惨殺されたり、自刃したり、あるいは獄死したりした。

その中には、肥後藩の宮部鼎蔵《ていぞう》、土佐藩の北添佶摩《きつま》や望月亀弥太《かめやた》、長州藩の吉田稔麿《としまろ》など、尊王攘夷の錚々《そうそう》たる人物がいたが、桂小五郎は辛くも難を逃れていた。小五郎は、八月十八日の政変で長州に戻っていたが、直目付を辞して、この年の一月に政治工作のために京に潜伏していたのである。

事件後も、京では、新撰組や会津桑名両藩兵が中心になって、長州藩士や浪士たちの捕縛や殺害が続き、これが長州藩の報復感情に火を点け、やがて七月十九日の禁門の変（禁門は禁裏の門という意味。「蛤《はまぐり》御門《ごもん》の変」とか「元治の変」ともいう）へと情勢が急変していったのである。

長州藩は、禁門の変に至る前、元治元年五月下旬、朝廷の一部の公家の取り成しで、八月十八日の政変で長州に逃れた三条実美ら七卿（そのうち、錦小路頼徳《にしきこうじよりのり》は死に、澤宣嘉《のぶよし》は潜伏中であった）と長州藩主父子（毛利敬親と世子毛利定広）の宥免を朝廷に願い出るために、長州藩家老国司信濃が上京し、合わせて家老福原越後も幕府に陳情するために江戸に出府する予定であった。

また、長州藩は、前年の外国船砲撃事件以来、何度か、外国艦隊の襲来を受け、それでも損傷を受けた砲台を修復し、下関海峡の封鎖を続けていた。そのために、香港や上海や長崎と横浜を結ぶ航路に著しい支障が生じていたし、また、外国側が長州に求める損害賠償の交渉にも進展がなかった。そこで、今また、イギリス、フランス、アメリカ、オランダの四か国連合艦隊が横浜に集結し、下関を攻撃しようとしていた。

長州藩は、これに対抗するために、朝廷の仲介で幕府と融和するか、あるいは朝廷の檄《げき》により、西日本雄藩の攘夷参戦を促してもらうかの方途を考えていた。長州藩としては、幕府の攘夷決定に従って攘夷戦争を始めたのであり、それにもかかわらず、幕府に批難され、あまつさえ、八月十八日の政変で京から放逐されたことには納得できないでいたのである。

そして、このような情勢の最中の六月十四日に池田屋事件の報が長州に届いた。当然に長州藩は激昂し、次々と軍勢を上洛させ、伏見の長州藩邸、山崎、嵯峨の三か所に布陣し、その数二千名に及んだ。また、長州に落ちた三条実美ら五人の公卿、さらには世子毛利定広の率いる兵も京都を目指して進軍し、まさに京都は一触即発の事態に陥り、七月十九日の禁門の変へと、転がっていくのである。

一方、長州藩では、池田屋事件の報が伝わってから以降、京に軍事的な圧力を加えると共に、自らの行動の正当性を説き、幕府、ならびに会津藩と薩摩藩の非を訴える使者を西日本の諸藩に出していた。

とくに、長崎には蔵屋敷としての長州藩邸があり、そこに派遣された小田村文助（伊之助。後に、楫取《かとり》素彦）が、長崎に藩邸を持つ、佐賀（三十五万石余）、福岡（五十二万石余）、久留米（二十一万石余）、土佐（二十四万石余）、肥後（五十四万石余）といった西国外様雄藩に接触をもった。

長州の狙いは、西日本の外様大名を味方につけるか、少なくとも、自藩の主張に理解を得れば、幕府も簡単には手を出せなくなるという点であった。

また、小田村には、雄藩だけでなく、大村藩への接触という任務も課せられていた。長崎での武器購入や長州から中国への米の輸出を円滑に進めるには、常時、長崎警護に当たっている大村藩も味方に引き入れておく必要があったからである。

大村藩については、藩主が幕府の役職である長崎総奉行の地位にあるので、小田村としては公式の接触を憚《はばか》られたが、唯一の手掛かりは昇である。小田村の実兄の松島剛蔵と昇は小五郎の紹介で懇意であり、江戸で何度か会っていた。そのために、小田村は松島から昇への添え状を携えてきていた。さらに、前年五月の下関での攘夷戦争の際には、昇は下関に観戦に来ていたので、昇が長州藩に好意を寄せてくれていると思い、長崎の大村藩邸に託して昇に手紙を寄こしたのである。

この頃、大村藩では、池田屋事件の報が大坂藩邸から届き、また長崎奉行所からも事件の詳細の説明を受けたところであった。

松島の添え状が同封された小田村からの手紙を受け取った昇は兄に相談した。

「兄様。小田村殿の手紙によれば、此度の京の騒動の非が幕府にあり、長州藩に理があるところを説き、攘夷についてのわが藩の理解を得たいとのことです。長州藩の使者として大村を訪れることができればこの上ないが、それが難しくとも、長州藩の訴えるところを聞いていただきたい、といった趣旨です。如何様に計らえばよいと思われますか」

「今のわが藩の事情では長州の使者に堂々と会うことはできぬ。されど、勤王に励む長州のことは我らも無視できぬ。小田村殿に密かに会って、長州に合力できるところは合力したい。明後日、俺と（長岡）治三郎とで長崎に行き、小田村殿と話して参ろう。治三郎は非番のはずだし、俺も、長崎藩邸の鉄砲火薬の在庫を確かめねばならぬと思っていたところだ。中村鉄弥も連れて行くことにしよう」

「兄様。小田村殿の手紙は拙者宛です。拙者も同道し、桂（小五郎）様の安否も知りたいと存じます」

「お主は目立つ。このところ、殿の長崎巡視にはお主が必ず付き従っているではないか。今、長州と幕府は犬猿の仲じゃ。当然に、長崎奉行所も長州藩蔵屋敷を見張っておろう。その最中に、長州との公然の接触は避けねばならぬ。さらに、勤王嫌いの浅田家老が藩邸にいることも忘れてはならぬ。どのような邪魔をするか、予断を許さぬ」

「確かに、仰せの通りですが、拙者が藩邸に寄らず、長崎奉行所の手の者にも気づかれなければよろしいのではないでしょうか」

「それはそうだが、我らも、小田村殿との会合は目立たぬ場所にするつもりじゃ。天下の情勢を掴むことは絶対に必要じゃが、藩内の無用の諍《いさか》いは望むところではない。とりあえず、明日、お主は（稲田）東馬殿に会って、この手紙を見せて、我らが小田村殿に会うことの了解を得てくれ」

　翌朝、昇は清左衛門の言う通り、城に側用人の東馬を訪ね、小田村の手紙を見せ、兄とのやり取りについても話した。

「殿には内々に伝えるが、長州がわが藩に接触してきたことが長崎奉行所にわかれば、面倒な騒ぎになる。されど、日本がどのように転ぶのかが読めぬなか、天下の情勢を渦中にいる長州から聞いておくことも大事じゃ。やはり、お主が小田村殿に会うことが肝要であろう。ただし、清左衛門が言う通り、長崎奉行所と御家老（浅田）には悟られぬようにせよ」

　東馬はそう言い、昇が小田村に会うことを認めた。

　こうして、六月二十二日の早朝、清左衛門、治三郎、中村鉄弥の三人は一緒に大村を出て長崎に向かい、その日のうちに藩邸に入った。火薬在庫の点検という名目である。一方、昇は、一日遅れで出発し、一旦、浦上番所にとどまり、清左衛門からの連絡を待つことにした。

長崎の大村藩邸に到着した清左衛門らは、長崎奉行所に顔が知れていない中村鉄弥に手紙を持たせて長州藩蔵屋敷に行かせ、翌日の夜、長崎市内今紺屋町の中島川川筋にある料理屋に小田村を誘い出した。ここは大村出身の者が始めた店で、何かと勝手が利く。昇も連絡を受け、この店で落ち合った。

【五】福岡藩との盟約

「尊藩の勤王事情がわからず、渡辺（昇）殿を見込んで手紙を差し上げたのですが、皆様を信じてありのままに申します。わが藩が、この数年、尊王攘夷の先鋒として励んで参ったことは御承知と存じます」

と、小田村は切り出した。

「如何にも。我らも尊藩の一貫した姿勢に敬服しています」

「それを伺い嬉しく存じますが、現今の情勢はわが藩にとり、真に厳しいものがあります」

と小田村は言って、前年の下関での攘夷砲撃事件と、その後の外国軍の攻撃における長州藩の被害、八月十八日の政変の顛末、長州に落ちて来た七卿のうち一人が死に、一人が行方不明といった事情から始まり、水戸の天狗党の乱の最新情報、池田屋事件の犠牲者と顛末、京への長州軍の進発の正当性と陣容まで詳《つまび》らかに説明した。

無論、池田屋事件で小五郎が危うく難を逃れたことにも触れた。そして、話の中で、新撰組が近藤勇に率いられていることを小田村が触れたとき、昇は聞いた。

「その近藤勇というのは、市ヶ谷の試衛館の道場主であった御仁でしょうか」

「然様です。桂殿も知っているとのことですが、貴殿もやはり、近藤を御存知でしたか」

と、小田村は逆に聞いてきた。

「かつては、近藤殿も尊王攘夷を唱えていたのですが」と昇が言うと、

「それは意外でした。今や、新撰組は勤王の志士たちの怨嗟《えんさ》の的で御座います」

と小田村は言うのである。

昇は、近藤とは飲み仲間であったことは伏せた。続けて小田村は言った。

「幕府はわが藩を取り潰すか、石高を大きく減らしたうえで、九州の片隅か、息の根を止めるために奥羽に改易するかを考えているようです。無論、わが藩は、幕府がそのような理不尽を押し付けるようであれば戦いを選びます」

「我ら同志も尊藩のお立場には同情しておりますが、幕府との間が、そこまで緊迫しているとは存じませんでした」

と清左衛門は言い、腕を組んだ。

昇が聞いた。

「それで、貴殿がわざわざ長崎にお出でになり、拙者に手紙を寄こされたのは、如何なる御用件で御座いましょうか」

「尊藩にも勤王の士が多くおられることは心強い限りですが、拙者が長崎に来た訳の一つは、当地に出先を持つ諸藩に、わが藩の存念と覚悟を御理解いただくために遊説すること、もう一つは、今後幕府の横やりに屈しないためには、諸藩の勤王の士らが結束することが肝心と存じ、とりわけ尊藩とは幕府に対抗する何らかの盟約を結びたいと存ずるからです」

「我らも尊藩に合力したいのですが、盟約となると、なかなかに難しいと存じます」

と、清左衛門。

「わかっております。わが藩は幕府とは公然の不仲。貴殿らがわが藩とつながりを持つとなると、尊藩においては反対も出て参りましょう。また、大村侯も長崎総奉行として取り締まらねばならなくなるかもしれませぬ。しかし、他藩の勤王党とはつながりを持たれた方がよろしいのではないかと存じます」

「平戸藩と五島藩の勤王派とは連絡が取れておりますが」

と昇が言うと、小田村は、

「失礼ながら、もっと大きな藩との連携がなければ、幕府の無理押しには勝てませせぬ。そこで、たとえば福岡藩の勤王党と盟約を結ばれては如何《いかが》かと存じます」と言うのである。

昇らは、福岡藩が勤王の藩であることはよく知っているが、長崎警護で大村藩が福岡藩の手伝いをする際も、政治的な関係は一切持ってこなかった。長崎奉行の眼が煩《うるさ》いということもあるが、何よりも藩の大きさが圧倒的に違った。

福岡藩は、支藩でさえも大村藩の石高を上回った。下手な関係を持てば、大村藩は従属させられる恐れもある。その意味では、隣の佐賀藩も同じであるが、佐賀藩とは、歴史的に藩域などの紛争も多いうえ、佐賀藩自体が閉鎖的であり、盟約などは考えられなかった。しかし、小田村が出してきた福岡藩の勤王党との盟約が可能であれば、大村藩の勤王党に後ろ盾ができる。

福岡藩藩主黒田長溥《ながひろ》は、前の薩摩藩主島津重豪《しげひで》の子であり、黒田家の婿養子であるが、父の影響で蘭癖《らんぺき》大名と陰で言われるほど海外の文物や事情に関心を持ち、珍品を求めて長崎の福岡藩邸にもしばしば訪れるほどであった。この藩主のもとで、福岡藩は、勤王を標榜しながらも、孝明天皇の異国嫌いに反し、開国の立場をとっていた。しかし、一方で日本国内の対立を避けるべきだと主張して、攘夷派の長州藩の宥免を幕府に働きかけていた。

「今、幕府に対抗するには、失礼ながら、尊藩だけではまさに蟷螂の斧で御座いましょう。福岡藩では勤王党が藩政を握っております。そのため、わが藩とも往来がありますが、尊藩と福岡藩で盟約締結を進められたら如何かと考えるのです。そうなれば、わが藩とも盟友の関係になります」

「さて、そのようなことができましょうか」

と清左衛門が聞くと、小田村は頷きながら、

「幕府は長崎の警護を福岡藩と佐賀藩とで隔年で担わせ、尊藩がその手助けをするという仕組みを百数十年の間続けてきておりますが、さすがの福岡藩のような大藩でも、隔年とは申せ、千人を超える兵を長崎に派遣し駐留させるのはなかなかの負担となり、台所は火の車です」

「それは、わが藩も同様です。とくに、わが藩主が長崎総奉行に就いてからは、これまで以上に金子《きんす》の負担が重くなっております」

「多分、その負担は、今後も一層重くなるのではないかと存じます。福岡藩は、長崎で長い間、尊藩に警護の協力を得てきたことで、尊藩に好意を持っているうえ、今後も何かと協力して幕府に対抗するために尊藩と同盟を結ぶことは利が多いと思うはずです。もし、尊藩で御関心がおありでしたら、福岡藩との間を周旋させていただきます」

昇らは小田村が思いがけぬ提案をしてきたので互いに顔を見合わせ、清左衛門は、

「これは容易ならぬ話と思うが、お主はどのように考える」と昇に聞いた。

「わが藩の行く末にも関わることです。ひとまず大村に持ち帰るのがよいと存じますが、返答はどうすればよろしいのでしょうか」

と、昇は小田村に確認した。

「御返答を五日以内にいただければ、帰国の途中に福岡に寄り、首尾をお報せいたします」

この会談を終え、中村鉄弥に小田村を送らせ、清左衛門、昇、治三郎の三人は今後の対応を話し合った。いずれにせよ、大村に帰って藩としての方針を決めなければならないことは明ら

かであるので、昇と治三郎が大村に帰り、藩の対応が決まり次第長崎に戻ることにし、その間、清左衛門と鉄弥が残って昇らからの報せを待つことになった。

しかし、小田村との会談で出た、新撰組の近藤勇や土方歳三のことは、昇の脳裏からしばらく離れなかった。と同時に、敬愛する小五郎が難に遭わなかったことは、不幸中の幸いであったと心から思ったのである。

翌日、長崎から大村に戻った昇は、治三郎と一緒に登城して、用人部屋で稲田東馬に会い、小田村との話し合いの始終を伝えた。

「確かに、長州藩と直接の関係を持つことは難しかろうが、福岡藩と盟約を結ぶことができれば、わが藩の立場を強くすることができる。いずれにせよ、殿様にお伺いを立ててみるが、殿様も反対はなされないであろう」

と東馬は言い、昇らは部屋で待たされた。

しばらくして、東馬は部屋に戻った。

「殿様に伺いを立てたところ、殿様も福岡藩と盟約を結ぶことに同意なされた。ただし、このことは、長崎奉行所には内密に進めることが肝要じゃ。さらには藩内においても、盟約が成って殿様が御披露なさるまでは、露見することがあってはならぬ。もし露見し、幕府から譴責がある場合、お主らが勝手に進めたこととして責めを負うこともあり得る。心して掛かれ、とは殿様の御言葉じゃ」

こうして、藩主の暗黙の許しを得て、昇は長崎に引き返した。今度は七月早々、藩主が長崎総奉行として長崎巡視に出る予定であるので、その準備ということで藩邸に入り、すぐに藩として福岡藩との交渉にあたる許可が出たことを小田村に報せたのである。

ところが、昇が藩邸で一息ついていると、側用人で今は藩主の代理として長崎に常駐する浅田家老の補佐をしている荘新右衛門がやってきた。

「御家老から、もうすぐ呼び出しがあるが、お主は怒ってはならぬぞ」

「荘様。どういうことでしょうか」

「小田村という長州藩士から手紙を受けて、中島川の料理屋で密かに会ったであろう。先日、清左衛門と長岡（治三郎）と中村（鉄弥）が藩邸に来たが、夜に出かけ、お主と落ち合って、小田村に会ったらしいな」

「どうして、そのことが御家老に漏れたのですか」

「多分、長崎奉行所の手の者からの通報だろう。いずれにせよ、御家老は『このような折に長州者と会うなど、もっての外だ』とカンカンだが、拙者からは、『昇を怒らせると斬られますよ』と脅しておいた。お主も怒るなよ」

「ありがとうございます。怒らぬようにいたします」

と昇が返事した直後、「浅田家老の許に来るように」との使いが来た。

浅田家老の御用部屋の縁側には、昇が怖いのか、陪臣二人が控えていた。

「先だって、清左衛門が長岡と中村を連れてこちらに来て、夜にこそこそと出かけていたようだが、長州者との密談であったか。噂によれば、お主らは勤王の輩を集めて蠢動《しゅんどう》しているようだが、拙者の眼が黒いうちは藩を危うくするような振る舞いは許さぬ。今は、殿がお主らの肩を持っておられるゆえ、お主らには手を下さぬが、悪いことは言わぬ、非を認めて行いを改めることじゃ。とくにお主は、未だ部屋住みの身にもかかわらず、少々剣の腕が立つのをよいことに動きが目立つ。拙者には鼻に付いてならぬ。雄太夫も心配しておるのではないかのう」

と、昇を前にして言いたい放題である。

さすがに昇は、父雄太夫の名前まで持ち出されて批難されたことで、堪忍袋もこれまでと思ったが、新右衛門の忠告を思い出して堪えた。

しかし、それまで伏せ気味にしていた目を上げ、浅田家老を正面から見ると、浅田家老は気味悪く思ったのか、「何だ、その目は。以後、注意せよ。下がってよい」と言っただけで、辞儀をする昇が頭を上げる前に自ら席を立って、先に部屋を出て行ったのである。この間、昇は無言であった。しかし、浅田家老に抱いた殺意は二度目であった。

とはいえ、その後、昇と相方《あいかた》に指名された楠本勘四郎の二人が福岡に出向き、小田村の周旋に沿って福岡藩との間の同盟交渉を進めた。この交渉は、九月に福岡藩の執政である黒田山城（増態）が正使となって大村を訪問し、大村藩側も藩主自らが謁見し、その結果、同盟が成り、これにより大村藩は力強い後ろ盾を得ることになる。

また、この交渉の成功により、藩主は昇が外交に非凡な才能を持っていることを見抜き、やがては応接役に抜擢したいと思うようになったことは、昇にとって、大きな出来事であった。

【六】禁門の変

大村藩主大村純熈は、長崎総奉行として三度目の長崎巡視に出て、長崎と西彼杵《にしそのぎ》の外海《そとめ》を巡って、七月十三日に大村に帰着した。

この長崎巡視の際、藩主は長崎奉行服部長門守常純に、長崎総奉行を退任したい旨を申し出た。表向きの理由は脚気であるが、実は、長崎総奉行という幕府の役職に就いたことで、藩内の勤王派の家臣が不満を唱えだしたのである。とくに、藩主の勤王思想の師ともいえる五教館祭酒の松林飯山は退任すべきだと面前で主張した。

さらにより現実的な問題は、長崎総奉行の役高千石はそれ以上の石高を有する大村藩主には与えられず、年々渡される役料米四千俵は任務に見合っていないことである。度重なる巡視や長崎警護、近海の哨戒と防衛強化など、長崎総奉行としての任務遂行に伴う出費は藩財政を悪化させていった。つまり、長崎総奉行の職を名誉と思うのは、幕閣だけの独りよがりであったのである。

このようななか、藩主が長崎巡視から大村に帰着した直後の十六日に長崎で騒動が持ち上がった。横浜から長崎に巡航してきたイギリスの通報艦の艦長が、オランダ領事に重要な情報をもたらしたのである。それは、イギリスを主力とするフランス、オランダ、アメリカの四か国の連合艦隊が二十一日に横浜を出港して下関に向かい、前年の長州藩による外国船攻撃の責任を問い、しかるべき賠償を求め、もし長州藩がこれらを拒絶するのであれば、下関を攻撃する予定になっているという内容である。しかも、もしかしたら連合艦隊が、下関攻撃後に長崎に回航して来るかもしれぬというのである。

日頃、オランダ領事は、日本のみならずアジア各地でわが物顔に振る舞うイギリスに反感を抱いていたので、長崎奉行に、イギリス主導の連合艦隊の下関攻撃とその後の長崎回航の意図について、悪意も交えて誇大気味に話したのである。

これを聞いた長崎奉行は、外国艦隊の暴発に備えるために、長崎総奉行である大村藩主に警備の動員を要請し、これを請けて大村藩では長崎の警護の数を増やすと共に、長崎湾口の福田の守備を強化し、合わせて外海の警戒も強化した。

長崎奉行所が、外国艦隊が下関を攻撃した後、その余勢を駆って長崎を襲い、一気に占領する動きに出るのではないかという恐れを抱いたのは当然であった。なぜなら、このような噂は、これまでも、度々《たびたび》、あったからである。

一方、京都では、大変事が生じていた。六月二十一日、久留米水天宮の宮司真木和泉が束ねる浪士勢と、長州藩士久坂玄瑞、入江九一、寺島忠三郎らが率いる忠勇、集義等の諸隊が大坂に到着し、引き続き長州藩家老福原越後が率いる軍の主力、さらに来島又兵衛《きじまたべえ》が率いる遊撃隊も到着して、最初に上坂していた同家老国司《くにし》信濃の隊と共に上洛した。

そして、福原越後の主力八百名は伏見の長州藩邸に入り、また、遅れて国元を出立した家老益田右衛門介も到着し、真木和泉や久坂玄瑞らの隊と共に六百名が山崎天王山に布陣し、さらに来島又兵衛の遊撃隊と国司信濃の隊六百名が嵯峨天龍寺にそれぞれ陣取った。さらにまた国元からは、落ちていた五卿が上洛の途につき、長州藩世子毛利定広も軍を率いて国から発進した。これらの長州勢力は、武威を示しながら、朝廷に藩主父子の入京と三条実美卿ら五卿の宥免、さらには四月に復職した京都守護職松平容保《かたもり》の京からの追放を求め、朝廷内の攘夷派の公家たちにもこれらを働きかけた。

これに対して、孝明天皇はあくまでも容保を頼りにし、禁裏御守衛総督一橋慶喜も天皇の意向を受けて長州藩の要求を拒絶し、長州勢の大坂への退去を主張したのである。

この間の対立と駆け引きは二十日間にも及び、七月十九日、ついに禁門の変（蛤《はまぐり》御門《ごもん》の変）が勃発した。だが、わずか一日の戦闘で長州勢は総崩れとなり、二百八十一名の戦死者（会津藩等の死者は百一名）を出して長州に逃げ帰ることになる。

その経緯は、まず同日、伏見藩邸を進発した福原勢が、大垣藩、彦根藩、会津藩、桑名藩らと戦闘に入り、福原が負傷したことで長州軍は撤退し、伏見藩邸も彦根藩の攻撃で炎上した。

また、未明に嵯峨天龍寺から進発した国司信濃の隊は、福岡藩が守る中立売門を突破して、一時は御所内に侵入した。しかし、同じく来島又兵衛の隊が会津藩の守る蛤門から御所に侵入しようとしたものの、乾門を守る薩摩軍が会津藩の助けに回り、来島が狙撃され動けなくなり、自刃したことで、長州勢は敗退することになった。

さらに、真木、久坂らの隊は遅れて御所南の堺町御門を攻めたが、越前藩の堅陣を崩せず、久坂、入江、寺島らは関白鷹司輔熙《たかつかさすけひろ》邸に入って天皇への嘆願を願い出たものの果たせなかった。そのために、久坂と寺島は刺し違えて自刃。入江は、久坂から長州に帰り詳報を伝えることを託されたが、鷹司邸を出たところを槍で刺殺された。真木は天王山に退却するが、二十一日に敵に包囲され、火薬を蓄えていた小屋に火を点けて自爆して死んだのである。

そして、これらの敗報を上洛の途上で聞いた五卿は上洛を取りやめ、軍を率いて国を出た世子定広も国元に戻ったのである。

以上が禁門の変の大方の経緯であるが、この戦闘で、京都の町八百か町、二万七千件の家屋と東本願寺、本能寺などの仏堂伽藍も焼失した。また、京都の町人に三百名を超える犠牲者も出ている。いわゆる「どんどん焼け」である。

実は、政治の中心が京に移ったことで、大村藩も京に空き家を借りて藩邸としたが、そこも焼失している。そして、二十三日には長州追討の朝命、さらに二十四日には幕府の長州征討令が出されたのである。

ところが、長州藩の苦難はこれだけでなかった。長州全土が京都での敗北で打ちひしがれているなかの八月五日、イギリスを主力とする、フランス、オランダ、アメリカ四か国の連合艦隊の軍船十七隻がついに下関を攻撃し、七日までの間に陸戦隊が市街地にまで侵入して砲台を占拠し、これを徹底的に破壊したのである。

長州藩では、井上聞多《もんた》（馨《かおる》）と伊藤俊輔（博文）が、留学先のイギリスで長州攻撃が近いことを知り、急ぎ帰国して戦争を回避する努力をしたが、京都出兵前でもあり、藩内の主戦論を説き伏せることができなかった。

また、連合国軍の攻撃の日時については、長崎に来航したイギリス海軍の通報艦が長崎のオランダ領事に伝え、長崎奉行に伝わった情報が長州藩蔵屋敷に漏れ、これを長州に急ぎ報せたのであるが、長崎からの報せが山口に届いたときは、京都での敗北の報せが届いたばかりで、対応どころではなかった。

結局、四か国艦隊の攻撃を受け、戦争の帰趨《きすう》が決まった八月八日、長州藩は、脱藩の罪で監禁中であった高杉晋作を家老に仕立て、伊藤俊輔が通訳して講和交渉に入り、十八日に講和が成立した。その条件は、下関の砲台の撤去、外国船の下関通過の保証、食物や水や石炭の補給、悪天候時の船員の下関上陸の許可、及び賠償金三百万ドルの支払いという五つであった。ただし賠償金については、外国船攻撃の命令が幕府から出ていることを理由に幕府が支払うべきことを長州側が主張し、四か国側も仕方なく了承したのである。

禁門の変と下関戦争の報は、すぐに、長崎、そして大村にも届き、尊王攘夷の急先鋒の長州藩が手痛い打撃を被ったことで、藩内佐幕派が次第に勢いを増していった。

とくに、家老浅田弥次右衛門の弟で元締の富永快左衛門を中心に、門閥家や旧家の重臣が執政会議で「勤王はお止めくださいまし」と、藩主の面前で堂々と発言するようになった。なかでも富永は、剛毅な性格も相まって日頃から非礼な言動が多いが、藩主の隠居を浅田家老や長崎奉行と共に画策しているとの噂まで出る始末であった。

そのようななかの八月十四日、長崎奉行所の東条八太郎という与力頭が、長崎奉行服部長門守の遣いとして藩主に謁見を求めてきた。しかも、できれば藩主と二人だけ、それが難しければ近々の側近だけという、無礼ともいえる要求であった。藩主はそれに応じ、側用人の稲田東馬だけが城の書院での謁見の場に陪席することになった。

謁見は二刻（約四時間）にも及び、書院から出てきた東条と東馬は、さすがに疲れた様子であった。東馬は玄関まで東条を見送り、東条は供の者らと下城していった。その後、東馬は使い番を呼び、殿の命で、針尾九左衛門、大村太左衛門、江頭隼之助の三家老、さらに松林飯山に書院まですぐに来るようにと言いつけた。

その日の夕刻、二十騎馬副として控える昇と楠本勘四郎は、東馬の控え室に呼ばれた。

「本日、長崎奉行所の東条殿が参られたわけは、殿様が御病気がちであることから、長崎総奉行の職を辞されたい旨の書状を、長崎奉行所を通して幕閣に提出されようとされていることについてじゃ。東条殿は、殿様が真に御病気かを確かめに参られたようだ。さらに、長崎奉行長門守殿の託《ことづけ》として、それほどの病であれば、藩主の職も御世子の絢丸君《あやまる》にお譲りになられたら如何《いかが》かということであった」

「それで、殿様は何と御答えになられましたか」と昇が聞いた。

「長門守殿には御心配をおかけするが、長崎総奉行の職は公《おおやけ》の問題。されど、藩主の座は大村藩の問題であるゆえ、お任せ頂きたい、といった御趣旨のことを言われた。また、長門守殿の御懸念には後ほど弁疏《べんそ》するということで、東条殿には帰っていただいた」

「それにしても、長崎奉行といえども、無礼では御座いませぬか」と昇が言うと、

「京での変事を勝利で収めて、幕府も自信を取り戻したのではないか、とは殿様の御推察じゃ」

と東馬は答え、

「それよりも、東条殿は、殿様が真の御病気ではないこと、さらには近頃の藩の重要な職に勤王派の藩士をあてていることを長門守殿が御存知であると言っておられた。東条殿は、代々の長崎奉行所の与力の家柄であるゆえ、大村藩には親しみを持って接してくれる。いわば、長崎奉行の手の内を漏らしてくれたのじゃ」と言うのである。

「誰かが長崎奉行に告げ口したのでは御座いませぬか」と勘四郎が聞くので、東馬は、

「滅多なことは言えぬが、おそらくな」と言った。

「浅田家老と富永あたりでは御座いませぬか」と昇が言うので、

「証拠もないゆえ、この話はこれまでじゃ。お主らに自重を命じ、このことで藩内に波風が立つことは好ましからぬゆえ、決して事を構えてはならぬ、とは殿様の御言葉じゃ」

と東馬は告げた。

第四章　激動の元治（鳥羽伏見の戦いまで三年二か月）

【一】長州藩蔵屋敷の接収

元治元年（一八六四）八月十八日、大村藩主の長崎総奉行の辞表が長崎藩邸から長崎奉行に届けられ、長崎奉行から幕府に提出されることになった。辞任の理由は藩主の脚気であり、度重なる辞意表明に幕府も諦めたようである。

その前日、辞表を携えて大村から長崎に出てきた中老兼先手侍大将の稲田中衛に対して、長崎藩邸に藩主の代理として常駐してきた浅田家老は不満をぶつけた。

「お主が傍にいて、何故《なにゆえ》、殿の辞意を翻意させることができなかったのだ」

「殿は御持病の脚気で、これ以上、総奉行の職を全うできぬと仰せで、我らとしても、御無理を強いることはできませんでした」

「黙らっしゃい。殿の御病気が本物でないことはお主も承知であろうに」

と、浅田家老は言った。しかし、すでに辞表提出を前触れで奉行所に伝えているので、どうにもならなかった。

ところが、辞表提出の翌日、浅田家老に長崎奉行所から呼び出しがかかった。浅田家老は体調が優れず、前日の辞表の件かと思い、留守居の緒方久蔵が代理で長崎奉行所に行ったところ、幕府からの思いがけない命令が下った。それは、長州藩の長崎蔵屋敷の接収を、即刻大村藩で行い、藩邸の長州藩士を国元に帰国させるべきこと、もし抵抗する藩士がいれば討ち取ることも差し支えないという厳しいものであった。

実は、すでに七月二十六日に、米沢藩は幕府の命を受けて、江戸の長州藩邸（桜田藩邸）の接収と打ち壊しを行い、青山にあった中屋敷と下屋敷、さらに長州藩の支藩である長府藩や徳山藩、さらには連枝の吉川家の江戸屋敷も幕府の命で庄内藩らに接収されていた。

この接収と取り壊しのなかで、四十名前後の長州藩士が自殺したり、殺されたりしている。また、捕縛されて拘禁された藩士は百二十名に及び、後に孝明天皇の長州征討中止の勅で長州藩に宥免が認められる慶応二年（一八六六）の八月まで拘禁が続いた。拘禁された藩士は解放され、長州藩に送り返されるのであるが、そのときまでに五十名もの死亡者を出しているので、拘禁が如何に過酷であったかが窺える。

また、長州藩邸は江戸だけでなく、京都（河原町）、伏見（京橋）、大坂（田部屋橋）にもあったが、なかでも京都や伏見の藩邸は禁門の変の戦場の真っただ中にあった。そのために、藩邸は戦火に焼かれ、詰めていた藩士たちの多くは戦死したり、捕縛されたり、運良く逃れても、長州まで帰る途中で殺されたりする者が多かった。

もっとも、大坂藩邸は比較的穏当な接収となり、長州藩士は国元に送り返されるなどしている。そうした一連の接収の最後が長崎の蔵屋敷であった。

長州藩蔵屋敷のある長崎新町（現在の長崎市興善町）は、大村藩邸とは筋を一つ挟んだ近い場所にある。距離にして約一町（百メートル強）である。長崎奉行所からの達しでは、すでに長崎退散の命令は長州藩側に伝え、奉行所の者が門を外から閉ざして警護しているという。

浅田家老は緒方の復命を受けて、すぐに藩邸の士分の者と軽輩の捕り方を五十人ほど集めた。そして、自らの総指揮の下、緒方を副取締りとして、長州藩蔵屋敷に押し寄せた。そして、屋敷の正門と裏門の警護を奉行所から交替し、あとは藩邸に押し入るだけになった。

ところが、長崎は狭い町である。長州藩の屋敷の接収と取り壊しの報が瞬く間に広がり、野次馬以外にも、屋敷に出入りする商人や料理屋の手代が掛金の回収に押しかけたり、藩邸に親しい人がいる町人が押しかけたりして、門前はごった返した。

そのような騒然とした群衆を、正門の警護に当たっていた大村藩士が押し返したりしていたのであるが、群衆の後ろから誰かが、「勤王の浪士たちが押し寄せてきた」と叫んだのである。これを聞いて前の方にいた町人たちが、「大変だ。戦《いくさ》が始まる。逃げろ、逃げろ」と、一斉に逃げ始めた。

門の前にいた大村藩士は、「門を固めろ」と軽輩の捕り方たちに命ずるのであるが、完全に浮き足立ってしまった。門の中に入って、明け渡しの交渉を始めようとした浅田家老や緒方も外の騒ぎに押されて、「とりあえず、一旦、藩邸に戻れ」と、部下を引き連れて大村藩邸に逃げるように戻ったのである。

しかし、しばらくしてから、勤王の浪士の襲撃などはないことがわかり、その日のうちに接収を終えることになった。実際に蔵屋敷にいたのは、屋敷の管理を任されている数人の中間だけであり、藩士はすでに長州に引き揚げていたのである。

ところが、大村藩兵の慌てぶりと、一町ほどの距離を逃げ帰った様子は長崎の市民に知れ渡った。

「大村様は大した御家来を持っていなさる。これで長崎の町も安泰だ。外国船が押し寄せてきても、大村様は、さっとお逃げになって、戦もなしに、長崎は異人のもの。めでたし、めでたし」と、皮肉を込めて囃《はや》し立てるのである。また、長崎に藩邸を持つ、薩摩、福岡、佐賀、熊本、小倉などの各藩も、「武士にあるまじき不始末」と公然と詰《なじ》るようになり、この件は、数日経つと大村にも伝わった。

だが、藩の名誉の問題でもあり、また、関わった者が藩の中枢を担っており、藩としては大事にはしたくない。なかでも、元締の富永にとっては実兄の浅田家老が非難されているので、事務方に指示して、執政会議の議題に載せないように画策した。

しかし、昇は「武士道に悖《もと》る。恥を知れ」と、厳しく批判し、この際、勤王党の敵である浅田家老を一気に追い落とそうと考えた。そこで、党の主だった同志を集めて、「ここで、藩の問題を一気に炙《あぶ》り出す、何か良い知恵はないか」と相談した。

すると、会合に出ていた松林飯山が、「言路洞開《げんろどうかい》の制があればよい」と言い出した。

皆は「言路洞開」という言葉を初めて耳にしたので、「何だ、それは」と一斉に問い返した。

「言路洞開とは、身分にかかわらず誰もが藩政に建白でき、良い建言は採り入れられることをいう。わが藩は戦国の世から続くが、自ずと身分の上下が決まり、藩政に参加する者も家柄で決められる。無論、江頭官太夫様のように下級の身分から家老に立身された方もいるが、大村家八百年の歴史の中でも唯一の例外じゃ。されど、官太夫様のおかげでわが藩の財政も何とか好転し、武備も新しくなった。このことでもわかるように、世の中が回天しようとするときに、歴代の身分に縛られて藩政が硬直するのであれば、わが藩の如き小藩は生き残れまい。そのような悪弊を正し、新しい世に変えるために、我らは結党したのではないか。言路洞開は、我らが生き残る道でもある」

実は、「言路洞開」は、長州藩久坂玄瑞らが朝廷工作する際に、下々から公家たちに建議し、朝廷の意思決定に関わる道を拓くために言い出した策であり、もとは吉田松陰が長州藩の改革のために提唱した考えである。これを飯山が知り、皆に提案したのである。

「言路洞開か、それでいこう」

と、日頃、飯山に何かと反対する昇もこの提案には一も二もなく賛成し、言路洞開の制をどのように実現するかという方策が話題となったが、「拙者に任せてくれ」と昇は言って、制度実現を引き受けた。

最初に、昇は東馬に会い、「言路洞開」を持ちかけた。東馬が理由を尋ねると、「浅田家老を失脚させるためだ」と言った。

「殿にはお主の考えを伝えるが、言路洞開で御両家と浅田家老らの佐幕派を押さえることができるなら、反対はされないであろう。ただ、執政会議で、言路洞開に同意する数が微妙だ。針尾様、（大村）太左衛門様、江頭（隼之助）様、兄上（稲田中衛）、中尾（静摩）殿には同意に回っていただくが、御両家と富永（快左衛門）様が反対されると同調する方も出て、なかなか手強い。せめて、荘（新右衛門）殿と（大村）歓十郎殿が同意してくれれば、側用人一同で後押しするのだが」と東馬。

　そこで昇は、最初に歓十郎に会って承諾を取り、次に新右衛門に会いに行った。新右衛門は、浅田家老の補佐として長崎藩邸に詰めていたが、七月末に大村に戻っていた。ただ、新右衛門の実姉は富永の妻であり、近い親類である。

「荘様。長崎の件を放置すれば、大村の武士道は地に落ち、我ら藩士はお天道様の下を歩けなくなります。言路洞開の制を入れ、我らの建白で、浅田家老にしばらく謹慎していただき、藩としてけじめを付けていただきたいのです」

「俺も長崎のことは恥ずかしい。俺が長崎にいれば、このようなみっともないことはさせなかった。だが、義兄上《あに》（富永）が浅田家老を庇っているゆえ、俺も動けぬ」

「荘様は、武士道よりも義理をお選びになられるのですか」

　ここまで昇に言われると荘も否とは言えなくなり、東馬や歓十郎と共に執政会議で言路洞開の発令を後押しすることを約束した。

こうして、藩主の裁可も得て、八月二十七日に言路洞開の制が発令された。そして、大目付の許に目安箱が設けられ、昇ら勤王党の面々がこぞって浅田家老を非難する建白書を差し出した。そのため、ついに九月十三日、浅田家老と長崎藩邸留守居の緒方が大村に召喚され、そのまま登城禁止と自邸蟄居の命が下されたのである。

【二】富永快左衛門の変死

このような動きとは別に、禁門の変が大村藩に大きな影響を与える出来事が生じた。それは、七月二十三日に長州征討の勅命が出され、これを受けて、八月に入って幕府が動員令を発したことである。

これにより、これまで長崎警護を隔年交代で担ってきた福岡と佐賀の両藩は征長のための出陣を命じられ、両藩を手伝う形で長崎警護に当たってきた大村藩が、手薄になった長崎の警護を主として担うことになった。大村藩については、長州征討への出陣は不要とされたものの、先の浅田家老らの長州藩蔵屋敷接収時の汚名を返上する必要もあり、長崎警護については万全の態勢で臨まねばならなかった。

まず、九月二十六日に、家老の江頭隼之助が三百の兵を引き連れて先遣隊として長崎に行き、長崎奉行所と相談して、警護の場所や分担を決めた。長崎には、常時、四百名ほどの藩兵を駐留させているので、これに江頭家老の手勢が加わった形になる。

その後、十月一日には、藩主大村純熈自身が、やはり三百名を引き連れて出向き、警護に手抜かりがないかを確かめたが、藩主自らの臨検も幕命によるものであった。当然、昇ら二十騎馬副も藩主の護衛で付き従った。

藩主の巡視が終わり、滞在する長崎藩邸に入ると、従弟の梅沢武平が藩邸道場で昇を待っていた。去る三月、武平は剣術師範として長崎奉行所に正式に抱えられた。つまり、大村藩籍を離れたのである。ただ、大村藩は藩籍離脱を嫌がる武平に間諜の役を言い含め、然るべき折には大村藩に戻ることも条件付きであった。

長崎藩邸の道場は、大村から繰り出された兵の寝泊まりの場となりごった返していた。武平も元は二十騎馬副であり、楠本勘四郎らの面々と挨拶を交わしたが、皆は、武平が長崎に移った理由を何となく知っていたのでわだかまりはなかった。

一通りの四方山話《よもやまばなし》が済んでから、武平は昇に目配せして、

「兄様。内密を要する話ですが、よろしいか」

と声を落として言い、昇を道場裏に誘った。

「何だ。内密の話とは」

「富永（快左衛門）の内通の証拠を掴みました」

富永は元締役であり、藩政に大きな影響力を持っている。また、富永は自宅蟄居を申し付けられている浅田家老の実弟であり、富永の妻は前の筆頭家老江頭官太夫の長女であるので、今の江頭（隼之助）家老や荘新右衛門の義兄になるだけに、軽々には扱えない問題である。

「真《まこと》か、詳しく話してくれ」

「四日前のことです。拙者が奉行所の道場で同心らを相手に稽古していると、奉行所の正門横の潜《くぐ》り戸から旅の商人《あきんど》らしき形《なり》をした男が入って来るのが見えました。形は商人ですが、門の番所の役人とも顔馴染みらしく、奉行所の中も迷うことなく本陣まで行きました。そのときは気にもせず、稽古を終えて井戸の水で体を流しておりますと、先程の商人風情の男が前を通り過ぎたのです」

「その男がどうした」

「何と、その男は、富永家の郎党でした。横顔しか見ておりませぬが、大村で富永の供をするのを何度か見かけておりますので確かです」

「それは怪しいな」

「拙者も不審に思い、門の番所に詰めていた小者に、『今、出て行った御仁は（長崎市内）鍛冶屋町の何某《なにがし》だったか』と聞いたところ、『いえいえ、嬉野から御奉行様直々《じきじき》に茶を届けに来る商人で、度々来るので顔馴染みで御座います』と言ったのです」

「やはり、藩の内情が奉行所に筒抜けになっていたのは富永の仕業《しわざ》か」

「大村侯が近く藩主の座を御譲りなさるというのは、御奉行直臣の方から酒の席でふっと漏れ聞いたことがありましたが、拙者はそのような話は信じませんでした」

「幕府が長崎奉行を使って殿の禅譲を画策していることは承知だが、お主の証拠は、身中の虫を炙り出したことになる。このことを最初に伝えるべき（稲田）東馬様は、長崎には出て来ておられぬ。しかも、御家老（江頭）は富永とは縁続きじゃ。この話をすれば富永に伝わり、用心されるかもしれぬ。殿に直々に奏上するしかあるまい。お主は、二十騎馬副の面々とも積る話があるであろうが、今の話は伏せておれ」

昇はこのように言って、藩主がいる奥座敷に向かった。

その後、藩主は長崎に数日滞在し、十月五日に大村に帰着した。昇も藩主に従って戻ったが、武平も一緒である。武平は、挨拶回りと墓参のために大村に帰る許可を長崎奉行所から得ていた。

大村に帰った日、昇は登城し、東馬としばらく打ち合わせをしてから帰宅した。その夕刻から渡辺家で、清左衛門、昇、雄太夫の三名に武平が加わり、賑やかな酒盛りが行われた。

そしてその夜、異変が生じた。富永が屋敷で就寝中に庭から侵入した何者かに刺し殺されたのである。妻も隣で寝ていたが、見逃されたのか無事であった。

夜が明けて、大目付山川宗右衛門の配下目付による富永の死体の検分が行われたが、寝間着の上から左胸を一突きされただけの見事な剣捌《けんさば》きであった。

「下手人は二人で、その一人は渡辺昇に相違ありませぬ。頭巾はしておりましたが、あのような長い刀を持っているのは昇だけです」と富永の妻女は証言した。

上小路にある富永の屋敷と岩船の渡辺家とは、せいぜい五町（約五百メートル）程度である。押し入るにも、逃げるにも、容易な距離である。富永の妻女の証言をもとに、目付は渡辺家に出向き昇に尋ねた。

「貴殿は、昨夜、何をしておられた」

「梅沢武平が長崎から墓参に参ったので、久方ぶりに家族揃って明け方まで酒を飲んでおりました。このことは藩庁にも届けております」

また、父雄太夫は、

「拙者は年寄りゆえ、若者の酒の相手はそこそこにして先に寝たが、夜中までうるさかったのう」と言い、清左衛門は、

「拙者は昇と武平と三人で夜明け近くまで酒を飲んでおり申した」と言った。

「では、梅沢殿は何所《どこ》におられる」と目付が聞くので、昇は、

「武平は本日中に長崎に戻らねばならず、明け方、寝る間もなく出て行きました」と答えた。

目付は武平を追いかけて尋問しようと思ったが、武平はすでに長崎奉行所の者であり、藩の管轄を外れていたので、やはりここは昇に当たるしかないと思い直した。

「然様《さよう》で御座るか。では、拙者の役目上、貴殿の刀を拝見したい」

「刀は拙者の魂です。その魂に掛けて嘘は言っておらぬが、どうしても疑念を持って見たいと仰せであれば、拙者とて無念です。貴殿を斬って拙者も自害するが、よろしいか」

昇はそう言うと、刀を左手に回した。

結局、目付は昇の気迫に負け、

「相わかった。貴殿の潔白を信じることとする」と引き下がった。

しかし、前代未聞の事件で大村城下はざわざわと落ち着かず、今にも藩をあげての犯人探しが始まるかのような情勢である。ところがその日の夕刻、富永の屋敷の前の春日神社の本宮の板壁に斬奸状が張られているのを宮司が見付け、これを藩会所に届け出た。

それには、富永が幕府と内通して藩主の座の転覆を謀ったかのようなことを匂わせる罪状が書かれていた。このことは瞬く間に城下に知れ渡ったのである。

とくに蟄居している浅田家老、さらには大村御両家を中心とする佐幕派の首脳は、藩主の禅譲を求めて策を凝らし、富永がそれらの勢力のまとめ役を担い、長崎奉行との間で密な連絡を取り合うことも合意で、このことで富永が斬られたらしい――といったことが、まことしやかに城下で囁《ささや》かれた。

つなぎ役だった富永家の郎党も、命の危険を感じたのか暇を願い出て、自分の出身地である外海の在所に帰ったという。

その後、富永の家族が犯人捜索を願い出ても藩庁の動きは鈍く、数日後、追い打ちを掛けるように、浅田弥次右衛門と緒方久蔵の処分が決まった。

浅田は知行二百十二石余のうち三十石を召し上げられて家老職を罷免《ひめん》、緒方も六十石から十石を召し上げられたうえで長崎藩邸留守居職を罷免となった。

これらの処分は、長州藩長崎蔵屋敷接収時に武士らしくない卑怯の振る舞いがあったためであったが、大村藩の失態に長崎市民の評判が悪く、また長崎に出先を持つ各藩からも、「武士の風上にも置けぬ」という誹《そし》りが多かった。そのため、結局長崎奉行もここで浅田という大村藩の有力な佐幕派を失うのは痛かったが、やむを得ず担当者の処分を大村藩に求めてきたのである。

これで藩主は、自分への最大の抵抗勢力であった浅田家老の罷免に成功したのである。一方の富永の事件については、公式には大目付が指揮して犯人の探索を続けているとされたものの、捜索の進展については具体的な成果は発表されなかった。

そうするうちに、十月二十四日の藩主の宣旨という形で、

「互いに意趣遺恨は無論のこと、国家（藩）のためと考えることでも、私事での殺傷暴行の類を固く禁じ、心得違いがないように守るべきこと」という沙汰が下されたのである。

これにより、事件の幕引きを命じたのであり、家臣たちは、佐幕派も勤王派も、富永の死に藩主の暗黙の意向が込められていることに気付き、その下手人も思い当たるのであるが、口を

閉ざしたのである。

しばらくして、長崎奉行所から大村藩に対して、富永の消息についての問い合わせがあったが、富永は病死とされ、家督も嫡子に相続された旨の返答がなされた。

また、大村純熈が提出していた長崎総奉行の辞表が九月二十一日付けで幕府により受理され、その旨が長崎奉行所に届いたのは十月に入ってからである。

長崎奉行所は、藩主の長崎総奉行辞任に次いで、家老の浅田の失脚、さらに富永の急死の報により、大村藩の変化の兆しを感じたが、当面、何もできなかった。

【三】昇の結婚

八月末、幕府の圧力の盾となってくれる福岡藩との同盟が成り、また長崎総奉行辞任が許され、さらに浅田と富永という佐幕派の二人の巨頭を排除することができたため、藩政改革の好機が巡ってきたと、藩主の純熈は思った。

その改革の手始めは、松林飯山の建白を受理するという形で行われた。それは、藩内の賄賂等の風紀の乱れを戒め、礼節を貴び、賞罰を明確にし、奢侈を禁じて倹約を行い、もって国論を一致して有事に備えるべしというものであった。純熈は、この建白をもとに藩政を進めることを明言すると同時に、家臣に日頃の行いを文書で諭したのである。

　こうした改革は、元治から慶応にかけて行われるが、それに先立って、元治元年十月十二日に新たな人事が発令された。まず、筆頭家老であった浅田の罷免の後を針尾九左衛門が継ぎ、脇備士大将《わきそなえさむらいたいしょう》を兼務させた。また、片山竜三郎を城代家老とし、大村太左衛門を月替わりの次席家老、稲田中衛と土屋善右衛門に加えて、宮原久左衛門を中老とした。さらに、元締役富永快左衛門の後に中尾静摩が就き、作事奉行も兼任させ、稲田東馬、荘新右衛門、大村歓十郎は側用人のままである。

　これらは予想通りであったが、人事発令が行われた城中大広間で、家老の針尾が、「渡辺昇。右の者、馬廻とし、蔵米四十石を与える」と読み上げるなり、居並んだ家臣たちの間に異常な緊張感が走った。

　昇は剣の腕前を認められて治振軒師範と二十騎馬副に就いたが、役料が下されるだけで、あくまでも渡辺雄太夫の次男という部屋住みの身分であった。今は、長男の渡辺清左衛門が家を継いでいるので、本来ならば、同じ部屋住みでも、より一層肩身の狭い境遇で、他家に養子に行くなどしなければ世に出ることのない立場である。

　ところが、二十騎馬副の中でも群を抜いて剣が強く、また、かつて練兵館という天下の大道場の塾頭を務めた経験は、人を率いる術を自然と身に付けさせ、いつの間にか事実上の二十騎馬副の筆頭になっていた。昇は、藩主の行く先々で身辺を警護する姿が見られ、さらに様々の外交にも手腕を発揮し、福岡藩との同盟交渉もまとめあげた。今では、側用人筆頭の東馬、五教館祭酒の飯山と並んで、昇は藩主を支える人物として衆目が一致する存在である。

したがって、昇が新たに馬廻に取り立てられること自体は普通であれば誰にも異論はないはずであったが、富永が暗殺され、しかも昇が下手人と疑われている最中での昇進については、とくに佐幕派の家臣たちには、依怙贔屓《えこひいき》に対する藩主への不満を通り越して、気味の悪い恐怖感さえ与えるものとなった。

昇は、大広間で藩主の辞令と拝領地の証文を受け取ると、兄の清左衛門や楠本勘四郎や家老の針尾らから祝いの声をかけられた。とくに昇が嬉しかったのは、この昇進で分家が認められ、自分の家を持つことができることであった。つまり、部屋住みではなくなったのである。そして、渡辺家の東側地続きで、近所の数軒の屋敷が薪などを共同で採る疎林の入会地を拝領地として家を建てることが許された。

昇は、このことを誰よりも早く父と母に聞かせ、祖父の位牌にも報告したかったので、家路を急いだ。昇が城の本丸を出て、枡形門の階段を下り、大手門にさしかかったところで、後ろから「昇」と呼びかけられた。振り向くと、そこには荘新右衛門がいた。

「昇よ。目出度いのう」

と新右衛門は言うが、目は冷たく、言葉に棘《とげ》があった。

「ありがとうございます。これも荘様の御指導のおかげで御座います」

昇は腰を折って礼を言った。

「何の、お主の精進が実ったのよ」と新右衛門は言い、続けて、

「拙者は義兄上《あに》（富永快左衛門）の葬儀に出て、傷を改めさせてもらった。見事に心の臓が一突きであった。しかも、傷口の開き具合は同田貫《どうだぬき》に近い剛刀であろう。あれだけの手練《てれん》と刀を持つ者は、大村には一人しか思い当たらぬが、お主もそうは思わぬか」

と聞くともなしに言い始めた。そして、昇が何か言い出そうとすると遮《さえぎ》った。

「いや、何も言うな。確かに、義兄は乱暴なところもあったが、男気があり、拙者には優しかった。あのような死にざまは無念であったと思う。夫を亡くした姉の悲しみも哀れじゃ」

そう言うと、昇の返事も聞かずに大手門を先に出て行った。昇は、新右衛門の後ろ姿を目で追ったが、その背中は明らかに昇を拒否していた。

昇の馬廻への就任が発令された翌日の夕刻、渡辺家では祝いの宴が張られた。父雄太夫、母サン、兄清左衛門、兄嫁ゲン、他家に嫁いで祝いに駆け付けた妹のマスとその夫、伯父の北野道春、母方の伯父の松田市左衛門と家督を受け継いだ長男の松田要三郎、母方の叔母サチが席にいた。

これらの大人の間で、頓《とみ》に可愛らしさを増してきたフデが初めのうちは客に愛想を振りまいて、まだ体調は優れないようで、これも産後の肥立ちが悪いゲンと一緒に早々に自室に戻っていった。そして、母サンが下男の和助夫婦と一緒に忙しく宴の世話をしていた。

一通り酒が回ってきた頃、伯父の道春が言った。

「昇よ、お主の馬廻昇進は誠に目出度い。異例の出世ゆえに、我ら一族の名誉でもある。されど、城下にはお主を良く言わぬ者も多い。これから、ますます敵が増えることを忘れてはならぬ。あくまでも謙虚に、あくまでも自重して殿様に仕えるのじゃ」

昇は、小さいときから道春には迷惑をかけ続け、前年には道春のおかげで流行り病から一命を取り留めているため、

「伯父上には何と言われようと、仰せに従うしかありませぬ」

と正座し直して応え、皆の笑いを誘った。

「昇や。私も何か、お主の助けになることをしたいと存じますが、何か、欲しいものはありますか」と、叔母のサチが続けて聞いた。

「拙者は、何時、命を落とすことになるかわかりませぬ。まさに、刃渡りをしているようなものです。それゆえ、形がある物は却って身の邪魔と思っております。されど、一つだけ所望したいことがあります」

「はて、それは何であろうか」

「嫁で御座る」

と言って、昇は顔を赤らめた。

一瞬、その場に居合わせた者たちが息を呑んだが、伯父の市左衛門が、

「これは気付かなんだ。それはそうだ。一家を持てば嫁も要る」

と言い、昇以外の皆が「そうだ、そうだ」と、嫁の候補となりそうな娘のことを話題にし始めた。

こうして次の日から、親類挙げての嫁探しが始まったのである。しかし、雄太夫とサンのところに集まる親戚筋からの話は、すべてが「断られた」という話ばかりで、なかなか嫁が見つからなかった。

そして断られた理由が、「乱暴者の昇に嫁がせても娘が幸せになるとは思えない」というものであった。それほどに、昇は小さいときから悪童の乱暴者との評判が大村城下に行き渡り、江戸から帰ってからの活躍があっても、幼少期の悪い評判は続いていた。しかし、それは表向きの理由で、今回の富永の死との関係も噂されるなかで、昇が無事に出世するとは誰も思っていなかったというのが本当のようである。

こうしたなかで、助け舟を出したのが楠本勘四郎であった。勘四郎は、昇が嫁探しをしていると聞いて、楠本家の親類に城で奥女中として奉公しているフクという娘がいることを思い出した。その親に相談するときに、楠本が昇のことをあまりに褒めるので、「それほどの人物であれば」ということで親は了承した。無論、昇に異存はない。それ以降は調子よく話が進み、十月末に針尾家老が仲人となって婚礼を済ませた。

昇は、婚礼の日に初めて新婦を見て、あまりに若いので驚いた。数えで十七歳というが、まだあどけなさが残っていた。また、新婦も昇があまりに背が高いので驚いた。こうして、二人の生活が始まったのである。

【四】福岡へ

昇の結婚の数日前、元治元年十月二十四日、城下大給以上の家臣が城中に招集された。このような大招集は、前年、文久三年（一八六三）三月に、藩主が報国攘夷の勅諚の受諾と御礼のために軍勢を率いて上京することを宣言して以来のことであるので、今回も何か大きな出来事があるのかと、家臣たちは城中大広間に集まった。

集まった家臣たちは、藩主の座に近い前列の座に御両家、家老らの上級の家臣や各奉行、下の座には馬廻以上の中級家臣団、さらに下座と広間を囲む板の縁側に座るのは城下大給らの下級武士である。

大広間の床の間には祭壇が設けられ、中心に天照大神の札と鏡、さらに、日頃は城内御霊屋《みたまや》に安置されている大村家歴代当主の位牌が並べられ、彼らの魂が宿るとされる白鞘の太刀が御幣に飾られた三宝に載せられている。

家臣たちは祭壇を前にして話をする者もなく、神妙に藩主の着座を待った。昇は二十騎馬副として、藩主の警護で大広間控えの間に待機していた。

やがて、純白の直垂《ひたたれ》装束に黒烏帽子姿の藩主が大広間に入り、祭壇に向かって立ち、礼に則って深々と拝んだ。居並んだ家臣たちも藩主に合わせて一斉に拝礼した。藩主は、先祖の霊と語るかのように祭壇の太刀を見つめ、やがて家臣の方に向き直って、祭壇の右に据えられた床几に腰を掛けた。

「皆の者、大儀」と藩主が声をかけ、

「これより、余の存念を大村家代々の御霊に告げ、併せて皆の者に令するものなり」

と前列に座する家老の針尾九左衛門を促した。これを受けて、針尾が白木の三宝を掲げ、藩主は載っている封書を手に取った。

「謹んで御霊に申し上げる」

藩主は朗々と唱え、封を開け、封書から取り出した文を読み始めた。

「余不肖にして八百年の家系を継ぎ、天下将《まさ》に多事ならんとする秋《とき》に際す」

という読み出しから始める文の要旨は以下の通りである。

「我は、日夜焦燥し、ついに方針を尊王の一途に定める。もし事が破れ、我が身を砕き、国（藩）が焦土となるとも、大義は我にあり悔いることはない。尊王の大業を成し遂げるには国の為に有為と思うことは遠慮なく申し出て、積年の悪弊があれば一新しなければならない。家臣には近習も外様もなく、地位にかかわらず賞罰を明らかにし、不当の処置があれば遠慮なく申し出て、名前を出せない場合であっても、無記名の封書で届け出ればすぐに吟味をし、申し出の筋に相違なければ、相応の罪科を申し付ける。爾後《じご》、互いの意趣遺恨を残さず、たとえ国の為と思っても殺傷暴行の類を堅く禁ずる。また、必要に応じて軍制、その他法を変え、戦国の世にあるという心得で質素倹約に励み、国に報いよ」というのである。

そして、針尾家老が「尊王」と大書した紙を高々と掲げ、大声で「殿の宣旨である」と繰り返しながら家臣たちに見せて回り、一回りした後、床几に座る藩主のところに戻った。

この突然の「尊王」宣旨は藩主の決意を宣言したものであり、藩政改革の基本的な理念である。しかし同時に、富永変死に動揺する藩士たちに自制を求める意味合いもあり、とくに後半は言路洞開の制を重視する姿勢を見せ、また意趣遺恨での闘争を禁じている。

こうしてみれば、富永変死には藩主の意向、つまり上意討ちの意味合いがあったことが窺われ、その証拠に、富永の死にまつわる藩庁の捜索も、下手人不明のままこの日をもって打ち切ることが富永の家族に告げられたのである。

だが、一枚の宣旨で人心が落ち着くはずもなく、富永変死で生まれた藩政への疑念、さらには勤王と佐幕の対立が藩士たちの心の底に根強く沈着し、これが後の大村騒動へとつながっていくことになるとは、藩主自身も思いが至らなかった。

このようななかで、昇が結婚の式を挙げてから二日目の朝、いつも通り二十騎馬副の詰め所に出ると、藩主の側小姓が昇を待っていた。藩主の書院に来るようにとの指示である。

書院に行くと、藩主のほか、家老の針尾と江頭隼之助と大村太左衛門、中老の稲田中衛、土屋善右衛門、側用人の稲田東馬と大村歓十郎がいた。荘新右衛門は、体調が優れぬということで自邸に籠っているという。

「昇、其の方は嫁を迎えたようじゃな。九左衛門から聞いた。姫らの世話をしていた女子《おなご》で、なかなかの器量良しじゃが、どうじゃ、嫁の味は」

と、藩主は昇が来るなり言った。

「殿、御勘弁くだされ」

昇が顔を染めるので、藩主は、

「昇には女子の話は不向きか」

と言って笑い、その場にいた皆も笑った。

それが一段落したところで、東馬が切り出した。

「昇、来てもらったのは他でもない。先だっての福岡藩との同盟締結の答礼として、明後日、江頭様を正使、大村（歓十郎）殿と拙者を副使として福岡に行く。お主には、我らの供を命ずる。長岡治三郎と中村鉄弥も加えるが、お主はすでに福岡に行き勝手を知っている。長州征討の件も含め、今後の同盟のあり様を詰めて参る所存じゃ。さらに、我らは福岡から大坂と京に上ることになる。無論、お主らも同道いたせ。京で朝廷より下賜された海岸防備についての勅諚下賜の御礼を申し述べる。場合によっては、長州征討の軍勢が瀬戸路に横溢《おういつ》するかもしれぬゆえ、そのときは思わぬことも出て参る。気を緩めるでない。お主の役目は重要じゃ」

江頭隼之助と大村歓十郎も、「よろしくな」声をかけた。

昇は、突然の話で驚いたが、そのまま屋敷に戻り、長旅の用意を始めた。

「旦那様は、旅にお出でになられるので御座いますか」

「そうだ。少し、長い留守になるかもしれぬ。留守を頼むぞ」

と昇は言い、心細そうなフクに、

「用務は言えぬが、上方の簪《かんさし》でも求めて戻るゆえ、待っておれ」

それだけ言って、そのまま長岡治三郎の家に向かった。中村鉄弥も呼んでの道中の相談である。結局、その日は酒が入り、屋敷に戻ったときには酩酊していた。

翌朝、昇は母サンから小言をもらった。

「兵力。其方《そなた》は、折角の嫁御を何と思っている。可哀想とは思わぬのか。御用とはいえ、嫁いで来たばかりだというのに、夫が長い旅に出るというのは如何に心細いか。わかってあげなされ」

「申し訳ない」と昇も言うが、サンは「それはフク殿に言いなされ」と突き放した。しかし、出立までの時間も少なく、狭い屋敷内では新婚の夫婦がゆっくりと睦《むつ》み合う場所もなかった。

十一月三日、昇は、江頭家老らに従って大村を出て福岡に向かった。正副使と、昇、長岡治三郎、中村鉄弥の他に、正副使の家の郎党、さらに荷物持ちの人足ら総勢二十名余の一行である。旅の目的が藩と藩の同盟に関わることであり、秘匿を要したので、道中を目立たないようにしなければならない。そのため江頭隼之助は、大村を出るときは家老の家格に合わせて駕籠に乗り槍持ちに先導させたが、それも藩境までで、それ以降は正副使は馬を乗り継ぎ、昇らは徒歩で福岡に急いだ。

一行は佐賀鍋島の支藩の小城《おぎ》を通り、佐賀北部の三瀬峠を抜けて、最短の行程で四日目に福岡に到着した。

福岡藩では、黒田家連枝で次席家老の黒田山城が応対した。昇は、最初の同盟交渉の際に黒田山城と会っていたので、初対面ではない。黒田山城は勤王の志が篤く、福岡藩を勤王藩に作り上げた中心人物の一人である。また、黒田山城は九州一円の藩を取り込んで勤王の勢力圏を拡大することを構想していた。大村藩との同盟もその構想の一部であった。

黒田山城は一行を饗応し、その折、「渡辺殿。しばらく当地に留まり、わが藩士に剣を教えていただく訳には参らぬか」とも言った。

昇が返事に困っていると、東馬が、

「此度《こたび》、我らはこれより京に上らねばならず、渡辺（昇）も同道してもらわねばなりませぬ。されど、大村に帰った後、改めて、わが殿に黒田（山城）様の御意向を伝え申す所存で御座います」と言って、結局、昇の再訪を約束させられたのである。

【五】加藤司書と月形洗蔵

次の日、一行は福岡城内に招かれた。まず、黒田山城の家来の案内で大手門から城内に入ったが、広壮な福岡城は大村の玖島城が十個以上は入るように思われ、その規模の大きさは大村からの一行には驚きであった。

昔、天守閣があったといわれる天守台の一区画だけでも玖島城ほどの大きさがあった。昇が案内に天守閣がない理由を尋ねると、幕府に遠慮して取り壊したらしいが、何時の頃かははっきりしないという答えが返ってきた。

一行は、天守台の手前の二の丸の一角にある家老館《やかた》に案内され、通された部屋には黒田山城が先に到着していた。またその部屋には、黒田山城と並んで、もう一人が座っており、その二人の後ろには文机《ふづくえ》を前にして書記役らしい一人の中年の侍が座っていた。

大村側は、江頭家老を中心に、右隣に大村歓十郎、左隣に東馬、さらにこの三人から少し座を後ろに下げて、昇、長岡治三郎、中村鉄弥の順に座った。

黒田山城は、右隣に座る侍を手で指した。

「こちらは中老の加藤司書で御座る」

「拙者は加藤司書で御座います。確か、江頭隼之助殿には、五年ほど前に長崎で御父上の官太夫様と御一緒にお会いしたことが御座います」と加藤が言った。

「拙者も覚えております」

と江頭家老が言うと、たちまち座の雰囲気が和んだ。加藤は、福岡藩が長崎警護当番の年に兵を率いて長崎に駐在し、その時に江頭官太夫父子と会っていたのである。

さらに黒田山城は、後ろで文机を前に控えていた侍に顔を向けた。

「ここに控えるは、吟味役の月形洗蔵で御座る。長州征討を非とする弊藩の論をもって、あちらこちらと周旋して回っております。本日、たまたま帰っており、貴殿らにも紹介しておきたいと存じ同席させました」

「月形洗蔵で御座います」と、その侍はしっかりした口調で頭を下げた。

「ところで、我らの同盟の条件を詰めに参られたということでありますが、殿（黒田長溥《ながひろ》）は多忙ゆえに皆様にお会いできませぬ。殿からは、同盟の件は承知であるゆえ、粗相なきよう丁重におもてなしするようにとのことでありますので御安心ください。されど、我らが同盟については、すでに合意済みということでは御座いませぬか」と加藤は言った。

「当方も、そのことは承知で御座います。ただ、先に尊藩と同盟を結びました折とは、若干、藩内の事情が異なってきており、そのことを御説明し、改めて同盟の絆を固めたく、参った次第で御座います。詳細は、側用人の稲田東馬からお話し申し上げ申す」

そう言って、江頭家老は東馬に説明を促した。

東馬はこれを受けて、藩主が長崎総奉行を辞任したこと、藩内の佐幕派の巨頭である浅田弥次右衛門が失脚し、富永快左衛門が病で急死したこと（変死のことは伏せられた）、藩是としての尊王を藩主自ら宣下したことを話したのである。

これを聞いた黒田山城は喜んだ。

「それは目出度い。わが藩も藩是として尊王を掲げるなどして尊藩に倣《なら》いたいものです」

と言い、加藤も、

「善きことをお聞きしました。これで、我らの同盟はより深くなりました」と言った。

「殿からは、以上のことを尊藩に伝え、今後の絆をより強固にするようにと仰せつかってきております」

と言う江頭家老に対し、黒田山城も、

「我らが殿にもその旨をお伝えいたします」と応えたのである。

ここで早々に歓迎の宴席へと誘《いざな》いがなされたところで、昇が切り出した。

「今少し、お尋ねしたいことが御座います。長州征討の儀は、如何な模様で御座いましょうか」

実は、十月以降の大村藩内の一連の動きで長崎奉行所との関係が悪化したため、以前であれば定期的にもたらされるはずの情報が途絶え、情報不足に陥っていた。昇が、その事情を正直に話すと、黒田山城は、

「これは迂闊《うかつ》であった。この件は、月形から説明してもらおうか」

と、後ろに控える月形を促した。

「話は少しばかり遡《さかのぼ》りますが、加藤様は、去る七月の長州藩による禁裏押し入りの報を受け、御所警衛の軍勢五百名ほどを率いられて上京の途におつきになられました。その軍が兵庫に到着するや長州征討の勅が発せられ、幕府による征長の命に備えるために直ちに福岡に引き返されました。その後、程なくして、征長の軍容も整い、総督に徳川茂承《もちつぐ》（紀州藩主）様が御就きになり、間もなく、徳川慶勝《よしかつ》（尾張前々藩主）様が代わられました。このときは、幕府は一気に長州を攻め落とす腹積もりであったかと存じます。されど、幕府は参勤の旧弊を復活させたうえに、今回の出兵で各藩の財政は困窮の度を越えております。慶勝様も、できれば戦は避けたいとのお気持ちで御座います。そこで弊藩は、外国勢が虎視眈々《こしたんたん》と日本を狙っているときに大規模な内戦を行うことは好ましからず、また長州藩が禁裏を犯すことになった経緯を鑑《かんが》みれば、長州にも相応の理があると唱え、宥和の論を幕閣ならびに各大名家に説きました」

と、ここで月形は一息ついた。

「そこまでは、われわれも掴んでおります」

と、昇は先を急がせるように言った。

月形は、そのように焦らずともといった鷹揚な口調で、

「御貴殿らは、薩摩藩の大島吉之助という御仁を御存知でありましょうか」

と聞いてきたが、大村側では誰一人として名前に覚えがない。

「では、西郷吉之助という名前は如何でありましょう」

と改めて聞くので、長岡治三郎が、

「安政の獄で、月照和尚と錦江湾に身を投げたという御仁で御座いましょうか」

と答えた。長岡は、長年探索方として情報収集に当たってきたので、西郷吉之助の名前を知っていた。

「その御仁で御座います。薩摩藩の軍賦役で、先月、征長軍総督から軍参謀に任命されました。実は、弊藩の喜多岡勇平と申す者が、薩摩藩士らと共に長州藩宥和降伏の条件を探り、岩国の吉川監物《きっかわけんもつ》殿と交渉を続けていたのですが、いよいよ条件が煮詰まり、今、西郷殿が岩国で最後の降伏談判に臨んでおられるところです」と月形は言った。

「弊藩としても、その談判を座視することなく、加藤様は数日中にでも広島の総督府に出向かれ、征討中止の建白をなされることになっております」と月形は続けた。

月形は、これまでのことを、さも自分の手柄のように言うのであるが、実際に、薩摩と福岡の両藩が長州の宥和降伏に果たした役割は大きく、福岡藩の中心人物が月形であり、彼を指揮したのが黒田山城と加藤であった。

その背景には、福岡藩の藩主黒田長溥が元薩摩藩主島津重豪《しげひで》の十三男で、薩摩から黒田家に養子で来ていたことから、薩摩と福岡の両藩の交流があったことがある。また、最初は対長州強硬論であった西郷が勝海舟に会い、幕府の退廃と国内争乱の非を諭され、宥和論に変わったことも大きかった。

いずれにせよ、大村藩の一行が福岡を訪れていたとき、岩国での西郷と吉川の交渉は続いていたが、最終的には、禁門の変で軍を率いて上洛した三家老、つまり国司信濃、益田親施《ちかのぶ》、福原越後の切腹、さらに家老らによる上洛軍の指揮を補佐した四人の参謀の斬首、前年八月の政変で京から落ちた七卿のうち、長州に残った五卿、つまり三条実美、三条西季知《すえとも》、四条隆謌《たかうた》、東《ひがし》久世《くぜ》通禧《みちとみ》、壬生《みぶ》基修《もとおさ》の追放という条件で戦いが回避されることになるのである。また、追放の五卿は福岡藩が引き受けることになり、これも加藤の指示で月形が画策したもので、実際、月形が五卿を下関まで迎えに行くことになる。

月形の話を聞いて昇は、「然様で御座いますか。詳細をお聞かせいただき、忝《かたじけな》く存じます」と言い、東馬も「長州藩の宥和降伏が成れば、わが殿も大いに御喜びになられます。尊藩の御尽力の賜物と、いたく感じ入った次第です」と続けた。

その後、一行は福岡藩の饗応を受け、二日後に京都に向けて出立したのであるが、加藤と月形が大村藩の一行に隠していた重大なことがあった。それは、一行が福岡に来る直前に長州藩の高杉晋作が藩内の佐幕派の追及の手を逃れて福岡に亡命していたことである。

高杉が、長州藩の幕府に対する宥和降伏と、その条件としての家老らの切腹や勤王派への弾圧に反抗して、再度の決起のために長州に戻るのは、一行が福岡を出てからしばらくしてからであった。

【六】天狗党の乱

十一月十九日、家老江頭隼之助、側用人筆頭稲田東馬と大村歓十郎、馬廻渡辺昇、同長岡治三郎、同中村鉄弥と従者の一行は大坂の大村藩邸に着いた。

十日に福岡を出て、小倉の大里《だいり》から乗船し、室津で下船。後は陸行であったが、禁門の変以降、長州藩による海上交通の妨害がなくなったものの、瀬戸内航路が従前通りに再開されたばかりで、何かと日数がかかった。

江頭ら一行の上京の目的は、勅諚下賜御礼であった。前年、攘夷と御所警護についての勅諚を下賜され、藩主自ら兵を率いて上京しようとする矢先、外国勢が長崎に侵攻する恐れありとの報があり、長崎防備につかざるを得なかった。この度、勤王を藩是としたからには、改めて下賜御礼を述べ、また御礼が遅くなったことを謝する必要があるという藩主の考えによるものである。

この旅の間、昇には気になっていることがあった。それは、江頭家老の義兄である富永快左衛門の死に昇が関わっているとの憶測があるなかで、公務とはいえ、江頭家老が昇と旅することについて、どのような気持ちでいるのかということである。

実際、江頭家老の弟である荘新右衛門からは、はっきりした拒絶の態度を示された。またその後、新右衛門は身体の不調を理由に自邸に籠り、藩務に顔を出していないことも気になっていた。

大村を出てから忙しい旅であったため、これまで私的な会話は、せいぜい同役の長岡治三郎や中村鉄弥と交わすくらいであったが、瀬戸内の船の旅は長い。大里を出帆し、下関海峡の危険地帯を通過して、船内に安堵の空気が漂うなか、昇は船べりの欄干にもたれて長府方面の景色を眺めていた。

すると、後ろから「昇」と声がかかった。江頭家老である。昇が「御家老」と言って、一歩下がって頭を下げると、江頭家老は、「狭い船内で形苦しい挨拶はよせ」と言い、やはり遠い陸地を眺めながら言った。

「富永の義兄《あに》上は乱暴であった。姉上も、酒が入ると打擲《ちょうちゃく》されると、母上に泣いて訴えていたことを思い出す。殿に対しても臣下の身を忘れた行いがあった。拙者も諌めたことがあったが、それ以来遠ざけられた。一方で、当てつけのように、新右衛門には優しかった。あのような死に方は義兄には不本意であったかもしれぬ。されど、誰が殺《や》ったかは知らぬが、大村にとっては災いの種が消えたように思っておる」

昇は江頭家老の言うことを無言で聞いていた。

「このことは、お主に言っておきたかった。この旅は長い。よろしくな」

と江頭家老は言って、船室に下りていった。やはり、江頭家老も昇のことを気にしていたのである。

大坂の藩邸には、予め大村から江頭家老らの一行が上京する旨と目的が知らされていたため、藩邸留守居の加藤勇は、一行の入京の許可を得ようとして京都守護職に問い合わせていた。

ところが、一行が大坂に着く直前に大坂奉行所を介して、前年の八月十八日の政変で状況が様変わりしたのであり、それ以前に出された勅諚は無効になっている、したがって、上京の要なしという京都守護職からの返答があったのである。

加藤勇が京都守護職からの返答のことを一行に話し、「京都守護職が他国からの入京を嫌っているわけは天狗党の騒動があるからです」と言った。

昇は、かつて交流した尊王攘夷の志士たちのうち何人かが天狗党に加わっていると聞いていた。また天狗党が水戸藩の尊王攘夷派の別名であり、江戸にいたとき、桂小五郎を通して尊王攘夷派の水戸藩士と懇意になったので、天狗党のことは気になっていた。

「水戸の天狗党のことは、江戸にいた際に聞いたことがありますが、此度の騒動については、度々耳にするものの、大村には詳細が届きませぬ。詳しく聞かせていただけませぬか」

と加藤勇に尋ねると、彼は天狗党の騒動について説明を始めた。

ことの始まりは、前年、文久三年（一八六三）八月十八日の政変であった。過激な尊王攘夷の長州藩士や浪士たち、さらに彼らと行動を共にする公卿たちを追い出したものの、朝廷には政務を執り仕切る者はいなかった。

そこで、孝明天皇は全国の有力大名に政治参加を求めて、徳川家から一橋慶喜、越前藩前藩主松平慶永《よしなが》（春嶽）、宇和島藩前藩主伊達宗城《むねなり》、土佐藩前藩主山内豊信（容堂）、少し遅れて、薩摩藩主の父島津久光、さらに後で、熊本藩主細川斉護《なりもり》の子長岡護美《もりよし》と福岡藩世子黒田長知《ながとも》を呼び参与会議を設けた。

参与会議の主要な議題は、長州藩の処分と横浜港鎖港であったが、孝明天皇は長州藩を許さず、また横浜港鎖港にも拘った。この問題で、一橋慶喜と島津久光は対立し、参与会議は分解したが、一橋慶喜と将軍徳川家茂は、孝明天皇の歓心を買うために、横浜港鎖港を約束したのである。

ところが現実には、一旦開港した横浜を閉じることなどできるはずもなく、問題解決の進展がみられない中で、元治元年三月二十七日（文久四年二月二十日に元治に改元）に、水戸藩尊王攘夷派の天狗党が横浜鎖港を求めて乱を起こした。横浜開港が諸物価の高騰を招き、これが庶民のみならず、武士階級の怨嗟《えんさ》の的となっていたからである。

乱を最初に起こした首謀者は、藤田東湖の四男藤田小四郎であるが、かなり遅れて水戸勤王派重鎮の武田耕雲斎らも加わった。その天狗党は幕府の追討令により圧迫を受けたため、旧主君の一橋慶喜を頼って木曽路を辿って京に落ち延びてきていた。

武田耕雲斎も藤田小四郎も、文久二年十二月に一橋慶喜が将軍後見職として上洛した際、警護の役をしていたので主従の関係にあり、一橋慶喜ならば自分たちの主張を理解し、納得のいく解決をしてくれるはずと考えたのである。

しかし、落ち延びてきたとはいえ、天狗党の勢力は八百名ほどであり一大脅威であった。それが、大村藩の一行が京に上ろうとしたときと重なったのである。

「武田耕雲斎様が加わっておられるのか」

加藤勇から武田耕雲斎の名が挙がったとき、昇は顔には出さず心の内で聞き返した。昇は江戸にいたとき、耕雲斎には小五郎の紹介でしばしば会っている。しかも、耕雲斎は駆け出しの剣士であった昇を篤く遇してくれたうえ、尊王攘夷を世に説く意味を教えてくれた師でもあったのである。しかも、耕雲斎は昇を水戸藩に仕官させようともした。

昇は、耕雲斎が近くに来ており、しかも窮地に立っていることを聞き、藩の公務とは関係なしに京に上りたくなった。機をみて天狗党に加わることもあり得るのではないか、とさえ思ったのである。

加藤の話を聞き終えて、東馬は困った顔をした。

「京都守護職の言うままに、ここで我らが国元に戻っては、殿の勤王の御志が無になります。何か、良い知恵はありませぬか」

「ひとつだけ、手があります。天子様周辺の公家の方々は、田舎者が思うほど敷居は高くは御座いませぬ。天機伺いという手があります」と加藤は言った。

要は、天皇へ直々に御挨拶しようとするから京都守護職が目くじらを立てるのであって、天皇側近を通しての禁門の変に対する間接的なお見舞いであれば、京都守護職といえども大目に見るであろうと言うのである。

「我らを田舎者と言うのは気に喰わぬが、その手で当たるか」

と、東馬は加藤に打診させ、結局、従者なしの六人だけの入京が認められることになった。加藤は、京に詳しい部下に命じ、天機伺いで訪れるべき公家の名前の一覧と御礼として包む金《きん》子《す》、さらに屋敷の地図も用意して持たせたのである。

一行は十一月二十七日に京に入った。しかし、七月の禁門の変により、京都市街のうち御所より南、一条から七条の東本願寺あたりまでの広い範囲が焼け、大きな伽藍《がらん》仏閣も無残な姿を晒していた。無論、前年に大村藩邸として借りた家も焼失していた。

ただ、御所周辺とその北側、さらに鴨川の東側は無事であったため、大坂藩邸から指定された東山の茶屋に宿を取り、次の日に目当ての公家の屋敷を訪問した。

最初は、伝奏野宮定功《ののみやさだいさ》中将、次に飛鳥《あすか》井《い》雅典《まさのり》中納言を訪ね、大村藩主に代わって家老の江頭隼之助が天機伺いに京に上ったことを書に認《したた》め、また前年の勅諚下賜の御礼が遅くなったことを詫びる旨を口頭で述べた。

両卿からは上に伺いを立てるという言葉があり、下がって宿で待っていると、二日後の三十日になって、野宮定功中将より勅答書が下げ渡された。そこには、大村丹後守（朝廷からの受領名）の天機伺いにつき、天皇が御満悦であらせられた旨が書かれていた。

勅答書を受領したので、京に上った目的は達せられたと江頭家老らは喜んだ。そして、後はこれを奉戴して帰国すればよいということで大坂に戻り、長旅の疲れを癒すために数日を過ごしてから国に帰るということになった。

そのなか昇は、何らかの理由をつけて一行を大坂に送り出し、自分は京を抜け出て、天狗党に加わることを本気で考え始めたのである。しかし、一行に思わぬ事態が待っていた。勅答書を受け取った次の日、その御礼と帰国の挨拶で野宮と飛鳥井の両卿を訪ね宿に戻ると、大坂藩邸から加藤の使いが来ていた。

「加藤様からの言伝《ことづて》で御座います。大坂奉行所から内々の打診があり、水戸の天狗党が京に押し寄せる気配があるものの、長州討伐のために近隣諸藩の兵が出払い、京都守護職と京都所司代では兵が足りぬ。よって、京に残る諸藩の藩士を天狗党討伐のために集めるゆえ、大村藩の一行についても京都所司代に出頭するよう大坂藩邸から報せていただきたく存ずる、とくに練兵館塾頭であった渡辺昇殿には加勢があれば頼もしく存ずる、ということでありました」

と、その使いは言うのである。

第五章　幕府の圧力（鳥羽伏見の戦いまで二年八か月）

【一】京都脱出

元治元年（一八六四）十二月二日、上洛中の大村藩の江頭家老ら一行は、天機伺いが終わり、勅答書も受け取り、帰国の段になって、天狗党討伐の騒ぎに巻き込まれそうになった。大坂奉行所が練兵館塾頭であった昇の正体を掴み、大坂藩邸を通して名指しで討伐への助成を求め、京都所司代に出頭するようにとの命令に近い報せがあったというのである。

昇自身は、天狗党の領袖の一人である武田耕雲斎に恩義を感じ、むしろ天狗党に加わることも考えていたほどであった。しかし今は、大村藩の一行を速やかに京から立ち退かせることが先であった。幸いに、大坂藩邸は一行の宿については伏せているというので、出立は急を要した。

「我らの宿は京都所司代に教えていないということであったな」

と、昇は大坂藩邸からの使いに念を押し、家老江頭隼之助らに言った。

「我らは乱に巻き込まれないうちに、すぐに京を立ち去るべきと存じます。幸い、京都所司代が我らの宿所に気付いていないとは申せ、それもすぐに露見致します。できるだけ早く、我らは伏見から船で大坂に下るのがよろしいのでは御座いませぬか」

「それがよかろう」と稲田東馬も賛成したが、江頭家老は、

「幕府の命を断れば、後に譴責《けんせき》されるのではあるまいか」と言った。

「畏《おそ》れながら、藩是として尊王を掲げたからには、天狗党の鎮定に力を貸すわけには参りませぬ。大坂に下る途中で幕府側に誰何《すいか》されれば、国元からの命がなければ動けぬと、知らぬ、存ぜぬ、で通すしかありませぬ」と昇は言い、結局、江頭家老も賛同した。

幸い夕刻であり、しばらく待てば夜陰に紛れて伏見まで行くことができそうだが、大勢では目立ち過ぎるので二手に分かれることにした。先発は、大村歓十郎と長岡治三郎と昇、後発は、半刻ほど遅れて江頭家老と東馬と中村鉄弥である。こうして、一行は順に宿を立ち退いた。

昇らの先発組は伏見街道を下り、大村藩御用達の船宿である大黒屋にひと足早く到着し、船を準備して、江頭家老らの後発組が来るのを待つという段取りでいた。

昇は、耕雲斎の助けに馳せ参じたいという思いと、帰国しなければならないという思いとに板挟みになりながら、伏見まで急いだ。

藤森神社の前あたりに来たところで、昇が、神社の参道口の横に提灯を灯している居酒屋を見つけた。

「拙者は、そこの店に入って、我らを尾行する者がいないかを見張ることにしますので、皆様方は先に進んでください」

そう言って歓十郎と治三郎を先に行かせ、自分は店の入り口近くに座を占め、酒と煮物を注

文した。

大坂を出るときに加藤が、「京では新撰組に気を付けなされ。奴らは密偵を使って不審者を探し出し、問答無用に数人がかりで斬り付けてくるということです」と教えてくれたので、京で公家を回る際も注意を怠らなかった。もっとも昇は、新撰組を率いるのが、昔馴染みの近藤勇であることは知っているので、いざとなれば何とかなるとは思ったが、危険を冒す必要はない。幸い新撰組に絡まれることはなかったが、それらしい一団とすれ違い、胡乱《うろん》な目で見られたこともあった。したがって、伏見への道中も用心に越したことはないと考えたのである。

小半刻ほど店にいて、尾行者がいないことを確かめて、大急ぎで伏見の大黒屋に着いたところ、宿の店先に歓十郎と治三郎がいた。

「如何《いかが》なされました。このようなところにいては怪しまれますぞ」

「お主を待っていた。大黒屋が『伏見奉行所の命で船は出せぬ』と言うのじゃ。どうやら、天狗党の争乱の影響らしい。治三郎と頭を抱えていたところじゃ」と歓十郎。

「御家老ももうすぐお着きになります。ここで帰国を邪魔されるわけには参りませぬ。まあ、拙者がやることを見ていてくだされ」

と昇は言って、二人を伴って店に入っていった。

昇は、大黒屋の主人を呼び出した。

「今、同輩に聞いたところによれば、幕命により船を出すことはならぬ、ということであるようだが、然様《さよう》か」

「すでに、御連れ様には申し上げましたが、伏見奉行所の御達しによりまして、御許しが出るまでは当分、船を出すことは相ならぬということで御座います。大村様の御用命とは申せ、これればかりは如何様《いかよう》にもなりませぬ」

「拙者とて乱暴は好まぬが」

と昇は言って、いきなり刀を抜き、主人の顔に突き付けた。

「これ、大黒屋。お主が船を出さねば、拙者らは難儀する。よって、如何様にしても船を出さぬと申すのであれば、お主を斬って船を頂戴するのみ。無論、ここで船を出せば、後で幕命を守らなかったゆえにお主が咎《とが》めを受けることになるかもしれぬが、今、ここで死ぬことと、後に咎めを受けることと、いずれが良いかお主が決めよ」

「御武家様。乱暴は困ります。奉行所の御役人を呼びますぞ」

と、震えながら大黒屋の主人。

「即刻、斬るゆえ、役人を呼ぶ間はないぞ」

と、昇は抜いた刀を両手で右斜めに構え、右足を引いて凄《すご》みを利かせた。

京にはびこった天誅騒動の余韻が収まらない時期でもあり、大黒屋は堪らず、

「どうか、御勘弁を。船は出します」

と言った。そして船頭を呼び、船を用意するように命じ、

「これでよろしゅう御座いますか」と言った。

「はじめから、大人しく従えばよいのだ。無論、拙者らは盗賊ではないゆえ金子《きんす》は払う。連れが三人遅れてくるが、腹もすいているゆえ、飯と酒も船に運び入れてくれ。もし、奉行所に報せるようなことがあれば、船頭を真っ先に斬るが、よいな」

「御奉行所に報せることはいたしませぬゆえ、船頭らの命はお助け下され」

と大黒屋の主人は言い、炬燵まで用意した。

一部始終を横から見ていた歓十郎と治三郎は、ただ唖然《あぜん》とするだけであったが、間もなく江頭家老らも合流し、こうして一行は無事大坂に帰り着いたのである。

なお、結局は昇が加わることができなかった天狗党であるが、福井の敦賀まで来たところで、慶喜自身が幕府軍を率いて追討に向かったとの報に接し、十二月十七日に耕雲斎らの首謀者をはじめとする天狗党の一同八百三十名ほどが投降することになる。

しかし、自分を頼ってきた耕雲斎や藤田小四郎を含む天狗党の一味を慶喜は拘留させた。そして、翌年三月に三百五十名余が斬首され、残りは遠島に処すなどの残酷な処罰で報いた。しかも、その拘留の間も寒さの厳しいなか、劣悪な環境の下に置き、何人もの死者を出した。そのために、尊王攘夷派による慶喜に対する一縷《いちる》の望みが一気に萎《しぼ》んでしまうことになるのである。

さらに天狗党の乱は、水戸藩内の尊王攘夷派と親幕派の血で血を洗う凄惨な争いを引き起こし、その果てに水戸藩には人材が消え失せ、かつての桜田門外の変や坂下門外の変などにみられたような、水戸藩士が先駆けとなり、徳川家内部から幕府の自浄作用をもたらすという力さえも失ってしまうのである。

江頭家老らの一行が大坂の藩邸に戻った頃、長州征討は大詰めを迎えようとしていた。すでに十一月には、征討軍参謀の西郷吉之助が岩国領主吉川監物とまとめた降伏条件に沿って、長州藩三家老（国司信濃、益田親施、福原越後）の切腹と四人の参謀の斬首を終え、同月十六日には広島で三家老の首実検が行われた。

さらに十二月に入って、長州藩主毛利敬親《たかちか》と世子毛利定広《さだひろ》の謝罪状の提出も行われ、残るは、三条実美ら五卿の引き渡しだけである（八月十八日の政変で長州に落ちた七卿のうち、錦小路頼徳《よりのり》は病没し、澤宣嘉《のぶよし》は前年（文久三年十月）の生野の挙兵に呼応したが、幕府側に敗れて脱出し、行方が知れなくなっていた）。

また、これらの降伏条件の詰めには、福岡藩から広島に派遣された加藤司書らの働きかけも大いに寄与したが、残る問題である五卿の身柄についても穏便に済ませるように動いた。つまり、幕府に五卿を引き渡せば危害を加えられる可能性があるために福岡藩で預かることにし、月形洗蔵をはじめ、引き取りのための福岡藩士を長州に派遣したのである。

しかし、征討軍のうちからは降伏条件が寛容過ぎるとの不満が出ていた。その急先鋒は小倉に滞陣していた副総督の越前藩主松平茂昭《もちあき》であり、なかなか征討軍の解兵に応じようとはしなかった。その征討軍は越前藩軍の他に主に九州諸藩の兵から成り立っていたが、十二月に入っても小倉に止まったままであった。西郷は早期の解兵を実現するために小倉に行き、松平茂昭の説得に当たっている。ただ、このような動きの詳細は大坂にいても伝わってこない。

「大村でも、戦況にやきもきしているのではないかと存じますので、拙者は、一足早く小倉に行き、事情を調べて大村に帰ります。御家老方は征討の決着がつくまでは、大坂にお留まりになり、静穏になるのを待たれるのがよろしいのではないかと存じます」と昇は申し出た。

江頭家老は「相わかった」と言い、東馬は、「御苦労だが鉄弥を同道せよ。二人の方が機転が利く」と言った。

結局、昇は鉄弥を連れて十二月十三日に大坂を発ち、十八日に小倉に到着した。そして、福岡藩の陣営の一角に場所を借りて戦況を観察したが、二十七日に征討軍総督で尾張藩前々藩主徳川慶勝《よしかつ》がついに解兵令を発したため、昇は鉄弥をひと足早く大村に帰し、解兵のことを報せた。また、自分自身は解兵令の後の征討軍の動きを見極め、大村に帰着したのは一月四日となったのである。

【二】難題

元治二年一月四日、昇は大村に戻った。二か月の長い留守であったが、藩庁に復命して渡辺家に帰ると、母サン、兄嫁ゲン、姪のフデ、さらに下男の和助夫婦が玄関で迎えてくれた。兄清左衛門は夜に戻るという。しかし、嫁のフクがいない。不審に思った昇だが、先に父雄太夫に帰国の挨拶をした。

座敷に家族が揃ったところで昇は「フクは如何した」と聞くが、誰も答えない。ただ、フデが「叔母様はいない」とポツンと言うので、昇は「母上。どうかしましたか」と聞いた。

「十二月の暮れ近くにフク殿の御実家から二親《ふたおや》がお見えになり、『娘を引き取らせていただきたい』ということでした。そのまま、フク殿は御実家に戻りました。其方《そなた》から手紙もないまま、長い間、帰って来ず、心細く思ったようです。其方が旅に出てから、ずっとふさぎ込んでいました。今からでも遅くはありませぬ。フク殿を連れ戻しに行ったら如何ですか」

母に言われるまま、昇は旅装を解く間もなく嫁の実家まで行き、フクを連れ戻したのである。ただし、連れ戻した先は昇の新しい屋敷である。

渡辺家に隣接する拝領地に建てる屋敷については、旅に出る前に父に任せた。

「お主は破格の出世をし、殿の覚えも目出度い。されど、驕《おご》ってはならぬ」

と父は言い、建物の造作は至って質素なものとした。

玄関と二間通しの部屋と台所、さらに汗かきの昇のために湯浴《ゆあ》みをする板の間と、縁側から通じる厠からなり、四十石取りの馬廻の屋敷とはとても思えない。その分、早く建築が済み、昇が帰国したときは住もうと思えば住める状態になっていた。

屋敷の建築の資金は、昇が練兵館道場で塾頭をしている間に出稽古を頼まれ、謝金として受け取ったものを練兵館で預かってもらっていたものである。大村に帰る際に、長崎の両替商に宛てた為替で持ち帰り、長崎で換金したものを母に預けておいた。藩庁には届け出たが、お構いなしということで、屋敷の建築費に充てることにしたのである。ただし、藩からの下賜金は辞退した。

庭は昇が剣術の稽古をするための空き地があるだけで、以前の入会地の雑木をそのまま目隠しに利用した。そして、この屋敷が昇の新しい住まいとなり、嫁のフクと二人で暮らし始めたのである。

とはいえ、昇は忙しい。帰国した翌日、筆頭家老の針尾九左衛門に呼ばれ、福岡に寄ったことから、瀬戸内の状況、京都の情勢、長州征討の現状などを問われ、次の日は、藩主の前で同じことを繰り返して進講した。また、勤王党の同志たちも同様のことを聞きたがった。皆が、激動する世の中の動きを知りたいと思っていたのである。

昇は、こうしたなかで改めて新婚生活を送り始めたのであるが、それは長くは続かなかった。

一月十五日の朝、いつものように五教館武館治振軒に学生の剣の指導をするために出向くと、すぐに登城するようにとの指示があり、城の大広間に通された。

そこには、針尾家老のほか、城代家老の片山竜三郎、次席家老の大村太左衛門、中老の稲田中衛、土屋善右衛門、宮原久左衛門、側用人の荘新右衛門、さらにまた、元締役の中尾静摩や五教館祭酒の松林飯山もいた。

これに、前日に大坂から帰国したという江頭家老、大村歓十郎、稲田東馬が対面する形で座っていた。江頭家老らの一行は、長州征討の解兵令を確かめて大坂を発ち、途中、福岡藩に寄って帰国したという。

大広間の藩主の座の前には三方があり、そこには白木の箱が載せられ、その中に京から奉戴してきた勅答書が収められていた。

やがて、藩主が現れた。

「昨夜、帰国致しました。御殿様には、御変わりなき御様子で安堵致しました」

と、江頭家老が代表して言上した。

「其の方らも二か月の長旅は大儀であった。勅答書はこの中であるか」

と藩主は箱を指し、「中を」と江頭家老に命じた。

江頭家老は一礼して箱を開け、勅答書を目の上に捧げる形で藩主に渡すと、藩主も袱紗《ふくさ》に包まれた勅答書を取り出して一礼して開き、読み終わると、「ありがたいことじゃ」と言って再び箱に収めた。

「帰国早々じゃが、お主らを待っていた。早急に決めなければならぬことがある。九左衛門、申せ」と、藩主が針尾家老を促した。

「されば。拙者は、正月に長崎奉行服部常純《つねずみ》様に殿の名代で新年の挨拶に行き、一昨日、戻り申した。長崎奉行におかれては、幕閣から強く言い含められての御言葉であろうと思われますが、『大村侯は御病気のゆえをもって参勤を先送りになさる。もって、然様に重篤の御病気なれば跡目《あとめ》相続も苦しからず。その旨、大村侯に確《しか》と伝え申すべし』との仰せで御座った。そのうえで、『尊藩にあっては芳《かんば》しくない噂も聞こえて来ており、参勤して上様と幕閣の方々の御機嫌を伺われたら如何かと存ずる』と、半ば脅しの如き言い分に、拙者も堪忍袋の緒が切れそうになり申した」

「そこでじゃ、昨日、針尾と片山らを集め、参勤に上がるべきかを議した。その議が終わらぬうちに、お主らが帰国したとの報せが参った。それゆえ、今日、改めて議したい」

と藩主は言った。

これに対して真っ先に発言したのは、江頭家老である。

「殿。京、上方、さらに帰国の途次《とじ》に目にした限りでは、此度《こたび》の長州征討の軍勢は大したものであり御座いまして、長州が戦わずして恭順の姿勢を見せたことで、幕府はかつての勢いを取り戻した感があります。参勤の制を旧に復したのも、その自信の表れかと存じます。ここは、一旦、幕府に従うのがよろしかろうと考えます」

「拙者も御家老の仰せの如く、幕府の命であれほどの征討の軍を集めたということは、まだまだ幕府の力は侮《あなど》れず、今は抗《あらが》うときではないのではないかと存じます」

と、大村歓十郎も続いた。

「昨日の議も、やはり同様の結《けつ》であったが、殿には、早々に御出府いただき、幕府の嫌疑を逸《そ》らすのがよろしいのでは御座いませぬかと言上仕《つかまつ》った」

と針尾家老は言って、それ以外に結論はないであろうという顔をした。

そのとき、昇が言葉を発した。

「畏れながら、拙者の存念を申し上げても構いませぬか」

「構わぬ。申せ」と、藩主が許した。

「忝《かたじけな》く存じます。されば、ここで殿様が参勤で御出府なされては、これまでのすべての改革が気泡に帰すことになるのではないかと懸念するのであります」

「昇。ちと、言葉が過ぎるのではないのか」と東馬が諌めたが、昇は続けた。

「不敬とは存じますが、もし殿様が御出府なさるとすれば、幕府は江戸に殿様を押し留めて御帰国を許さないつもりでいるのではないかと存じます。いわば、人質で御座います。その間に、畏れながら殿様に禅譲を迫り、なおかつ長崎奉行を介して藩内の親幕派と通じ合い、御家老をはじめとして執政の入替えの命を下すように画策するので御座います。拙者が幕閣であれば、そのようにします」

「剣術家らしい手の内の読みであるが、幕府もそこまでは悪くはあるまい」

と、江頭家老は昇の言を否定した。

昇は「やはり江頭家老は甘い」と思いながら口には出さず、さらに言った。

「剣には後《ご》の先《せん》という言葉が御座います。要は、すでに幕府は長崎奉行を通して先手を打ってきております。こちらは、相手の手が如何なる意味を持つかを読み取り、そのうえで次の手を打つことが肝要で御座います。さすれば、今まで通り殿には病を装っていただき、時を稼ぐのがよろしいかと考える次第で御座います」

「お主はそう言うが、時を稼いだとしても、易々《やすやす》と幕府の世が変わるとも思えぬが」

と、片山家老が藩主の顔を見ながら発言した。

「お言葉ですが、此度、京に上る途中の小倉に屯《たむろ》していた幕府側の攻め手の軍勢の装備はかつての戦国の世そのもので御座います。鉄砲にせよ、大砲にせよ、はたまた鎧兜《よろいかぶと》にせよ、噴飯《ふんぱん》もので御座いまして、笑いを堪えるのに苦労しました。もしかすれば、わが藩でさえも幕府軍を打ち破れるのではないかと思うほどです。そのような幕府が永らえるとは思えませぬ」

「畏れながら、某《それがし》も昇殿の言うことには理があると存じます。聞くところでは、幕府が参勤を復活し、出府した諸国大名を江戸に留めおき、藩主が留守の国元に長州征討の軍勢を出させたり、勤王の一派を粛清させたりと、謀《はかりごと》を巡らしているとのことで御座います。やはり、今は出府のときではなく、引き延ばすべきかと存じます」

と、飯山も昇の論を支持したのである。

【三】参勤の決断

「昇の読み通りかも知れぬ。されど、長崎奉行は言い逃れできぬ手を打ってきておる」

と針尾家老は言った。

「それは、如何なる手で御座いますか」

「官医じゃ」

「カンイで御座いますか」

と、昇は意味をすぐには理解できず聞き返した。

「長崎奉行所お抱えの蘭法医を遣わすゆえ、診てもらえばよろしかろうと言うのであるが、要するに、殿の病の真贋《しんがん》を確かめ、もし病が嘘であれば譴責するつもりであろう。その場合、叱責だけでは済むまい。軽くて、禅譲、重ければ改易か取り潰し」

「然様な失礼なことは断れぬので御座いますか」

と言う昇に針尾家老は首を振り、

「これも幕府の指図であろう」と言った。

「ここまで幕府に手を打たれては、参勤に出るしかあるまい。出府すれば、昇が言うが如き策をもって余は大村には戻れぬかもしれぬ。されど、これも国を守るためじゃ。藩主たる者、死地に臨まねばならぬときもある」

という藩主の覚悟を聞いて、その場にいた者は黙った。そして、参勤交代に出ることが決められたのである。

しかし昇は、何としても藩主の参勤出府を阻止しなければならないと思った。藩主が幕府に身柄を拘束されれば、大村藩の勤王党は壊滅させられるであろうし、再び因循《いんじゅん》な藩に戻る。それでは、これまで働いてきたことが無になる。たとえ参勤に出ても、江戸まで三十日近くかかるので、最後まで出府を回避する道を探り、それが叶わぬときは自裁すると決心した。

「殿様。是非、拙者を参勤の供にお加え下され。殿様に何か災いが降りかかれば、命をかけて殿様をお守りすることは無論のことでありますが、可能なれば、大村にお戻りになられるように手を尽くす所存で御座います」

と進言した昇に、「許す」と藩主は言い、昇が参勤の列に加わることが決まった。

こうして、参勤を行うとの決定に基づき、江戸藩邸を通して、幕府に一月二十二日付で参勤の伺い書を提出し、続いて同月二十八日に、二月中の出立を届け出たのである。

二月に入り参勤の扈従《こじゅう》の顔ぶれが発表され、江頭家老、中老土屋善右衛門、また側用人大村歓十郎を中老としたうえで供頭とした。さらに、大目付横山雄左衛門、側用人の稲田東馬と荘新右衛門らが供衆に選ばれ、針尾家老らは国元を守ることになった。

ただ新右衛門は、江戸に着けばそのまま江戸藩邸詰めとなり、江戸聞役という事実上の江戸家老に次ぐ地位に就くことになった。

新右衛門は、富永快左衛門の変死の後、病として藩務に就いていなかったが、回復後、しばらく国元を離れたいという本人の希望が兄の江頭家老を通して出され、この人事となった。

また、侍医には昇の伯父の北野道春が選ばれた。足軽を含めた総勢は八十名ほどで、その他に人足が加われば百名は優に超える。しかし、これでも以前の参勤交代のときの供の数に比べれば少ない。

参勤総奉行に選ばれたのは土屋善右衛門である。善右衛門は百十石取りで、中老兼脇備者《わきぞなえもの》頭《がしら》である。昇よりも十歳ほど年長であるが、その屋敷と渡辺家の屋敷とは小路を挟んで向かい合っていたため、昇は幼いときから善右衛門をよく知っていた。また土屋家は、代々渡辺家を含む岩船地区の馬廻の束《たば》ねの地位にあった。そういう関係もあって昇も兄も元服の際の烏帽子親は善右衛門の父であった。

前年に昇が馬廻として分家した際に、親戚に先駆けて祝いに訪れたのも善右衛門であった。そこで昇は今回の参勤についての自分の意見と覚悟を善右衛門には是非に理解してもらいたいと思い、参勤の供揃えの発表の二日後に昇は善右衛門を訪ねた。

昇は、通された座敷でその決意を述べた。

「土屋様。此度の参勤は国にとって災厄を招く何ものでもありませぬ。今、幕府は長州征討の余勢を駆って一気に昔日の権威を取り戻そうと図っております。参勤をわが藩に強いるのも、その意図は殿様を江戸に留めて藩論を佐幕に変えるためだと思われます。残念ではありますが、ここで参勤出立を止めることはできませぬ。されど拙者は何かの手立てで参勤を止め、殿様を大村にお戻ししたいと考えております。もし敗れれば割腹する所存です。その折は土屋様には拙者の介錯を願い、髷《まげ》だけでも大村に持ち帰り賜りたく存じます」

「そこまでの覚悟か。よくぞ申した。お主は幼き頃より暴虐の質《たち》であったが、今やお主は大村の柱。お主の志《こころざし》は承知した。拙者も参勤奉行としてお主が自裁の折は介錯し、首を殿様にお見せしようぞ」

善右衛門は感極まったように涙し、昇の介錯を約束した。昇は善右衛門に覚悟を話すことで自分の退路を断ったのである。

参勤出府は決まったものの、具体的な日程は発表されないでいた。実は、大村藩には金がなかった。長州征討に兵を派遣することは求められなかったが、代わりに長崎警護の強化を迫られ、さらに文久年間の蝗《こう》害で米と畑作が壊滅し、救民のための出費がかさんでいたからである。こうした財政的な理由で、幕府に届け出た二月中の出立が、幸か不幸か、改めて三月十五日に延ばされたのである。

この間、昇には多くの仕事が出てきた。まず、参勤の道筋の諸藩への事前の挨拶が必要で、とくに、佐賀藩、久留米藩、福岡藩、小倉藩には、おおよその通過の日取りを報せる必要があった。藩主同士の挨拶の場が用意されることもあるので、慎重に段取りする必要があった。

また、小倉からの船の手配も昇に任された。さらに、文久三年（一八六三）八月十八日の変で京を落ち、長州に逃れた七卿のうち、三条実美卿ら五卿が長州から大宰府に移され幽閉されたため、藩主の代理での見舞いも昇が命じられたのである。

そこで藩は、昇を応接役に任じた。つまり、藩の外交を担う役である。

昇は、二月二十四日に大村を発って、途中、佐賀、久留米に寄り、二月二十八日に大宰府に到着した。大宰府では、早速、五卿を見舞うために福岡藩の警護所を訪れたが、罪人とされている五卿への拝謁は許されなかった。しかし、差し入れはできるということで、昇は、衛士頭《えじ》の森寺大和守と土佐脱藩士土方楠左衛門《ひじかたなんざえもん》（久元）を訪れ、藩主の書状と見舞いの金子を渡した。

取り次いだ森寺大和守は、「大村侯の御志に三条公をはじめ堂上方が御喜びなされておられる」と言い、その後、大宰府の宿坊で楠左衛門と酒を共にした。そこには、同じく土佐脱藩士の中岡慎太郎も陪席していた。

「わが殿は、堂上方が九州の地まで遷座されたことに同情しておられますが、弊藩は小藩ゆえに何もできぬことが心苦しいと殿が申されています。それでも、御不自由なことがあれば何なりとと申し上げたきところで御座るが、此度は参勤で出府をすることになり、拙者も扈従《こじゅう》しますゆえ、しばらくは当地に伺うことは適わぬことと存じます。どうか堂上方の御警護をよろしくお願い申します」と昇が言うと、中岡が、

「さて、奇怪なこと。今、何故に大村侯は参勤に上られますか。みすみすと幕府の罠に嵌《は》めら

れに行く如きもので御座いましょう」

「真《まこと》にその通りです」

と、昇はこれまでの事情を話したのである。

「このところ何度か薩摩藩の西郷吉之助殿が堂上方を御見舞いに参られたが、薩摩藩においても幕府からの再三の参勤の督促に決して乗ってはなりませぬと薩摩侯に進言しておられるとのことです」と楠左衛門は言い、「一度、西郷殿に相談なされたら如何でしょう」と提案した。

「それがよろしゅう御座る」と中岡も勧めた。

楠左衛門の話では、一時は五卿を別々の藩に預けよという幕命であったが、西郷吉之助が強硬に反対し、大宰府に全員をまとめることで落ち着き、また待遇も改善されたという。さらにその警護のために薩摩から兵を出し、毒殺を警戒して、医師も常駐させてくれたといい、楠左衛門らは西郷吉之助を心から信頼している様子である。

「度々《たびたび》、お名前を聞く西郷殿には是非にお会いしたいと存じておりましたが、当地においででしょうか」

「大宰府滞在中は参道沿いの薩摩藩の御用宿ですが、近いうちに京に上らねばならぬと仰せで、今は黒崎の津の薩摩藩御用達の宿におられると存じます」と楠左衛門は答えた。

「明日、拙者は福岡に参り、小倉にも行かねばなりませぬゆえ、その途次、西郷殿にお会いして相談いたします」

次の日、昇は福岡に急ぎ、加藤司書を訪ね、やむを得ず参勤に上ることになった経緯を話した。前年、福岡藩と大村藩は、勤王のために力を合わせるという同盟を結んでいたためである。

「今、尊藩が幕府の力に屈するとなれば弊藩との同盟も解消せねばならず、これは我ら筑前勤王党にとっても大きな痛手となります。弊藩は薩摩とも誼《よしみ》を通じ、いずれ近いうちに薩摩と共に京に兵を出し、会津、桑名に代わって京都の守護に就こうとしております。尊藩が参勤に出立するときをせめて半年後にしていただければ、参勤の兵をそのまま御所警護に充て、江戸出府をしなくとも済むようにできたかもしれぬのです」と加藤は言った。

「そのような企てが薩摩との間にあったのですか。それを知っていれば、もう少し出立を延ばしたのですが、残念です。すでに幕府には出立の日を三月十五日と報せておりますが、もともと二月に出立の予定を、再三繰り延べたうえでのことで、幕府の忍耐はこれまでとの通告を受けております。斯《か》くなる上は幕府に報せた日をもって出立するしか手立ては御座いませぬ。されど薩摩が尊藩と同盟の間柄となれば、弊藩も薩摩と同盟を結んだと同様です。薩摩の西郷吉之助殿が黒崎に滞在しておられるとのこと、藁《わら》をも掴む思いで参勤中止のことを相談いたしたく存じます」

西郷の宿所を訪ねるという昇に、加藤は紹介状を書いてくれたのである。

なお、この年の十月に福岡藩の勤王党は藩主黒田長溥《ながひろ》の怒りを買って壊滅し、加藤は切腹させられることになる。昇にとっては、加藤との最後の面談となったが、まさか、このような過酷な運命が加藤に待ち受けているとは、二人とも、知る由もなかった。

【四】西郷吉之助

福岡を出て次の日、昇は薩摩藩の定宿となっている黒崎の桜屋を訪れ、玄関で来意を告げた。さすがに薩摩藩の軍務役だけに、宿の周りは薩摩藩兵によって厳重に警護されていた。

昇は応対に出た侍に加藤の紹介状を渡し、しばらく待たされた後、中庭に面した座敷に案内された。縁側に足を投げ出して座っていた大きな男は昇を見て、「こちらにどうぞ」と、近い所に座布団を差し出して昇を座らせた。

「加藤様の書状を拝読しました。拙者が西郷吉之助で御座います。正座ができず、このままで失礼します」

西郷はかつて島津久光により遠島に処されたが、その際、睾丸が腫れる風土病にかかり、さらに禁門の変で足に弾傷を受けていた。

「拙者は大村藩馬廻で、応接役の渡辺昇で御座います」

「貴殿のことは弊藩長崎藩邸の者から伺っております。神道無念流の達人とのことですが、勤王のために御尽力なされているとも伺っています。以後、よろしくお願い申し上げます」

「恐縮です」

「それにしても、貴殿はお身体が大きい。昔であれば、早速、相撲を所望したもので御座るが、この身体では難しゅう御座る。丁度、早めの夕餉の用意をさせようと思っていたところで、一緒に食しながら伺いたいと存じます。よろしいでしょうか」

と、昇の返事も聞かずに部下を呼び、食事の用意を言いつけた。

昇は食事の用意が整うまでの間、大村藩が参勤を余儀なくされた経緯や昇自身の考えを話したが、西郷はただ黙って聞いていた。そのうちに食事の用意が整ったらしく、別の部屋に通された。

「椅子でなければ食事ができなくなりもうした」

と言い訳しながら西郷は昇に座布団をすすめ、自分は低い足の椅子に座り、昇に酒を注いだ。

「さて、尊藩の御事情は判りました。それで、本日の御用向きはどのようなことで御座いますか」と西郷は聞いた。

「わが殿は勤王の志が篤《あつ》く、此度《こたび》の参勤では、途中京に上り、できれば宮中に参殿し、天機をお伺い申し上げたいと考えておられます。その折、朝廷の命により、京の警護のためにそのまま京に留まり、何とか出府を控えることができるように尊藩のお力を得られないものか、このことを御相談いたしたく罷《まか》り越した次第で御座います」

「なるほど。上手く練られた策ですな。これが首尾よく進めば確かに大村侯をみすみすと幕府の手のうちに落とさずとも済みましょう。ただ拙者は朝廷工作が苦手でして、その方面は弊藩京都藩邸が担っております。藩邸の応接役に吉井幸輔なる者がおりますゆえ、その者に御相談なされば手を尽くしてくれましょう。明日、拙者は吉井に書状を書き、御貴殿に御渡し申しますので、それを持参なされて相談してみてくだされ。拙者も別便で吉井に手紙を書きましょう」

その夕、昇は西郷と酒を酌み交わして四方山話に盛り上がったが、とくに長州征討の終結に西郷が尽力したことの真意について、昇は確かめたいと思った。

「今は確かに国の内で戦をしているときではありませぬが、禁門の変で尊藩は幕府側に付いて長州軍を打ち破られたではありませぬか。何故《なにゆえ》長州の宥免を申し出られたのですか」

昇にとっては兄とも慕う桂小五郎の行方が知れず、その原因を作ったのが、目の前にいる西郷吉之助である。いわば仇であり、大村藩の帰趨を相談することとは別に、西郷吉之助の存念だけは確かめておきたかったのである。

昇の問いに対して西郷は、「幕府の狙いが判ったからです」と言ったので、昇は「幕府の狙いですか」と聞き返した。

「然様。幕府は長州の次は福岡藩と弊藩を滅ぼそうとしております」

「何と。それは真《まこと》ですか」

「間違い御座らぬ。幕府の狙いは昔の威厳を取り戻すことに尽きます。そのためには長州藩が邪魔でありましたが、長州征討で叩きました。次の狙いは福岡藩と弊藩でありましょう。両藩の力を削げば、西国には幕府に対抗する藩はなくなります。確かに、他にも肥前（佐賀）と肥後（熊本）がありますが、今のところ幕府に歯向かう素振りはありませぬ。要は幕威の回復には長州の次は弊藩と福岡を潰すことが肝要。その狙いが判明したゆえ、当方は先手を打って長州の力を削がぬように調停し、やがては薩福長の三藩連合を作り、幕府に対抗することを考えております」

これを聞いた昇は、壮大な企てだと感動し、自分の「一縄の策」にも通じるので協力したいと思った。

「長州には練兵館の兄弟弟子も多数おりますので、御手伝いできるかもしれませぬ」

「これは嬉しいことを申されます。拙者が長州に嫌われていることは当然のことながら、ここは日本のために薩長は一つにならねばならぬと考えております。されど、なかなかに人の心は難しく御座って、貴殿に仲介の労を取っていただければ、あるいは道が開けるかもしれませぬ。よろしくお頼み申し上げます」

「拙者にできることであれば、万全を尽くす所存です」

「尊藩は、長崎を扼《やく》する大事な藩です。こうしてお近付きできたのも慶事。これより、何かと頼りにすることも出て参ると存じます」

西郷はそう言って、今後、連絡を取り合うことを約束したのである。

ただ昇は、その前に参勤を止めることに全力を注がねばならない。失敗すれば、自分は死ぬつもりであるし、当然に西郷吉之助を手伝うこともできない。明日、吉井幸輔宛ての紹介状を受け取り、小倉藩に挨拶に出向いた後、すぐに京に上ろうと決めたのである。

昇は、その夜、大村の稲田東馬宛ての書状で、「これより、大坂藩邸に寄り、京に向かいますが、帰りは参勤の出立に間に合わないので、道中のどこかで合流します。仔細はそのときに話しますが、殿様にはよろしく伝えてください」と認《したた》めて送ったのである。

昇は吉井幸輔宛ての紹介状を受け取り、京を目指して三月三日に黒崎を船で出た。大村からの参勤は三月十五日に出立するので、一行が京に到着するまでには何としても参勤を中止する算段をしなければならない。今や唯一の頼みの綱が京の薩摩藩邸であった。

昇は播磨の室津に上がり、三月十日に大坂の大村藩邸に到着した。入京のための藩の御用手形をもらおうとしたのである。

ところが藩邸留守居の加藤勇は難色を示した。

「薩摩藩に周旋を頼むなど、とんでもない話だ。お主が勝手に膳立てしたことであって拙者は認めるわけにはいかぬ。さらに、今、伏見奉行所では胡乱な者の入京を取り締まっている。お主は、去年の伏見の船宿の一件を忘れたわけではあるまい。洛中も京都守護職の下で所司代と町奉行所が見回りを厳しくしている。また新撰組もうるさい。万が一の時に藩に迷惑をかけるつもりなのか」と加藤は言い、藩の手形を出そうとしなかった。

「では、長岡治三郎に会いたいのですが、今、何処にいるか御存じか」

前年、江頭家老らと上京した折、長岡だけは大坂藩邸に残って情報収集に当たっていたので、自分の代わりに薩摩藩邸に行き、吉井幸輔に相談してもらおうと考えたのである。

「長岡は藩の御用で京に遣り、殿様の参殿のためにあちこちと公家衆に周旋してもらっている。禁門の変で街が焼けたゆえ、参勤の一行の宿探しもせねばならぬ。殿様の参勤の途上での天機伺いの準備ということで、京都守護職も所司代も文句は言えぬのであろう。どうやら宿も決まったようであるゆえ、あと十日もすれば戻るであろう」と加藤は答えた。

しかし、十日も待ってておれない。このままでは埒《らち》が明かぬと昇は考えた。

「拙者はこれより帰り、もう一度殿様に申し上げますが、なかなかに難《むずか》しいと存じます。長岡が戻り次第、室津まで殿様を迎えに来るように伝えていただけますか」

と昇は頼み、これは加藤も承知した。

昇は帰りを急いだが、黒崎に着いたのは三月二十一日である。昇は参勤行列の一行がすでに大村を出立しているはずであるから、長崎街道の何処かで行き合うと考え、街道を下り、ついに福岡藩領木屋瀬《こやのせ》の宿で一行に出会った。

早速、昇は江頭家老らに、土方楠左衛門や加藤司書や西郷吉之助らと話し合い、いずれもが参勤の非を説いたことを伝えた。しかし江頭家老は、「すでに決したことである」と言い、藩主に言上することを拒み、そのうえで、「他藩の者に相談するなど、もってのほかじゃ。だが、お主のこれまでの仕事ぶりに免じて、このことは不問に付す」と叱るように言った。

そして、いつもは昇の理解者である東馬も、「昇。大坂まで行って戻ったとは呆れた奴だが、今さら、参勤を止める理由が見当たらぬ。粛々と参勤の途につくしかあるまい」と言った。昇は、「みすみすと幕府の手に乗るので御座るか」と食い下がるが、東馬は、「昇、口が過ぎる。殿が一番に苦しんでおられるのじゃ。我らは殿の御覚悟に殉ずるのみ」とだけ言って、昇を下がらせた。

その夜、昇は参勤奉行の土屋善右衛門と話した。土屋は昇の様子を見て言った。

「昇、まだ死ぬなよ。これしきの事で滅入るのはお主らしからぬ。江戸到着までまだまだ長い。ここで死なれては、お主の父に合わせる顔がない」

昇はこれを聞いて思い詰めていた自分に気付き、「そうだ。まだ諦めぬ」と気を引き締めたのである。

【五】天祐《てんゆう》

大村藩参勤の一行は、黒崎から船に乗り、四月三日に室津に着いた。室津の宿では長岡治三郎が昇を待っていた。

「昇殿の御懸念については加藤様から伺いましたが、拙者も心配です。されど、ここまで来ればもう引き返すことはできず、諦めるしかありません」

しかし、昇は諦めなかった。

参勤の一行は室津から陸行で京都を目指した。一方の昇は船で大坂に行き、藩邸留守居の加藤勇や長岡と共に京に上り、長岡が交渉した興徳寺に藩主一行が逗留できるように準備することを命じられた。というよりは昇がこの役を買って出たのである。

参勤の途上での天機伺いは幕府に届けて許可されているので、その下準備に行くことは御用手形を受ける立派な理由になる。つまり堂々と京に入ることができる。ただし、前回の上京の折の騒動で昇の名が京都所司代や伏見奉行所に知られ、思わぬ事態に遭うことも想定されるので、「大村藩、滝口大作」という変名を初めて使った。

興徳寺は御所の北西にあり、薩摩藩が藩邸を構える相国寺に極めて近い。西郷吉之助から預かった吉井幸輔宛ての書状を持って薩摩藩邸を訪れ、薩摩藩の力をもって御所警護の命令を宮中から出させて出府を止めさせるというのが昇の最後に抱いた策であった。

昇は京に入ると、興徳寺の準備は加藤と長岡に任せて、自分は薩摩藩邸を訪れた。吉井に会うためである。ところが、吉井と共に現れたのは西郷であった。西郷は黒崎で昇に会った数日後に藩船胡蝶《こちょう》丸で大坂に上り、その足で京都に入っていた。

「上京に手間取られた御様子で御座るが、如何されました」

と西郷は聞いた。昇は、一旦上京を試み大坂まで行ったが叶わなかったことを述べた。

「それは大変でした。我らも尊藩との誼は重要に思っておりますゆえ、吉井にもできる限りのことをするように命じております」と西郷は言い、吉井に話を促した。

「吉之助から仔細は聞いており、すでに堂上の方々に手を回してお望みの勅命が出せないかを打診しました。されど、公家衆は幕府と一橋慶喜侯の目を気にしておいでで、然様な命令は出せぬとの仰せで御座った。弊藩御親戚の近衛公の御力をもってしても難しゅう御座る」

「これで万策尽きたか。拙者の命もこれまで」

と昇は思い落胆した顔を向けると、吉井が、

「渡辺殿。貴殿の御意向に直接にお応えできぬのは残念でありますが、ひと月ほど出府を延引できませぬか。今、貴殿に事情を明かすことは叶いませんが、たとえば大村侯が急に御病気になられて大坂にて御静養いただければ、その間に、あるいは新たな事態が生まれるかもしれませぬ」

「無論、殿は御病気がちであるということで、これまで参勤を引き延ばして参られたので、今、ここで改めて御発病なさるのはあり得ぬことではありません。されど、理由《わけ》が判らぬままに大坂に下り、ひと月を待てと説得するのはなかなか難しく御座います」

「そこは薩摩を信じていただく他はありませぬが、吉之助からは尊藩を大事にせよと重々に仰せつかっております。決して根の無いことを申し上げるのではありませぬ。それどころか、今後、尊藩とは深い結びつきを持つことになると存ずるゆえ、いざというときは弊藩が表に立っ

てお守りします。その旨を大村侯にお伝えいただき、とりあえず、大坂にお戻りなさりませぬか」

「いずれにせよ、今は出府のときではありませぬ。幕府の手に乗るようなものです」

西郷もそう念を押したのである。

昇は真剣な眼差《まなざ》しで言う西郷らの申し出を信じることにして、薩摩藩邸を後にした。とりあえず西郷らの話を東馬に伝え、藩主に取り次いでもらい、それでも聞き入れてもらえねば自裁しようと決意したのである。

実は、吉井が昇に話したことにはちゃんと理由があった。直前の二月に薩摩の大久保利通と小松帯刀が上京し、薩摩藩と姻戚関係にある関白近衛忠熙《ただひろ》卿に働きかけて、長州藩主父子の江戸召喚の要求を一旦、止めさせ、文久の改革で実現した参勤交代の制の廃止を継続せよとの御沙汰書を朝廷から京都守護職に下していた。

とくに、参勤交代の復活は西国諸藩には脅威であった。ただでさえ諸物価が高騰しているなかで、各藩の財政は極度に悪化していた。また、大村藩が懸念するように、参勤で出府して来た藩主とその家族を人質にして、幕府が藩の人事や政治に介入する意図も明らかであった。一方の幕府にとっては、権力の復活に参勤は欠かせないばかりか、出府した地方藩の落とす金で成り立っている江戸の経済の立て直しにも参勤が不可欠であった。

また、思わぬところで参勤の復活を望む圧力もあった。それは江戸の奢侈《しゃし》な生活に慣れた藩主の妻女をはじめとする家族や女中たちである。藩主たちの妻女の多くは江戸以外の生活を知らず、突然の参勤の廃止と国元への家族の引き取りで片田舎にやって来ても環境が違い過ぎ、不平が溜まっていた。これは大村藩も例外ではなかった。

この御沙汰書を読んだ一橋慶喜は薩摩藩の陰謀を読み取り、受け取った京都守護職から朝廷に御沙汰書を返却させた。そして一旦、この問題は消滅したかのようにみえたが、大久保らは諦めず、老中本荘宗秀《ほんじょうむねひで》が上京した際に朝廷に呼び出し、改めて幕府に直接に御沙汰書を与えたのである。そして、御沙汰書に対する幕府の対処を約束させられた本荘宗秀が江戸に持ち帰ったので、幕府の答えがそろそろ出てくる頃であった。

無論、西郷らは詳細を昇に話すわけにはいかなかったが、小藩とはいえ海外貿易港の長崎を扼《やく》する大村藩を味方に引き入れておくことが重要であるとの理解は、西郷、大久保、小松らの対幕府主戦派の間に浸透していたのである。

大村藩参勤の一行が京に着き、御所北西部に位置する興徳寺に入ったのは四月十二日で、その五日前の元治二年（一八六五）四月七日に、孝明天皇は元治を慶応へと改元していた。

長岡治三郎の骨折りの甲斐もあり、四月十九日が天機伺いの日と決まった。昇は藩主が参内するまでは血で汚すようなことはしないと決めたが、吉井から伝えられた出府延引の策を側用人の東馬に話した。

「そのような、得体の知れぬ話を頼りに参勤を引き延ばすわけには参らぬ。さらに他藩との交渉事はすべて、執政会議の議の上で殿様が最後にお決めになるのが藩の決まりだ。薩摩藩との接触はお主の一存でしたことで、そのこと自体が重大な藩則違背。表に出れば切腹では済まされぬところじゃ。拙者は聞かなかったことにするゆえ、殿様にも話さぬ」

と東馬は取り合ってくれなかった。

その後、通告通りに四月十九日に天機伺いは無事に済んだ。天機伺いといっても、天皇に拝謁できるわけではなく、武家伝奏を通して藩主が来たことを伝えてもらい、何かの御言葉をいただければよいだけであるが、この時は、「嬉しく思う」との御言葉と天杯を下賜された。それだけでも大成功である。

次の日、興徳寺本堂に参勤の一行と大坂藩邸から手伝いに来ていた加藤勇以下の諸士が集まり、藩主から労《ねぎら》いの言葉をいただけることとなった。

ところが、この席に現れた藩主は思いがけぬことを言った。

「お主らの中に、このまま東下することに強く反対する者がいることは承知じゃ。されど、わが藩が置かれた事情からは、愚を知りながら術中に嵌《は》まるも已《や》むなしと考えての参勤であり、余は大村を出る折、二度と生きて大村には戻れぬと覚悟を決めておる。であるが、天機伺いが終わり、安堵したためか、俄《にわ》かに持病に襲われた。これより、直ちに大坂に戻り、しばし静養することとする」

そう宣言したのである。

集まった臣下たちは平伏しながらも一斉にざわついたが、藩主の宣言は江頭家老らの参勤推進の重臣たちも受け入れざるを得ない。

一方、昇は自分が念じたことが藩主に届いたと思ったのであるが、狐につままれた思いも同時にある。そこに東馬が来て低い声で言った。

「殿様がお主に、『命を無駄にするな』との仰せである。お主が自裁して諫止《かんし》する覚悟であるということを殿様にお報せしたところ、甚《いた》くお悲しみになられ、それが御決意の因となった。これが吉になるか凶になるかは判らぬが、お主に国の命運を賭けたのと同じこと。お主は幸せ者じゃ」

それを聞いた昇はその場で手をつき、「ありがたき幸せで御座います」と号泣したのである。

実は、藩主の決意の背景には、前日、参勤奉行の土屋善右衛門が家老らの宿所になっている旅館に東馬を呼び出し、「このままでは昇を殺しますぞ」と耳打ちしたことにある。

善右衛門は、昇が死をもって殿を諫めるつもりであることを東馬に話した。驚いた東馬は藩主にこのことを伝え、またその際に、昇が西郷と吉井に会って聞いてきたことも藩主に話したのである。

藩主の宣言の後、間もなく大坂へ引き返す準備が始まったが、心なしか皆の顔は明るかった。

また、藩主の持病である脚気が再発したために江戸に向かうことが難しくなり、一旦、大坂の藩邸に戻り静養するという内容の届けを、京都守護職会津藩主松平容保《かたもり》、京都所司代桑名藩主松平定敬《さだたか》、ならびに禁裏御守衛総督の一橋慶喜に出すことになった。

　これに合わせて、江戸藩邸に事情を報せ、幕府に申し開きをするために側用人の荘新右衛門を出発させた。新右衛門は参勤で出府し、そのまま江戸聞役に就任することになっている。江戸聞役は江戸家老に次ぐ地位であり、国元と江戸藩邸と幕府の間をつなぐ重要な役である。

　ところが、参勤の一行が大坂へ戻る準備をしている最中に、江戸藩邸から急使が来た。江戸に出した先触れの使者と東海道の桑名の手前で行き当たったので、京の宿所がわかったという。

　急使の用向きは、幕府から江戸藩邸に下された命令を伝えることであったが、その命令とは、

「長州再征の決定により、西国の諸侯は参勤途上であっても国元に帰り、幕府の出兵命令を待つようにせよ」というものであった。

　つまり、この幕命により、堂々と帰藩できるのである。これを聞いた藩主も家老らの執政陣も喜びと同時に力が抜け、参勤途上の緊張が嘘のように解《ほぐ》れたのである。大村藩にとってはまさに天祐、僥倖《ぎょうこう》であった。

　早速、興徳寺本堂に家臣たちが集められた。

「皆の者。江戸表より報せが参り、幕府の命により、これより我らは大村に引き返すことになった。直ちに、帰国の用意にかかり、明朝、出立じゃ」

　と、江頭家老が自分でも喜びを隠しきれない声で発令した。

　この命令を聞き、扈従《こじゅう》してきた家臣たちは喜び合い、なかには抱き合って涙する者もいた。

それを見て藩主も、自分だけでなく家臣たちがそれぞれ何がしかの覚悟を持って参勤の旅に臨んでいたことがわかり、目頭が熱くなった。ふと、本堂の隅に座る昇に目をやると、脱力したように俯《うつむ》いていたが、おそらく泣いているのであろう。

藩主は、傍《そば》にいた東馬に言った。

「昇の一徹が天に届いたな」

まさに、この藩主の言葉がすべてを物語っていた。「虎口を逃れた」のである。

【六】長州内乱と小五郎の帰還

四月二十三日、大村藩の参勤の一行は京を発ち、伏見から川を下り、神崎の津（尼崎）で船を降りて陸行で室津に至り、室津から船を雇い、下関海峡を経由して玄界灘を回って琴海（大村湾）に入った。

そして、参勤の一行の大半を大村に下ろし、藩主自身は大村には寄らずに時津に達し、そのまま長崎に出向いた。参勤から帰国した際に恒例となっている長崎奉行への挨拶を済ませるためである。そして、五月十五日に大村に帰還した。幕命での帰国であり、長崎奉行も文句は言えなかった。まさに大村藩は虎口を脱したのである。

また参勤で玄界灘の海路を使ったのは初めてであったが、下関海峡を抜けて時津まで二昼夜しかかからず、この航路の利用は、時間と経費の節約に絶大な効果をもたらすことがわかったことは大きかった。

このような劇的な幕切れとなった参勤騒動であるが、幕府が再征を決定した長州では何が起きていたのか。

最初の長州征討では、薩摩藩西郷吉之助（隆盛）や福岡藩加藤司書、月形洗蔵らが駆けずり回って戦争は回避されることになり、元治元年十二月二十七日に、長州征討軍の解兵の命令が総督府徳川慶勝《よしかつ》（尾張前々藩主）の権限で発せられた。この間、幕府は、長州藩主父子（毛利敬親《たかちか》と世子毛利定広）と五卿（三条実美、三条西季知《すえとも》、四条隆謌《たかうた》、東久世《ひがしくぜ》通禧《みちとみ》、壬生《みぶ》基修《もとおさ》）の江戸への拘引と処罰を主張していたのであるが、先に解兵の令が発せられたために、有耶無《うやむ》耶《や》な決着となったかにみえた。

しかしこの時期、長州藩内では佐幕（俗論）派と勤王（正義）派の間に内訌《ないこう》が生じていた。幕府への無条件の恭順を唱える佐幕派と、武備恭順（武装解除なしの恭順）を唱える勤王派が対立したのである。禁門の変の後、政務座役の椋梨藤太《むくなしとうた》らの佐幕派が萩で藩政を握り、九月には勤王派の首領格の周布政之助を自殺に追い込み、井上聞多《もんた》（馨《かおる》）に瀕死の傷を負わせ、家老の清水清太郎を失脚（後、切腹）させるなどしていた。

さらに佐幕派は、十月に藩主父子を山口から萩へ移して勤王派との接触を禁じ、勤王派執政の毛利登人《のぼる》、大和弥八郎、前田孫右衛門、渡辺内蔵太《くらた》を謹慎させ、山縣半蔵、小田村素太郎（文助改め、後の楫取《かとり》素彦）、寺内暢蔵《ちょうぞう》、高杉晋作を罷免した。また、十一月には、藩は幕府への降伏条件の履行のために、京に進軍した国司信濃、益田親施《ちかのぶ》、福原越後の三家老を切腹させ、さらに四人の参謀の斬首を行い、勤王派の弾圧を行ったのである。

この動きのなかで高杉晋作は、十月二十四日に萩を脱走して下関に行き、さらに十一月一日に福岡に逃れ、月形洗蔵らの助力で野村望東尼《もとに》の平尾山荘に匿《かくま》われた。しかし、三家老の切腹と勤王派の大粛清の報に奮起し、十一月二十五日に下関に戻った。そして、高杉は、山口から長府に移動し、集結していた奇兵隊、八幡《やわた》隊、膺懲《ようちょう》隊、南園隊、御楯《みたて》隊、尚義隊、忠勇隊などの諸隊に武力蜂起を働きかけた。

しかし、諸隊は萩の政庁と和議交渉中ということで動かなかった。とくに、最大勢力の奇兵隊は、高杉晋作が創設したにもかかわらず、軍監の山縣狂介（有朋）は慎重であった。毛利登人らの勤王派執政の復帰や武備恭順、諸隊に守られている五卿の安全を粘り強く藩政府に働きかけていたからである。

諸隊の動きにしびれを切らした高杉晋作は、十二月十五日になって、伊藤俊輔（博文）が総督を務める力士隊と石川小五郎が総督を務める遊撃隊の協力を得て、長府の功山寺に出向き、そこに逗留していた五卿に会って決起挙兵を報告した。そして、そのまま兵を率いて下関に移動し、資金集めをしたり、長州藩艦船を支配下に置いたりなどして、拠点作りをしていった。

他方、萩の藩政府は、長州征討軍の降伏条件の順守に躍起になり、十二月に入って勤王派の渡辺内蔵太、楢崎弥八郎、山田亦介《またすけ》、大和弥八郎、前田孫右衛門、松島剛蔵、毛利登人、宍戸真澂《ますみ》などを入獄させ、処刑した。また、数日後、家老格の清水清太郎も切腹させ、これにより萩には勤王派はいなくなった。

そして、追い打ちをかけるように、萩の政庁を握っている佐幕派が諸隊の解体を言い出して実力で諸隊を排除する動きをみせるようになると、諸隊も次第に藩政府に対して強硬になっていった。とくに、十二月二十八日に諸隊の解散命令が出ると、諸隊と藩政府との対決は決定的なものとなり、諸隊は藩政府に抗戦を宣言したのである。

十二月二十七日に下された長州征討軍の解兵の命令が長州に伝えられたのは二十九日であるが、年を越した元治二年（一八六五）一月七日に、萩と山口の中間点の絵堂で諸隊と藩政府軍が開戦し、さらに同十日からの太田の戦い、同十六日の赤村の戦いと続き、ここで高杉晋作も諸隊と合流した。

この間、諸隊は藩政府軍に勝ち続け、やがて、二月に佐幕派政府は壊滅し、勤王派の政府が樹立された。この長州新政府は、幕府が再三求めている藩主父子の江戸拘引の命令に従わないことを決め、武備抗戦の覚悟を固めたのである。

一方の江戸幕府は、京都から一定の距離を置いて伝統的な権力体制を取り戻そうとしていた。しかし、文久年間以降の尊王攘夷運動の嵐の中で、幕府自らが朝廷の権威を利用してきたことのツケは大きく、最早《もはや》、朝廷の承認がなければ幕府が単独で対外政策等の大きな決定をすることはできないという常識さえできつつあった。

こうしたなかで、最初の長州征討は幕府の力を誇示する起死回生の契機となるはずであったが、諸藩の軍勢を動員した大義は「朝敵」である長州を討つことであって、ここでも幕府は天皇の命令を実行する立場となり、上下の関係はより鮮明になってきた。

だが、征討自体は薩摩藩や福岡藩の宥免策により、長州藩主父子の江戸拘引も五卿の引き渡しも実現しないままのなし崩し的な曖昧な決着となり、幕府は無論のこと孝明天皇も、さらに一橋慶喜を中心に京都でまとまる一会桑《いちかいそう》（一橋、会津、桑名）勢力も不満であった。

長州征討は、幕府にとっては威信をかけての発令であったし、孝明天皇にとっては禁裏を侵《おか》し、京都の町を焼いた大罪人への懲罰を願っての勅令であった。無論、天皇の意向を体現しようとする一橋慶喜も中途半端な終戦は望んでいなかった。したがって、幕府として再征討がなければ「示しが付かない」状況に陥っていた。ここに、長州再征討が、朝廷、幕府、一橋慶喜の合意で決断された事情があったのである。

こうして、元治から慶応に改元された四月に、江戸幕府は尾張藩の前の藩主である徳川茂徳《もちなが》を先手総督に据えて将軍徳川家茂《いえもち》の大坂出陣の露払いとすることを発表した。そして、同月十八日に進発令が出され、諸藩は将軍の大坂出陣に合わせて出陣の準備に入ることを求められ、また参勤で出府途上の藩主もすぐに国元に帰り、追っての沙汰を待つようにとの幕命が発出されたのである。参勤途上の京都にいた藩主一行に、江戸の大村藩邸から伝えられた幕府の命令がこれであった。なお、将軍の江戸進発は五月十六日となる。

一方、長州でも大きな動きがあった。それは、禁門の変後、行方がわからなくなっていた桂小五郎が四月下旬に潜伏先の但馬から帰還したことである。長州では二月に諸隊が実権を握るが、立役者の一人である高杉晋作は、その開明的な思想のため攘夷派から命を狙われ、大坂、さらに四国に亡命した。また、高杉に同調した井上は九州に逃げ、伊藤も潜伏せざるを得ない状況であった。彼らはイギリスへの留学経験があり、すでに攘夷の考えは捨てていたために、攘夷を動機として幕府や海外勢力と戦ってきた者たちとの間に思想的な齟齬《そご》が生じていた。

このような指導者不足に陥っていたところに小五郎が帰還したのであり、藩主父子や執政、さらには諸隊の指揮者たちは喜んだ。小五郎は、人望、政治的実績、家柄、教養、さらには練兵館塾頭としての武の裏付けもあり、長州藩の将来を委ねるのに申し分のない人物だったからである。

小五郎は、早速、諸隊の正規兵化と藩庫に眠る積立金の武器購入への使用を藩主に献策し、これが認められ、五月には国政用談役に任じられ、さらに政事堂用人も兼務することになった。つまり小五郎は、藩政と軍制の両方に家老並みの権限を振るうことになったのである。また長州藩は、村田蔵六を大組士としたうえで軍の強化に当たらせることになり、用所役に任命した。村田蔵六は、軍制改革、武器調達、軍事訓練や教育等に手腕を発揮することになる。さらに、小五郎は藩外に亡命していた高杉や井上も呼び戻し、伊藤も重用し、藩の政治と軍事の立て直しに着手したのである。

第六章　討幕への道（鳥羽伏見の戦いまで二年四か月）

【一】薩長周旋の依頼

参勤で出府の途にあった藩主一行が京で幕府の帰国命令を受け、大村に帰ったのは慶応元年（一八六五）五月十五日であるが、昇は藩主の命を受けて、帰途、ひとりで大宰府に寄った。大宰府では、三条実美卿の家族から密かに預かった手紙を実美に渡し、土方楠左衛門らと情報の交換をした。

大宰府を出る時、昇は楠左衛門に伝言を頼んだ。

「此度《こたび》の参勤では、加藤司書殿にも心配をおかけしましたゆえ、本来であれば福岡に寄って、お礼を述べねばならぬところですが、生憎と、急ぎ大村に帰らねばなりませぬ。もし加藤殿とお会いなさる機会があれば、殿が無事に大村にお帰りになられたとお伝えいただけませぬか」

「実はこのところ、加藤殿がお見えになることも、便りもありませせぬ。御病気かもしれぬと、我らは心配しているところですが、お見えになったらお伝えいたします」

と楠左衛門は言い、そこで別れた。

昇が大村に帰ったのは、藩主一行が大村に帰着して十日後の五月二十五日であった。そして昇は帰国直後、先に任命された応接役を兼務したまま、藩校五教館武館の治振軒の取立（頭取）

にも任じられた。また同時に、兄渡辺清左衛門も応接役を拝命し、兄弟で応接役を務めるという珍しい人事となった。清左衛門は藩主らの留守中、対馬藩の内訌の調停に腕を振るい、目立った事績を挙げたことが評価されたのである。

さらに、昇には朗報が待っていた。

前年十月に元締の富永快左衛門が屋敷で何者かに殺され、その嫌疑が昇に向けられてから以降、藩としての正式の決着はついていなかったので、渡辺家のなかも何かもやもやとした落着かない雰囲気が漂っていた。しかし、昇の留守中の四月二十七日に、富永快左衛門の怪死についてて藩の正式の沙汰が下った。

藩の沙汰によれば、富永快左衛門には長崎での硝石買入れにあたって不正があり、また屋敷に闖入《ちんにゅう》してきた何者かに就寝中に殺されるという武士道に悖《もと》る死に方は許しがたい。これらの不行き届きのゆえに、家禄と屋敷を召し上げのうえ、嫡子に十五石の禄米を与えて身分を村大給に落とし、城下を所払いさせるという厳しい処分であった。これで事件は正式決着の扱いとなり、昇への表立った疑惑は拭い去られたことになったのである。

こうして身辺が落ちついた昇は、治振軒の取立として、次の閏《うるう》五月のひと月余りを藩士やその子弟らを相手に剣を指導して過ごした。昇は身をもって時勢がひっ迫していることを知っているため、剣の指導にも一段と気合が入っていた。

事実、閏五月末には、大坂藩邸から、長州再征討のための将軍の上洛と大坂城着陣の報せが届いた。しかも、その陣容は徳川の本気度を示す大規模なものであったため、これを知った藩内の佐幕派とみられる者たちが息を吹き返しそうな勢いである。

このような肝心なときに、昇は、自分の剣の腕に冴えがなくなったと感じていた。昨年来旅に出ることが多く、多分に鍛錬が十分にできていないためであろうと思い、治振軒での稽古の後は斎藤歓之助邸の微神堂で柴江運八郎、楠本勘四郎、中村鉄弥、根岸陳平といった勤王党の面々が集まって、激しい打ち合いをして一日を終えるのが日課になった。おかげで竹刀の振りにも自分本来の鋭さが戻ってきたと実感し始めたところである。

昇にとって、今はフクという妻もいるので、自邸で寛ぐことにも楽しみを見出してもよさそうだが、家庭に愛着が湧くことで自分の志が鈍ることをあえて戒めた。

留守が多く、フクが可哀想だとは思ったが、眼を瞑《つぶ》った。フクには子ができる兆候はなく、代わりに姪のフデが可愛い盛りで、足繁く昇の屋敷に来て愛嬌を振りまくので、フクも昇が留守のときに幾分でも気が紛れるらしい。昇もフデには眼を細めた。

六月二日、昇が治振軒で藩士の子弟を相手に朝から剣の稽古を付け、昼近く休憩のために師範席に座って汗を拭いているところに、藩会所から来客があるとの報せが届いた。至急ということで、稽古着のまま藩会所の御用部屋に出向くと、来客は大宰府からであった。

客は元土佐藩士の吉井源馬と名乗り、三条実美らを警護する土方楠左衛門を慕って脱藩し、今は大宰府に幽閉されている堂上方の衛士《えじ》をしているという。昇よりも五、六歳くらい年長であろう。

「吉井殿、三条卿の御使いで御座いますか」

「三条卿には御了解を得てのことですが、此度《こたび》は土方の命により罷《まか》り越しました。ただ、用向き上書状は持たず、口頭で伝えるようにとの土方の命ですが、よろしいでしょうか」

と、吉井は、あたりを憚《はばか》るように見まわした。

「心配は御無用です」

「されば、申し上げます。貴殿は、長州に桂小五郎殿が戻られたことは御存知でしょうか」

吉井は声を落として話し始めた。

「何と、小五郎様は生きておられましたか」

「桂殿は京の異変（禁門の変）以来、幕府の大罪人ですので、桂殿が戻られたことは、あくまでも外向けには秘密です。されど、帰藩早々、藩の重役に就かれ、幕府と一戦を交える御覚悟で支度に励んでおられると、土方が申しておりました」

「それは嬉しい報せです。すぐにでも小五郎様にお会いしたいと存じます」

「そのことですが、これよりが土方からの言伝《ことづて》です」

「伺いましょう」

「貴殿には、長州と薩摩との周旋を引き受けていただくわけには参りませぬか。つまり、長と薩で同盟を結ぶ仲立ちを願いたい、というのが土方の願いです。このことを貴殿に御願いするわけは、土方が貴殿を信頼していることに加え、中岡慎太郎も西郷吉之助殿が信に足る人物として貴殿の御名前を挙げられたと言っており、是非にお願いしたいのです」

「そのことであれば、かつて西郷殿にも、たとえ拙者が捨て石になろうと、薩摩と長州の橋渡しの役を買って出る所存であると申し上げましたが、いよいよそのときが参りましたか」

「実は、話は簡単では御座いませぬ」

吉井はそう言い、閏五月、中岡慎太郎が薩摩に行き、西郷が薩摩藩船で上京する途上、下関に寄って桂らの長州藩執政と同盟の話し合いに臨む段取りまででしたが、西郷が急に考えを変えて中岡のみを佐賀関に下船させ、自分は下関を素通りしたこと、十日以上も待った桂らは立腹し、薩摩に対する不信感が募っていること、さらに長州藩内は禁門の変での薩摩の攻撃で長州側に多くの犠牲者を出し、敗戦の元凶が薩摩であったことから、「薩摩憎し」で固まっていること、そして坂本龍馬が長州を同盟交渉に引き留めるために、薩摩藩が武器を購入しこれを長州に引き渡すとの対案を出したことを話した。

「はて、坂本龍馬とは如何なる御仁でしょうか」

「先だって、五月に貴殿が大宰府に参られた際、二日後に入れ違いで坂本が立ち寄ったのですが、坂本は、幕府が摂津に作った神戸海軍操練所で奉行の勝安房守（海舟）様の下で塾頭をした土佐脱藩士です。天保六年の生まれで拙者より若いのですが、なかなかの切れ者でして、剣の腕も立ち、江戸の千葉道場で北辰一刀流の目録も得ております」

昇は「千葉道場で目録」と聞き、坂本なる人物の剣の技量を推し量り興味が湧いた。

「この三月に幕府が海軍操練所を畳んだ折、勝様の依頼で操練所の塾生を西郷殿が薩摩に引き取ったのですが、その者たちの頭が坂本でありまして、先月、長崎に社中なるものを設け、外国からの武器の買い付けを薩摩に代わって引き受けようとしているのです」

「長崎で御座いますか」

「然様《さよう》です。その坂本が桂殿に、社中が薩摩の名義で武器を買い、それを長州に運び入れると約束したのです。無論、桂殿とて幕府との戦に勝つためには喉から手が出るような誘いですので、実際に外国の新しい武器を手に入れたところで薩摩との同盟を考えてみてもよい、と言ってくれたのです」

「それは吉報。で、坂本殿は長崎に戻られたのですか」

「いやいや、西郷殿をはじめ京の薩摩藩邸の執政らに、この取引の代金を長州の米で支払うとの条件で進める許可を得るために坂本は中岡と共に京に上りました。ただ、坂本が長州に向かうために大宰府に立ち寄った際、貴殿の話が出て、江戸遊学の折、貴殿の剣の御高名を聞いたということで、坂本が貴殿に会いたいと申しておりました」

「お話を伺いまして、拙者も坂本殿と会いたくなりました。長崎に作った社中なるものも気になりますので、拙者の方から会いに行きましょう。ところで、土方殿の言伝は承知で御座るが、もう一つ、合点が参らぬことがあります」

「如何なることで御座いますか」

「そのような大事を何故に拙者に頼まれます。無論、西郷殿には尽力するとお約束しましたが、薩摩にせよ、長州にせよ、福岡藩とは親密なはず。加藤司書様らが仲立ちすれば、より順調に交渉が進むのではありませぬか」

「実は、土方もそれを考えました。されどこのひと月余り、福岡藩の様子が奇妙でして、大宰府の警護の兵は我らに刺々《とげとげ》しく敵対するようでもあります。これを見かねて、薩摩藩の詰め所には国元から増援の兵が来ており、今は両藩が対峙しているような有様です。黒田山城様、加藤（司書）様、月形洗蔵様らも、以前は足繁く三条卿へ拝謁に参られましたが、このところ音沙汰もありませぬ。それゆえ、土方も大宰府を離れることができませぬ」

昇は福岡藩の情勢に合点がいかぬまま、「そうですか」と言うしかなかった。

「大宰府にお帰りになったら、三条卿やその他の堂上方、また土方殿にもよろしくお伝えください。長州との件、微力ながら拙者も尽力仕《つかまつ》ります。とりあえず拙者は長州に出向き、小五郎様に会って薩摩との同盟の要なることを説得したいと存じます。首尾については、長州から帰る途上で大宰府に立ち寄り、お話しいたします」

「忝《かたじけな》い。貴殿の御言葉を確《しか》と土方にお伝えいたします」

と言い、吉井は大宰府に帰ったのである。

【二】長州潜入

吉井が辞去した後、昇は早速、側用人の稲田東馬に長州行きを相談するために城に上がった。長州と薩摩の同盟を周旋するというのは、幕府に対する明らかな敵対行為である。したがって藩内の佐幕派に漏れれば、長崎奉行所に通報されることもあり得る。とはいえ、昇が単独で動ける類の問題でもない。この問題に関わるには、少なくとも藩の上層部、できれば藩主の了解が必要であった。

「昇、随分と火急のことのようじゃが、どうしたのだ」

稽古着のまま城に上がった昇を見て、東馬は聞いた。昇は吉井の用向きを東馬に話した。

「容易ならぬことだが、すでに勤王は藩是。行きがかり上、何とかせねばなるまい。されど、お主の動きが幕府に察知されれば、殿様も大村藩もただでは済むまい。殿様に伺いを立てるゆえ、ここでしばし待て」

そう言って、東馬は奥の書院に入った。

小半刻ほどして、ようやく東馬は戻ってきた。

「殿様の御許しが出た。ただし、累禍を藩に及ぼさぬよう注意してかかれ。藩内でも他言無用。さしあたりお主に、先だっての天機伺いの御礼で朝廷に献上する品の目録と殿様の書状を大坂藩邸まで届けてもらう。その旨の通行手形を出しておくが、帰国の道中はお主の勝手じゃ。いざというときには、お主が脱藩して勝手にしたこと、藩は与《あずか》り知らぬ、ということにする」

「藩は与り知らぬ」とは、無論、幕府側に捕縛されるなどの窮地に陥った場合は、自分で決着するしかないことを意味する。

「承知しております。ところで、長崎に土佐藩の脱藩士らが社中なるものを作り、薩摩藩に代わって武器の買い入れをすることになったようですが、如何様《いかよう》なことをしているのかを長崎藩邸を通して調べていただきたく存じます」

「急いで長崎に指示し、調べさせよう」

「ところで、吉井殿から聞き捨てならぬことを聞きましたが、福岡藩で何か異変が生じたのではないかと存じます」

と言って、昇は吉井から聞いた大宰府で起こっていることを話した。

「騒動か何か起きたのか」

「判りませぬ。されど、探りを入れた方がよろしいかと存じます」

「そういうことであれば、同盟を結んだ相手でもあり、探ってみなければならぬ。大坂に行く途中福岡に寄って、黒田（山城）様か加藤（司書）様に会ってみたらどうか」

「承知しました。福岡に寄ることにします」

「それにしても、お主はいくつ命があっても足りぬようだのう。長州では将軍の進発のことも聞き及んでいるであろうゆえ、厳重な警戒をしているはずじゃ。長州入りが難しいようであればば無理をすることはない。命を粗末にしてはならぬぞ」

六月六日、昇は大村を出て、三日後には福岡城下に着いた。城下の入り口の関戸で大村藩の通行手形を見せて中に入ろうとしたが、関戸の役人は、「他国の者が入ることはなりませぬ」と、いくら昇が黒田山城や加藤司書の名を挙げても、また取り次ぐことさえも頑《かたく》なに拒んだ。

結局、昇は城下に入ることを諦めた。博多の宿で大村の東馬に手紙を出し、福岡城下に入る関門は藩外の者には厳しく閉ざされ、藩の内部事情が全く掴めなかったこと、そのためにそのまま大坂に向かうことを伝え、次の日に博多を発ったのである。

昇は小倉藩大里《だいり》の港から兵庫津まで行く船に乗る前に、対岸の下関へ渡る便を調べたが、幕府の長州再征の決定後、大里だけでなく、黒崎や田ノ浦など、下関に渡る船のすべてが禁じられ、長州側も門戸を閉ざしているために渡れないという。ということは、大坂から帰りの船で大里に着いても長州に入れないため、別の方法を見つける必要があることがわかった。

そこで、兵庫津に行くために乗った船の船頭に下関に行く方法を聞くと、安芸蒲刈島三之瀬(現在、呉市)から、岩国、三田尻(現在、防府市)、さらには下関方面への便があるはずだということ。確かに、大里は譜代大名の小倉藩領だが、芸州(広島)と長州は仲が良く、船便もあるかもしれないと昇は思った。

こうして、昇は大坂藩邸で用務を果たしてからの帰り、三之瀬で船を乗り換えた。たとえ下関まで行けなくとも、岩国あたりまで行けば陸行でも長州に入れると思ったのである。しかし、昇が乗った船は西からの強風に煽られて周防灘を横切ることができず、夕刻、風待ちのために上の関（現在、山口県上関町）の港に入った。

船頭らは、戦争が近いということで、長州藩内の港は警戒が厳しく、上陸は許されていないと言う。しかし、六月下旬（新暦七月）のことで、汗かきの昇は船内の暑気に耐えきれず、外の空気を吸おうとして甲板に出た。

丁度その時、船着き場にいた七、八人の奇妙な格好をした男たちが、舟板を渡って乗り込んできた。皆、刀を差しているが、侍の挙動ではない。着ているものも、野良着のような端折《はしょ》り着で、一様に白い鉢巻きをし、手には槍を持ったり、中には鉄砲を持ったりしている者もいた。

そのうち、唯一、侍の格好をした男が昇に対して、「お主は何者だ。怪しい奴」と言うなり刀を抜き、他の男たちも昇を取り巻き、「幕府の間者だな」と、今にも襲い掛かろうとした。

「待て。拙者は桂小五郎殿に会いたいのだ。抗《あらが》いはせぬ」

と昇は言って、手に提げた刀を侍らしい男の前に出した。

「拙者を斬るなら、桂殿の前で斬れ」

その男は、桂小五郎の名を出されて怯《ひる》んだようで、「ともかく、船番所に連れて行く。船を降りろ」と言った。

「降りるのは構わぬが、船番所を差配するのは誰だ」

練兵館で多くの長州藩士と知り合いになったので、もしかしたらと思ったのである。

「太田要蔵様だ」

「太田市之進を知っているが、親戚か」

「太田市之進様は御嫡男だ」

「太田市之進はここに来ているのか」

「煩《うるさ》い奴だな。市之進様は船番所においでだ」

「それならば、市之進に大村藩の渡辺昇が来たと伝えてくれ」

男は、部下らしい者に「市之進様をお連れしろ」と命じて、昇に対して、「少し、お待ちくだされ」と、遜《へりくだ》ったような口調に変わった。

やがて、夕暮れの薄闇のなかを数人が駆けつけて来て、先頭の男が昇を認めるなり、「渡辺様」と叫びながら舟板を上がってきた。昇は「市之進か」と言う間もなく、市之進に抱き付かれた。昇も市之進を軽く抱き返し、「達者なようだの」と言うと、市之進は、「渡辺様。驚きました」と言って腕を離し、男たちに向かって言った。

「江戸練兵館道場の桂様の次の塾頭、渡辺昇様じゃ。お前ら、斬られずに済んで幸いに思え」

太田市之進は、昇が練兵館に入門した時に、館長斎藤弥九郎が昇の腕試しに最初にぶつけた相手であった。結果は、手合い数回の後、昇の突きがまともに市之進の喉元に当たり、市之進は失神してしまった。長州藩でも暴れん坊として有名な市之進にとっても失神は人生初めての経験で、蘇生した市之進はそれ以降、昇を兄のように慕い、どこにいても二人は一緒であった。桂も昇も、「みっともないから止めろ」と言ったが、市之進は「渡辺様のおかげで剣の神髄が会得でき申した」と言って、人が何と言おうと昇について回った。昇との稽古が地力になったらしく、市之進は昇の次の塾頭となった。

さて、船番所で市之進は、「渡辺様。何故に長州まで」と聞くので、昇は「桂殿が帰国されたと聞いて、会いに来たのだ」と言ったが、薩摩との同盟を進める話はしなかった。

「それにしても、お主の部下は荒くれ者が多いのう」

「御楯《みたて》隊と申します。高杉晋作殿が作った奇兵隊と同じく、出身を問わず、勤王を目指す者たちを二百名集めました。侍顔《さむらいかお》の藩士らよりは、余程頼りになります。先程、渡辺様に刀を突き付けた男は山田市之允《いちのじょう》（のち、顕義《あきよし》）と申しまして、この男は藩士です。百戦錬磨の根っからの勤王の志士です。今は拙者が総督で、名前も御堀《みほり》耕助と名乗っています」

「御堀耕助か、覚えておこう」

「桂様は山口か下関かのいずれかにおいでであろうと思われますが、二度と失礼がないように通行手形をお渡しします。何しろ幕府軍の来襲が近いというので、藩内が殺気立っております。下関までいらっしゃれば、桂様とはお会いできると存じますが、下関までの道案内には隊員をお付けしますので御安心ください」と言った。

その夜、二人は上の関の料理屋で明け方まで酒を飲みながら、練兵館での思い出や禁門の変や現下の時勢などを語り明かした。しかし、市之進の話の端々に出てくる「薩摩憎し」の言葉で、昇は薩長の同盟を周旋する話をすることができなかった。

その朝、風も凪《な》いだので、昇は乗って来た船で下関まで行くことになった。船まで見送りに来た市之進が真剣な眼差しで、

「渡辺様。もし今度の戦で敗れたら、拙者は生き恥を晒《さら》すつもりはありませぬ。死ぬときは渡辺様の刀で死にたく存じます。渡辺様の脇差とこれを替えていただくわけには参りませぬか」

と言って、自分の脇差を抜いた。太田家に伝わる備前刀だという。

「万が一、死に目に遭ったときは拙者の介錯だと思い、これを使え」

昇もそう言って自分の脇差を抜いて渡しながら、

「されど、死ぬなよ。大村には島が多い。匿《かくま》う場所には事欠かぬゆえ、逃げて来い。そのときにこれを返す。また会おう」

昇は受け取った脇差を腰に差し、市之進の手を固く握ったのである。

【三】小五郎との再会

六月二十四日、無事に下関に着いた昇は、太田市之進が案内に付けた御楯隊の隊員の先導で

番所に行き、指定された宿、腰綿屋《こしわた》に泊まることになった。また、案内した隊員は市之進から指示されていたらしく、すぐに桂小五郎を探してくれ、すでに夜であったが、宿で待つようにとの小五郎からの伝言を持ってきた。

半刻後、小五郎からの使いが宿に来て、以前下関に来た際に世話になった白石正一郎の店まで案内した。白石は昇を快く迎え、奥の離れまで案内した。そこで白石と話していると、しばらくして小五郎が現れた。

部屋に入るなり、小五郎は座っていた昇が姿勢を正す間も与えず、右膝をついて昇の両肩に手をやった。

「渡辺君《くん》。息災だったか」

「小五郎様こそ、御無事で何よりで御座いました」

と、昇は小五郎を見上げて言うが、涙が出て、言葉が続かない。小五郎とは三年ぶりであったが、以前の快活な面影が消えてしまったような気がして、なおさら目頭が熱くなった。

「泣くな。俺はこの通り、生きている」

小五郎はやはり泣きそうな顔をして、二人はしばらく見つめ合った。

「小五郎様は京都の戦で亡くなられたものと観念しておりましたが、このように、再びお会いできまして、心から嬉しく存じます」

「正直、幾度か諦めかけたこともあるが、何とか国に戻れた。桂小五郎は死んだことになってはいるが、幕府のお尋ね者であることに変わりはない。よって、殿様から木戸貫治という名を頂戴している。お主も、桂小五郎の名は忘れてくれ」

「然様ですか。されど、拙者には、あくまでも小五郎様です」

と昇は言い、二人は笑った。この様子を見ていた白石は、

「お二人様は余程の強い絆で結ばれていらっしゃるようで、私めももらい泣きしそうで御座います。今夜は、こちらに酒肴を御用意いたしますので、ごゆるりとお過ごしくだされ」

と言って部屋を出ようとした。すると小五郎は、

「白石殿。ついでに、谷と伊藤を呼んでもらえぬか」

と言い、白石は頷いて部屋を出て行った。

「渡辺君。お主は拙者に会いたいというだけでここまで来たのではなかろう」

と、小五郎は話を変えた。

昇は「君」と呼ばれたことに新鮮な響きを感じながら、

「実は、その通りです。今月の初め、大宰府の土方楠左衛門殿の使者で、吉井源馬という元土佐藩士が大村に参りまして、長州藩と薩摩藩との同盟を拙者が周旋してくれとのことで御座いました」と言った。

「然様か。されど、わが藩の多くの士は昨年の京での薩摩の仕打ちを忘れてはおらぬ。会津以上に薩摩が憎いのだ。渡辺君は知っているだろうか。わが藩士も諸隊の者たちも、下駄の裏に

「薩賊会奸《さつぞくかいかん》」と墨書し、毎日これを踏みつけて復讐を念じているほどだ。薩摩と同盟を結ぼうとしても、なかなか皆の同意は得られぬ」

「事情は察しております。吉井殿の話では、土佐脱藩士の坂本龍馬なる御仁が長崎で薩摩藩の名義で外国の武器を買い入れ、これを長州藩に回送することを申し出たということですが、これが叶えば、同盟に進まれますか」

「確かに、幕府が集めた諸藩の兵と戦うために外国の武器が欲しい。さらに、坂本君が言うように、薩摩と同盟を結べれば心強いことは確かだ。よって拙者も、藩を率いて戦うために、恨みを呑み込んで薩摩との同盟を検討することに同意した。だが、薩摩の真意が掴めぬ。再び裏切られるかもしれぬという疑いを拭いきれぬ」

「されど、実際に武器が手に入れば、その疑いも消えるのでは御座いませぬか」

実は、小五郎は家禄百石の大組に抜擢されて軍制の改革に当たっていた洋学者村田蔵六（大村益次郎）から、螺旋溝（ライフル）銃を大量に調達できれば、幕府の軍勢に対抗できると聞かされ、この銃を大量に入手できないかを模索していた。

村田の話では、この銃一丁で、槍と刀の兵なら十人を相手にできる。火縄銃やゲベール銃なら十丁を相手に戦えるという。しかも雨風に左右されず、五町（約五百メートル）先の敵を狙って当て、二町先であれば正確に殺すことができる。弾込めも三倍早いので、この銃二十丁を持つ兵を一列に伏せて構えさせれば、五町先から押し寄せる三百人の敵が残り一町先に迫るまでに半減させることができる。敵が怯んで立ち止まれば、威力はそれ以上となると、村田は計算の根拠を説明しながら、小五郎に熱っぽく語った。

小五郎自身も火縄銃やゲベール銃の射程が二、三町程度で、正確に当てるとなると、せいぜい半町先程度に落ちることは知っているので、計算の意味もわかったのである。したがって、村田自身も青木群平という長州藩士を長崎に遣り、買い入れをしようとしたが、長崎奉行所の妨害で失敗していた。

さらに、高杉晋作は幕府が持っている洋式の軍艦に対抗する軍艦が絶対に必要だと小五郎に言っていたので、これも買い付けができないかを方々に探らせていた折であった。

「然様。薩摩の誠意の証が、長崎での武器の買い入れとわが藩への引き渡しだ。同盟に対するわが藩の者たちの同意を得るには、これが絶対の条件。わが藩からも長崎に人を遣り買い付けようとしているが、幕府の眼が厳しく、外国の商人からは門前払いだ。今、坂本君と中岡君が京に上がり薩摩と交渉しているが、未だ結果は判らぬ。拙者も待っているところだ。今のところ、新しい武器を手に入れるには、坂本君らを介して薩摩に頼るしかない」

丁度そのとき部屋の外から、「お二人がお見えで御座います」という白石の声がした。襖を開けて入ってきたのは、高杉晋作と伊藤俊輔であったが、二人とも頭巾を被っており、それを外して初めて、昇は二人が誰だかわかった。

二人は座り、高杉が軽く会釈して、「渡辺殿。お久しぶりで御座る」と言うと、後ろに座った伊藤俊輔も、「伊藤で御座います。練兵館で剣の手ほどきを得て以来でありますので、随分と経ちましたが、渡辺様にはお変わりなく」と、丁寧に礼をして挨拶した。

昇は、二人に会うのは江戸以来である。かつて小五郎の足軽であった伊藤は、小五郎の計らいで士分に取り立てられ、武士らしくなるためには剣術は不可欠であると小五郎に諭されて練兵館に通うことになった。そのときの塾頭が昇であり、伊藤に剣を教えたのである。

「ところで、その格好は如何なされた」

冬でもないのに頭巾を手にした高杉らの姿に少し驚きながら、昇は挨拶を返した。

「二人は、藩内の訳のわからない連中に付け狙われているのだ。そのために、晋作は谷何某《なにがし》とかの変名で藩外に逃げざるを得なかった。また伊藤も、女房とは違う女の家に隠れていたのだ」

と小五郎が言った。

高杉は上海に行き、海外勢力の圧倒的な武力と植民地化された清国の民の哀れな姿に衝撃を受け、富国強兵こそが日本を救う道だと悟り、そのために貿易を盛んにする必要があるとして下関を開港地にしようとした。そこで、考えを共にするイギリス留学帰りの伊藤と井上聞多《もんた》を巻き込んで藩の上層部に働きかけたのであるが、下関は長州藩の支藩である長府藩と、さらにその支藩である清末《きよすえ》藩の領地であり、その藩士の怒りを買った。また、攘夷を変節したとして、本藩の攘夷派の藩士らからも恨まれ、暗殺されそうになったのである。

そのために高杉は、最初は近畿、さらに四国に逃げ、また伊藤は雲隠れ、井上は九州に逃げていた。そこに小五郎が帰国し、高杉らを藩政に登用する必要があるとして、彼らを付け狙う藩士や攘夷を唱えて長州に流れてきた浪士らを小五郎が説得してやっと高杉と井上が帰国でき、伊藤も小五郎の手伝いをすることになった。それでも、彼らは襲われる危険が残っていたので、夜は極力、外出を避けていたのである。

「高杉君も伊藤君も、薩摩との同盟には賛成だ。無論、これを藩内で広言すれば、また命を付け狙われることになる。これがわが藩の実情だ」

と小五郎は昇に言い、高杉と伊藤に向かっては、

「渡辺君は大宰府の公卿方の意向で拙者に会いに来た。公卿方は本藩と薩摩藩との同盟を望んでいるようで、渡辺君にも力添えを頼んだようだ」と教えた。

「坂本殿にも言いましたが、拙者は薩摩と組むことに拘りはありませぬ。ともかく、薩摩が船と鉄砲と大砲を持ってきてくれさえすれば、幕府の軍を蹴散らしてみせます。いずれにせよ、幕府に勝つのが先決。その後、薩摩が気に喰わねば、薩摩と一戦を交えれば済むことです。木戸殿は難しく考え過ぎです」

高杉は笑いながらそう言い、やり取りを聞いていた伊藤も大きく頷《うなず》いた。

「拙者も、高杉殿に同意です。畏れながら、現状では尊藩のみで幕府の大軍勢に立ち向かうことは難しいと存じます。武器買い入れが薩摩の力で叶えば、同盟を結んでもよいとの仰せであれば、拙者は、急ぎ長崎に出向き、坂本殿の武器の買い入れと尊藩への運び入れが滞りなく進

むように手を尽くして助力します。それが勤王のため、日本のためと考えるからです」

と、昇は自分の考えを述べた。

高杉と昇に説得され、小五郎は「武器が手に入れば考えてみよう」と言うが、やはり小五郎には、京での戦闘で多くの藩士を失った記憶が残っているのか薩摩を信頼できないようで、歯切れは悪かった。しかし、昇に約束した。

「武器が手に入れば、薩摩との同盟を進める」

「そのお言葉を伺い、こちらに来た甲斐がありました」

昇は嬉しさを隠しきれず、小五郎に言った。

ところが、昇が下関に来て二日後、小五郎が昇の宿を訪れた。

「君は明朝にでも下関を出立した方がよい。物騒な連中がこの周りをうろうろしている。君の剣の腕は折り紙付きだが、多勢に無勢だ。朝、暗いうちに発って、田ノ浦に渡れるように人を寄こすゆえ、帰国してくれ」

「どのような連中で御座いますか」

「長府藩の攘夷党だ。どうやら、君が薩摩との盟約の話を持ってきたことが、どこからか漏れて、とんでもないと怒っているらしい」

「わかりました。拙者も、こちらで面倒を起こしたくは御座いませぬので、仰せに従いますが、薩摩の件、約束をお忘れなく」

「京に出ている坂本君と中岡君からの連絡次第だ。薩摩が武器の買い入れに応じ、事実、武器が手に入れば、当藩も盟約を考えることにする」

「忝く、存じます。」

「君とは、今後、密に便りをやり取りすることにしたい。よろしくな」

六月二十七日の早朝、まだ薄暗い中、小五郎の配下の侍が一人の漁師を連れて宿に昇を迎えに来た。その漁師は対岸の大里ノ浦に住んでいるといい、小倉藩の警備兵に見つからないように昇に蓆《むしろ》を被せ、潮止まりの海峡を手漕ぎの船で大里の港に近い瀬に渡してくれた。次に来るときにも、その漁師を訪ねれば下関まで渡すということであった。

【四】福岡異変

昇は、大里から大宰府までの二十五里近くを内野宿に泊まっただけで一気に歩いた。大坂の藩邸に行ったときに、幕府が福岡藩に五卿の引渡しを頻《しき》りに要求していると聞いたし、自分が感じた福岡藩の怪しげな情勢からしても、五卿の安否が気がかりだったからである。

六月二十八日の午後遅く大宰府に着いてみると、参道の入り口は物々しい雰囲気であった。昇が大村藩の通行手形を福岡藩の陣屋の番士に見せても刺々《とげとげ》しさを隠さないし、陣屋を抜けると、五卿の幽閉所の周りは薩摩藩の旗印で満ちていた。なるほど、吉井源馬が言っていたのはこのことかと合点したのである。

幽閉所の入り口の番屋には、前に来た際に紹介された薩摩藩篠崎彦十郎がいた。篠崎は五卿を守るために薩摩藩が設けた詰め所を差配している。篠崎は薩摩示現流の達人だということで、昇とは剣の道に進む者同士の気心が通うところがある。

「篠崎殿、お役目御苦労です。三条卿らにお変わりは御座いませぬか」

「これは渡辺殿。先月、国元より増援が参りまして、公家衆に指一本触れさせてはならぬと、西郷様の強い下知がありました。さらに、鉄砲隊と野砲も届きました」

「福岡藩の動きは如何ですか」

「このところ解せぬことが続いておりましたが、その訳がわかりました。どうやら、黒田山城様は隠居、加藤司書様はお屋敷に蟄居、月形洗蔵殿は親類預け、他の加藤様の側近衆も姿を見せぬので調べましたが、入牢《じゅろう》か何かの処分を受けているようです」

「そのように多くの方々が処断を被ったのは、何故《なにゆえ》ですか」

「詳しいことはわかりませぬが、黒田長溥《ながひろ》侯の御勘気に触れたとのことです」

これを聞いた昇は動揺を隠せず、土方楠左衛門を探して五卿の幽閉所に入っていった。衛士たちの控えの間には吉井源馬がいたので会釈すると、吉井が出てきた。

「大変なことになりました。福岡藩の騒動については、昨日聞いたばかりで、福岡藩の陣屋に聞きに行っても、『知らぬ、存ぜぬ』の一点張り。仕方なく、今、土方は福岡に出ています」

「加藤様も月形洗蔵殿も退けられたというのは、ただ事ではありませぬ。拙者も急ぎ大村に帰り、事の次第を伝えねばなりませぬ。黒田侯の御勘気に触れたと篠崎殿は言われるが、それくらいで、福岡藩の執政の皆様が幽囚の憂き目に晒されるような事態になるとも思えませぬが」

「我らも寝耳に水でして、詳しい事情は土方が帰ってから判明いたしましょう。ともかく、三条卿らは御心配されております」

と吉井は言い、昨日から薩摩藩の兵と衛士たちとが一緒になり、夜も松明《たいまつ》と篝火《かがりび》を焚き、臨戦態勢で五卿の宿所を守っているという。福岡藩の心変わりにより、五卿を幕府へ引き渡す動きに出ることになるかもしれないからである。昇も、その日は徹夜で宿舎の警衛に当たった。

慶応元年は乙丑《いっちゅう》の年であるために、後に「乙丑の獄」と呼ばれることになる福岡藩の内訌については厳しい緘口《かんこう》令が敷かれ、事件の詳細はほとんど外部には漏れなかった。

藩主黒田長溥は、薩摩藩島津家第二十五代当主で第八代藩主の島津重豪《しげひで》の側室の子として生まれ、黒田家に娘婿として養子入りし、福岡藩第十一代藩主となった。父重豪に似て西洋文物に憧れ、蘭癖《らんぺき》大名とも称された。当然に開明的で、公武合一の立場から、天皇の下で雄藩が力を合わせて幕府の政治体制を立て直そうとした。

ところが、第一次長州征討で、加藤司書らの福岡勤王党が薩摩藩と協力して長州宥免と五卿の保護を図り、結局、長州の処分を曖昧なままに征討軍の解兵に至った。また、五卿を福岡藩が預かる形となったばかりでなく、五卿を護るために全国から集まった衛士まで、長州から引き連れてくることを許した。

この決着に対して、長州を朝敵として成敗の勅を出した孝明天皇は納得せず、また天皇に近い一橋慶喜や会津藩や桑名藩（一会桑）、さらに幕府の主戦派からも異論が出て、事態の責任を黒田長溥が問われていた。これに追い打ちを掛けたのが長州再征討の決定であり、福岡藩内の佐幕派は勢いづいた。

そうしたなかで、勤王党の急進派が刃傷沙汰を起こし、これをきっかけにして藩内佐幕派が勤王党弾劾《だんがい》の動きに出たのである。弾劾の理由が、福岡東部の犬鳴《いぬなき》山系の谷に建設中の藩主の別邸、犬鳴御殿に藩主を閉じ込めて、勤王党が藩政を掌握し、養嗣子の黒田慶賛《よしすけ》を藩主に据えて討幕の狼煙《のろし》を上げようとしているとの讒言《ざんげん》にあった。

これに対して黒田長溥は立腹し、勤王党の主要な人物をことごとく職から遠ざけ、合わせて謹慎を命じたり、獄につないだりした。そして最終的には、百五十人ほどの勤王党藩士が、切腹、斬首、遠島の刑に服することになる。

無論、大宰府で福岡藩の内訌を察知した頃、まさかこのような深刻な事態であるとは誰も思っていなかったが、土方楠左衛門が福岡から帰り、「福岡藩の勤王は潰れました」と一言、口にしたことがすべてを物語っていた。昇は、一刻も早く大村に帰り、このことを報せる必要があると思った。そして昇は、長州での桂小五郎への説得の結果を楠左衛門らに伝えた。

「小五郎様は、京に上った坂本殿と中岡殿からの連絡を待っておられましたが、もし、武器の買い入れに薩摩が助力してくれるのであれば、盟約を考えてもよいと仰せでした」

「忝い。御苦労をおかけ申しました。あとは、坂本らが西郷殿らを説得してくれればよいのですが。いずれにせよ、二人には同じ土佐藩の楠本丈吉（本名、谷晉《すすむ》）を付けているので、そろそろ、楠本だけでも戻ってくるのではないかと存じます。戻れば、貴殿にもお報せいたします」

と楠左衛門は言った。

昇はその後、七月二日に大宰府を出て、三日目の朝、彼杵《そのぎ》宿に着いた。そこから大村に向かおうとするところで、偶然に兄清左衛門が大村方面から馬で来るのに出会った。

「兄様。一体、何処《どこ》へ行かれます。福岡藩で大変なことが起きております」

「大村でもそのことを聞き及び、殿の命により、これより拙者が事情を探りに福岡に行くところじゃ」

「その要はありませぬ。拙者が大方を掴んできました」

と言って、昇は大宰府で聞いたことを清左衛門に話した。

「昇。お主は、これより大村に帰り、そのことを伝えてくれ。拙者はこのまま平戸に行き、福岡藩の異変を報せる。福岡での探索からの帰路に平戸に寄るところであったが、お蔭で手間が省けた」

平戸藩と大村藩とは、有事に共同行動をとるとの盟約を結んでいた。そのため、大村藩が福岡藩と盟約を結んだことで、自動的に平戸藩も福岡藩との盟約に組み込まれていた。したがって、清左衛門が応接役として、平戸藩に福岡藩の異変を伝えに向かったのである。

昇は大村に昼過ぎに帰着した。ほぼ、ひと月の旅を終えて大村に帰ったのだが、帰国した足で登城した。

まず、昇は側用人の稲田東馬に会った。

「兄上に彼杵宿で会いました。福岡藩の事情は拙者が掴んでおりますゆえ、拙者から伝えるようにとのことで、兄上は平戸に回りました」

昇は言うと、大宰府で得た情報や自分が長州潜入前に福岡を訪ねた際の出来事などを話し、

「福岡藩の異変は事実のようです」と言った。

「福岡藩との同盟がわが藩の後ろ盾となって、長崎奉行、ひいては幕府にも強気で来られた。福岡の異変は、わが藩の行く末にも関わる事態じゃ。このことは、我らだけの相談では済まされぬ。至急、執政らで評定することにするが、その前に殿にお伝えする。共に参れ」

と東馬は言って、昇と二人で藩主に拝謁した。

「昇。大儀であった。福岡藩の変事については、すぐに執政会議を開き、爾後《じご》の対策を議するが、長州と薩摩の件も気にかかる。何か、わかったか」と藩主は質した。

「畏《おそ》れながら、薩摩藩が肩代わりして銃砲を長崎で買い、これを長州に運び入れる許しを得る

ために、土佐の坂本龍馬なる脱藩士が、同じく土佐脱藩士の中岡慎太郎と共に京に上り、薩摩藩の西郷吉之助ら、藩の軍事と政事を担う執政らに談判しているとのことで御座います。間もなく、京からこの談判の首尾が伝えられるはずとのことで御座いました」

「では、その後、如何なることとなったのか、確かめなかったのか」

と、東馬が問い詰めるように言うので、

「残念ながら、小五郎殿が薩摩との誼《よしみ》に反対する藩士らが拙者を付け狙い、これを止めることができぬゆえ、長州を離れてくれと仰せでした。仕方なく退散して参りました。無念ではありましたが、小五郎殿の仰せに従いました」と昇は答えた。

「無理をして命を落とすこともない。それでよい。されど、両藩が手を結べば、幕府にとっては手強いことになる。その折は、わが藩も旗幟《きし》を明らかにせねばなるまい。今後も、事情を探れ。ただし、此度《このたび》の長州入りは他言無用じゃ」と藩主は命じた。

「小五郎殿とは、文を交わすことになっておりますので、そのうちに、事情が明らかになると存じます」

と、昇は答えたのであった。

【五】調停特使

藩主の許から下がった昇と東馬は、側用人の控室にいた。

「東馬様。長崎の坂本龍馬の社中なるものについては、何かわかりましたか」

「多分、同じ者と思われるが、才谷何某《なにがし》と名乗っている。その者が代表で、伊良林《いらばやし》の丘の上の亀山に空き家を見つけて、そこを根城にしている。長崎の小曾根家が世話役をしているが、お主が言う通り、金は薩摩藩のようだ」

「才谷という名で御座いますか。薩摩が金づるならば、グラバーも商売気を出して武器を売るでしょう。これは面白《おもしろ》いことになるかもしれませぬ」と、昇は言った。

その日、昇は自邸に帰る前に、楠本勘四郎を訪ねた。福岡藩の内訌の件は大村の勤王党の行方にも関わることでもあり、同志に早く伝える必要があると考えたからである。ただ、長州に潜入したことは話さなかった。藩主に口止めされたからである。

「勤王党が壊滅させられたとなると、当然に大村にも影響するのは必定。佐幕派が息を吹き返す恐れもある。一刻も猶予できぬ事態だ。このことは同志に早く伝えるべきであろう」

と、昇から福岡藩の話を聞いた勘四郎は言った。

「拙者も同様に考えたゆえ、最初にお主に話したのだ。拙者は帰国したばかりだが、針尾（九左衛門）様の屋敷に行く。お主は（長岡）治三郎を訪ね、同志の間に動揺がないように、前もって触れ回るように言ってくれ」

昇はそう言うと、自分は針尾の屋敷に向かった。

次の日、早朝の執政会議が招集された。

会議には、針尾九左衛門、片山竜三郎、江頭隼之助、大村太左衛門の四家老、中老稲田中衛、土屋善右衛門、宮原久左衛門、さらに稲田東馬、大村歓十郎、横山雄左衛門らの側用人、元締役の中尾静摩らに昇が加わり、格外家老の大村五郎兵衛も出た。

大村藩では、昔から御両家家老として、五郎兵衛系と彦右衛門系の両大村家から世襲家老を出していたが、十一代藩主大村純顕の時代に、藩政改革の一環として世襲家老を廃止した。ただ、十二代藩主純熈になって、藩主の諮問役として最高知行の大村五郎兵衛を格外家老に任じた。御両家は旧家藩士の代表でもあり、その力を無視できなかったためである。

会議では、福岡藩に内訌調停のための特使を遣わすとの決定が行われた。福岡藩への特使団は、江頭隼之助、大村太左衛門、大村歓十郎、渡辺清左衛門、昇、ならびに書記役の朝長熊平《ともながくまへい》からなり、清左衛門を除く一行は七月九日に大村を出て、十二日に博多に到着した。平戸に行った清左衛門には後で合流するように連絡したが、たまたま、同日に合流した。

特使一行は、宿舎とした博多の脇本陣から福岡藩の藩庁に大村藩からの特使である旨を伝え、すぐに福岡藩からは応接の日取りを言ってきた。

次の日、福岡藩応接役の鶴田九平が来て、「明後日、御入城の上、弊藩側用人斎藤蔵人が応対いたします」と言い、「ただ、御入城は江頭隼之助様と大村太左衛門様御両人に限り、他の方々はこちらでお待ちくださるよう、お願い申し上げます」と告げた。

「両人に限るとは解《げ》しかねます。また、当方は家老が出て参りましたが、尊藩は、これに御側用人で応対なさるのですか。これは、我らの殿が辱《はずかし》めを受けることと同じです。これでは、我ら一同、国には帰れませぬ」

と言う昇の気迫に鶴田は気圧《けお》されながらも、「当方の都合もあります」と言うが、大村太左衛門が、「とりあえず、御検討くだされ。切にお願いいたします」と迫った。

「御意向につきましては、藩庁に戻り、斎藤に伝え申します」

とだけ言うと、鶴田は戻って行った。

鶴田が去った後、江頭が不満そうな口ぶりで、

「昇。そこまで言わずともよいではないか。我らは使者の役目を果たし、殿からの書簡を黒田侯にお渡しすることが第一。お主の言い種《ぐさ》は、相手が用意した席を蹴るようなものじゃ。如何なる結果になろうと、拙者は知らぬぞ。清左《せいざ》も何とか言え。」

この頃は、応接役に渡辺兄弟が就いたので、執政たちも、兄を「清左」、弟を「昇」と呼んで区別した。

これを聞いた大村太左衛門は、「相手の言い分を聞くだけが使者の役目では御座いませぬ。

此度《こたび》は、正道を説くことも重要な役目。そのためには、筋を通さねば、相手に舐《な》められます」と言い、大村歓十郎も「まさに、昇が申す通りです」と続いて、昇を擁護した。清左衛門は顔色も変えずに、当然のように頷いた。

その後、二日間、福岡藩庁からは音沙汰がなかった。江頭家老が心配した通りになるのかと皆が案じ始めた頃、再び鶴田が訪れた。

鶴田は、全員を城内に入れ、用人の斎藤の陪席で家老の誰かが大村侯の書簡を受け、また使者の口上を聞くことにしたが、その部屋には江頭と大村太左衛門だけが入ることとし、他は別室で控えることにしてくれと言った。

江頭家老は、皆の意見を聞かずに即座に「承知」と答えたのである。結局、大村の特使団が福岡城に入城し、大村藩主の書簡を手渡すことができたのは二十一日となった。

その書簡に謂うのは、「凡《およ》そ、国の強弱は大きさでなく、人の和により決まる。獄にある人々に対する寛容な処置を願う」という内容であった。手渡した相手は家老黒田播磨であった。書簡を受け取った黒田播磨は江頭家老らに、「大村侯に宜《よ》しなに」と言い、「弊藩の法により措置するが、寛容にいたす」と言ったきり、奥に入って行ったという。

同席した大村太左衛門からこのことを聞いた昇は、「福岡藩の器量はこれまでか。加藤（司書）殿らが報われぬ」と思ったが、無論、口にはしなかった。

博多の脇本陣に下がった特使団が黒田侯からの返書と獄に落ちた者たちの処置に対する結論

を待つ間に、思ってもみなかった出来事が発生した。それは、会津藩の密使が福岡藩に来て、大宰府に向かったというのである。

慎重居士の江頭家老も、さすがにこれは看過できないと思い、昇に「様子を見て参れ」と、大宰府に行くように命じ、駕籠を脇本陣の主に頼んだ。大村藩は、五卿の身の安全と保護も福岡藩に申し入れ、福岡藩はそれを約束しているからであり、もし幕府への身柄の引き渡しがあれば、これは明らかに背信であった。

しかし、昇が大宰府に向かおうとしていることはすぐに福岡藩側に伝わり、鶴田が来た。

「弊藩の勝手であり、大宰府に赴《おもむ》くことは無用に願いたい」

「拙者は大村藩主の命でここにいるので御座います。拙者が何処に行こうと、尊藩から指図を受ける謂われは御座いませぬ」と昇は怒り、大宰府に向かったのである。

大宰府に着いた昇は福岡藩の詰め所に行き、「会津からの御使者は何処《いずこ》に御座いましょうか」と聞いたが、当然に何も話してくれない。そこで、その足で五卿の幽閉所に行き、土方楠左衛門と篠崎彦十郎に、

「会津藩の密使が福岡藩の詰め所に来たとのことですが、何か変わった動きはありませぬか」

と問うと、驚いた篠崎は、

「公家方を引き渡す下調べかもしれぬ」

と言って、警護の手を強めると共に、鹿児島から警護の増援を頼むことにすると言った。

しかし、ひと晩経っても動きがないので、昇は、ひとまず博多に戻り、皆と一緒に福岡藩の返事を待ったが、今度は大宰府から土方楠左衛門が昇らを訪ねてきた。

「三条卿から黒田侯へ加藤様らの宥免嘆願書を預かってきたのですが、福岡藩は受け取りを拒みました。いよいよ、福岡藩は勤王の方々を政《まつりごと》から退けて、公家方の引き渡しに向けて動くのかもしれませぬ」

「公家方には、何時《いつ》でも薩摩に遷座なさる用意はしておられた方がよいのでは御座いませぬか。火急の節は拙者も大宰府に駆け付けます」と昇。

「忝い。貴殿の剣の御高名は福岡藩側もよく知っているとみえて、貴殿がいるだけで気後れするようです。ですが、今のところ福岡藩も薩摩藩との間をこじらせる度胸はないものと思われます。さらに、久留米や肥後（熊本）からも勤王の士が十数名も集まってきておりますので、福岡藩も手を出しかねているのが実情ではないかと存じます」

　そう言うと、楠左衛門は大宰府に帰っていった。

　その後、待つこと九日。鶴田が福岡藩としての返事を持ってきた。それによれば、罪を問われている者たちの処罰は穏便なものにすること、大村侯への返書は改めて使者を立てて大村に持たせるというものであった。

　これにより、江頭家老の判断で、特使団は八月三日に博多を発って、帰藩したのである。

　ただ、八月十一日になって、福岡藩から返書の使者派遣があり、そこでも勤王の士らの宥免が約束されたものの、実際は、加藤司書の切腹など、凄惨な処罰が行われることになる。

【六】長州の武備

慶応元年（一八六五）七月から八月にかけて、幕府は長州を戦わずして屈服させようとして、最初は長州藩主毛利敬親《たかちか》、広封《ひろあつ》（定広）父子の江戸召還を命じた。

しかし、長州藩は応じる気配がなく、続いて支藩の周防徳山藩主毛利元蕃《もとみつ》と岩国領主吉川監物《きっかわけんもつ》（経幹《つねまさ》）を大坂に呼び出して藩主父子への命令を伝えようともしたが、両人ともに応じなかった。

長州藩では、幕閣の中に長州藩を改易したうえで、藩主敬親を切腹、広封を斬首といった強硬な処置を唱える者もいると伝え聞いていたし、先の水戸天狗党の投降者に対する幕府の残酷な処断を聞き及んでいたために、藩主父子に対する寛容な措置が下されることは望めず、したがって召還に応じることは断じてすべきでないと決意していたのである。

このことは同時に、幕府軍との交戦もやむを得ないという覚悟でもある。そのためには、まず藩論を統一する必要があるとして、帰国した桂小五郎（木戸貫治）を中心とする藩庁の執政体制を樹立すると共に、五月に俗論派の首魁《しゅかい》である椋梨藤太《むくなしとうた》とその嫡男、その他の幹部十二名を処刑し、十数名を流罪にした。また同時に、前年の長州征討の折、俗論派が画策して征討軍に首級を差し出した三家老、益田親施《ちかのぶ》、福原元僴《もとたけ》、国司親相《くにしちかすけ》の名誉を回復した。

さらにまた、来るべき戦に備えて軍制が改められ、正規兵になった諸隊（第一・第二奇兵隊、御楯隊、鴻城隊、遊撃隊、南園隊、膺懲《ようちょう》隊、八幡隊、集義隊、萩野隊）の定員と配置、総監・軍監の制も決められ、近代的な軍隊としての形を整えようとした。

しかし、幕府軍の攻撃に備えるための武器の調達は、小五郎にしても、村田蔵六（大村益次郎）にしても頭痛の種であった。とくに、鉄砲と軍艦が急務の調達品目であったが、幕府側もこの事情は十分にわかっていた。

通常、外国商人から物品を買い入れる際は、外国商人と買い手の間の物品と売買代金のやり取りを管理する日本の仲介業者を間に立て、その業者の申請で長崎奉行所所管の運上所が取引を承認し、運上（関税）の額を決定する。その際の、運上所の承認証と運上の納付証明がなければ売買はできない。たとえば、大村藩も品川屋という業者を仲介させている。

もし、長州藩が武器を買い入れようとしても、仲介業者を使えず、密売しか方法はない。そこで幕府は、外国商人、なかでも長崎にいるイギリス商人には、イギリス公使館を通して長州への密売を禁じさせ、さらには艦船を下関近海に派遣して監視までさせたのである。

このような状況下、坂本龍馬と中岡慎太郎が上京し、薩摩藩名義でイギリス商人から武器を買い入れ、これを長州に引き渡し、これを機に薩摩と長州が軍事同盟を結ぶとの提案を西郷吉之助らに持ちかけた。

この提案を薩摩藩が受け入れたとの連絡が、坂本らに同行していた土佐脱藩藩士の楠本丈吉によってもたらされたのが七月上旬で、小五郎はこの報を受けて、井上聞多と伊藤俊輔を長崎に派遣し、武器調達の任に当たらせることになった。二人はイギリスに留学したので、英語での取引交渉には適任であったからである。ただ、小五郎はこのことを隠密裏に進め、長州藩の内部でも限られた者しか知らなかった。無論、昇にも報せていない。

井上と伊藤は、七月十六日に下関を出て、翌日、大宰府に着いた。そして、五卿の衛士《えじ》の頭である土方楠左衛門の紹介で、五卿の警護をするために薩摩藩から派遣されている篠崎彦十郎と会い、篠崎は、井上には薩摩藩士山田新助、伊藤には同じく吉村荘蔵という名前での道中手形を渡した。

さらに楠左衛門は、井上と伊藤が長崎で坂本龍馬が創設した亀山社中の者の協力を得る必要があることから、土佐脱藩士の楠本文吉を同行させ、三人は七月二十一日に長崎に着き、薩摩藩邸に入った。楠左衛門も、昇には報せなかった。井上と伊藤が、小五郎から行動の秘匿を厳命されていたからである。

井上と伊藤は、藩船で京から薩摩に帰る途中に長崎に寄った薩摩藩家老の小松帯刀《たてわき》とも会った。小松は二人を薩摩藩が武器調達の窓口にしていたイギリス商人グラバーに紹介したため、二人は夜陰に紛れて薩摩藩邸から何度もグラバー邸を訪れ、買い入れ交渉も順調に進んだ。

結局、二人が買い付けた鉄砲の数は、螺旋溝（ライフル）を施したミニエー銃が四千三百丁、旧式のゲベール銃は三千丁にもなり、買い付け総額は九万両を超えたが、幕府との戦いを前に長州藩にとって、まさに「干天《かんてん》の慈雨《じう》」ともいうべき武器購入となったのである。

さらにまた、小松は二人を鹿児島に誘った。この二人は禁門の変のときはイギリスにいたために薩摩に対する敵愾《てきがい》心が少なく、考え方も自分が属する藩に囚われるような偏狭さはなく、薩長の同盟を進めるうえで貴重な布石になると小松は考えたからである。

二人は相談し、井上だけが薩摩藩がイギリスから新しく買い入れた鉄製スクリュー式蒸気船「開聞《かいもん》丸」（六百八十トン）で小松が帰るのに合わせて鹿児島に行った。七月二十八日に鹿児島に到着した井上は、家老の桂久武《ひさたけ》や京から帰国したばかりの大久保一蔵（利通）らと会い、銃の購入の便宜を図ってくれたことに謝意を表し、先々の協力についても話し合った。

そして井上は、鹿児島に十日余り滞在した後、薩摩藩船「胡蝶《こちょう》丸」（外輪船、百四十六トン）で長崎に戻り、買い入れた銃のうち、ミニエー銃を胡蝶丸で長州に運び入れたのが八月二十七日である。なお、ゲベール銃は後から運ばれる。

この間、もう一つの調達課題であった船も、薩摩藩の斡旋でグラバーが仲介し、三万八千両ほどで購入している。一八五四年イギリス製の木と鉄の複合蒸気船で、三本マスト、スクリュー推進、全長二十五間（約四十五メートル）、三百トンの商船ユニオン号である。この船は亀山社中の者が操船し、薩摩藩が買い入れたと見せかけるために「桜島丸」と名付けて、薩摩藩の旗を立て、伊藤が乗り込んでグラバーを伴って下関に帰ってきた。その後、ユニオン号はしばらく亀山社中が使うことになるが、長州再征討の折、「乙丑丸《いっちゅう》」と名付けられて長州藩の戦線に投入される。

なお長州藩は、井上、伊藤の働きによる銃の確保とは別に、村田蔵六が長崎に派遣した者が上海経由でミニエー銃二百丁余を密かに買い入れたので、ミニエー銃だけでも合計四千五百丁ほどを手にしたことになる。これらの銃は直ちに諸隊に配分された。

このなか昇は、長州藩が進める戦いの準備をできるだけ手伝いたいと思っていたが、藩の応接役として家老江頭隼之助らとともに出かけた福岡藩内訌の調停への旅から大村に帰ったのが八月六日である。さらに、福岡藩主の書状を持って二人の使者が大村を訪れ、加藤司書らに対する寛容な処置を約束したのが同十一日であった。

これらが終わり、昇はやっと長崎に行くことができた。藩主が九月に長崎奉行服部左衛門佐常純《つねずみ》を訪問することになっているために、その事前の段取りの打ち合わせのためである。無論、これも応接役の重要な仕事である。

長崎奉行所で、奉行の側用人と藩主の訪問時の細かい段取りを話し合った後、昇は長崎奉行所が創設した遊撃隊の隊士の剣術師範をしている従兄弟の梅沢武平を誘い出し、よく使う長崎市内今紺屋町の中島川の川筋にある料理屋の離れで酒を飲んだ。前年十月に起きた富永快左衛門の暗殺事件の朝に別れたきり、二人は会っていなかった。

「武平《ぶへい》」と、昇が幼い頃からの呼び方で話しかければ、「兄様、久しぶりです」と武平も応じたが、公式に解決済みの暗殺事件のことには二人とも、一切触れなかった。

第七章　騒乱の前の静けさ（鳥羽伏見の戦いまで二年余）

【一】忍び寄る影

慶応元年（一八六五）八月末、昇は長崎の料理屋で、長崎奉行所に剣術師範として送り込んだ従弟の梅沢武平と会った。

「丁度よかった。火急のことで、お報せしなければならないことがあり、手紙を藩邸に届けようかと思っていたところでした」と、武平が切り出した。

「お主の火急の話とやらを先に聞こうか」

「実は、ここ数日の間に、奉行所内で兄様の名前が二度ほど出ました」

「ほう、拙者の名が」

「然様《さよう》です。一度目は御奉行の御側用人から、『貴殿の従兄弟の渡辺昇殿がこちらに参られると大村藩邸から報せが参った。随分と忙しい方のようで、あちらこちらと、まさに神出鬼没ですな』と言われました。その二日前に会津藩京都守護職から使者が来て、お奉行と二刻ほど話してから使者を伴って丸山に繰り出されましたが、その席にお側用人も同席しておられたので、もしかしたら、兄様の話が出たのかもしれませぬ」

昇は、長崎奉行を訪ねてきた会津藩の使者と、先月に大宰府に来たという会津藩の使者を重ね合わせ、使者の用向きを確かめるために大宰府に行って福岡藩の詰め所で談判したことも思い出しながら、武平に言った。

「はて、先ほど側用人殿と打ち合わせた折には、そのようなそぶりも口ぶりも、一切なかったが」

「あの人は御奉行の側近中の側近ですので、思っていることが外に出るような御仁ではありませぬ。奉行所内では『大だぬき』と呼ばれております」

昇は、先ほど会った江戸旗本の側用人らしい抜け目のなさそうな顔を思い出しながら「なるほど」と納得し、「それで二度目は」と尋ねた。

「こちらが大事と思います。昨日、奉行所の某与力から、『渡辺殿はこのところ、福岡や大宰府、果ては京でも見かけたというその筋の話があるが、これ以上目立つ動きをされると、奉行所としても放っておけぬことになる』と、暗に奉行所でも兄様に目を付けているような口ぶりでした。この与力は生まれも育ちも長崎で、親身になって大村藩のことを心配してくださいますので、これは親切心からかと存じます」

「思い当たらぬでもないが、長崎奉行所の者がそのように言っているのであれば、気を付けねばなるまい。此度《こたび》は、殿が長崎奉行に挨拶される段取りを打ち合わせに参ったゆえ、拙者に手出しはしないだろうが、今後、注意しよう」

「それがよろしいでしょう」

その後は酒となった。

昇と武平の二人が店を出るとき、店の主人が忠告した。

「何やら、怪しい者が木の陰に潜んでおります。くれぐれも御用心ください」

店主は大村出身であり、店も大村藩邸の御用達のようになっているため、このような忠告もしてくれる。

「どうせ、奉行所の密偵でしょう。拙者は、江戸から来た御奉行の家来たちには信用されておりませぬ」

「いざとなれば大村に帰ってくればよい。このことは殿様にもご了承いただいている」

二人は玄関を出たところで、昇が、「取り留めもない痴話《ちわ》話ばかりだったが、お主も懐かしかろうと思ってな。奥方にもよろしく伝えてくれ」と、ことさら大声で話すと、武平も、「兄様。久しぶりに大村の懐かしい話を伺い、楽しく飲めました。帰ってから、妻にも今晩の話を聞かせてやります」と大声で応え、二人は別れた。木蔭の人影は昇の後をつけていき、昇が大村藩邸に入るのを見届けたのであるが、昇は尾行を察知していた。

翌日朝早く、昇は坂本龍馬が立ち上げた亀山社中の世話をしているという小曾根英四郎を訪ねたが、藩邸の門を出てしばらくすると自分を尾行しているらしい気配を覚えた。長崎にいる限り、密偵の眼は逃れられないと観念し、怪しまれるような動きはしないことにした。幸い、小曾根家と大村藩は表立っての取引の長い付き合いがあり、訪ねても怪しまれることはない。

「大村藩応接役の渡辺昇で御座る。英四郎殿に取り次ぎを願いたい」

と、昇は小曾根家の玄関で外にも聞こえるような声で訪《とぶら》った。案内された部屋で昇は英四郎と対面した。二人は一対一では初めてだが、面識はある。

「本日、伺ったのは、藩の用ではありませぬ」

「どのような御用で御座いましょうか」

「実は先日、大宰府の土方楠左衛門殿から聞いたことだが、坂本、あるいは才谷なる御仁がこちらにご逗留なされているということであった。ついては、その方に会えませぬか」

「才谷梅太郎という方は手前の屋敷に滞在されています。ただ、今は生憎と、当地を留守にされています」

「然様か。拙者は、江戸の剣道場である方と義兄弟の契りを結び、先々月にお会いした。その折、外国の到来品の買い入れで、その才谷殿の手を借りているとお聞きした。その後、首尾よく、買い入れが進んだかと気になり、才谷殿にお会いして、お伺いしたいと存じた次第です」

「渡辺様のことは、よく存じ上げています。外国の品物の買い入れの件でご心配とのことですが、手前どもからはお話しいたしかねます。才谷様がお戻りになれば、渡辺様がお見えになったことをお伝えいたします」

「では、才谷殿に宣しなにお伝えくだされ」

英四郎は商人らしく、口が堅い。これ以上質しても知りたいことには答えてくれないと思い、昇は小曾根家を後にした。

　昇は忙しい。八月下旬に長崎から大村に戻ったが、数日しか経たないうちに九月二日には大宰府に現れた。大村藩から五卿に金品を献上するためである。この日、大宰府に到着したのが夕刻になったが、土方楠左衛門の配慮で、三条実美らの五卿に拝謁して目録を献上することができた。また、藩主宛ての和歌一首を礼状の代わりに下賜され、肥前の情勢について五卿らから下問があった。

　その夜、楠左衛門や吉井源馬らと大宰府の宿で酒を交わした。

「土方殿。長州の例の件、首尾は如何だったかと気になっていますが、その後のことを御存知でしょうか」

「実は、長州の井上殿と伊藤殿のお二人が、七月の中頃当地に参られました。薩摩藩が肩代わりでの買い入れに同意ということで、木戸（桂小五郎）様から早速に派遣を命じられたとのことです。篠崎彦十郎殿の御配慮で、お二人は島津藩士として長崎に向かわれました。その際、長崎へ同行した楠本丈吉が先日戻って来まして、買い入れが順調に進み、後は長州に運び入れるだけの段取りとなったようです」

「それを伺って、安堵しました」

「本来であれば、貴殿に報せるべきところ、井上殿らは、木戸様から厳秘の命を受けているとのことで、お報せできなかったのです」

「木戸様らしい慎重さですが、その後、両藩の同盟は進みましたか」

「それについては、何も聞いておりませぬ。ただ、事が事だけに、たとえ盟約がなっても、外には漏れず、よって当方にも報らされぬかと存じます」

「なるほど、それもそうですな」

次の日、昇は大宰府を出た。大村に帰ったのは九月六日であり、帰るとすぐに藩主の長崎奉行訪問の準備にかかった。

先月、長崎で奉行所の側用人と相談した通り、九月十八日に藩主は長崎に行き、翌日に奉行の服部左衛門佐《さえもんのすけ》常純に挨拶し、その後、饗応を受けることになっている。藩主と奉行の間の話の内容は決まっていないが、通常であればこの時期、参勤交代の話が出る。しかし、幸い今は長州再征討で将軍が大坂に出陣している最中であるので、参勤交代はないと思うが、どのような話が出されるかは予測し難かった。

訪問の日、大村藩長崎藩邸で藩主は威儀を整え、五十名ほどの供奉《ぐぶ》衆を引き連れて長崎奉行所を訪れた。藩主は奉行所の客殿に通じる玄関の敷台で駕籠を降り、出迎える者たちが居並ぶ中、奉行所に入っていった。藩主に従って客殿に入ったのは、八月に侍大将との兼務を命じられた家老の大村太左衛門と、中老の土屋善右衛門の二人で長崎奉行の饗応の間、昇らは控えの間で食事と酒を供された。

おおよそ二刻に及ぶ饗応の後、藩主一行は奉行所を出て藩邸へ戻った。

その夜、昇は藩主の部屋に呼ばれた。そこには、太左衛門と善右衛門もいたが、堅い顔をしている。一方、藩主自身は対照的に笑みさえ浮かべている。

「昇。服部様からは、お主が懸念している参勤の件は、長州征討が終わるまで延期ということになると思うが、幕閣に正式に伺いを立てるようにとのことであった。さらに、長崎の警護の兵を増やすようにとの命で、早速、土屋殿が手配をすることになった。佐賀も福岡も長州征討に出兵で長崎に兵を送ってこぬゆえ、警護はわが藩に負うところが大きくなったとのことである。奉行所も遊撃隊の隊士を三百人に増やしているが、異人のみならず、国中から商いやら勉学やらで人が集まり、なかなかに遊撃隊とわが藩の警護の現員では間に合わぬらしい」

と太左衛門が説明した。

「梅沢（武平）の剣術師範は、なかなかに評判が良いようだ。おかげで遊撃隊の力もついてきたと、御側用人も喜んでおられた」と善右衛門も言った。

「それはそれとして、お主について少々気がかりなことがあると、御側用人が言っておられた」

と太左衛門が切り出した。

「はて、それは何で御座いましょうか」

「大宰府の件じゃ。殿は御奉行と話されておいでであったゆえ聞こえなかったと申されるが、お側用人は、拙者と土屋殿の前でお主の名を上げ、お主が大宰府に頻繁と顔を見せるのは殿様のお指図かと聞くのじゃ」

「それで、何とお答えになりましたか」

「殿は九州に流された公家方に御同情なされて金品を献上して御座るが、それは儀礼の域を出ないほどの些少なもの。それをお主が殿様の名代で運んでいるだけのことで他意はない、と答えた。されど、七月に江頭様らと共に拙者が博多に長逗留していたことにも話が及び、何故かと聞くゆえ、同じ九州の地で、藩同士で親交を温めるのは当然のこと、此度は殿様の御体調が優れぬゆえに、江頭家老が名代で福岡に参ったまでのことと答えた。じゃがその際、お主が大宰府に行って、会津藩からの御使者が大宰府で何をしているのかを探っていたことなどもお側用人は詳しく知っておられた。これも、お主が応接役として公家方の動静を殿様に御報告しなければならぬという仕事熱心の余りのことで、もし、その御使者らに失礼があったのであれば、当方から謝り申す、と答えておいた」

「いずれにせよ、わが藩が長崎奉行に疑念を持たれていることも、とくにお主が奉行所に睨まれていることもわかった。お主の動き次第では、殿様に御迷惑をおかけすることにもなりかねぬ。以後、目立たぬように気を付けてくれ」と善右衛門も付け加えた。

藩主は「宣しなにな」と言って昇の眼を見たが、昇は「確《しか》と承知いたしました」とだけ言って下がった。

部屋に戻ると、二十騎馬副として供奉衆に加わってきていた楠本勘四郎が、「何か、お叱りを受けたのか」と心配そうに聞くので、「拙者の体が大きいので、小さくしておれと言われた」

と、笑って答えたのである。

【二】長州再征討への動き

慶応元年閏五月に大坂に滞陣した幕府の長州再征討軍は、九月になっても動かなかった。前年の征討出陣のときと同じく、幕府軍の威容を見せれば長州は戦わずして軍門に下るものと高を括《くく》っての出陣であったために、軍の中枢を成す幕府歩兵隊約六千人も、また一万人を超える旗本や御家人や陪臣らもその戦意は低かった。

旗本、御家人ら幕臣の中には、「長州なんざ、公方様の御威光ですぐに旗を降ろすよ。タダで上方見物ができるってのは、美味《うめ》え話じゃねえか」と言って出陣した者もいたが、多くの者が大なり小なり同じ気分でいたものと思われる。

さらに、これだけの大軍勢に、従者や人足だけでなく、幕府の進発令に応じた諸藩の兵も加わって四か月にわたり大坂に逗留したため、町には無為徒食の群れが溢れていたし、幕府の財政負担も巨額に膨らんでいた。

大坂の町人も、最初は幕府が落とす金に喜んだが、次第に物価も高くなり、兵らの乱暴狼藉も増え、幕府軍が早く出て行くことを望むようになっていた。

しかし、将軍徳川家茂には、軍勢を率いて大坂を発ち、西に向かうことができない事態が持ち上がっていた。九月十六日、かつて安政五年（一九五八）に幕府がアメリカ、イギリス、フランス、オランダ、ロシアの五か国と結んだ通商条約に基づいて、兵庫開港と関税引き下げ、さらには前年に下関で長州藩から外国船が攻撃を受けたことに対する賠償金の支払いを求め、イギリス、フランス、オランダの三か国が軍艦（イギリス四隻、フランス三隻、オランダ一隻）を連ねて兵庫沖に来航した。この艦隊には米国も代理公使を派遣していたため、幕府は四か国を相手に外交交渉を余儀なくされたのである。

外国勢は、長州藩からの攻撃に対して下関の砲台の破壊という形で反撃して勝利し、攻撃で受けた人的被害や船舶の被害、さらには軍隊の遠征費用など、三百万ドルの損害賠償を長州藩に求めた。これに対して長州藩は、外国船への攻撃は幕府の攘夷令に従っただけで、賠償は幕府が行うべきだと主張したため、外国勢は主張を認めて幕府に請求することになり、この交渉が続いていた。

この間、ラザフォード・オールコックの跡を継いで七月に横浜に着任したイギリス公使ハリー・パークスは、将軍が留守の江戸では交渉できないとして、フランス、オランダ、アメリカの三か国と語らって兵庫まで将軍を追ってきたのである。

しかも、交渉の早期決着を狙って威圧的な艦隊編成で来航し、賠償金を三分の一に減額する代わりに兵庫の早期開港と輸入関税の低減を求めたのである。兵庫に来航したのは、幕府への圧力というだけでなく、京の朝廷への脅しという意味もあった。

外国艦隊が来航したとき、徳川家茂は京に出ていた。長州への誅罰再征討の勅許を得るためであるが、こちらも難航していた。とくに、薩摩藩の大久保一蔵（利通）が暗躍して、島津家の縁戚である内大臣近衛忠房を介して公家を説得し、長州再征討を中止、あるいは進発を遅らせようとしていたからである。

この動きに対して、一橋慶喜（禁裏御守衛総督）は、九月二十一日の朝議において、会津藩主で京都守護職の松平容保《かたもり》と桑名藩主で京都所司代の松平定敬《さだあき》と連携して武力行使をちらつかせながら再征討の勅許を出させた。この勅許問題が解決すると、九月二十三日に、徳川家茂は老中阿部正外《まさとう》を兵庫に遣《や》り、外国奉行や大坂町奉行と共に外交交渉に当たらせた。

しかし、兵庫開港について、「天皇の勅許が下りない」という常套句《じょうとうく》で解決を先延ばしする幕府に対して、外国勢が交渉団を京都に直接に送り込むと言い出したため、窮地に立たされた阿部らは徳川家茂の許しを得たうえで、二十五日に勅許がないまま兵庫開港を許すと答えた。

ところが、これに激怒した一橋慶喜は、あくまでも開港延期を主張し、天皇に奏上して開港延期を外国勢に通達させた。そのうえで、阿部ら老中を処分する勅命を朝廷から引き出したために、十月一日に徳川家茂も老中らを罷免、謹慎させざるを得なかった。

この外交交渉は、結果的には、兵庫の早期開港の要求を通さず、当初の予定通り、開港は慶応三年十二月七日（一八六八年一月一日）とされ、賠償金三百万ドルを幕府が支払うことが確認されたが、これらの譲歩に余りある成果が外国勢には転がり込むことになる。

関税の制度改訂が行われ、従来の従価税の税率二割（二十％）から従量税の一律五分（五％）へと改められることになったのである。これらの措置が最終的に決定されるのは次の年になってからであるが、その結果、幕府財政収入の大幅減を招き、しかも、輸入が増えて、たとえば国内の綿産業が打撃を受けるなどの影響が生じることになる。

ただ、この一連の外交交渉で、幕府側の政権維持能力に翳《かげ》りがあることが外国勢に見抜かれた。そのため、イギリスは幕府と距離を置くようになる一方で、薩摩、やがては長州に接近し、フランスは、これまで以上に幕府に肩入れして、長州の反乱は一気に国際的なパワーバランスの渦中に置かれるようになったのである。

こうしたなか、兵庫開港問題が長引き、大坂に滞陣する軍勢の気の緩みが目立ってきたので、幕府は引き締めに躍起になると共に、長州再征討への出陣を命じている諸藩への締め付けも行った。大村藩大坂藩邸へは、九月二十五日に、幕府より申し渡しがある旨の通知があり、大坂聞役である一瀬《いちのせ》伴左衛門が大坂城に登った。

その日、大坂城の小書院に集まったのは、大坂に藩邸を持つ藩と将軍の大坂進駐に帯同した諸藩の者であった。ここで、老中松前伊豆守が、九月二十一日付で徳川家茂から天皇に上奏した長州処置の意趣書と、これに対する天皇の勅答書を読み上げた。

意趣書は、来る九月二十七日までに長州支藩の周防徳山藩主毛利元蕃《もとみつ》と岩国領主吉川監物《けんもつ》に大坂出頭を命じたが、両人がこれに応じない場合は、もはや寛宥なく、断固とした処置をとることを天皇に上奏するものである。これに対する天皇の勅答書は、将軍の意趣については判ったので征討のための暇を取らせるというものであった。

諸藩の者を集めてこれらを聞かせたのは、長州征討が天皇の勅命であり、征夷大将軍として勅命を忠実に守るために出陣するものであることを明らかにし、そのための将軍の進発は間近であり、このことを国元に報せ出陣の準備をしておくように、という事前通知の意味があった。これは、直ちに、大坂藩邸から早便で大村に伝えられた。

その後、十月五日になって条約勅許が認められたために、国内と外交の二つの懸案事項が一応片付き、幕府も長州征討に向けて動くことができるようになった。それが、十一月七日の出陣命令になったのである。

無論幕府も、できれば戦争を避けて長州問題を早期に解決したかったが、幕府の面子《めんつ》もあり、安易な終結はできなかった。そのために、一方で出陣命令を発した諸藩に攻め口の部署割りを行い臨戦態勢を誇示すると共に、他方で問罪使を広島に派遣して、長州藩からも然るべき者を呼び出して藩主父子の処分や藩領の仕置きなどを談判するという硬軟両様の体制で臨んだのである。

十一月二十日、談判の場所は広島の国泰寺（以前の安国寺）で、幕府側問罪使は外国奉行兼長州御用掛の永井尚志《なおゆき》と目付の戸川安愛《やすちか》ならびに松野孫八郎であった。これには随員として、新撰組の近藤勇や伊東甲子太郎《かしたろう》なども加わっている。

一方の長州藩側は、広沢真臣《さねおみ》を代表として、山縣半蔵こと宍戸備後助が詰問に対する対応にあたり、副使を木梨彦右衛門（椙原治人《すぎはらはるんど》）が務めた。また、広島藩が両者間の周旋連絡を行った。宍戸は、幕府が用意した質問に逐一答え、長州藩の一連の行動は、元はといえば文久三年（一八六三）四月の幕府の攘夷令に沿ったものであり、長州藩の攘夷戦争は命令に従ったまでのことで、これを幕府に咎められる理由はないにもかかわらず、幕府が長州征討の軍を起こしたのであり、やむを得ず抗《あらが》っているという従来の主張を繰り返した。

また、長州藩内では武備恭順でまとまっていること、さらに藩主父子には罪がなく、幕府が無理に藩主らの罪を問おうとすれば、藩を挙げて抗うことを言外に匂わしたが、幕府が穏当な条件を出すのであれば、長州藩も従うという。これに対して幕府側は、改めて藩主父子の召還を要求したが、この日の会談は平行線を辿《たど》ったのである。

続いて十一月三十日に、二度目の会談が行われた。宍戸と木梨の他に、長州藩の諸隊の代表も加わったが、すでに幕府側の攻撃配置が終了しており、いつ攻撃に移るかわからない緊迫した情勢の中で、十二月に入ると長州側は会談からの引き上げを命じたのである。

この時期薩摩藩は、孝明天皇と一橋慶喜との強固な連携を崩せずに朝廷での地場を失いつつあり、朝廷を通して長州再征討に歯止めをかけることは諦めざるを得なかった。また幕府も、諸侯会議の開催を主張して幕府の支配力を削ごうとする薩摩藩の姿勢に強い懐疑心を抱き、あくまでも薩摩藩を除外して、長州問題を幕府の権限と動員する軍事力でもって解決しようとした。

そしてこのことは、薩摩藩をして、長州藩の始末が終われば次は自藩に幕府の攻撃の矛先が向けられるとの危機感を持たせ、長州藩との軍事同盟へと駆り立てる要因となり、世の中が大きく動き始めるのである。

【三】鉄砲隊の構想

長州再征討の動きが急を告げようとする慶応元年十月中旬、大村藩は昇の兄渡辺清左衛門と鉄砲方硝石用掛り川原鼎《かなえ》を責任者として、楠本七郎左衛門、安田達三、大島主税《ちから》、千葉茂手《もて》木《ぎ》の六人を長崎に派遣した。長崎でイギリス式の新しい用兵術を研究させ、同時に、新式の武器を購入させるためである。

この企てを藩主へ申し出たのは清左衛門と昇である。

十月七日の午後遅く、予め側用人筆頭の稲田東馬を通して藩主に提出した趣意書の件で、藩主への謁見が許され、清左衛門は昇と共に登城した。大広間には、家老の針尾九左衛門、片山竜三郎、江頭隼之助、大村太左衛門の四家老、中老の稲田中衛、土屋善右衛門、宮原久左衛門、さらに側用人の稲田東馬、大村歓十郎、横山雄左衛門、元締役の中尾静摩がいた。事実上の御前会議で、提案内容が重大であると藩主が考えたからであろう。

「清左衛門。其の方の趣意書を読んだ。尤《もっと》ものことと思うが、ことは大事であるがゆえに、九左衛門らにも同席を命じ、其の方の存念を詳しく聴くことにした。そのうえで、許すかどうかを決める」と藩主は言った。

「殿様が申されるように、お主の申し出は、藩の行く末を動かすことになるかもしれぬ。よってじっくりと吟味したいところだが、長州征討の軍が動き始めたゆえ、悠長に構えておくことはできぬ」と、九左衛門が説明を促した。

清左衛門は「それでは」と話し始めた。

「此度《こたび》の長州との戦では、勝ち負けに関係なく、幕府が以前の力を盛り返すことは難しいと存じます。となれば、戦の後の混乱は必至で御座います。ただ注意すべきは、その混乱に乗じて、外国軍が長崎をはじめ近隣の地域を占領しようとする恐れは十分に考えられます。その際、外《そと》海《め》、とくに石炭を産する松島は必ず狙われることとなりましょう。にも関わらず、幕府には助ける力は御座いませぬ。要は、わが藩は独自に武力を強化し、自力で防衛するしかありませぬが、そのための準備の時期は今しか御座いませぬ」

「清左。自力防衛の備えを如何様《いかよう》にするのか」と大村太左衛門が質した。

「それは趣意書に書かせていただいているところで御座いますが、外国勢と同等の鉄砲を買い入れ、藩士は、刀、槍、弓ではなく、鉄砲を主な武器とすることが肝心で御座います。さらに、できれば西洋式の鉄砲部隊を設けることが望ましく、これらのために、拙者と火器に詳しい藩士数名を長崎に派遣していただきたく存じます」

「周到に練られた案だが、今、清左の申し出通りのことをしようとすれば、わが藩が長州や薩摩に同調して幕府に盾突こうとしているとみなされ、長崎奉行、ひいては幕府が許すとは思えぬが、長州征討が終わるまで待てぬのか」と、江頭家老が反対する姿勢をみせた。

「畏《おそ》れながら、佐賀も福岡も長州戦で出陣し、わが藩だけでは長崎の防御は手薄です。長崎奉行もこのことは判っているはずで、わが藩の軍備増強は望むところではないかと存じます」

昇が江頭家老の懸念に答えるようにそう言った。

「言うは易し、行うは難《かた》しというが、清左が企てるだけの金は藩庫に無いのではないか」

と、江頭家老はさらに反論した。ここで、藩の財政に詳しい中尾が、

「御家老の御懸念については、某《それがし》に腹案があります」

と発言したので、九左衛門が「静摩。申してみよ」と促した。

「されば、鉄砲につきましては、まず必要な分を藩が買い入れ、これを藩士に割賦で譲るようにすれば、藩庫への負担は和らぐことと存じます。無論、上士は郎党の分まで全額で買うことにし、下士は、蔵米《くらまい》禄高に応じて半額ほどの値で、たとえば五年割賦で禄から差し引く形で買うことにすれば、藩の負担も藩士の負担も軽くなるのではないかと考えます」

それでも江頭家老は難色を示したが代替案もなく、これらのやり取りを聞いていた藩主は、「中尾の案で進めよ。清左衛門らの長崎行きを許す」と言い、裁可された。

この日の夜、昇は清左衛門の屋敷で夕餉を共にした。

「兄様。上手くいきました」

「然様。これで鉄砲隊の足掛かりができた。しばらく留守にするが、皆で力を合わせて、勤王党を盛り上げてくれ」

と、二人はそれぞれの役割を確かめ合ったのである。

しかし実は、その日に御前会議で議された清左衛門の趣意書の内容は、事前に勤王党の面々が集まって議論を重ねた結果であった。きっかけは、十月三日に大坂藩邸から長州再征討への各藩の出陣を命ずるとの幕府の意趣書と天皇の勅答書の写しが届いたことにある。

長州征討で長州が敗れれば、藩内佐幕派が頭を持ち上げ、勤王党の弾圧、解体に矛先を向けることは必至で、そうなれば勤王党の面々の命も危ぶまれる。「何とかしなければ」との思いから、勤王党の主要な者が長岡治三郎の屋敷に集まった。

そのとき、清左衛門は「ミニエー（椎の実）弾を使うライフル（螺旋溝）銃が十丁でもあれば、佐幕の奴らを抑え込むことができるのだが」と、独り言のように言った。清左衛門は若いときに長崎で蘭語と英語を学び、それだけでは満足せず、脱藩してでも西洋の学問を身に付けたいと志して、藩に無断で留学先の長崎から江戸に出た。ただ、大村藩では脱藩は死罪というのが規則であった。そこで、父雄太夫が走り回ってあちらこちらに頭を下げ、また藩主も有能な人材を惜しみ、江戸藩邸でしばらく謹慎という軽い処分で済んだのである。

清左衛門は西洋の武器や兵制に興味を抱き、機会があれば大村藩で実践したいと考え、また実行に移した。ミニエー銃が長崎に入ったと聞き付けたとき、清左衛門はいち早く、一丁を買い入れ、試し撃ちをしたり、分解したりして、この銃を研究した。さらに、大砲の使い方も独学し、銃兵と砲兵とを組み合わせた戦術を研究していた。

「兄様、それをやりましょう。幕府軍が長州に攻め入っても、半年は持ちこたえます。その間にミニエー銃を揃え、兄様が指揮する鉄砲隊を作るのです」

と、昇が言った。昇は、長州が新式の鉄砲を大量に買い付けたことを知っているので、簡単には降伏しないと読んでいた。再征討の戦が続く間に、大村藩に長州の奇兵隊のような、身分に捉《とら》われない軍隊を設け、清左衛門の知識を活かして鉄砲隊を組織し、それを勤王党が指揮するという構想を思いついたのである。これには、治三郎が真っ先に賛成し、他の同志たちも賛同した。そこで、早速、藩主に上奏する趣意書を作ろうということになった。無論、勤王党が指揮して佐幕派を抑えるなどという剣呑《けんのん》な意図は隠した。

ちなみに、清左衛門が長崎に引き連れていくという五人は、それぞれに銃砲火器の専門家である。まず、川原鼎は、火薬の原料となる硝酸塩を作る硝石丘（土と石灰石と稲藁や草を混ぜたものに糞尿をかけて塩硝土を培養し、これを積み上げたもの。塩硝土から硝石を抽出して黒色火薬の原料を作る）を一括して管理する用掛りをしているが、独自に砲術と用兵術も研究していた。大島主税は古来砲術の萩野流の師範の嫡男、千葉茂手木も同じく自覚流の師範の嫡男である。残る楠本七郎左衛門や安田達三を含めて、皆が古流の砲術や製造法を踏襲する家系の若手たちであった。

清左衛門が目を付けたのは、長崎で安政五年（一八五八）に英語通詞を養成するために長崎奉行所により設けられた英語伝習所である。これはその後、洋学所、さらには慶応元年八月に済美館《さいびかん》と改称された。そこでは英語の通詞教育だけでなく、英語で書かれた最新の書籍や新聞を通して先端の科学や制度や海外情勢が学べた。

とくに清左衛門は英語にも通じていたので、藩主の許可を得て長崎に派遣されても呑み込みは早かった。派遣された皆は、昼間は済美館でイギリスの兵制、用兵術や兵站、新型の銃や大砲の構造、航海術を中心に学び、夕方、宿所としている長崎藩邸に帰り、皆で議論する。そして皆は、学んだことを大村に持ち帰るために、共同で教科書のような冊子にまとめた。その冊子には、軍の指揮に欠かせぬ号令の掛け方までもが克明に記されていた。

彼らは、翌慶応二年（一八六六）三月に大村に戻り、藩の兵制を徐々に洋式に変えようとした。それは、まず家臣の二男以下の男子を給金で藩兵として徴募し、銃隊を編成して訓練し、銃などの武器も藩政府が支給するという方法である。藩が買い入れた西洋銃は、慶応二年だけでも六百丁余にもなり、さらに鳥羽伏見の戦いの前までに五百丁ほどが買い足されることになる。

こうして、清左衛門らが持ち帰った知識に基づく洋式兵制への改革は、西国諸藩では、薩摩藩、佐賀藩、さらに長州藩に次ぐものとなり、後の戊辰戦争での大村藩の活躍にもつながるのであるが、それは後の話である。

【四】山田の滝

長崎に行く清左衛門らを見送ってからも、昇は大村にいた。二十日近くを大村で過ごすのは久しぶりであったが、昇は焦りを感じていた。長州再征討のこと、大宰府の五卿の処遇のこと、さらに福岡藩の勤王党弾圧のことなど、昇があちらこちらを駆けずり回っても、自分ではどうにもならない力が世の中を動かしていた。

ましてやこの頃は、大村藩内でも、何か陰謀めいた力が動き始めていた。そのきっかけは、九月二十一日付で徳川家茂から天皇に上奏した長州処置の意趣書の写しが、大坂藩邸発で十月三日に大村に届き、いよいよ再征討が間近であることが伝わったことにある。

再征討が始まれば、今度こそ長州は誅罰され、尊王攘夷は完全に潰されるという読みが大村藩内に広がり、勤王に傾倒している藩主はまだしも、藩主を取り巻く勤王党の面々は藩政の表舞台から消えていく運命にあるというのである。このため勤王党の面々は危機感を覚え、何かの対応策を講じなければ党が壊滅させられるのではないかと感じていた。清左衛門の鉄砲隊の構想も、その対応策の一つであった。

そのような状況の中のある日、昇は楠本勘四郎を誘って長岡治三郎の屋敷を訪れた。そこには、中村鉄弥も来ていた。

「昇殿は忙しく飛び回っておられるゆえ、今の藩内の事情を御存知ないでしょうが、勤王党への風当たりは相当のものです。幸いに殿が勤王を掲げておられ、御家老の針尾（九左衛門）様にせよ、（大村）太左衛門様にせよ、勤王の志を守って殿を支えておられますので、面と向かって勤王党を誹謗することはありませぬが、明らかに不満を持つ輩が御両家（大村邦三郎と大村五郎兵衛）の屋敷で交互に会合を持っています。浅田千代治（失脚した浅田弥次右衛門の弟）、富永弥五八、隈可也《くまありなり》と弟の央《ひさし》、安田志津摩、長井兵庫、雄城直記《なおき》といったところがいつもの顔です」と治三郎は言い、鉄弥も頷いた。

「その面々ならば、御両家と浅田弥次右衛門の取り巻きゆえ、集まるのはおかしくはないが、何かよからぬ企みを進めているのかもしれぬ。長崎奉行と通じ合うようなことになれば煩《うるさ》いことになる」

と昇が応じると、治三郎が言った。

「ここで、今ある勤王党を引き締め、さらに新たに参加する者を募るためには、一度、皆で集まり、改めて我らの志を固める要があるのではありませぬか」

「それは良い考えじゃ。その会合を是非に進めよう。五教館の教場が広いゆえ、そこに皆を集めようではないか」

「昇、それはだめだ。あそこは目につきやすい。徒党を組むことを禁ずる藩是は今も生きている。この屋敷に数人が集まることさえ、隣近所から怪訝な眼を向けられるおそれがある。ましてや、五教館の如き場所で集会を持てば、佐幕の連中に足元をすくわれる口実をやるようなものだ。何処か目立たぬ場所が良い」と勘四郎。

「それなら、山田権現の奥にある滝の手前に広くはないが岩棚があります。そこへ行くには、岩に挟まれた狭い淵を通らねばなりませぬが、岩棚は外からは見えませぬ」

と鉄弥が提案すると、

「山田の滝か。あそこならば、幼き折、勘四郎と川海老を捕り、ついでに水浴びしたことがある。今の時期なれば水も少なく、訪れる者も少ない。岩棚には座る場所もある」

と昇が勘四郎にも同意を求め、勘四郎も「そこなら良かろう」と言った。

早速、十日後、滝壺の手前の七面大明神の祠の前に集まることにして、四人で手分けして同志に連絡することにした。

会合の後、治三郎の屋敷から昇と勘四郎は連れ立って帰ったが、途中、勘四郎が唐突に、

「実は、拙者の舅《しゅうと》（村部俊左衛門）からも、勤王党とは手を切れと言われておる」

「そうか。で、お主はどうする」

「聞くまでもない。勤王党とは一蓮托生だ。妻がどうしても党を離れてくれと言うのであれば、離縁するしかない」

昇は、「離縁」という言葉が出たことで、妻フクとの間が上手くいっていないことを勘四郎に打ち明けた。ことの始まりは、八月上旬、福岡藩内訌の調停使の旅から帰った日、昇はフクを求めた。しかし、フクは「月の障りが御座います」と昇を拒んだ。

数日経って、藩主の長崎奉行訪問の準備のために長崎に出る前日、昇はフクと床を一つにしようとしたが、フクは「お止めください」と言って拒もうとした。昇は構わずフクの体に挿し入ったが、終わった後、フクは部屋の片隅で泣いていた。昇もフクを労《いた》わることなく、そのまま寝入り、翌朝、朝餉もとらずに長崎に発ったのである。

その後、長崎から帰ったときも、フクは能面のような顔をして玄関で出迎えるが、笑顔もなく、食事も共にしようとはしない。そして、此度、藩主に供奉して長崎に行って、九月下旬に帰って来たとき、家にはフクの姿はなかった。

昇が渡辺の実家に行くと、母サンが告げた。

「フク殿は、一昨日、御実家に戻りました。お主が帰っても、しばらくは実家にいたいゆえ、迎えには来ないで欲しいとのことでした。もし、家に戻るとしても、自分で決めたいとのことでした」

「然様ですか。母上には御心配をおかけいたしました。拙者も留守ばかりで、フクが可哀想だと思うのですが、如何せん、思うに任せませぬ」

　と昇は言い、懐の財布を取り出し、一分銀を五，六個（一分銀四つで一両）ほどつまみ、これを懐紙に包み、

「母上。誠に申し訳御座いませぬが、これをフクに届け、毎月、同じだけを届けるゆえ、気が済んだら帰ってくればよい、と伝えていただけませぬか」

　と、母に渡した。以前であれば母も、「自分で持って行きなされ」と突き放したであろうが、今の昇の事情もわかるので、

「承知しました。明日にでもフク殿のところへフデと一緒に参りましょう。フデとは仲が良いので、少しは気を許してくれるでしょう」と包みを受け取った。

　このような経緯があったが、フクは勘四郎の縁続きであり、勘四郎の紹介で結婚したので、昇は言い出すのに遠慮があった。

「お主には言いにくいことだが、フクは拙者が留守の間に屋敷を出て、今は親元にいる。今回ばかりは、フクは本気で別れるつもりのようだ。済まぬ。この通りだ」

　昇は勘四郎に頭を下げた。

「実は、お主には黙っていたが、お主の留守中、フクの親から娘を引き取りたいとの相談があ

った。拙者は、お主が藩の大事な役目を務めているゆえ、もう少し長い目でみたらどうかと諭したが、詰まるところ、お主の勤王ぶりが、先々、フクのみならず、自分らにも災いをもたらすのではないかと心配しているのではないかと思う」

「そうだったのか。拙者もフクには悪いとは思ったが、ゆるりと話すこともなく、いつも飛び回っていたゆえ、フクが親の意向との板挟みになっていたことに気付かなかった。されど、拙者もお主と同じく、自分の信条を曲げることはできぬ。拙者と離縁したいというのであれば仕方あるまい」

十日後、山田の滝に集まったのは、昇、勘四郎、松林飯山、治三郎、中村鉄弥ら十数名であった。しかし、当日、集まることが叶わなかった針尾九左衛門、土屋善右衛門、中尾静摩らからも「勤王に殉ずる」との言質《げんち》を得ていた。

さらに、大村を留守にしている兄の清左衛門や加藤勇なども加えると、この段階で勤王党の総勢は二十名を超え、集会に参加した皆が勤王の誓いを新たにして決起の声を合わせた。

そして、昇らの提案で全員の連判状を作り血判を得ることとして、表書きは松林が引き受けた。また、今後この場所を密会の地とすることにしたのである。

山田の滝での集会の後、十一月に入った頃、昇は稲田東馬と玖島《くしま》城内の側用人の詰所で二人きりで話していた。その日、昇は大宰府の土方楠左衛門から福岡藩の勤王党の面々に対する刑の執行が行われた旨を報せる書状を受け取ったため、今後の対応を相談するためである。

「稲田様。去る十月二十五日に福岡藩の勤王の方々への断罪が行われ、加藤司書様ら七名は切腹、月形洗蔵殿ら十四名は斬首、さらに数名が遠島、百名以上が入牢、蟄居、士籍召し上げということになったようで御座います」

「それは酷《ひど》い。殿からの書状に記した宥免の願いも届かなかったのか」

「三条（実美）卿からも同様の書状が出されたようで御座いますが、福岡藩からは、『刑を一等減じて切腹にした』と、馬鹿にしたような返答があり、三条卿もお怒りにあられるとのことで御座います」

「福岡藩との交誼もこれまでじゃな。殿様にはお報せいたすが、御落胆であろう」

「つきましては、拙者を大宰府に行かせていただけませぬか。福岡藩が佐幕となれば、三条卿らを幕府に引き渡す動きとなるのは必定。それを阻止するために、薩摩藩が手勢を増し、久留米、肥後（熊本）などからも勤王の有志が集っていると土方殿は書いてきていますが、勤王を藩是とするわが藩としても指を咥《くわ》えて見過ごすことはできませぬ。せめて、大村藩から拙者なりとも名を連ねて三条卿らを御守りいたしたいと存じます」

「昇。気持ちはわかるが、それはならぬ」

「何故で御座いますか」

「考えてもみよ。知っての通り、先月、幕府から各藩に長州征討の出陣準備の督促が参った。無論、わが藩は長崎に兵を送り出さねばならぬ。清左（清左衛門）とお主が応接役を仰せつかっているが、清左は長崎。よって、このような大事なときに、お主が応接役の務めを兄の分まで担わねばならぬ」

「そのことはわかっております」

「いいや、わかっておらぬ。確かに、藩是は勤王じゃ。されど、それは藩内のこと。お主が突出して勤王の道を進めば、幕府の疑念を招き、そのことで困るのは殿様であり、大村藩じゃ。薩摩や長州とは違い、わが藩は幕府とまともに争う力はない。よって、お主を大宰府に遣るわけには参らぬのじゃ。お主も気付いておろう。今、藩内では殿様の勤王を陰で非難する者たちも多い。誰とは言わぬが、侮《あなど》れぬ相手じゃ。よいか、これは勤王を捨てることではない。今は、慎重にせよと言っている」

「さらに、お主が度々大宰府に通うゆえ、福岡藩には嫌われ、長崎奉行所には狙われているというではないか。頼りに思うお主に何か事故が起こらぬかと、殿様も心配されている」

昇は、東馬との話し合いの途中で、「脱藩してでも」との思いがよぎったが、藩主が昇のことを心配し、また頼りにされていると言われ、また応接役は藩を勤王に向かわせるためには他には任せられないと思い、大宰府行きを断念したのである。

【五】妻女の不満

十一月十六日、幕府が紀州藩主徳川茂承《もちつぐ》を先鋒総督として、三十一の藩に長州再征討のための出陣命令を十一月七日付けで発したとの急報が大坂藩邸から届き、あわせて大村藩については、長州出兵の代わりに長崎港ならびに西海域の哨戒警護の増強に当たるべしとの達しを受けたとの報せが付されていた。

大村藩ではこの報せを受けて、長崎出兵の準備にかかることにしたが、果たして大村藩のみで長崎警護に当たるのか、西海域の哨戒の範囲はどこまでか、といった詳細がわからない。そこで、長崎藩邸を通して長崎奉行所に問い合わせをしたが、長崎奉行所からは正規の幕命が届くまでは準備をして待機するようにとの返答があった。

また数日後、江戸の藩邸からは、幕閣に問い合わせていた参勤交代について、長州征討が終わるまでその要はないとの回答を十一月八日に得たとの報せも届いた。

いずれにせよ、長州再征討が決まったのであるが、ここにきて思いがけず、藩主大村純熈《すみひろ》が困った問題に直面した。それは、前藩主、つまり大村純顕《すみあき》の夫人の処遇に関わる問題である。ただ、扱いを間違えると、藩全体の問題に発展する可能性を秘めていたので、おろそかにできなかった。

純顕の夫人は陸奥国三春藩（五万石）九代藩主秋田孝季《のりすえ》の娘で、十代藩主秋田肥季《ともすえ》の実妹であるが、その養女として輿入れしてきた。しかし、江戸生まれの江戸育ちである。大村家に嫁いでも、大村藩上屋敷の中で過ごしてきたのであり、やはり江戸から出たことはなく、純顕が藩主の座を退いて大村に帰っても、江戸に留まった。

ところが、文久二年（一八六二）の幕政改革で証人制度が廃止され、藩主の妻子は国元に帰ることになった。大村藩では、文久三年（一八六三）五月に現藩主大村純熈夫人と養嗣子絢丸《あやまる》が相次いで大村に帰着したのである。

純熈夫人は大和国小泉藩（現大和郡山市）第十代藩主片桐貞照《さだてる》の養伯母として輿入れしてきた。片桐家は、豊臣秀吉に仕えた賤ケ岳七本槍の一人、片桐且元《かつもと》を祖に持つ。その純熈夫人が大村に下る際、純顕夫人もついてきた。

純顕は若くして病気を理由に純熈に藩主の座を禅譲し、自らは大村に帰り、玖島城の堀を隔てた桜田御殿に住まった。しかし、桜田御殿はただでさえ手狭なうえに、純熈夫人や養嗣子絢丸や女中らが大村に下り、城内の居館に住むことになったために、そこに住んでいた純熈の側室と女中たちが桜田御殿に移るという玉突きの状態となったのである。

その結果、純顕自身の桜田御殿での居場所がなくなり、大村の郊外に建てた庵のような簡素な屋敷に移ったが、そこは江戸の大名屋敷の中で姫様として育った純顕夫人が住めるような場所ではなかった。

そこで純顕夫人は、一時的な仮住まいのつもりで、純熈の側室と桜田御殿で同居するという奇妙な生活を始めたのであるが、長くなると、当然に不満も募り、「江戸に帰してくれ」と言い出したのである。無論、藩にとっては、妻子の帰国容認令により幕府に妻子を人質として抑えられることがなくなったので後顧の憂いも消え、さらに江戸での冗費もなくなり、その分、藩の財政も改善したのであるが、夫人や女中たちにとっては迷惑至極であった。

その不満が爆発したのが、最初の長州征討に勝利し、自信を得た幕府が、慶応元年（一八六五）に参勤交代の制を旧に戻し、併せて妻子も江戸に再び集めるとの令を発したときである。

勤王を藩是として掲げる藩主の純熈としては、今さら夫人たちを江戸に帰したくないので、最初のうちは純熈が純顕夫人を宥《なだ》めていたが、次第に手に負えなくなった。相手は生身の人間であり、「私らは勤王には関係ない」と言わんばかりで、しかも純熈夫人も、「私も一緒に江戸に帰りたい」と言い出した。そこで純熈自身が、稲田東馬らの側用人、さらには家老たちにまで「何とかしてくれ」と相談する事態となったのである。

執政たちも夫人らを江戸に帰してはならないと思っているので、江頭家老が夫人らに会って説得し、純熈夫人だけは翻意させることができたが、純顕夫人については難しい。そこで、執政らが最後に頼ったのが格外家老で、藩士中最大の知行高の大村五郎兵衛であった。五郎兵衛は純顕夫人の婚礼の際の江戸詰め家老であり、世話役として細かく優しい配慮をしてくれたので、純顕夫人も信頼している。

説得の舞台は五郎兵衛の屋敷で、純顕夫人を招き、菊を愛でながらの酒食の会を催すことにしたのである。そして、応接役の昇にも同席を促した。

純顕夫人は久しぶりの外出で、しかも日頃とは異なる場所と雅《みやび》な花と料理と酒で機嫌が良かった。頃合いをみて、五郎兵衛が昇を紹介した。

「奥方様におかれましては、これなる者を御存知であられますか」

と、五郎兵衛が昇を純顕夫人の前に呼び寄せた。

「奥方様には、お初に御目にかかります。渡辺昇で御座います」

昇は畳に手をついて頭を下げ、自己紹介した。

「其方《そなた》が渡辺昇殿ですか。純熈様から、しばしば御名前をお聞きしております。確か、江戸の大きな道場の塾頭をなされていたということですが、流石に偉丈夫ですね」

と純顕夫人が言った。純顕夫人は小柄で華奢な体つきなので、立っても昇の胸のあたりまでしか身長はなさそうである。

「畏れ入ります」と、昇は改めて頭を下げた。

「本日、渡辺をこの席に呼んだのには訳がありまして、少《すこ》しく、現今の天下の情勢を奥方様のお耳に入れるようにと申し付けたので御座います」

と五郎兵衛は昇に、「お話しせよ」と促した。

実は、五郎兵衛は純顕夫人を大村に留め置くために、少し怖がらせてもよいから長州と幕府の戦が始まりそうだと話してくれと昇に前もって言っておいたのである。

「されば」と、昇は脇に置いた紙を純顕夫人の前に広げて、右手で扇子の先をつまみ、

「拙者は殿様の命を受けて、あちらこちらと探索の網をめぐらしておりますが、間もなく、幕府と長州の戦が始まるものと思われます。ここが長州、幕府方はこちら」

そう言って、紙に描かれた江戸以西の日本地図を扇子の根元で指しながら説明を始めた。

純顕夫人は日本地図を初めて見るような眼差しで、昇の動かす扇子の先を追った。

「ここが、大村。江戸はこちらです。奥方様が江戸からお見えになったのは、この道筋で御座います」

と昇は、東海道、瀬戸内海、そして長崎街道を辿って大村に至る道を示した。

「確かに、遠い道のりでありました」

「実は、これから始まる戦に備えて、この道筋はすべて閉ざされております。無理に通ろうとしても、幕府か長州の軍勢に阻まれ、悪くすれば、雑兵の手により乱暴され、命を落とすことになるかもしれませせぬ」

「おお、怖いこと。何と、通れぬと申すか。つまり、江戸に帰るのは難しいと言うのか」

「然様で御座います。さらに、江戸では、諸藩の藩邸に留まる奥方やお子様方を人質にするために、何処にも出られぬように幕吏が見張っていると聞いております」

「大村も同じようなものです。大村に下った当初は、このように長きになるとは思いもよらず、

純熈様の御側室と同じ屋敷に住むことも暫《しば》しの辛抱と思ってきました。されど、いつまで経っても純顕様と一つ屋根の下で暮らすこともできず、これでは大村にいても詰まりませぬ。せめて純顕様と過ごせる屋敷を用意してもらえれば、私とて江戸に帰るとは申しませぬ」

と、純顕夫人は言ったので、五郎兵衛はすぐに反応し、

「奥方様の御気持ちも察せず、先代様とお暮らしになるお屋敷を用意しなかったのは当藩の落ち度で御座います。早々に屋敷を用意させていただきたく存じますので、それまで、しばらく御辛抱くだされ」

と言って、純顕夫人の希望に添うようにすることを約束したのである。

次の日、執政会議が開かれた。その席には、家老の江頭隼之助、側用人の稲田東馬、さらに元締役の中尾静摩、そして昇が出席し、五郎兵衛から純顕夫人の希望を聞き、早速、対応策が論じられた。

「早速、殿の御許しを得て、先代様と奥方の御住まいを造る算段をしなければならぬ」

と五郎兵衛が言うと、財政に詳しい中尾が難色を示した。

「お待ちくだされ。今は、時期が悪う御座います。先代様のお屋敷を新しく造るとなると、かなりの量の材木と石材を集め、大工や石工のみならず、人足も集めねばなりませぬが、金蔵は空になります」

ここで、藩財政の現実を知らされた皆は顔を見合わせ、黙り込んでしまった。確かに、純顕

夫人の希望に添うだけの御殿を建設する資力は今の藩にはなかった。

「新しく造営する金がなければ、桜田御殿に先代侯と奥方にお住まいいただき、千《せん》の方《かた》には元通り、城中の御殿の一角に移っていただくのは如何かな」と江頭家老が言った。

「千の方」とは側室である。奥方の大村下向にあたり、遠慮して城を下がり、桜田御殿に移っている。藩主も、時々千の方のもとに出向くが、奥方を憚《はばか》って泊まってはこない。

しかし、そこは年の功ともいえる五郎兵衛が言った。

「それでは、奥方と千の方とが同じ屋根の下でお暮らしになることになる。ここは家臣たる者、殿の御気持ちを忖度《そんたく》しなければなりませぬぞ。殿も気が休まらぬではありませぬか」

これには、江頭家老だけが訳がわからぬといった顔をしているが、他の者は納得し、この案は立ち消えた。

しばらくの沈黙の後、昇が発言した。

「畏れながら、よろしゅう御座いますか」

「昇。遠慮せず、申し上げよ」と江頭家老が促した。

「されば、申し上げます。まず、先代侯と奥方のお住まいは新しく造営することにして、場所は水神宮の池を埋め立てればよろしいかと存じます」

水神宮は桜田御殿の北の一角にあり、社《やしろ》と池を併せれば相当の広さを確保できる。また、渚も近く、普段は静かであり、先代侯夫妻が住むには適当な場所といえる。

これを聞いて、中尾が何かを言おうとしたが、昇は手で制した。

「無論、金がないことはわかっております。そこで、目立たない場所の材木と石材はできるかぎり主《あるじ》のない屋敷から使われなくなったものを集め、足りないものは太良の山中から伐《き》り出し、あるいは海岸から運べば、あとは少し買い足すだけで済むのではありませぬか。また、石工、大工、左官、指物などの職人はともかくとして、人足は五教館の学生を出します。これも鍛錬のうちと言えば、学生は手伝いましょうし、藩のために働くまたとない機会だと言えば、学生は喜びましょう」

計算が早い中尾が、「それならばできそうだな」と言うと、江頭家老が、「それで奥方には納得してもらえるかのう」と、半信半疑で皆の顔を見回した。すぐに五郎兵衛が、「良い案じゃ。殿と先代様に御了解いただければ、後は問題なかろう」と言ったので、他の執政たちも賛成した。

結局、昇の案は藩主も承認し、純顕も承諾した。作事奉行には五郎兵衛が就き、副奉行は昇が任じられ、御殿は慶応二年（一八六六）十月に完成することになるが、早速、昇が指揮を執り、五教館の学生を使って水神宮の埋め立てが始まったのである。

【六】薩長同盟

慶応元年（一八六五）十一月に長州征討進発を命じた幕府であるが、なおも不戦での勝利を目指して、長州藩との談判を重ねた。

一方、長州藩は、開戦已むなしとの覚悟の下、武備に努めると共に、宿敵薩摩藩との軍事同盟に踏み切った。

時は慶応二年（一八六六）一月二十一日、場所は京の薩摩藩家老小松帯刀邸である。その席には、薩摩藩からは西郷隆盛、小松帯刀、大久保利通、吉井幸輔、島津伊勢、桂久武、奈良原繁、長州藩からは木戸孝允（桂小五郎）、品川弥次郎、三好軍太郎がいた。

同盟の内容は、概ね以下の通りである。

一、戦いになった場合は、薩摩はすぐに二千余の兵を急いで上らせ、在京の兵と合わせて、京、大坂を固めること。
一、長州軍が勝利となりそうな場合、薩摩は朝廷へ講和を働きかけること。
一、万一、敗色になった場合も、一年や半年は壊滅することはなく、その間、薩摩は必ず助けるために尽力すること。

一、幕府兵が東へ帰ったときは、朝廷へ申し上げて、冤罪を朝廷から免じられるように尽力すること。

一、一橋、会津、桑名等が今と同様に朝廷を擁し、正義を拒み、周旋に尽力することを遮《さえぎ》ろうとする場合は、兵を上京させ、決戦に臨むほかないこと。

一、冤罪を免じられた後は、薩長は誠意をもって協力し、皇国のため、皇威の輝きが復活するように尽力すること。

この時期幕府は、諸侯会議の開催を主張して幕府の支配力を削ごうとする薩摩藩の姿勢に強い懐疑心を抱き、薩摩藩を除外して長州問題を幕府の権限と動員する軍事力でもって解決しようとした。そしてこのことは、薩摩藩をして、長州藩の始末が終われば、次は自藩に幕府の攻撃の矛先が向けられるとの危機感を持たせ、長州藩との軍事同盟へと駆り立てる要因となった。

無論、長州藩も、迫り来る幕府征討軍の脅威に晒され開戦必至との覚悟であるので、嫌いな薩摩藩であっても、自分の味方になってくれる相手であれば否応もない。ここに、両藩の思惑と利害は一致したのである。

ただ両藩には、それぞれの面子がある。とくに長州藩は、文久三年（一八六三）の八月十八日の政変と翌元治元年（一八六四）の禁門の変での仕打ちに憎しみを抱き、薩摩藩を不倶戴天の敵と考える藩士がほとんどであった。確かに、鉄砲や艦船といった武器の調達で薩摩藩から便宜を受けたが、それだけで薩摩藩への憎しみが溶けるものではなかった。

こうした状況下で両藩の宥和を説いたのが、三条実美、土方楠左衛門、昇、中岡慎太郎、坂本龍馬らであった。なかでも龍馬は、渋る木戸孝允を京に上らせ、一方で薩摩側を交渉の席に着かせ、自ら立会いの下、前記の六か条からなる、事実上の軍事同盟である薩長同盟を結ばせた。

しかし、薩長同盟締結の二日後、龍馬は伏見の寺田屋で京都守護職の指図による京都奉行所らの百名ほどの捕吏に襲われて手傷を負い、宿の女将と龍馬の妻となるお竜、さらに長州から坂本の身辺を警護してきた三吉慎蔵の働きでかろうじて難を逃れたのである。

このような情勢の下ではあったが、何も知らないまま、薩長同盟が締結される四日前の一月十七日、大村藩家老の針尾九左衛門とその副使として同行した大坂藩邸用人一瀬《いちのせ》伴左衛門、ならびに従者の一行が京に到着した。

大村藩が彼らを京に派遣した目的は、前年九月に兵庫沖に押し寄せた外国艦隊に対する天皇の心痛を見舞うための天機伺いという名目であったが、内実は、十一月に長州再征討の出兵令が幕府から出されたまま、動きがないために、幕府側の事情を探ることであった。

当時、藩内には、第一次の長州征討で長州が簡単に幕府の軍門に下ったために、今回も同じ結末になるのではないかと考える藩士が多かった。それらの藩士たちは、有力者を担ぎ上げて藩主大村純熈への隠然たる反抗勢力となり、もし長州再征討が幕府側の勝利になれば、藩主を隠居させて、先代藩主の子で現藩主の跡目養子として幕府に届け出ている絢《あや》丸か、藩主の姫に適当な婿を迎えさせて藩主の座を禅譲させせようと画策していた。

藩主の純熈は、自ら藩是を勤王としたものの、薩摩や長州のように公然と幕府に反抗するだけの力はなく、長州再征討の動きには神経を研ぎ澄まして藩の舵取りをしなければならなかった。大坂藩邸からも報せが入るが、それらは幕府が公式に発出するもので、内実を知るには不十分であった。やはり、家老級の者を派遣して、可能であれば幕閣に直接に長州再征討の行方を探らせる必要があった。それだけに、針尾家老が藩主から託された使命は大きかった。

針尾らは京に着くと、最初に京都所司代に上京の目的を届け出て、次に関白二条斉敬《なりゆき》邸を訪問して藩主からの天機伺いの書と品を献上し、二十二日には勅答書を武家伝奏から拝受した。

その後、大坂に下った二人は、二十四日に、徳川家茂に付き従って来ていた老中井上河内守正直（浜松藩主）を宿所に訪ねた。井上は長崎警護の主力である大村藩の筆頭家老の針尾の来訪を断わらなかった。

井上は「ここだけの話」として、前々日に一橋慶喜が参内して勅許を受けたという長州処分案を説明した。それは、以下の三か条からなっていた。

一．支藩を含めた長州藩の総石高から十万石を削封。

一．長州藩主毛利敬親《たかちか》は隠居のうえ、蟄居。世子毛利定広は永蟄居の上、長州藩の家督相続は然るべき者にする。

一．三家老（益田、福原、国司《くにし》）の家名は永断絶。

井上は言った。

「近々、この勅許を押し戴《いただ》いて広島に参り、謹んで受けるように毛利父子に伝えるが、これまでの経緯《いきさつ》からすれば長州が容易に服すとは思えぬ。そのときは戦しかあるまい。その布陣もすでに終わっている」

これを聞き出した針尾家老は、急ぎ、書状で国元に報せた。ただし稲田東馬宛てであり、藩内の佐幕派に知られないように、稲田から藩主に伝えることになっていた。

ところが大村の国元では、正月元旦の夜、針尾家老に関わる小さな事件が起きていた。それは、針尾家老の館の石塀に、横一尺（約三十センチメートル）、縦二尺ほどの貼り紙が二日の早朝に見つかり、そこに針尾家老を揶揄《やゆ》する落首が書かれていたという事件である。

その落首とは、『唐団扇《からうちわ》孔雀尾を振る 初旦《はつあした》』というものである。

「唐団扇」は針尾家の家紋、「孔雀」とは針尾九左衛門のことで、「尾を振る」は、勤王派にすり寄っているというのが普通の解釈であった。針尾家老が上京している間の留守を狙っての仕業であることは疑いようがなかった。

これを見つけたのは針尾家の下男で、しかもまだ薄暗い夜明け前のことであるので、読んだ者は少ないと思われた。

ところが、貼り紙の落首が誰彼《だれかれ》となく広まり、玖島城下で瞬く間に面白可笑《おもしろおか》しく口にされるようになったため、藩庁ではこれを由々しき事態と捉えた。すぐに下手人の探索を始めると共に、行き過ぎた言路洞開（自由な意見開陳）を戒める達しが十日に発せられたのである。

また、下手人の探索のなかで、格外家老大村五郎兵衛の養子、大村泰次郎が関わっているのではないかとの疑念が持ち上がった。五郎兵衛は、御両家、つまり門閥二家の一方の当主である。御両家からは世襲家老を出してきたが、先代藩主純顕と現藩主純熈の代に行われた藩政改革で門閥家老は廃止された。しかし、五郎兵衛は純熈の改革に協力的で、その功が認められて藩主の諮問機関である格外家老としての地位を保っていた。

ただ、五郎兵衛は子供が相次いで夭折《ようせつ》し、家を継がすために名門浅田家から十歳の泰次郎を養子に迎えた。その後、泰次郎は現藩主純熈の前の養子で、夭折した於莵《おと》丸の御伽《おとぎ》人（遊び相手）となり、前藩主純顕の娘を妻に迎えているため、養子で五郎兵衛の家督を未だ相続していないとはいえ、主家につながる要人である。

この泰次郎が落首事件に関わっているとの疑念が浮かび上がり、藩の執政たちは、扱いを慎重にし、できれば表に出ない形で収めたいと考えたのである。とはいえ、家老の誰かが五郎兵衛に会えば目立つことになる。

そこで、昇が五郎兵衛と会って、泰次郎を諫めてもらうように頼むことになった。五郎兵衛が作事奉行、昇が副奉行となった先代藩主の御殿の建設で、建設地の水神宮の埋め立てと縄張りが終わったばかりなので、二人が会うことを不審に思う者がいないからである。

第八章　藩内分断の翳《かげ》（鳥羽伏見の戦いまで一年七か月）

【一】落首事件、再び

慶応二年（一八六六）一月二十二日の昼過ぎ、昇は五教館の地続きにある格外家老大村五郎兵衛の屋敷を訪れ、通された書院で五郎兵衛の入室を待った。

やがて小姓の先触れがあり、五郎兵衛が現れた。

「昇。此度《こたび》は苦労をかけた。お主の力で池の埋め立ても無事に済み、いよいよ着工の目途が立った。礼を言う。今日はよい機会じゃ。ゆっくりしていけばよい」

「ありがたきお言葉で御座いますが、本日は御無礼を顧みず、お願いの儀があって罷《まか》り越しました」

「然様《さよう》か。まずは、その願いとやらを聞こう」

「されば、これを御覧ください」

そう言って昇は、懐から折り畳んだ紙を取り出し、五郎兵衛の前に広げて見せた。

「正月元旦の夜、このような落首が針尾様の館の石塀に貼られておりました」

五郎兵衛は書かれているものを読み、「これが、例の落首であるか」と聞いた。

「御存知で御座いましたか」

「正月の十日に言路洞開の行き過ぎを戒める達しが出されたゆえ、何事かと家来に調べさせた。それにしても、下手な字じゃ」

「おそらくは、書き手を突き止められぬようにするためと思われますが、書き手の見当がついております。されど江頭様ら御家老方は、これを咎《とが》めても事を荒立てるだけのことゆえ、できれば穏便に済ませたいと仰せです。無論、殿にはお報せしておりませぬ」

「それで落ち着くのであれば、結構ではないか。落首如きで、右往左往するのも大人気《おとなげ》ない。されど、これと儂《わし》への願いと何か関わりがあるのか」

「実は、目付方で探索した結果、泰次郎様がこの落首に関わっておられるのではないかという結論に至りました」

「何、泰次郎が書いたと申すか」

「いえ、そうでは御座いませぬ。大目付の調べでは、書いたのは、泰次郎様が時折お遊びに行かれる、邦三郎《くにさぶろう》様のお屋敷に出入りする藩士の一人ではないかということです。先の元旦にも集まりが持たれ、泰次郎様も御一緒でした。さらに宴が引けた後、その藩士を含め数人を連れて、お屋敷にお戻りになられたということでした」

　大村邦三郎は御両家の一つ、彦右衛門系の大村家当主である。先の当主大村彦次郎顕朝《あきとも》の養子となって家督を相続して藩主から名をもらい、大村邦三郎熙友《ひろとも》と名乗っていた。知行石高八百四十六石は、五郎兵衛に次ぐ藩内二位の大身である。

また養子とはいえ、邦三郎は戦国の世の梟雄《きょうゆう》、北条早雲の血を引く名門北条家の出であり、大村藩の家臣団の中でも、出自において大村家に遜色はなかった。

「確かに、泰次郎は元旦の夕刻に邦三郎殿の屋敷に挨拶に行くと言って出て行き、夜遅くに、何人かの藩士を引き連れて帰ったと聞いておる。その夜に貼り紙があったと申すか」

「然様で御座います」

「書き手の見当がついているとは、如何なる証拠があってのことじゃ」

「（松林）飯山殿は五教館で書も教え、添削もしております。飯山殿によれば、『はらい』や『はね』など、書の癖は見間違えようがないとのことです」

「なるほど。それで、儂に願いの儀があるとは、どのようなことか」

「申し上げにくいことで御座いますが、泰次郎様に『落首の書き手が判ったらしい。城下でのこのようなことが殿様のお耳に入れば戯言《ざれごと》では済まされず、大事《おおごと》になる』と、それとなくお話しいただきたいので御座います」

五郎兵衛は眉間にしわを寄せるような顔をしながらも、「相わかった。泰次郎には軽はずみなことはしないように申しておこう」と言った。

この日、昇が江頭家老らに頼まれたことは、泰次郎の件で貸しを作り、藩内の佐幕派の抑え込みに五郎兵衛の協力を仰ぐことであった。

「ところで、五郎兵衛様。邦三郎様の近頃の御様子からすると、あえて殿に抗《あらが》っておられるように拝察されますが、如何なるお考えにあられるか、御存知でしょうか」

「邦三郎殿とは、なかなかゆるりと話す機会もない。ただ、邦三郎殿は、通常なれば家老として執政の一角を担うはずのところ、藩政の改まりにより役を外れ、無聊《ぶりょう》をかこっておられる。儂だけが殿の政《まつりごと》を支えていることが気に喰わぬらしいが、これも鬱屈《うっくつ》の一つの理由であろう。邦三郎殿の屋敷には、同じく藩政に不満を持つ輩が集まっているようだが、殿の勤王に対抗するとなれば大義が佐幕に傾《かぶ》くは必然であろう。泰次郎の話によれば、今時藩を挙げて勤王に傾倒することは極《きわ》めて危ういとしきりに言っておるとのことじゃ」

「殿様は、天子様を崇めておられるだけのことで、決して幕府に刃向かおうとすることではありませぬ」

「それは佐幕の側からすれば屁理屈《へりくつ》じゃ。お主は、度々大宰府におわす三条卿らの堂上方を見舞い、殿の名代として金品を届けていると聞く。幕府の罪人である三条卿らを助けることこそ、幕府への謀反そのものであろう。さらに、飯山は五教館で勤王の心得と称して、学生らに水戸学を講義していると学生の親たちから苦情を受けているのも事実じゃ。しかも、これらは殿の許しを得たうえでのことなれば、まさに勤王に傾くこと、すなわち反幕ではないか、というのが、多分邦三郎殿らの存念ではないかな」

　昇は、隠密裡に大宰府に行き、反幕勢力と接触していることを五郎兵衛が知っているらしいということは、他にも知っている者がいるということであり、注意しなければならないと思った。とくに、長州の小五郎らとのつながりは漏らしてはならないと肝に銘じた。

「確かに、私は殿の御命令で大宰府に行き、お見舞いの金品をお届け申しておりますが、あくまでもお見舞いということで、大宰府の警護方詰め所にもその旨を届け出ております」

「まあ、よい。されど、これだけは忘れてはならぬ。一昨年の十二月、幕府の征討が始まるや否や、長州藩は戦わずして幕府に屈服し、家老らの首級を差し出して許しを乞うという結末を迎えておる。それでも懲りずに再び幕府に刃向かっているが、此度《こたび》は幕府とて本気で長州を潰す気でいるはずであろうゆえ、長州の始末がつけば、わが藩のような小藩は撫《な》で斬りで潰されるであろうというのが、多くの藩士が思うところじゃ。これについては、儂も同じように心配している」

「殿様は、確かに難しい舵取りをなされておられますが、だからこそ、足元が乱れぬようにしたいとのお考えです。その御心配の一つが、邦三郎様を取り巻く方々の動きで、今回の落首についても、二度と同じようなことが起こらぬように、御両家筆頭の五郎兵衛様から御忠告いただきたいと、御家老の皆様が申されております」

「儂は殿様のためなら、この身を投げ出す覚悟でいる。されど、家老らの望みに添えぬは情けないが、儂の説得は邦三郎殿らには届かぬ。ただ、泰次郎だけは、何としても引き留めるつもりじゃ。近頃、邦三郎殿と仲良くし過ぎている。それが心配じゃ」

こうして、この日の二人の会談は終わった。

ところが、それから八日ほど経った一月末に、新たな落首が藩校五教館の御成門《おなりもん》の門柱に貼られた。五教館は学生だけでなく、登城、あるいは藩会所への通り道の本小路にあるので、多くの藩士が落首を読み、しかも御成門は藩主のみが潜ることを許される門であるために、藩主への抗議を強く意識した落首と受け取られたのである。

その落首は、『ほぐろさん 今は御前ものぼりつめ れんに見とれているかひな』というものである。

「ほぐろさん」は五郎兵衛のほほの黒子《ほくろ》を当てこすったもの、御前は門閥筆頭の地位、「のぼりつめ」は「登り詰め」と「昇」を掛け合わし、「れん」は松林廉之助、つまり飯山を指し、五郎兵衛が昇や飯山らの勤王派と仲良くして昇進を重ねていることを揶揄《やゆ》したものと解釈された。そして、今回の落首の筆跡では、飯山でさえも書き手を特定できないというのである。

二回続けての落首事件は、個人攻撃というよりは、明らかに藩政、とくに勤王派を重用した人事への批判、つまりは藩主批判そのものであり、藩の執政として無視できなかった。

再び、五郎兵衛を加えた執政会議が開かれ、昇も出席した。

「五郎兵衛様におかれては、誠に御不快なこととは存じますが、これは殿様にお伝えすべきことかと存じます」と江頭家老が言うと、

「面目ないが、致し方あるまい。先日、泰次郎に注意をした際、その場では儂に逆らう様子はなかったが、かなり思い詰めているようであった。多分に、邦三郎殿が関わっているとは存ず

るが、このことを大袈裟にすれば、藩政には差し障りが生じる。何か、よい手立てはないものか」と五郎兵衛が言った。

「畏れながら、五郎兵衛様までを落首の種にするというのは、余程、藩政に不満が溜まっているゆえかと存じます。斯《か》くなる上は、殿様から直々に騒ぎを鎮める達しを出していただくしか方途はないものと存じます。それにより、一旦、この騒ぎを鎮めた後、相手が次にどのような動きに出るかを見守るしかないものと存じます」

昇がそう言ったので、会議に出ていた皆は、「とりあえず、それでいこう」ということで了承した。

そして藩庁は、二月十日に、落首等による誹謗中傷の流言を戒める達しを藩主自らの命令という形で出したが、次第に城下は藩士同士が勤王と佐幕に色分けされていくような余所余所《よそよそ》しい空気に包まれていったのである。

【二】勝敗の読み

二月二十日に、針尾九左衛門が京、大坂への旅から帰国し、その日のうちに藩主に復命し、武家伝奏から受けた勅答書を奉呈した。

次の日の朝、藩主は玖島城の書院に針尾家老と稲田東馬と昇の三人だけを呼んで話し込んだ。昇は、前藩主純顕の御殿建設の作事副奉行をしているため建設現場にいることが多いが、この日の朝も早朝から現場に出ていて、そこから呼ばれて会合の場に臨んでいた。

「長州の事情にはお主が最も通じておるゆえ、殿にもお許しを得て、お主を呼んだ。考えを聞きたい」

と針尾が昇に言い、老中井上河内守が話した長州藩の仕置きの三か条を書いた紙を見せ、

「お主はどう思う。戦になるか」と聞いた。

昇は、しばらく三か条を眺め、

「十中八九、戦で御座いましょう」と答え、続けた。

「この条件では一方的に長州が罪を問われ、元々、幕府の出した攘夷令に従ったことの是非に何も触れておりませぬ。これで勅許が下りたとは信じ難いことで御座いますが、おそらくは一橋慶喜侯が無理に押し通したので御座いましょう。長州は、理が通らぬとして、受諾するはずがありませぬ」

「流石《さすが》じゃ。この三か条については、井上河内守様も、一橋侯の意向が強く映され、到底、長州が呑むはずはないと、覚悟しておられた」と、針尾家老は昇の観察眼を褒めた。

「そこでじゃ。わが藩として、これからどのように幕府の命に従うかが肝心な点じゃが、その前に、この戦がどうなるか、其《そ》の方《ほう》らの存念を聞いておこう。まず、昇から述べよ」

と藩主が昇の方を向いた。

昇は、このような重大なことについて、執政らを差し置いて藩主に意見を述べることに躊《ちゅう》躇《ちょ》して、針尾家老の顔を窺ったが、針尾は、「昇、遠慮なく申し上げよ」と促した。

「畏れながら、殿の仰せでありますので、忌憚《きたん》なく申し上げますが、この降伏の条件では長州は幕府に寛容さを望むのは難しいと考えて、死に物狂いで反攻するはずで御座います。さらに、本藩のみならず、長府、徳山、清末《きよすえ》の支藩と岩国の吉川経幹《きっかわつねまさ》（監物《けんもつ》）様も、三か条が道理にかなわず、藩主父子をみすみすと幕府に渡すことは臣下としての道に反するとして刃向かうことになりましょう」

「長州に勝算がなくともか」と、針尾家老が聞いた。

「畏れながら、必ずしも勝算がないとは言い切れませぬ」

「その根拠は」針尾家老が重ねて聞いた。

「まず、武備です。前にもお話ししましたが、長州には新型のミニエー銃数千丁が運び込まれたものと思われます。兄清左衛門が申すには、螺旋溝（ライフル）が刻まれたミニエー銃一丁で、十町（約一キロメートル）先から突進してくる徒侍《かち》を一町手前に来る間に十人斃《たお》せます。火縄銃を持つ敵を相手にする銃撃戦では、相手の射程距離よりも遠く離れた所から確実に仕留めることができます。しかも弾の威力は、火縄銃のものとは比較にならぬほどに強いと聞いていますので、相手が鎧兜《よろいかぶと》の武者であっても、ミニエー銃を持つ雑兵《ぞうひょう》が遠くから撃ち殺せます。

仮に、長州が手に入れたミニエー銃が四千丁とすれば、幕府側が四、五万の兵であっても幕府優位とは限りませぬ」

「長州がそれだけのミニエー銃を手に入れたというのは確かなことなのか」

と東馬が質すと、昇は「拙者が知る限りでは、確かです」と言い、「さらに、より重要なことを忘れてはなりませぬ」と言った。

針尾家老が「それは何じゃ」と聞いた。

「幕府側が出した降伏の三か条は、幕府の出兵令に去就を決めかねている諸藩に拒否の口実を与えることになるのではないかと存じます。なぜならば、攘夷の幕命に従ったという長州側にも理があり、詰まるところ、幕府の面子《めんつ》に付き合わされているとみるのではないかと存ずるからです。とくに、薩摩が出兵を拒むことは確かで御座いますが、他の藩も、苦しい台所事情で断る口実を探しているところでありますので、出兵を拒むか、出兵しても戦意は乏しいものと存じます。また、徳川家恩顧の譜代大名家でさえも出兵する大義を見いだせず、されば、この戦が幕府の優位とは限らず、力の差は五分五分、地の利で長州が上というのが拙者の見方で御座います」

これを聞き、藩主は無言で腕を組んだ。他の二人も、言葉が見つからないようであった。

やっと、針尾家老が言った。

「昇の見方を補足することになるのかもしれませぬが、大坂での幕府方の軍勢の有様は、まるで烏合《うごう》の衆とでも謂《い》うに相応《ふさわ》しく、長い滞陣で飽き飽きした兵たちが昼間から酒に酔う姿は見苦しく、これでは戦はできませせぬ」

藩主は「然様か」と言って再び腕組みしたが、針尾家老が続けた。

「ただ一度だけ、幕府の歩兵隊が大坂城の周りを行軍するのを見ましたが、この軍勢は侮れませぬ。軍装も規律も諸藩の兵や旗本の兵とは異なり、格別に優れたもので御座いました」

これには東馬が「フランスの軍制を採っていると聞いております」と言い、藩主が「然様か」と繰り返して、また腕組みした。

その日の午後に玖島城大広間で行われた執政会議には、風邪気味であるとして藩主は出席せず、針尾家老が持ち帰った勅答書を藩主に代わって読み上げ、老中井上河内守が示した長州藩への仕置き三か条も説明したが、幕命である長崎防御の増強のための藩兵の割り振りと手順だけが具体的な議題となり、淡々と終わった。

結局、大村藩としては、勤王の旗印は降ろさず、また幕府と決定的な対立関係に陥ることは回避し、長州征討の成り行きを見守るしかないという、従来の方針が踏襲されたのである。

無論、昇にとっては物足りなさが残ったが、大村のような弱小の藩として、未だ旗幟《きし》を鮮明にするときではないと自分を納得させた。

しかし、昇自身は意識していないが、執政らは昇に確実に一目を置くようになっていた。藩主が昇を重用しているということもあるが、昇の知識や知恵、全国にわたる幅広い人脈、さらには持ち前の勇気と、それを裏付ける剣の力、また治振軒で講武しているために若い藩士や学生に慕われており、昇の存在をどうしても無視できなくなっていたのである。そして、無視できないという意味では、敵対する立場の佐幕派にとっても同じであった。

こうしたなかで、三月早々に渡辺清左衛門が長崎出張から帰った。共に派遣された川原鼎《かなえ》、楠本七郎左衛門、安田達三、大島主税《ちから》、千葉茂手木《もてぎ》の五人も一緒である。

清左衛門らは帰国するとすぐに、執政らに新しい兵制構想のもとでの銃砲隊の創設のために新型銃の購入が不可欠であることを説いた。しかし、新しい兵制のために必要とする銃の数が五百丁というから、執政たちは、その必要性や購入金額の大きさに難色を示した。

慶応元年（一八六五）四月に米国の南北戦争が終結したために、米国製のスプリングフィールド銃も大量に放出され、それに押されて、イギリス製エンフィールド銃も安価になった。とはいえこれらの銃は、一丁あたり一分銀六十個（五両）前後で、それに弾薬代も加わるので、藩の財政支出は巨額となる。以前に、元締役の中尾静摩が提案した方式に基づいて、まず必要な分を藩が買い入れ、これを藩士に五年分割で譲るようにするにしても、やはり藩の負担は重い。

実は、清左衛門らが長崎にいる間に六十丁だけは手当てされ、すでに大村に搬入されていたので、それで十分と思っていた執政たちは慌てたのである。ただ、兵制改革は藩主が言い出したことでもあり、清左衛門らの申し出を無下に却下できなかった事情もある。

清左衛門が帰国して三日後の夕刻、昇は家で食事を共にした。

「品川屋との間で、五百丁程度の銃であればいつでも調達に応じるとの約束は得ている。されど、大量の銃をわが藩が買入れることで長崎奉行所にあらぬ疑いをかけられたくない、というのが江頭家老の言い分だ」と、清左衛門は苦々しげに言った。

品川屋は大村藩が長崎藩邸で海外の商人から武器等を買入れるときの仲介商で、品川屋が藩に代わって長崎運上所に買入れ申請をして、長崎奉行所の許可を得なければならない。江頭家老の心配は、大村藩が大量の銃を輸入することに対して、長崎奉行所が猜疑《さいぎ》の眼を向けてくることにあった。薩摩藩だけは、長崎奉行所など眼中にないような違法な取引を堂々としていたが、それ以外の藩には長崎奉行所は依然として厳しかったのである。

「兄様。幕府はわが藩に長崎港の警護を命じております。もし、外国勢が長崎を占拠しようとするときに、今のわが藩の武備では対抗できぬと言えば、長崎奉行所も買入れを認めざるを得ぬことになりましょう。江頭家老のように、ビクビクと幕府の顔色を窺《うかが》ってばかりでいると何もできませぬ。さらに、現下の状況では幕府と長州の戦は必至で、長州が勝つか、戦が長引けば、わが藩は独自の道を歩まねばなりませぬ。そのためには、兄様の言われる鉄砲隊の創設は是非に進めねばなりませぬ」

「昇。幕府と長州が戦えば、大方の予想でも多勢に無勢で幕府の勝利という。拙者もそのように思う。だが、お主は長州が勝つか、悪くとも五分五分と言う。如何なる根拠があって、そのように言うのじゃ」

「拙者は根拠のないことは申しませぬ。兄様とは命を分けることを誓い合いましたゆえ、殿様のお許しを得て、いずれお話ししようと思っていましたが、このことは、未だ殿様と針尾家老と東馬様以外の誰も知りませぬ」

と昇は前置きして、長州が数千丁の銃をグラバー商会から入手したこと、しかもその買入れを薩摩藩が肩代わりし、仲介を長崎の亀山に根城を置く、土佐藩脱藩士らが行ったことを話した。

昇の言うことに対して、「フーム」と繰り返して聞き入るばかりだった清左衛門が言った。

「昇。お主の申すことが真《まこと》であれば、これはわが藩の進むべき道を左右する大事じゃ。決して口外するつもりはないが、少なくとも勤王党の同志には話しておくべきではないか」

「兄様、いずれ折をみて話すべきとは存じます。されど、もし佐幕派に知られ、長崎奉行に漏れれば、幕府に筒抜けとなり、長州の優位は崩れます。よって、他に漏らすのは慎重にすべきとは殿様のお考えです。拙者もそのようにすべきと存じます」

これには清左衛門も同意し、

「お主が話してくれたことで、俺も鉄砲隊の創設に向けてやる気が出てきた。それにしても、江頭家老の石頭には困ったものよ」

「兄様。江頭家老の慎重癖は今に始まったものではは御座いませぬ」

と昇が言い、「それもそうだ」と二人は笑った。

「ところで、昇。お主は長崎の小曾根英四郎殿と面識があるようだが、小曾根殿の使いという者が長崎藩邸に拙者を訪ねて参った。何でも、『才谷』とかいう御仁が近いうちに長崎に参り、お主にも会いたいとのこと。お主に支障なければ手配するとのことであった」

「然様ですか。その御仁は、先程の長州の一件をお膳立てしたと聞いております。亀山の浪士の棟梁だそうで、拙者も是非に会いたいと思っております。小曾根殿には拙者から返事を出しておきます」

【三】薩摩藩離脱

この頃、大宰府では大きな騒動が持ち上がっていた。幕府が三条実美ら五卿の江戸拘引を実行するために、目付を福岡に派遣するとの情報が五卿のもとに伝わったのである。

これは、前年十月に福岡藩が勤王党を弾圧した頃から予想されたことだったが、長州征討の正当性を幕府が貫くためには、長州藩と同じく罪があるとする五卿の処罰は不可欠な条件であった。そして、事実、四月一日、旗本の小林甚六郎が幕府目付として、随員三十名余を率いて福岡に到着し、福岡藩に五卿拘引を求めたのである。

福岡藩も、勤王党の大弾圧の後、実権を握った佐幕派が五卿の引き渡しを求めて大宰府に駐屯する薩摩藩などの警護部隊と交渉に入ったものの、引き渡しを拒否する警護部隊や五卿の衛士との間ですでに睨み合いが続いていた。

三条らは、ここで自分らが幕府に引き渡されるよりは死を選ぶとの覚悟を決め、土方楠左衛門らの衛士も五卿に殉ずることを申し合わせ、血判まで押した。そのうえで、薩摩藩の詰所から国元に援軍を求める急使を出してもらい、十日も経たずにその援軍が到着したのである。

援軍を率いているのは、黒田嘉右衛門（清綱）であり、到着するなり五卿に、「追って、第二陣が参りますので、もうしばらく御辛抱ください」と言上した。

さらに黒田は、引き渡し折衝のために来ている福岡藩の陣屋に出向き、

「我らは三条卿らを守り抜くように命じられてきており申す。あえて貴藩が幕府の命を奉じて卿らを拉致《らち》せんとされるのであれば、我らの屍《しかばね》を乗り越えていきなされ。されど、我らも薩摩隼人で御座る。卑怯《ひきょう》、無様《ぶざま》な死は末代までの恥と心得、徹頭徹尾、抗《あらが》って御覧に入れる」

と、陣屋に来ていた目付の小林を横目に見ながら、脅しともとれる啖呵《たんか》を切ったのである。

一方、福岡藩では、加藤司書らの勤王派を断罪に処したものの、断罪の原因となった疑惑が佐幕派の讒言《ざんげん》ではないかとの疑念を藩主黒田長溥《ながひろ》自身が抱くようになり、断罪を後悔する気持ちが次第に強くなっていた。また、生家である薩摩藩との武力衝突を憚《はばか》ったともいわれる。

さらにまた、五卿の警護には、久留米藩や柳川藩や熊本藩から派遣された者も混じっていたの

で、事態はより複雑であった。いずれにせよ、黒田長溥は五卿の幕府引き渡しを躊躇《ちゅうちょ》し、自藩の警護隊に手荒なことはしないようにと釘を刺したため、そのまま膠着状態になった。

さらに十日ほどして、薩摩からの救援第二軍として大山格之助（綱良）が大砲と兵卒を引き連れて大宰府に来て、着陣するなり大砲を数発空砲で撃って、福岡藩兵と小林を威嚇した。これにはさすがに小林も怖気《おじけ》付き、五卿の拘引を、当面見送ることにしたのである。

このような大宰府の情報は大村には届いていなかったが、藩としては、長州再征討が実際に始まるのか、その場合、時期と布陣、とくに九州の諸藩が出陣するのか、出陣するとしても規模はどの程度か、また、戦争となった場合の勝敗の鍵を握ると思われる薩摩藩の動向といった点についての情報を知っておく必要があった。

なぜなら、落首事件にみられるように、藩内の勤王と佐幕の対立が表に現れ始めていたからである。藩主は勤王を藩是と宣言しているため、佐幕派の動きは抑えられていた。しかし、長州再征討の動き次第では、佐幕派が一気に勢力を増して暴発し、藩主の座にも影響しかねないという恐れは、藩主のみならず、執政たち、さらには勤王派の藩士たちの誰もが抱いていた。

そこで、家老の針尾九左衛門は藩主に相談して、探索方を派遣することにした。

ただ、勤王派が狼狽《うろた》えているように思われてはならず、探索方を派遣するにしても、もっともらしい理由を付けた。それは、長崎街道の人馬駄賃の値上げを大坂の幕閣に陳情するというものである。

人馬駄賃は長崎街道の通行諸色の一つで、公定価格を幕府が決めていたので、大村藩が勝手に改訂できなかった。しかし、物価高騰の折、馬方や荷方の人足が難儀していたのである。この値上げを認めてもらうために、運上方の深澤行蔵を大坂に派遣する決定をした。

深澤行蔵は、波佐見地区を拠点にして鯨漁で財をなし、大村藩の財政に貢献したことから士分に取り立てられた深澤儀太夫を祖に持つ。財力を背景にして、士分に取り立てられ、運上金や冥加金などの藩の租税収入に関わっている。そのために、幕府への説明や交渉に最適な人物であった。要は、深澤を大坂まで送り届けるという名目で探索方を随行させるというのが、針尾家老が考えた策であった。

こうして、針尾家老は藩主の承認を得たうえで、深澤に大坂行きを命ずると共に、清左衛門と長岡治三郎に小倉藩の大里《だいり》まで深澤と随行者三人を送り届けることを命じた。そのうえで、針尾家老は清左衛門と治三郎を別室に呼びつけ、

「長州征討の様子がさっぱりわからぬゆえ、藩としても出処進退を決めかねる。ついては、其方《そなた》ら深澤を小倉まで送り、大坂に向かう船に乗ることを確かめよ。ただその前に、大宰府に行き、三条卿らへ殿からのお見舞いの金品をお届けし、卿らの御様子を確かめるのじゃ。また小倉に着いたら、長州への攻め手側の布陣を調べて参れ。とくに、薩摩が参戦するかどうか、さらに、佐賀、熊本、久留米、柳川の動きも気になる」

と、本来の役目を申し付けたのである。

その日の夕刻、清左衛門が城から戻り、旅の荷造りをしているところに昇が治振軒から戻ってきた。

「兄様。何処かへ、お出かけですか」

「然様。先ほど、針尾家老に呼ばれて、大宰府と小倉に行くことを命じられた。治三郎と一緒だ」

「エッ、大宰府ですか」

「そうじゃ。三条卿らのお見舞いと御様子伺いだ」

これを聞いた昇は、「御家老に会って参ります」と言ってそのまま走って城に登り、針尾家老をつかまえて、「拙者も同道することをお許しいただけませぬか」と願い出た。針尾家老は、

「昇。お主がいないでは、先代侯の屋敷の造作が進まぬではないか。五教館の学生を人足代わりに使いこなせるのは、お主を置いて他にはない。それに、お主は福岡藩に好ましからぬ者と思われている。ここは清左に任せるのじゃ」と言って昇を諭した。針尾家老は、昇がこれまで深く関わってきた大宰府の状況がどのようになっているかを自分で確かめたがっていることを知っているが、先代侯の屋敷の建築も重要で、作事副奉行の昇にはいてもらわねばならなかった。昇もそのことは承知で、結局、自分で行くことは諦めたのである。

五月一日、清左衛門、治三郎、深澤とその随行三人の一行は大村を出て、三日の夕刻には大宰府に到着した。藩主から献納する金品を三条実美の家士《かし》、森寺大和守常徳《つねのり》に渡し、土方楠左

衛門に会った。

「渡辺（昇）殿にはお報せする間もない急な展開で御座いまして、一時は、われわれ衛士は死を覚悟して血判を認め、三条卿にお渡ししたのです」

と土方は言って、一月以降の福岡藩とのやり取りと薩摩藩の支援の一部始終を話してくれたのである。

「今は落ち着き、福岡藩も三条卿らの江戸拘引は諦めたようで御座るが、それは一時的なもの。長州との戦の成り行き次第では、再び牙をむき出してくるのは必定ですが、幸い、尊藩の如き勤王の藩がこちらには多く、薩摩の他にも久留米や熊本などからも三条卿らを守るために続々と士が集まり、心強く存じております」

「弊藩も藩是は勤王で御座る。また、隣藩の平戸も同様で御座って、安心して下され」

と清左衛門は言い、

「ところで、やはり長州は幕府と戦を交えますか」と聞いた。

「長州は戦以外を考えておりませぬ」

土方はそう答えたが、清左衛門が「長州は勝てましょうか」と重ねて聞くと、

「長州にとっては、すでに勝ち負けのことは念頭にありませぬ。ただ、薩摩藩は幕府の長州征討には名分がなく、征討を決定したとしても、出兵を拒否することになるとのことです」

「初耳ですが、薩摩藩から出た話ですか」

再び清左衛門が聞くと、土方は、

「三条卿の下には様々な筋から報せが参ります。また、先日、薩摩から警護に駆け付けて来てくれた大山格之助殿も、京都からの正式の報せは届いていないが、薩摩藩は今度の長州征討軍には加わらぬことになっているとのことでした」

と答えたが、土方は清左衛門らに肝心な点を話していない。それは薩長同盟が結ばれたことである。しかし、そのことは未だ「天下の秘中の秘」であり、同盟締結の下地作りに関わった昇にさえ知らされていなかったのである。

「然様ですか。もし、薩摩藩が出兵しないとなると、幕府側の兵力は落ちますすな」

清左衛門が言うと、

「それだけではありませぬ。出兵の名分が立たぬということで、広島と佐賀までが出兵を控えるということまで聞こえて参っております」と土方は言った。

それを聞いて治三郎が、

「真《まこと》ですか。薩摩、広島、佐賀が抜ければ、久留米、熊本、柳川といったところも戦意が喪失。多分に、福岡藩も背中が寒くなり、戦どころではないはず。九州では、小倉、唐津、中津、府内（大分）、延岡、島原の譜代だけでは戦えますまい。中国路も広島が加わらねば、松江、岡山、鳥取も足並みを揃え難くなりましょうし、四国勢は、譜代の松山を除いて、元々、長州とは縁《えにし》が深いし、土佐は容堂侯の下でも一枚岩ではありませぬ。結局、幕府、尾張、和歌山と彦根などの譜代の軍勢だけが主軸の戦力となりましょう」
と、探索方の知識を生かして話した。これを聞いた土方が、
「長岡殿は優れた眼力をお持ちです。今の話を三条卿にお伝えしますが、お聞きになれば、お喜びでしょう」と、感心した様子だった。

【四】鉄砲隊

次の日、清左衛門らの一行は大宰府を発ち、小倉に急いだ。翌日の昼前に小倉に着くと、すでに城下は長州討ち入りに備えての軍勢が来ていたが、それらは小倉、唐津、中津、延岡といった譜代藩の兵と隣の福岡藩が中心であった。

また、陣幕を張っていた熊本藩や柳川藩は先遣隊で、本隊はこれからとのことであった。幕府の本営はまだ設置されておらず、小倉城内に藩主の小笠原忠幹《ただよし》が控えているというが、清左衛門らでは城中に入ることもできなかった。とはいえ、実際には小笠原忠幹は病死し、嫡子は幼いために喪を隠していた。

ただ、小倉の大里から出る瀬戸内の航路は確保されているということで、深澤一行が無事に船に乗り込み出帆したことを確かめた清左衛門と治三郎は、三日間小倉に留まり、情報収集に

努め、薩摩藩の出兵拒否が事実であることを掴み、急ぎ大村に帰ったのである。

一方、五月に入っても、昇は先代藩主夫妻の御殿建築の作事奉行である大村五郎兵衛の下で副奉行として工事にかかりきりであった。一月に着工した最初の工事として、建築地の水神宮の池の水抜きと埋め立てを終えたが、この工事でも楠本勘四郎は昇の心強い味方になってくれた。昇が五教館の学生を動員して埋め立て工事の指揮をしているときに、勘四郎は自ら学生の先頭に立って畚《もっこ》を担いで力仕事をした。

「勘四郎。そのようなことはしなくともよい。お主には殿の警護（二十騎馬副）という大事な仕事がある」と昇が言っても、勘四郎は、

「これも鍛錬じゃ。それに若い連中との力仕事は楽しい。殿の許しも得ているゆえ、気にするな」と、嬉々《きき》として働くので、中村鉄弥、柴江運八郎、さらに、最近、勤王党に加わった朝長《ともなが》熊平《くまへい》なども現場を手伝うようになった。

また、五教館祭酒（館長）の松林飯山さえも気になる様子で、時折、顔を出す。それにつられて学生たちも作業に精を出すので、ひと月を予定していた埋め立て工事も、開始から十日も経たぬうちに完了したほどで、その後、整地して縄張りを決め、礎石を設け、五月に入っていよいよ木組みにかかる段となった。

そのような折、藩命で大宰府と小倉に長州征討の状況探索に出かけていた清左衛門と治三郎が五月十二日に帰ってきた。二人は針尾家老と側用人の稲田東馬らに復命した後、治三郎の家

に昇、勘四郎、中村鉄弥を呼び集めた。

　最初に大宰府の近況を清左衛門から聞いた昇は、

「三条卿らがそのように心細い思いをなされているときに、何も力になれず、情けなく存じます」

　と言ったが、本心であった。五卿が長州から移され、大宰府に幽閉されて今日までずっと関わってきた昇にとって、大事な時に傍にいることができなかったことは痛恨事であった。

「お主の身が二つに割れるわけでもなく、お主はここで大事な働きをしている」

　と勘四郎が言ったが、慰めにはならなかった。続いて清左衛門が言った。

「昇。然様なことで悔やむ暇はない。これからが大事じゃ。此度《こたび》、薩摩藩が長州征討に加わらぬことが判明したが、わが藩には薩摩に呼応するだけの力はない。されど、この戦で何かが起きる。お主が言う通り、長州が勝つか、あるいは負けぬが戦が長期になることもあり得る。さすれば、幕府の力は確実に弱まる。ということは、薩摩と長州を軸に一大勢力が生まれる。そのときは我が藩も、その勢力の一翼を担わねばならぬ。これが治三郎と出した此度の探索の結論じゃ。このことを、先ほど御家老らに申し上げ、改めて鉄砲隊の設立を進言した。江頭家老はいつものとおりに慎重だったが、針尾家老は『よかろう。殿に話す』と言ってくれた」

　すると治三郎が、「兄上（側用人の中尾静摩は実兄である）にも頼んで、金は出せるだけ出してもらうようにしますが、とりあえず百丁は手に入れたいところです」と言い、「それだけあれば、たとえ相手が薩摩藩であれ、一目置かれよう」と勘四郎も同意した。しかし清左衛門は、「それでは足りぬ。少なくとも、五百丁なければ、日本一の鉄砲隊を創れぬ」

と、あくまでも自分の案に固執したので、勘四郎は信じられないといった顔で昇を見た。昇は、勘四郎の目線を無視して、

「兄様。ともかく鉄砲隊は急がねばなりませぬ」

と、阿吽《あうん》の呼吸のように兄弟で頷き合ったのである。

三日後、清左衛門は川原鼎《かなえ》と共に登城して藩主の前で鉄砲隊の構想について、改めて詳しく説明するように命じられた。そして、その日清左衛門が帰邸したのは夜であったが、昇が先代藩主の御殿建設の差配を終えて帰るのとほぼ、同時刻であった。

「兄様。本日の会議はいかがで御座いましたか」

「殿様には新しい鉄砲隊を創設することに御理解いただき、早々に決まった。されど、藩庫も厳しいゆえ、如何なる数にするかはこれからの相談だ。無い袖は振れぬゆえ、徐々に増やしていくしかあるまい」

「それにしては、会議に時がかかりましたな。何か、もめ事か、横やりが入ったのかと心配していました。」

「実は、足軽差配奉行の井石忠兵衛殿から江頭家老に上申書が出されたのだ」

「どのようなことでしょうか」

「拙者が言い出した鉄砲隊が編成されれば、これまでの足軽鉄砲組はなくなるのか、もしそうならば、鉄砲組の射撃の技が勿体《もったい》ない。むしろ、鉄砲組の足軽たちに新式の鉄砲を渡して、これを鉄砲隊に編成し直すのがよいのではないかということのようだ」

大村藩には古くから足軽扱いの鉄砲組があり、藩境や城下の警護を中心の任務としてきた。無論火縄銃だが、鉄砲の扱いや射撃には慣れているので、新型の鉄砲に入れ替えてもすぐに慣れる。したがって新しい鉄砲隊を設ける必要はない、というのが井石が提出した上申書の趣旨であった。

「なるほど。それで、兄様はどのように答えられたのですか」

「拙者の狙いは西洋式の軍隊だ。藩士も足軽もない。大村軍として出兵し、全員が刀、槍、弓を鉄砲に変え、指揮官の下で統率された動きで敵に当たる。このことは、殿様にも御理解を得ている。足軽の鉄砲組の中でも鉄砲の技量に優れた者がいれば、部隊長に抜擢することもあり得ると井石殿に答えてもらうように江頭家老にはお願いした。ただ」

「ただ、何ですか」

「これも江頭家老から言われたことだが、藩士の中には、鉄砲などという卑怯な飛び道具は足軽が使うもので、侍たるもの潔《いさぎよ》しとしないという者が多いと言うのだ」

「どうも、江頭家老の下には、藩中の不平が寄せられているようですね」

「そうだな。一つひとつ答えて納得していただくしかなかろう。いずれにせよ、鉄砲隊は二十名からの出立じゃ。隊員は藩から扶持を受けるが、当面は、藩士の二男、三男で剛健な身体の者を鍛えるつもりじゃ。その者たちが小隊長となって、やがては大村軍の鉄砲隊の指揮を執ってもらう。お主も、治振軒で教えるなかに有望な者がいれば推挙してくれ」

「無論、喜んで、お手伝いいたします」

このような経緯もあったが、大村藩に初めてのミニエー銃（椎の実型銃弾を装着する銃の総称）の鉄砲隊が創設されることが決まったのである。正式の発足は、銃の買い入れと配分が終わってからということであるが、早速、清左衛門は補佐の川原鼎らの助力を得ながら、鉄砲隊編成の準備を始めたのである。

鉄砲については、清左衛門が長崎御用達の品川屋に前もって手配させていたので、六、七月中に二人の外国商人から合計で三百丁を買い入れることができ、すでに手に入れていた六十丁を加えると三百六十丁を超えた。しかも、米国での南北戦争が終わり、不要となった銃が大量に輸入され安価に買うことができたのである。

これを、とりあえずは最初の鉄砲隊用に押さえ、残りを城下の藩士に、扶持米差し引きの五年賦で払い下げることにし、郡部村落の藩士にも配賦先を広げることにした。

ところが、世情は悠長な動きを許さなかった。いよいよ、長州再征討の開戦となった。

幕府側の攻撃は、六月七日、周防大島（屋代島）への艦砲射撃から始まった。射撃を行ったのは、幕府軍艦富士山丸（排水量千トン）と翔鶴《しょうかく》丸（同三百五十トン）で、翌日、伊予松山藩（譜代）の軍勢が島の南に上陸して村落を焼き、住民を死傷させるなどして占拠。さらに十一日には富士山丸らの砲撃の後、幕府歩兵隊が島の北に上陸し、一帯を占拠して、村落を略奪したのである。

【五】龍馬との出会い

長州再征討の開戦の報が未だ届いていない六月八日、昇は長崎の小曾根英四郎から書状を受け取った。英四郎の手代だという使いは返事を持ち帰るというので、昇は治振軒取立（館長）の部屋で封を開けて読んだ。そこには、「才谷」が長崎に来て、昇に会いたがっているが、本来であれば、自分で大村に出向くべきところ、四、五日中に出立するので、またの機会でも構わないと言っている、と書かれていた。

「才谷」という名は、坂本龍馬の別名だと以前に英四郎から聞いていたので、「拙者も会いたく存ずる。明日の早朝に大村を発ち、長崎に参ると小曾根殿にお伝えくだされ」と言い、使いは戻った。

早速、昇は登城して、稲田東馬に事情を話し、二日間の猶予をもらい、先代藩主の御殿建設工事の差配を他の者に代わってもらうことにした。

次の日、昇は藩の船で時津に渡り、船着場の藩詰所で馬を借り、浦上の藩詰所で馬を下りて、徒歩で長崎の小曾根家を訪ねた。長崎には奉行所の密偵がいたるところにいて、とくに昇は要注意人物とされているようなのであまり目立ちたくはなかった。

「お待ち申しておりました」と、英四郎は昇を案内した。奥に続く土間を進むと突き当たりに京風とも中国風ともいえぬ中庭があり、その先に離れがあった。

庭を隔てて英四郎が「才谷様。渡辺様がお見えになりました」と声をかけると、「どうぞ、お入りください」と女の声がした。

英四郎に促されるまま昇は飛び石を伝って離れの玄関から一つ奥まった部屋の襖《ふすま》を開け、座って「大村藩、渡辺昇で御座る」と挨拶した。そして相手を見ると、そこには、着流しの男と、寄り添う一人の女性がいた。男は浪士風の総髪で、後ろで髪を束ねているだけだが、背にした床の間の刀掛けの大小で侍だとわかる。しかし、中庭に面した縁側に徳利と猪口が置かれた小盆があり、今まで肌をはだけて寛いでいたものと思われる。

一瞬、昇は、どうしたものかと迷ったが、そのような迷いも束の間、相手から声がかかった。

「土佐藩士、坂本龍馬で御座る。渡辺殿には初めてお目にかかりますが、幾度も貴殿の話を耳にしており、初めてお会いするとは思えませぬ。以後、よろしくお願い申し上げます。こっちは妻の『お竜《りょう》』です」

と、傍らの女性を紹介した。昇も、先を越されたと思いながら、

「こちらこそ、よろしくお願い申し上げる」

　と坂本に辞儀をして応じ、合わせて女性にも軽く頭を下げた。

「貴殿には、（土方）楠左衛門がえらく世話になっていると申していますが、去年の福岡藩の違背の折は鬼神もこれほどかと思うほどに心強かったと三条卿らが思召《おぼしめ》されたそうです。また、兵庫（幕府神戸海軍操練所）から連れてきた者たちも、長崎警護が大村藩で何かと動きやすいと言っておりますが、これも貴殿の差配のおかげではないかと思っています」

「拙者も、貴殿の働きを耳にする度、如何なる御仁かと、お会いする日を心待ちにしておりましたが、こうしてお会いできたのは嬉しく存じます。されど、日を待たず、長崎を離れられるとのこと、忙しゅう御座いますな」

「然様。長州では、そろそろ幕軍との戦も始まるところですので、西郷（吉之助）様に頼まれて、薩摩から船を下関に回送するところです。下関では木戸（桂小五郎）様と高杉（晋作）殿が船を心待ちにしておられます。そういえば、西郷様と木戸様からも貴殿のことを聞いております。互いに共通の知り合いが多く、これまで貴殿と会うことがなかったのが不思議なくらいです。お近づきの印に、酒が要りますな」

　こうして、昇と龍馬は瞬く間に打ち解け、その様子を見ていたお竜は心利かせて、

「英四郎様にお願いして、お酒を用意いたしますが、あまり飲み過ぎると、傷にはよろしくありませぬ」と言って部屋を出て行った。

「何処か、傷を負われたのですか。」

「面目ないことですが、この一月に京で幕府の犬どもに襲われ、両の手に傷を負い、お竜らの助けで虎口《ここう》を脱しました。西郷様の計らいで鹿児島に参り、湯に浸かって何とか傷口は塞がりましたが、まだ思い通りに刀を使うことができませぬ」

と、龍馬は傷痕を見せるように両手を差し出し、

「今は、これが頼りで御座る」

と言って懐をはだけた。そこには洋式の短銃が挟まっていた。

「然様ですか。剣呑《けんのん》なことですな」

と、事情がありそうだと直感した昇は、それ以上仔細を聞かず、

「北辰一刀流の目録の貴殿と、是非に一太刀を所望したいと存じておりましたが、先延ばしですな。それにしても、傷が大事にならずに幸いでした」と言った。

そこに、お竜が酒を運んできた。

「貴殿とお会いできたのは嬉しく存じますが、この数か月のうちに、大事な同志を次々に失い、朝から酒を飲んで偲んでいたところです。お付き合いくだされ」

と龍馬は言い、お竜が昇の猪口に酒を注ぐと、龍馬は自分で注いで眼の高さに持ち上げ、「以後、よろしく」と昇に向かって猪口を空けた。

龍馬は、兵庫から連れてきた同志を一旦鹿児島に移し、さらに長崎の亀山に集めて、海運業

を目的とする亀山社中を設けたが、自前の船がなかった。薩摩藩は、藩の名前を表に出さずに便利に使える社中に船を提供することにし、グラバーから西洋帆船を買い入れた。

しかし四月下旬、その船を長崎から鹿児島に回送する時、天草灘で暴風雨に遭って船は漂流し、五月二日に上五島中通島《なかどおりじま》の潮合崎《しおやざき》で難破し、龍馬が片腕とも思って頼りにしていた池内蔵太《くらた》ら社中の二人と水夫十名が死亡したのである。また、その前に、近藤長次郎という、同じ郷里から出てきて、龍馬を支えた同志を龍馬の留守中に失っていた。

このようなこともあり、当時、仲間と船を失った龍馬は失意のなかにいた。それでも昇に会ったのは、今後、長崎を拠点に活動するうえで、昇と大村藩の協力が欠かせなかったからである。

この席で龍馬は、薩長同盟のことを一言も昇に話さなかった。しかし昇は、前年に長州藩の井上聞多《もんた》（馨《かおる》）と伊藤俊輔（博文）が長崎で鉄砲と船（ユニオン号、木造蒸気船、三百トン、スクリュー式）を買入れた際、薩摩藩が名義を貸したことを知っている。

また龍馬は、下関に回送する船の名が「桜島丸」と命名され、長崎入港の際も長崎奉行所には薩摩藩籍の船として届け出ているが、これは井上らが長州藩の金で買ったもので、長州の戦争に間に合うように回送するのだと話した。

実は長州藩では、薩摩藩の斡旋《あっせん》による鉄砲や船の入手の礼として、長州産の米五百俵を米不足の薩摩藩に贈ったのであるが、薩摩藩では長州戦争を控えて長州藩こそが米を必要としていると考え、桜島丸の回送の際に、贈られた米をそのまま積ませて返礼として戻すことにし、龍馬に委ねた。

長州への出航を待って長崎に停泊中の桜島丸には、その米と買い足した武器、弾薬が積まれていたのである。

この日、昇と龍馬の酒は深更に及び、そのまま昇は小曾根邸に泊まった。翌朝、昇が大村に帰ろうとするとき、龍馬は、

「お竜はこのまま長崎に留め置きますが、拙者に何かあれば、お竜の身が立つように小曾根殿にお願いしております。貴殿におかれてもよろしくお願いします」と言った。

「そのことはお引き受けいたすが、それよりも御無事にて長崎で再びお会いいたそう」

と昇は言い、互いに手を握り合ったのである。

その頃、長州では幕府軍との間で戦争の火ぶたが切られていた。龍馬は、開戦の報を受け、十三日に長崎を出航し、途中、上五島の池内蔵太らの遭難の地に寄り、十四日に下関に到着したのである。

【六】長州再征討の戦況

幕府側の攻撃は、六月七日の周防大島（屋代島）への艦砲射撃から始まり、松山藩の上陸と占拠、さらには幕府陸軍歩兵部隊の島への上陸と占拠により、長州側は島から撤退し、圧倒的な戦力の差を見せつけたかのような展開となった。

幕府陸軍は、文久二年（一八六二）に、文久の改革の一環として創設され、陸軍奉行を長として、その下に歩兵奉行と騎兵奉行を置き、歩兵・騎兵・砲兵の三兵編制を導入した本格的な西洋式軍隊である。一万人ほどの定員で徴集され、この戦いが創設来の初戦であった。

ところが十三日未明、周防大島沖に停泊中の富士山丸などの幕府艦船群の中に、長州藩の鉄船丙寅丸《へいいんまる》（オテントサマ号）が高杉晋作の指揮の下で侵入し、艦載砲を撃ちまくって幕府艦船を慌てさせた。

丙寅丸は、開戦直前の三月、薩摩に派遣されることになった高杉が伊藤俊輔を従えてグラバーの船に便乗して長崎まで行った際、売りに出された船があると知らされ、グラバー商会から藩に無断で購入したもので、全長三十七メートル、排水量九十四トン、砲六門の小型船である。

これに対して富士山丸は、蒸気内燃、スクリュー二軸、砲十二門、全長六十八メートルの、当時としては大型の新鋭艦であった。

高杉の攻撃に呼応して、十五日には、本土から第二奇兵隊などの諸隊千五百名ほどが攻め寄せ、これに島民も加わり、松山藩兵と幕府陸軍歩兵を破り、十七日には島から幕府勢力を一掃した。この戦いを大島口の戦いというが、ここでの勝利は、長州軍に大きな自信を与えることになったのである。

なお、この戦線では、事前に配置を指示されていた宇和島藩（伊達家）が、征討の理由が見当たらぬとして出陣を拒否し、幕府側の足並みに綻《ほころ》びがみえている。

周防大島での攻防が繰り広げられている最中の六月十四日、安芸と周防の国境付近（厳島の対岸の大野、玖波《くば》から大竹あたり）でも幕府軍の侵攻が始まった（芸州口の戦い）。

この方面の幕府側は、彦根藩、高田藩、紀州藩、幕府陸軍、大垣藩等からなる、約五万人からの規模の軍勢であった。これに対して、長州側は、約千名の兵数であった。

ただ、当初の布陣では広島藩（浅野家）が一番手であったが、宇和島藩と同じく出兵拒否をしたために、彦根藩（井伊家）と高田藩（榊原家）が第一軍となった。

しかし、徳川家譜代を代表する彦根と高田の両藩は鎧兜と火縄銃の装備が中心で、密集隊形で押し寄せてきたが、対する長州軍は近代兵器で武装し、散兵戦で相手を狙い撃ちし、しかも地の利を得ていたため、幕府軍は瞬く間に追い立てられ、退却した。

ところが、入れ替わって出現したのが紀州藩と幕府歩兵隊であり、こちらは装備も近代化されていたため長州軍も先に進めず、一進一退の膠着状態となったのである。

三つ目は、石見の国、津和野、益田、浜田へと連なる戦線である（石州口の戦い）。この方面の幕府軍は、福山藩、鳥取藩、松江藩、浜田藩、紀州田辺藩等からなる三万名の規模の軍勢であった。これに対して、長州側は、やはり、約千名の兵数であった。

ただ、ここでも、もともとの幕府の布陣は、薩摩藩の海軍力をもって萩を直接に攻撃することになっていたが、薩摩藩が出陣を拒否したために、長州藩は背後の脅威から免れた。そのために、大村益次郎（村田蔵六）の指揮のもと、防御よりはむしろ攻撃に出た。

この一帯は旧毛利領であり、二百五十年前の関ヶ原の戦いで敗れて徳川に取り上げられたために、この地方の奪取は長州藩にとって、精神的にも大きな意味を持つものであったのである。

六月十六日に、長州軍は中立を決め込んだ津和野藩（亀井家）領を無傷で通過し、十七日に益田に侵攻し、そこで食い止めようとした福山藩（阿部家）を撃破し、福山藩兵は浜田に逃げた。親藩の浜田藩（越智松平家第四代藩主松平武聰《たけあきら》は一橋慶喜の異母弟）では、浜田藩兵に加え、紀州田辺藩（安藤家）、鳥取藩（池田家）、松江藩（越前松平家）の兵に、退却してきた福山藩兵が加わり、この大勢力で長州軍を阻止しようとしたが阻止できず、結局、七月十八日、浜田城を自ら焼いて幕府軍は潰走したのである。

長州軍は浜田を占拠し、石見銀山も支配下に置いた。この戦線でも、大村益次郎の指揮の下で近代的な銃砲が勝利の原動力となっているのである。

四つ目の戦線は小倉口である。幕府側は本営を小倉城に設けて幕府老中小笠原長行《ながみち》が方面総督として睨《にら》みを利かし、小倉藩（小笠原家）、唐津藩（小笠原家）、熊本藩（細川家）、久留米藩（有馬家）、柳川藩（立花家）、幕府兵（韮山代官江川太郎左衛門の領地の八王子千人同心隊）ら、約二万名が下関の対岸一帯に陣取り、さらに幕府艦隊（富士山丸、回天丸、翔鶴丸、順動丸など）と小倉藩の木造蒸気船飛竜丸（三百八十トン、スクリュー）が海上制圧に動いた。しかし、薩摩藩は出兵を拒否し、佐賀藩（鍋島家）は、幕府に指定された場所に行く途中で軍を止めた。

この方面でも長州軍は先制攻撃を行い、六月十七日に高杉晋作は丙寅丸に乗り込み、帆船の丙辰《へいしん》丸と癸亥《きがい》丸を牽引して奇兵隊と報国隊を田ノ浦に上陸させた。また長崎から回送した蒸気船の乙丑《いっちゅう》丸（桜島丸を改名）を龍馬が指揮し、帆船の庚申《こうしん》丸を牽引して別動隊を門司に上陸させた。いずれも、上陸軍は小倉藩兵を撃退したのであるが、やはり、武器の差と戦闘慣れの違いが原因であった。当日、一旦、長州藩の全軍は下関に帰還し、その際、田ノ浦にあった多くの小型船を略奪している。

その後、長州側は兵員、物資の補強を行い、また略奪した船も使って、七月三日に再び田ノ浦に上陸作戦を展開し、小倉藩兵を追って大里《だいり》まで侵攻した。この間、長州藩の艦船は小倉藩の陣地を砲撃し、出動してきた幕府艦隊とも砲撃戦を展開したのである。そして、この日も長州軍は小倉藩を深追いせず、下関に帰還している。一方、幕府軍側では、小倉藩の劣勢を支援する動きはなく、足並みの乱れが明らかになったのである。

次の戦闘は、七月二十七日である。

この日の未明、軍船に先導された船団が長州藩兵を乗せて大里の近くに着岸し、上陸した兵は小倉を目指したが、上陸地点から、さほど離れていない赤坂に熊本藩が陣地を築いていた。熊本藩は長崎に近いために武器の近代化が進み、装備は長州藩と同等か、それ以上であった。熊本藩は老中小笠原の懇請を断り切れず、長州藩兵を迎え撃つことになった。

この熊本藩軍の迎撃に遭い、長州藩兵は苦戦を強いられ、多くの犠牲者を出しながらも熊本藩陣地を抜くことができず、赤坂から撤退せざるを得なくなったのである。長州藩にとっては、初めての敗北であった。ところが、長州藩の前に立ちはだかった熊本藩であるが、交戦中に援軍を求めても味方のはずの幕府軍からは支援がなく、さらに幕府艦隊からの援護射撃も少なく、熊本藩だけが長州藩と戦うような形となった。

またさらに、背後に詰めていた久留米藩や柳川藩は勝手に帰国する始末で、いつの間にか老中小笠原らの幕府総督府の面々までもが小倉を抜け出して、富士山丸らの軍艦で戦場を離れたため、ついに熊本藩軍も撤退した。

そして、小倉城は孤立無援となり、八月一日に小倉藩は城に火をつけて退去し、小倉口の戦いも長州側の勝利で終わったのである。

第九章　長州再征討の後（鳥羽伏見の戦いまで一年四か月）

【一】徳川家茂の薨去《こうきょ》

　慶応二年（一八六六）六月に始まった長州再征討も、八月初旬に老中小笠原長行《ながみち》らが戦線離脱したという思わぬ事態で幕府側の頓挫《とんざ》となった。これは、去る七月二十日に、将軍徳川家茂《いえもち》が大坂で客死したとの報を受け取ったためであった。死因は脚気とも、リウマチともいわれている。

　しかし、このまま将軍の死去に伴って自然に終戦というわけにはいかなかった。なぜなら、孝明天皇の勅許を得ての征討であり、長州に何らかの形で罰を加えなければ、天皇の権威にも傷が付くからである。さらに、次代将軍に一橋慶喜《よしのぶ》を就けることにし、慶喜自身も自分の力の誇示のために長州征討で勝利することが必要と考えた。そこで、幕府と朝廷は喪を伏せて、慶喜が幕府側陣営に必勝の檄《げき》を飛ばした。

　これを受けて、征討軍総督の紀州藩主徳川茂承《もちつぐ》は、一気に戦争に決着をつけようとして膠《こう》着《ちゃく》状態の芸州口から攻め立てたのである。この攻勢は小倉城陥落の数日前から始まった。まず、七月二十八日に幕府歩兵隊、紀州藩兵、彦根藩兵らが主力となり、廿日市《はつかいち》の西にある宮内から厳島《いつくしま》の対岸の大野に向けて進軍を開始した。これには幕府軍艦旭日《あさひ》丸（洋式帆船、七百五十トン、石川島で建造）と紀州軍艦明光丸（鉄製蒸気船、スクリュー、八百九十トン、イギリス製）が砲撃を加えて援護した。しかし、長州側は持ちこたえて、幕府側は撤退した。

二回目の幕府側の攻撃は八月二日に行われ、兵站《へいたん》が遅れて守備が難しくなった大野から戦線を玖波《くば》に引き下げた長州軍に、前回と同じ陣容の幕府軍が陸と海から軍艦の支援を受けながら押し寄せた。長州側は苦戦したが、今回も持ちこたえて、幕府側は大野まで退いた。

三回目の八月七日の戦闘は長州側から仕掛けられた。長州軍は山陽道の山側の迂回路にある明石峠から進軍して、宮内に集合していた幕府軍中軸を衝《つ》き、ここを占拠したのである。これにより、幕府軍本営と大野の前線軍との間が断たれてしまい、幕府側にとっては、これ以上の作戦行動は犠牲を多くするだけの状態となった。そこに広島藩が中間地帯に割って入ったので、長州藩も攻撃を止め、停戦となったのである。

こうしたなか慶喜は、長州再征討の各戦線での自軍不利の報告を受けると、その続行についての自信を失ってしまった。そこで、負けたことを認めないで、将軍の死去を口実にして戦争を終わらせようとした。そのために、朝廷に取り成しを頼み、また八月二十日に徳川家茂が死去したと公表し、同日に慶喜が将軍職を継いだことを宣言した。一方で、広島藩の仲介で勝海舟に講和の談判をさせることとし、九月二日に宮島で勝が長州側の広沢真臣《さねおみ》ならびに井上聞多と会談し、停戦合意に至った。形式上、将軍の死去で服喪するので撤兵するというのである。

なお慶喜自身は、十二月五日に将軍宣下を受けて第十五代将軍となり、同月二十五日に孝明天皇が薨去することで、幕府は何もなかったかのような取り繕《つくろ》いをして、長州再征討の騒ぎは収まることになるのである。

この戦争で大村藩は、七月二十四日付の幕府の命令により、長崎奉行所とも連携して、平戸、五島の両藩と共同で長崎の警護に当たり、変事に対処することが求められた。長州藩の軍勢が海上から長崎を襲う可能性もあったからであるが、混乱に乗じて、イギリスなどの列強が長崎を占領する行動に出る可能性が取り沙汰されていたからでもある。

とくに、イギリスは、朝廷、ならびに幕府側と、長州側とのいずれにも味方しないとの中立の立場を宣言していたが、長崎の地理的な優位性と松島などで産出する石炭には早くから着目し、虎視眈々《こしたんたん》と狙っていたのである。しかし、日本国内が内乱状態に陥る前に、幕府側が意外と早く崩れ、そのために大村藩は軍事動員体制を整えはしたのであるが、具体的な軍事行動をしないうちに長州再征討は終わったのである。

この間、昇は、先代藩主大村純顕《すみあき》夫妻の新御殿普請の指揮を執るのに忙しく立ち働いていたが、藩主と藩の執政たちは、昇を本来の応接役の仕事に引き戻す必要に迫られていた。というのも、六月の下旬には聞こえてくる戦況は長州軍の優位さを示すものが多く、どのように取り繕っても幕府側の敗色は濃いものとなっていたからである。しかも、このことは昇が予見していた。

無論、大村は長州や薩摩のような大藩ではなく、ここで幕府に反旗を翻《ひるがえ》すようなことはできない。しかし、昇が予想した通りに長州が勝つとすれば、長州と薩摩の強力な連合体ができ上がり、これを無視することはできなくなる。そこで、昇が長州と薩摩との両方に築き上げた関係があり、これを活用しない手はないと藩主や執政たちは考えたのである。

また、長州再征討での戦闘は、鉄砲や大砲、さらに蒸気機関の軍艦といった近代兵器の優位性を瞬く間に知らしめた。これは清左衛門が言っていた通りの展開であり、鉄砲隊の創設を急ぐ必要があるという点で意見は一致した。

六月二十四日、昇は早朝の登城を命じられた。また、清左衛門も同じ時刻に次席家老大村太左衛門の藩会所の詰め所に来るようにとの報せを受けているので、二人揃って家を出た。

城の大広間で昇を待っていたのは、家老の針尾九左衛門と江頭隼之助、さらに側用人の稲田東馬と元締役の中尾静摩であった。

「昇。純顕様の御住まいの普請は大方の目途がついたようじゃ。お主には、今日から応接役に専念してもらう。普請の方は、（大村）五郎兵衛様が何とかされる。早速じゃが、薩摩との間で藩として誼《よしみ》を持ちたいが、その算段をお主と相談したい」と東馬が言った。

「薩摩で御座いますか。長州は如何《いかが》なされます」

と昇が聞くと、江頭家老が、

「長州については幕府との間で争いが続いている。誼を結ぶには、まだ早いのではないか」

と言った。これを聞いて昇は怒った。

「黒白《こくびゃく》が付いて、長州が勝てば『よろしく』、負ければ『知りませぬ』というのが応接役だとすれば、畏《おそ》れながら拙者には務まりませぬ。勝ち負けに関わらず、友誼を保つことこそが信義の大本で御座います。また薩摩も、そのような姑息《こそく》な藩は相手にせぬのでは御座いませぬか」

「何、姑息と申すか」

と、江頭家老も上ずった口調になったところに、針尾家老が割って入った。

「まあ、まあ、江頭殿。ここは昇の言うことにも道理が御座る。昨日、殿様ともご相談いたしたように、これより昇に薩摩と長州との難しい折衝を任せねばならぬときに、手枷《かせ》、足枷をかけては何事も上手くは進みますまい。薩摩と長州との交渉事を進めるには昇以外に人がないとなれば、ここは昇に任せ、どうしても危ういときに止めるのが我らの務めでは御座いませぬか。されど、御家老に向かって『姑息』とは口が過ぎようぞ」と昇に注意した。

「言い過ぎました。真に申し訳御座いませぬ」

昇が詫びの辞儀をしたので、江頭家老はすぐに機嫌を直したようであった。昇は、感情を引きずらない点は江頭家老の良い点だが、あまりに慎重過ぎると改めて思うのであった。

その日の夕刻、昇は、いつもと同じように清左衛門と渡辺家で食事をとりながら、会議の話をして、清左衛門にもその日の首尾を聞いた。

清左衛門は、太左衛門から鉄砲隊の創設を急ぐようにとの催促があったと言い、合わせて、家老兼脇士《わきさむらい》大将の太左衛門の下で、操兵指南、つまり大村藩の軍事参謀指揮官の内示があったと明かした。

昇は「兄様。おめでとうございます」と祝福し、その後、父と母を交えて家族で控えめに祝いの酒を交わしたのである。

【二】五代、伊藤、グラバー

慶応二年六月二十八日、昇は長崎の大村藩邸にいた。長崎奉行所では、在地奉行として異例の三年半もの間辣腕《らつわん》を振るった旗本服部長門守常純《つねずみ》が一月に転任し、代わりに同じく旗本の徳永石見守昌新《まさもと》が着任した。

恒例であれば、藩主大村純熈《すみひろ》が挨拶に出向かねばならないところであるが、長州再征討の戦時中でもあり、落ち着くまで挨拶を控える旨を応接役の昇が長崎奉行所に伝えるために出て来たのである。だが昇には、別の藩命が内密に託されていた。それは、長崎の薩摩藩邸に出向き、同盟交渉のための接触を持つことであった。

このとき、昇には補佐が付いていた。硝石精錬方の和田勇馬である。渡辺家と和田家は同じ岩船地区にあり、互いに見知った間柄である。藩は出張する先で昇に何か支障が生じたときのために人を付けたのであるが、独走する向きがある昇に目付を付けたのかもしれない。

昇は次の日に長崎奉行所で用事を済ませ、その足で和田を伴って薩摩藩の長崎蔵屋敷を訪れた。そこで留守居に会い、藩主の親書を持って鹿児島を訪問したい旨を申し入れたが、鹿児島にその旨を伝えるので、返事が来るまでしばらく待つようにということであった。

昇と和田はそのまま、長崎の豪商小曾根英四郎邸を訪れた。坂本龍馬が戻っていれば最新の情勢が聞けると思ったからである。龍馬には二十日ほど前に英四郎に紹介され、意気投合したが、この日は生憎と龍馬は帰っていなかった。また、お竜も留守であった。

昇が英四郎と挨拶を交わし辞去しようとすると、英四郎が「渡辺様。珍しい方がお見えですので、御紹介いたします」と言って、屋敷の洋風の応接間に昇を案内した。そこには、額が広く、目元が涼しげで、いかにも頭が良さそうな侍が椅子に腰掛けていた。

「渡辺様。こちらは薩摩藩の会計方の五代才助様で御座います。こちらは大村藩の応接役渡辺昇様で御座います」

五代才助（友厚）は、慶応元年（一八六五）、藩命により寺島宗則や森有礼《ありのり》らと共に薩摩藩遣英使節団としてイギリスに出発し、欧州各地を巡歴した。ロンドンで、井上聞多、伊藤博文ら五人の、いわゆる「長州ファイブ」にも会って交流を深めた。慶応二年に帰国し、藩の会計係（物資調達役）として長崎に出ていた。

「渡辺昇です。この者は和田勇馬。実は、先ほど尊藩の藩邸に出向いたところです」

「貴殿の御高名は伺っています。弊藩へ如何なる御用で御座いましたか」

昇が英四郎を気にしたので、英四郎は気を利かせて「お茶でも運ばせましょう。ごゆるりと」と言って応接間を出て行った。

「実は、尊藩にわが藩主の親書を持参し、誼を通じたいと存じた次第です」

「そういうことであれば、拙者からも鹿児島に伝えておきますが、そのためにわざわざ長崎においでになられたので御座いますか」

と五代が聞くので、長崎奉行所に所用があり、その足で薩摩藩邸に行ったと正直に話した。

そこに、英四郎が戻ってきた。

「お話しの途中でお邪魔しますが、珍しいお方がお二人して私のところにお出ましになられました。これも何かの縁でありましょう。もう、そろそろ夕刻で御座いますので、丸山あたりで一献如何で御座いますか。もちろん、お供の方もご一緒にどうぞ」

「嬉しく存ずるが、実はこれからイギリスで知り合った友と会う約束が御座います」

と五代。

「では、その方もお呼びしたら如何でしょう。イギリスのお話とやらも私には勉学になります」

し、渡辺様も如何でしょうか」

「拙者に異存はありませんが、イギリスの方ですか」

「いいえ、日本の者ですが、少々事情があり、奉行所に悟られぬように身を伏せています」

「拙者の存じ寄りの者がイギリスから帰っております。無論、幕府には内密に出国しておりますので、露見すれば罰を受けます」

昇は、長州の井上聞多と伊藤俊輔を思い出して言った。以前、二人に下関で会ったときに、留学の話を聞き、羨《うらや》ましく思ったからである。

「さて、イギリスで日本の方というならば、長州の方しか存じませんが、差し支えなければ、その御仁のお名前をお聞かせいただけましょうか」

「大きな声では申せませぬが、井上と伊藤の二人です」

「何と、それは奇遇。伊藤君は長崎に来ています。大きな買い物があり、十日ほど前までわが藩蔵屋敷におりましたが、上手く探し物が見つかり、詰めの交渉をするために外国人居留地のある者の屋敷に泊まり込んでいます。その交渉も終わりましたので、長州に帰る相談のために拙者が参る約束です。ただ、このような時節でもあり、長州藩の者がいるとなれば大捕物《とりもの》となるのは必定ですので、薩摩藩士吉村荘蔵と名乗っています」

「伊藤君には是非に会いたいと存じますが、どなたの屋敷にいるのでしょうか」

「大浦のグラバー殿の屋敷です。」

二人のやり取りを聞いていた英四郎は、驚いたように言った。

「伊藤様が長崎に来ておられることは存じませんでした。伊藤様を通じて長州藩とは御商売もさせていただいておりましたので、是非に、皆様と御一緒に席を設けさせていただきたいと存じますが、奉行所も服部様がなかなかの切れ者で御座いましたので、探索の網が町中に張り巡らされております。私の店の者も、皆が信用できるとは思っておりませぬ。また、居留地の出入りも厳重で御座いまして、伊藤様は出歩かないのが一番で御座います」

「渡辺殿、これより拙者とグラバー殿の屋敷に参りませぬか。居留地の入り口でグラバー殿に用があると届けて奉行所の役人から通行鑑札を受けますが、拙者の部下とでも届ければ奉行所も通してくれましょう」

「実は、拙者も奉行所の密偵に付きまとわれております。わが藩と事を構えないようにするため拙者を捕縛することはないと存じますが、動きを見張られ、ここに来るにも、その気配を察しております。貴殿と拙者が一緒だと、いろいろと勘繰《かんぐ》られるのではないかと存じます」

「然様ですか。長崎も窮屈でございますね」

「如何でしょうか。幸い、居留地の警護見廻りは大村藩と五島藩の担当です。拙者らは大村藩への警護班の交代に紛れてグラバー殿の屋敷に伺いたいと存じます。貴殿とは、そこで落ち合いましょう」と昇が提案した。

長崎は、市内については立山と西の二つの長崎奉行所、天草を含めて長崎周辺の天領は長崎代官所の所管であるが、いずれも人員が足りないため、幕命により福岡藩と佐賀藩が隔年で兵千名を出して警護していた。また、両藩の手伝いに大村藩と五島藩が毎年、二、三百名ほどを派遣していた。しかし、今は、長州再征討中で、両藩が警護の主体である。

「その方が確かで御座いましょう。では、グラバー殿の屋敷でお待ちしますが、居留地に入り込むのが難しければ、御無理なさらないでください」と五代は言った。

そこで昇と和田は、一旦藩邸に戻り、交代する警護班に加わり、夜陰に紛れてグラバーの屋敷を訪れた。交代の警護班は、港と出島居留地を管轄する長崎西奉行所の隣の大村藩西屯所から出るので、見破られないかと緊張したが上手くいった。

グラバーの屋敷では、五代が予め昇のことを話していたようで、すぐに居間に通され、グラバーに握手で迎えられた。そこには、グラバーの他に五代と伊藤がいた。

トーマス・ブレーク・グラバー（Thomas Blake Glover）はスコットランド出身の商人で、武器を輸入販売したり、日本初の蒸気機関車の試走を行ったり、長崎に西洋式ドックを建設したりして、日本の近代化に大きな役割を果たした。維新後も日本に留まり、高島炭鉱の経営を行ったりして、日本の近代化に貢献することになる。

「渡辺様。まさか、このようなところでお会いできるとは思っておりませんでした」

と伊藤が言った。伊藤は桂小五郎の従者だった頃に昇から剣を仕込まれたため、当時の口ぶりが抜けきらず、あくまでも姿勢を低くして挨拶した。

「拙者も、五代殿からお主のことを聞き、驚いた。下関以来だが、まさかここでお主に会おうとは思いもよらなかった」

「今年になって長崎は二度目ですが、此度《こたび》は少し大きなものを買い入れねばならず、下関に寄港したイギリスの船に便乗して当地に参りました。薩摩藩邸に潜んでいましたが、運良く五代君と居合わせ、グラバー殿の屋敷であれば売り物を探すに便利だということで、ここの屋根裏に隠れているのです」

「して、その買物とは」

「蒸気船です。しかも、二隻」と、五代が間に入った。

「然様です。たまたま、上海で売りに出された船を薩摩藩の名義で買い付けることができましたが、五代君にはえらく世話になりました」

【三】長崎脱出と長州再潜入

昇、伊藤、五代の三人のやり取りを傍でニコニコしながら聞いていたグラバーが、片言の日本語で、「渡辺様のことは『セイザエモン』様から聞きました」と言うので、昇は「セイザエモン」と、一度反すうし、「ああ、兄上のことですか」と聞き返した。

「そうです。『ノボリ』様は剣が強いと自慢していました。外国人は剣が強い侍が怖いです」

グラバーは両手を両上腕部に交差してあてがい、震えるような身振りで言ったので、皆が笑った。

昇の兄清左衛門は若い頃から勉強熱心で、藩から派遣されて長崎で英語を学び、西欧の新しい用兵術や新式の武器の構造や操作法を研究することを好んだ。このときも、清左衛門は新型鉄砲を用いた鉄砲隊の創設を藩から命じられていたため、鉄砲の買入れ交渉のためにグラバーと会っていたことを、この日、初めて昇は知ったのである。

「『セイザエモン』様は、英語が上手で、誠実です。それに、熱心で、とても頭が良い」

とグラバーが褒めるので、昇はグラバーに親近感を抱いた。

「ここで会うのも何かの縁。伊藤君、拙者の頼みを聞いてもらえないか」

と昇は伊藤に言った。

「拙者に頼みごととは、どのようなことでしょうか」

「拙者を長州に連れて行ってもらえぬか」

「再び、わが藩に参られるので御座いますか」

「実は、わが藩は尊藩とも誼を持ちたいのじゃ。すでに薩摩藩には同じことを申し入れているが、わが藩は幕府に対抗し、勤王に向かって進む備えをしている。ただ、薩摩へ渡る便はすぐには来そうにない。ところが、思いがけず伊藤君に会えたゆえ、この機を捉えて、尊藩と同盟を結ぶ仲立ちを願いたいのじゃ」

伊藤に対するこの申し出は、決して昇の咄嗟《とっさ》の思い付きではなかった。桂小五郎との強い結びつきを知っている藩主や執政たちは、薩摩藩との盟約よりは長州藩との盟約が容易ではないかと考えていた。そのために、薩摩藩が駄目であれば、長州藩との盟約締結を先に進めてもよいと昇に伝えていた。ともかく、破談になった福岡藩に代わる強力な盟約先を探し、幕府の理不尽な要求に対抗する後ろ盾が必要と考えていたからである。

幸い昇は、すでに二回長州に潜入していた。したがって、昇にとっても先が読めない薩摩藩との交渉よりは、伊藤の手引きで長州に行く方を優先したのである。まさに、渡りに船であった。

「それは、わが藩としても望むところでありますが、渡辺様のお話も急なことでありますし、拙者の一存では決めかねます。下関か三田尻までお連れして、桂様にお引き会わせすればよろしゅう御座いますか」

「それで結構じゃ。その先は、何とかなろう」

「されど、先ほどもグラバー殿と話していたのですが、下関あたりは戦の真っただ中でありますので、今は長州に戻る術《すべ》がありませぬ。また、奉行所の詮議が厳しく、この居留地を出ることも叶いませぬ。無論、長州への陸路は幕府側の兵で満ちています。早く、船の買い付けのことを藩に報告したいのですが、頓挫《とんざ》しているところです」

当時、長州再征討の戦線のうち、芸州口と石州口の戦闘で幕府側が苦戦した原因が、長州側の強力な火器にあることは明らかになっていた。しかも、その火器の多くがイギリス、あるいは米国からの輸入品であることから、幕府はイギリス公使のハリー・パークスに、長州側に武器を売却しないようにとの厳重な抗議をしていた。

なかでも、長崎居留地のイギリス商人たち、とくにグラバーは危険人物として幕府に睨《にら》まれていたし、居留地に出入りする日本人も調べられた。その中での長崎脱出は困難を極めるのである。五代によれば、薩摩藩も長州再征討に中立を表明して出兵拒否をしているので船を出せないという。

結局その日は、昇が伊藤の脱出方法を考えてみるということで、居留地警護班の交代要員に紛れて藩邸に戻った。

昇は翌日、長崎港を警護して遊弋《ゆうよく》している大村藩の船で長崎を脱出できないかを藩邸の留守居に相談した。しかし、警護の船には必ず奉行所の役人が同乗しているので難しいということであった。ただ、目立たぬように手漕ぎの小舟で港を横断して対岸に渡り、陸路を山越えすれば福田の港があり、そこに藩の御用船が回ってくるので、それをつかまえれば、海路で長州に行く手も見つかるのではないかという。

「この際、少々、危ない橋も渡らねばなるまい。舟と漕ぎ手の手筈《てはず》だけ願いたい」

と昇は言って舟を待たせる場所を決めたが、そこは長崎西奉行所の目と鼻の先であった。出立は七月二日の夜とした。

早速、昇は薩摩藩蔵屋敷に行き、五代にこの計画を伝えた。五代は、

「伊藤君には今日のうちに伝えて、出立の用意をするように伝えましょう」と言った。

「舟は手狭ゆえ三人では窮屈だが、和田も同行します。これが舟を待たせる場所ですが、舟の

傍で待っていると伝えください」と、簡単な見取り図を五代に渡した。

七月二日の夜、昇と和田は大村藩長崎西屯所の裏に潜んでいた。すぐ傍に手筈通りの二丁櫓《ろ》の舟と二人の漕ぎ手が待っている。その夜は月齢も細くて暗闇に近く、幸い波は高くはなさそうであった。居留地の警護は大村藩担当から五島藩担当に代わるときが最も手薄になるので、その時を狙って居留地を抜け出ることになっている。

「そろそろ時刻だ」と昇が思ったところに、「渡辺様」という、押し殺した声が聞こえた。「こっちだ」と昇が詰所の建物の陰から現れると、「見つかりました。追っ手が来ます。多分、奉行所で応援を頼んでいるのでしょうが、見張りを巻きましたので、少し時を稼げます。舟はどこにありますか」と、伊藤が立て続けに言った。

昇は、「この舟じゃ」と伊藤を乗せたが、伊藤は舟の小ささにたじろいだようだった。昇が水夫に「出してくれ」と言うと、二人の漕ぎ手は両舷に立って漕ぎ始めた。漕ぐ音が煩《うるさ》いとは思ったが、音を潜める余裕はなかった。長崎西奉行所の方を見ると、提灯《ちょうちん》の群れが出てくるところだったのである。

昇たちが乗った舟は長崎西奉行所からの追っ手を逃れるように対岸に漕ぎ寄せ、その後、岸沿いに南下して、一刻ほど経ったところで上陸した。この間、舟を漕いだことがない和田を除いて、昇も伊藤も櫓《ろ》を交代した。上陸して山越えの道を辿って福田に着いたのは、そろそろ明け方になろうとする頃であった。

福田の港は入り江が深くないために、大型船は来ない。しかし、昔から抜け荷が行われ、また外海《そとめ》を警戒する大村藩の御用船の重要な基地でもあるので、藩の出先機関がある。ここで二日間待って、やって来た御用船に乗り込み、松島、さらに平戸まで送ってもらった。

平戸では、平戸勤王党の歓待を受け、到着してから四日目に平戸藩の御用船に乗せてもらい、壱岐郷ノ浦まで運んでもらった。壱岐は平戸藩領であり、代官所がある。そこで下関と結ぶ便を待った。

しかし、幕府との開戦中ということでなかなか便がなく、八日目になって、対馬に米を送って下関に帰る長州の船が郷ノ浦に立ち寄ったところをつかまえた。下関に到着したのは、七月二十日早朝のことであった。

昇らの乗った船は、幕府の哨戒《しょうかい》隊との衝突を避けるために、彦島の北側から下関の竹崎に入港した。下船者の吟味も伊藤が同行していたので簡単に済んだが、兵で溢《あふ》れる下関の町は殺伐とした空気が漂っていた。

「高杉様に長崎での首尾を報せねばなりませぬが、一緒に如何ですか」

と伊藤が聞くので、昇は「是非に会いたい」と答えた。昇は高杉晋作とは江戸で桂に紹介され、前年も下関で会っていた。

伊藤は昇らを白石正一郎の屋敷に連れて行った。以前、昇が訪ねた際に通された奥の離れに高杉晋作が寝ていた。体調が悪そうであったが、部屋は薬種の煎じた匂いと酒の匂いが混じり、枕元には若い女が付き添っていた。

「高杉殿。如何がなされた」

「渡辺殿。このような姿で面目ありませぬが、少々風邪気味で、熱があるようです。先月から幕府軍との戦で海に出ることが多く、海風にあたったものと思われます。貴殿は俊輔と長崎から一緒に参られたのでしょうか」と高杉が聞いたので、

「然様。手間取り申したが、仔細は後で伊藤君から聞かれたらよい」

と、昇は高杉の様子に気兼ねして応じた。

「高杉様。軍艦二隻を手に入れましたぞ」

と、伊藤が二人の挨拶が終わるのを待っておれないような口調で言い、懐から契約した船の仕様書を出して高杉に手渡した。長崎からの脱出行の間、昇も何回か見せてもらったものである。その書類に目を通した高杉は、

「俊輔、でかしたぞ。これで存分に暴れ回れる。その日が待ち遠しいわ」

と笑顔になり、「おうの、酒を用意してくれ。祝いじゃ」と、傍にいる女に命じた。

おうのと呼ばれた女は、「医者から酒は止しなされと言われていますのに、昨夜も遅くまで飲んでおいででした。よろしいのですか」と言ったが、途端に高杉が咳き込んだのである。おうのは、慣れた手で高杉の背中をさすった。

「高杉殿、あまり無理せずとも、今は養生が肝要。戦が終われば、そのときに戦勝祝いをしま

しょう。ところで、伊藤君とここまで来たわけは、わが藩は尊藩との間で盟約を結びたいと考えております。然《しか》るべく、手筈を整えてもらえませぬか」と昇は聞いた。

「そういうことならば、早速、拙者が山口に出向いて話をつけたいところですが、今は下関を離れるわけには参りませぬ。また、政治向きは桂が一切を仕切っているので、桂に相談なされるのがよろしいのではないかと存じます」

「桂様は下関においでであろうか。」

「わが藩は四方からの攻撃を受け、下関は拙者が、石州は蔵六（大村益次郎）、芸州は太田（市之進、改名して御堀《みほり》耕助）らが防いでおります。すべてを指揮するのは桂ですので、桂はあちこちと動き回っております。もしかすれば、三田尻かもしれませぬ。俊輔は、下関で注文の軍艦が届くのを待たねばなりませぬので、誰か他の者に案内させましょう」

「高杉様。帰国したばかりですので、妻の顔も見たいと存じますが、二日、待っていただければ、三田尻まで御案内申し上げます」と伊藤が言った。

「そうじゃ。俊輔は新しい嫁をもらったばかりであったな。何人目だ」

と高杉は笑い始めたが、また咳き込み、おうのが背中をさすった。伊藤は四月に再婚したばかりであった。

「伊藤君、君は下関にいた方がよい。しかるべき案内があれば、拙者らは構わぬ」

昇はそう言い、結局、高杉の部下を案内につけることになった。その後、伊藤は高杉に長崎からの脱出の経緯を手短かに話し、高杉から坂本龍馬が戦を手伝ってくれたことなども聞いた。

「また、参る。御身《おんみ》を大事にされよ」

昇はそう言うと伊藤と部屋を出た。白石家の玄関脇で待つ和田と一緒になって宿に向かう途中、昇が「高杉殿は労咳《ろうがい》（肺結核）ではないか」と尋ねたので、伊藤は頷き、「今、高杉様を失うわけには参りませぬ」と言ったきり無言であった。

【四】密約の判明

三日後、昇と和田は高杉が差し向けた案内に連れられて下関を出た。途中、小郡《おごおり》宿に泊まり、七月二十五日に三田尻に着き、すぐに桂に会うことができた。場所は長州海軍の軍船の停泊地の傍の旅館を居抜きで借り上げた司令部である。長州軍の軍装の兵士たちも、その司令部を囲んで野営しているようである。

「桂様、御無事で何よりで御座います。幕府軍を相手の戦で難儀されているかと思っておりましたが、思いの外、静かですな」

「木戸と言ってくれ。折角来たからには、一杯飲みたいところだが、今は忙しい。宮島の対岸付近で幕府軍の動きが慌ただしい。近いうちに総攻撃が始まるのではないかとみている。しかし、何用だ。まさか、物見遊山で来たわけではあるまい」

「木戸様。たまたま、長崎で伊藤君に会ったのですが、大村も尊藩と共に勤王の旗幟《きし》を明らかにしたいと存じており、これはわが藩主の強い御意志であります。どうか、この戦いに勝ってください。勝って、さらに尊藩と薩摩藩が手を結べば、一気に幕府に対抗する勢力が増えます」

と昇は言って、伊藤と長州に入った経緯を説明した。

木戸は昇の話に驚いたようであったが、

「味方の藩がいるということがわかっておれば、戦もやりやすい。薩摩との連携はその後だ」

「木戸様。何か、隠していらっしゃいますな。長崎で尊藩の鉄砲や軍艦の買入れに薩摩藩が便宜を図ったことは拙者も知っておりますし、伊藤君も隠しませんでした。それは、薩摩藩との間で裏に隠された何かの取決めがあるからではありませぬか」

と昇が言うと、木戸は腕組みして考え、意を決したように、

「渡辺君、どうも君には隠せぬようだ。少し、ここで待ってくれ」

そう言って、二階に上がっていった。しばらくして二階の階段口から、「渡辺君。こちらに来てくれ」と、昇に上に来るように促した。昇は、誘われるまま階段を上がった。ただ、和田はそのまま残した。

二階の廊下を桂は先に立って、昇を突き当たりの部屋に連れて行った。襖を開けて、中に入ると、そこには二人の侍がいた。桂は、そのまま床の間を背にして座り、「渡辺君。こちらに

座り給え」と言って、二人の侍と昇が対坐するように座らせた。

するとー人が、「拙者は薩摩藩黒田了介（後の清隆）で御座る。これは村田新八」と紹介し、

「渡辺殿のことは西郷様《さあ》から聞いております」と木戸に近い方の侍が言って、二人が頭を下げた。

「大村の渡辺昇です」と、昇も辞儀をした。

黒田も村田も刀を右に置いているが、昇に気を許していない気配が伝わる。黒田も村田も薩摩示現流の達人である。

「渡辺君。君の推察の通りだ。今年の一月、お主との約束通り、坂本君らの仲立ちでわが藩は薩摩藩と軍事の盟約を交わした」

と木戸が言うと、黒田が続けた。

「盟約の仔細は言えませぬが、要は互いに力を合わせえて幕府に対抗するとの約束です」

「渡辺君。盟約については君に話したが、これは秘中の秘だ。表に出れば、薩摩藩が京、大坂で動き難くなる。よって、わが藩中の者も含めて知る者は少ない。また、わが藩には未だに薩摩憎しで凝り固まっている者もいる。君に打ち明けたが、しばらくは他に漏らさないでもらいたいのだ。その約束ができねば、ここで君を刺すしかない」と木戸が言った。

「木戸様には前にもお願いしたように、長州藩と薩摩藩との同盟は拙者も望むところですので、本日、そのことを伺い、嬉しく存じます。他言無用とのこと、承《うけたまわ》りました。これで安心して大村に帰り、わが藩の論をまとめることができます」

と昇が言うと、その場の緊迫した空気が緩んだ。黒田と村田は、幕府と長州の戦いぶりを観察し、後に幕府軍に対峙する際の参考にするために来ていると言った。また、長州側に不測の事態が生じたり、物資の不足が生じたりした場合には薩摩藩として手当てするつもりだとも言った。

「渡辺君。今後、大村藩と同盟を結ぶといっても、口だけではなかなか話に乗れぬと言い出す者も多いのではないか。帰国にあたり、その前に毛利侯に謁見して、何か証《あかし》となるものを持ち帰ったらどうか」

と、木戸が思いがけないことを言いだした。

「それができれば嬉しく存じます。拙者がこちらに来たのは成り行きでありましたが、仰せの通り、今後、尊藩と誼を通じて幕府に対抗して参るには、何よりも毛利侯とわが藩主とが意向を通じ合うことが肝要かと存じます。毛利侯に拝謁を賜り、お言葉を頂戴できるのであれば、何よりの土産となります」と昇は応じた。

「実は、黒田君らも毛利侯に拝謁を賜ったばかりじゃ。拙者も山口の政事堂（藩庁）に用事があるゆえ、君を同道して毛利侯に会ってもらおう」

と言う木戸に昇が、「和田と一緒だ」と話すと、「構わぬ」と言って、共に山口に行くことになった。

その日、昇と和田も黒田らと同じ部屋に泊まり、大村と薩摩が盟約を結ぶ段取りを話し合った。薩摩藩の長崎蔵屋敷で鹿児島行きを申し入れていることも伝えたが、薩摩に入国する際に間違いがあってはならないということで、長崎からは薩摩藩の船で送ることに決まった。

ところが次の日、木戸が、

「渡辺君。どうも宮島あたりで幕府軍が動き始めたようだ。ともかくも拙者はここを動くことはできぬ。済まぬが警護を付けるゆえ、君らを山口に送る」

と言うので、数日後、昇らは兵の警護を受けながら山口に馬で上ったのである。

山口では、前々日の八月一日に小倉城が陥落し、長州軍が勝利したという報せが入ったばかりで町中がお祭り騒ぎであった。昇らが、山口藩庁の中心である政事堂に行くと、藩主毛利敬《たか》親《ちか》と世子定広とが共に静養に出ているというので、案内されて湯田中温泉に行き、八月四日に藩主父子に謁見できた。

拝謁の席で昇が小倉での戦勝の祝いを述べると、藩主父子は喜び、とくに世子から長州藩のために尽くしてくれた礼の言葉をもらい、そのうえで北部九州の諸藩の勤王事情を詳しく聞かれた。

また、大村侯が引き続き勤王の志を貫徹し、もって長州藩と誼を結ぶことを願うとの毛利侯の親書と共に、昇は刀、和田は鍔《つば》を下賜されたのである。

次の日、昇と和田は警護兵に守られて三田尻に戻った。三田尻には三日前に下関から緊急の連絡が届いていた。伊藤が決死の覚悟で長崎に行き、薩摩藩名義で二隻の船を買い入れた契約を幕府が探り出し、強制的に幕府が買い入れたというグラバーからの通信を受け取ったというのである。また、この報せには、グラバーが代わりの船を上海で見つけたので、それを手当てするのであれば、上海に出向き、急いで契約をする必要があるという内容のことも書いているということであった。

この件で木戸は黒田と村田に相談した。伊藤を上海に向かわせるが、どうしても薩摩藩の協力が不可欠だというのである。上海には幕府も監視機関を置き、長州に武器が流れないように見張っていたからである。

相談を受けた黒田は村田に、「お主は、急ぎ下関に行き、伊藤君と共に上海に出向いて船を買ってくれ。鹿児島へは報せるが、返事を待つ暇はない」と、下関行きを命じ、村田は木戸が用意した藩船で下関に向かったのである。

なお、伊藤と村田の二人は、薩摩藩所有として偽装した船で一旦長崎に行き、船上でグラバーから荷為替を受け取り、それを持って長崎と上海を結ぶイギリスの定期船で上海に行き、首尾よく二隻の動力船を手に入れた。これらを砲艦に仕立て直して下関に回送することにしたのであるが、実戦に投入する前に終戦となる。

木戸は長州軍の総司令として多忙である。八月五日に昇らが三田尻に戻ったところ、木戸が昇を誘った。

「探っていた通り、三日前に宮島の陸側一帯で幕府軍の総攻撃が始まり、わが軍は何とか持ちこたえた。これより、黒田君と共にわが軍の状況を見に行くが、君も大村への話の土産に、一緒に来ないか」

無論、昇は「御一緒させていただきます」と答え、戦地の見学に行ったが、そこで実際に見たものは近代兵器の破壊力の凄まじさであり、その実情は兄清左衛門が度々言っていた通りであった。

前線から三田尻に戻り、いよいよ次の日に下関まで行こうと準備しているなか、木戸が部屋を訪れた。

「渡辺君。下関までは藩船を出すが、下関から長崎にどのように行くかは向こうで相談してくれ。ところで、藩士を三人、大村で匿《かくま》ってもらいたい」

「匿うとはどのような事情で御座いますか」

と昇が聞くと、木戸は、

「実は禁を犯して、人を殺《あや》めた。藩是では死罪なのだ」と言った。

「そのような者をわが藩で匿うので御座いますか。木戸様の御依頼ですが、なかなかに難しく存じます」

「まあ、聞いてくれ」と木戸が説明したのは、三人が殺した相手は旧佐幕派の重鎮の倅《せがれ》で、自分の親を殺した諸隊の隊員の一人を狙って敵討ちをしようとしたところを三人が説得したが、相手が斬りかかってきたので、そのはずみで殺してしまったというのである。

「その三人は逃亡したものとして届け出ているが、実は拙者から君宛ての手紙を持たせて大村に向かっている。君が来ることがわかっておれば、君と同道させたのだが、実に優秀な藩士たちで、このような罪で命を失うことは断腸の思いだ。この戦が落ち着けば、改めて審理し、黒白を付けるゆえ、それまで大村で預かってもらいたい」

木戸は昇に頭を下げた。

「仕方がありませぬ。お引き受けいたします」

と昇も言って、了承したのである。

【五】長州からの帰還

八月八日、昇は三田尻から木戸の見送りを受けて長州藩船で下関に戻り、翌日、高杉を改めて見舞った。小倉城の陥落で言葉遣いは意気軒昂《いきけんこう》だが、体調が優れないのは昇の目から見ても明らかであったので、「いずれ、近いうちに、また」と言って、枕元を下がった。

昇と和田は、下関から長崎に寄って鹿児島に戻るという薩摩藩の船に八月十二日に乗り込んだ。昇は、そのまま鹿児島に行くことも考えた。しかし、長州藩主の親書を預かっているうえ、同行の和田が、さすがに昇に付いていけず帰国したがったので、長崎に着いた後、長崎奉行所の眼を避けて夜陰に紛れて下船し、大村に帰ったのは八月十六日となった。ほぼ、五十日ぶりの帰還である。

翌十七日、城の書院で昇は藩主大村純熈に拝謁した。そこには、家老針尾九左衛門と側用人の稲田東馬のみが陪席していた。藩主は、前日昇が差し出した長州藩主毛利敬親の藩主宛ての親書を読み、贈られた刀も見たうえで、昇の長州行きの仔細を聞いた。

実は、この謁見の直前に、藩主は昇を労《ねぎら》い、同時に褒賞と新たな職位を授けたい旨を針尾家老と東馬に打診した。しかし、東馬が反対した。

「殿様。畏れながら、現下の藩内の情勢では、昇の成したことを公《おおやけ》に賞することは控えるべきではないかと考えるので御座います。国を厳しく閉ざす長州に潜入し、長州軍の指揮官である木戸殿とも会い、また毛利侯から殿様への親書と刀を持ち帰ったという昇の働きには本来なら賞典があるべきところで御座います。されど、わが藩にとっては、荷厄介《にやっかい》な土産を昇が持ってきたともいえます。昇が持ち帰った親書や刀を殿様が公にお受けになることは、朝敵の長州藩との同盟を宣言するにも等しく、とりも直さず、反幕を公言することにもなるのではないかと考えるので御座います」

「昇から聞いた話では、薩摩と長州は盟約を交わしたというではないか。この時期を置いて勤王の旗印を掲げるときはなかろう」

「畏《おそ》れながら、まだ早いと存じます。まず長州の戦いが終わっておりませぬ。また、藩内の論が定まっておりませぬ。松島から『長州に向かう』との昇の文を受け取ったとき、江頭殿は昇の長州行きに反対され、途中の何処かで昇を引き戻すべきと言っておりましたが、これは、慎重な江頭殿の意見というよりは、藩内の論を映したもので御座います」

家老の江頭隼之助は筆頭家老の針尾の次席だが、守旧派とも勤王党とも微妙に距離を置いている。東馬自身は、勤王の志が篤《あつ》い藩主の側に仕えているため勤王党に親身だが、藩主に仕える者が特定の派閥に与《くみ》すると、藩主に偏った情報を伝えると言い、律儀に中立を保っている。

「では、長州との誼を無にせよと申すか」と藩主は質《ただ》した。

「決して、そのようなことを申し上げているのでは御座いませぬ。昇は、長州に続き、薩摩と接触することになると申しておりますが、この機会を活かさぬ手は御座いませぬ。昇という逸材がわが藩にいることは誠に幸いなことで御座います。要は、長州に次いで薩摩と誼を結び、それはそれとして隠密にし、時宜をみて公にするのが宜《よろ》しゅう御座います」

「では、今日の謁見で儂《わし》は如何様《いかよう》に昇を労えばよいのか」

「昇には、『苦労であった。これからも励め』と、殿様からお声をおかけいただければ、後は拙者が申し述べます」

こうして、その直後の謁見の場で藩主は、「昇、大儀であった。これからも励めよ」と、東馬に言われた通りに言葉をかけた。

「勿体《もったい》ない御言葉で御座います」と昇は言い、次の言葉を待ったが、東馬が引き取った。

「殿様もお主の成したことをお喜びであるが、今、お主に相応に報いることができぬ。お主の働きを無駄にせぬようにしなければならぬが、藩内にも異論があり、勤王の旗の下に藩論をまとめるにはもう少しの猶予が要る。ここは堪《こら》えてくれ。然《しか》るべきときがくれば殿様も、お主の働きを声高にお褒めになろう」

と言って、昇が留守している間の藩内の動きを掻《か》い摘《つま》んで話した。

昇が大村を出る前の六月に行われた御前会議で、昇に応接役として薩摩にも長州にも誼を通じる機会を見つけるようにと命じたのは確かで、それに従って昇は動いたのであるが、要は大村藩が昇の行動の速さについていくことができないというのである。

東馬が語った当時の藩内の情勢は、藩政は勤王が握っていても、未だ佐幕の力を侮ることができず、力が拮抗している状態であった。

石州口の戦いにおける長州軍の勝利や八月一日の小倉落城の報はすぐに伝わった。とくに小倉落城の折には、その直前に幕府老中で小倉口方面総督の小笠原長行が、総督府の面々を引き連れて富士山丸らの幕府軍艦で長崎に逃れて来ていた。その際、傷病兵も同船しており、長崎の先進医療の世話になっている様子が大村にも伝わってきていた。

しかし、小笠原は敗北を認めたわけではなく、また七月に薨去した将軍徳川家茂のことは公表されず、当然に大村には伝わっていないなか、幕府がこれで矛を収めるとは考えられないし、必ずや戦況を立て直して、最後には幕府が勝つと信じる藩士が多かった。大藩とはいえ、長州一藩が幕府を相手に戦いを挑み、勝てるはずはないという思い込みがあったのである。

さらに、「長州に行ったらしい」という昇の動きは城下の大方の藩士の知るところとなり、不在が長期になるにつれ、「脱藩」として処分を求める声も出始める始末であった。

そこで藩内の空気を心配した東馬が、家老の針尾と江頭とも話し合い、藩主の勤王ぶりが浮いたものにならず、また昇が糾弾されるようなことにならないように、昇の行動を藩主の意向を踏んだものとして正式に承認することにする一方で、毛利侯からの親書と刀も、受けるのでなく、一時的に預かるという形にするのが無難であろうという結論に達したのである。

なお、木戸が匿ってくれと頼んだ長州藩の三人は、昇の帰国の前に大村に到着しており、その処遇について藩庁で議論があったようだが、昇の帰国で事情がわかり、藩で内密に預かることになった。

「昇、聞いた通りである。お主の奮闘の甲斐があり、長州とのつながりができた。これにより、わが藩は勤王の旗揚げの手掛かりを掴んだ。無論、藩内には幕府が不動の大樹と考えている者が多いゆえ、すぐに突出というわけには参らぬが、耐えねばならぬ。お主にはこれからもさらに働いてもらわねばならぬ。頼むぞ」

昇には、藩主のこの言葉で十分であった。

この日の夕刻、渡辺本家で昇が夕餉を摂ろうとしたとき、楠本勘四郎が長岡治三郎を誘って酒持参で訪れた。昇は、二人の来訪が嬉しく、渡辺本家に隣接する自分の拝領屋敷に移り、母サンが気を利かせて、兄嫁のゲンや姪のフデと一緒に食事を運んだ。

昇の屋敷はガランとしている。勘四郎の親戚筋の娘フクと結婚したが、留守がちの昇を見限ってフクは離縁を申し出て実家に帰ったままである。娘の親が、勤王一筋の昇の将来を懸念したという噂もあったが、いずれにせよ拝領屋敷は昇一人には広過ぎた。

その屋敷の広間で三人は酒を交わし始めたが、勘四郎と治三郎は昇の長州行きの話を聞きたがった。

「それにしても、無事に帰国できてよかった」

と勘四郎が言うと、治三郎が続けて、

「昇殿のことゆえ、御無事とは思っておりましたが、留守が長いゆえ、我らも心細く思っておりました」

「皆には心配をかけたようじゃ」と言って昇は笑った。

「ところで、長州は幕府に勝利するのだろうか」と勘四郎が聞くので、昇は答えた。

「下関から見渡した対岸は焦土であった。海から眺めた小倉城も焼けた壁と黒い柱が何本か立っているだけであったが、事実は小倉藩が自ら火をかけて退散しただけのようじゃ」

「以前、堀の外側から小倉城を遠望したのですが、真《まこと》に堅城でした。それを数日の攻防で長州が落とすなど、信じられませぬ」と治三郎。

「時代は確かに変わってきている。長州軍の動きの速さは昔聞いた戦記物の世界とは全く異なる。木戸様に連れられて宮島方面にも視察に行ったが、新式銃の威力は凄《すさ》まじい。幕府側も西洋式の陸軍を擁し、軍艦を引き連れて海からも大砲を撃ったため、長州軍も苦戦したとのことであったが、幕府が集めた諸藩の兵の士気が上がらず、武器の古さも如何《いかん》ともし難い。長州軍は、そこを衝《つ》いて勝機を得たとのことであった。このことは、兄者に早く報せたい」

「もし幕府軍が負けるならば、世の中は変わるな。やはり、勤王の世になろう。お主が留守の間に勤王党の同志が何人か増えたが、佐幕の連中の動きも、（大村）邦三郎様を中心に目立ってきておる。藩が二つに割れるのは本意ではないが、世の流れを押し留めることはできぬ。我らも、ここが辛抱のしどころじゃ」

勘四郎が言うと、治三郎も「そうです」と、酒を一気に含んだ。

昇は、薩摩と長州との密約についても勘四郎と治三郎に打ち明ければ勤王党に勢いが増すはずだと思ったが、木戸が言ったように、密約の事実が漏れると勤王の世の実現に障りが出てくると思い、話すのを止めた。

【六】新精組

昇の兄清左衛門は、八月一日の辞令で家老兼脇大将の大村太左衛門の下で操兵指南、つまり大村藩の軍事参謀兼指揮官に就任していた。さらに自ら隊長となって、「新精組」という鉄砲隊を創設した。副官には、同じく鉄砲を研究している川原鼎《かなえ》をあてた。

清左衛門が目指す鉄砲隊は西欧の軍隊に近いものであった。したがって、「新精組」の隊員には寝食を共にし、隊則を守るという誓紙を書かせて、大村の沖合の箕島《みしま》に清左衛門自ら全員を引き連れて渡り、寝泊まりして訓練に明け暮れていた。そのために、箕島からは毎日鉄砲の音が大村の城下にまで響いていた。

勘四郎や治三郎と遅くまで飲んだ翌朝、昇は舟を出して、箕島の清左衛門を訪ねた。長州で見聞したことを早く兄に報せたかったからである。

箕島の船着場の集落を抜けると、「新精組屯所」の表札が下げられた柵門があり、そこから先は、藩が鉄砲隊の演習訓練用に確保した場所であった。沖合に標的がいくつか浮かび、陸からの距離がそれぞれに違っているようであった。また、陣地設営用の土嚢《どのう》や指揮用の櫓《やぐら》があり、兄がいろいろに工夫している様子が見て取れた。

「昇、帰っていたのか。わざわざ来ずとも、数日もすれば切り上げるところだ。さすがに、二十日もここにいると、若い隊員には里心がつくようだ。お主も達者で何よりじゃ。無事に帰国し安心した」

「兄様、御壮健で何よりです。訓練も進んでいるようですが、長州と幕府の戦を観て参りましたので、訓練中にお報せしたいと存じた次第です」

「戦を観て、何か、気になることがあったのか」

「然様です。思いがけぬことが多くありました」

「そうか、仔細を話してくれ。だが、少し待て」

と清左衛門は言って、「昇の話を共に聞こう」と副官の川原を呼んだ。清左衛門も昇の観察力を信頼しているのである。

昇が話したのは、隊列訓練は実戦で統率の取れた作戦を進めるうえで基本となるということを何度も聞いたこと、軍装を改め、下は細い直垂《ひたたれ》（ズボン）と上は筒袖が良く、白色は避けること、新式銃を活かすには散兵戦が良く、そのためには走る鍛錬が重要であること、砲声や銃声の中では声が聞こえず命令が届きにくいので、声以外で命令を伝える工夫が要ること、伏せたままの弾込めや雨風下での銃の扱いや銃の分解掃除といった日頃の基礎的な訓練が実戦では大事なこと、優れた視力を持つ兵を選抜し、優秀な狙撃手に育て、戦場で敵の指揮官を斃《たお》すことが戦局を左右することなどであった。

これらは、清左衛門にとっては西洋の教則本に書かれていることなので新しい知識ではなかった。しかし、実戦での経験がない清左衛門や川原にとっては、昇が話す長州での見聞は参考になった。

たとえば、正規の藩士は隊列訓練を足軽がすることだと言って嫌がるとか、西洋の軍装を「戎服《いふく》」だとして着せるのに苦労するとか、田んぼの泥の中や地べたに這いつくばっての銃の操作を嫌がるとか、狙撃を武士の風上にも置けぬ振る舞いとして馬鹿にするとか、清左衛門にとっては思い当たることが多かったからである。

清左衛門らが、昇の話で一番に関心を寄せたのは、芸州口の戦いでの赤備えで有名な彦根藩軍の惨憺たる敗北の話である。彦根藩の兵は、戦国時代もこうだったのかと思わせる典型的な鎧兜《よろいかぶと》の軍装で出陣しており、その構造と重量のために兵の動きが鈍く、敵陣に到達する前に射程距離が長く破壊力が強い新式銃に撃たれたという。また、赤は目立ち、指揮官級の立派な具足を着けた武士が足軽雑兵よりも先に狙われやすく、戦闘の早い段階で指揮系統が崩れてしまったという。とくに長州軍では、大村益次郎の進言で狙撃兵を養成し、指揮官を重点的に狙ったため、馬上の武士は格好の標的となり、犠牲者も多かったという。

さらに、弾丸が鎧に当たったとき、緩衝作用を起こして貫通銃創よりも盲管銃創（弾丸が体内に残る）となり、鉄片も身体に残ることになって、却《かえ》って肉体的打撃が激しかった。このこともあり、長州軍との戦闘を一度、経験した者は、先祖から受け継いだ鎧兜を戦地に捨て、袴を端折《はしょ》るか足首で縛り、上着を筒袖に改め、そのために、武勇を誇った彦根藩の「赤備え」の鎧兜が戦地に累々と放置された様は異様だったというのである。

これらの話は、昇が木戸や長州藩の士官たちに聞いたことで、外国の書籍から得た用兵法の理屈の話よりは余ほど興味深く、清左衛門らは昇の話の途中から書き留めたほどであった。

「昇、お主の話は役に立つ。今、鍛えている隊士にも聞かせたい。早速、皆を集めるゆえ、その場で聞かせてやってくれ」と清左衛門は言った。

「昇殿の御指摘は悉《ことごと》く当たっています。たとえば、藩士が足軽の真似をすることを嫌がるというのは、我らが最初に思いがけず苦労しているところです」と川原も言った。

「兵の気持ちを変える一番の薬は、できるだけ立派な鎧兜を着せた人形を兵に銃で撃ち抜かせることだと木戸様が仰せでした。確かに、長州の兵は武士以外の者が多く、武士に対する恐れがあり、それを崩すにはよいかもしれませぬ」と昇が付け加えたので、清左衛門も川原の顔を見てにやりと笑い、「やってみるか」と言った。

この夜、昇は清左衛門の求めに応えて簑島の新精組屯所で隊士たちに長州軍の戦闘話を聞かせたのであるが、全員が車座になり、酒を飲みながらの話なので、急に一体感が増したのである。

長州から帰国して昇の旅の疲れが癒えた八月二十五日の昼過ぎ、長崎の薩摩藩蔵屋敷から使いが来た。薩摩藩の村田新八が上海から長崎に戻り、三田尻で約束した通り昇を鹿児島に連れて行くという。またこの件については、薩摩藩家老小松帯刀と西郷吉之助の了解も得ているが、今は隠密裏に願いたいというのである。

昇は、西郷とは福岡の黒崎と京都で二度会ったことがあるが、小松とは面識がない。

昇は即座に東馬に相談し、針尾家老の承諾も得たうえで、藩主に伺いを立てた。無論、藩主に異論があるはずもなく、直ちに裁可が下ったため、江頭家老も異論を挟めなかった。

鹿児島へは、藩主が親書を認《したた》め、それを昇が正使として薩摩藩主に奉じることにし、副使に小納戸方の宮原俊一郎を従わせた。宮原俊一郎は、清左衛門の親友宮原半十郎の弟であり、昇にとっても半十郎は大恩人である。昇が初めて江戸に出府した折、半十郎は江戸藩邸でいろいろと世話を焼いてくれたし、当時の江戸家老の浅田弥次右衛門と昇が衝突し、浅田を殺そうと思った際も、半十郎は「早まるな」と止めて事なきをえた。

不幸なことに、半十郎は江戸在任中に流行り病で死に、大村に帰ることはできなかった。そういうこともあり、昇は俊一郎が自分の副使になったことを嬉しく思ったのである。

この鹿児島派遣でも、昇は大村藩発行の通行手形に「滝口大作」という変名を書かせた。「渡辺昇」の名では活動しにくくなっていたからである。

八月二十七日早朝、昇と宮原は藩が出した早船で時津《とぎつ》に渡り、その日のうちに長崎の薩摩藩蔵屋敷に入った。出航の準備にまだ三日ほどかかり、用意ができ次第、出航するということでそのまま薩摩藩邸に滞在した。外出して目立ちたくなかったからである。

その滞在中に坂本龍馬が会いに来た。

「五代君に相談があって来たら、貴兄がいるというので会いに来ました。拙者の留守中、お竜のことを気遣っていただき礼を申し上げます。ところで、貴兄も長州に行ったと五代君から聞きましたが、貴藩と長州との同盟は順調に進んでいるのでしょうか」

「毛利侯から親書を預かり、わが殿に渡したところですが、藩内の意見がまとまり次第、返書を認めていただくことになっています。ところで、木戸様から薩摩との密約のことを聞きました。貴兄がお膳立てしたということで、御苦労でした。それにしても、貴兄は下関では戦に出たと高杉君から聞きましたが、無事で何より。下関の戦は如何でしたか」

「乙丑《いっちゅう》丸に乗って幕府の軍艦を相手に大砲を撃って、長州兵の上陸も手伝わせてもらいました。それにしても戦というのは、勝てば面白いが、負けた方は気の毒で、深入りしないうちに離れました。それに、勝海舟先生が下関にお出ましになっているかもしれぬと伝え聞きましたので、刃向かうわけには参らぬと思い、帰った次第です」

「勝海舟のお名前は兄から聞いたことがありますが、拙者は会ったことがありませぬ」

「拙者は勝先生に助けてもらいましたので、命の恩人です。五月に幕府の軍艦奉行に再任されましたので、小倉にもお出でになるのではないかと思った次第です。ところで、貴兄の兄上が何故、勝先生を御存知なのですか」

「兄清左衛門は若い頃、長崎で蘭語と英語を学び、そのときにお会いしたと聞いております」

勝海舟、通称は麟太郎、官称は安房守で、当時、四十三歳である。若い頃から蘭学を学び、黒船来航の折、海防意見書を幕府に提出し、それが老中阿部正弘の眼にとまり、安政二年（一八五五）に長崎海軍伝習所に入り、五年近くを長崎で過ごした。

長崎時代、愛人ができ、娘をもうけるが、娘は早逝した。安政六年一月に江戸に戻り、軍艦操練所教授方頭取となり、万延元年（一八六〇）には日米修好通商条約批准書交換のために咸臨丸で渡米し、その後、幕府海軍奉行などを歴任した。

元治元年（一八六四）に長崎に立ち寄ったとき、昔の愛人に会い、同年十二月には梅太郎（三男）をもうけるが、その愛人は二年後に死亡した。

「勝先生は長崎に一男一女をもうけた女子《おなご》がいたのですが、その女子も娘も身罷《みまか》りました。二人の墓参りをしたいと申されていましたので、小倉まで出張《でば》ってお出でであれば長崎まで来られるかもしれませぬ。そのときは、紹介させていただきます」

と言って、龍馬は亀山社中に戻って行ったのである。

龍馬は、妻のお竜と共に小曾根家に厄介になっていたが、下関での幕府軍との戦いに参加した後、使わせてもらっていた乙丑丸を長州藩が戦線に投入することになり、亀山社中が使用できる船はなくなっていた。

また、長州藩が武器調達にあたって名義を貸してくれた礼に、薩摩藩に贈った米五百俵を「今は、長州藩が必要としている」として長州藩に送り返したのを長州藩では買い入れる形にして、代金二千数百両を龍馬に支払った。

龍馬は、この金の処理を薩摩藩に問い合わせたが、これは龍馬の周旋の礼金であるとして薩摩藩は龍馬の自由に任せた。しかし、これも亀山社中の運営費に消えてしまった。それでも金は足りず、龍馬は金策のために毎日のように薩摩藩邸に顔を出していたのである。

第十章　騒動直前（鳥羽伏見の戦いまで一年余）

【一】鹿児島

慶応二年（一八六六）八月末、薩摩藩長崎藩邸で龍馬と会った翌々日、村田新八の案内で昇と宮原俊一郎は薩摩藩船三国丸（四百十トン、イギリス製、スクリュー式）に乗って鹿児島に向かい、九月二日に着いた。上陸後、すぐに宿所に入り、翌日、村田が一人の侍を連れて来た。

「御家老（小松帯刀）の手が空くまで、我らが応接しておくようにとの指図を受けております。こっちは奈良原喜三郎（後、繁）。槍に少しばかり長《た》けておりまして、渡辺様は物見遊山《ものみゆさん》よりは、こっちが宜《よろ》しかろうと思い、連れて参りました」

と村田は言って、奈良原を紹介した。

「お初にお目にかかります。奈良原で御座います。渡辺様は神道無念流の遣い手と伺っておりますが、薩摩の片田舎の槍が天下の流儀にどれほど通用するか知りたいと存じまして、村田にねだって連れて来てもらいました。当地逗留中に、一度、立ち合いを所望します」

「さすがは尚武《しょうぶ》のお国柄。挨拶代わりに試合を挑まれるとは思いがけぬことですが、拙者も嫌いではありませぬ。無事、国書を奉じた後、是非にお願いしたいと存じます」

すると村田が、「強そうな客人に試合を挑むのは喜三郎の悪い癖で、お許しくだされ」と言って、三人は笑った。こうして、宮原を加えて雑談するうちに使いが来たので、昇らはすぐに衣服を改め、鶴丸城に入城した。

城には天守がなく、平城《ひらじろ》の巨大な城塞造りとなっており、華美さや無駄が全くない。昇が全国を行脚して見てきたどの城とも一線を画していた。村田らに案内されるまま、壮大な城門を抜け、枡形の石垣塀を回ると広々とした武者揃えの平地があり、その先に二の丸と本丸の大きな居館がある。

二の丸の玄関で村田は、「拙者らは、ここでお待ち申す」と言って、案内は別の者に引き継がれた。導かれた先の広間で小松帯刀が待っていた。

「遠路、御苦労で御座いました。弊藩家老小松清廉《きよかど》（帯刀）で御座います。（西郷）吉之助も渡辺殿は心胆の据った方で、薩摩隼人でないのが惜しいと申しておりました。此度は、大村侯の御決断を、藩侯以下、心より喜んでおります」

「尊藩と誼《よしみ》を結ぶことを、わが殿もことの外喜んでおりまして、島津侯はもとより、小松様と西郷様にもよしなに伝えるようにと申しつかって参りました」

「早速で御座いますが、大村侯よりの国書をお預かりいたします。後日、藩侯（島津忠義）より返書があると存じますので、その折、お目通りをしていただきます」

と小松は言い、大村純熈からの親書を受け取り、控えの者に渡した。

「西郷様は御健勝で御座いますか」

「吉之助は体調を崩し、湯治に出ております。明日にでも村田に案内させますが、吉之助も貴殿に会うことを心待ちにしております」

「拙者も西郷様には早くお会いして、お礼を申し上げたく存じます。湯治の場は遠いのでしょうか」

「そういうことなら、今から御出立なされば夕方には着きますので、村田らに案内させましょう」

西郷は奄美への長い流刑の間に風土病に侵され、睾丸が膨れ上がり馬にも乗れなかった。フィラリアではないかと思われる。また、禁門の変で受けた鉄砲傷もあり、温泉地での湯治が欠かせなかったのである。

早速、村田と奈良原は昇を西郷が湯治している日当山《ひなたやま》温泉に連れて行くことになり、鹿児島を出た。馬の早足《はやあし》で一刻ほどかかったが、日が落ちる頃に西郷の湯宿に到着した。宮原は今後の両藩の関係を詰めるために鹿児島に残った。

西郷は昇を見るなり、「渡辺殿、遠い所をよくぞ参られました。さあ上がってくだされ」と昇を部屋に招き入れ、「腹が減ったろうから、すぐに酒と食事にしてもよいが、その前に埃を落としてきなされ」と風呂に案内させた。

風呂を上がり、浴衣のまま酒宴になったが、この席で西郷の側近の中村半次郎（桐野利秋）を紹介された。昇が長崎で龍馬に会ったことを話すと、龍馬もお竜とこの宿に来て、傷を癒したと言った。夫婦二人で霧島山にも登ったという。

さらに昇は、前月に長州の木戸と会い、毛利侯から大村藩主宛の親書を受けたことや、兄清左衛門が新型鉄砲の部隊を訓練していることなども話したのである。

これらを聞いた西郷は、

「もう薩摩藩と大村藩は一心同体ですな。渡辺殿のおかげじゃ」

と言い、輿に乗った西郷が筆を取り書を認め昇に渡した。


『君ト吾レ、閻魔《えんま》ガ首ヲ素引抜《すっぱぬ》キ、地獄微塵ニ踏ミ砕クヘシ』

（君と吾で閻魔の首を引っこ抜き、地獄も粉々に踏み砕こうではないか）


これを受けた昇は、「地獄への先陣はお任せ下され」と返したので、座にいた者はヤンヤの喝采をあげたのである。

昇は酒が強い。この夜も、白み始めるまで飲み続け、起きたときはとっくに太陽が昇っていた。宿が用意してくれた粥を啜《すす》りながら西郷は言った。

「先ほど、鹿児島から使いが参りました。渡辺殿は、早々に戻りなされ。殿へのお目通りが明日に決まりました」

そのために、昇たちは昼過ぎに別れを告げて鹿児島に向けて発ったが、別れ際に西郷は、

「渡辺殿。貴殿が我らと共に立ち上がる日が楽しみじゃ。息災でな」

と言ったのである。昇は馬上で西郷の別れの言葉を噛み締めながら、鹿児島への道を急いだ。道中奈良原が、「勝負は持ち越しのようで御座るが、忘れてはなりませぬぞ」と言ったので、昇は「もとより」と答えて、笑いながら頷き合った。

夕刻に鹿児島に着くと宮原が、「お待ち申した。今し方、小松殿から使いが来て、これを渡辺殿にお渡し願いたいということで預かりました」と言って、書状を差し出した。昇はそれをすぐに開けた。そこには、将軍 徳川家茂の死と、長州と幕府の和議が成り、幕府軍は長州から撤退するということが書かれ、詳細は明日話すということであった。

「長崎に向かう船が明後日出るということで、明日の島津侯へのお目通りが終われば、すぐに出立の用意をしなければなりませぬ」と宮原は言った。

次の日、昇は差し回しの駕籠に乗せられて鶴丸城に登り、藩主島津忠義から大村侯宛ての返書を受け取った。ただ、その前に昇は、小松から前日の将軍の死に関する報せの件で詳しい説明を受けたが、小松は吐き捨てるように言った。

「幕府軍は、将軍の薨去という事態となり、服喪するために兵を引くというが、実態は敗けじゃ」

「長州藩も、これでひと息、つけそうです」

「然様、尊藩とも、これから幾久しく共に歩むことになりそうですな。ところで、貴殿は長州の木戸殿と昵懇《じっこん》の間柄と聞いております。幕府との戦がこのような決着をみた今、次の手を打たねばなりませぬ。是非、貴殿におかれては、再度長州に出向いていただき、木戸殿に薩摩来訪を働きかけていただけませぬか。島津侯にも会っていただきたいのです。さすれば、今後の両藩の関係も順調に進み、幕府に対しても、力を合わせることができます。無論、尊藩も友邦です」

「木戸様をこちらにお誘いすることについては、承知しました」と昇は答えた。

その後、小松の饗応を受け、宿所に帰り、次の日の朝、鹿児島を発って長崎に着いたのは九月九日であった。帰国の船の中で、長州戦争の終結を喜ぶ宮原に、昇は勤王党への参加を打診した。

「貴殿の兄上には拙者の幼い頃より本当に世話になった。江戸でも親身になって相談に乗ってもらい、御恩を忘れたことはない。江戸藩邸で亡くなられた折、悲しく涙が止まらなかった。兄者の志は拙者と同じであった。貴殿が兄者の跡を継ぐ気であれば、拙者も後押しするが、如何《いかが》かな」

「此度の薩摩行きは眼を見開かされました。大村のようなところにいるとわからない大きな動きが日本を覆い、昇様のような方々がその動きを作っているのだと、改めて感じ入りました。大村に帰り、母上にも相談いたします」

昇は、江戸から帰藩した数日後、宮原の家に寄り半十郎の位牌に手を合わせたが、そのときの半十郎の母の顔を思い出した。と同時に、母御に相談しなければ自分のことを決められないような者とは命を預け合うことはできないと思い、この話を昇自身から二度と持ち出すことはなかった。

九日の昼過ぎ、船は長崎に着いたが、陽が高い上、薩摩藩の船に対しては長崎奉行所が特別に警戒している様子が窺えた。無論、長崎奉行所には薩摩との盟約を絶対に知られたくない。そのため、昇と宮原は暗くなってから船を下りて大村藩邸に駆け込み、そのまま馬で大村に帰ったのである。

【二】守旧派の蠢動《しゅんどう》

九月十日の昼、昇は鹿児島から長崎を経て大村へ帰り、すぐに島津侯の返書を藩主に奉じた。その返書には、両藩が相携えて勤王の道を進みたいという趣旨のことが認められていた。無論、将軍徳川家茂の死と長州と幕府との和議のことは大村にも伝わっていた。

そのこともあって藩主は薩摩との盟約が成ったことをことさらに喜び、

「昇。苦労であった。其の方の働きは目覚ましい。これからも励め」

と言って、帯に挟んでいた扇子を下げ渡し、

「これは、近々、其の方に褒美を取らすとの証《あかし》じゃ」と言ったのである。

陪席していた家老の針尾九左衛門と江頭隼之助と一緒に藩主の許を下がり、広間の横の小部屋に行くと、そこには側用人の稲田東馬と元締役の中尾静摩とが待機していた。

二人が昇に「ご苦労であった」と声を掛けると、針尾家老が、

「帰国早々だが、お主の留守中、困ったことが起きた」と言い出した。

「何か、不都合でも御座いましたか」と昇が聞くと、東馬が話し始めた。

「お主が薩摩に発った八月二十七日の夜に、殿の御殿に勤王を弾劾する文が投げ込まれたのじゃ。中味は、朝敵となった天下の謀反人である公卿と誼《よしみ》を通じるのは、朝廷と幕府に対する明らかな違背であり、これは、ゆくゆくは藩の命運に関わり、大いに危惧される、ついてはこれらを主導する者たちを藩政の場から、即刻、追放すべし、というものだ」

「それで、如何なされましたか」

「然様ですか、と聞くわけでもなかろう。殿には言上したうえで、放ったままだ。されど、藩内に溜まった勤王に対する蟠《わだかま》りには十分に警戒することが肝心じゃ。とくに、幕府と長州の和議が成ったとはいえ、幕府側の敗色は否めぬ。よって、今、佐幕派は焦っているようじゃ。今年の正月の落首に比べれば余裕がなくなっている」と針尾家老が言った。

この落首事件は、事を荒立てないという執政らの判断で握り潰されたが、今回の投げ文事件は一段と直接的な藩政批判であった。

「はっきりとはせぬが、例の方を軸に、かなり多くの藩士が同調しているようだ。とくに、此度の思いがけぬ幕府の撤兵により、梯子《はしご》を外された感もあるのであろう」

江頭家老はそのような言い方をしたが、「例の方」が御両家の一つ、大村邦三郎であることは明らかである。

「力に訴えるようなことはしないとは存じますが、用心に越したことはありませぬ。とくに、殿様の御身辺には注意を要します」

昇はそう答え、当面の間、藩主の親衛隊である二十騎馬副《にじゅっきばぞえ》の輪番制を止め、全員が常時警護に当たることと、食事の吟味を厳しくすることを指示してもらうことにした。藩主に何か異変があれば、勤王派排斥につながる恐れは十分にあったからである。

そこから十日ほど経った日の夕刻、針尾家老の屋敷に、昇、松林飯山、楠本勘四郎の三人が呼ばれた。昇らが広間座敷で待っていると、針尾が一人の侍を連れて来た。中小姓の藤田小八郎（三十石）である。歳は昇の兄清左衛門と同じで、小太刀の名手である。藤田の屋敷は上小路を上り詰めた長崎街道に接する場所にあり、飯山の屋敷と小路を挟んだ真向かいにある。

「皆、待たせた。お主らに来てもらったのは、他でもない。この藤田殿が勤王党に参加したいと申されるゆえ、お主らを通して勤王党の皆に諮《はか》ってもらいたいためじゃ。藤田殿の参加については飯山殿も承知じゃ」と針尾家老が言った。

「よろしく御願い申します」と頭を下げる藤田に昇は言った。

「大いに歓迎いたします。殿の政《まつりごと》に異を唱える輩が増えているなか、殿の御身辺を二十騎馬副が警護しているものの、城中では警護できる箇所が限られる。その点、藤田殿は中小姓であられるゆえ、殿に近寄る胡乱《うろん》な輩《やから》を遮《さえぎ》ることがおできになる。小太刀に至っては、拙者もなかなか勝てぬ」

「その通りじゃ。二十騎馬副として殿をお守りするにしても、我らには手の届かぬところも多い。また、二十騎馬副の中にも殿に心好からぬ思いを持つ者もいないとも限らぬ。藤田殿が殿をお傍でお護りなされば、安心で御座います」と勘四郎も続けた。

そこで、藤田は勤王党に加盟する理由を語った。

「十数年ほど前、拙者が小姓太刀持ちのとき、飯山先生が殿の前でなされた藤田幽谷先生の『正名論《せいめいろん》』の講義をお聞きし、感じ入った次第です。その頃、飯山先生は十四、五歳でしたが、理路整然、朗々とした語り口は羨ましくもあり、自らの非才が恥ずかしくもありました。その後、度々飯山先生の御進講を殿のお傍で伺い、また屋敷も真向かいでもあり、日頃挨拶を交わすうちに心は勤王となりました。されど、親からも、稲田（東馬）様からも、殿のお傍に仕える者は党派に与《くみ》してはならぬと固く戒められて参りましたので、言い出せなかったのです」

藤田幽谷の『正名論』は、天皇の下に君臣上下の秩序を尊ぶことで世が成り立ち、幕藩体制もこの理《ことわり》を外さないことで初めて正当性を得ることができるとする、尊王論の柱とされる説で、水戸学の基礎である。

飯山は自分のことを目の前で評してくれた藤田に感じ入ったようで、「これよりは、我らは一心同体。勤王に向けて進みましょう」と言い、日頃は飯山と衝突することの多い昇も同調した。

「藤田殿。今日は良き話を伺いました。我らも勤王の初心をつい忘れ、目先のことに目を奪われがちでした。藤田殿の志は我らと同じです」

そこに針尾家老が割って入り、

「実は、藤田殿が、今、我らの党に参加を表明されたのには訳がある。申されよ」

と、藤田に話を促し、藤田は「されば」と話し始めた。

「十日ほど前、渡辺殿が薩摩から帰国された次の日でしたが、拙者は非番であったゆえ、屋敷で書見をしておりました。そこへ、大村邦三郎様のお使いが参りまして、一献差し上げたいと申されているということで、珍しいこともあるものだと存じて、お屋敷に参上いたしました。ところが、そこには邦三郎様の他に、大村泰次郎様、浅田千代治様（失脚した浅田弥次右衛門の弟）、浅田重太郎様（弥次右衛門の嫡男）、隈可也《よしなり》殿と央《なかば》殿の御兄弟、さらには村部俊左衛門殿と安田志津摩殿と長井兵庫殿がお集まりでした。安田殿は拙者の小太刀の師匠でもありますが、邦三郎様、ならびに泰次郎様の下に参じよとの仰せでありました。趣意はわかりましたが、『拙者は殿近くに侍《はべ》る者でありますので、どこかの党派に与することは憚《はばか》られる』と申し上げたのですが、『それゆえに引き入れたいのじゃ』と仰せで、なかなかに帰してもらえず、『しばし、考える間をいただきたい』と申して辞去したのです」

「藤田殿はその足で拙者の屋敷に参られ、勤王の道を歩むことが本願でありますので、この際、旗幟《きし》を明らかにしたいと申されました。そこで、御家老の許《もと》に同道して、勤王党に入ることを願い出されたのです」

と飯山が付け加えると、さらに針尾が大事なことを切り出した。

「今日、お主らに集まってもらったのは、殿からの御言葉を伝えるためでもある。殿は、家臣が勤王と佐幕に分かれることは不本意であるが、信念よりは、昔のしがらみや損得から佐幕を唱える輩《やから》がいる。そのような輩が人を集め、衆を頼みに儂《わし》に禅譲を迫ろうとしている。その輩には、今、日本がどのように危うき事態になっているのかが見えておらぬ。幕府に任せておれば何とかなると思っておる。これまでは、その輩を何とか宥《なだ》めてきたが、最早《もはや》、放っておくことが難しいとなれば、少々の荒い処置もやむを得ない。このことを勤王党の者たちに達しておくようにとのお言葉である」

「確《しか》と心得ました。勤王党の同志には、殿の心強い御言葉としてお伝えいたします」

と昇は答え、松林や藤田も頷いた。

しかし、勘四郎は鬱屈した顔つきである。昇はその理由に気付き、

「勘四郎、お主の気持ちは察するが、こればかりは致し方あるまい。お主の心が揺るがぬことを願うばかりじゃ」

と言った。藤田が話した邦三郎邸に集まった者たちの一人、村部俊左衛門は勘四郎の義父であったからである。

「拙者は大丈夫だ」と勘四郎は返事をした。

藤田がそのやり取りを聞いて気不味《きまず》い顔をしたが、これを振り払うように飯山が、

「長州に倣《なら》って、これより佐幕派を『俗論党』と申すことといたしましょう」と発し、

「藤田殿には、後日血判をいただきに上がりますが、この数か月の間に勤王党に新しく加わった方も多く如何《いかが》でしょうか。再度、山田の滝で決起の集会を持ちませぬか」と提案した。

この案にはそこにいた皆が賛成し、場所は山田の滝、日時を十月四日とした。その夜、針尾の屋敷で酒食が供されたが、それぞれの屋敷が同じ方向にあるとはいえ、四人で連れ立って帰るのは拙《まず》いということになり、時間を空けて、針尾邸を後にしたのである。

【三】再度、山田の滝

昇が自邸に戻ると、実家に灯りが漏れていた。兄清左衛門が新精組の演習から遅く帰ったのかと思って立ち寄ると、従兄弟の梅沢武平が清左衛門と話し込んでいた。

武平は、長崎奉行所の剣術指南をしている。元治元年（一八六四）の春、長崎奉行所が自前

の警護隊（のち遊撃隊、さらに振遠隊）を創設するにあたり、最初は昇に剣術指南の申し出があったが、藩は昇を手放さず、同じ神道無念流の達人として武平を推薦した。剣術指南就任後、武平は奉行所の内部情報を流してくれた。

「武平。しばらくであった。息災で何よりだが、今日はどうしたのだ」

「今、清兄《きよし》に話していたところでしたが、そろそろ大村に帰参させていただけないかと相談に参りました」

「何か、不都合でもあったのか」

「昇。どうも、お主のことが元で長崎にいられなくなったようじゃ」と清左衛門が言った。

「拙者がどうしたというのですか」

「武平の話では、お主は長崎奉行所に睨まれ、密偵に尾行されているようだが、お主がいつの間にか消え失せ、長崎からいなくなることがしばしばで、何か宜《よろ》しからぬことで暗躍しているのではないかと疑われているらしいのだ。しかも、武平がお主の手引きをしているのではないかと疑われているようじゃ」

「此度《こたび》は秋の彼岸《ひがん》の墓参りということで大村に来ることができましたが、その許しも渋々でありまして、居心地も悪くなっております。剣術指南の方も、弟子が育ち、拙者が長崎にいなければならぬ理由もなく、大村帰参を願い出たいと存ずる次第です。長崎は楽しいこともありましたが、これが潮時かと存じます。帰参のお許しをいただければ、妻と子を連れて戻ることにいたします」

　こうして武平は、五か月後に馬廻（六十石）として大村藩に戻ることになる。

　ところで、勤王党の決起集会の場所である山田の滝は、玖島城下からほぼ北東方向に一里半の所にある。大村藩には徒党を禁じる藩是がある。この藩是は、かつて藩内の激しい内訌を経験し、二度と同じ事態を生まないように党派を禁ずるという知恵から生まれたもので、これに反すれば、死罪や追放もあり得る厳しいものである。

　しかし、勤王と佐幕の対立が激しくなり、佐幕派、すなわち俗論党も危機感を強め、党派を組んで、地縁、血縁、役職絡みで勢力を広げていた。そのために、徒党禁止の藩是もなし崩し的に無視されているのが実情だが、やはり公然と破るには憚《はばか》りがあった。そこで、決起集会では目立たないように、二、三人ずつ連れだって山田の滝に集まって来た。

　出席者は、昇と清左衛門の兄弟、飯山、勘四郎、中尾静摩、長岡治三郎、長岡新次郎、柴江運八郎、中村平八、中村鉄弥、戸田圭二郎、根岸主馬、根岸陳平、藤田小八郎、朝長熊平、久松源五郎、浜田弥兵衛、北野道春であり、盟主針尾九左衛門、原三嘉善は用人を名代として出してきた。都合二十名であり、すでに勤王党に参加して、当日は所用で参加できなかった土屋善右衛門、福田弘人、常井邦衛、小佐々建三郎、野沢門衛、十九貞《つず》衛、山川清助らを合わせると党員は三十名を超えた。長州再征討で幕府側が撤退するという思わぬ結末が、勤王党への参加者を増やしたようである。

この集会の前々日、昇、清左衛門、松林、勘四郎、中尾静摩、長岡治三郎、柴江運八郎、中村鉄弥、根岸主馬、ならびに根岸陳平が長岡の屋敷に集まって打ち合わせをした。

「もしも俗論党との争いに敗れるとすれば、長州藩、福岡藩、対馬藩の勤王党が受けた粛清と同じ命運が我らを待ち受けている。よって、我らの血盟は命懸けであることを肝に銘じ、これを同志の皆に伝えなければならぬ」と、昇が危機感を露《あら》わにして言った。長岡も、

「然様です。長州、福岡、対馬の抗争では、多くの惜しい勤王の士の命を失いました。我らの血盟は命を懸けた戦です」

と、さすがに長い間探索方として活動し、他藩の事情に詳しい長岡らしい意見を言った。

「拙者も天下の秀才、逸材であった幾多の学友や盟友を頑迷な守旧派の壁の前で失ってしまいました。これらの犠牲を無にしてはなりませぬ。我らの勤王の志が消え去れば、日本が失せます」

飯山も、冷静だが断固とした口調で昇らの発言を後押しした。

そこで集会では、こうした危機感を血盟参加者の間で改めて確かめ合い、絆を固める必要があるということで意見が一致した。そのような中での集会であったので、昇ら結党の古参たちは、皆に結束を求める演説を行ったのである。

集会の次の日に昇は登城し、藩主への拝謁の機会を得た。前日の集会の様子を報告することも目的だったが、八月に長州から持ち帰った毛利侯の親書への返書が棚上げになったままであ

った。その日、返書をいただけるということであった。

この間、昇は東馬を通して返書の伺いを立てていたが、昇自身が薩摩に行ったりしたために、結論が先延ばしになっていた。しかし、長州再征討での幕府側の挫折により、長州への接近が必要との議論が一気に高まったのである。

そのようななか、三日前に長崎の薩摩藩邸の五代才助（友厚）から手紙が来て、薩摩藩船で下関に一緒に行かないかという誘いがあったのである。九月に鹿児島に行った折、小松帯刀から木戸の鹿児島訪問の実現に手を貸してくれと頼まれていたので、昇としては早く長州に出向きたかったが、毛利侯への藩主の返書がなければ、相手にされないことは目に見えていた。

藩主への拝謁は書院で行われ、針尾家老と稲田東馬が陪席していた。

「これは殿から毛利侯への返書じゃ」

と東馬が言って、桐箱と大村家家紋入りの袱紗《ふくさ》を添えた封書を昇に下し、また、

「これは毛利侯へ献上する品として急ぎ調達した」

と、西洋渡来のビロードの袋と、数個の大ぶりの真珠を真綿で包んだものを封書の脇に置いた。

「しからば、早々に長州に向けて出立しますが、差し支えなければ返書のおおよその内容をお話しいただけますか」と昇は聞いた。

「されば、返書自体は両藩の誼《よしみ》を願う儀礼上の文であるが、其方《そなた》から口頭で毛利侯に言上して

もらいたい」と針尾家老は言い、

「殿様は勤王を宣旨し、勤王が藩是であることを明らかにしているが、家臣団は勤王と佐幕が未だ拮抗していること、しかし、薩摩とはすでに盟約を交わし、長州藩とも同じ盟約を交わすことで、薩長両藩に大村も同調することを約すること、ただし、長崎奉行所を背後に控え、大村の動きが幕府に筒抜けになることを懸念しているので、もうしばらくは隠しておきたいこと」といったことを述べるようにというのである。

昇は針尾家老の話を聞いて、「なるほど」と言い、

「畏《かしこ》まりました。ただ、微細なことを毛利侯に申し上げても、お困りになるだけで御座いましょう。木戸殿に胸襟を開いてお話しし、御理解を得ることといたします」と応じた。

針尾家老は「そのあたりのことは其方《そなた》の了見に任せる」と言い、藩主の方を向いて、「殿、この段取りで宜《よろ》しゅう御座いますか」と伺いを立てた。

それまでの針尾家老と昇のやり取りを聞いていた藩主は、

「よかろう。昇、大儀じゃ」と言った。さらに、針尾家老が、

「公《おおやけ》にするのは其方が帰国した後になるが、殿の思《おぼ》し召しで、其方と清左衛門を側用人となし、それぞれに役料として庫米《くらまい》十石を下される。清左衛門には追って沙汰する。無論、此度の用向きで、其方が側用人と称することは差し支えない」と付け足したのである。

昇は、その場で伏し、「ありがたき幸せに御座います」と言い、針尾家老も、「昇、拙者も嬉

しいぞ。これからも励め」と激励した。また東馬も、「昇、目出度いのう。いよいよ拙者と同役じゃ。これからも、よろしくな」と祝ってくれた。

その日、昇は兄弟での側用人就任を父母に報せ、新精組の訓練で遅くなった清左衛門の帰りを待ち内々の祝いをしたが、とくに父母の喜びは大きかった。

そして、二日後に昇は大村を出て、早船で時津に渡り、そこから馬で長崎の大村藩邸に入り、夜陰に紛れて薩摩藩邸に入った。無論、滝口大作の偽名を使っている。

昇が乗り込んだ薩摩藩船は開聞《かいもん》丸で、十月十一日に長崎を出航し、十二日に下関に着いた。この船は、鹿児島、長崎、上海を行き来し、時に薩摩藩が買入れた武器を下関や三田尻に運んで長州藩に渡すこともしていたので、下関入港の際の長州側の対応も昇が驚くほどに丁寧であった。しかも、上陸した昇と五代を待っていたのは木戸本人であった。

「渡辺君、君が薩摩藩船で来るとは驚いたな」

「木戸様、前回、毛利侯からいただいた親書の返書をわが殿から預かって参りました」

「大村侯からの返書を持ってきたのなら、お主は藩の賓客じゃ。粗末には扱えぬ」

と木戸は配下の者を呼び、何事かを伝え、

「渡辺君。五代君と込み入った話があるゆえ、君はこの者の案内で宿所に行き、そこで連絡を待ってくれぬか」と言った。

「それは構いませぬが、高杉殿を見舞いたいと存じます」

「晋作は、先月、血を吐いたゆえ、白石（正一郎）殿の屋敷で養生している。晋作の様子をみて、君が見舞いできるように手配しよう。とりあえず、宿所で待ってくれ」

昇は、木戸が言った五代との「込み入った話」の内容について、長崎から下関への航海の途中で聞いていた。それは、長州藩が軍事力で下関海峡を封鎖し、下関を拠点にした商会を薩摩藩と共同で設立して、日本の物流を大坂に代わって一手に握るという壮大な構想である。またその商会の運営には、坂本龍馬も加わるということも五代から聞いた。

昇は、薩長両藩が同盟関係をもとに軍事力と経済力で日本を牛耳ろうとしていることに驚くと共に、大村藩も両藩にしがみ付いてでもついて行かなければならないと改めて思ったのである。

【四】木戸の鹿児島行き

下関での昇の宿所は長州藩の新地会所であり、藩の正客として丁寧に迎えられた。また、返書と奉呈する真珠はすぐに山口の藩庁に届けるということで、応接の者に引き渡し、木戸からの連絡を待った。一刻ほどして迎えが来て、大坂屋という三階建ての大きな妓楼に案内された。

通された広間には、木戸と五代のほか、開聞丸の士官たちと長州藩の新地会所の幹部、さらに長府藩と清末藩の家老らが顔を連ね、首座の木戸は昇に何も言わせず、自分の隣の席に座らせた。

「渡辺君、今夜は長薩に大村を加えた三藩連合の祝いだ。大いに遊んでくれ」

と木戸は言い、妓娼も入って翌日まで居続けたのである。

下関に来て三日目の朝、昇は白石邸の離れの高杉晋作を見舞った。そこでは小柄で尼僧らしい年老いた女性が看病に当たっていた。昇は初め、その女性が高杉の母かと思ったが、高杉が
「野村殿で御座る」と紹介した。

訳がありそうな女性であり、昇は遠慮して直接には話さず、専ら高杉と体調の話をした。しかし、疲れているようなので、四半刻（三十分）もいないで、「また、伺う。御身を労《いたわ》ってくだされ」と言って部屋を出た。

その後、応接間で白石と会い、看病している女性のことに話が及んだ。

「あの方は、福岡藩勤王党の野村望東尼《もとに》様です。勤王党粛清の折、女であるということで斬首を免れ遠島に処せられたのですが、先月、高杉様が手配されまして、島から救い出されました。その後野村様は、あのように高杉様の枕元で看病を続けられているので御座います。少し、お休みになられたら如何かと申し上げるのですが、『私は一度は仏に仕えることを選びましたが、今、仕えるのは高杉様です』と仰せになり、ずっと付き切りです」

と、白石は説明した。野村望東尼は、女流歌人で勤王家である。福岡藩士浦野重右衛門勝幸

の娘で、最初の結婚に失敗し、野村貞貫《さだぬき》と再婚した。貞貫の死後、大坂と京都に出て歌を学ぶうちに尊王攘夷の士たちと交流を持った。その後、福岡に戻り、勤王派を支援し、また福岡に来た各地の志士を匿《かくま》った。安政の大獄で薩摩に逃れる西郷吉之助や月照、平野国臣、長州から亡命した高杉晋作等世話を受けた志士は数多い。福岡藩での勤王党弾圧により捕えられて流刑となり、慶応二年九月に高杉晋作の手配で救出された。

昇は、「あのお方が野村殿で御座いますか。以前、加藤司書様からお話を伺っております。次に伺う折には御挨拶いたしましょう」と言った。ただ昇は、高杉にも野村にも二度と会うことは叶わなかった。

昇は下関に十日間ほどいて、その後山口、萩へと回り、その間、広沢真臣《さねおみ》、井上聞多、山縣狂介（有朋）、伊藤俊輔、村田蔵六、太田市之進（御堀耕助）、山田顕義、品川弥二郎らと会って、長州藩士との交流を深めた。無論、市之進とは、預け合っていた脇差しを交換した。

そして、湯田中で藩主父子への拝謁を終えて、十一月十日に下関に戻り、長州再訪の大きな目的の一つである、木戸の鹿児島訪問の件を持ち出した。木戸は下関に妻（松子）とは別の女性を囲い、女児（好子）が生まれたばかりであった。そのような最中であったために、昇が下関に到着したときは、木戸とゆっくりと話す機会がなかったのである。

また、前回の長州訪問の際は、木戸は薩摩藩との同盟を藩内でも隠していたくらいであるので、今回も木戸の鹿児島行きを持ち出すことに躊躇するところがあった。

しかし、下関入港時の長州側の歓迎ぶりを見たり、有力な長州藩士と話したりするうちに、薩摩に対する敵意が薄れていると思った。そこで、山口と萩へ発つ前に木戸に鹿児島来訪を打診していたのである。その時は五代も同席し、「これから開聞丸で大坂に行きますが、帰りの便で鹿児島にお連れします」と言ったので、木戸も「考えておこう」と答えた。

下関に戻って木戸に改めて鹿児島行きを確かめた。

「渡辺君。君が言う通り、拙者が鹿児島に行って、島津の忠義侯（藩主）と久光侯（国父）に挨拶しなければ、これからの同盟の強化は望めぬようだ。黒田（了介、後の清隆）君と五代君からも、とくに久光侯の了解が得られねば、西郷、小松、大久保らが動けぬらしいと言われている。また、此度《こたび》は薩摩から使節も来たゆえ、毛利侯も拙者を出さざるを得なくなった。よって、数日中に鹿児島に向けて発つことにする。伊藤君も同道する。藩船で行くゆえ、君を途中まで乗せていくことにする」

実は、五代が手配する予定であった開聞丸が戻ってこないので、長州藩船の丙寅《へいいん》丸で行くことになったのである。

「ありがたく存じます。これで肩の荷が下りました。できれば、帰りに大村に寄っていただき、大村侯と執政らに会っていただければ、わが藩論も固まるのですが」

「井上君と伊藤君からは、長崎でグラバー殿に会って、ひと言これまでの周旋の礼を言ってくれれば、これからの武器の調達が上手くいくと言われている。武器も買入れ、坂本君にも会いたい。いずれにせよ、船は給炭と給水を要するゆえ、長崎には寄らねばならぬ。合わせて大村にも立ち寄ることにしよう」

こうして昇は、木戸が鹿児島に向かう船に便乗して帰国の途についた。ただ、休戦中とはいえ、寄港地の長崎は幕府領である。ましてや木戸は、長州軍の総指揮官であるだけでなく、「桂小五郎」として幕府のお尋ね者であることは変わっていない。したがって、その身に変事が起きないように用心しなければならない。

また、薩長同盟の存在は幕府には秘中の秘である。そこで、船に薩摩藩の旗を掲げて船籍を偽装し、また、薩摩から長州に使節として来ていた黒田清綱（嘉右衛門、黒田了介とは別人）も乗り込んで鹿児島に向かったのである。

丙寅丸は十一月十七日に下関を出航し、途中、昇を平戸田助港で降ろした。昇は大村で木戸を迎える準備をしなければならず、一刻も早く大村に帰る必要があった。また、木戸が乗った船は、鹿児島からの帰途、長崎に寄港した後に大村に回るというが、長崎から大村へ至る航路も考え、水先案内などの手筈《てはず》を整えねばならなかったからである。

一方、木戸を乗せた丙寅丸は、十九日に長崎に寄港して水と石炭を積み、すぐに鹿児島に向かい、二十一日に鹿児島に到着した。

ただ、丙寅丸の長崎寄港の際に、思いがけない事態が生じた。長崎奉行所には長州軍に追われて小倉から逃れて来ていた幕府軍の一部が残っていて、それらが自分たちを散々に悩ませた丙寅丸を見落とさなかったのである。

早速、奉行所の役人が小舟数艘で丙寅丸に横付けして、丙寅丸を臨検しようとした。これに対して黒田清綱の部下が、「幕府は薩摩に戦ば仕掛けるんでごわすか」と薩摩弁で凄《すご》んだのである。結局、奉行所の方でも、丙寅丸が薩摩の船でないことを証明することもできないために手出しすることができず、丙寅丸が立ち去るのを見送るしかなかった。

他方、昇は、十一月十九日に大村に帰着して、すぐに藩主に復命し、同時に正式に側用人に就任した。だが、これを喜ぶ間もなかった。木戸が鹿児島を公式訪問し、来月早々には鹿児島を発ち、長崎、そして大村へと来る予定である。ところが、大村藩での受け入れ態勢が整っていなかった。

とくに、家老の江頭隼之助の態度が煮え切らないのである。木戸が藩主に拝謁を願っていると話したとき、江頭家老は頑《かたく》なに反対する姿勢をみせたのである。

「それは止した方がよい。確かに、毛利侯からの親書に対して返書を出したが、それは隠密裏のことで、表には出ておらぬ。もし、幕府と朝廷から大逆人と名指しされている木戸殿が登城し、殿に拝謁したことが幕府に知れると、わが藩への処置は叱責どころではなかろう。ともかくも、今は木戸殿には穏便に去っていただくのが一番じゃ」

これには、家老の針尾九左衛門《ご》が色を成して怒り、

「江頭殿におかれては、この期に及んでも覚悟が定まりませぬか」

と言ったので、執政会議は険悪な雰囲気となった。

「針尾様。江頭様の申されることにも一理があります。拙者は、長州の側に付いて勤王の道を歩むことに異論はありませぬが、今が旗幟《きし》を明らかにする時宜かと問われますならば、自信が御座いませぬ。もし、長州の藩船が黒い煙を立てながら大村に参れば、大村の住人のみならず、長崎街道を行き来する旅人、彼杵《そのぎ》港と時津港を結ぶ船に乗る旅人、さらには藩領に潜む長崎奉行所の間諜など、ともかくも耳目を集めることは間違いありませぬ。そうなれば、『あれはどこの船だ』と詮索されるのは必定」

と大村太左衛門が言うので、わが意を得たかのように江頭家老が、「然様。拙者も、そのことを案じているのじゃ」と言った。

太左衛門の思わぬ視点からの反論に、昇も「抜かった。確かに目立つ」と思ったのである。

「折角、昇が骨折って木戸殿を大村に迎える段取りを付けてきたと申しますに、木戸殿を邪魔者扱いするようでは、長州藩から愛想を尽かされましょう。ここは何とか、木戸殿にもわが藩にも、両者に面目が立つように計らう必要があります。如何でしょうか、一両日、間を置いて、もう一度集まりませぬか」

と、東馬が結論の引き延ばしを提案した。

これには、針尾家老、江頭家老、大村太左衛門の執政たちも異論はなかった。無論、昇にとって、木戸が鹿児島から戻る日が近づいているなか一日も猶予はなかったが、このままでは木戸を迎える準備もできない。

　この会議の後、昇は、今は同役となった東馬に、

「江頭様は、何故《なにゆえ》、長州との同盟に賛同をいただけないので御座いますか」と聞くと、

「彼《か》の御仁は昔から慎重だが、おそらくは、(大村)邦三郎様あたりからの横槍もあるのであろう。藩が勤王と佐幕に分かれている事態が御自分の責であると思っておられるのかもしれぬ」

　と、東馬が答えた。

「いっそのこと殿に直訴して、木戸殿の拝謁を許していただきましょうか」

　そう言う昇に対して東馬は、

「昇。側用人の役目は殿の眼となり、耳となり、口となることじゃ。安易なことで殿の御裁可を願っては、側用人の用を成さぬ」

　と諫め、江頭家老の説得を続けるように指示したのである。

【五】木戸の来訪

　昇は、次の日の朝、江頭家老の屋敷を訪ねた。そして、苦しい胸の内を打ち明け、江頭家老に改めて木戸来訪時の対応についての意見を求めた。

「そろそろ木戸殿が長崎に寄港する頃だと存じますが、このままでは、迎えることはおろか、お会いすることさえできませせぬ」

「昨日も申したように、殿様が大村で木戸殿を接見することは如何にも拙《まず》い。されど、長州、薩摩と誼《よしみ》を保つことが大事とは拙者もわかっている。よって、拙者が殿様の名代として大村以外の藩領のどこかで会うことにしたいが、どうじゃ」

昇は、これで妥協することにした。そして、次の日に再開された執政会議で、江頭家老の提案が了承され、江頭家老を藩主の名代として、大村藩領松島で木戸と会談することで藩主も了解したのである。

二日後、昇は長崎の大村藩邸に入ったが、すでに十二月になっていた。藩邸からすぐに薩摩藩蔵屋敷に文を出し、長崎入港の折に昇が丙寅丸に乗り込んで水先案内人となり、松島に行くことを伝えたのである。そうして待つこと二日、木戸の乗る丙寅丸が長崎に入港した。

ところが、長崎奉行所はこの機会を待ち構えていた。丙寅丸が長崎港に着くや、捕り方を乗せた奉行所の小舟二十艘近くを一斉に繰り出し、丙寅丸を取り巻いてしまったのである。そして、与力を乗せた舟を丙寅丸に漕ぎ寄せて、機関の火を落とすように命じた。

無論、長崎奉行所が木戸の乗船を探知しているわけではなく、長州の軍艦が薩摩の旗を掲げて偽装入港し、給炭と給水、さらには武器の買入れを企んでいると考えたのである。

長崎奉行所がそのように考えたのにはわけがあった。というのは、最初に丙寅丸が長崎に薩摩藩の旗を掲げて寄港した際、奉行所は臨検もできないまま、ぐずぐずしているうちに出港してしまった。しかし、長州の戦場から逃れてきた幕府兵は、口々に「長州の船だ」と言うので、奉行所はこの問題を放置できず、薩摩藩蔵屋敷に問い合わせた。これに対して、薩摩藩としては、自藩の船と言うこともできず、「わが藩の船ではない」と回答したのである。

こうした経緯もあり、次に丙寅丸が寄港したら、捕獲して、対長州戦争の戦利品として手柄を挙げようと目論んでいたのである。

いずれにせよ、何も手を打たねば、木戸は奉行所に捕縛されることになる。昇は、この緊急の事態を打開するためにすぐに行動に移した。丙寅丸を取り囲む奉行所の小舟を追い払うために、ある仕掛けを思いついたのである。

まず、薩摩藩蔵屋敷に使いを出して、丙寅丸への給炭と給水は大村藩領松島でも可能であるから、即刻長崎港を出るように内々に連絡してもらいたいと伝えた。

これを受けて薩摩藩邸では、藩旗の詐称を止めさせるという名目で邸吏が丙寅丸に乗り込み、この連絡に成功したのである。

また昇は、大村藩邸の長崎聞役に相談し、藩邸の藩士を鉄砲で武装させて長崎の町の要所に配置し、侍であれ、町人であれ、人の動きを止めるようにした。これは、藩の側用人という重職に就いたからこそできたことであった。

そのうえで、昇自身は鉄板を縫い込んだ鉢巻きに襷《たすき》掛けという時代染みた物々しい姿で馬に乗り、部下として徒侍《かち》数名と鉄砲を抱えた足軽十人を引き連れて立山の長崎奉行所に出向いた。そして、奉行所正門脇の同心詰所で大声で叫んだ。

「大村藩側用人渡辺昇で御座る。火急のことで、与力組頭《くみがしら》大熊殿のお耳に入れねばならないことが出来《しゅったい》し申した」

詰所にいた同心数名が慌てて出てきたが、昇の姿形《すがたなり》が尋常ではなく、また大村藩の渡辺昇といえば、奉行所内でも何かと芳《かんば》しくない噂のある人物である。

「渡辺殿。大熊様には取り次ぎいたしますが、何事でしょうか」

と同心の一人が訝《いぶか》しげに聞いた。

「港内に停泊する不審船のことで御座る。長州藩の軍船だと、市中潜伏の尊王攘夷の浪士たちが騒いでいるようです。わが藩としても看過できず、対策を御相談いたしたく存ずる」

応対した同心は慌てて、「渡辺殿も御一緒に大熊殿の許《もと》に来てくだされ」と言って、走って昇を与力部屋に連れて行ったのである。

与力組頭の大熊伝次郎は、昇とは旧知である。

「わが藩邸の者が小耳に挟んだことですが、捕り方に囲まれている船が長崎西奉行所を襲撃するために入港した長州藩の軍船との噂が立ち、この攻撃に呼応して市中に流れ込んだ尊王攘夷の浪士たちが当奉行所を襲う準備をしているとのことです。嘘か真《まこと》か判りませぬが、軍船であれば大砲も備え、鉄砲隊も潜んでいる筈。もし、大砲を撃つようなことになれば、外国人の居留地にも届き、御奉行の責任ともなり申す。また、わが藩の警護上の不始末も問われることになるかもしれず、無視できませぬゆえ警護の兵を増やしました。されば、御奉行所におかれても御用心召された方がよろしかろうと、御注進に参上した次第です」

実際、文化五年（一八〇八）八月に発生した、イギリス軍艦フェートン号の長崎港侵入事件では、対応の不手際があったとして、長崎奉行と、当時の警護担当藩の佐賀藩家老らが責任を取り切腹している。したがって、昇の「御注進」は、長崎奉行所にとって無視できるはずがなかった。

「それが真《まこと》であれば、由々しき事態。船は薩摩藩の旗を立てて入港しておりますが、前回に入港した折、薩摩藩に問い合わせたところ、薩摩の船に非《あら》ずとの回答を得ております。それゆえ今回は、有無を言わせず拿捕《だほ》しようと存じ捕り方を乗せて囲みましたが、長州のことゆえ、貴殿が申されたように大砲を撃ち、西奉行所を焼き払う魂胆かもしれませぬ。その証拠に、機関の火は落としておりませぬ。渡辺殿の御注進については、すぐに西奉行所に伝えます。また、囲んだ舟に乗る捕り方たちも鉄砲で狙われるゆえ、とりあえず囲みを解いて、犠牲を少なくしたいと存じます」

「さすがは大熊殿で御座る。本藩では、今は危急の折と存じまして、鉄砲で固めた兵を市中要所に配置し、浪士どもが暴発しないように警戒に当たらせております。西奉行所でも、浪士どもが騒ぎ出す前に、できれば不審船に早く立ち退くよう、御指図なされた方が賢明で御座ろう」

「忝《かたじけ》ない。御奉行にもお報せし、当方も西奉行所も警護を固めることにいたそうと存ずる」

と大熊は言い、伝令を西奉行所に出した。

こうして、一刻もしないうちに丙寅丸の囲みは解かれ、立山奉行所も西奉行所も門が厳重に閉ざされ、海からの砲撃と尊王攘夷の浪士の襲撃に備えたのである。そのうちに丙寅丸は長崎港を出て行った。

この間、昇は立山奉行所に留まったが、嘘が露見しないか冷や冷やしながら見守った。しかし、思いの外上手くことが運んだので、騒ぎが収まるのを見届け奉行所を出た。

出る際に大熊が、

「貴殿のおかげで、浪士たちも恐れをなしたのか、不穏な動きもなく、また不審な船も退散したようです。もし、長州藩の軍船から大砲を撃ち込まれれば、小倉城の二の舞になるところでした。何事も起きず、御奉行も貴殿には感謝申し上げるとのことです」

と、最後まで昇の嘘を信じたのである。

この後、昇はすぐさま大村に引き返し、江頭家老、大村太左衛門、ならびに東馬と共に藩船で外海《そとめ》の松島に向かった。

ところが、琴海湾口の針尾瀬戸から湾内に入ったところで、丙寅丸に遭遇したのである。丙寅丸の松島寄港については大村藩の松島代官所では何も聞かされておらず、丙寅丸を薩摩の船と思って給炭と給水を許したという。

木戸も、長崎で思わぬ出来事があったために、鹿児島藩蔵屋敷から内々に言われた通り急遽松島まで来たが、そのまま下関に戻るかどうか迷ったという。ただ、昇との最初の約束もあり、また湾口から大村までは半日もかからないということなので、大村に行くことにしたというのである。

しかし、湾口の早い潮流を乗り切って湾内に入ったものの、その先は思いの外に水深が浅く、一方の丙寅丸は鉄船で重量があるために喫水《きっすい》部も深く、大村まで行くかどうかを迷っていた。そこに昇らが乗った船と行き合い、そのまま引き返して、湾口近くの島の入江で会談を行うことになったのである。

丙寅丸に乗り込んできた昇から長崎での出来事の一部始終を聞いた木戸は笑って言った。

「長崎で、そのようなことがあったとは驚いた。奉行所の捕り方に囲まれ、一時は捕縛されるかと覚悟を決めたが、君の機転で助かったようだな。忝い」

「御無事で何よりでした。ところで、鹿児島での首尾は如何でしたか」

「薩摩と盟約を結んだものの、紙の上でのことでもう一つ相手が信用できなかったが、共に幕府と戦うとの島津侯の約定も得ることができた。これも君のおかげだ。礼を言う」

「それを伺い、安堵いたしました」

すると、側にいた伊藤俊輔が、

「人というもの、やはり、目と目を合わせて話すことが肝心ですな」

と言ったので木戸が、

「お主も一人前になったな」と茶化し、三人で大笑いしたのである、
その後、江頭家老が藩主の名代として木戸と会った。

この会談で、江頭家老は木戸のことが気に入ったようで、長州との交誼をより緊密にするとの藩主の言葉と共に、自分からも木戸に対して、

「今後、両藩の橋渡しを拙者が謹んで承りましょう」とまで言った。

また、木戸から頼まれて藩内に匿っていた長州藩士三人を大村から連れて来ていたが、

「これらを仇とつけ狙う縁者が仇討ちを諦めておらず、もう少し、匿ってくだされ」

と木戸が言うので、引き渡しは延期になった。

それにしても、長州との同盟関係の強化にも、長州藩士を匿うことにも反対していた江頭家老の豹変ぶりには、昇を含めて皆が驚いた。

木戸を見送った後、大村に帰る船の中で東馬は、

「詰まるところ、御家老はお主が手柄を立て続けることに妬心を持っていたのだろう」

と言ったのである。

【六】昇の危機

木戸との会談の数日後、慶応二年十二月十二日（同年十一月二十六日が西暦一八六七年一月一日）、前藩主夫妻の新居である水神屋敷の落成祝いの席が設けられ、昇も普請奉行大村五郎兵衛を補佐したので招待を受けた。昼間からの宴席であるが無礼講である。

屋敷自体はひと月前に完成し、すでに前藩主夫妻も入居していたが、八月に知らされた将軍徳川家茂の薨去《こうきょ》、長州征討の休戦等も重なり、祝いは延び延びになっていた。

この席で昇は、前藩主によって大盃に注がれた酒を、やんやの喝采の中で飲み干した。また、他の客からも昇の側用人への昇進に対する祝いの言葉が寄せられ、その度に注がれる酒を飲んだ。針尾九左衛門、江頭隼之助、大村五郎兵衛といった家老たちは夕刻近くに退出したが、途中からは五教館の講義が終わった学生たちも参加した。学生たちも、人足代わりに働いたので立派な功労者であった。

参加した学生たちは昇の武勇伝を聞きたがったので、さらに酒が入り、一緒に帰ると話していた清左衛門や楠本勘四郎も付き合いきれずに先に帰り、結局、かなり遅くなって昇ひとりで水神屋敷を出て帰路についたのである。

しかし、昇は飲み過ぎていた。水神屋敷を出て数町も歩かないうちに睡魔に襲われ、五教館の塀に沿って本小路から上小路へと曲がる角にある道祖神の小さな祠堂《しどう》に身体を預け、佩刀《はいとう》を右腕に抱え、それを支えにして寝込んでしまった。

寒中であり、時々、意識が戻り、また眠る。さらに、母サンの声が「起きなされ」と聞こえた。昇も、身に付いた習性から「はい」と言って起き上がるが、「母上。もう少し、寝かせてくだされ」と言って、また座り込む。再び、サンが「起きなされ」と言い、さらには姪のフデが「叔父上。お水です」と言う。昇も「済まぬな」と言い、立とうとするが、また眠る。

そのうちに気付くと、自分が何処にいるのかが判るくらいに頭が働くようになり、身体も冷えているので、早々に屋敷に戻って布団にもぐり込み、目が覚めると朝であった。

後になって判明するが、この宵に自分の身に起きようとした事態の一部始終を聞いたとき、昇自身、背筋が凍るような思いをすることになるのである。

その日、大村邦三郎は失脚した元家老の浅田弥次右衛門の嫡子浅田重太郎と遠駆けしていた。この二人は上級武士同士で歳が近いし、邦三郎の妻が浅田家の出であることで、親戚の関係でもあり、仲が良い。とくに弥次右衛門が失脚した後は、重太郎は邦三郎を頼ることも多い。

重太郎の父弥次右衛門は、禁門の変の後に行われた長崎の長州藩邸の接収に当たり、怯懦《きょうだ》な指揮ぶりで大村藩に恥をかかせたとして謹慎を申し渡され、そのまま失脚した。

しかし、重太郎は、藩の筆頭家老であった父の藩への貢献を鑑みれば、そろそろ復職の沙汰があってもよい頃だと思った。また、たとえ父の復職が叶わなくとも、嫡男の自分に何らかの役職の沙汰があるべきだと思っていた。だが、そうした動きはなかった。そのために鬱屈《うっくつ》する思いを強くしていた。

この日、二人が遠駆けした先でも、重太郎は藩への不満を邦三郎にぶつけて、邦三郎は宥めたのである。

その帰り道、二人には、邦三郎の郎党二名が徒《かち》で従っていたが、思いがけず遅くなったので、郎党たちが提灯《ちょうちん》を提げて先導した。邦三郎の屋敷の近くまで来たとき、郎党の一人が、「不埒《ふらち》な輩が祠堂にもたれて太い鼾《いびき》をかいて寝ております」と馬上の邦三郎に注進した。邦三郎は、「藩士ならば怪《け》しからぬ。即刻、起こして灸《きゅう》を据えてやる」と言った。

指示された郎党は祠堂に近づき、提灯の明かりで顔を照らすと、何と昇であった。戻ってきた郎党は、邦三郎に注進した。

「渡辺昇様に御座います。如何いたしましょうか」

「寝込んでいるのか」と邦三郎はその郎党に聞いた。

「あの鼾の具合ではぐっすりと。起こしましょうか」

邦三郎は「起こすな」と言って馬を下り、重太郎と郎党らを率いて祠堂に行った。そこで確かに昇が寝ていることを確かめると、重太郎に「斬るか」と囁《ささや》いた。重太郎も「斬りましょう」と言った。

重太郎は、昇と父弥次右衛門が犬猿の仲であったことや、父の失脚に昇が関わっているらしいことも聞いている。また、年明けの蜂起計画には真っ先に昇の暗殺をあげていたので、良い機会だと思ったのである。

　邦三郎と重太郎は、互いに顔を見合わせ、重太郎が意を決したように刀を抜くと、昇に近づいていった。ただ、重太郎は昇と同じく、神道無念流を斉藤歓之助について習ったものの、年少の頃はもちろんのこと、昇が江戸から帰国してからも一度も勝っていない。というよりは、昇と手合わせすることもおこがましいほどの腕の差となっていたのである。

　邦三郎にいたっては、良家の育ちで剣術は得意ではない。鍛錬しようという意欲もなかったので、一度城中馬場で昇が藩主の前で据え物の藁巻《わらまき》竹四十本を一気に切り下げた技を見たときから、昇に対して恐怖心しか持っていないのである。

　また、主人を助けようと郎党たちも刀を抜いたものの、皆、昇の剣の強さは聞いて知っている。重太郎と郎党らは、腰が引けたように昇に寄っていったが、昇が突然に鼾を止め、目を覚ましたように何かを言い、立ち上がろうとするのである。三人は慌てて下がった。しかし、昇はまた祠堂の縁側に座り込み、しばらくして鼾をかき始めた。

　邦三郎は、重太郎に後ろから、「何をしている。相手は寝ている。討てぬはずはなかろう」と言うが、自分では刀を抜く素振りもなく、口で言うだけである。

　重太郎たちは、再び、昇に寄っていくが、またしても昇が立ち上がろうとする。昇が襲撃を察知しているようにしか思えないのである。そのうちに、昇は鼾もかかなくなり、邦三郎自身も怖くなった。

結局、邦三郎と重太郎らは昇に指一本触ることもできず、立ち去るしかなかった。

後に、大村騒動で捕縛された者たちの証言の中で、この事実が明らかになるのである。それを取り調べた楠本勘四郎が、「昇。お主がその場で殺されていれば、今は逆のことが起き、拙者らは獄門台だったかもしれぬ」と言った。「母とフデが助けてくれたようなものだ」と昇は言ったが、武道家としてあってはならない油断を強く恥じることになるのである。

実は、この事件が起きる十日ほど前、邦三郎の屋敷に、重太郎、大村五郎兵衛の養嗣子大村泰次郎、隈可也《くまよしなり》と隈央《なかば》（旗本番頭隈外記《げき》〈三百石〉の嫡男と次男）、安田志津摩（四十石、新陰流剣術師範）、長井兵庫（五十石、元治振軒取立〈館長〉）、富永弥五八（八十三石）、浅田千代治（元家老浅田弥次右衛門の弟）、村部俊左衛門（七十五石、後機《こうき》者頭）といった面々に侍医の稲吉正道が加わり、秘密の会合が持たれた。

会合の名目は、大村藩の新しい政を目指す勉強会というものであるが、実態は、藩政から遠ざけられたとの不満を抱く者たちが、大村御両家の若い当主を担ぎ出して藩政の奪取を狙うという陰謀である。邦三郎を盟主に立て、長井兵庫がこの陰謀を立案した。

しかし、反勤王を旗印に掲げれば、勤王を藩是として宣言した藩主への反逆となり、多くの藩士らにとっては受け入れ難い。ましてや、藩主を弑《しい》することなどは武士の道徳として論外である。そのために邦三郎たちは、藩主を取り巻く家臣を「君側の奸」として排除することを旗印にした。

その排除の対象は、まず家老の針尾九左衛門、次に精神的な指導者の松林飯山、そして現実の力の壁となっている清左衛門と昇の兄弟である。

なかでも昇は、勤王党の事実上の領袖《りょうしゅう》で、薩摩や長州等の反幕府勢力と結ぶ外交を進めている。佐幕派、つまり俗論党にとっては、まさに元凶であった。

逆に、昇に従っていれば何かが変わるという中下級階級の若い藩士にとって、昇は憧れ以外の何者でもなかった。剣が強い、というより圧倒的に強い。しかも、天下の薩摩や長州を相手に大村藩の存在を見せつけているのであるから、旧弊な大村藩の変革の象徴であり、大黒柱であった。

また清左衛門は、新式銃で武装した新精組の隊長であり、非常に実務的かつ論理的で、聡明である。しかも、新精組の練度が高まるに連れて、その強さが引き立つようになってきていた。とくに、毎朝、清左衛門が先頭に立って隊列を組んで城内の桜馬場に向かい、射撃の訓練をしているため、その威圧感は尋常ではない。

さらに、清左衛門と昇の兄弟は絶対的な信頼関係にあり、二人の仲につけ入る隙がない。したがって、この二人を血祭りにあげないことには、謀反が成功する見込みが立たない。逆に、これらを除いてしまえば、残る者は自ずと始末でき、藩主には禅譲を迫ることができると俗論党は考えたのである。

しかし、勤王党も俗論党の企みに対抗する備えが全くないというわけではなかった。両派の反目が激しくなり、処々で諍《いさか》いも起きていたので、何か変事が生じれば、勤王党は団結して立ち上がるための連絡網と動員体制も準備していたのである。

第十一章　大村騒動〈その一〉（鳥羽伏見の戦いまで一年を切る）

【一】針尾九左衛門襲撃

大村藩の俗論党が企てた藩政を転覆させようとする陰謀の決行日は、慶応三年（一八六七）一月三日であった。

この日は、正月三が日の最後であり、武士も庶民も初詣に出かけ、その後、馬廻以上の藩士は玖島《くしま》城に登り、恒例の謳初《うたいぞめ》に臨む。昇も、清左衛門、父雄太夫と共に岩船の愛宕神社に参拝し、三人揃って登城した。

謳初では、本丸の広庭に能舞台が設けられ、「翁《おきな》」と「三番叟《さんばそう》」を、京から招いた専門の能楽師と狂言師が舞うのが伝統であった。しかし、前藩主の代からは、経費節約のために能楽師と狂言師を招くことを止め、代わりに芸達者な藩士が舞って天下の平安と五穀豊穣《ほうじょう》を祈願する。その後酒が振る舞われて、宵闇《よいやみ》が迫る頃にお開きとなる。

ところが、前年十二月二十五日に孝明天皇が崩御した。たまたま、元締を務めてきた中尾静摩が江戸家老に任命されて出府する途中、藩主の命で天機伺いのために京に上った折に天皇崩御の報に接した。中尾は、このことを大村に報せるために、同行していた中村鉄弥に命じて早便を出させたが、これは大村にはまだ届いていなかった。

三日の夜、大村では謳初が終わり、昇ら三人は帰邸し、清左衛門の屋敷で飲み直していた。次の日、新年最初の執政会議がある予定なので、昇も清左衛門も登城しなければならない。だが、登城の前に二人は父と一緒に中老の稲田中衛の屋敷に弔問に寄ることにしていた。中衛と東馬兄弟の父である稲田又左衛門が前日の二日に息を引き取ったからである。

稲田家では、正月の祝いのときに忌事《いみごと》は相応《ふさわ》しくないとして、中衛と東馬は服喪するものの、弔問は三が日を過ぎてから受け、葬儀は八日ということになった。したがって、明日は弔問が始まる日で、雄太夫は是非に最初に又左衛門を弔いたいと言った。

「儂《わし》は、又左衛門様から、『お主は拙者の片腕じゃ』と何度も言われ、儂も又左衛門様の下で働くことを嫌と思ったことは一度もなかった。馬が合ったというか、気心が知れ、困ったことがあると、『雄太夫を呼べ』というのが口癖だった」

と、清左衛門兄弟が何度も聞いた思い出話を、酒を飲みながら雄太夫が話し始めた。又左衛門が家老を務めた間、雄太夫は片腕として寺社奉行などのいくつかの重職を務め、息の合った二人の仲は、年齢や役職の上下を超えた友情に近いものだった。

しかし、雄太夫が又左衛門の思い出話をしている最中に、針尾家老の郎党が清左衛門と昇の両人宛ての手紙を持参した。しかも、差出人は北野道春《どうしゅん》である。手紙を持参した郎党は、「急ぎ、御披見をお願い申します」と言った。

北野は藩医であり、雄太夫の先妻の兄であるので、清左衛門の実の伯父で、昇にとっては義理の伯父となる。また、結党当初からの勤王党の同志でもある。差出人を見て、昇は妙なことだと思ったが、清左衛門に断り封を切って先に読んだ。

手紙には、針尾家老が謳初からの帰路、屋敷の門前で誰かに斬られ、屋敷に駆け込んだこと、呼ばれた北野が傷口を縫い一命は取り留めたこと、下手人は分からないこと、最後に、針尾は肩から背中を斬られており、それゆえ騒がれたくないと言っていること、針尾は明日から病だとしてしばらく屋敷で療養することが記されていた。

当時、背中から斬られることは武士にとって不名誉なことであるとされ、場合によっては、それだけで家名断絶の憂き目に遭うことも考えられた。昇は、針尾がその秘密を守るために道春を呼んだのだと思った。

「兄様。針尾様が何者かに斬られました」

と昇は言って、手紙を清左衛門に渡した。

「これは由々しきことじゃ。何か、尋常ではないことが出来《しゅったい》したようだな」

「取りあえず、拙者だけでも御家老のところに参ります」

と昇は佩刀を帯に差そうとした。

「昇、しばし待て。ここは迂闊《うかつ》に動かず、同志を屋敷に呼び集めよう。御家老が斬られた事情はわからぬが、もし勤王党に含みを持つ者の仕業《しわざ》であれば、罠が仕掛けられているのかもしれぬ」

「御家老には、今夜は屋敷を固めてくださるように伝えてくれ。我らは、後ほど伺う」

清左衛門はそう言って、手紙を持参した針尾家老の郎党を帰した。

「わが家の郎党らに勤王党の同志の屋敷を触れ回らせ、剣が使える者を集める。その上で、相手の出方をみることにする」

「同意」

昇は、如何にも兄らしい機転だと思い、早速、渡辺家の郎党二人を呼びつけ、勤王党の何人かの名前を挙げた。

「針尾家老が斬られたことを話し、直ちに清左衛門宅に集まるようにと伝えてくれ。ただし、途中くれぐれも身辺の用心を怠りなく、とも伝えるのだ」

と昇は言い含めて、郎党らを放った。

「兄様。やはり、俗論党の仕業でしょうか」

「確かなことは判らぬゆえ、軽々に決めてはならぬ。皆が集まるまで待とう」

やがて一刻もしないうちに、柴江運八郎、長岡治三郎、十九《つづ》貞衛《さだえ》、朝長熊平《ともながくまひら》、小佐々健三郎、戸田圭二郎らの勤王党の同志たちが集まってきた。

昇は、呼んだはずの楠本勘四郎がなかなか現れないことに気付き、彼の身に何か生じたのではないかと心配になった。そこで、運八郎と治三郎とを勘四郎の屋敷に行かせようかと清左衛門に相談しようとしたときに、勘四郎が走り込んで来た。

「飯山殿が屋敷前で斬られた。肩口から腰あたりまで斬り下げられ、さらに胴が横にほとんど二つに割られている。既に事切れた。暗闇であったゆえ下手人は分からぬが、今、藤田小八郎殿が枕元を守っておられる」

藤田の屋敷は飯山邸の真向かいである。

「やはり、俗論党の仕業じゃ」

と、昇も含めて、そこに集まった面々は言った。

「そのようじゃな。昇、御家老（針尾）の様子を見に行ってくれ」

沈着な清左衛門もようやくそう言った。

「心得た」と昇は立ち上がり、佩刀を差して出て行こうとした。

「昇、待て。賊が待ち伏せているかもしれぬ」と、逸《はや》る昇を清左衛門は制した。

「兄様。却って好都合ではありませぬか。その場で、下手人を捕まえます」

「いやいや、相手を侮《あなど》ってはならぬ。御家老にせよ、飯山殿にせよ、暗闇で待ち伏せて襲っている。然様《さよう》な汚い手を使う奴らだ。鉄砲でお主を狙うこともあり得る」

事実、後に判明することであるが、昇と清左衛門は謳初から帰宅する途中、鉄砲で狙撃されるところであった。だが、父雄太夫との三人連れであったために、狙撃手は的を絞り切れず、狙撃を断念していたのである。

「拙者と数人が昇の後をつけて、怪しげな輩がいれば、捕り押さえることにするということで如何ですか」と勘四郎が策を案じた。

「それならば、安心じゃ。少し、待ってくれ」

と清左衛門は言うと自分の部屋に下がり、すぐに戻ってきた。手にしたものを勘四郎に見せながら、

「お主は、もしもの時は、これを使って昇に加勢してくれ」

それは長さが一尺（三十センチ）ほどの西洋の短銃であった。

「長崎のグラバー殿が、わが藩で鉄砲を買い入れた礼だということで、これを拙者にくれた。弾は込めている。一発は試し撃ちしたが、五発が残っているゆえ、相手が数人でも十分だ。こうして引き金を引けば撃てる」

と、清左衛門は実際に撃鉄を上げて引き金を引く真似をし、撃鉄をおろして勘四郎に手渡した。

「拙者は、片山（竜三郎）様、江頭（隼之助）様、（大村）太左衛門様に変事を伝えるが、昇は針尾様の御屋敷に向かう途中、稲田様の御屋敷に寄り、事態を伝えよ。他は手分けして同志の面々に触れ回り、その後、飯山殿の屋敷に集まろう」

と清左衛門は指示し、運八郎と十九貞衛に自分の護衛を頼んだ。

昇には、勘四郎と戸田圭二郎が尾行しながら護衛すると同時に、襲撃者が出てくれば捕り押さえるという段取りを打ち合わせて屋敷を出た。あえて、渡辺家の家紋が入った提灯を郎党に

持たせて目立つようにしたが、途中で、山川民衛《たみえ》、根岸主馬と陳平の兄弟、原三嘉喜《みかよし》の四人に会った。彼らも心配して、自分らの郎党に身辺を警護させながら、渡辺家に行く途中であったが、一緒に針尾家老の屋敷に向かったのである。

昇らは、稲田家で東馬に事情を伝えた後、針尾家老の屋敷を訪《おとな》うと、顔見知りの針尾家の用人が出てきて昇らを広間に案内し、針尾家老に付き添っている北野を呼んできた。

「伯父上、御家老の御容態に変わりはありませぬか」

「心配は要らぬ。寒かったゆえ、綿入れを着込まれておられたのが幸いして肩口の傷が浅い。もう少し深ければ、骨に達して血の道を裂き、落命するところであった。傷口を十八針も縫ったが、縫った傷口が膿まぬように注意すれば、十日ほどで起き上がることができよう」

「今、御家老にお会いできましょうか」

「御家老は苦痛のため眠れないようじゃ。意識はしっかりと持たれている。ただ、長い間話すことは御身体に障る」

「できれば傷口を拝見したいのですが、如何でしょうか」

昇は、針尾家老が受けた斬り口を見れば、襲撃者の剣の力量や癖が判り、場合によっては犯人を推測できると思ったのである。

「今、傷口を晒《さら》すのは危ない。ただ、話すのは構わぬ」

と北野が言うので、早速、昇、勘四郎、戸田の三人だけが北野の案内で針尾家老の寝所に入った。

「情けない姿を見せるが、暗闇で、後ろから突然であった。肩口に固いもので叩かれたような感じを覚えたとき、『何者じゃ』と叫んだ。面目ないが、曲者《くせもの》の方を向かず、そのまま門の中に走り込んだ。背中の痛みは、それから気付いたくらいじゃ」

針尾家老は苦痛に耐えながら言った。

「二の太刀を避けるのは剣の常道で御座います。お命があり、幸いで御座いました」

昇がそう言うと、

「忝《かたじけな》い。お主から、そのように言われれば気が休まる」

と、声を振り絞るように針尾家老。

「御家老様。相手に覚えは御座いませぬか。どのような些細なことでも結構です」

と昇は聞いたが、針尾はやはり背中を斬られたことを気に病んでいたようで、昇の声を聞いて安心したように目を閉じた。

「お主ら、これ以上の話は御家老の御身体に障るゆえ、少し、休んでいただこう」

と北野は言い、昇らを伴って広間に戻った。

結局、針尾家老の口からは下手人につながるような情報は得られなかったが、門の近くで待ち伏せていたことが明らかになったので、屋敷を辞去した後、その可能性のある場所で何か遺留品がないかを提灯の灯り《あか》で調べたが、何も得られなかった。

【二】飯山の遭難

正月三日の暮れ六つ半（午後七時頃）前後、大村の城下で筆頭家老の針尾九左衛門に対する襲撃と負傷事件、次いで松林飯山《はんざん》に対する襲撃と斬殺事件という変事が起きた。しかも、針尾家老は勤王党の盟主、飯山は勤王思想の精神的支柱であり、両事件がほぼ同時刻に発生していることから、俗論党、つまり藩内佐幕派による勤王派への宣戦布告と解するのが自然であった。

とくに飯山は、二十八歳と若いが、藩校五教館の祭酒（館長）であり、全国に広く知られた碩学《せきがく》の徒である。藩主大村純熈《すみひろ》の勤王思想にも大きな影響を与えたとされ、これが斬り殺されたという事実は、瞬く間に大村城下に伝えられ、何かしら不吉な年の始まりを予感させるものとなった。

自邸で事件の報せを受けた昇と清左衛門は、すぐに勤王党の同志の連帯と身の安全を図るために矢次早《やつぎばや》に手を打った。

まず、同志たちへの連絡と集合をかけ、さらに昇は針尾家老の屋敷に行き、容態の確認を行った。盟主が斃《たお》れれば、勤王党には計り知れない打撃となるからである。ただ、針尾家老や飯山への襲撃が暗闇での待ち伏せという卑劣な手段で行われているため、昇でさえも警戒して楠本勘四郎や戸田圭二郎らの護衛を付けた。

また清左衛門も柴江運八郎らの手練れの護衛を付けて、家老の片山竜三郎や江頭隼之助らの屋敷を訪れ、事件の一報を届けて身辺の用心を呼び掛けた。

このあたりは、対馬藩の佐幕と勤王の内訌、福岡藩の勤王党崩れ、長州藩の正義党と俗論党の内訌などに、直接、あるいは間接に関わった清左衛門と昇の経験が生かされたのである。

幸いに藩主が勤王を唱え、藩の役職の枢要を勤王派が握っているが、与《くみ》する藩士の数からすれば、両者の力は拮抗というよりは、佐幕派、あるいは党派には属しないが、保守的な考えを持つ藩士が凌駕《りょうが》していたのである。そのため、佐幕派が先手を打って、自分らの行為を勤王党の弾劾《だんがい》行動として訴え、正当性を主張するようなことになると、一気に力の均衡が崩れることにもなりかねないと昇と清左衛門は心配したのである。

こうして昇と清左衛門は、打てる手は打った。そのうえで、正月の真夜中のことであり、今は佐幕派による殺意をむき出しにした力に対抗するために、勤王党の面々は飯山の屋敷に集まり、飯山の弔いを旗印にして夜明けを待つ作戦に出たのである。

昇は、見舞いと容態の確認のために出向いた針尾邸を勘四郎らと共に出て、上小路を辿って飯山の屋敷に向かった。しかし、小路の両側は武家屋敷が続き、どこから襲撃者が現れるか分からないために、周囲に目を配りながらの移動となり、やっと飯山の屋敷に着いた。門前では集まった勤王党の同志たちが火を焚き、門を固めていた。

同志の一人、朝長熊平が昇らに気付き、走り寄ってきた。

「昇殿。何事もなく、幸いで御座いました。遅いので皆が心配していました。清左衛門殿は既に邸内に入っておられます」

「御家老は大丈夫だ。だが、屋敷に入る前に、賊が待ち伏せした場所を見てみたい」

「多分、こちらだと思われます」

と朝長は言って、手に持った提灯をかざして見せた。そこは、隣の浅田有右衛門邸の生け垣が途切れ、隠れるには好都合の場所となっていた。しかし、暗くてよく見えない。

「明け方、もう一度検分してみよう」

と昇は言い、飯山の屋敷に入った。

屋敷内は、当主が殺されたという突然の出来事で、正に右往左往の状態であった。しかも、同じ屋敷内に住む飯山の父松林杏哲《きょうてつ》は、元々は町医者であり、武家の作法に慣れていない。したがって葬儀も、飯山の妻の実家に任せきりであるという。また、明け方、目付が検死に来ることになっており、それが終われば、葬儀の準備に入るという。

「辛いことではありますが、飯山殿の傷口を改めさせてもらえませぬか。下手人を探す手掛かりが得られるかもしれぬからです」

飯山の遺骸に焼香を済ませた昇は杏哲に頼んだ。

「そういうことであれば、否とは申せませぬ」と、杏哲は承諾した。

昇は、杏哲の立会いで飯山の遺骸を改めた。昇は、幼い頃から飯山とはそりが合わず、何度も衝突した。だがこの半年は、互いに認め合うことも多くなり、そのような思いも交えながら、手を合わせ、飯山の死装束の白上布をはだけた。

後ろから右肩を袈裟懸けに斬られたらしい傷口を覆う血に染まった晒《さらし》布を小刀で割くと、そこが明らかに致命傷であったことを物語っていた。また、針糸で内臓がはみ出ないように施している腹部の太刀筋も見て取れ、襲撃者が二人ではないかと推察された。

「これだけの力技の太刀を遣う者は藩内に多くはいない」と昇は確信した。

飯山の屋敷に集まった勤王党の同志二十数人は、飯山の死を悼む気持ちと、俗論党のさらなる攻撃があるかも知れぬとの警戒心も抱きながら、飯山の遺体を検分する昇らの動きを見守った。その間、皆が心配したことは、藩内の動きである。

針尾家老の襲撃と飯山の暗殺は、もしかしたら、俗論党の一斉蜂起の合図なのかもしれない。何も報せはないが、自分の屋敷が襲撃を受けて、家族が悲惨な目に遭っているかもしれない。今、ここにいない勤王党の同志、あるいは筆頭側用人の稲田東馬ら、勤王党親派の重役たちにも危害が加えられているのかもしれない、さらには、玖島城と藩主の御殿が既に俗論党に制圧されて、藩主が拘束されているのかもしれない。

こうした心配の種は尽きないが、今夜の事件が引き金になり、一気に勤王党排除の動きになることだけは避けねばならなかった。今、針尾家老が動けぬとなると、勤王党の事実上の領袖は清左衛門と昇である。

集まった同志たちは、不安な心内《こころうち》を声には出さず、清左衛門と昇の動きに神経質に眼を遣りながら、いざというときの備えとして襷《たすき》掛けに鉢巻きというでたちで夜が明けるのを待つことにしたのである。

昇も、同志たちの目線を気にしながらも、今は夜明けを待つしかないと決め込んだが、やはり藩主の身辺の警護は気になった。そこで、近習頭の藤田小八郎に、登城して藩主の身の回りを警戒してくれるように頼み、藤田は朝長熊平ら三人に守られて城に向かった。

それでも心配の種は尽きないが、一つだけ安心材料があった。それは、勤王党の血判状である。もし、俗論党が藩政を牛耳れば、血判状を手掛かりに同志たちを根絶やしにする動きになるかもしれず、これだけは敵の手に渡せない。しかし幸いに、前年の暮れに稲田東馬が勤王党に参加することを決め、年明けに血判を押すというので、昇が飯山から血判状を預かり、それを清左衛門に託していた。

とはいえ、先が見通せない中で、夜明けを待つのが辛いことは昇も同じである。昇は、何か皆の気持ちを紛らわす話はないかと、先ほど検分した飯山の遺体に目を向けた。

そのとき、大事なことを杏哲が失念しているのではないかと気になり、質した。

「杏哲殿。確か、飯山殿には御子《おこ》がおらぬと伺っておりますが、その通りですか」

「然様ですが、それが如何されました」と杏哲は逆に昇に尋ねた。

「継ぐ者がいなければ、その家は断絶になります。これは藩是です。断絶となれば、扶持《ふち》も屋敷も藩に召し上げられますが、折角、起こした松林家ですので、我らとしても残したく存じます。末期養子《まつご》は、本来禁じられておりますが、もし、飯山殿の跡を継ぐ然《しか》るべき方がいれば、我々としても、御家を継いでいかれるように御尽力いたします」

末期養子とは、嗣子がないまま武家の当主が死亡したり、死期が迫ったりした場合に、家の廃絶を避けるために、急遽養子《きゅうきょ》を立てることをいう。幕末、大名の末期養子については、幕府の承認条件も緩和されていたが、太平の世が続く中で増えすぎる藩士を整理するために、末期養子を厳しく制限する地方の藩もあった。

杏哲は、最初は昇が言っていることが呑み込めなかったようであるが、飯山の妻の父親が杏哲に言った。

「昇殿に言われるまで気付かず、拙者も迂闊なことでした。確かに、松林家を絶やさぬことが大事です」

これがきっかけになり、他の同志たちも「御親類に適当な御仁がいれば養子にして、飯山殿の名を残していただきたい」と言い始めた。

「他家に養子に出した廉之助（飯山の幼名）の弟がおります。その家には申し出しにくいことですが、この際事情を話して松林家に復縁させ、その上で、廉之助の家名を継ぐことにさせたいと存じますが、如何でしょうか」と杏哲は昇に聞いた。

「それで結構でしょう。明朝、藩庁が開いたら一番に跡目のことを届けなさるのが宜しいでしょう。後は、然るべく跡目相続が進むよう、拙者も力添えいたしましょう」

そして、このやり取りを聞いていた同志の面々は、先の明るい話に少し気が紛れたようで、元の闊達な動きに戻り、明け方五教館に移り、「飯山殿を弔う」との気勢をあげて、下手人探索を藩庁に申し出ることを決めたのである。

【三】藩主への目通り

飯山の屋敷で夜が明けるのを待つ間、清左衛門、昇、楠本勘四郎、柴江運八郎、長岡治三郎、山川民衛、根岸主馬と陳平の兄弟、原三嘉喜、十九貞衛《つづさだえ》、小佐々健三郎といった勤王党の古参は車座になって、今後の進め方を話し合った。一番の論点は、私闘禁止の藩是に触れないように進めなければならないことであり、そのためには、藩主から此度《こたび》の凶事が大村藩を揺るがす謀反であり、下手人探索と凶事を企んだ背後勢力を明らかにする正義が勤王党にあるとのお墨付きを得る、という一点に絞られたのである。

一月四日、昇ら勤王党の同志たちは、飯山の遺骸の前で仇を討つと誓い合って、夜明けとともに五教館に移動した。もし俗論党がなおも攻撃するのであれば、五教館を拠点にして対抗することにした。

勤王党の皆が最も警戒した、城と藩庁が俗論党に占拠されるという事態にはならなかったが、この変事の中で、鶴亀橋等、長崎街道から城下の武家街に通じるすべての門は閉じられ、出入りができなくなっていた。

「大村騒動」とか「小路騒動」とか、十干《かん》十二支の暦年による「丁卯《ひのとう》の変」と称される大村藩の内部抗争の始まりであり、昇らの勤皇党の面々にとっては、引くことのできない戦の始まりだった。

実は、幕末に、同じ藩内で佐幕と勤王に分かれて血で血を洗う凄絶な抗争を繰り広げたのは、なにも大村藩だけではない。むしろ如何なる藩でも、大なり、小なりの内訌があった。その結果、佐幕が勝利した藩（水戸藩の天狗党弾圧や福岡藩の筑前勤王党弾圧等）、勤王が勝利した藩（長州藩の諸隊蜂起）、決着がつかずに共倒れになった藩（対馬藩や島原藩）、共倒れ直前に折り合いを付けた藩（土佐藩の勤王党弾圧後の守旧派との共存）等、いろいろな形がある。

ただし、一旦、佐幕が勝っても、明治維新で揺り戻しがあり、再び勤王派からの凄惨な復讐が行われ、両者有為の士が根絶やしになった藩もある（水戸藩や福岡藩等）。また、藩主主導の強権で、佐幕、勤王のいずれの突出も抑えた藩（薩摩藩や佐賀藩等）もある。

大村では、四日の夜明けと共に飯山の屋敷を出た勤王党の一団が五教館に着くと、飯山に教えを受けた学生や若い藩士たち三十人ほどが門前に集まり、昇らの一行を見て寄ってきた。彼らの多くは、昇が取立（館長）をしている藩校武館の治振軒で昇自身が剣を教えているので、名前も知っている。

そのうちの年かさの藩士が、数人を引き連れて昇の前に出てきた。

「取立。我らは、飯山先生の無念を晴らしたいと存じます。皆様方が、そのためにお集まりであれば、我らも加えていただけませぬか」

「忝ない。我らも、下手人を探し出し、報いを受けさせることを飯山殿の遺骸の前に誓ってここに集まった。されど、怨恨《えんこん》による私闘は藩是で禁じられていることは、皆も承知であろう。このように、無断で多くの者が集まることさえ咎《とが》められるかもしれぬが、拙者らはこれより城に登り、殿に下手人の探索を申し出る。殿のお許しが出るまでは、我らも動けぬ。無論、お許しが出れば、お主らの手も借りることにする。それまでは、ここで待て」

昇はそう言い、集まった者たちを五教館の門内に入れて、学生寮の大部屋を使わせることにした。

そこに、清左衛門の家の郎党が来て、午後に御前会議が招集され、清左衛門と昇にも登城するようにとの報せが屋敷に届いたという。二人ともに側用人であるので、招集は当然であるが、恒例の正月三が日明けの朝の御前会議が午後になったということは、昨夜の事件が影響していることは明らかである。

ただ、佐幕派が藩主や執政たちにどのように接近しているか見極めがつかないなかで、御前会議の開催まで手を拱《こまね》いていると後れをとることにもなりかねない。清左衛門と昇は、会議の前に藩主に目通りを許してもらい、この度の暴挙を俗論党の謀反として、正義が勤王党にあるとの言質を得たいと思ったのである。

通常であれば、そのようなやり方は越権行為である。御前会議では、針尾家老が自邸で療養、稲田中衛が父稲田又左衛門が亡くなったことに伴う忌で服喪となれば、片山竜三郎、江頭隼之助、大村太左衛門の三家老を中心に議論が進むはずであり、必ずしも清左衛門や昇が望む方向で落ち着くとは限らない。

そうすると、議論の方向は筆頭家老の江頭隼之助の意向次第となり、とくに江頭家老は動じやすい。したがって、何としても下手人探索についての藩主の事前の裁可が必要であった。そのために、清左衛門と昇は、筆頭側用人の稲田東馬に藩主への目通りが叶うように頼むことにして、連れ立って登城し、大広間横の側用人詰所で東馬と会った。

東馬は、本来は父の逝去で服喪中であったが、昨夜の変事を昇から聞き、急遽登城し、藩主の身辺警護の指揮を執っていた。

清左衛門と昇は、最初に東馬に悔やみを言い、昇が用件を切り出した。

「本日の執政会議の前に、殿様にお目通りを願い、此度の凶事の下手人を我らで探索することをお許し願いたいと存じます」

「針尾様と飯山殿の遭難については、すでに昨夜遅く、大目付渋江圭太夫殿から一報を受け、殿にはお伝え申し上げている。殿におかれては甚《いた》く悲しまれ、御立腹でもあるが、なおも仔細の報告は大目付から届いておらぬ。針尾様のご容態についても殿は心配なされている。いずれにせよ、昨夜に起きたことを詳しく殿にお話し申し上げてくれ。ただし、渋江殿も心配されていたが、お主らは徒党を組んで飯山殿の屋敷に屯《たむろ》し、気勢を上げているとも聞く。藩是に反する恐れもあるゆえ、後に大目付の叱責があるかもしれぬ」と東馬は言った。

「そのことは覚悟の上です。ともかくも殿にお目通りをお願い申し上げます」

と清左衛門が言った。

「殿が御城に参られるのを待つよりは、こちらから御殿に行くのが早かろう」

と東馬は言い、三人は藩主が住まう御殿に通じる渡り廊下を伝って、藩主の許に行った。

御殿の居間で、すでに城に渡る用意を済ませていた藩主は、昇の顔を見るなり、

「飯山の死に際《ぎわ》の仔細を知りたい」と言った。

「昇、お主は飯山殿の屍《かばね》を検分したのであろう。殿にお話し申し上げよ」と東馬が促した。

「畏れながら、すでに藤田殿からお話があったとは存じますが、殿のお耳汚しになることを承知で有態《ありてい》に申し上げます。拙者が駆けつけたときは、すでに飯山殿の御尊父杏哲殿が傷口の処置を済ませておりました。飯山殿の遭難の経緯を家人に聞いたところ、飯山殿は隣家の浅田有右衛門殿の屋敷の生け垣に隠れて待ち伏せていたらしい狼藉《ろうぜき》者に襲撃され、初太刀で右肩から背骨に達する深手を負い、屋敷の門前までよろめいて歩いたところを追い太刀を脇腹に受けたようで御座います。家人がそのまま邸内に担ぎ込んだものの、駆け付けた杏哲殿の腕の中で、

すぐに息が絶えたということで御座います」と昇は言った。

「怪《け》しからぬ。飯山が誰かに恨まれる事情があったと申すか」

と藩主は聞くが、傍で聞いていた清左衛門が、

「畏れながら、これは飯山殿一人への恨みでは御座いませぬ。針尾様が襲われましたのも同じ時刻で、同じく屋敷の門前近くに隠れていた賊に斬られました」と答えた。

「針尾が斬られたのも同じ時刻であるか。針尾は一命を取り留めたと聞いているが、同じ時刻に襲撃があったということであれば、下手人は一人ではないということじゃな」

と藩主が質した。

「然様で御座います。この二つの襲撃は偶然ではなく、入念に企てられたものとしか考えられませぬ」と清左衛門は答えた。

藩主は、昇らの話を聞いているうちに、次第に感情が高ぶってきたようである。

「許せぬ。其方ら、まず針尾と飯山を斬った下手人をすぐに探し出せ。もし、それが藩内の政に関わる謀反の企てならば、その一味を捕らえよ」と藩主は強い口調で言った。

「殿、少し気をお静めくだされ。清左衛門らが盟約を結ぶ勤王党が表に出て、飯山殿と針尾様を襲撃した下手人を探すだけでなく、謀反人も捕縛するということでは、藩内の収まりが付きませぬ。無論、殿は勤王を藩是とされ、此度の変事は、殿へ何かの含みを持つ者の仕業であると思われます。されど、勤王が反勤王を断罪するということにすれば、藩内が真二つに割れま

す。水戸や筑前の轍《てつ》を踏まない手立てをとったうえで、まずは下手人を探索し、城下を固めることが肝要と存じます。ここは、御辛抱いただき、謀反云々《うんぬん》との御断言は、その後のことではないかと愚考する次第で御座います」

と東馬が言うと、藩主も怒りに任せたことに気付いたようで、一旦気を静めた。

「もどかしいが、探索については、今日の会議に余も出て、江頭らの意見も聞いたうえで決めることとする。されど、飯山らを襲った者どもは、屹度《きっと》、罰する」

と、改めて強い口調で言ったのである。

【四】御前会議

藩主が東馬の諫止で言い淀んだ訳は、大村藩の内部事情にあった。大村藩藩主の大村宗家は、血筋は一旦途絶えたものの、戦国時代から面々と続く家柄である。領地も大村湾を挟む土着性の強い歴史の長い藩であるために、大村宗家と家臣団の関係も深く、かつ複雑である。

もし、大村藩で藩主に対して謀反を起こすだけの地位や実力を備える者といえば、いわゆる「御両家」といわれる五郎兵衛系と彦右衛門系の両大村家に、事実上限られる。いずれも古くからの家臣団であるが、藩主家系である大村宗家との婚姻や養嗣子相続等が繰り返されて幕末に至っており、知行高も藩内家臣団の中では抜きん出ている。

五郎兵衛系当主の大村五郎兵衛は石高千四十石、彦右衛門系当主の大村邦三郎の石高は八百四十六石である。このうち、当代の大村五郎兵衛は格外家老として名実ともに藩主に忠実であり、謀反を起こすとは考えられない。問題は、その養嗣子である大村泰次郎である。

泰次郎は、大村でも最も古い家臣団の家柄の一つである朝長氏浅田家宗家（大学系）の浅田俊光の次男で、五郎兵衛の養嗣子となった。妻は前藩主大村純顕の娘である。また、現藩主純熈の養嗣子として幕府に届け出て、江戸で早逝《そうせい》した於菟《おと》丸の側近でもあった。於菟丸は純顕の子である。

この泰次郎は、大村邦三郎と仲が良い。邦三郎の妻は浅田俊光の娘であるので、二人は義理の兄弟である。邦三郎はすでに家督を相続しているが、邦三郎自身は大村で由緒ある家柄の北条家の出身である。北条家は、戦国時代の雄で伊豆と相模を治めた北条早雲の曽孫を祖に持ち、大村藩主に対して家柄においては臆するところはない。

邦三郎と泰次郎は、藩内の守旧派を代表し、藩主が勤王を藩是に掲げた際も冷ややかであった。彼らが長崎奉行とも通じて、藩主の座の禅譲を画策していることは噂の域を超えていた。

かつて、元治元年（一八六四）十月に、後機大将で元締の富永快左衛門が自分の屋敷で何者かに殺され、犯人も特定されないまま、その後富永の不正が公にされた。富永は邦三郎と親戚関係にあり、個人的にも昵懇《じっこん》の間柄であるが、富永の横柄さと暗躍を藩主純熈が許さず、昇に命じて殺させたのではないかと噂された。

とはいえ、富永と邦三郎の関係に見るように、御両家を中心にして、上級武士の家系は、様々な姻戚関係で結ばれてきている。典型的には、前藩主と現藩主は、家臣福田家宗家の娘を同じ母に持つが、福田家も祖先は源平時代に地頭職だった。福田家の系統では、宗家の他に、分家として大村姓と隈《くま》姓の家系があり、代々藩の主要な役職を担ってきている。

このうち大村姓は、福田家の分家が養嗣子として藩主の子を受け入れたことに始まり、幕末の当主は大村六兵衛である。大村姓としてはこのほかに、三百年ほど前に大村宗家から分かれた大村太左衛門系や大村宗家の外戚関係から発して、旗本者頭《ものかしら》として重きをなす大村隼人、靫負《ゆきえ》系などがある。

その他、朝長氏浅田家には弥次右衛門系の家系があり、ここからも家老を出している。また、針尾家、渋江家、深澤家等も有力家臣団を形成し、お互いに複雑な姻戚関係が構築されてきているし、このことは、より中下級の家臣団の間でも同じである。

こうした背景の中で、これまで約一年の間、何かと藩主の意向に逆らい続けてきた御両家の邦三郎や泰次郎は謀反の首魁《しゅかい》であると、誰しもが思うところである。たとえば、約一年前に城下を騒がせた落首事件では、落首の書き手が邦三郎と泰次郎の取り巻きの一人だと推測された。しかし、これを大事《おおごと》にすると邦三郎らにも追及が及びかねないために、その書き手を別件で謹慎処分にすることで、表立たないようにした。無論、邦三郎らに対するけん制の効果は大きかった。

要は、飯山暗殺と針尾家老の暗殺未遂は、二人が勤王派の要人であることから、反勤王を標榜《ひょうぼう》する邦三郎や泰次郎が背後で糸を引いているのではないかと憶測することができる。しかし、憶測だけで邦三郎らを処断しようとしても、邦三郎らが不当だとして抵抗し、他の反勤王の有力藩士に助成を頼めば、藩内の争乱は必至であった。そのために、何としても、飯山らを襲撃した下手人を挙げることが先決であった。

清左衛門と昇は、御前会議の前の藩主への目通りが叶い、一旦、五教館に戻った。五教館では、勤王党の同志たちが、飯山と針尾家老を襲撃した下手人を探索する許可が藩主により下りるのを待っていたからである。

ところが、五教館の門前は多くの藩士でごった返していた。清左衛門と昇は「何事か」と不審に思いながらも近づいていくと、二人を見た柴江運八郎と長岡治三郎が駆け寄ってきた。

「お主らが城に登っている間に、こちらは大変なことになっている」と運八郎が言った。

「お二人が城に登られた後も、下手人探索の志願者が百人ほど増えました。門前にいるのも志願者でしょうから、これらを含めると、都合百八十人ほどになります。我ら勤王党の者を加えれば二百名を超えます。とりあえず、寮の部屋には収まり切れませんので、道場にも入れて待機しておりますが、皆は殿様の御裁可が下るのを待っております」

と、治三郎も言うのである。

「殿様からは、まだはっきりしたお許しは出ておらぬが、これだけの人数が集まったことは我らに正義があるとの証じゃ。昇、お主は再度登城し、東馬殿に下手人探索の志願者が多く集まっていることを報せるのだ。さすれば、殿様も幾千の味方を得た思いを抱かれるはずじゃ。御前会議に臨む御家老方は、嫌でも五教館の門前を通らねばならず、我らの力を無視できまい。いずれにせよ、御前会議で一気に殿の御裁可をいただくことにしたい」

と、清左衛門は言った。

「兄様。心得ました。これより登城し、再度、お目通りを願います」

昇はそう言うと、城に戻って行った。そして、城で再び昇は東馬に会い、五教館に多数の藩士が集結し、下手人探索の指示が出るのを待っていることを告げた。

「殿はすでに城に渡られ、今書院におられるが、それだけの藩士の支持があれば、殿もお気持ちを強くされるであろう」

と東馬は言い、昇を連れて藩主に再度拝謁した。

藩主は、昇の報告を聞いて頷《うなず》いて言った。

「昇。余は、これで大村藩を勤王で治める覚悟ができた。されど、ともかくも、先に下手人たちを捕縛せよ。反勤王との戦《いくさ》はそれからじゃ」

この日の御前会議は、午《うま》の刻半（午後一時頃）に始まることが告げられた。予定より遅くなったのは、前日の事件についての大目付渋江圭太夫の調べが終わり、調書ができるのを待ったためである。

　昇と清左衛門は、最早、徒党を組むことを禁じるという藩是は気にせず、勘四郎、十九貞《つづさだ》衛《え》、小佐々健三郎の三人の同志に前後を守られて一旦屋敷に帰った。御前会議に合わせて裃《かみしも》を付けるためである。

　が、その途中でも勘四郎は、「拙者が賊ならば、お主を真っ先に血祭りにあげる。用心するに越したことはない」と昇に言って、懐の洋式短銃から手を離さなかった。

　城の広間で側用人の東馬、昇、清左衛門が執政会議の開催を待っていると、やがて家老の江頭隼之助、片山竜三郎、大村太左衛門、中老の土屋善右衛門、宮原久左衛門、大村歓十郎さらに大目付の渋江圭太夫が出席してきた。格外家老の大村五郎兵衛は風邪をひき、屋敷で療養しているということで来ていない。

「五教館前の人だかりは徒党を禁ずる藩是に反するのではないか」

と、江頭家老は暗に清左衛門と昇を非難めいた目つきで見ながら、大目付の渋江に話を向けた。しかし執政たちは、前夜の陰惨な事件に続き、藩士たちの間に沸き起こった下手人を弾劾する騒然とした動きに対して、明らかに動揺していた。

　ただ、勤王党に加わっている土屋は、

「このような事態に至っては、少々の乱れは致し方ありませぬ。騒乱の元凶となった下手人を挙げれば、自然と落ち着きましょう」

そう言って、清左衛門らを庇った。

そこに、近習頭の藤田小八郎の先導で藩主の出座が告げられ、皆が平伏する中、藩主が着席した。

「殿が御出ましになられましたので、これより、新年の御前会議を始める」

と、江頭家老が会議の開催を宣言した。

【五】謀反

最初に、江頭家老が出席者を代表して、「新年、明けましておめでとう御座います。殿様におかれては、ご機嫌麗《うるわ》しく、臣下一同、心より、お喜び申し上げます」と挨拶し、皆が改めて平伏した。しかし、藩主は、

「隼之助。白々しい挨拶は要らぬ。昨夜の凶事の下手人は如何《いかが》した」と質した。

強い口調の藩主の言葉に江頭家老は慌てて、

「それについては、大目付が探索中で御座いますが、子細については渋江殿に報告させます」

と言って、渋江圭太夫に報告を促した。

渋江は、針尾家老を斬り付けた時刻が飯山の襲われた時刻より少し早いものの、その差は、

針尾邸から飯山邸に移動できる時間よりも短く同一の犯人ではないこと、二つの事件共に、屋敷の門の手前の暗闇に潜んで待ち伏せし後ろから斬り付けたもので、手口が酷似していること、犯行の趣意書のようなものは見当たらないことなどを説明した。

「飯山殿のみならず、針尾様が、ほぼ同時刻に斬られたというのであれば、あらかじめ凶事を引き起こし、藩内を混乱させる企みがあると見做されるも止むを得ぬのかもしれませぬが、渋江殿、大目付として、如何《いかが》見ておられる」と、大村太左衛門が渋江に質《ただ》した。

「確かに、太左衛門様の仰せの如く、お二人が同時刻に、同様の手口で難に遭われたことは、二つの事件に何らかのつながりがあると考えるのは当然と考えておりますが、その狙いが何であるかは、今のところ某《それがし》にはわかりかねます」と渋江は答えた。

「畏れながら、御家老も昨年正月の落首事件を覚えておられると存じますが、謀反の兆候《ちょうこう》は一年も前から薄々と感じてきておりました。とくにこの数か月は、いつ暴発するか、刻《とき》読みの状況でありました」と土屋善右衛門が言った。

「土屋殿。謀反とは、滅多なことを申されるべきではありませぬ」

江頭家老が注意すると、善右衛門は言い過ぎたかと思ったのか、

「つい、口が滑りました」と、頭を下げた。

「とは申せ、此度《こたび》の変事は今のところ謀反かどうかは判りませぬが、先ずは下手人を挙げ、もし背後に糸引く者がいれば、徹底してその輩《やから》を糾弾することが肝要かと存じます」

と、今度は同役の片山竜三郎が言ったので、江頭家老は困った顔をした。

「畏れながら、殿におかれましては、此度の凶事を甚くお悲しみになられまして、早く平穏に戻ることを願うと仰せで御座います。ただし、変事を起こした者の罪は罪。二人に手をかけた下手人を捕縛することが先決。されど、もし、後ろで企んだ者がいれば、その者どもも罪を贖《あがな》うべしと仰せで御座います」

と東馬が言葉を発すると、途端に御前会議の場が凍り付いたかのようになり、しばらく互いに顔を見合わせていたが、やっと江頭家老が藩主に顔を向けて言上した。

「殿も此度のことを謀反と仰せで御座いますか。謀反となると、藩を挙げての大事になり、場合によっては藩が二つに割れますが、殿におかれましては、それでも謀反として追及なさるお積もりで御座いますか」

「わが藩に、かかる事態が生じたるは余の不徳の致すところじゃ。されど、針尾と飯山の二人に手をかけたことは許し難い。ともかくも、下手人を探すことが先決じゃ。そのうえで、もし何者かが余に対して謀反の戦を仕掛けたのであれば、余も容赦せぬ。そのときは皆の者、これを合戦と心得よ。ある限りの人数を繰り出し、謀反人どもを誅伐《ちゅうばつ》することになる。合わせて、このような事態が再び生じぬよう、城下の警護の員数も繰り出せ」

と、藩主は議論を許さぬ強い姿勢を見せた。

藩主がこのように激しい怒りの言葉を発するのは珍しく、御前会議の場での藩主の命は格段の重みを帯びたものになった。

「これより、追捕使《ついぶし》を沙汰するゆえ、しばし待て。江頭、片山、東馬、ついて参れ」

と藩主は命じて四人で書院に入っていったが、その場に残った面々は平伏していた頭を上げ、顔を見合わせながらも、一言も話すことができなかった。

そして、半刻もしないうちに藩主が江頭、片山、東馬の三人を従えて書院から出て来た。

「殿の御下命により追捕使の陣容を申し上げます」

と、東馬が手にした書を読み上げた。

まず、追捕使の長を、中老から家老に格上げしたうえで稲田中衛に命じ、追捕に関することは、相手の役職、家柄、石高にかかわらず、この者たちに全権が与えられるものとした。

さらに、追捕以外の藩の政務に関わることは、江頭、片山の両家老と中老の土屋善右衛門と宮原久左衛門と大村歓十郎が担当する、ということになった。また東馬は、探索の進捗について藩主へ逐次報告し、また藩主の命を伝えることになった。

この体制に加えて、下手人探索と城下の警護の責任を井石忠兵衛、清左衛門、昇、楠本勘四郎の四人が負うものとし、そのための手勢を率いることは勝手とするとの命が下り、清左衛門が率いる新精隊も手勢とすることが認められた。

四人のうち最年長の井石は、代々の当主が忠兵衛を名乗り、百名ほどの鉄砲足軽隊を率いて城下の警護に当たってきている。この御前会議の間も、井石自身は大手門脇の詰所に詰め、会議の場にはいない。また、井石は勤王党の党員ではない。

「以上で御座いますが、中衛は今、父の忌に入っておりますれば、当面、追捕につきましては大村太左衛門様が指揮を執られます」

と東馬は言い、下命書の読み上げを終えた。また、これらの下命の条《くだり》は直ちに城下の高札所に掲げられると同時に、藩内各地の代官所に通達されることになったのである。

清左衛門と昇は、御前会議を終えて、勘四郎と一緒に大手門脇の鉄砲足軽隊の詰所で井石に会い、藩主の下命の内容を伝え、下手人探索と城下警護への協力を申し出た。

かつて井石は、清左衛門が提唱した新しい鉄砲隊である新精組の創設に真っ向から反対した。自分が差配する鉄砲足軽隊が無視されたと思ったからである。しかし、清左衛門の藩首脳への働きかけがあったために足軽隊の鉄砲が最新のものに更新され、しかも清左衛門の武器や戦術に関する最新の知識は、到底自分が及ぶものでないことがわかった。また清左衛門は、藩内における鉄砲隊の戦力を強化することに力を入れているが、この構想には鉄砲足軽隊の正規兵への組入れも入っていた。これを聞き、井石は清左衛門に好意を持つようになり、今回の任務にも協力を誓った。

清左衛門、昇、勘四郎、井石の四人にとって、まず、城下の治安の回復が率先事項であるということで意見が一致した。そこで、皆で相談し、早急の手当てとして井石の手勢の鉄砲足軽隊のうち五十名を、直ちに城下の要所、要所の警戒に当たらせることにして、残り五十名は城に残した。また、清左衛門が指揮する新精隊にも動員をかけ、副長の川原鼎に当面の指揮を任せた。こうして、城下の臨時の警戒態勢ができたのである。

昇、清左衛門、勘四郎が井石を伴い五教館に戻ると、朝に比べて探索志願者の数がさらに五十人ほど増えていた。

このようなときに機転を利かせて処理をするのが、長岡治三郎と朝長熊平《くまひら》と戸田圭二郎の三人であり、彼らは五教館の倉庫から筆、墨、硯《すずり》、紙を持ち出して、教場から机を出して並べて記帳台を作り、探索志願者全員に氏名、在所、さらに所属する組を書かせていた。治三郎の話では、およそ二百五十名が集まったという。

その後も志願者は集まり続けるようであったが、その受け付けは治三郎らに任せ、清左衛門は勤王党の同志たちを、亡き飯山が使っていた祭酒（館長）の部屋に集めて、御前会議の結果を報告した。昇、勘四郎、さらに井石も一緒である。

そこで清左衛門は、昇、勘四郎に井石が加わって探索の責任者になったこと、そして、徒党禁止の藩是についてはお構いなしとの藩主の言質を得たことを話した。

「仔細は井石殿も交えて決めねばならぬが、これより探索隊の本陣をここに置きたい。これについては異存ないな」と清左衛門が言うと、「異存なし」と皆が答えた。

「では、まず藩庁に掛け合い、炊き出しの米と味噌と薪を藩庫からもらい受けて、集まった皆に糧食を供することにする。そのうえで、今夜から城下の見回りを厳しくしなければならぬ。

昨晩のような凶事を二度と起こしてはならぬ」と清左衛門は檄《げき》を飛ばした。

その後、勤王党の同志、探索志願者、親精隊、さらに井石の配下の足軽鉄砲組といった者たちの配置と組分けを改めて行った。とくに、治三郎らが作った名簿は役立ち、これによって、志願者を五隊に分け、勤王党同志が隊長、副長、班長となり、上小路、本小路、小姓小路、百人衆小路、外浦《ほかうら》小路の小路ごとの警護隊とし、草場小路は上小路隊、岩船は本小路隊が受け持つことを決めた。

つまり、城下の武家屋敷は、城を基点にして小路が枝分かれしているが、それらの小路ごとに持ち場を決め、夜の巡回を担当する隊を編成したのである。

【六】城下厳戒

一方、城下では、前夜に生じた相次ぐ二つの凶事について、藩主が「謀反」であるとの断を下したことが伝わり、何か禍々《まがまが》しく、取り返しのつかないことが起きようとしているとの不安感に覆われようとしていた。

一部の藩士は、謀反を起こしたのは誰かを思いめぐらして、自分の家や身をどのように守るかを思案したりしたが、多くは屋敷に閉じ籠《こも》り、郎党や下男を藩庁あたりに遣って、何か新しい報せや動きがないかを探らせた。

そのうちに高札も立てられて、状況も判明してきた。そして、稲田中衛を筆頭とした事態収拾の体制ができ、井石、清左衛門、昇、勘四郎が下手人探索の命を受けて活動を始めたことが伝わると、藩主が藩政をしっかりと掌握しているとの安心感が生まれてきた。

しかも、下手人探索と城下の警護に人手を募っているとの話も流れると、この時とばかりに、次男、三男あたりを志願させようとした。無論、人手を出さねば、謀反に関わりがあるのではないかと疑われることも考えられたからでもある。

その結果、四日の夕刻から、五教館の本営に来て志願する者や小路別に列を組んで巡回する隊に知り合いを頼っていつの間にか参加した者が相次ぐようになったのである。

この間、昇は、自分の治振軒取立の部屋に戻り、前日からの不眠不休の疲れもあって仮眠を取った。一刻ほど横になった後、覚ました眼を慣らすために部屋から外を眺めていたが、ふと何かを思い付いたように、本陣にいる清左衛門たちの許に急いで戻った。

「兄様。御相談ですが、これを機に、志願した者たちを長州藩の諸隊のように育てませぬか。すでに、志願者は三百名に達しようとしております。これらの者たちを修練するのです。そうすれば、今回の騒動が終わろうとも、我らに手勢が残ります」

横で聞いていた勘四郎が、

「お主が長州で見てきた諸隊をわが藩でも作ろうというのか」と聞くので、

「そうだ」と昇が答え、

「これからの武備は鉄砲が主になりますので、隊員には鉄砲を持参させ、兄様の新精組隊士を各小隊に配置し、隊伍の動きと鉄砲の鍛錬をさせれば、強い大村軍ができるのではありませぬか」と清左衛門に言った。

「悪くない案じゃ。幸いに殿様から指揮を任されたゆえ、これを機に、昇の言うような軍隊に育て上げることができるかもしれぬ。やってみるだけのことはあろう。無論、殿のお許しは得ねばならぬ」と清左衛門は答えた。

「拙者が考えるに、お主の策は、非業の死を遂げた飯山殿の志を継ぐに最も相応《ふさわ》しいものになろう」と勘四郎も賛成した。

丁度そこに、座を外していた井石が部屋に戻り、

「思いがけず、志願者が多く、却《かえ》って探索の足手まといになるのではないかな」

と言ったので、昇は、

「井石様。これだけの藩士の熱意があれば、鍛錬次第でわが藩に強い軍隊ができるのでは御座りませぬか」と問いかけた。

井石は「軍隊とな」と、一瞬、腑《ふ》に落ちない顔で昇に聞き返した。

「然様です。長州軍が幕府軍に撃ち勝ったのは、上士、下士、足軽、農民、町人等、身分を問わず兵を集め、部隊を作り、強力な西洋の銃砲を採り入れ、西洋の戦術を訓練したからで御座

います」

と、昇は自分が長州藩で見聞した諸隊のことを井石に話したのである。井石は、昇の話の中でも、「足軽」と「鉄砲」に及んだことが琴線《きんせん》に触れたらしく、すぐに「我らにできるか」と、昇に聞いた。

「これだけの人数がいて、しかも、我らに扱いを任され、さらには兄上が買い入れた最新の鉄砲があります」と昇は井石に言った。

「面白そうだのう。拙者の手勢の足軽どもも、まっとうな侍の身分になる機会となるかもしれぬ」と、井石も即座に応じたのである。

ところがその夜、やはり急ごしらえの部隊編成であるために、様々な問題が五教館の本陣に持ち込まれてきて、昇らは本来の職務である下手人探しに没頭できなくなった。とくに深刻だったのは、勤王党の同志を隊長と副隊長にしたものの、石高や家格が高い家の藩士が命令を聞かず、それぞれの隊員が勝手な動きをし始め、中には下手人探しの勢いが余って暴虐の動きをする者がいるとの苦情も寄せられてきた。

また、各隊が巡視の途中、新しい志願者がいつの間にか加わったり、最初にいた隊員が無断で抜けたりしたため、隊長自身が隊員の正確な数を把握できなくなったともいう。同じく、一夜明けて五日の朝に本陣に戻ってきた十九、小佐々、山川らも、巡視の途中で申し出てくる志願者の応対や、一部の隊員の暴走の後始末に追いまくられてしまったというのである。

諸隊の割り振り、巡視の順番、場所割などを長岡と共に担当した柴江運八郎は、

「これでは、下手人探しどころか、その筋の者がこちらの動きを筒抜けに流すかもしれぬ」

と言い、治三郎も、

「そうです。探索隊員の中に下手人が紛れているかもしれませぬ。隊員は信頼できる者だけに絞り、他は外れてもらいましょうか」

と、言い始めた。しかし、昇は、

「この程度の数をまとめきれぬというのでは、死んだ飯山が浮かばれぬ。今、起きている混乱を早く落ち着かせるには、隊則を設け、規律に違《たが》わぬように血判を押させるのがよかろう」

と言い、

「兄様。新精組でも隊則を設けていると聞いておりますが、探索隊でも作りましょう」

と、清左衛門に提案した。

「異存なしじゃが、井石殿は如何《いかが》でしょうか」

清左衛門は井石にも了解を求めた。井石も「拙者も異存はない」と答えたので、井石、清左衛門、昇、勘四郎に長岡と朝長が加わって、五教館祭酒の部屋で、五日の午後から六日にかけて探索隊の隊則を練った。その部屋は殺害された松林飯山が使っていたもので、飯山の無念を晴らすためにも、あえてここを本陣にしたのである。

六日の夜遅く隊則草案ができ上がり、これを清書して、翌日、昇らは揃って登城し、この決

裁を、直接の上司である大村太左衛門に仰いだ。ただ、最後は藩主の裁可が要るので、筆頭側用人の稲田東馬にも同席してもらった。

隊則は、次の三か条からなっている。

一　一死報国之契約締結之上ハ会議之件々親子兄弟タリ共相漏申間敷事

（報国〈藩〉のために入隊したからには、隊の会議の内容は親子兄弟にも漏らさぬこと）

二　謹慎ヲ主トシ過激ノ挙動無之議論上ニ而其ノ儘難差置事件有之候其互ニ一致勘忍衆議ヲ遂ケ其ノ上ニ而可致所置事

（身を慎むことを心掛け、過激な行いをせず、何事も衆議の一致するところに従うこと）

三　賊徒探索之上ハ父子兄弟其ノ事ニ一致関係居候モ難計、其ノ節ニ至候而ハ大義絶親之心得第一ノ事

（探索により父子兄弟が賊徒に関わることがないともいえず、その場合も、親子の大義さえも絶つ心得が第一であること）

右之件々違背之輩者衆議之上打果可申者也

（これらに違背した者は、衆議のうえで、討ち果たし申すこと）

そのうえで、「諸人心得」として、「血誓之後違約之輩有之候節ハ其之首ヲ打、衆議之上可致

屠腹事（血で誓った後に違約する者がある場合、その首を打つが、衆議にかけたうえで、切腹に処すこともある）」と結んだ。

これを読んだ太左衛門は「厳しい隊則であるが、致し方あるまい」と言い、原案に手は加えなかった。

また、東馬も「火急のことゆえ、殿には、このまま御裁可をいただくことにする」と言って、すぐに藩主の許可をもらい、翌八日には隊則を読ませたうえで、探索隊参加者全員に血判を押させた。

この段階で探索隊の数は六百人を超えようとしていた。これは、大村城下の上士、馬廻、大給、小給、足軽まで含めた数の半分以上に当たる数であった。やはり、謀反を許さぬ、という藩主の断固とした姿勢が反映したものとみられる。

そして、改めて探索隊の再編成と部隊長以下の人選を行った結果、各隊五十名前後の規模で十三の部隊が作られ、井石、清左衛門、昇、勘四郎の四名の統率の下、遊撃隊と名付けられた。

第十二章　大村騒動〈その二〉（鳥羽伏見の戦いまで七か月）

【一】昇の覚悟

慶応三年（一八六七）一月八日、家老稲田中衛と側用人稲田東馬兄弟の父稲田又左衛門の葬儀が、菩提寺の本経寺でしめやかに執り行われた。又左衛門は、第十一代藩主大村純顕《すみあき》と現藩主大村純熈《すみひろ》の二代にわたって家老を務めたため、葬儀には城下だけでなく、大村藩全域、さらには長崎、平戸、諫早、島原あたりからも参列者が集まるはずであった。

しかし、去る三日に起きた凶事と、その後の厳戒態勢の中にあったために、不測の事態を警戒して、藩庁と稲田家が相談のうえで参列をごく少数者に限った。また、これは藩内の騒動を他国の者に知られたくないという思惑があったからでもある。

参列者の中には、清左衛門と昇と彼らの父渡辺雄太夫がいた。雄太夫は又左衛門の下で寺社奉行などを務め、又左衛門の右腕と言われたほど固く結ばれていたからである。

葬儀では、雄太夫を両脇から挟むようにして清左衛門と昇が付き添い、二人は油断なく列席者に目を光らせた。また、この二人を勤王党の同志たちが遠巻きにして守った。

この葬儀の二日後の朝、井石忠兵衛、清左衛門、昇、勘四郎の四人は藩庁の稲田中衛家老の部屋に呼ばれた。そこには大村太左衛門と東馬もいた。

書　名					
お買上 書　店	都道 府県	市区 郡	書店名		書店
			ご購入日	年　月　日	

本書をどこでお知りになりましたか?

1.書店店頭　2.知人にすすめられて　3.インターネット(サイト名

4.DMハガキ　5.広告、記事を見て(新聞、雑誌名

上の質問に関連して、ご購入の決め手となったのは?

1.タイトル　2.著者　3.内容　4.カバーデザイン　5.帯

その他ご自由にお書きください。

(

本書についてのご意見、ご感想をお聞かせください。

①内容について

②カバー、タイトル、帯について

弊社Webサイトからもご意見、ご感想をお寄せいただけます。

ご協力ありがとうございました。

※お寄せいただいたご意見、ご感想は新聞広告等で匿名にて使わせていただくことがあります。

※お客様の個人情報は、小社からの連絡のみに使用します。社外に提供することは一切ありません。

■書籍のご注文は、お近くの書店または、ブックサービス(☎0120-29-9625)、セブンネットショッピング(http://7net.omni7.jp/)にお申し込み下さい。

郵便はがき

料金受取人払郵便

新宿局承認

2524

差出有効期間
2025年3月
31日まで
(切手不要)

160-8791

141

東京都新宿区新宿1－10－1

(株)文芸社

愛読者カード係 行

お名前《ふりがな》		明治 大正 昭和 平成 年生 歳	
ご住所《ふりがな》	□□□-□□□□		性別 男・女
お電話番号	(書籍ご注文の際に必要です)	ご職業	
E-mail			

ご購読雑誌(複数可)	ご購読新聞 新聞

最近読んでおもしろかった本や今後、とりあげてほしいテーマをお教えください。

ご自分の研究成果や経験、お考え等を出版してみたいというお気持ちはありますか。

ある　ない　内容・テーマ(　　)

現在完成した作品をお持ちですか。

ある　ない　ジャンル・原稿量(　　)

「本日より、殿から命じられた下手人探索の指揮に当たるが、これまで皆には苦労をかけた。とくに太左衛門殿には拙者の忌中の間の指揮を任せ、心苦しく存ずる。また、井石殿ら遊撃隊の皆は不眠不休で下手人探索と城下の警護に当たっていると聞く。其方《そなた》らの働きで、その後、禍々《まがまが》しい事態は起きておらぬ。忝《かたじけな》い」

と、稲田家老は頭を下げた。その後、稲田家老は探索の進捗について聞いたが、四人は大きな進展がみられないと報告するしかなかった。

稲田家老の屋敷を辞し、清左衛門と昇と勘四郎の三人は五教館に戻った。ところが五教館には、正門にもまた馬場や教場にも遊撃隊員が溢れていた。炊き出しの時間でもないのに、なぜ多くの隊員が巡察に出ないでそこにいるのかと、三人は訝《いぶか》しく思いながら隊員たちの刺すような眼差《まなざ》しの中を進んだ。

遊撃隊本陣にしている祭酒（館長）部屋に着くと、部屋の入り口の前に勤王党の同志を中心に十人ほどが座り込んでいる。皆、数日前に遊撃隊の部隊長や班長に任命した者たちである。祭酒部屋に不審者が入らぬように留守番を頼んだ柴江運八郎と長岡治三郎が昇らを認めると、座り込んでいた者たちも気が付き、立ち上がって昇らを包み込むようにして祭酒部屋に入ってきた。

「どうしたのだ」と清左衛門が聞いた。

「一刻ほど前に、ここにいる面々が隊員を引き連れて戻ってきて、『話がある』ということで皆様のお帰りを待っておりました」と治三郎が言った。

「拙者が皆の代わりに言わせてもらう」と言って、小佐々健三郎が前に出てきた。

小佐々は槍の名手として知られ、昇や勘四郎と同じく、二十騎馬副《にじゅっきばぞえ》として藩主の親衛隊士を務め、受けている石高も六十一石で渡辺家よりも多い。そのために、昇に対しても率直にものを言う。また、飯山とは同じ歳で仲が良く、遊撃隊の部隊長に真っ先に志願していた。

「拙者らは、飯山殿の無念を晴らすために下手人探索に加わった。厳しい隊則にも血判を押した。されど、貴殿らは遊撃隊を操ることのみに力を入れ、肝腎の探索には力を入れておらぬではないか。飯山殿が刃に斃《たお》れて七日が経ったが、隊員が持ってくる証拠を一顧だにせず、若い隊員らは歯ぎしりしている。一方で、貴殿らは稲田家の葬儀に出たり、今日は稲田家老と打ち合わせだとして本陣を留守にしたりする。我らは、貴殿らが本気で下手人を探し出すつもりでいるとは思えぬ。ここで貴殿らの返答を聞き、返答次第では、我らは我らで別動隊を作り、自前で下手人を探したい、というのが部隊長たちの偽らざる意見だ」

と、小佐々は語気を強くして言った。

「お主らの言うことはわかった。されど、三日の夕刻に飯山殿が襲われた後、我らが致したことを考えてみてくれ。殿様に拝謁を請い、探索隊を組むことが徒党を禁ずる藩是に触れぬとのお許しを得た。その上で隊則を作り、遊撃隊を組み、ようやくにして探索に掛かることができるようになったではないか。これからというときに仲間割れして何とする。焦りは禁物じゃ。

我ら同志が分裂すれば、敵はそこをつけ込んでこよう。そのときは、立場が逆になることは自明じゃ。よいか。我らは、これだけの数の遊撃隊員を手にしているではないか。どっしりと構えて、下手人を探し出そうではないか」

昇がそう諭すと、小佐々は窓の外に屯《たむろ》している隊員を指差しながら、

「貴殿らはそのつもりであろうが、我らの部隊の隊員は連日の下手人探索で、昼も夜もない有様じゃ。すでに、倦《う》み疲れている者も出始めている。隊則で処罰されるのが恐ろしく口には出さぬが、明らかに貴殿らのやり方には疑念を抱いている。我ら部隊長の多くは血盟の同志であるゆえ貴殿らについていくつもりでいるが、同志以外の部隊長がいることも忘れないでくれ。このままでは、遊撃隊は割れてしまう。我らが部隊の隊員を納得させ得る探索の目安を何とか出してくれぬか」

と、少し語気を和らげて言うのである。

昇は、少し考えてから、

「拙者の独断だが、飯山の四十九日までには必ずや下手人を挙げ、相応の罰を加えて飯山が迷うことなく浄土に行けるようにすると約束しよう。万一、約定を違《たが》えれば、そのときは拙者が腹を切る。このことを貴殿らは部隊に戻り、ここに来ていない部隊長と隊員にも言い聞かせてくれ。それまでは辛抱じゃ、ともな」

小佐々らは、昇が「四十九日までに決着がつかねば腹を切る」と言い出したことで、「十分

には納得せぬが、お主がそこまで言うのであれば、とりあえず隊員の暴発は何とか抑える」と言って出て行った。

祭酒部屋に残った面々は顔を見合わせたが、清左衛門が言った。

「昇。飯山殿の四十九日までに下手人を挙げることに異論はないが、お主が腹を切れば済むことではない。このような大事を我らに相談もせずに独断で口にするのは、お主の悪い癖じゃ。されど、言い出したことは元には戻らぬ。我らも、お主を死なせぬようにしなければならぬ」

勘四郎も、「お主が死ぬときは拙者も一緒だ」と言った。

しかし、昇の言い出したことは波紋を広げた。小佐々ら遊撃隊の部隊長たちも、昇がいるために藩内の力の均衡が勤王に有利に働いていることを実感している。もし昇が死ねば、俗論党は有力家臣団をまとめて反撃に出てくることが目に見える。つまり、昇の死は自分らの生死にも関わる事態を引き起こすのである。さらに、昇の縦横無尽の活躍があってこそ、飯山の勤王思想が活かせる場所が生まれたことを知っている。

と言って、同志の代表に公言したことを昇が取り下げるはずもない。

また、若い遊撃隊員たちの多くが昇に剣の手ほどきを受けている。そのために、彼らにとって昇は憧れであり、亡き飯山と同じくらいに大きな存在であった。したがって、昇を死なせてはならないという気持ちは多くの隊員間に共通であった。

結局、これらの気持ちがあいまって、下手人探索に一段と熱が入ることになったが、有力な手掛かりは得られないまま、日は経っていった。

そうしたなか、俗論党に近いとみられる藩士と遊撃隊との間に無用な衝突が頻々《ひんぴん》と生じるようになり、城下は二分され、殺伐とした様相を呈し、下手人探索を殊更《ことさら》、邪魔立てするような事態も出てきた。また、これらに関する苦情が執政たちに直接にぶつけられるようになった。

この状況にたまり兼ねた江頭家老や稲田家老らの執政たちは、藩主に、「藩士の対立を鎮めるために、達しをいただきたい」と伺いを立てたのである。

こうした執政たちの要望を受けて、藩主は親書を認《したた》めた。そして、一月二十八日に城下の大給以上の藩士全員を登城させ、大広間で大目付渋江圭太夫にこれを代読させた。それは、「前年、国（藩）のためと称した私事による殺傷暴行を禁ずる令にもかかわらず、これを犯す者がいることは不埒《ふらち》であり、（藩主）自らも面目を失い、先祖の霊にも恐れ入る次第である」という条《くだり》から始まり、「今後、心を一つにして命令を固く守り、藩（国）と休戚《きゅうせき》（喜びと悲しみ）を共にする覚悟が肝要であり、賊は必ず探索し、至当の処置を加える」と結んでいる。

親書を受けた藩士一同が、藩主に詫びるとの念から、藩庁を通して全員謹慎の伺いを立てたのが二十九日、藩主から謹慎に及ばずとの命令が下ったのが二月一日、賊徒が暴発した場合に遊撃隊が干戈《かんか》を交えることに許しを乞うたのが二月二日、これに対して藩主の許可が下りたのが同五日という具合に進展したのである。

【二】斬奸状

こうして、事件後、瞬く間にひと月以上が過ぎた二月七日の昼過ぎ、筆頭側用人の稲田東馬から、下手人探索の責任者である井石忠兵衛、清左衛門、昇、楠本勘四郎の四人に、城中の自分の御用部屋まで揃って出向くようにとの連絡が届いた。

四人が出向いた御用部屋には大目付渋江圭太夫もいた。

「今朝早く、拙者の許に渋江殿が殿様の使いで参られた」と東馬が切り出した。

「何事で御座いますか」

と昇が聞くと、東馬は「斬奸状《ざんかんじょう》じゃ」と答えた。

「ザンカンジョウで御座いますか」

昇らが一斉に声をあげたので、東馬は、

「『奸を斬る』との、斬奸状じゃ」と、改めて言い直した。

「その斬奸状なるものは、先の変事に関わるもので御座いますか」と清左衛門が聞いた。

「然様《さよう》。飯山殿らは藩の奸者《かんじゃ》であるゆえ斬ったが、私怨《しえん》に非《あら》ずとあった。殿様の親書に対する弁疏《べんそ》であろう」と東馬は答えた。

「その斬奸状を拝見できますか」と昇が聞くと、

「殿様の命により拙者の前で渋江殿が焼き捨てた」と東馬が答えた。

「何故、殿様が焼却をお命じになられたので御座いますか」

「初めから話さねばならぬが、今朝早く、殿様からの使いが拙者の許に参り、御側室千《せん》の方《かた》のお屋敷に呼ばれた。昨夜は千の方の許にお渡りで、そのまま朝までお過ごしであったようだ。殿様に拝謁すると、『昨夜、これなるものが当屋敷に投げ込まれた』と仰せで、書状を拙者に差し出された。許しを得てその書状を読んだが、飯山殿と針尾様に対する斬奸状であった。書かれた中味は、今、東馬殿が申された通りである」と渋江は答えた。

「それを、何故、焼かれたので御座いますか」と清左衛門が改めて尋ねた。

「殿様の御命令であった。本来であれば、まず東馬殿にお渡しするところであるが、東馬殿は城中で宿直《とのい》であったゆえ、大目付の拙者を呼んだと仰せであった。焼くように命じられた訳は、そもそも、殿様が御側室の許にお出ましの折、その屋敷内に投げ込まれたもので、そのこと自体怪しからぬと仰せであった。そのうえ斬奸の理由が、詰まるところは殿様を誹謗申し上げるものであるために、甚《いた》く御立腹であった。拙者に渡し、『このような汚らわしいもの』は、東馬殿に見せた後、拙者の手で確《しか》と焼き捨てるようにと強くお命じであった」

「どのような文面であったか、お差し支えなければ、お教えいただけませぬか」

と清左衛門が尋ねたので、東馬は「必ずしも文面通りではないが」と断ったうえで、

「勤王の輩《やから》が結党し、他藩の罪人を藩内に匿《かくま》い、さらには他藩と密約を結ぶなど、藩を危うく

する所業を重ねているために、これらを指揮する者たちを斬ったのであり、これは私憤ではなく、藩の行く末を案じた公憤であるというものであった」と言った。

「他藩の罪人を匿う」とは、昇が木戸に頼まれて長州藩士三人を匿ったことを意味する。

「拙者は、大目付に就いたのが昨秋であったゆえ、斬奸状に書かれている中味が事実かどうか判らぬが、東馬殿に尋ねたところ、殿様の御裁可を得てのことであることが判った」

渋江が言うように、斬奸状に書かれている「他藩の罪人を匿った」ことは、ごく一部の者しか知らなかった。

「他藩の罪人を匿ったことにつきましては拙者の周旋で御座いますが、殿の御裁可を得たうえで匿い申しました。このことを知るのは、御家老方、御側用人、先の大目付、町奉行、寺社奉行に限られて御座います。ただ、何処で漏れたのか、多羅山大権現の宝円寺（今は廃寺）住職を長井兵庫様ら数名の方々が訪ねてこられて、当時、寺の庫裏《くり》に匿っていた者たちのことで、『出過ぎた真似をするな』と強い口調で叱責なされたそうで御座います。一時は匿う場所を変えようかと思案したほどで御座いました」と昇が説明した。

「然様なことがあったのか。長井殿は治振軒取立を解任された後、無聊《ぶりょう》をかこって何かと藩政に不満を口にしておられると聞く」と渋江。

長井は嘉永二年（一八四九）に神道無念流の斎藤新太郎（二代目斎藤弥九郎）が廻国修行で大村を訪れ、大村藩士を散々に打ち負かしたときの負けた藩士の一人である。藩主大村純熈は、それまでの一刀流や新陰流といった古式の剣では新時代に後れを取ると思い、当時の家老江頭官太夫の次男である荘勇雄（のち新右衛門）を練兵館道場に入門させた。そして、荘の力で、斎藤新太郎の弟斎藤歓之助を大村藩に仕官させて大村に呼び寄せ、長井らの数人の藩士に神道無念流を学ばせた。

その後、治振軒取立に荘、副取立に長井を就任させ、神道無念流を藩の剣として統一したのであるが、昇は斎藤歓之助に直接に指導を受け、また治振軒でも頭角を現し、出府して練兵館道場の塾頭にまで上り詰めて帰国した。やがて、長井が治振軒取立に就任するも、昇がその活躍で藩主に見込まれて治振軒取立となり、長井は職を解かれたのである。

このような経緯もあり、長井が鬱屈《うっくつ》した思いを抱いていることは誰もが知っていることであるが、これだけで下手人であるとの証拠にはならない。

「拙者は、お二人が覚えておられる斬奸状の文面をここで書き写しますので、お話しいただけませぬか。これは、やがて下手人検挙の折に大事な証拠として、手元に留め置きたいと存じます」と清左衛門が提案した。

「なるほど。そういうことであれば、忘れぬうちになぞってみようか。間違えたら、直してくだされ」

と東馬は渋江にも言って、斬奸状の文面を思い出しながら口述を始めた。

清左衛門は、矢立《やたて》と懐紙を取り出して、皆の前で東馬が話す内容を書いて、それを改めて読み上げ、「これで、よろしゅう御座いましょうか」と聞いた。東馬は「ほぼ、その通りじゃ」と答え、渋江も頷いた。

城から下がってきた昇らは、斬奸状の内容から、一月三日当日の長井の行動を洗ってみる必要があるとの結論に達した。しかし、遊撃隊員の中には長井に近い者も多い。そこで、長岡治三郎ら勤王党の同志に諮《はか》り、内々に長井の動きを調べさせることにしたのである。

治三郎らは、早速調査に着手し、その日のうちに、長井が一月三日の謡初《うたいぞめ》には出ていなかったこと、藩庁には長崎の式見村（現在、長崎市）で親族の新年の集まりがあるために一旦そこに立ち寄り、その後長崎の藩邸に寄ってから大村に帰るとの届出が年末にあったこと、事実、四日の早朝に大村を出て、時津行きの船に乗ったこと、そして十一日には大村に戻ったことを調べてきた。

城下に出入りする関門が閉ざされたのは四日の昼前であったので、長井は閉門の前に大村を出たことになる。この調べで、長井が飯山らの襲撃に自ら加わったかどうかは判らないが、襲撃の直後に城下を去ったというところに、何かの符合があるのではないかとの疑念が残った。そこで、引き続き、長井の動向を治三郎らに調べさせることにしたのである。

長井の件は懸案となったものの、下手人に関する確たる証拠が得られないまま、二月九日の朝、藩庁から昇に登庁するようにとの連絡が入った。藩庁に行くと、外海《そとめ》の松島の代官所から公用の早便が届いており、そこには、長州藩士杉孫七郎が来島し、木戸貫治、つまり桂小五郎からの伝言があること、また重要な用務があり、長崎潜入を図らってほしいと言っている、という内容であった。

藩庁では、長州藩との同盟関係を壊さないために、東馬が藩を代表して杉に会うことにしたが、杉からは昇も同行するように求めてきていた。しかし、下手人捕縛を約束した飯山遭難後四十九日までの期日は僅《わず》かしか残っていなかった。もし自分が大村を離れれば、対佐幕派に対して優柔不断だと不満を募らせている一部の遊撃隊の暴発を食い止めることが難しいかもしれないと昇は危惧した。

そこで、井石、清左衛門、勘四郎、さらに勤王党の同志や遊撃隊の隊長たちと会合を持ち、「しばらく、留守にするが、四十九日の約定は必ず守るゆえ、それまでは暴発しないでくれ」と頼み込み、自重を約束させたのである。

【三】木戸からの伝言

昇と東馬は、翌朝早舟で松島に行き、杉と会った。昇は杉とは一度だけ山口で会ったことがあるが、そのときは、村田蔵六（大村益次郎）の下で長州軍の参謀をしていると紹介された。

杉は、長州の藩船でなく、下関の商人の船で松島に来ていたが、幕府直轄地の長崎に禁門の変以来、未だ朝敵のままである長州の人間は入ることができないということで、大村藩の手助けを求めたのである。

「わが藩では、武器、弾薬が足りぬゆえ、長崎の薩摩藩邸を通して手に入れる所存です。また、弊藩の朝敵の汚名を雪《そそ》ぐため、薩摩藩に一層の助力を申し入れねばなりませぬ。何卒《なにとぞ》、長崎に入れるように図っていただけませぬか」と杉は言った。

「それはお安い御用です。明日、長崎に向かう藩船がありますので、それに乗れば下船の際も長崎奉行所に調べられることはありませぬが、幸い渡辺（昇）も長崎に用事がありますゆえ、同行させましょう。念のため、弊藩の鑑札も用意させます」と東馬は言った。

　昇は、長崎の藩邸に長井が寄った際の様子を確かめたいと思ったので、松島に行く途中で東馬に相談していた。そこで、次の日に出航する大村藩の御用船に杉を乗せて、昇も長崎に向かうことにしたのである。

「忝けない。つきましては、木戸からの言伝《ことづて》で御座います。弊藩は、今一度の幕府との戦《いくさ》は不可避と考え、備えを怠らぬようにして参りましたが、一方で朝廷には寛典を嘆願してきました。朝敵との烙印を押されたままでは、幕府との戦の理が立たないからですが、薩摩藩にも朝廷へ弊藩の寛典を働きかけてもらっております。これらが首尾よく進み、そのうえで京に出兵することになれば、尊藩におかれても呼応していただきたいのです。尊藩が加わることで、長薩対幕府の戦ではなく、全国の反幕府勢結集の名分《めいぶん》が立つこととなりますので、このことを大村侯にお伝えいただくようにとの木戸の下知でした」と杉は言った。

「わが殿は天皇を守るための出兵に異存はないはずですので、弊藩の支度が整い次第、尊藩にお報せいたします。されど、尊藩と薩摩藩が私的に幕府と争うということであれば、幕府に対するわが藩の挙兵の名分が立ちませぬ」と東馬は答えた。

つまり、長州や薩摩と幕府の間の私的な対立から生じる戦争であれば、たとえ両藩との同盟関係があっても大村藩が参戦することは難しいと藩主は考え、そのことを東馬と昇にも念を押していた。大村藩主の名分は、あくまでも勤王であったからである。

「稲田（東馬）殿のお言葉は承知いたしました。木戸にも伝えます。ただ、薩摩藩においても尊藩の事情を知りたいとのことですので、本日の貴殿らの話は、長崎の薩摩藩邸で伝え申しますが、尊藩からも直々にお話しいただくのが肝要かと存じます。ここは、我らにとっては正念場ですので、密に意を通じ合っておかねばなりませぬ」と杉は重ねた。

東馬は、「その件、承知いたしました」と答えたものの、昇は、この一か月ほど藩内のことにかかりっきりで、薩長との連携を維持する努力を忘れていたことを痛感し、藩内の騒動を早く収めねばならないと改めて思ったのである。

一通りの相談が終わって、昇は高杉晋作の容態を確かめた。前年、下関で会ったときは、すでに労咳《ろうがい》（肺結核）が進んでいることが、傍目《はため》にも明らかであったからである。

「ところで、下関の高杉殿は如何なされましたか」

「今は、白石邸を離れて、近くに庵《いおり》を設《しつら》えて養生なされていますが、芳《かんば》しくありませぬ」

と杉は答え、顔を曇らせた。それだけで、昇には高杉の容態が悪化していることがわかった。

次の日、杉と一緒に藩船に乗り込み長崎に到着した昇は、出迎えた者に杉を薩摩藩邸に案内するように命じて、自分は大村藩邸に出向いた。本来ならば、昇も杉と一緒に薩摩藩邸に行って大村藩の現状を話さねばならないと思ったが、まだ藩内の騒動が収まっていないので、遠慮した。

昇は、大村藩邸で留守居の浜田弥兵衛に質《ただ》した。

「長井殿がこちらに参られた際、三日の変事について何か話しておられませんでしたか」

「長井殿が藩邸に参られたのは六日でしたが、その前日に大村の変事の報が藩邸に届きました。それゆえ、長井殿は何か御存知かと思いお尋ねしたのですが、長井殿は、自分は四日の早朝に大村を出たゆえ、変事については何も知らぬと仰せでありました。されど、妙なことに、長井殿が大村に向けて出立されて三日目に式見村から公用で人が参りましたが、その者の話では、四日の夕刻に長井殿が式見村に参られ、横目付の林左兵衛様に変事について詳しく話され、式見の藩詰所が一時騒然としたとのことです。なぜ、拙者には『知らぬ』と仰せであったのかわかりませぬ」

昇は「確かに奇妙な話ですな」と言ったが、心の内では、「やはり、長井は関わっている」と確信したのである。

昇はその後、藩邸にいる梅沢武平と話した。武平は、一月に長崎奉行所の剣術師範を辞して大村藩に帰参していた。ただ、藩の内訌《ないこう》の勃発で、武平を大村に帰すことは憚《はばか》られた。富永快左衛門の怪死に昇と武平が関わっていると未だ疑う者がとくに俗論党に多く、それらを刺激したくなかったからである。そのために、内訌が落ち着くまで武平を長崎に留め、妻子だけを大村に帰していたのである。

長崎を経由して昇が大村に戻ったのは、出てから五日後のことであった。長崎では、長井に関して重要な聞き込み証言を得たが、とりあえず帰着したその足で藩庁に出向いた。藩庁では昇の帰りを待っていたかのように、大村太左衛門が昇を呼びつけた。

「昇。お主のいぬ間に城下は大変な騒ぎであった。遊撃隊が割れ、清左衛門が骨折って周旋してくれたため事なきを得たが、一時は一触即発の事態であった」

太左衛門は、驚く昇に、「仔細は清左衛門に聞けばよい」と言ったが、その説明によれば、昇が松島に向けて発った二日後、若い学生が中心になって遊撃隊とは袂《たもと》を分かち、五教館を離れて愛宕山に陣を張り、下手人と思しき者を捕縛しようとする動きが出てきた、というのである。愛宕山は、本小路の突き当たりにある小高い丘で、上には愛宕神社がある。首謀者の言い分は、遊撃隊の悠長な探索方法では、やがて下手人は証拠を消し去ってしまう。これまでに下手人の証拠がないわけでなく、それを手掛かりに嫌疑者を捕縛し、締め上げて罪を白状させる。これに逆らう勢力も出てくる恐れもあるが、そのために、各人が鉄砲と弾薬を抱えて、愛宕山に集結しようではないかと檄《げき》を飛ばしたという。

これに対して清左衛門は、昇との約束を違えることになると説得したが、なかなか聞き入れない。そこで最後は藩主に達しを出してもらい、軽挙妄動《けいきょもうどう》は君命に逆らうことになると言ってようやく騒ぎが収まった、というのである。

昇は、さすがに兄らしい解決の仕方だと感心したものの、下手人検挙を約束した四十九日まで、残すところ数日に迫っていた。

「死ぬのは容易《たやす》いが、死んでは、これまでのことが徒労に終わる」

と、「腹を切る」と言葉にしたことを後悔しながらも、昇は長崎で聞き込んだ長井の言動から浮かぶ疑惑を明らかにするために、ある策を実行する決断をしたのである。

昇は、長崎から帰った次の日の二月十六日、五教館祭酒部屋に下手人探索の遊撃隊幹部である清左衛門、井石忠兵衛、楠本勘四郎、さらに長岡治三郎ら勤王党の数人の同志を集めた。

実は前日、昇は長崎で調べた長井兵庫の言動に不審な点があるとして、長井を拘束して尋問するためにある策を思いついた。これを清左衛門に相談したところ、「皆の了承が得られればやってみよう」ということになったのである。

「殿の許に投げ込まれたという斬奸状のことで皆に相談するのだが、兄者は文面を書き留めておられる。そこでじゃが、斬奸状を書き直す」

「昇、斬奸状を書き直して何とする」と勘四郎が聞くと、昇は「稲田（中衛）家老の屋敷に投げ込むのよ」と答えた。勘四郎をはじめ皆が顔を見合わせていると、清左衛門が言った。

「御家老の屋敷に斬奸状が投げ込まれれば、此度《こたび》は我ら遊撃隊にそれが回されるはずじゃ。さすれば、それを手掛かりに疑わしき者たちを捕縛できよう。殿様が焼き捨てよと命じられて消えた斬奸状では、我らも動きが取れぬではないか」

「それは妙案です。これは証拠のねつ造では御座いませぬ」

と、治三郎が顔を明るくして言うので、皆はやっと意味がわかった。

「やってみるか」

と、最初に声を出したのは勘四郎であった。

【四】捕縛

「斬奸状の書き直しが明るみに出れば、証拠にできぬ。あくまでも隠密に運ばねばならぬ。これより馬を飛ばして、竹松の御用屋敷に入り、勘四郎と治三郎と拙者とで書くことにする。夕刻には戻るゆえ、皆はここで待っていてくれ」

　昇はそう言うと、清左衛門から斬奸状の文面を書き留めた文書を受け取って、三人共に馬で出かけた。

竹松は、城下から北方一里にある村で、そこに藩士の静養所があるが、城下は戒厳下にあり誰も使っていないと考えたのである。

三人は竹松の御用屋敷の部屋に籠《こも》って斬奸状を書き始めた。文面は側用人稲田東馬と大目付渋江圭太夫が思い出しながら口述して、清左衛門が書き留めたものを元にしている。それを昇と楠本が確かめ合いながら文章にし、長岡が書くのであるが、「誰のものともわからぬように筆跡を隠さねばならぬ」と昇が言うので、楠本の発案で、馬乗り提灯《ちょうちん》の長い柄の先に筆を括《くく》り付けて、柄の反発力を抑えながら書いたのである。

昇らが五教館に戻ってきたのは夜になってからであったが、祭酒部屋で待っていた清左衛門らは斬奸状を見て、「よくぞ、このような下手な字で書けたものだ」と妙な感心をし、「これでは誰が書いたかわからぬ」と言った。

早速、これを封書にして竹に挟み、柴江運八郎と戸田圭二郎に、夜中に稲田家老の屋敷内に投げ込むように頼んだ。

翌十七日の昼、昇ら四人の遊撃隊幹部に家老稲田中衛の屋敷に来るようにとの連絡があった。昇らは顔を合わせて「来たか」と口許を緩めたが、何知らぬ顔をして揃って稲田家老の屋敷に出向いた。

通された座敷には東馬のほか、大村太左衛門と大目付渋江圭太夫も同席していた。

「我ら揃って参上しましたが、何か、御用で御座いますか」

と、井石が何も知らない風を装って聞いた。

「他でもない。昨夜、わが屋敷内に斬奸状が投げ込まれた。無論、飯山殿と針尾殿に対する狼《ろう》藉《ぜき》を弁疏《べんそ》するものじゃ」

と稲田家老は言って、脇息《きょうそく》の傍に置いた文箱から斬奸状を取り出し井石に渡した。

「拝見してよろしゅうございますか」

と井石が聞くと、「構わぬ。皆に回してくれ」と稲田家老は言った。井石は文面を一通り読み、それを清左衛門に渡し、続いて昇と勘四郎も神妙な顔をして読んだ。

「家僕が屋敷内に投げ込まれているのを見つけ、中身が尋常でないゆえ、太左衛門殿と渋江殿と東馬を呼び付けたが、三人とも殿にお見せする方がよいと言うので、先ほど、殿に拝謁して読んでいただいた。殿も『前に全く同じ文面の斬奸状を受け取りすぐに燃やしたが、再度来たか』と仰せで、これを遊撃隊に渡すようにとの御下命である。よって、其方らに渡すことにする。下手人探索の手掛かりになればよいが」

「これは大いに手掛かりとなります」

と昇は言い、清左衛門も応じて、

「本営に持ち帰り、文面をとくと吟味し、下手人と思しき者どもを召し捕ることにいたします」

と発言し、稲田家老の許を辞した。

五教館の祭酒部屋に戻ってきた四人は、待っていた長岡ら勤王党の面々とも相談し、長井らの捕縛を決めたのである。捕縛する者は、長井のほか、富永弥五八《やごはち》（八十三石）、稲吉正道（八十石）、一瀬衛守《いちのせえもり》（二十六石）、および深井源八郎（三十石）である。

富永は長井の屋敷とは隣同士で、稲吉は大村藩の侍医、一瀬は長井が神道無念流に流派を変える前の一刀流の同門で長井の親友である。この三人は、昇の周旋で藩が多羅山大権現の宝円寺に匿った長州藩士三人のことで長井が寺まで来て住職を叱責した際の連れである。また、深井は、長井が一月十一日に大村に帰ってきたときに同行していたことから疑われた。

昇ら遊撃隊幹部は、これまでに集めた証拠を急いで文書にし、これを下手人探索の最高責任者である家老の稲田と太左衛門に提出した。

稲田家老は、「嫌疑の証《あかし》が足りぬのではないか」と言い、太左衛門も、「俄《にわか》には信じられぬ」と言って、長井らを捕縛することに躊躇《ちゅうちょ》する様子であった。

しかし同席した東馬は、「手を拱いていては何も解決しませぬ」と言い、昇らも、「拙者らも、確たる証がなければ士分の者を捕縛するなどいたしませぬ」と言って、押し切ったのである。

それでも、太左衛門は懸念して言った。

「相応の身分の者たちであるゆえ、追っ手を差し向けて縄目の辱《はずかし》めを与えるのは如何なものか。然《しか》るべき縁者を差し向けて、自ら罪を認めさせるか、あるいは潔白であれば、その旨を申し述べる場を先に設けるべきではないか」

「それでは、生温《なまぬる》く御座います。城下を騒がし、御国（藩）の礎《いしずえ》を揺るがした大罪です。殿も、

『屹度《きっと》処罰する』と申されたではありませぬか。このような罪に対しては、藩の定めに則り、目付立会いのもと、捕縛するしかありませぬ」と昇は反論した。

結局、稲田と太左衛門は、目付を差し向けて捕縛することに同意し、長井ら五人の屋敷に目付を遣《や》り、それぞれの目付に遊撃隊員数十名を付けたのである。飯山の暗殺から四十九日まで残すところあと三日であった。捕縛に向かった遊撃隊員の話では、長井らは、皆従容《しょうよう》として縛につき、縄目の恥にも動じた様子はなかったという。

下手人探索の全権を与えられている稲田家老は、長井らの捕縛の報を受けると、すぐさま大村牢の一角に糾問場を設け、それに隣接して新しい牢屋を建てた。

大村牢は、皮肉にも長井の屋敷とは塀を隔てた隣にある。そして糾問役に、中老土屋善右衛門を責任者にして、東馬、福田千太夫、一瀬伴左衛門、井石忠兵衛、清左衛門、昇、勘四郎、中村平八、長岡治三郎を指名したのである。

長井らへの尋問は、飯山の死から丁度四十九日に当たる二月二十二日に始まった。だが、稲田家老が懸念したように、捕縛された者たちに不審な言動があったというだけで、決定的な証拠があるわけではなかった。事実、深井源八郎は、長井が大村に帰って来る際の道中で偶然に会い、一緒に大村に帰ったことが明らかになりすぐに放免された。

昇も、牢内で長井と二人だけになり自白を求めたが、不発に終わり、また長井は獄吏の拷問にも屈しなかった。他の容疑者も同様であった。まさに膠着《こうちゃく》した感があり、昇ら遊撃隊幹部への批判が沸々《ふつふつ》と湧き始めたのである。

そのようななかの三月の初旬、思わぬところから事件解明の手掛かりが出てきた。それは、ある遊撃隊員の不可解な行動が昇らの許に報告されたからである。その隊員の名は福田清太郎といい、二十一歳である。福田は、長井らの捕縛の前日、父が重篤な病になったので一時自邸に帰ると言って五教館を出て、半日ほどして戻ったというのである。遊撃隊員は、下手人が検挙されるまでは五教館に寝泊まりして、自邸には戻らないという決まりであった。

同輩たちが福田の父の容態を心配して聞いても要領を得ず、そのことを不審に思い隊長に報告したが、とくに調べられないまま放置されていたのである。

福田の父友左衛門は五教館の監察で昇もよく知っていたので、人を遣って病気の様子を確かめさせた。ところが、友左衛門は元気に応対に出て、「息子が下手人探索の手助けをしていることは親としても鼻が高い」と返事した。そこで、息子を呼び出したのかと尋ねると、「公事《くじ》に関わっている息子を親の都合で呼び出すはずがない」と強く否定されたというのである。

この報告を聞いた昇は、すぐに福田を呼び出し、「規則を破り、虚言を弄《ろう》し、何処に行っていたのだ」と問い質《ただ》したが、福田は黙秘して答えない。

「其方《そなた》の父君には、拙者も目をかけていただいたゆえ、できれば助けてやりたいが、黙っておれば切腹では済まぬ。さすれば、父君が悲しまれるだけでなく、家の断絶もあり得る。一晩、考えることだ」

昇はそう言って、福田を五教館の一室に閉じ込め、早まったことをしないように大小を預かり、福田が属する隊の隊長に見張りを命じたのである。

そこに、昇の剣の教え子で深沢行蔵という藩士が、「清太郎が外出した日、拙者は稲吉殿の屋敷で清太郎を見ました」と申し出てきた。

稲吉正道には、捕縛の目星を付けた段階で、遊撃隊員を屋敷の内外に張り付かせて動きを探索していたのだが、深沢は前の日の夜分に稲吉邸の床下に潜り込み、そのまま朝を迎えて、人目があって出られなくなっていたところ、福田がやって来て、長い間話し込んでいたというのである。

昇は、早速、福田に、「稲吉の屋敷に何の用件があったのだ」と聞くと、福田は、「手の甲にイボができ、痛いので手当てをしてもらおうとしたが、恥ずかしく嘘を言って外出した」と答えた。

「イボの手当てにしては長くかかり過ぎる。それこそ嘘だ」

と昇が疑うと、福田は黙り込んでしまった。昇は、すぐに稲吉の妻の兄で遊撃隊員である者に指示し、稲吉邸への訪問客や稲吉の外出先をその妻に問い質してもらった。そして、やはり福田の名が挙がってきた。福田は、前年の秋頃から稲吉邸をしばしば訪れ、診療ではなく、何かを話し込んで帰るのが常であったというのである。

昇は、こうした証拠を福田に突き付けた。

「これ以上、黙秘するのであれば、不憫《ふびん》だが、隊則どおり死んでもらう。それにしても、父君が可哀想じゃ」

と昇が断じると、福田は青ざめた顔をして唇を噛んだ。

「正直に言えば、武士らしく切腹させてやるが、一晩、考える暇をやろう」

と昇は言い、見張り数人を残して待つことにした。

【五】陰謀の解明

その夜中、福田を見張っていた遊撃隊員の一人が昇の許に来た。

「清太郎が渡辺様にお話ししたいことがあるということで、お呼びに参りました」

昇は、福田を監禁している部屋に行き、人払いして二人きりになると福田は言った。

「拙者は観念いたしました。ただ、罪人のまま斬首されて死ぬのは、父上にも、御先祖にも申し訳なく、ついては、知る限りのことを話したく存じます」

「そうか、良い了見じゃ。されど、お主が話したことを調書にし、お主が確かめたうえで、血判をもらわねばならぬ」

と昇は言い、懐から紙と矢立を取り出して、福田の言うことを書き留めることにした。

自白の内容は驚くべきものであった。

福田は、まず針尾九左衛門を襲撃したのは、自分と隈央《くまなかば》（父の隈外記《げき》〈三百石〉は元城代家老で旗本番頭）であり、初太刀は自分で、追《おい》太刀は隈であったこと、飯山を斬ったのは雄城《おぎ》直記《なおき》（百石、目付）であったことを供述した。

「ただ一つ、大きな手違いが御座いました」と、福田は続けた。

「何じゃ、それは」

「あなた様を討ち漏らしたことで御座います」

「拙者をか」

「然様《さよう》で御座います」

昇は、自分のことながら、敵が狙わなかったことを不審に思っていた。また、勘四郎も「何故、お主を狙わないのかわからぬ。拙者が敵であれば、真っ先にお主を狙う」と言っていた。

「暫《しば》し、待て。拙者に関わることとなると目が曇るゆえ、拙者一人で聞くこともできぬ」

と言うと昇は部屋を出て、寝ている勘四郎を起こした。事情を話すと勘四郎は、「やはりな」と言いながらついてきた。

福田は、昇を狙ったのは、山川応助（山川丈兵衛〈二十五石〉の子）、筒井五郎治（百十六石）、永島唯助《ただすけ》（十石）の三人で、指揮したのは長井兵庫であること、長井は、「昇を剣で襲うは無謀」として、鉄砲三丁を各自に持たせ、謳初《うたいぞめ》の夜、渡辺家への帰宅道の途中の愛宕神社石段脇のやぶに潜ませたが、昇が兄清左衛門と父雄太夫に挟まれるように歩いていたため、昇一人を狙えなかったことを白状したのである。

「お主は稲吉の屋敷に出入りしていたが、如何なる話をしたのか」

と昇が聞くと、福田は、

「拙者は企てに加わった方々のつなぎで御座いました」

と答えた。つまり、連絡役である。

「加わった者たちの名を挙げてくれ」

勘四郎が催促すると、観念している福田は次々と名前を挙げていった。

しかし、今度は昇と勘四郎が顔を青ざめさせていった。

大村邦三郎（八百四十六石、門閥当主）、大村泰次郎（門閥大村五郎兵衛〈千四十石〉の養子）、隈可也《よしなり》（隈外記の嫡男、隈央の兄）、浅田千代治（元城代家老浅田弥次右衛門〈二百十二石〉の弟）、浅田重太郎（浅田弥次右衛門の嫡子）、深沢司書（三十石、二十騎馬副）等々、大村藩の名家の名が次々と出てきた。

そして、ついに勘四郎にとって聞きたくない名前、義父村部俊左衛門の名が福田の口から漏れたのである。

村部は、知行こそ七十五石であるが、馬廻の藩士の中では筆頭格の家柄であり、代々、武者頭の地位に就く。人望も篤く、浅田弥次右衛門の三番目の妻は村部の妹である。勘四郎にも目をかけ、娘との祝言以来、何かと便宜を図ってくれた。したがって、勘四郎は義父が好きであり、何よりも妻を悲しませることは避けたいと願っていた。しかし、前年からしばしば、義父と俗論党との関係が取り沙汰されると、身を切られる思いをしてきたのである。

昇も、勘四郎の落胆を目の当たりにして声をかけることもできなかったが、

「それで、拙者を亡き者にした後、次に打つ手は如何様なものであった」と福田に尋ねた。

「畏れながら、君側の奸である勤王の輩を排除し、執政を入れ替えたうえで殿に禅譲をお迫りし、御承諾なければ毒を用いてでも退けて代わりの殿を立て、すぐに長崎奉行のお墨付きを得るという段取りであったと聞いております。（大村）邦三郎様を次の殿にするか、あるいは絢《あや》丸《まる》様の後見にするという話も出ておりましたが、何分、拙者のような若造にはわかりかねます」

昇は書き留める手を止め、勘四郎を横目に見て腕を組み、「まさに、藩を二分することになるが、断罪せざるを得まい」と思った。

最後の福田の言葉は書き留めず、福田に自署させ血判を押させた。

「よくぞ、話してくれた。お主の侍たる名分《めいぶん》は立つように図るゆえ、心落ち着けて裁断を待つようにせよ。父君にも、一度会えるようにする」

そう言って、福田への尋問を終えたのである。

翌朝、昇は大村牢の溜まりに糾問役を集めた。

「今朝未明まで福田清太郎を尋問した調書がこれで御座いますが、これが明るみに出れば藩内

の騒擾《そうじょう》は必至です。断じて、他言無用に存じます」

そう断ったうえで、昇が調書を読み上げた。

聞いている糾問役たちは、あまりの事の重大さと広がりに口を挟むことさえできなかった。

「この調書に書き留めなかったことがあります」

と昇は最後に言って、大村邦三郎が藩主の座を簒奪《さんだつ》するとの企てについて話した。

「由々しきことでありますので、本日、執政の皆様で評定していただき、早々に然るべき対処をすべきかと存じます。その評定が終わり、殿の御裁可が下るまでは、皆様、ここからの禁足をお願い申し上げます」

調書の内容が外に漏れて、破れかぶれになった俗論党が決起することを恐れたからである。

すぐに、昇、清左衛門、東馬、井石、勘四郎の五人は登城し、陰謀探索の全権を持っている家老稲田中衛に調書の内容を話して、執政会議を招集してもらった。

筆頭家老の江頭隼之助、稲田中衛、大村太左衛門、中老土屋善右衛門、宮原久左衛門、大村歓十郎、さらに大目付渋江圭太夫が参加し、今後の進め方を話し合った。ただ、家老である針尾九左衛門はすでに傷を癒やしたが、後ろから斬られたことを恥じ入ると言い、出席を控えていた。

「福田清太郎の供述だけで、一方的に処断するは禍根を残すのではないか」

と江頭家老は慎重論を述べたが、稲田家老は押し切った。

「謀反の者どもが切羽詰まって決起するような事態になっては却って混乱します。福田の供述で名が出た者たちのうち、陰謀に深く関わっている者たちから順に捕縛し、糾問役が尋問したうえで、徐々に一味の者たち全体を洗い出していくのがよかろうと存ずる」

そう言うと、太左衛門も「異存ありませぬ」と続けたので、皆が賛同した。

この決定を受けて昇らは大村牢に戻り、糾問役らに内容を話し、他言無用の言質を取った。

ところが、三月八日に、思いがけない出来事が生じた。藩主の意向で朝廷とのつながりを密にし、また情報を収集するために京に派遣して仮藩邸を設置し、そこに常駐させている大村右衛門を通して、薩摩藩御側《おそば》役の大久保利通の書状が藩主純熈の許に届いたのである。それには、藩主の上洛を促す旨が記されていた。

当時薩摩藩では、文久年間に設けられた参与会議と同じ形で、島津久光（薩摩藩国父）、松平春嶽（越前藩前藩主）、山内容堂（土佐藩前藩主）、伊達宗城（宇和島藩前藩主）の四人による四侯会議の開催を画策していた。朝廷を中心とした公武合体の政治体制に移行するためであり、これに徳川慶喜が加わって、天皇の政治を支えるという狙いである。同時に、とくに西国の有力藩の藩主にも上洛してもらい、四侯会議を補佐する諮問会議体を作ろうとしていた。大久保は、この会議に大村藩主も加えようと考え、京の大村藩邸の大村右衛門に相談して書簡を出したのである。

無論、純熈は藩内の騒動を片付けねば動けないが、朝廷と幕府に薩摩などの有力諸侯が加わって、それらの駆け引きの中で中央の政治が動き出し、薩摩と同盟関係にある大村藩も藩内の騒動の解決に時間をかける暇《いとま》がなくなっていたのである。

平穏な中での早期解決を藩主に指示された執政会議は、大村邦三郎と大村泰次郎の処断を決め、「表に出ないように、御自分で始末していただくのがよろしい」と、暗に自裁を促すことにした。そして、検分役を昇が担うように命じられ、嫌な役であるが、昇は引き受けた。

これらの方針は、すぐに藩主の裁可を得て、三月十三日に大目付の指揮の下、目付が遊撃隊の支援を受けて十五名の被疑者をその屋敷に赴いて捕縛したり、藩庁で執務中の者を拘束したりしたのである。

昇は、すべての陰謀の首謀者とみられる長井兵庫に、牢内で再び二人だけで向き合った。長井は髭も月代《さかやき》も伸び放題で、また獄吏の拷問の傷痕もあるが、武芸家らしく泰然と座っている。

「拙者も襲撃の的になっていたようですな」

と、昇は確かめるように尋ねたが、元の上司でもあり、また、一時は剣術の師匠でもあった長井に対しては口ぶりも丁寧である。

「然様じゃ。我らの企ての痛恨事は、お主を討ち漏らしたことじゃ。しかも、三度も」

「三度ですか。不肖ながら気付かず、前の二つを後学のために教えていただけますか」

と質した。三度目は謳初《うたいぞめ》の夜の狙撃未遂であり、これは福田清太郎から聞いている。

「お主も、まだ修行が足りぬようじゃ。一度目は、殿の最後の参勤の際、お主は参勤を阻止しようとして動き回っていたが、目障りであったゆえ参勤の途上で亡き者にしようとした。何度か機会があったが、襲撃する者が怖気《おじけ》づいてしまった。あのとき、殿が江戸に出ていれば、殿を監禁して挿《す》げ替《か》える取り決めが、幕閣との間で交わしてあった。それが我らの一度目の躓《つまず》きじゃ」

「して、二度目は」

「昨年の暮れじゃ。純顕様の御殿の落成祝いの帰り、お主は酔い潰れて祠堂《しどう》で寝ていたようじゃが、そこに、（大村）邦三郎様と浅野重太郎様が通りかかった。お主を斬るつもりで刀を抜いたものの、やはり怖気づいて止めてしまわれた。だらしのない方々だと思ったが、これも、お主の強さゆえかもしれぬ。拙者がその場にいれば、即座に斬って捨てたものを、と悔しい思いをした」

昇は、それぞれに思い当たる節があり、長井が言うように、自分の未熟さを思い知った。

「長井様、企てはすでに露見しております。武芸家らしく、潔くすべてをお話しになり、罪に服されるよう願っております」

と昇は言い、牢を立ち去ったのである。

【六】邦三郎切腹

それからしばらくは、捕縛された者たちへの糾問役による尋問が続いたが、連座する者が増えていき、すぐに総数が三十名ほどになった。

また三月十八日には、飯山を斬った雄城直記が、藩のためと言い張って最後まで非を認めず、また連座する者の名も明かさずに獄中で死んだ。拷問死とも、縊死《いし》（自分で首を吊る）ともいわれる。これは捕縛者の中で最初の死者であった。死体は、内臓を出したうえで、身は塩漬けにされた。事件全体が明らかになった段階で改めて、斬首、獄門にするためである。

そうするうちに、藩の重役たちは、早期の鎮静化を糾問役たちに求めるようになった。家老の江頭隼之助や大村太左衛門さえも、連座を疑われるような証言が出てきたからである。

このような情勢を受けたのか、雄城直記が死んだ次の日、昇は家老稲田中衛からその屋敷に内密に呼ばれた。

「昇。このままでは、連座する者が限りなく増え、明日はわが身かと人の心が落ち着かぬ。これが長く続けば、わが藩が成り行かなくなることもあり得る事態じゃ。何としても絢丸《あやまる》さまの御身《おんみ》に及ぶことは避けたい。長崎奉行も騒動を嗅ぎ付けたようで、何かと五月蠅《うるさ》い。ここらで、追及をやめたとしても、再び、同じような謀反は生じまい」

「御家老。仰せのごとく、糾問役の間でも、さらに遊撃隊の隊員の間でも、同じことを思う者が出ております。ただ、言い出すと自分が疑われるのではないかと恐れて、公に口に出さぬだけで御座います。よって拙者としても、ここらで追及を止めることに異存はありませぬ。殿も終結を急がれておられるようで、反対はなされないものと思われます」

「然様か。では、邦三郎様らの件をもって、捕縛者の追加は打ち切り、今後、すでに捕縛した者の罪科を決め、処罰することで決着を図ることとしてくれ」

「然るべく進めますが、邦三郎様と泰次郎様の御両名に拙者が自裁を勧め、見届けるとなると、処刑であるとの風評が立ちます。できるならば、拙者は邦三郎様のみを病気お見舞いとして伺ったうえで御自裁を見届け、泰次郎様の見届けは、御親戚筋の然るべき方がよろしいかと存じます。そのうえで、御両名共に病によってお亡くなりになったと布告し、長崎奉行にもその旨を報せれば、波風は少なく済むのではありませぬか」

「なるほど。其方《そなた》の言う通りにせよ」

と稲田家老は言って、会見は終わった。

三月二十日、昇は事前に使いを遣ったうえで、目立たぬようにして大村邦三郎の屋敷を訪れた。大目付が寄越《よこ》した検視役も一緒である。すでに、藩主からは永別の一筆が届いているはずであり、また稲田家老からも、藩としての処罰の前に自裁を暗示する手紙が届けられている。

したがって昇は、邦三郎の自裁を見届けるだけのはずであるが、見苦しい振る舞いがあれば、剣を抜く覚悟もしている。最悪、邦三郎が一族郎党で藩に盾突くようなことがあれば、討ち死にしてでも戦う覚悟である。

このような思いで邦三郎の屋敷に着くと、門前から玄関まで掃き清められ、神妙な様子が見て取れたので昇は安心した。玄関で邦三郎家の側用人に迎えられて、昇らが案内されて行くと、仏間に通され、邦三郎が覚悟の白装束で座っていた。

「渡辺殿。御苦労です。今、御先祖へお詫び申し上げていたところであった」

「邦三郎様に、このようなかたちでお目にかかることになるとは、拙者も残念で御座います」

「今は、余の軽薄な行いと欲が、このような大事を引き起こしたことを悔やんでおる。されど、私怨を晴らすために余を担ぎ出し、殿から謀反人と名指しされるに至らしめた者たちが憎い。その者らを存分に処罰してくれ。これが、余の今生《こんじょう》の願いだ」

「その者らにつきましては、すでに調べがついておりますれば、御安心くだされ」

と、昇は答えた。

すでに、藩主の勤王思想に背を向けたために不遇をかこった者たちが、富永快左衛門の横死に対する藩の対応などに不満を募らせる中で、勤王と佐幕の対立をことさら煽り立てて、今回の謀反に及んだという事件の構図が判明していたからである。

「ところで、余は切腹の作法を知らぬゆえ、無様《ぶざま》な死に際《ぎわ》になるかもしれぬ。それが気がかりじゃ。貴殿には、余に見苦しきことが無きよう、見届けを願いたい」

「畏れながら、身に余るお言葉ですので、謹んでお見届けいたし、御生涯を殿にお伝え申し上げます」

「然様か。よろしく頼む」

こうして、邦三郎は側用人を呼び出し、仏間の前の庭にすでに設けさせていた切腹の場に臨み、藩主への詫びの文と次の辞世の句を認め、邦三郎の実家の北条家から遣わされたという者の介錯で切腹したのである。


『今さらに こころの底をかえり見れば 味方と思う人ぞ仇なる』

（今になって振り返ってみれば、味方と思っていた者たちが本当の仇であった）


昇が邦三郎の屋敷から、直ちに稲田家老に報告するために屋敷を訪《とぶら》うと、泰次郎の実兄の浅田進五郎（四百十三石）が弟の処断を相談するために来ていた。

邦三郎の死を昇が稲田家老に報せると、傍で聞いていた進五郎は言った。

「渡辺殿。泰次郎は往生際《おうじょうぎわ》の悪い弟であって、自分が何故に死ななければならぬのか、皆目合点がいかぬと言い張る。邦三郎様の殿への謝罪の文と辞世の句を見れば、諦めもつくであろうと思うので、それらを写筆させていただけぬか」

昇は、許しを得ようとして稲田家老の方を向くと、稲田家老は、「昇、見せて進ぜよ」と言うので、邦三郎の文を進五郎に渡した。

進五郎は、それを一礼して戴き、半刻ほどをかけて写し終わり、「忝《かたじけな》い。これを泰次郎に読ませれば、観念するものと存ずる」と言い、稲田邸を辞去した。

次の日、昇が稲田東馬から藩庁で聞いたことであるが、泰次郎は進五郎が持参した邦三郎の辞世の句を読むと、はらはらと涙を流して、「最早、逃げることはできませぬか」と進五郎に改めて聞いたという。

「養父（大村）五郎兵衛様のためにも、浅田家のためにも、お主が腹を切るのが一番じゃ」と進五郎は言い、まさに詰め腹を切らせたというのである。しかし進五郎は、さすがに弟を武士らしく死なせようとして、次の辞世の句を詠ませたという。

『悔ゆるとも又悔ゆるとも及ぶなしはやき心のことそ恨めし』

（自分の逸る心を抑えられなかったことが、返す返す、悔やまれる）

これにより、邦三郎と泰次郎は自らの罪を認めて自裁したとして藩庁に届け出られ、公には病死として処理されたのである。

この後、捕縛された三十名近くの者たちは、ひと月余りかけて、陰謀への加担の程度や実際に果たした役割を調べられ、罪の軽重が判断された。また、それに合わせて刑が決められ、五月に執行された。

多くが斬首か獄門梟首《きょうしゅ》であり、長井兵庫のような首謀者は、市中引き回しのうえ、刑場の放虎原《ほうこばる》にて斬首、獄門という最も重い刑が科された。勘四郎の義父、村部俊左衛門も斬首され、首は梟首された。また、永牢（終身刑）のうえの士分召し上げは二人であった。

わずかに切腹を許されたのは、事件解明の手掛かりとなる自白を行った福田清太郎と、御両家の大村邦三郎、大村泰次郎だけであった。

飯山を斬殺したとされる雄城直記は、大村牢で獄死していたが、塩漬けにされていたその死骸は、改めて斬首され、梟首されるなど、刑は凄惨を極めた。

また、陰謀加担者の縁者も連座となった。

まず、浅田弥次右衛門は、池島に配流、蟄居となり、知行二百十二石のうち十五石のみが残され、身分も村大給に下げられた。大村五郎兵衛は養子泰次郎の罪で千四十石のうち三百石を召し上げられ、他家から養子を迎え自らは隠居した。大村邦三郎の家名は残されたが、やはり八百四十六石のうち三百石を召し上げられた。御両家は、大村藩への長年の貢献の功があったと認められ、断絶は免れたのである。

雄城五郎右衛門は嫡男直記の罪重く、百石のうち十五石のみが残され、知行地に蟄居となった。隈外記《げき》も嫡男可也《よしなり》と央《なかば》の罪重く、三百石を没収のうえ、改めて十石のみを与えられ、知行地に蟄居となった。さらに、筒井準太郎は弟五郎治の罪で百十六石を没収され、改めて二十五石が与えられ、城下大給に下げられた。村部俊左衛門の家族は、嫡男が遠島、他の家族は城下御構《おかまい》（放逐）となった。

こうして、大村騒動は決着をみたが、この時点で、一人だけ追及を逃れた者がいた。それは、昇も尊敬する荘新右衛門である。ただ、新右衛門自身は、江戸藩邸の対幕府聞役として詰めており、大村の騒動には関わりがないようであるが、取り調べが進むにつれて、関与が明らかになってきたのである。ただ、少し日時を要した。

第十三章　京都出兵〈その一〉（鳥羽伏見の戦いまで四か月）

【一】中岡慎太郎

慶応三年（一八六七）正月に生じた謀反事件への対応が大村で進められている間も、中央の政局は急展開をみせ、大村藩も進退を決めなければならない時が近づいてきていた。そのきっかけが、土佐藩の中岡慎太郎の突然の訪問である。

時間をさかのぼるが、藩主大村純熈に上洛を促す薩摩藩大久保利通からの書簡が大村に届いたのが、慶応三年（一八六七）三月八日で、その八日後の三月十六日、中岡が同藩の清岡公張《ともはる》を伴って前触れもなく大村を訪れ、昇と清左衛門に面談を申し入れてきた。

中岡は、変名石川誠之助を名乗っていたが、昇は、その名を前回の大宰府訪問時に聞いて覚えていた。ただ、昇らは捕縛者の糾問など、内訌の収拾に追われている最中であり、本来ならば他国者は城下に入れたくないところである。しかし中岡は、大宰府にいる三条実美らの五卿の衛士《えじ》として、同じく土佐藩の土方楠左衛門らと共に重きをなしてきているので、大村藩としても無視できなかった。

昇も、中岡には大宰府で世話になったし、前月に長州藩の杉孫七郎と話した際、勤王諸勢力との連携が肝要なことを説諭されていたために、諸国の情勢なども聞きたいと思った。

そこで、藩庁に許しを得て、清左衛門の屋敷で会うことにし、中岡らが宿を取った水主町《かこ》の旅籠《はたご》に昇と長岡治三郎が迎えに行った。

中岡らを伴って清左衛門の屋敷に向かう途中、中岡が二月に土佐藩脱藩の罪を許され、藩士としての処遇を得たこと、また坂本龍馬も同じく許されたことを昇に話し、昇は祝意を述べたが、中岡はさほど嬉しそうではなかった。また、何度か遊撃隊の巡らの隊列とすれ違い、その度に中岡が緊張しているのがわかった。

清左衛門の屋敷に着くと、そこには清左衛門と楠本勘四郎が待っていた。一通りの挨拶が終わり、昇が尋ねた。

「久しぶりですが、三条卿ら堂上方は御息災であられるか」

「長州の戦の後、幕府と福岡藩の姑息な抑圧も収まり、三条卿らは朝廷から上洛の許しが出されるのを今か今かと待っておられます。されど、幕府は長州征討の負けを認めず、たとえ許されて上洛しても、朝廷の常で、幕府に丸め込まれた公家方が懐柔にかかるのは目に見えております。それゆえ、今しばらくの御辛抱と説得しております」

昇と中岡は、生まれが同じ天保九年（一八三八）の五月と六月の一か月違いで、対幕府主戦論でも意見を同じにしているので、すぐに打ち解けた口調になった。

そこに、清左衛門が口を挟み、

「中岡殿は、何か、御用があって参られたのでしょうか」

と、「今は取り込み中で忙しい」という、言外に含みのある問いかけをした。

様子を察したらしい中岡は、改まって、

「御多用中とは存じますが、先月末、拙者は三条卿の親書を持って薩摩に向けて大宰府を出立し、鹿児島で西郷吉之助（隆盛）殿、吉井幸輔殿、伊地知正治殿、村田新八殿らと話し合いを重ね、また島津久光侯にも拝謁を賜り、その後、長崎を回って当地に参りました。無論、物見遊山ではなく、西郷殿からのお言伝《ことづて》を携えての訪《とぶら》いで御座います」

「これは失礼致しました。で、そのお言伝とは、どのようなことでしょうか」

この清左衛門の問いに、中岡は勘四郎と治三郎の方に目を移した。

「二人は血盟の同志であり、進退を共にする者たちですので、心配は御無用に願いたい」

と昇は言った。

中岡は軽く頷き、意を決したように話し始めた。

「これは、断じて他言無用に願いたいが、西郷殿は、今進めている四侯会議が首尾よく進まない場合、武力討幕も進む道の一つと考えております。おそらくは、それほどの時も経たずに動きがあろうかと存じます。その場合、如何《いかが》なさるかは尊藩次第で御座いますが、もし出兵に加わる御意向があれば、薩摩として全面で支えます、というのが、西郷殿からのお言伝です。無論、即答を求めているわけではありませぬ」

清左衛門らは、四侯会議について、先に大久保利通から来た書簡を通してある程度知識がある。中岡は、幕府を倒すには武力しかないという考えを持っており、この点で長州や薩摩と気脈を通じていた。

また中岡は、土佐藩の倒幕強硬派の乾（板垣）退助とも連絡を取り合い、薩摩と土佐の軍事盟約（薩土盟約。後に、芸州藩〈広島〉を取り込んで、薩土芸軍事盟約へと発展）を周旋していたのである。今回の鹿児島行きも、三条卿の遣いというのは表向きで、実際の目的は、薩摩藩が練っている四侯会議の進み具合を確かめることにあった。

中岡は、長崎にいる坂本龍馬の力も借りたいと思い、鹿児島からの帰り長崎に寄り、龍馬の寄宿先である小曾根家を訪れた。しかし、龍馬は長州へ出かけて留守で、代わりに亀山社中（四月に海援隊へと改組）の隊士に会った。その隊士の話では、土佐藩が藩産物販売と艦船武器調達のために前年に設立した長崎土佐商会の責任者である土佐藩参政後藤象二郎が、武力倒幕に反対し、前藩主山内容堂も反対であるという。

また龍馬も、土佐藩から資金援助を受けるようになってから、後藤の言うことにも耳を貸すようになり、次第に穏健な政治体制の改革に知恵を絞っているというのである。

そのため中岡は、今後藤に会っても、進めている計画に水を差されるかもしれないと判断して、到着したその日のうちに長崎を発ち、時津に泊まり、次の日に船で大村に着いたのである。

この間の詳細は昇らにはわからないが、少なくとも、西郷からの言伝からは、前月に会った長州藩の杉孫七郎が言ったように、まさに世の中が風雲急を告げようとしていることが理解できた。そして、藩内で生じた内訌の後始末に時間を費やす余裕はないことを改めて痛感したのである。

中岡は、大村藩が抱えている問題を見透かしたかのように尋ねた。

「失礼ながら御城下は、何やら慌ただしい御様子ですが、我らは、引き続き尊藩を頼りにしてよろしいのでしょうか」

清左衛門は、昇、勘四郎、治三郎の顔を順に見やり、

「そのことであれば、弊藩の考えは決まっております」

そう答えたが、昇は、城下を歩いてくるまでに目にした遊撃隊の動きを中岡が気にしているのだと気付いた。ここで、中岡に内訌を隠して不安を持ったまま大宰府に帰せば、今後、急な動きが出てきたときに、大村へ通報することにためらいが生じるのではないかと思った。そこで、「兄様。話してよろしいですか」と問うと、「仕方あるまい」と清左衛門が答えた。それを受けて、昇は内訌の詳細を話し始めた。

「中岡殿、正直に申し上げましょう。弊藩では、この正月に松林飯山が何者かに襲撃され、落命いたしました」

中岡は、一瞬驚いたようであったが、昇があらまし話し終え、現在、謀反に関わったと思われる者たちの捕縛が終わり、罪状を吟味し始めたところであると言うと、

「飯山先生が遭難されたことは残念でありますが、仔細をお話しいただき、安心いたしました。

そこまで詰めておいでであれば、よもや、佐幕の一党に藩政を覆《くつがえ》されることもないでしょう。三条卿らにもありのままをお伝え申します。また、先ほどの件、西郷殿の決断が下された折には、西郷殿からも一報があるとは存じますが、当方からもお報せ申し上げる所存で御座います」

と中岡は言い、明日大宰府に向けて発つと告げて宿に戻っていった。

中岡の大村来訪の影響は大きかった。前月の長州藩の杉との面談、さらに数日前に届いた薩摩藩の大久保からの書簡に追い打ちをかけるように中岡が来訪し、中央の政局が思った以上に切迫し、対幕府の軍事もあり得る状況であることが判ったからである。

昇と清左衛門も中岡の話に触発され、このままでは日本の西の端の大村で温めてきた勤王の志が、花を開かないまま取り残されていくような気分を味わったのである。

中岡らを長岡に宿まで送らせた後、清左衛門は昇と勘四郎に言った。

「いよいよ、薩摩も長州も軍を繰り出して、幕府を倒す算段を始めたようじゃ。我らも後れをとってはなるまい。此度《こたび》の騒動は、藩論を勤王にまとめ、出兵の足掛かりを得る格好の機となろう。出兵の名分さえ立てば、この機を逃してはならぬ。すぐに殿の許へお報せに参ろう」

こうして、清左衛門は昇と勘四郎を連れて登城した。

城で稲田東馬に事情を話すと東馬も、「然様なことであれば、すぐに」と言い、藩主への目通りが許された。

「わが藩の騒擾《そうじょう》の始末が終われば兵を出すと、京の薩摩藩邸には伝えておくことにする」

と藩主は言って、自分の名で書状を出すことを約束し、そのうえで、「謀反の輩の詮議を逡巡《しゅんじゅん》している暇はない」と、昇らに事件の処理を急ぐように指示した。藩主も、京の政《まつりごと》の動きを気にしていることは明らかであった。

こうして中岡は、内訌の最中に大村を訪れ、大村藩の進退に揺さぶりをかけたことになったのであるが、当時の中央の政治はどのような動きの中にあったのだろうか。

【二】京都の政局

徳川幕府は、慶応二年の長州再征討で敗北に近い事態に追い込まれたものの、七月に第十四代将軍徳川家茂が薨去《こうきょ》したこと（喪の発表は八月）を理由に兵を引く、ということで停戦に持ち込み何とか面目を保った。

その後、十二月に一橋慶喜《よしのぶ》が第十五代将軍の宣旨を受けた。慶喜は幕威の回復を狙い、朝廷と幕府との関係強化を図ることで、薩摩等の雄藩を抑え込もうとしたが、十二月の末に頼みの孝明天皇が崩御し、祐宮睦仁親王《さちのみやむつひと》が即位（明治天皇）した。

慶喜は外国嫌いで、かつ長州嫌いの孝明天皇が崩御したことで、懸案となっていた兵庫開港と長州処分を一気に解決しようとした。

とくに兵庫開港は、かつて幕府が安政五年（一八五八）に五か国と結んだ通商条約で期限を取り決めていたが、足元に異人が押し寄せることを嫌った孝明天皇の勅許が下りずに、改めて慶応三年十二月七日（一八六八年一月一日）に延期することを約束していた。この約束を果たせないことは、幕府が外交上の主権を持たないことを宣言するに等しく、また幕府の重要な歳入源である関税収入を確保するためにも、何としても実現しなければならなかった。

しかし、延期された日程での開港を、二度上奏しても、先帝の「御遺志」として勅許は下りず、幕府が未だ外交上の主権を維持しているとの外国の信認をつなぎとめるために、慶喜は、慶応三年三月に外国の代表を大坂城で謁見したりして、体面を繕《つくろ》っていた。

一方、薩摩藩は、朝廷を中心とした諸藩連合の公武合体の政治体制に移行することを狙い、公卿の岩倉具視《ともみ》と協力して朝廷工作も進めながら、幕府の力を抑え込もうとしていた。

とくに力を入れたのが四侯会議の開催である。これは、文久年間に設けられた参与会議を再び復活させようとするもので、慶喜と共に摂政二条斉敬《なりゆき》の諮問に応じる機関という位置付けだが、実際は会議に参加する諸侯の力で慶喜の専行を阻むという意味合いがあった。

そのために二月初旬、西郷吉之助（隆盛）は薩摩に帰り、島津久光を担ぎ出した。久光は兵と共に上洛することを受諾し、三月二十五日に鹿児島を発ち、四月十二日に京都に到着した。

また西郷は、久光の命を受けた形で四国に渡り、前の土佐藩主山内容堂と前の宇和島藩主伊達宗城《むねなり》に会って上洛を促し、容堂は五月一日に、宗城は四月十五日に京都に到着した。

さらに、在京の小松帯刀や大久保利通らは、前の越前藩主松平慶永《よしなが》（春嶽《しゅんがく》）を説得して、会議参加を約束させ、これにより四侯が揃ったのである。

またさらに西郷らは、これらの動きに合わせて、西国のいくつかの有力藩主に働きかけて兵を率いて上洛させ、諸藩連合の素地を作ろうとした。慶応三年三月に大村に届いた大久保利通の書簡もこの路線に沿った上洛の誘いであり、中岡慎太郎が西郷の言伝を大村にもたらしたのも、薩摩藩の対幕府政策に沿ったものであった。

こうして、四侯、慶喜、二条斉敬の六人が、持ち回りで会議場所を設営するという段取りで、五月四日に最初の会議が越前藩京都藩邸で開かれ、その後、二条邸、土佐藩邸、二条城などで同月中に八回開催された。

しかし、議題の優先順位で、慶喜と四侯、とくに島津久光との間で折り合いがつかなかった。久光は、禁門の変以来朝敵となっている長州藩が冤罪《えんざい》であったことを朝廷が認め、藩主父子の名誉回復、ならびに領土削減の命令撤回を最初に論ずべきであると主張した（長州寛典《かんてん》論）。無論、この主張は薩長同盟で約束されたことであった。

これに対して慶喜は、各国への兵庫開港の事前通告期限が迫っているという理由で、五月中の開港勅許を上奏することを決めるべきだと主張した。また長州藩については、宥免《ゆうめん》の余地はあるが、長州を朝敵としたこと自体が冤罪であったと朝廷が認めるように上奏することは天皇と幕府の権威にも関わることとして、久光の要求を拒絶した。

この議論で慶喜は四侯側に妥協せず、かつ執拗に自説を通すことに拘《こだわ》ったため、容堂は早々に諦めて土佐に帰国し、久光も議論を放棄した。慶永と宗城は折り合い点を探ろうとしたが、慶喜を説得できず、四侯会議はひと月もたずに崩壊した。結局、慶喜は、最後は兵庫開港の天皇勅許を手に入れ、長州藩については冤罪ではなく、あくまでも赦免であり、朝廷と幕府に誤りはなかったという形で幕引きを図ろうとしたのである。

慶喜の他の意見を聞き入れない独善的な態度に対して、四侯会議をお膳立てした西郷、小松、大久保ら、薩摩藩の指導部は硬化して、幕府との話し合いによる政治体制の刷新を諦め、五月中には武力倒幕の腹を決めたといわれる。

具体的には、大久保の屋敷に潜ませていた長州藩の品川弥二郎と、同じく木戸貫治（のち孝允）の指示で世情探索のために上京してきた山県有朋とを久光が引見し、二人を長州に帰らせて長州軍の上洛準備を促したのである（ただ、実際に長州軍が上洛するのは、十二月になる）。

また薩摩藩は、土佐藩との軍事盟約の締結を進めたが、この動きには中岡慎太郎が大きく関わっていた。中岡は、三月十五日に大村で昇らに会った後大宰府に行き、三条実美らに薩摩、長崎、大村と回って得た情報を伝え、同月二十日には下関で坂本龍馬や伊藤俊輔（博文）らと会っている。さらに、中岡は四月に大坂に出て、四侯会議の間も京と大坂の間を往来した。そして、五月二十一日には、土佐藩の乾退助や谷守部《もりべ》（干城《たてき》）と共に、武力倒幕を目指した薩土密約を、西郷、小松、吉井幸輔らとの間で結んだのである。また中岡は、広島藩の船越洋之助らとも会合を重ね、広島藩をも巻き込んだ薩土芸密約へと発展させている。こうして、まさに倒幕に向けての具体的な動きが、中岡の大村訪問から二か月ほどの間に進められようとしていたのである。

一方、この間、大村では五月に陰謀加担者の処刑が進められた。刑の執行が行われた五月は西国では梅雨の季節である。鬱陶《うっとう》しい雨の中、城下では、謀反人として獄につながれた者たちの処刑が連日のように行われた。とくに大罪人と断じられた者は、市中引き回しのうえで、処刑場で斬首され、その首は梟首台《きょうしゅ》に晒された。また、断罪された者の多くが、名のある旧家の侍であり、その家族も閉門や所払い、さらには役宅の明け渡しの憂き目に遭い、藩士の間でひそひそと囁かれる悲しい噂が城下を覆っていた。

他方で、大村の領民たちは、怖いもの見たさで晒された首を眺めたり、市中引き回しの刑のときは、沿道から見るだけでなく刑場の放虎原《ほうこばる》までついて行き、斬首を見物したりと、賑わいを見せた。またその頃になると、処刑のことは藩外にも知られるようになり、長崎だけでなく、隣の平戸、諫早、島原、五島、鹿島からも人が来て刑の執行を見物した。

このような事態は当然に長崎奉行所の耳に入り、五月中旬、長崎奉行徳永石見守昌新《まさよし》の名で、藩の騒擾についての説明を求められたのである。

早速、その対応についての御前会議が、五月二十三日に開かれた。出席者は、内訌後、大きく変わり、筆頭家老の稲田中衛と大村太左衛門、中老の大村歓十郎と新任中老の原三嘉喜《みかよし》、さらに側用人筆頭で家老並みの扱いとなった稲田東馬と側用人の昇と清左衛門、新任側用人の楠本勘四郎と長岡治三郎など、勤王党の顔ぶれが目立つ会議になった。

ただし、筆頭家老の一人、針尾九左衛門は欠席である。藩の内訌を引き起こした責任の一端が自分にもあると言い、傷が癒えないという理由で屋敷に引き籠もっている。藩主からは、「お構いなし」との言質《げんち》を得ているが、陰謀に加担した者たちの多くは、共に藩政に関わってきたので、その処刑の様子を聞いてからますます自責の念に駆られているという。

また、この会議には、筆頭家老の江頭隼之助も欠席した。実弟の荘新右衛門の陰謀加担が明らかになり、江戸にいる新右衛門には帰国命令が出されたのであるが、江頭家老には新右衛門から陰謀参加を打診されたとの噂もあって、自ら謹慎するとの届出があったのである。

【三】出兵に向けて

御前会議では、最初に藩主が執政たちに諮問する形で話し始めた。

「此度の長崎奉行の命に如何様《いかよう》に処すべきか、其方《そなた》らの存念を聞きたい。これだけの騒動を引き起こしたゆえ、言い逃れも難しかろう。この際、幕府とは袂《たもと》を分かち、わが藩は独自の道を行くのも手だと思うが、まずは中衛から述べよ」

藩主の命に応じて、稲田家老が最初に答えた。

「畏れながら、衰えたとはいえ、まだまだ幕府の力は侮《あなど》れませぬ。ここは強腰《つよごし》でなく、これまで通りに、長崎奉行には何らかの釈明をして、咎《とが》めを受けぬように、できる限り平身低頭して宥《なだ》めるのが無難な策ではなかろうかと存ずる次第で御座います」

と言うと、傍《かたわら》に座る大村太左衛門も、「私めも同様に考えます」と同調して頷き、

「この際、幕府に対して旗幟《きし》を鮮明にすることも手の一つかと存じますが、稲田様の仰せもごもっとも。ここは、殿の御名代を長崎にお遣《や》りになられ、然るべく弁訴《べんそ》したうえで、長崎奉行の政への口出しについては、荒立てぬ程度に拒むほかなかろうかと愚考する次第で御座います。その名代には、是非に拙者をあてていただければ、お役目を果たして参る所存で御座います」

と、特使を名乗り出た。

すると昇が、「畏れながら、拙者の考えるところを申し上げても宜しゅう御座いますか」と言うので、藩主が「構わぬ。存念を申せ」と許した。

「されば、今般の情勢を鑑みますに、わが藩に咎《とが》立てするようなことが起ころうとも、長崎奉行は何もできぬかと存じます。以前であれば、長崎奉行が幕威をもって脅しをかけることもあり得たかもしれませぬが、今はそのような力もありませぬ。さらに、勤王の浪士が多数長崎に入り込み、奉行所の手勢だけでは処しきれず、本藩に頼らねば市中警護もできぬあり様ですの

で、奉行も事を荒立てることを望まぬはず。要は、奉行の面子《めんつ》が立つ説明があれば、奉行も矛《ほこ》を収めるはずで御座います。ここは、拙者が出向き、奉行も納得するような釈明をして参りたいと存じますが、如何で御座いましょうか」

昇の豪胆ともいえる発言に、その場にいた皆が気を呑まれたような顔をしたが、稲田東馬が同調した。

「昇の言うことには道理が御座います。多分に、長崎奉行もこの時世にわが藩と事を構えることは望まぬはず、というよりは、今わが藩と仲違《たが》いすれば、長崎は孤立します。要は、少々の嘘であれ、奉行に納得がいけばよろしいはず。ここは、昇に一任されては如何で御座いましょうか」

藩主はしばらく考えたのち、

「昇。苦労じゃが、余の名代で長崎に行って参れ」と言った。

二日後、昇は特使として長崎に出向いた。長岡治三郎が副使である。長崎奉行所では、最初側用人風情を遣いに寄越《よこ》したとして、奉行は昇に会うことを拒んだ。しかも昇は、薩摩と長州の間を行き来して、幕府のためにならぬことを画策しているとの噂のある人物である。

しかし昇は、奉行所与力の草野静馬という人物と面談して、奉行に対する報告の要旨を伝えたところ草野が、「それであれば、御奉行も納得されるであろう」ということになり、昇は大村藩の長崎藩邸に帰って、翌日、内訌の経緯を書面にして奉行に提出した。

その内容は、大村藩で外国製の武器を中心にした兵制改革を断行したところ、従来の剣術指南や火器指南の者たちが不平を募らせて謀反に及び、藩主にまで危害を加えようとする企みが発覚したので、これを鎮圧したというのが内訌の真相であるというものであった。

もともと、大村藩の武備改革は長崎ならびに沿岸の警護のためと届け出ているので、奉行所も文句は言えない。

長崎奉行はこの書面を読み、昇を謁見した。

「なるほど、近頃、多くの藩に同じような事態が頻発していると聞く。大村侯がこれを鎮めたのは祝着《しゅうちゃく》」と言い、

「今後とも、長崎の警護をよろしく頼むと大村侯に伝えてくれ」と、この件を収めた。

そして昇が帰藩すると、藩主から褒めの言葉のみならず、藩主が亭主となり、書院で茶を供するという栄誉に浴したのである。

それから数日後、針尾九左衛門の郎党が昇に針尾の書状を届けてきた。それには、勤王党の血判状を持参してすぐに来てほしいと書かれてあった。昇が針尾邸に出向くと、浅田進五郎（千葉之助）がいた。その日浅田は、傷の見舞いと称して針尾邸を訪れたが、その目的は、勤王党への参加を党の盟主と目される針尾に申し出るためであった。浅田は、切腹した大村泰次郎の実兄であり、兄として泰次郎に詰め腹を切らせていた。そのこともあり、藩主に後ろめたい思いがあった。

「ついては、殿への拙者の赤心を表すために、勤王党に拙者を加えていただけぬか」

と浅田は言うのである。

針尾としても、浅田が家の安泰を図るという実利的な目的で勤王党参加を申し出てきたことはありありとわかるが、浅田の知行石高四百十三石は自分の石高四百六石を抜く。これだけの大身の家臣が党に参加することは党勢の安定に役立つと考えた。そこで昇を呼び出し、血判を押してもらおうと考えたのである。

無論、昇は、浅田が党に参加することには針尾と同じ理由で反対ではないが、その場で血判を押させることには躊躇《ちゅうちょ》し、「皆の意見を聞きたい」という理由で一旦待ってもらった。後刻、清左衛門、勘四郎、治三郎、根岸主馬、根岸陳平など、結党以来の党員の意見を聞いたうえで、浅田の参加を認めた。

しかし、これが呼び水になり、大村太左衛門、大村歓十郎、原三嘉喜、松田要三郎といった重臣たちが参加を申し出てきて断り切れなくなり、結局、死んだ松林飯山を含めると三十七人を数える党員となった。その後も続々と希望者が出てきたが、勤王党としての志を目指す意味がなくなるという理由で、三十七士でもって新規の参加者は認めないこととなった。

ただ、大村藩では、俗論党排斥の反動で、勤王党党員が藩の要職を占めることになったのも事実である。たとえばこの五月、下手人探索と謀反の鎮圧に当たった遊撃隊を一旦解散して、隊員の多くを残したまま義勇隊に編成し直し、大村太左衛門を隊長に就任させた。その際、副隊長の筆頭には松田要三郎が就き、野沢門衛、根岸主馬、清左衛門が続いた。これらは、皆が党員であった。

遊撃隊は義勇隊に編成し直されたが、隊員たちの興奮は収まらなかった。とくに、殺された松林飯山に勤王思想の薫陶《くんとう》を受けた者たちは、「天子の世にしなければ先生の死が無駄になります。どうか、その手伝いをさせてください」と、昇ら勤王党の首脳部に陳情した。

また昇らも、薩摩や長州との盟約に従って京都へ出兵することは望むところであったので、出兵の裁可を藩主に仰いだ。藩主も、薩摩藩から上洛の誘いもあり、さらに、天下動揺の折に兵を出すことは勤王に奉ずる当然の責務であり、禁裏の傍《そば》にいて警護の役など仰せつかって少しでも朝廷に役立ちたいと思っていたので、昇らの出兵の願い出はすぐに許された。

ただし、京の仮藩邸と大坂の藩邸からの報告では、京坂間は幕府の軍勢で充満しており、厳重な警戒態勢が敷かれているということである。また京の市中も、会津、桑名、新撰組、京都見廻組などが警戒に当たり、薩摩藩と一触即発の事態だという。

そこで、まず藩主が京都の仮藩邸を通して薩摩藩邸に宛てて、自らの上洛にはしばらくの猶予が必要であるが、代わりに兵を送るのでこれを役立てていただきたい旨の書簡を送った。そのうえで、最初は少人数の先遣隊を上洛させることとして、清左衛門が鍛えた新精隊のうち十五名を清左衛門自身が率いることにしたのである。

この出兵の陣容を決めるとき、昇も清左衛門と共に京に上ると言い張ったのであるが、勘四郎ら勤王党の面々は、「昇が大村を留守にすれば、俗論党の輩が息を吹き返す恐れがある」と、昇の上京を押し留めたので、昇は上京を諦めざるを得なかった。

「問題は、京までの道中だ。少数とはいえ、これだけの員数と武器と兵糧を動かすには海路しか手はないが、藩の船は旧式の和船しかない。これでは京に辿り着けぬ。藩庁は、それでは自分で見つけよと言うが、金も多くは出せぬと言うのだ」

と、清左衛門は愚痴めいたことを言った。

しかし、これが藩の実情であった。金庫に金がないのである。

「出兵の世話は薩摩藩でするという約束で御座います。ともかくも、隊員を連れて長崎の薩摩藩邸を訪ねましょう。幸い、長崎には尊王の浪士らしき不審者が続々と入り込み、長崎奉行所は取締りのために新しい関所を設置しました。その関所の警護をわが藩に命じましたので、警護手伝いと称して長崎に兵を送り込むことは容易です」

と昇は言い、早速、清左衛門と共に連れて行く兵の人選にかかった。

【四】夕顔丸

六月四日、清左衛門と昇は十五人の新精隊員を引き連れ、藩の船で大村湾を渡って時津から長崎に入り、隊員を大村藩邸に留めて、次の日二人は薩摩藩邸を訪れた。

薩摩藩邸には五代才助がいた。五代は、昇らの話を聞くと即座に応じた。

「尊藩の兵の京までの道中をわが藩で世話することは、西郷様の命令ですので御安心ください。ただ長崎には、すぐに使える弊藩の御用船はありませぬ。幸い、坂本（龍馬）君の海援隊が乗り込む土佐藩の船が先月から停泊中でして。確か、大坂に向けて近日中に出立すると坂本君が申しておりました。すぐに手配しましょう」

「海援隊とは初耳ですが」と昇が尋ねると、五代は説明した。

「これまでの亀山社中を改めました。土佐藩参政の後藤象二郎殿の肝煎《きもい》りで金を工面し、イギリスのカンパニー（会社）を真似た社中に坂本君が作り直したのです。とはいえ、大雑把な坂本君には金庫番が要るということで、後藤殿が土佐から呼び寄せた岩崎弥太郎という御仁が番頭をしております。よって坂本君も、以前のように隊を勝手気ままに動かすことはできぬようになりました。されど、拙者は先頃、ちょいとした世話をして差し上げたので、坂本君も当方の依頼を断ることはできぬはずです」と五代が自信ありげに言った。

昇は、後藤が前年に長崎に赴任した折に会ったので面識がある。

ところで、五代が言った「ちょいとした世話」というのは、「いろは丸」事件である。

龍馬は、四国大洲《おおず》藩から借り受けた蒸気帆船いろは丸で物資を大坂に運ぶ途中の四月二十三日、備中笠岡沖で紀州藩軍船明光丸と衝突し、いろは丸が沈没するという事故を起こしていた。

その審判が長崎で行われ、龍馬は、非が紀州側にあると主張して、船と積荷の代金の賠償を求めた。しかし実態は、いろは丸の側にも航行上の非があり（最近の調査では、失ったとして請求した積荷も架空のものであることが判明している）、紀州側と揉めたのであるが、五代が仲介し、紀州側の賠償ということで合意の目途がついていた。

五代は遣いを出し、龍馬を呼んだ。龍馬は、いろは丸の件で世話になっているだけでなく、薩摩藩からの個人的な借金もあり、五代には頭が上がらない。

すぐにやって来た龍馬に昇が久闊《きゅうかつ》を叙す間もなく、五代が、大村藩兵を大坂に運ぶように頼んだ。しかし、坂本は難色を示した。

「いくら五代君の頼みでも、夕顔丸は後藤殿を京にお連れするために土佐の殿様が差し回された船です。他藩の者を乗せるわけにはいきませぬ。さらに、後藤殿は今、幕府と戦っている余裕は日本にないと仰せで、これは土佐の殿様の意向でもあります。ましてや、幕府に敵する薩摩の五代君の口利きで、薩摩に味方する軍勢を運ぶというのでは、一層話はこじれます。無論、此度のことでは後藤殿も拙者も五代君に感謝しているのですが、こればかりは受けることはできませぬ」

土佐の殿様とは前の藩主山内容堂のことである。容堂は、西郷吉之助が膳立てした四侯会議に参加するために上洛したが、他藩との折衝などで頼りになる側近がいないために、後藤を京に呼び寄せようとして夕顔丸を長崎に回航させた。

夕顔丸は長さ三十六間（約六十五メートル）、排水六百五十九トンで、一八六三年にイギリスで建造され、一八六七年に土佐藩が藩主の御座船として購入した三本マストのスクリュー式木製蒸気船である。なお、土佐藩の船には、「源氏物語」に由来する名前が付けられている。

いろは丸事件をめぐる海事審判は長崎奉行所に移され、後藤は長崎を離れられずにいたのだが、それが五代のとりなしで解決し、やっと京に上ることができるようになった。五代は、それだけの世話をしたのであるから、大村藩兵を夕顔丸で運んでくれと頼めば引き受けると思っていたにもかかわらず、拒否されたのである。

「それほどまでに、薩摩は土佐に嫌われておりますか」

と、五代は腕を組んで、困った顔をして清左衛門と昇を交互に見た。

しかし昇は、一計を案じた。

「坂本君。山内侯も、禁裏の警護の手伝いに大村藩兵が上洛するということであれば、文句は申されまい。事実、我らが殿様は、尊王第一の志をお持ちですので、此度の兵の上洛も、朝廷をお守りしたいという一心です。そのために、弊藩の京都藩邸に朝廷警護の兵を送るのでありまして、幕府と戦うつもりはありませぬ」

とはいえ、もともと大村藩が禁門の変の前に設けた京都藩邸は、小さいながらも六条堀川にあった。そこには大村家の菩提寺本経寺の本山である日蓮宗大光山本圀寺《ほんこく》（現在は移転）があり、その縁で本圀寺門前に藩邸を見つけたのである。しかし、禁門の変で御所より南が広範囲に延焼し、その際に大村藩邸も焼失していた。

ただ、政治の中心が京に移るなかで藩邸がなければ不便だということで、御所西の中立売《なかだちうり》通りに面した場所に仮藩邸を置いた。だが、藩邸とは名ばかりで、一軒の空き家を借りて大村藩の表札を下げただけのものだった。

「なるほど、それならば話は別です。後藤殿も承諾しましょう。ただ、大村兵が上洛して薩摩の陣屋に入るなどとは、口が裂けても申されてはなりませぬ」

と龍馬が言うので、昇も、「相わかった。兄上、これで如何で御座いましょう」と清左衛門に了解を求めた。

「我らを船に乗せてくれるのであれば、それで結構じゃ。船内でも後藤殿を避けるようにする」

と清左衛門は言った。

無論、清左衛門は内心では、京に上れば兵を薩摩藩軍に合流させ、幕府を相手に一戦を交える覚悟である。しかし、今はあえて、それを言う必要はない。

「それでは、これより後藤殿に相談に参ります。しばらく待ってください」

と言って龍馬は薩摩藩邸を出て行った。五代は面子を潰されたような顔をしたが、「五代君。ここはこらえてくれ」と言って、昇は宥めたのである。

昇らがそのまま待っていると、二刻ほどして龍馬が戻ってきた。

「後藤殿の了承が得られました。無論、後藤殿も一緒に乗船し、出航は六月九日です。それにしても、後藤殿は豪胆に『結構じゃ』と言って承諾しましたが、番頭の岩崎が細かいことを言うのです」

昇が龍馬に仔細を聞くと、岩崎が大坂までの船賃として、一人十両で十六人分、都合百六十両の支払いを求めたという。岩崎は、「海援隊の金庫を預かるのは拙者です。勘定についてはきっちりとさせていただきます」と言い、龍馬には口を出させず、後藤も知らぬふりをしていたというのである。

「百六十両はわが藩にとっては大金じゃ。藩邸に出せと言っても、大村に問い合わせてからでなければ承知できぬと言うであろう。それでは船出に間に合わぬ」

と清左衛門が言うと、「然様《さよう》ですね。困りました」と、昇も帯に差した扇子を抜いて、頭を掻いた。事実、清左衛門の手持ち金は僅かで、大坂に着いてから大坂の藩邸で補充することになっていたからである。

このやり取りを聞いた五代は、すぐに清左衛門に言った。

「失礼ではありますが、その程度の金子《きんす》ならば、支払いは弊藩にお任せくだされ。これは尊藩と弊藩の約束のうちでありますので、御心配には及びませぬ」

この際なので船代は薩摩藩に甘えることにし、清左衛門と昇は急いで大村藩邸に戻った。出航まで四日しかない。

藩邸に戻り、留守居の浜田弥兵衛らと大村兵の乗り込み方法について相談すると、やはり長崎奉行所には悟られない方がよいということで、目立たぬように、出港直前の夜中に夕顔丸に乗り込むことになった。

また、持参の鉄砲や兵糧についても分解して、ケット（毛布）と菰《こも》に包んで、土佐藩の物資として積み込み、大坂でも同様に荷揚げして、その後は薩摩藩が引き取り、薩摩藩の荷車で京に運び入れることになった。

五代はこの間のことを手抜かりがないように進めるため、薩摩藩士一人を同行させるというので、清左衛門は了承した。

とはいえ、大村兵の上洛は、あくまでも禁裏の警護の手伝いと大村藩京都藩邸への人員派遣が表向きの理由で、そのために人員も目立たぬ程度に抑えており、たとえ長崎奉行所に目的を問われても理由は立つようにしていたのである。

こうして、六月九日の昼過ぎ、清左衛門が率いる新精隊員十五名を乗せた土佐藩船夕顔丸は、予定通り、長崎を出航した。昇は、清左衛門らの出発を長崎西奉行所の傍の大村藩警護所の中から目立たぬように見送った。

夕顔丸には、後藤と龍馬、操船の海援隊員のほか、後藤配下の土佐藩士も乗り込んで総勢が七十名にもなり、それに清左衛門らが加わったので、船は手狭であった。しかし、清左衛門は目立つことを恐れ、また後藤にも会わぬようにするために、航海中のほとんどを船底に近い部屋で部下の大村兵と起き居を共にした。

夕顔丸は、翌十日に下関に寄港した。当時、龍馬の妻お竜は長崎から下関に移り、長州藩で預かってもらっていたので、龍馬は上陸し、お竜と一晩を過ごし、木戸貫治（孝允）や伊藤俊輔（博文）とも連絡を取り合った。そして、十一日早朝に下関を出て、翌十二日に大坂天保山沖に到着したのである。

この航海中、龍馬は後の大政奉還につながる「船中八策」を練り上げて後藤に示し、これを海援隊士の長岡謙吉が書き留めたとされるが、真偽は定かではない。ただ、京に上った後藤が大政奉還の実現を周旋したことは事実である。

【五】荘新右衛門の死

清左衛門の出航を見送った昇は、六月九日に大村に戻った。謀反に関わった者の断罪は大方終わっていたが、荘新右衛門の嫌疑についての取り調べが残っていた。そのため、大村に戻れば江戸から護送される新右衛門が到着しているはずであった。

大村に入った昇は、その足で登城して、藩主に清左衛門らの出兵の首尾を報告しようとした。ところが、藩主への謁見の前に稲田東馬に別室に呼ばれた。

「昇、新右衛門殿が逃亡された」

「えっ、それは真《まこと》ですか」

「江戸藩邸の者三人が護送して帰る途中であったが、新右衛門殿は藤沢宿の旅籠《はたご》で厠に行くと言って部屋を出たまま いなくなった。道中、神妙であったため油断したらしい」

「やはり、陰謀に加担されていたのでしょうか」

「それは判らぬが、陰謀に関わりなく逃亡は藩是に反する。護送した三人のうちの一人が四日前に大村に戻り報せたが、残りの二人が新右衛門殿の行方を追っているとのことだ。こちらからも追っ手を出すことになった」

「新右衛門様も早まったことをなされて、取り返しがつかないことになりました」

新右衛門は筆頭家老の江頭隼之助の実弟で、大村藩の名門、荘家に養子として入った。江頭家は代々城下大給の家柄であり、昇の馬廻階級の武士団より下層の階級に属した。しかし、先代藩主大村純顕の代に、隼之助や新右衛門らの父である江頭官太夫が海防に関する見識を認められて家老に抜擢され、百三十石が加増された。その後、官太夫は藩の財政改革などにも参画し、現藩主純熈の下でも重用された。その功績が認められ、官太夫隠居後、その嫡男隼之助も家老となり、今日に至っている。

その実弟であるため、新右衛門の扱いには慎重を要した。新右衛門は、江戸に上がって斎藤弥九郎の練兵館道場で腕を磨いた。また、弥九郎の次男の斎藤歓之助とは義兄弟の仲を契り、歓之助を大村に招聘《へい》することができた。そして、昇は歓之助に剣を学び、飛躍することができたが、昇の剣の素質をいち早く見抜いたのも新右衛門であった。

　さらに、大村に来てほどなく病を得た歓之助に代わって、歓之助邸の微神堂で昇を鍛えたのも新右衛門であり、部屋住みの昇の出府を後押しし、練兵館に入れ、昇の塾頭就任を一番に喜んでくれたのも新右衛門であった。まさに、新右衛門は昇の生涯の恩人であり、当然、昇は新右衛門を心から尊敬していた。

　ところが、元締富永快左衛門の不審死の後、昇に対して新右衛門の態度がよそよそしくなった。快左衛門は新右衛門の姉の夫であり、その死に昇が関わっていると疑い、また、昇に快左衛門殺害を指図したのが藩主純熈であるとも思っているようである。そのために、反純熈の謀反に関わるようになったと昇は考えている。

　いずれにせよ、謀反人たちの尋問の中から、新右衛門の名が浮かび上がったが、新右衛門は、前年から聞役として江戸詰めであるので、正月の凶事に直接に関わっていないことは明らかである。それでも謀議に加わったとみなされ、新右衛門に召還命令が出された。

　新右衛門に対する嫌疑は、国元で藩主の押し込めに成功したら、江戸家老の職を簒奪《さんだつ》し、その立場で藩主の交代を幕府に届け出るということが企てられていたというものである。これが事実であれば、陰謀の首謀者の一人として厳罰は避けられない。この嫌疑は、陰謀に加担したとされる捕縛者の尋問の中から浮上したもので、真偽を確かめるために、新右衛門を大村に戻すとの決定がなされたのである。

しかし、五月二十三日、江戸詰めの藩士三人が護送して大村に帰る途中の東海道藤沢宿で新右衛門は逃亡し、その報せが大村に届いたのは六月五日である。また、新右衛門の護送に当たった藩士が大村に帰って逃亡時の状況を話し、さらに現地に残って新右衛門を追跡している藩士たちから届いた報告には、新右衛門は江戸に向かったらしいとあった。

昇にとっては、逃亡した新右衛門の捕縛という、できれば自分で手を出したくない問題を扱わねばならなくなったのである。ただ、逃亡しても行き場のない新右衛門が頼る場所は、練兵館道場の斎藤家しかなく、そこに匿われていると昇は直感した。

多分、友人でもある歓之助が、父斎藤弥九郎か兄の新太郎（二代目弥九郎）に手紙で新右衛門を匿うことを依頼したのではないかと思ったのである。歓之助は、大村に来て三年も経たずに卒中で倒れ、それ以降右半身が不自由である。昇は元気な頃の歓之助に微神堂で激しい剣を教わり、そのおかげで自分が強くなったと思っているので、歓之助には、何時、何処で会っても「先生」と駆け寄って挨拶する。しかし、歓之助自身は自分に歯がゆい思いをしているのであろうが、なかなか打ち解けた話をする機会がない。そのような歓之助も、新右衛門とだけは変わらぬ交友をもっていた。

六月二十日、昇は役目とはいえ気が進まない中、歓之助を久しぶりに訪ねた。案内された座敷で昇が待っていると、歓之助は奥方に右を支えられるようにして現れた。奥方は、藩医長与専斎の姉であり、昇も微神堂に通っていた頃、随分と世話になった。

「奥様、お久しぶりで御座います」

と挨拶すると、妻が挨拶を返そうとするが、それを遮《さえぎ》るように歓之助が、

「お前は下がっておれ。昇は大事な用事があって来たようじゃ」

と厳しく言って、妻を座敷から去らせた。

「新右衛門殿のことか」と歓之助の方から切り出した。

「然様で御座います。荘様が護送の途中で失踪され、江戸に戻られたようだと報せが参りましたが、そのことについて先生が事情を御存じであれば伺いたいと存じまして、本日、参上した次第で御座います」

「藩は、どうしても新右衛門殿を処断するつもりか」

「いえ、そのように決まったわけでは御座いませぬ。確かに、謀議に加わったのではないかとの嫌疑がかけられておりますが、それも荘様に質《ただ》してからのことで御座います」

「見逃すわけには参らぬのか。お主とて、新右衛門殿の恩を受けて今日があることを忘れたわけではあるまい」

「拙者も、荘様が横浜から上海あたりに渡られ、しばらく難をお避けなされぬかと思ったこともありますが、ここに至っては難しく御座います。すでに謀議に加わった者たちからの証言もあり、しかもその者たちの処断も終わり、残るは荘様のみで御座います」

「されど、拙者は知らぬと申したら、何とする」

「荘様には、此度《こたび》のことで脱藩の咎《とが》もありますゆえ、何処までも追っ手が参ることになります。多分、最初は練兵館の斎藤（弥九郎）先生のお屋敷か、先生の狸穴《まみあな》（現在の渋谷付近）の山荘あたりを探ることになろうかと存じますが、御迷惑をおかけするのではないかと、心苦しく存じております」

「わが家の勝手を知るお主のことゆえ、そのあたりの抜かりはないようだの」

「それだけでは御座いませぬ。先生にも御迷惑をおかけすることになるかとも存じます。荘様がしばしば先生のお屋敷を訪れ、長い間話し込まれているとの証言も御座いますが、拙者としては、この件だけは何としても表沙汰にせずに済ませたいと存じます」

「儂《わし》を脅すつもりか」

「如何様にとられても仕方が御座いませぬが、先生は荘様と義兄弟の契りを結ばれたと伺っております。よって、先生からは荘様の引き渡しを言い出しにくいと存じます。拙者から、このことを弥九郎先生と新太郎先生にお願いしたいと存じますが、何卒、お許しいただきたいと存じます」

昇の言葉を聞いても、歓之助は無言である。

「先生が仰せのごとく、荘様には、私は恩義こそあれ、憎しみは一切御座いませぬ。できればこのことが何事もなく過ぎ去れば何よりとは存じますが、すでに公《おおやけ》のことで御座いますれば、拙者の身では如何《いかん》ともしがたく、心苦しき次第で御座います」

昇の険しい顔に、歓之助は「相わかった」と言ったきり俯《うつむ》いた。

その頃江戸では、初代弥九郎が先手を打ち、二代目弥九郎（斎藤新太郎）が剣術指南で出入りする水戸藩に頼んで、水戸の寺（常陸胎蔵院）に新右衛門を移していた。弥九郎にしても新太郎にしても、新右衛門は自分らの流儀を極めた神道無念流の達人であり、また次男の歓之助の心の友でもあり、何としても助けたいと思ったのである。

しかし昇は、弥九郎に手紙を送り、新右衛門が逃げ続ければ、歓之助の身も危うくなることを諄々《じゅんじゅん》と書いて、新右衛門の身柄確保に協力を依頼した。結局、新右衛門は逃げる場がなくなり、ついには観念し、潜んでいた水戸の寺で八月九日に自刃して果てた。

昇は、この報せに接して、松林飯山の遭難の時よりも悲しい思いをした。それほどに、昇にとって新右衛門は憧れであり、恩人でもあったからである。反面、安堵した面もある。昇が糾問士として新右衛門の罪を糾《ただ》すのは、かなりの心痛を伴わざるを得なかっただろうし、尋問の結果次第では、歓之助や実兄である江頭（隼之助）家老にも累が及ぶことも考えられたからである。

しかし、昇のみならず、藩主も、大村藩の家中の多くも、これ以上累を及ぼし混乱が長引くことを望まなかったのである。その意味では、新右衛門が自刃して果てたことで、大村騒動の幕引きができたとも言えたのである。

【六】藩兵入京

一方、夕顔丸に乗った清左衛門と新精隊員十五名は、六月十二日に大坂に到着し、上陸して一旦大村藩邸に入った。

その頃、大坂には近代的な戦備を誇る幕府の陸軍と海軍が集結し、京都までの街道のすべては幕府側の軍により厳しく検問されていた。そこで清左衛門は、上洛の目的をあくまでも禁裏警護の手伝いと、大村藩京都藩邸への人員派遣と称して入京することにした。

しかし、前込め式とはいえ、ライフル（旋条溝）が刻まれたミニエー銃など、持参した鉄砲類は幕府側を挑発するに十分なものであった。したがって、携行すれば幕府側に見咎められて没収されるだけでなく、一行が拘束され、大村藩に対する幕府への違背を疑われる恐れは十分にあった。そのために、清左衛門らが運んできた銃器類は夕顔丸に乗船する際に分解して、ケット（毛布）と菰《こも》に包んでいたが、そのまま、大坂で薩摩藩が運び出して、薩摩藩の物資として京都に運び入れることになった。幕府軍は薩摩藩とにらみ合いを続けながらも、一触即発の事態を避けるために、薩摩藩には不用意な手出しをしないようにしていたからである。

一方の清左衛門の一行は、目立たぬように二手に分かれ、伏見街道と竹田街道から京に上った。必要最小限の手持品だけを持っただけであり、御所警護の勅諚に応じるとの名目であったので見とがめられることなく、六月二十日に入京できたのである。

ただ、清左衛門らの一行が京に入っても、御所の西の中立売通りに面した大村藩京都仮藩邸では全員を収容できなかった。大村右衛門が留守居として常駐しているものの、藩邸とは名ばかりで、実態は小さな空き家を借りているだけであったからである。

そこで清左衛門は、薩摩藩との当初の約束通り、相国寺南の薩摩藩二本松邸を訪れた。そこには大久保利通がいて、早速、相国寺西の今川道正庵に案内し、この一画を大村藩軍のために空けてくれた。

この当時、薩摩藩は長州藩との密約はあったものの、表面的には一藩でもって幕府に対抗する形に陥っていた。しかも、幕府が強力な陸海軍を大坂に派遣し、さらに幕府側諸藩の援軍を含めると、薩摩藩軍を圧倒していた。そのため、少しでも味方を増やすことが戦力としても、また、自分の正義を世に知らしめるためにも必要であった。そのようななかに、少数ではあっても大村藩軍が飛び込んできたので、西郷吉之助、小松帯刀、大久保利通、吉井幸輔といった薩摩藩の首脳部は喜んだ。

無論、薩摩藩も、孤立無援の状態で手を拱《こまね》いているわけではなかった。慶応二年（一八六六）一月の薩長同盟だけでなく、土佐藩との同盟交渉も行われ、慶応三年五月二十一日に、京都の小松の寓居《ぐうきょ》で、西郷、吉井が土佐藩の乾（板垣）退助、中岡慎太郎と会して、武力倒幕を見据えた薩土密約を結んだ。ただこれは、参会者間の私的な約束事に近かったために、薩摩藩としては、より強固で正式の藩同士の盟約を土佐藩との間で結びたいと思い、龍馬や中岡慎太郎を仲介役にして交渉を進めていた。

そして六月二十二日に、三本木の料亭で、西郷、小松、大久保が、坂本と中岡の立会いの下で、山内容堂の側用人寺村道成、参政後藤象二郎、乾退助、福岡藤次ら、土佐藩の重臣との間で再度の薩土密約を結んだ。これはまた、同月二十六日に、芸州広島藩を加えた薩土芸密約へと発展することになる。

しかしこれらの密約は、土佐藩側が山内容堂の意向を踏まえて、あくまでも穏健な大政奉還（「大条理」と称した）を幕府に迫り、天皇の下で新たな政治体制を作ることを目指そうとするのに対して、薩摩藩側は、最終的に武力倒幕も辞さないという意味で、相容れない立場の勢力が暫定的に合意したものであった。ただし薩摩藩も、大政奉還が無血で実現するのであれば、これに異を唱える理由も見いだせないために、土佐藩の幕府への働きかけをしばらく見守るという姿勢でいたのである。

清左衛門の一行が薩摩藩の本陣を訪れたときは、まさに土佐との間で正式の密約が交わされる直前であり、その密約の仕掛人が、夕顔丸で長崎から同船した坂本龍馬であり、土佐側当事者の一人が後藤象二郎であった。この二人は、夕顔丸を下船した後、京都に直行していたのである。

薩土密約締結後、清左衛門は大久保から土佐との密約のことを打ち明けられたが、その密約とは、土佐藩が武装した二大隊（千名から千二百名の兵力）を七月中に京都に送り込むというものであった。さらに、芸州藩の密約参加も伝えられたため、清左衛門は大村右衛門と相談して、国元に兵の増援を求めたのである。

一応、大久保には、清左衛門が率いた十五名は先遣隊であると説明しているが、一人でも味方の兵を増やしたい大久保は大村の兵のさらなる派遣を求め、大村右衛門と清左衛門は、このままでは倒幕の戦いに乗り遅れると考えたものと思われる。そこで、京の情勢を伝え、増援を求める使者として、右衛門の下で京都藩邸に詰めている勤王党員の中村鉄弥が密かに大村に帰り、藩主に復命した。

中村から藩主への復命が終わり、その内容が藩士の間に伝わると、出兵の先発に選ばれなかった藩士たちが上洛を志願し、藩庁に詰めかける事態となった。藩主も、本来であれば自ら上洛したいところであるが、内訌の処分が終わったばかりであり、動くことは困難であった。

しかし、京での戦機が熟しそうだとの報せに追加派兵を決めたが、長崎奉行所、ひいては幕府の目を引かないようにする必要があったので、先遣隊のように長崎港を使うことはできなかった。また、一度にまとまった人数を出すことも避けねばならなかった。

そこで七月中旬、清左衛門の下で訓練を受けた新精隊隊員のうち、次男以下の若い屈強な隊士を優先的に選び、目立たぬように数人ずつに分けて、外海《そとめ》の松島から船で大坂、さらに京へと向かわせた。大村からは陶器、石炭、海産物などを上方に送り出す船があったので、大人数でなければ便乗させられたのである。また、江戸や大坂に詰める藩士の上洛も促し、次第に、京での大村兵の数がまとまり始めることになる。

ところが、京では思わぬ事態が生じていた。というのは、清左衛門配下の新精隊は、上洛してから以降、洛北衣笠山の麓の薩摩藩小松原練兵場で薩摩藩の兵と一緒にイギリス式の操練と鉄砲射撃の訓練をしていた。また、鉄砲も、大村から持参した銃ではなく、イギリス陸軍が制式採用しているエンフィールド銃に替え、弾薬も薩摩藩から供給を受けた。

ただ、黒の戎服《じゅうふく》（洋式軍服）上下の薩摩藩兵とは明らかに異なる服装の大村兵は目立った。しかも、今川道正庵に集合して、列を作って、毎朝調練に出かける集団を幕府側の密偵が見逃すはずはなく、京都所司代が探索したところ大村藩の兵らしいことがわかったのである。

また、その兵の数も徐々に増えているので、幕府側も問題を重く捉え始めた。そのため、京都所司代から通報を受けた京都守護職は老中板倉勝静《かつきよ》に伝え、板倉は大坂の大村藩邸留守居を大坂城に呼び出して、幕府への違背の真偽を質《ただ》した。

「禁裏の警護のお役に立ちたいという思いだけで兵を上洛させ申したが、幕府に弓を引くなど、とんでも御座らぬ」と大坂藩邸留守居は強く否定し、

「御老中の御懸念はごもっとも。早急に国元に報せて、京から兵を引き揚げるようにいたします」と答えたのである。

大坂藩邸からこの報を受けた藩主大村純熈は、出兵が早過ぎたかと悔やんだが、幕府を恐れ

て兵を引き上げるとなれば、薩摩藩との盟約を破ることになる。そこで、藩士の上洛をしばらく禁ずる一方で、対応策を練るために昇を上洛させたのである。

昇が中村鉄弥を伴って大村を発ち、京都の大村藩邸に入ったのは八月二十一日であった。到着の翌日、今川道正庵で大村右衛門と共に清左衛門に会った昇は、藩主の意向を伝えた。昇は、戦機が熟していなければ、幕府の譴責《けんせき》を避けるために撤退させよとの命も受けていた。

「右衛門様。（中村）鉄弥の話では、今にも戦が始まりそうで御座いましたが、京は静穏で御座いますな」と昇が言った。

「大久保（利通）殿の話では、土佐藩が千人ほどの兵を上洛させるとのことであったが、その気配もない。大久保殿に聞いても要領を得ぬが、土佐は、（山内）容堂侯が幕府を相手の戦に反対されておられるようで、それが出兵の妨げになっているようだとも仰せだ」

と右衛門が答えた。

「確かに、容堂侯のお考えは、長崎でも坂本（龍馬）殿から聞いていたゆえ、兵を上洛させるのが難しいのかもしれぬ」と清左衛門も言った。

「では、いつまでも京に大村兵を留めておくことは、難しく御座いませぬか」

「いや、ここで撤退すれば、二度と京には上れぬ。今、大村兵は五十名ほどに増えたが、この勢いを無駄にしたくない。西郷殿は、土佐藩を抜きにしても戦はできる。すでに、九月に入ると、薩摩の国元から千名ほどの兵も上洛することになっていると仰せだ。また、長州藩からも兵を率いて上洛する手筈《はず》というから、必ず戦になる。それまでの辛抱じゃ」

「されど、すでに幕府はわが藩の兵が薩摩と動きを一にしていることに気づいているので、いつまでも兵を京に留めることはできませぬ。殿様は、戦がないとわかれば、早々に撤退せよと仰せで御座います」

「まあ、待て。今月末まで様子をみて、動きがないようであれば、撤退も考えよう」

と清左衛門が言い、右衛門も、

「ここが見極め時かもしれぬが、もうしばらく、土佐藩の兵を待つことにする。長州と芸州が密約に加わっているゆえ、相当の兵力になるが、これに土佐が加われば、幕府に十分に対抗できよう。ただ、薩摩藩との調練は目立つゆえ、当面は止めておく」と言ったのである

第十四章　京都出兵〈その二〉（鳥羽伏見の戦いまで二か月を切る）

【一】二歩前進、一歩後退

慶応三年（一八六七）八月二十四日、昇は、大村藩京都仮藩邸留守居の大村右衛門と清左衛門に伴われて薩摩藩邸を訪れた。西郷吉之助と小松帯刀に会い、自分が上洛した理由を話し、薩摩藩側の情勢判断を聞くためである。

「大村侯の御懸念はわかりました。わが藩も、土佐藩と盟約を結んだ以上、信義を尊んでやがて兵が上洛するものと信じてきましたが、梨の礫《つぶて》とはこのことで御座いましょう。そろそろ、進退をはっきりさせねばならぬ頃合いかと思っております。ただ、九月に入れば、国元に頼んでいた兵が到着しましょう」と西郷は言った。

「わが藩も、どうしても戦をしなければならぬと思っているわけでは御座らぬ。土佐藩が大政奉還という大条理を持ち出したゆえ、しばらくは様子を窺うつもりでおり申したが、特段の動きもなく、このままでは、将軍（徳川慶喜）の思うままに朝廷が牛耳られ、取り返しがつかぬことになるのではないかと案じました。それゆえ、国元から兵の上洛を頼んだのです」

と、小松も言い、派兵される数は数千名になる予定だという。

右衛門や清左衛門が言ったことと、西郷と小松が言ったことが合致しているので、昇は安心した。しかし、懸念は伝えなければならない。

「事情はわかりましたが、わが藩としては、今のまま嫌疑を受け続ければ、やがて幕府が強硬な動きに出てくるのではないかと案じております。幕威衰退とは申せ、わが藩は小藩。それは避けたいというのがわが殿のご意向です」

「ここで、尊藩を失うことは、我らの士気に関わります。これは拙者の思い付きですが、撤退を装うことはできませぬか」と小松が言った。

「装うとは、如何なる策でしょうか」

と清左衛門が問うと、小松が、

「京から、一旦兵を大坂に下げ、大坂の弊藩藩邸に入り、薩摩兵として再度上洛するのです」

「そのようなことができますか」と右衛門が小松に聞いた。

小松の案では、大村兵を京から送り出し、そのまま大坂の薩摩藩邸に入れて、薩摩藩兵と同じ服に着替えて再び上洛させれば、幕府側の目をごまかせるというものであった。

それを聞いた西郷は、「それは名案です。必ずや、成功しましょう」と言った。清左衛門も右衛門に「拙者にやらせてくだされ」と前に出て、昇には「お主は、しばらく京に留まり、首尾よくいくか見届けた後、大村に帰ってくれ」と言ったのである。

結局、昇はしばらく京に留まり、撤退偽装の成り行きを見届けることにした。

その頃、薩摩藩首脳部も、また清左衛門ら大村藩の出兵組もやきもきした土佐藩の事情であるが、前藩主山内容堂が武力倒幕に反対したという事情に加えて、もう一つ厄介な事件が土佐藩に発生していた。

それは、七月六日の夜、長崎の丸山で、イギリス軍艦イカルス号の水兵二名が泥酔して道端に寝込んでいたところを、何者かに斬殺されたのである。たまたま、事件の現場を海援隊の隊士が通りかかり、さらに長崎港に停泊し、海援隊が操船していた土佐藩の蒸気帆船横笛丸と砲艦若紫丸の二隻が事件発覚数時間後に出航したことから、土佐藩士か海援隊士の仕業《しわざ》かと疑われた。

イギリス公使ハリー・パークスは、兵庫で老中板倉勝静《かつきよ》に犯人捜索に対する強硬な申し入れを行い、大坂城では将軍徳川慶喜にも会って解決を求めた。そのため、幕府は外国奉行平山図書頭や大目付らを高知に派遣して調べさせた。さらに、パークス自身も高知に出向き、山内容堂に直談判し、犯人への処罰を約束させたのである。

その後、事件究明の場は長崎に移り、後藤象二郎と坂本龍馬も長崎に戻って、犯人の割り出しに当たったが、結局、犯人は明らかにならないまま打ち切られることになった（一年後、犯人は福岡藩士であり、その者が事件の二日後に切腹していたにもかかわらず、その事実を福岡藩が隠していたことが判明した）。

またしても、この事件の始末に後藤が掛かりきりになり、京都出兵の約束が果たされず、しかも、九月になって上京した後藤らは、容堂の命により大政奉還の建白書を出すと言い出したのである。

この間、右衛門や清左衛門は、西郷、大久保、小松らの薩摩藩首脳部や中岡慎太郎らに会って土佐藩の情報を集めていたが、西郷ら薩摩藩首脳部は薩土密約の解消は避けられないと考え、土佐藩抜きで武力倒幕を決意したことを確かめた。

また薩摩藩としても、少人数とはいえ、味方となって上京してきた大村藩軍を何としても手元に引き留める必要が、以前にも増して高くなったのである。その頃までには、大村兵は江戸藩邸からの移動組も含めると七十名ほどにも膨らみ、それぞれが銃を持っていたので、薩摩藩にとっても貴重な兵力となっていたからである。

そこで、西郷と大久保は、右衛門、清左衛門、昇の三人を薩摩藩邸に呼び、とりあえず幕府の嫌疑を避けるために、できるだけ早く大村兵の撤退偽装に取り掛かることで合意した。

無論、幕府の目をごまかすには、一旦は京から出た形にするが、実際に指揮を執る清左衛門の意向を聞いたところ、清左衛門が育てた鉄砲隊である新精隊の隊士四十二名だけを京に戻し、他は大坂に下がったまま待機するということにしたのである。

ところがその頃、謀反収拾後の混乱が冷めやらぬ大村でも、新たな難題が持ち上がっていた。後に「浦上四番崩れ」といわれることになる、隠れキリシタンの一斉摘発の問題である。

発端は、清左衛門ら大村兵が長崎を出航した数日後の六月十三日の深夜、長崎奉行所の手の者が信徒の秘密の集会所に乗り込み、翌未明にかけて六十八名を捕縛したことにある。

この事件の背景には、元治元年（一八六四）に長崎の外国人居留地に、耶蘇教、つまりカソリックの大浦天主堂が建設されたことにある。この建設と共にフランスから派遣された神父のもとに浦上村の信徒数名が現れて、信仰を告白し、その後、彼杵《そのぎ》半島、天草、五島などからも信徒が訪れるようになった。いわゆる「信徒発見」として世界の奇跡と称された隠れキリシタンの出現である。

大浦天主堂の話を伝え聞いた信徒たちは、長年、迫害されながらも守り続けた信仰に対して次第に自信を付けてゆき、仏教の寺で行われる法事や葬式を拒むと堂々と申し出て、村の代官所や庄屋の説得にも全く動じないといった事態も出てきた。

これらを重くみた幕府、ならびに長崎奉行所と長崎代官所が信徒の摘発に乗り出したのが「浦上四番崩れ」の始まりであった。

戦国時代の大友氏、有馬氏、大村氏などは、外国貿易や領民平定の目的もあってキリスト教には寛容であり、むしろ積極的に欧州のキリスト教国と関係を結ぼうとした。天正十年（一五八二）の天正遣欧少年使節団の派遣は、その典型的な例であった。

一方で、キリスト教を容認した織田信長以降は、天正十五年（一五八七）にバテレン追放令を出した豊臣秀吉、慶長十七年（一六一二）に禁教令を出した徳川家康など、対キリスト教政策は厳しさを増していき、やがて島原の乱により、わが国のキリスト教信徒は息の根を止められたかと思われた。しかしそのなかでも、信徒は隠れながら信仰を守り続けた。これが隠れキリシタン、あるいは潜伏キリシタンといわれる人々である。長崎の浦上村もその数が多かったが、時として信徒の存在が明るみに出て問題になり、信徒が肉体的迫害を受けたり、改宗を迫られたりした。

浦上村では四度あり、浦上一番崩れ（寛政二年〈一七九〇〉）、浦上二番崩れ（天保十三年〈一八四二〉）、浦上三番崩れ（安政三年〈一八五六〉）、そして、今回の浦上四番崩れである。

浦上四番崩れでは、最初の捕縛を皮切りに、幕府から長崎奉行所を通して九州一円の諸藩の信徒探索と捕縛の命令が出された。とくに、長崎近郊の大村藩領から外海《そとめ》、島しょ部一帯、五島（福江）藩、天領の天草などにいる信徒が標的にされた。

そのうち、大村藩では、昇が京に上った時期と重なる八月までに藩内信徒百二十五名を捕縛して下獄させ、これを幕府に報告したのである。

なお、キリシタン問題については、皮肉なことに、江戸幕府が瓦解した後、明治政府に移ると、国家神道の下、天皇の神聖を認めないキリスト教は五箇条の御誓文発布の翌日の高札で示された五榜《ごぼう》の掲示でも禁止されて信徒捕縛は続くことになる。捕縛された信徒は各地に配流され、配流先で迫害を受けた。その後、外国政府の強烈な抗議にあって、キリスト教禁令が撤廃される明治六年（一八七三）二月までに、配流された信徒は三千三百九十四名に上り、そのうち六百六十二名が配流先で落命した。明治政府で弾正大忠（監察官）となる昇が信徒の配流を現場で指揮する立場となることなど、当時の昇が知る由もない。

いずれにせよ、慶応三年の正月来の謀反事件を解決し、さらに、清左衛門らが先行して京都出兵を果たしたものの、大村藩を挙げての討幕挙兵に踏み切るには、未だ足元がおぼつかなく、また、次々と難題が待ち構え、全力を出し切る状況ではなかったのである。

【二】新撰組

九月初旬、大村藩兵の偽装撤退の準備が始まり、昇自身、大村仮藩邸と清左衛門らが駐屯する今川道正庵を行き来していたが、その間に昇の身に思いがけない災厄が降りかかった。

九月三日の夕刻、薩摩藩士がよく使う料理屋があるというので、昇は中村鉄弥を伴って藩邸から祇園に飲みに出た。その帰り、三人の武士とすれ違ったが、そのうちの一人が、昇に目を留めて後をつけたことに昇は気付かなかった。

後をつけた武士は会津藩士で、慶応元年七月に、三条実美らの五卿の引き渡し交渉のために大宰府を訪れていた京都守護職の密使の一人だった。その時期、福岡藩では、勤王党の全員が藩主黒田斉溥《なりひろ》（後、長溥《ながひろ》）の怒りに触れて捕縛され獄に下ったが、助命嘆願のために昇らは大村藩主の使者として福岡に入った。そして、嘆願書の返書を待つ間に、会津藩密使の到着を知り、急遽《きゅうきょ》昇が大宰府に駆け付け引き渡し交渉を邪魔したのであるが、その会津藩士は昇を物陰から見て、しっかりと顔と大柄の体つきを覚えていたのである。

その会津藩士は、昇が大村仮藩邸に入るのを確かめると、次の日、京都所司代と新撰組副長土方歳三と組長永倉新八を黒谷金戒光明寺《くろだにこんかいこうみょう》の会津藩本陣に呼び出した。用件は、昇の殺害である。その会津藩士は、昇の「悪名」を大宰府の次に訪れた長崎奉行所でも聞いたし、噂《うわさ》では、朝敵である長州と往来して、幕府に対して好ましからぬことを企てているとも聞いたのである。また、以前に昇が大村藩の家老らの一行に従って上洛した際、伏見の船宿の主人を刀で脅して、一行を大坂まで船で送らせたという報告も受けている。そのために、この際殺してしまおうという相談となった。

京都守護職にせよ、京都所司代にせよ、他藩の正規の藩士の殺害には表向き関わりたくないということで、新撰組が昇を始末することになった。ただ、昇の尾行は、京都所司代が京都奉行所に指図して町方に行わせ、逐一、新撰組に報《しら》せるという段取りとなった。

土方と永倉は、新撰組の不動堂村（現在の京都駅近く）屯所に戻ると、組長近藤勇に昇殺害の命を受けたことを話したが、実は三人共に昇とは顔見知りであり、とくに近藤は昇に恩義さえ感じていた。

近藤が開いた江戸の試衛館道場で、度々、道場破りに対する助っ人として昇を引っ張り出して助けてもらった。試衛館は練兵館から近く、昇も、腕試しと小遣い稼ぎと、その後の酒と女が目当てで、気軽に助っ人を引き受けた。昇が来ると、近藤は土方と永倉も連れだって神楽坂あたりに行き一緒に飲んだ仲であった。当時、尊王攘夷で近藤たちと昇は意気投合していたのであるが、そもそも永倉は道場が違うが、神道無念流の目録で昇とは同門である。

近藤らは昇の強さを知っている。京都守護職の会津藩の命令とはいえ、昇が相手では手強《てごわ》いということで、腕の立つ四人の隊士を選び、命を狙わせることになった。しかし、それでも土方は「余程の隙《すき》がなければ、襲うな」と命じたのである。

しかし、襲撃の機会はすぐに来た。八日の夕刻、京都町奉行所の同心から、「今、渡辺昇が大村藩士らしい連れと二人だけで祇園の料理屋に入った」との連絡が届いたのである。命を帯びていた四名の隊士は、近藤や土方、さらに剣術指南の永倉さえも一目を置く昇を討てば、組の中でも頭角を現せるということで功名心にはやり、行き先も告げずに出て行った。

一方の昇と中村は、以前に出かけた同じ店で二刻ほど飲み、昇が「名残《なごり》惜しいが、ついでに将軍のいる二条城を見てから、兄様の宿所に回って、飲み直そう」と言い、連れ立って祇園から堀川通に出て、二条城の外堀の脇を南から北へ歩いた。

月齢は半分ほどで、提灯《ちょうちん》を持たなくとも何とか歩けた。二条城の石垣を左に見ながら歩いていると、後ろから数名の者たちが刀を抜き、「渡辺ッ！」と、走り寄って来たのである。

中村は、薄暗い中でも白い羽織が見えたので、「新撰組です！」と叫ぶが、昇は中村に、「先に逃げろ」と背中を押し、自分は佩刀《はいとう》の鍔《つば》を押し下げ、膝を曲げて腰を折り、左足で矯《た》めて居合の間合いをはかった。

多分、相手が跳んだのであろう、足音の間が延びたところを、昇は、前に歩を進めると同時に刀を抜き、太い手首のバネを利かせながら右上に斬り上げた。

昇の佩刀は肥前刀だが、肥後の同田貫《どうだぬき》のような剛刀で、しかも長い。そのまま相手はたたらを踏んだような気配がして、ドブンと水に落ちる音がした。暗いので状況がわからないが、堀に落ちたと思われ、襲ってきた連中がひるんだようである。

前にいる中村が「逃げましょう！」と言うので、昇は抜き身を鞘《さや》に収める間もなく、肩に担いで、中村の後を追って走ったのである。二人は堀川通の二条城の端を東に曲がり、油小路を北に向け、今出川通を過ぎたところで走るのを止め、昇は刀を収めた。このあたりは薩摩藩士の巡回も多く、新撰組は近寄らない。そして二人は、相国寺西の今川道正庵に入った。

清左衛門の部屋で一息つき、昇が行燈《あんどん》の灯に刀をかざしてみると、切っ先から物打ちにかけてうっすらと血糊《ちのり》が付いていた。また、着ていた単《ひとえ》の着物の袖や袴《はかま》にも返り血らしい染みが点々と付いていていた。

経緯《いきさつ》を聞いた清左衛門が、

「新撰組の者を斬ったかもしれぬな。明朝、誰かに様子を見に行かせよう」

と言うので、昇は刀を懐紙で拭きながら、

「初めから、刀を抜いて拙者を斬る気でかかって参りましたゆえ、仕方なく応じましたが、相手は数人。面倒なので、逃げて参りました」と答えた。

「新撰組は狙った相手を数人がかりで取り巻いて斬りかかる戦法をとる。逃げるのが何よりじゃ。それにしても、お主が居合の目録であることを相手は知らなんだかのう」

と清左衛門は言い、そのまま昇は藩邸には戻らず、清左衛門と数人の藩士で酒を飲んだのである。

　翌朝、二条城まで様子を見に行かせた藩士が戻って報告した。

「蓆《むしろ》をかけられた死体の傍《そば》に、新撰組の連中と奉行所の同心や捕り方が二十名ほども集まり、あれこれ叫んでいましたが、こちらも大村藩士だと気付かれると危ないと存じまして、野次馬に紛れて知らぬふりして帰って参りました」

「昇、新撰組は執拗《しつよう》だ。後が五月蠅《うるさ》い。お主と中村は藩邸に戻らず、薩摩藩邸に隠れよ。お主らの荷物は後で届けるゆえ、すぐに大坂に下るのだ。今だと、まだ手配が回っていないはずだ」

と、清左衛門は昇と中村を伴って薩摩藩邸に行ったのである。

　新撰組では近藤が、

「死んだ隊士には気の毒だが、早まったことをしてくれた。されど、このまま渡辺君を見逃すわけにはいくまい」と土方に言い、

「とはいえ、追っ手を出すのは、しばらく待ってくれ」と頼んだ。

「何とされます」と土方が聞くと、近藤は、

「用事がある。すぐに帰るが、それまで動くな」と、行き先を告げずに馬で出て行った。

近藤が出向いた先は、何と、大村仮藩邸である。被っていた頭巾を取り、玄関で案内を請うた。

「近藤と申すが、渡辺昇殿はおいでであろうか」

と聞くと、案内に出た藩士は、「生憎《あいにく》と、今朝方、国元に発《た》ちました」と答えた。

「それは、何より。通りがかりに寄ったまでのことで、特段の用事も御座らぬ」

と言って、そのまま近藤は立ち去ったのである。

この話は、明治維新後、昇がそのときに応対に出た藩士から聞いたことであるが、昇は「近藤殿」と涙を流したという。すでにそのときは、近藤は斬首された後であった。

一方、昇が新撰組に襲われたことを聞き、西郷はすぐに薩摩藩邸に昇と中村を匿った。伏見の大坂下りの出船場と、大坂や兵庫の港には昇の手配が回るはずであるので、薩摩藩士数名を護衛に付けて、昇らを大坂の薩摩藩邸まで送り届け、そこから大村藩領まで薩摩藩の船で送ることになった。

しかし、撤退の偽装が首尾よくいったかどうかを確かめてから大村に帰りたいとの昇の希望を入れて、しばらく薩摩藩の大坂藩邸で待機させたのである。

【三】偽装撤退

結局、九月九日に、薩摩藩と土佐藩との軍事密約は破棄された。イカルス号事件の後始末を終えた後藤象二郎が京に上り、大政奉還の建白書を提出することが土佐藩の正式決定であり、土佐兵の上洛はないと薩摩側に告げたからである。

そのとき薩摩藩では、討幕戦に備えて、数千名の兵が国元を出て上洛する予定になっていたため、薩摩側は梯子《はしご》を外されたような形になったのである。

このような動きの中、大村兵の京都撤退偽装の決行日は九月十二日となり、その前々日の夜、大村右衛門と清左衛門は、四条河原町の料理屋に大村兵を集めて撤兵の宴《うたげ》を持った。この店は、新撰組や町奉行所の役人も利用していると聞き、あえて選んだのである。

いずれ、仲居など店の者の口から、新撰組や奉行所、さらには京都所司代や京都守護職にまで伝わることを見込んだのであるが、これは大久保利通の発案であった。また、費用も薩摩藩が出した。

撤兵の日の早朝、大村仮藩邸の前に整列した七十名近い兵は、清左衛門の指揮の下で、新精隊を中心とする銃隊が先頭を進み、その後ろを輜重《しちょう》隊が行進した。大村兵は隊列を組んだまま、伏見、淀、枚方、守山を通って大坂に入ったが、途中、枚方で野営し、二日目の昼過ぎに大村藩邸に入った。実は、枚方で一泊したのも、白昼、大村藩邸に入ることを幕府側に見せつけるためであった。

　大坂の大村藩邸と薩摩藩邸は中之島を南北に挟んでいる場所にあるが、到着した次の日の夜中、清左衛門ら京都に戻ることになっている新精隊の隊士四十名余だけは大村藩邸から数隻の船で堂島川を下り、中之島の端から土佐堀川に入って薩摩藩邸に潜り込んだ。

　薩摩藩邸で待っていた昇は、清左衛門を迎えた。

「兄様。御無事で到着なされ、何よりで御座います」

「新撰組の隊士が数名と京都奉行所の町方が、お主が隊列に紛れ込んでいないか、血眼《ちまなこ》になって探しながら大坂までくっ付いてきたが、さすがに我ら鉄砲隊に討ち掛かってはこなかった」

と笑う清左衛門に昇は、「申し訳御座いませぬ」とは言ったものの、さほど気にしている様子はなかった。しかし、大村兵の撤退偽装はここまでは順調に進んだが、その後、薩摩藩の大坂藩邸で、鹿児島からの上洛軍をひと月余りも待つことになった。

　実はこの上洛軍は、当初の計画では三千名ほどが藩の蒸気船数隻で鹿児島を出港し、長州の三田尻で長州軍と合流、さらに芸州軍も合わせて、一気に大坂に上陸することになっていた。このうち半数は大坂城を奇襲攻撃、残りは上洛して御所に入り、宮中を固めて幕府勢力を朝廷から追い出し、幕府を転覆させるという壮大な計画で編成される予定であった。

　だが、薩摩の国元では出兵への慎重論が根強く、議論を重ねるうちに兵が鹿児島を出るのが遅れた。しかも、兵の数も千数百名余となり、三隻の蒸気船で三田尻に到着したのは予定より大幅に遅れて十月六日となった。その頃には待ちあぐねた長州軍も待機を解き、そのために長州軍との連携も難しくなった。また芸州軍も、藩の国事掛である辻将曹《しょうそう》（維岳《いがく》）が土佐藩の大政奉還に賛同して出兵を見遅らせる動きをしたために、結局、薩摩軍への合流がなくなり、武力討幕の機を逸したのである。

　このような背景があって、薩摩軍の先遣隊百名ほどが三島弥兵衛（通庸《みちつね》）に率いられて大坂に到着したのは十月九日になり、大山格之助（綱良《つなよし》）を指揮官とする本隊は、未だ三田尻に滞陣したままとなった。

　しかし、薩摩藩大坂藩邸で薩摩軍の到着を満を持して待っていた清左衛門らの新精隊は、薩摩藩兵と同じ黒の戎服《じゅうふく》に着替えて、三島の先遣隊に紛れて再び京に上り、十月十二日に薩摩藩京都藩邸に入った。清左衛門らが偽装撤退で京を出てから一か月も経過していた。また、京から撤退し、大村藩大坂藩邸に残された三十名近い兵は、捲土重来《けんどちょうらい》を期して、そのまま留まることになったのである。

　この間、昇と清左衛門は、薩摩藩大坂藩邸に新精隊隊士と共に潜んだが、この潜伏は、昇にとっては幸いした。新撰組と京都奉行所は血眼になって昇を探し、大坂港天保山から兵庫港にも探索の網を張ったが、さすがに一か月も経つと諦めたのである。

　昇は、清左衛門の京への出発を確かめて、十月十四日に、中村鉄弥と共に薩摩藩船で大坂を後にした。この日は、京で慶喜が大政奉還の上表を奏上した日であったが、報せは大坂には届いていなかった。昇と中村は薩摩藩船で大坂天保山を出港し、藩領松島に送り届けてもらい、十月二十日に大村に帰着したである。

昇の留守の間に、長崎では二つの新たな動きがあった。

その一つは、九月下旬に幕府兵三百人ほどが、幕府の軍艦で長崎に上陸したことである。この発端はイカルス号事件である。この事件の解明がはかどらないことに業を煮やしたイギリス公使ハリー・パークスは、兵庫で老中板倉勝静、さらに大坂城で将軍徳川慶喜に直接に会って、長崎での犯人探索を直々に命じること、また、長崎奉行徳永石見守昌新《まさよし》に一定の責任を取らせ、さらに外国人の警護をするために、幕府の兵五百名を長崎に常駐させることを約束させた。これに応じた派兵であるが、実際には三百名が派遣されたのである。

もう一つの動きとは、徳永石見守に代わって河津伊豆守祐邦《すけくに》が新奉行として任命され、十月十六日に長崎に赴任したことである。しかし、これが最後の長崎奉行になるとは、誰も想像していなかった。図らずも、派遣された幕府兵は、慶応四年一月に長崎奉行が長崎を脱出するときの撤退支援部隊となるのである。

大村に帰った昇は多忙であった。帰着した次の日、城中で藩主に復命し、その後、昇の報告をもとに京の情勢を仔細に分析し、今後の藩の方針を評定する場が、藩主も出座の上で設けられた。

家老の針尾九左衛門、稲田中衛、大村太左衛門、片山竜三郎、さらに、新たに家老に就いた浅田進五郎（千葉之助、四百十三石）、中老の土屋善右衛門と大村歓十郎、同新任の原三嘉喜（三百五石）、側用人筆頭の稲田東馬と新たに側用人に登用された楠本勘四郎と側用人扱いの梅沢武平も控えていた。

武平は、密偵というのは外聞が悪いが、長年長崎奉行所で剣術師範を務め、その間、重要な情報を藩にもたらしてくれた功績が認められたため、側用人扱いとなっていた。

ただ、元治元年（一八六四）十月の富永快左衛門の殺害に昇と共に関わったのではないかとの疑いがあり、その曖昧な決着が内訌の原因の一つでもあった。そこで昇は、藩主の了承を得て、武平の妻子だけを先に大村に帰して、武平自身は長崎の藩邸に留まっていたが、内訌が収まったので大村に戻したのである。

また針尾は、家老として藩内の内訌を防げなかったことに責任を感じ、さらに背後から斬られたことを恥じるとして隠居を藩主に願い出たが、許されなかった。江頭隼之助は、弟の荘新右衛門に連座する形で、昇が留守中の八月中旬に自ら家老を辞して、昇が帰国したときも、屋敷での謹慎が続いていた。

針尾家老が最初に昇に尋ねた。

「京に残った清左衛門であるが、現今の情勢では戦はなく、無益な出兵となるという意見も多い。お主はどのようにみるか」

また、重ねて東馬も尋ねた。

「お主の留守の間、拙者は殿の御命令で佐賀藩に赴き、鍋島侯に親書を届けた。その折、佐賀藩の執政らと話したが、やはり薩摩と幕府の間に戦はなく、また長州も天皇の勅勘が解かれねば動けまいとの見方であった。無論、わが藩の出兵のことは秘しているが、今後の動きをどのようにみているのか」

「確かなことは申せませぬが、京では、会津と桑名の藩兵が大坂に集まる幕兵の後押しを受けて薩摩と対峙しております。土佐藩の出兵が薩摩には頼りでしたが、それも叶わず、わが藩の兵も少数ですので、薩摩としてもなかなか厳しい事態にあったことは明らかで御座います」

と昇は答えた。

「それでは、出兵は誤りであったと申すのか」と針尾家老が聞いた。

「いえ、そうとも言えませぬ。拙者が大坂を発つ前々日、薩摩軍の先遣隊が大坂の薩摩藩邸に到着しましたが、すでに長州の三田尻には、第一陣の部隊が待機し、これに鹿児島からの後続部隊が到着し、そのうえで長州軍が加わり、さらに芸州軍も加われば、幕府軍との間に戦端が開かれたとしても、勝算は十分にあります」

さらに昇は続けて、

「慶喜公の頭の中は、御自分の面子《めんつ》と幕府を盛り立てることしかなく、これまでの政《まつりごと》を変える気配も御座いませぬ」

と言うと東馬が、「相変わらず、お主は慶喜公が嫌いじゃな」と言った。

昇は、かつて水戸天狗党の武田耕雲斎や藤田小四郎に対して慶喜が行った残忍な仕打ちを聞いてから、誰憚《はばか》らず、「慶喜には情けは通じぬ。鬼のようだ」と嫌っていたからである。

「よい、よい。昇、先を続けよ」と藩主が言うので、昇は続けた。

「さて、土佐藩は容堂侯が倒幕に反対されているとはいえ、大目付であった乾（板垣）退助らは、虎視眈々と兵を挙げての上洛を狙っているとも聞きます。無論、長州は、朝廷の寛典がなければ動けませぬが、大久保（利通）殿やお公家の岩倉具視卿らが堂上方に働きかけ、近々、勅勘が解かれる見込みだということで、解かれれば、兵を上洛させることになりましょう。さらに、芸州（広島）も続くはずですので、あとはきっかけさえあれば、討幕の兵を挙げることになります。そのときのために、兄（清左衛門）は京に潜伏すると申しておりました。いずれにせよ、今は、京の情勢を見守るのがよろしいかと存じます」

「然様《さよう》か。いずれにせよ、断を下すのはまだ早い。皆の者、もうしばらくは、動くでない」

藩主はそう命じたが、やはりこの問題で藩主も迷い、また、執政らと何度も議論を重ねたのだと昇は感じたのである。

【四】叶わぬ恋

昇が、京、大坂を脱出し、大村に帰る頃、京では、慶喜と薩摩の西郷や大久保、さらに公家の岩倉卿らとの、幕府の命運をかけた駆け引きが行われていたが、この報せが大村にもたらされるのは、少し日にちを置いてからのことになる。

この頃、昇は、私的な問題を抱えていた。昇の人生で、二度目の恋である。実は昇は、江戸の練兵館にいた頃、剣の師匠である斎藤弥九郎の娘象《きさ》に恋をした。初恋で片思いである。もし添い遂げることができ、象を連れて大村に帰るか、あるいは象が大村に付いてきたくないのであれば、昇自身も大村に帰らず、そのまま練兵館で師範代として一生を終えてもよいとまで一時は思い詰めた。

しかし、その思いを弥九郎に話し、弥九郎が象に話したところ、象は、練兵館に通うある長州藩士と一緒になりたいと弥九郎に言い、昇を拒んだのである。失意の昇は、それを機に、練兵館に残るとの思いを振り切った。

京から帰国して、藩主を前にした評定が終わった日の夕刻、昇は勘四郎を誘って、自邸で酒を飲むことにした。人生で二度目の滾《たぎ》るような想いを勘四郎に打ち明けたかったのだ。

勤王党の同志たちが昇の帰国を祝うと共に、京の事情を聞きたいといって酒宴を持ち掛けたが、「後日にしてくれ」と断っての二人きりの酒である。

　初婚の相手フクが去った後、独り身の昇にとっては広過ぎる屋敷であるが、庭続きの清左衛門家の和助夫婦が世話をしてくれ、また食事や風呂も渡辺家の母屋で済ますので、日頃の生活に不便を感じることもない。この夕も、母のサンと姪のフデが酒と肴を庭伝いに持ってきて、昇と勘四郎を和ませてくれた。

　フデは七歳になり、病弱な身体にも、子供らしい活気が蘇《よみがえ》ってきたようにみえる。勘四郎は久しぶりにフデを見て、「もう少し経てば、えらく別嬪になりそうだな。拙者の息子が大きければ、嫁にもらいたいところだ」と言うので、そろそろそのような話の意味もわかり始めたとみえて、フデは顔を赤くした。

　サンは、昇と勘四郎に大事な話がありそうだと察して、「フデ。叔父上たちの邪魔をしないように家に戻りましょう。お酒が足りなくなったら、呼んでください」と言い、フデの手を取り戻っていった。

「さあ、飲もうか」と昇が言って、用意された二つの湯飲みに酒を注ぎ、一つを勘四郎に渡した。

「兵力、何かあったのか」

　湯呑を受けた勘四郎は、訝《いぶか》し気ながらも、注がれた酒を口にした。子供の頃からの付き合いで、昇が何かの問題を抱え、自分に相談したいことがあるのだと直感的にわかるのである。

「言い出し難いことだが、嫁をもらいたいと思っている」と昇は答えた。

「目出度い話ではないか。お主にそのような縁談があるとは知らなかった。フクのことで拙者に気兼ねしているのなら、それは無用だ。お主の婚儀を拙者に相談することもない」

フクは勘四郎が親戚の娘を世話したのであるが、昇が忙しく飛び回り、家に落ち着かないので、フクは見限って実家に戻りそのまま離縁となった。

「そのことで気兼ねしているのではないのだ」

「では、何だ。武家に相応しくない女なのか」

「いや、歴とした武家の女だ」

「それならば、遠慮はいるまい。お主も立派な屋敷をもらっている。確かに留守がちだが、家を守る妻がいて、子もできれば、安心ではないか。拙者の妻も、義父があのようになったゆえ、一時は家を出たいと言っていたが、男児はまだ小さいゆえ、袖を引かれる思いであったろう。拙者は『義父《ちち》は義父。お前は楠本家の嫁だ。お前が家を出るには及ばぬ。子らのためにも、拙者のためにも家にいてくれ』と言って引き留めたが、今は気持ちが落ち着いたようだ」

勘四郎の妻の父、村部俊左衛門は、先の内訌で陰謀に深く関わっていたために斬首となっていた。また、村部の妻子も城下からの所払いに処せられていたが、勘四郎には前年に男子が生まれ、二人目の子も身ごもったばかりであった。

「そのことに関わりがないとも言えぬ」

「まさか、騒動に関わった者の縁者なのか」

「いや、もっと厄介かもしれぬ」

と昇は言い、嫁にしたいと思う女が、刑死した者の妻であることをその名を挙げて告げた。

それを聞いた勘四郎は声を荒らげた。

「絶対にいかぬぞ。駄目だ。絶対に駄目だ。そのような女と、何処で知り合ったのだ」

「実は、その女が四月に（梅沢）武平の嫁御に付き添われてここに来た。獄中にいる夫の様子と、処罰を受けるのかどうかを聞きに来たのだ。無論、助命嘆願ではない。気丈で、凛《りん》とした美しい女だ。あのような女は初めてだ」

武平の妻はその女とは幼馴染みで、夫が捕縛され、身の上話を聞いているうちに気の毒になり、牢内の夫の様子だけでも聞かせてやりたいと思い、昇の屋敷に連れてきたという。本来は、情実で罪人の縁者と会ってはならないが、当時武平は長崎藩邸預かりとなり、先に大村に帰った妻女には迷惑をかけているので、「話だけ伺う」ということで会ったという。

その後、夫の刑の執行が終わり、藩から拝領の屋敷を追い出されて城下所払《じょうかところばら》いとなり、夫の両親と共に城下から二里ほどの田舎に身を寄せたが、姑との仲が悪く、子供もいないため、城下から遠くない松原に縁者を頼って一人で移り住んでいるという。このことを武平の妻から聞き、女を忘れられずにいたため、昇の方から出かけたというのである。

「だいぶ惚《ほ》れているようだが、情を交わしたのか」

と勘四郎が聞くので、昇は「ああ、此度《こたび》、京に上る前に、二度、女の許に出かけた」と素直に頷《うなず》いた。

「情はともあれ、このことが士道にも、人の道にも悖《もと》ることだと思わぬのか。拙者は絶対に許さぬ」

勘四郎は、昇を正面から見据えて、厳しい口調で言った。

「お主に言われなくともわかっている。わかっているが、身体と気持ちを自分でどうにも抑えきれぬ」

「お主のやっていることは、殿様をはじめとして、勤王党の同志も、さらに、お主を崇《あが》めている若い者たちをも裏切ることだ。友として言う。二度とその女には近づくな。拙者の言うことが聞けぬのであれば、友の縁を切る。いや、たとえ相討ちになろうが、お主を、今ここで刺す」

こう言って勘四郎は脇差に手をやり、強い口調で昇を諫《いさ》めたのである。

昇も、勘四郎に言われるまでもなく、その女と逢瀬《おうせ》を重ねることに後ろめたさを感じていた。その分、一層想いは募るのであるが、「わかっている」と改めて言って、手に持った茶碗酒をグッとあおった。

勘四郎は、少し口調を抑えて言った。

「なあ、昇。その女にお主の子でもできれば、お主も恥さらしだが、女も大村にいる場所がなくなる。自害することもあり得る。お主がその女を本当に好きであれば、別れることだ。よいな」

　勘四郎の穏やかな説得に昇は黙って頷いたのである。

　次の日、昇は武平の屋敷を訪ねた。昇は、武平が藩庁に出かけて留守にしていることはわかっていたが、武平ではなく妻の方に用があった。

　昇を座敷に通すなり、「あの人のことですか」と武平の妻は言った。昇は、すでに本人から事情を聞いて知っているのだと思った。

「然様、御存知であるか」

「あなた様の留守中、あの方が、一度お見えになりました」

「然様ですか」

「私も、あなた様との縁をつくったことを後悔しています。昨日、旦那様から、あなた様が御帰国なされたことを伺い、近いうちにお訪ねしなければならないと思っていたところです」

「そのことで御座るが、昨夜、嫁にもらえぬものだろうかと勘四郎に相談したところ、厳しく非難され、反対されました」

「普通の人はそのようにお考えになると存じます。あの方も困り果てていらっしゃいました」

「で、あの方は何か言っておりましたか」

「そのことで、私があなた様をお訪ねしなければならないところでした。あの方の言伝《ことづて》があります」

「どのようなことでしょうか」

「あの方は、お情けをいただき、ありがたいとは存じますが、これ以上お会いすることはできませぬ。また、探すこともお止めください。もし、探し当てられれば、そのときは自害するしかありませぬ、とのことです」

「どちらかに、移られたのであろうか」

「然様で御座います。無論、私は知っておりますが、あなた様に申し上げるつもりもありませぬ。あの方を死なねばならない羽目にあわせたくないので御座います」

「あの方を苦しめたようですな。して武平は、このことを知っておりますか」

「このことは、旦那様には話しておりませぬ。私が叱られます。今日、お見えになったことも話しませぬ。どうかお引き取りを願います」

昇は玄関で、「これをあの方にお渡し願えないか」と言って、京で買った蒔絵《まきえ》の施された櫛を袖口から出して懐紙に挟んだ。そして、それを式台の上に置き、妻女の返事を聞かずに武平の屋敷を後にしたのである。

【五】大政奉還の前

慶応三年十月は、まさに近代日本の歴史的な転換点となった大政奉還の月であるが、この実現にはいくつかの段階を踏まなければならなかった。

まず、六月に結ばれた薩摩、土佐、芸州（広島）の三藩共同出兵同盟は破棄された。土佐藩の出兵の約束が果たされなかったからであるが、土佐藩は、前藩主山内容堂の意向を受けて、大政奉還による平和的な政治改革を主張し、幕府への建白書を準備した。

前年の第二次長州征討で、事実上の敗北を喫した徳川幕府であったが、第十五代将軍に就任した徳川慶喜は、様々な手段を弄して幕威の回復を図ろうとした。しかし、政治の中心が江戸から京の朝廷に移り、幕府は政治の主導権を失いつつあり、その復権が容易でないことは誰の目にも明らかであった。

その事実を踏まえて、政治の専断権を一旦朝廷に返し、新たに朝廷を中心とした衆議的な政治体制を作り、その中で群臣筆頭としての徳川家の地位を確保するという大政奉還の構想が、親幕的な山内容堂の心情に適ったのである。

そして建白書提出に向けて、土佐藩の後藤象二郎や福岡藤次（孝弟《たかちか》）が薩摩や芸州、さらには幕閣の間を周旋して回った。また、この政治改革が実現すれば、薩摩や長州といった武力討幕を画策する勢力との騒乱を避け、平和裡に新しい政治体制に移行することができるとの思いから、芸州広島藩の国事掛の辻将曹《しょうそう》（維岳《いがく》）なども、土佐藩の建白に追随しようとしたのである。

一方、薩摩藩の西郷、大久保、小松、吉井幸輔らは、あくまでも武力討幕に拘り、九月に長州との間で薩長同盟の実行のための共同出兵同盟を改めて締結し、さらにこの同盟に芸州藩の倒幕強硬派も加わった。そして、薩摩藩の兵に長州と芸州の兵が加わって、十月上旬に上坂、上洛する計画を立て、そのために長州藩では、世子毛利定広が出兵する兵を鼓舞するために閲兵まで行ったのである。

ところが、長州藩三田尻港に九月末までには到着する予定であった薩摩藩船がなかなか来ない。実は、薩摩藩の内部でも、討幕派と親幕派に分かれ、武力討幕の兵を出すことができず、御所の警護の強化という名目でやっと千数百名ほどの出兵が叶ったというのが実情であった。

このような経緯《いきさつ》もあり、西郷らの薩摩藩の討幕派、長州藩、ならびに芸州藩の討幕派は改めて武力蜂起の計画を練り直さねばならなくなったのであり、いよいよ緊張をはらむ十月に入った。まず同月三日、土佐藩前藩主山内容堂の名で、大政奉還の建白書が後藤象二郎から老中板倉勝静《かつきよ》に提出された。これ自体は、すでに後藤や福岡らからの打診も受け、また若年寄格の永井尚志《なおゆき》ら幕閣の者からも意見が出され、慶喜とも話し合っているので驚くことではないが、徳川幕府開闢《かいびゃく》以来二百六十年の重みは、早々に人心を変えられるものでもない。ましてや、幕府政権の中枢にいる者たちにとっては、大政奉還はなかなかに受け入れ難いものであったと思われる。

しかし、政治、軍事、経済、外交の現実は、幕府政権の手詰まり感を現わし、慶喜といえども如何《いかん》とも成し難く、山内容堂の出した大政奉還の建白の中に、名目を捨て事実上の政治の盟主の道は確保できるとの一縷《いちる》の活路を見出す思いであったものと思われる。

この間、討幕派の薩摩と長州の両藩は改めて武力討幕の計画の練り直しをするために、十月六日、長州藩から政務役の広沢兵助（真臣《さねおみ》）と奇兵隊軍監の福田侠平を上洛させ、二人は薩摩藩邸に入った。また、広沢らは芸州藩の植田乙次郎を伴って来ていた。

八日、西郷、小松、大久保は、前から薩摩藩邸に潜む品川弥二郎と、さらに大政奉還に賛同して六日に同意書を幕府に上呈したばかりの辻将曹も呼んで会議し、辻の翻意を得て、改めて王政復古を目指す薩長芸三国軍事同盟を決議した。この決議を得て、同日、大久保、広沢、植田の三名が討幕派の大納言中御門経之《なかみかどつねゆき》を訪れて、明治天皇の外祖父で、先の権大納言である中山忠能《ただやす》にも拝謁し、三藩の決議書と、小松、西郷、大久保の連名で、討幕の宣旨を下されることを願う書を提出した。

さらに翌九日、大久保は、岩倉具視《ともみ》を訪問し、徳川慶喜、ならびに松平容保《かたやす》（会津藩主、京都守護職）と松平定敬《さだあき》（桑名藩主、京都所司代）の誅伐《ちゅうばつ》、さらに毛利敬親《たかちか》と広封《ひろあつ》（定広）の長州藩主父子の復位（勅勘解除）の宣旨が下されるように朝廷に働きかけることを願い出た。

これを受けて岩倉卿は、中山忠能卿に働きかけて宣旨《せんじ》の隠密裏の降下を計らったのである。

なおこのとき、岩倉卿は大久保に「錦の御旗」の製作を依頼した。旗の制作の発案と図案は岩倉の腹心で国学者の玉松操《たままつみさお》によるものであるが、鎌倉幕府を倒した後醍醐天皇の故事に因《ちな》み、やがて官軍の旗印になるものである。

大久保はこの依頼を受けて、愛妾を通して西陣の機織り所から帯地に使う大和錦と紅白の緞《どん》子《す》を買い入れ、それを品川弥二郎が山口に持ち帰って、図案に添って日月の錦旗二流と菊花章の紅白各十流を作らせ、鳥羽伏見の戦いに間に合わせることになる。

他方、慶喜は、板倉老中など幕閣が難色を示す中で、大政奉還の奏上を決意し、在京の十万石以上の藩の代表へ二条城大広間に十三日午前に集まるように達しを出し、その日に集まった藩の代表に大政奉還の上表の案を諮問した。

当時、政治の中心が江戸から京に移り、多くの藩が京に藩邸を設置していたので、招集の呼びかけに四十一の藩の代表五十人が集まった。その内訳は、津軽藩、南部藩、秋田藩、鶴岡藩、仙台藩、米沢藩、二本松藩、郡山藩、高田藩、富山藩、能登藩、加賀藩、大聖寺藩、越前藩、真田藩、忍藩、尾州藩、大垣藩、彦根藩、津藩、大和藩、備前岡山藩、福山藩、芸州広島藩、鳥取藩、松江藩、姫路藩、美作藩、阿波藩、高松藩、宇和島藩、伊予松山藩、土佐藩、小倉藩、中津藩、福岡藩、久留米藩、柳川藩、佐賀鍋島藩、熊本細川藩、薩摩藩である。無論、十万石に達しない大村藩は呼ばれていない。

ここには、親藩、譜代、外様の藩が入り交じっているので、大政奉還に賛否の意見があるはずであったが、板倉老中が、上表の案文を回覧させ、意見を求めても、「国元に問い合わせてお答えする」と言うばかりで、誰も答えない。突然のことで、また事の重大さに、独断で答えることができないからである。

板倉老中は、意見が出ないために解散を宣じたが、その際、「とくに意見があるものは居残って、慶喜公が直接にお聞き遊ばされる」と言った。その言葉に応じて残ったのは、薩摩の小松、芸州の辻、備前の牧野権六郎、土佐の福岡藤二と後藤象二郎、さらに宇和島の都築荘蔵の六人であった。

六人が大広間で待っていると、大目付戸川忠愛《ただなる》が最初に小松を指名し、慶喜が召し出した旨を伝え、小松は慶喜に拝謁した。

小松は、大政奉還を「御英断」と言上したうえで、「政の権を奉還しても、直ちに朝廷で政の引継ぎができるわけでなく、外交等の重大事だけは朝廷の評議に委ね、それ以外の事柄は引き続き幕府が担うことが至当であり、また、急ぎ全国の諸大名を京に呼び出し、衆議の場を設けることが肝要」との意見を述べた。

これに対して慶喜は、「もっともなこと」と言って、その場が終わったのである。

続いて後藤が呼ばれた。後藤は、自ら差し出した建白書をもとに大政奉還が行われようとしているのであるから、大政奉還に反対するわけがないのである。しかし、この日の席に臨むにあたって坂本龍馬から、もし慶喜が大政奉還を渋った場合は生還しない覚悟で臨んでくれとも言われていたという。

次いで、福岡、辻、牧野、都築共に大政奉還を支持するとの意見を言ったのである。

二条城で、慶喜の大政奉還上表の諮問が大名家の代表たちに行われたまさにその日、薩摩藩の大久保は、薩摩藩邸に潜伏していた長州藩の広沢兵助（真臣）と共に岩倉卿の屋敷に行き、長州藩主父子の官位を元に戻すとの宣旨を受け取った。つまり、元治元年（一八六四）七月の禁門の変以来、朝敵となった長州藩主父子の罪を解くとの宣旨である。

薩摩藩としては、鹿児島から大山格之助が率いて上洛する兵千数百名が長州の三田尻に十月六日に到着し、その先ぶれとして三島弥兵衛（通庸《みちつね》）が前々日に京に上ってきたので、武力討幕の準備も整いつつあることを実感したところである。

しかし、武力討幕を目指すにしても、徳川と薩摩の私闘とみられることを避けたかった。確かに大村藩の清左衛門と新精隊の四十人も三島と一緒に再上洛していたが、如何にも小藩で、兵の人数も少ない。したがって、薩長同盟に沿って長州との共闘が討幕の最低要件であったが、長州藩主父子は朝敵とされており、その罪が解かれなければ、長州藩の出兵上洛は難しかったのである。

【六】大政奉還

長州藩主父子の冤罪を認め、官位を元に戻すとの宣旨は、中山忠能に岩倉具視が働きかけて実現したもので、議奏の正親町三条実愛《おおぎまちさんじょうさねなる》と中御門経之とが関わって天皇に密奏しているが、摂政二条斉敬《なりゆき》ら佐幕派公卿は全く知らされていなかった。

また、十月十三日付けで、中山、三条、中御門の三名の連署による、徳川慶喜討伐の詔書、ならびに松平容保《かたもり》と松平定敬《さだあき》の誅戮《ちゅうりく》の宣旨が島津久光と茂久《もちひさ》（忠義）父子に下された。さらに翌十四日には、同様の詔書と宣旨が長州藩主父子にも下されたのである。

これらの詔書と宣旨を受け取った大久保と広沢は、薩摩藩邸に持ち帰り、小松と西郷、さらには、数日前に上洛し薩摩藩邸に潜伏していた長州藩奇兵隊軍監の福田侠平と品川弥二郎に見せた。

福田と品川は、藩主父子の官位の復活の宣旨を読んで、「これで殿の御無念が晴らされる。先の出征（禁門の変）で死んだ者たちも浮かばれましょう」と涙を流して喜び、「早く山口に帰り、殿の御覧に入れて、討幕の兵を挙げることに致す」と言った。

そして翌十四日、薩長の共同受諾という意思を明らかにするために、これら六名の連名で、「薩長連衡御請誓書《おうけせいしょ》」を書いて、中山、三条、中御門、ならびに岩倉に宛てて提出し、そのうえで改めて具体的な出兵計画を話し合ったのである。

その話し合いの結果、西郷、小松、大久保の三人は、早々に、広沢と福田と共に大坂に下り、船でまず長州三田尻に寄り、そこで木戸（孝允）ら長州藩中枢に会って、出兵の意思を確かめて鹿児島に帰り、鹿児島からできるだけ多くの兵を上京させるという段取りを決めた。西郷らを三田尻まで送る船便については、芸州藩の蒸気輸送船を使わせてもらうとの約束を芸州藩邸で取り付けた。

これらの段取りが済んだ十五日の夜、清左衛門は薩摩藩邸の西郷の部屋に呼ばれ、開口一番、西郷が伝えた。

「清左衛門殿。厳にここだけの話で御座るが、討幕の宣旨が下り申した」

「真《まこと》ですか。それは目出とう御座います。我らも、ようやく戦働《いくさばたら》きの場を得られるので御座いますか」と清左衛門が感慨深そうに言った。

「そこでじゃが、今、京にいる兵は無論のこと、後続の兵を合わせても、まだまだ幕府の軍勢に対抗できませぬ。そのため拙者は、小松、大久保と共に鹿児島に帰り、兵を引き連れて上洛することにしたいと考えています。ただ国元では、兵の上洛に反対する者もおり、その者たちを説得しなければなりませぬ。されど、必ずや上洛しますので、それまでお待ちくだされ。上洛した折には共に戦いましょう」

「それで、いつ頃お戻りでしょうか」

「然様ですな。兵の準備もあるゆえ、最低ひと月はかかりましょう」と西郷が答え、

「もし、我らが戻らぬときは、鹿児島で、三人枕を共にして死んだものと思い、速やかに兵を引き連れ大村にお帰りください」と言い足した。

「何卒、御無事にお戻りなさるのをお待ち申し上げる」

と清左衛門は言ったが、西郷の覚悟を聞き、いよいよ正念場に差し掛かっていることを肝に銘じた。ただ、このことを大村藩邸にいる大村右衛門に伝えておきたかったが、大村兵の再上洛も厳秘であったので、自分でのこのこと藩邸に行くこともできず、また書面でも危ないので別の機会を待つことにした。

このような、薩長芸の動きがあるなかで、十月十四日、徳川慶喜は前日に二条城で諸大名の代表たちに示した大政奉還上表案に若干の訂正を加えて、朝廷に奏上した。

慶喜から大政奉還を上奏された朝廷では、摂政で親幕派の二条斉敬や中川宮（賀陽宮《かやのみや》、後、久邇宮《くにのみや》）朝彦《あさひこ》親王らの上層部が、当然の如く受理に難色を示した。しかし実は、前日の二条城での上表諮問の後、小松は板倉老中から、十四日に慶喜が上奏するので、そのことを事前に二条摂政に伝え、受理するように話してくれと頼まれていた。

そのために小松は二条摂政に拝謁し、次の日の慶喜の上奏を伝え、受けるように申し入れていた。それでも二条摂政は、事前の相談もないままに上奏されたとして受理に反対したが、十四日に参内した慶喜は「是非にお受け取りを」と強硬であった。そこで、翌十五日に慶喜を加

えた朝議が持たれ、受理が決まり、大政奉還勅許の沙汰書が下されたのである。

大政奉還上奏の時点で、慶喜討伐の詔書や松平容保と松平定敬の誅戮の宣旨が下されたことが慶喜側、あるいは二条摂政や中川宮親王らに知られていたのかどうかはわからないが、大政奉還の機としては絶妙であった。なぜなら、武力討幕の名分が立たなくなったからである。

それでも、小松が大政奉還に賛成し、二条摂政に大政奉還上奏の受理を申し入れた背景には、西郷らの強硬な武力行使に危惧を抱き、できれば争いを避けたいと思っていたからともいわれる。しかし、十三日に薩摩藩邸に戻ると、討幕の密勅が下されており、ここで腹を決めたようである。

一方、大政奉還が受理された後、これを諸藩に伝えるために徳川慶喜は、十六日、京に藩邸を構える十万石以上の藩の代表を二条城に呼び、また翌十七日には、同じく一万石以上の藩の代表を二条城に呼んだ。

当時、七十余の数の藩が京に藩邸を構え、そのうち四十ほどが十万石以上の藩であったので、残りの三十くらいの藩の代表が十七日の招集に応じ、その中に大村藩も入っていた。

こうして大政奉還の手続きが済んだことが、少なくとも在京の藩には知らされたのであるが、この報が伝わると、幕臣、会津や桑名の藩士、さらに京に藩邸を構えた親藩や譜代大名の家臣たち、さらに新撰組や見回り組の者たちは猛反発した。

慶喜の懐刀といわれた側用人の原市之進でさえも、八月に幕臣に殺されたくらいであり、ましてや、今回の大政奉還で慶喜自身に対しての身内からの憎悪も激しく、殺伐とした空気が幕府の内部にも広がった。

　また、前年の暮れに孝明天皇が崩御《ほうぎょ》し、明治天皇が即位してから薩摩藩の傍若無人ぶりが目立ち幕府側を刺激していたため、薩摩藩邸を焼き討ちし、禁裏を扼守《やくしゅ》して天皇を拘禁しようとする企てさえも聞こえてきた。さらに、薩摩藩と親戚関係にある近衛家や付き合いの深い公卿たちを脅迫する事件も後を絶たなかった。

　さらにまた、大政奉還の建白書を差し出した土佐藩に対する幕府派の憎しみも強く、後藤象二郎に対しては、新撰組の近藤勇が直接に会って脅すような事態となり、坂本龍馬や中岡慎太郎も幕臣や新撰組や見廻り組などから狙われる始末であった。

　しかし、身内の反感に動揺することなく慶喜は、大政奉還をするのならば将軍位も返上しなければ趣旨貫徹しないとの考えから、大政奉還の奏上が受諾された六日後の二十一日、将軍職返上を朝廷に内々に申し出てきた。

　こうした慶喜の行動の背景には、二条摂政や中川宮ら親幕派公卿の慶喜に対する耳打ちがあった。つまり、大政奉還と将軍位の返上があっても、日本の政治を担える者は、徳川幕府、したがって慶喜しかなく、全国から大名を京に集め、公議の総意でもって、徳川幕府への政治の再委任と慶喜の将軍位を再任することで、混乱に終止符を打てばよいというものである。

　そして、二十三日、慶喜は予告通りに将軍職返上を申し出てきた。そこで朝廷は、その上奏書を一旦預かり、新しい政の形を決めるための公議の場を設けることにして、全国の諸侯を京に呼び寄せることにした。期限は十一月末である。

まずは、尾張藩主徳川慶勝《よしかつ》、福井藩前藩主松平慶永《よしなが》（春嶽）、薩摩藩国父島津久光、宇和島藩前藩主伊達宗城《むねしろ》、土佐藩前藩主山内容堂、広島藩主浅野茂長《もちなが》、佐賀藩主鍋島直正《なおまさ》（閑叟《かんそう》）、岡山藩主池田茂政《もちまさ》（徳川慶喜の実弟）に上洛の勅命を下した。これらの者で新しい賢侯会議を起こし、公議体における議論の素案を作って、筆頭の地位に徳川慶喜を指名することを狙ったものと思われる。このうち、久光さえ抑えれば、議論を操作することは可能であると考えたのであろう。次いで、全国の五十余の十万石以上の大大名、さらに一万石以上の大名に招集令を発したのである。

ところが、賢侯会議に呼ばれた者で、すぐに上洛に応じたのは、徳川慶勝と松平慶永くらいで、他は様子見の姿勢をとった。また、全国に三百前後の数の藩があり、藩主を呼び寄せるといっても、京に藩邸（京屋敷）を構えている藩は七十余ほどしかなく、それらの藩でさえも、藩主の上洛には慎重であり、ましてや京に藩邸を持たないために情報源が限られ、政情に疎い藩では、困惑以外の何ものでもなかった。

しかも、その多くが小藩で、藩主を上洛させる経済的余裕はなかった。したがって、慶喜や幕府派公卿の筋書き通りには運ばなかったのである。

いずれにせよ、公議のために全国の大名を召集する通知を発するまでは、慶喜と二条摂政ら幕府派公卿の筋書き通りの展開であったが、公議が成り立たないことには、慶喜を再任することはできない。ここに、慶喜側の目論見《もくろみ》の崩れが生まれたのである。

第十五章　大政奉還の余波（鳥羽伏見の戦いの直前）

【一】上洛勅命

慶応三年（一八六七）十月十四日に徳川慶喜《よしのぶ》により朝廷に奏上された大政奉還は、討幕派にとっても自らの大義名分を失わせることとなった。

そのために、討幕の宣旨の降下に関わった中山忠能《ただやす》、三条実愛《さねなる》、中御門経之《なかみかどつねゆき》の公卿たちが十月二十一日付で連署して、宣旨の実行を延期するように薩摩藩に沙汰書を渡し、長州藩にもその旨を報せるように命じてきた。

ところが、中山卿らからの沙汰書で討幕宣旨の実行延期を求められた薩摩藩だったが、西郷ら薩摩藩の中枢と長州藩の広沢らは討幕の宣旨が下されたものとして、それぞれに出兵の準備のために京を出て帰国の途にあり、すでに矢が放たれた事態となっていた。薩摩藩邸の留守を預かる吉井幸輔も「今さら、止められぬ」と、沙汰書を無視することにしたのである。

要するにその後の展開をみれば、慶喜も二条摂政らも大政奉還と将軍職返上という大芝居を打ったものの、引き返すことも、取り消すこともできない、次の時代の幕開けを自らお膳立てしたことになったのである。

無論、歴史の渦中にいる者には、先の見通しが立たないまま、転がり込んできた機会を逃すまいとがむしゃらに動くしかないこともある。西郷らがそうであった。

　大政奉還の時点で討幕の宣旨を戴いた西郷、小松、大久保、広沢兵助、福田侠平の五人は、十七日、京を出立して大坂に下り、翌十八日に芸州藩が用意した船に乗ってまず長州に向かい、二十一日、三田尻港で木戸らの長州藩執政らと軍事計画について会談した。

　三田尻港には、三艘の軍船に乗ってきた鹿児島からの第一陣千数百名の兵が出陣の命を待っていたが、そのまま待機させた。そして、西郷と小松は山口に向かい（大久保は三田尻に残った）、二十三日に長州藩主父子に拝謁した。そこで、降下した宣旨について説明し、労《ねぎら》われ、改めて薩長間の同盟を確かめた。

　そして西郷らは、もう一度三田尻に戻り、待機させていた第一陣の兵を別の船に乗り込ませて大坂に送り出し、自分らは、第一陣を乗せてきた船団を率いて二十六日に鹿児島に帰った。後続の兵の上洛には、これらの船が必要だったからである。

　帰国した西郷たちは、討幕の宣旨を動かぬ証拠にして、討幕のための出兵を国父島津久光と藩主島津忠義に説いた。また、直前に謁見を得た長州藩主父子の親書に応えることも、武士としての信義だとも力説した。

　国元には出兵に反対する宿老たちがいて、すでに先発した第一陣の出兵にも反対したのであるが、下された宣旨を前にしては反対の声も少なかった。出兵に気乗り薄であった久光も、討幕に積極的であった藩主忠義が兵を率いて上洛することを黙認した。こうして十一月には、島津忠義を総大将にした三千余名の薩摩兵が上洛の途につき、長州藩もこれに呼応し、さらに芸州藩も追随することになったのである。

ところで、西郷らが留守した京では混乱は続いた。大政奉還という大事が慶喜自身の判断で断行された後、やり場のない憤りを抱いた幕臣や親幕の者たちが、大政奉還のお膳立てをした土佐藩の後藤象二郎や脱藩士の坂本龍馬や中岡慎太郎、さらには反幕と目される公卿などを付け狙うようになった。とくに、岩倉、中山、三条、中御門の公卿たちは討幕の宣旨の降下という密事に関わったことが露見すれば、ただでは済まされないと気が気ではなかった。

そこで、中山卿が薩摩藩邸に使いを遣り、留守居の吉井幸輔を自分の屋敷に呼びつけた。

「西郷さんらが多くの兵を連れて行かれましたので、宮門内の警護が手薄になりました。私らは、何時、暴徒が襲ってくるかと夜も眠れません」

宮門とは、内裏とその周りの公家たちの屋敷を大囲いに取り巻いた周囲一里（約四キロメートル）ほどの一帯に入る門である。北から時計回りに、今出川《いまでがわ》御門、石薬師《いしやくし》御門、清和院御門、寺町御門、堺町御門、下立売《しもだちうり》御門、蛤御門、中立売《なかだちうり》御門、乾御門の九つがある。それぞれが、全国の雄藩によって警護され、薩摩藩は乾御門を任されているが、圧倒的な兵力を持っているので、北側の公家屋敷、とくに薩摩藩の親戚の近衛家とその近辺は薩摩兵の衛兵と巡邏《じゅんら》隊がしっかりと守っていた。近衛家の並びの通り沿いにある中山邸も薩摩の目が光っているため、胡乱《うろん》な者は簡単には寄り付けない。

「そのことであれば、御心配には及びませぬ。今は長州に留まっておりますが、わが藩の兵千数百がほどなく上って参ります。また、これは幕府には内密ですが、数日前に大村藩から来た精鋭の鉄砲隊四十名ほどがこのあたりの警護に加わっております」と吉井は言った。

「ほお、鉄砲隊とは頼もしい。大村藩ですか。明日にでも、隊長さんをこちらに寄越しなされ。挨拶でもさせてもらいましょう」と中山卿が言うので、

「隊長は渡辺清左衛門と申しますが、本人も喜びましょう。明日、早速、同道します」

と、吉井は答えた。

次の日、清左衛門は、吉井幸輔に連れられて中山邸を訪れた。

清左衛門はこのような時のためにと、大村から持参した真珠数粒を中山卿に献上すると、中山卿は気を良くした。

「渡辺さん、御苦労です。聞けば幕府に内緒で上っておいでということじゃが、大そうな御役目を隠れてやるのは詰まらんことでっしゃろ。藩名を明らかにされればよろしいのではありませんか」

「わが殿の志《こころざし》は、あくまでも勤王で御座います。弊藩の名を明らかにせずとも、朝廷に尽くすことができれば本懐で御座います」と清左衛門は答えた。

「大村の殿さんは御立派で御座いますな。お名前は忘れませんぞ。天皇さんにもお伝えしておきます。これからも、宮門内の警護をよろしく頼みます」

「ありがたき御言葉を頂戴いたしました。すぐにでも、国元に報せ申します」

と清左衛門は言って、退出したのである。

ただ、折角、薩摩兵の姿に偽装して再上洛したばかりで、今は自分らのことを幕府に知られたくないので、中山卿に会ったことで露見するのではないかと清左衛門は心配した。

清左衛門が中山卿邸に参殿した時刻に、京に藩邸を構える藩のうち一万石以上の藩の代表が二条城に呼ばれて、大村藩からも留守居の大村右衛門が出席した。その席で、大政奉還上表の奏上が受理されたことを大目付戸川忠愛《ただなる》から報告を受けたのである。

右衛門は藩邸に戻り、国元と大坂藩邸に大政奉還がなされたことを報せる書状を書き始めたが、このことを清左衛門にも報せ、今後のことを打ち合わせておこうと考えた。清左衛門からは、「大坂から戻った」との短い文を受け取っていたからである。

そこで、応接役として転任してきたばかりの藤田小八郎を呼んだ。小八郎は勤王党の一員で、清左衛門とも親しい。

「薩摩藩邸にいる清左衛門の許に行き、今夜藩邸に来るように伝えてくれ。お主は、京都奉行所の密偵に顔が知られていないだろうゆえ大丈夫とは思うが、くれぐれも悟られないように注意して行くのだぞ」と右衛門は小八郎に命じた。

その夜、清左衛門が大村藩邸に忍ぶように来た。

「知っているとは思うが、今日、二条城で大政奉還の上奏が受理されたとの説明を受けた」

右衛門は言った。

「そのことは薩摩藩邸で聞いております。拙者からもいくつかお話があり、こちらに伺いたいと思っていたところで御座います」

そして、討幕の宣旨が下ったこと、西郷らが国元に帰り、兵を引き連れて上洛する予定であること、薩摩兵の第一陣はすでに長州まで上ってきており、その数は千を超え、そろそろ上洛すると聞いていること、中山卿邸に参殿し卿から言葉をいただいたことなどを話した。

「慶喜公も思い切ったことをなされたものだが、討幕の密勅のことを御存知なのだろうか」

と右衛門が聞くと、清左衛門は、

「この件は厳秘ですので、間違っても漏れてはいないと存じます。それにしても、大政奉還とは、こちらの出方を読み切ったような手で御座いますな」と答えた。

「もし薩摩兵の上洛がなければ、我らは早々に撤退せねばならぬが、今後、出方を間違えると藩の浮沈に関わるゆえ、つなぎは密にしておきたい。つなぎ役は、小八郎に頼む」

と、右衛門。小八郎は「畏《かしこ》まりました」と言い、清左衛門と連絡方法を決めた。

その後、二十三日の午前中に大村藩邸の誰かを内裏に上がらせるようにとの書が届き、大村右衛門は小八郎を参内させた。小八郎が内裏に参内したところ、在京諸藩の代表も集まっており、参議で武家伝送の日野資宗《すけむね》卿から、慶喜の将軍位返上が天皇に受理されたことが告げられた。また、諸外国との外交などの大事を誰が担うか、衆議をもって決めることにするので、各藩の藩主の上洛を命ずること、そして、上洛の期限は十一月中とすることという勅諚が列席した各藩の代表に書面で下されたのである。

その夜、右衛門は再び清左衛門を呼び、勅命の書を前にして言った。

「清左衛門、直々の勅命降下じゃ。誠に栄誉なことで、国元に報せれば殿もお喜び召さると存ずる。ここは、是非とも殿に御上洛いただかねばならぬと存ずるが、このことを書面でお報せしても事の重さは伝わるまい。今の京の事情も正しくお伝えせねばならぬ。よって、拙者が直《じか》に殿にお話し申し上げ、速やかに御上洛いただくようにお願い申し上げる所存じゃ」

「拙者も然様《さよう》になされるのがよろしいかと存じます。確かに、今の京の事情は書面では説きにくく、判断を間違えれば窮地を招きかねませぬ。西郷殿らが次に上洛されるときは、数千の兵を率いてのことであろうと存じます。そのときは長州軍も上洛するはずですので、我らも覚悟を決めねばなりませぬ。そのことも、合わせて殿にお話しくださるよう、お願い申し上げます」

「相《あい》、わかった。難しいことになりそうじゃが、是非とも殿をお連れするつもりじゃ。ただし、留守中何かあれば、其方《そなた》の了見で動かねばならぬ。くれぐれも慎重にな」

「吉報をお待ちしています」

こうして右衛門は、二十七日に勅諚を持って京を発ち、途中、大坂の大村藩邸に立ち寄り、十一月八日に大村に帰着したのである。

【二】上洛は是か非か

政治的に膠着《こうちゃく》した事態を打開するために将軍徳川慶喜は大政奉還を上奏し、同二十三日には将軍位の返上も朝廷において受け入れられた。ただ、大政奉還は表向きで、朝廷においては慶喜の将軍再任を望む摂政二条斉敬《なりゆき》や中川宮（賀陽宮《かやのみや》、後、久邇宮《くにのみや》）朝彦《あさひこ》親王ら親幕派と、倒幕を狙う薩摩や長州ら雄藩の軍事力を後ろ盾に朝廷中心の政治に回帰を図ろうとする岩倉具視卿らの王政復古派とが駆け引きを繰り広げていた。

また幕府内でも、あくまでも慶喜を支えようとする京都守護職松平容保《かたもり》の会津藩や京都所司代松平定敬《さだあき》の桑名藩の勢力と、慶喜の独断的行動に不満を持つ親藩や譜代や旗本との間の葛藤、それらに新撰組や京都見廻組らが絡み合い、一枚岩とはいえない状況となっていた。

さらに、倒幕派と目される薩摩藩も、実は内情において複雑であり、国父島津久光と宿老たちは武力討幕に消極的であり、西郷隆盛、大久保利通、さらに小松帯刀らの前のめり的先駆を懸念していた。

長州藩は藩を挙げて一目散に武力討幕に向かっていたが、禁門の変以来朝敵とされているため、そのままでは軍勢を京に向かわせることはできなかった。藩主の毛利敬親《たかちか》と元徳《もとのり》（広封《ひろあつ》・定広）父子に対しては、十月十三日の密勅で官位復活の宣旨を得た形になっていたが、天皇から下された正式のものではなく、天下に認められたものではなかった。

土佐藩は前藩主山内容堂が親幕の立場であり、慶喜の大政奉還の筋書きを作った建前上、倒幕は論外であったが、藩内には乾（板垣）退助など、武力討幕を支持する者たちを多く抱え、さらに坂本龍馬や中岡慎太郎など、脱藩して浪士となり、薩摩や長州と密接に関わり、倒幕、あるいは政治改革に命を賭す者たちも多かった。

このような状況の十一月八日、大村藩京都藩邸の留守居大村右衛門が、十月二十三日に朝廷より直々に下された藩主の上洛を命ずる勅諚を携えて帰国した。勅諚には「御用の儀あり、十一月中に上洛のこと」とあった。

この勅諚は、小さいながらも大村藩が京に藩邸を持っていたために、御所に呼び出されて下賜されたのである。勅諚自体は全国の大名に発せられたものであったとはいえ、勤王を藩是とする大村藩にとっては名誉なことであった。

右衛門が帰国した翌々日に、勅諚への対応をめぐって御前会議が開かれた。出席者は、藩主大村純熈《すみひろ》のほか、家老の針尾九左衛門、浅田進五郎、大村太左衛門、片山竜三郎、中老の土屋善右衛門、大村歓十郎、原三嘉善《みかよし》、さらに大目付の渋江圭太夫、筆頭側用人の稲田東馬、次席の昇、同じく側用人の楠本勘四郎、長岡治三郎、梅沢武平、そして、監察の加藤勇らであり、これらの多くが勤王党である。針尾家老と並ぶ主席家老である稲田中衛はこのとき、体調を崩し静養中である。

昇は、十一月一日に東馬に次ぐ地位の側用人となると共に、使番《つかいばん》に抜擢されていた。使番は藩主が出席していない執政会議に出て、藩主の意向を述べたり、会議の内容を藩主に伝えたり、さらには藩主の代わりに達示通達に出向いたりする重要な役職であり、登城時に本丸に上がる際、表玄関を使うことができるなど、事実上の家老待遇である。

「まずは、殿におかれましてはお世継ぎを得られましたこと、心よりお喜び申し上げます」

御前会議で、右衛門は最初に祝辞を述べた。実は、十月二十五日に、藩主と正室との間に初めての男児が生まれていた。正室も側室もこれまで産んだ子は女児ばかりであったため、この男児が無事に成長すれば、文句なしに跡継ぎになるはずであり、家臣たちが待ち望んでいたことであった。

「余も嬉しく思う」

と藩主も言いながらすぐに真顔になり、尋ねた。

「勅諚は拝読した。其の方が自ら携えて帰国したということは、余に上洛の進言に参ったか」

「然様で御座います。武家伝送の日野資宗《すけむね》卿は、此度《こたび》の勅諚の下賜にあたり、外交など山積する政の懸案を処する首班を決めるために、全国の大名を京に集めて衆議の場を設けることにしたと仰せで御座いました」

「なるほど。されど、この月の内に上洛せよと命じられても、すぐに応じる大名はいないのでは御座らぬか」と家老の針尾が言うと、

「然様。果たして、どれくらいの数の大名が集まるのかわからないなかで、当藩が目立つようなことになるのは、如何にも拙《まず》いのでは御座いませぬか」と浅田家老が続けた。

「殿が御上洛なさることには反対はいたしませぬが、此度《こたび》の騒動の始末も済んだばかりで、藩士も落ち着いておりませぬ。さらに、金庫の貯えも十分とはいえませせぬ」

と大村太左衛門も言い、家老たちは揃って、藩主の上洛を渋るような言い方である。

太左衛門の言う騒動とは、無論、大村騒動であり、藩士たちはそれぞれに、親類、親族、友人、隣人、上司、同僚、部下などで、咎《とが》を受けた者たちと何らかの形で関係を持っていたので、罪人の処罰が終わって半年経っても、未だ城下が喪に服し、華やぐことを忘れたような空気が漂っていたのである。

「さりとて、すでに清左衛門ら四十名余は京、さらに三十名余は大坂で薩摩と長州の兵の上洛の日が来るのを待ち、参戦の折には、殿の御出馬があるものと信じております。ただ、今は戦になるかどうかは定かではなく、上洛を命ずる勅諚も衆議のためで御座れば、殿が御上洛なされても、果たしてその甲斐があるかどうか拙者にはわかりませせぬ。右衛門殿。貴殿は薩摩や長州の動きを、如何様《いかよう》にみるのか」と、針尾家老が右衛門に質した。

「帰国する前に、薩摩藩邸留守居の吉井幸輔殿に会って参りました。吉井殿の仰せでは、慶喜公は自ら大政を奉還し将軍位を返上したとはいえ、復位を諦めたわけではなく、勅諚に応じて上洛した大名が衆議の場で慶喜公を将軍に再度指名することは大いにあり得ること。そうでなくとも、勅許により、慶喜公をたとえば左大臣、あるいは太政大臣に指名し、政務を幕府の役人に行わせるならば、これまでの幕府の政と変わりませぬ。そうなれば、天皇の世に変わる機会は失われますが、さりとて薩摩藩主が上洛しなければ、衆議の場で慶喜公と二条摂政らを抑えることができぬことは自明。よって、最早《もはや》、薩摩藩は、そのような姑息な駆け引きには応じず、国元に帰った西郷殿らが軍勢を引き連れて上洛するのを待つのみ、と仰せでありました」

「つまり、薩摩は武力で幕府を倒すこととしか考えていない、ということであるか」

と針尾家老が聞くと、右衛門は「その通りです」と答えた。すると浅田家老が断じた。

「それならば、殿が御上洛なさらずとも、戦の決着を待つだけでも構わぬのではないか」

「畏《おそ》れながら、わが藩は、薩摩、長州の両藩が出兵する折には共に幕府と戦うとの盟約を結んでおります。清左衛門殿が兵と共に京に潜伏するのも、その盟約に沿ったものです。此度の勅諚は、殿が御上洛なさる絶好の名分で御座れば、是非に御出馬を願いたく存ずる次第で御座います」と右衛門。そこに昇が発言した。

「畏れながら、拙者も右衛門様と意見を同じくするのでありますが、勅諚に従い御上洛なされることは王臣としての道。要は、戦のあるなしに関わらず、勅諚に応じて天皇に列する臣として御上洛遊ばされるのが肝要かと存じます。それこそ、亡き（松林）飯山《はんざん》殿の御遺志かと存ずる次第で御座います」

「余もそのように考えるが、皆はどうか」と藩主は改めて家臣に問いかけた。

「我らは殿の御裁量で動きますが、これは藩の先々を左右する大事ですので、誤りがなきよう、我ら執政にも考える暇《いとま》をいただけませぬか」

と針尾家老が代表して言うと、藩主も、

「尤《もっと》もじゃ。明日、改めて、皆の考えを聞くことにする」

ということで、この日は御前会議を閉じた。

【三】上洛の決断

会議の後、針尾家老は「京の正確な情勢を聞きたい」と言って、藩庁の役部屋に右衛門を誘い、昇にも声をかけた。役部屋に着くと昇は、会議の最中に気付いたことだが、針尾家老の顔色が優れないようなので、「御家老、風邪でも召されましたか」と聞いた。

すると針尾家老は、「最近、時折、（大村）邦三郎殿が枕元に現れるのじゃ」と、ポツリと言った。右衛門が「邦三郎様で御座いますか」と、驚いたように聞き返した。

右衛門は、長い間、江戸藩邸に詰め、前年に京都藩邸詰めになったので大村騒動には関わっていなかったが、邦三郎が北条家から大村家に養子で入る際の披露宴に出て意気投合して以来、親交があった。したがって、右衛門自身は、邦三郎が自害して果てたということを聞いて精神的に動揺し、また、もし自分が大村にいて、誘われれば間違いなく、邦三郎と行動を共にしたとも思っていた。

「貴殿は、邦三郎殿とは仲が良かったと聞いているが、邦三郎殿は謀反の徒《と》の口車に乗せられ、あのような無残な生涯となられた。その無念さを晴らせぬまま、成仏できずに身共の枕元に出て参られるのかもしれぬ。何とかして、邦三郎殿が成仏できるようしたいものよ」

と、針尾家老は右衛門に言った。

「畏れながら、拙者も、飯山殿のことが心に残るので御座るが、それ以上に、荘（新右衛門）様のことを忘れることができませぬ。御家老と同じく、刑に処せられた方々が成仏なさるには何をすればよいのか、ずっと思案して参りました」と昇。

「確かに、拙者は国元から離れていましたので、騒動の経緯《いきさつ》と咎人《とがにん》の処刑についての詳しい話は清左衛門から初めて聞いたので御座います。されど、此度《こたび》大村に帰ってきますと、邦三郎様をはじめ、多くの方がこの世から旅立たれたことを肌身に感じ、正直に申し上げると、寂しく思っております」

「騒動で多くの家臣を一時《いちどき》に失ったことを、一番に苦しんでおられるのは殿じゃ。殿の御心中を察すれば、御自分が勤王を藩是として掲げたことで多くの離反の徒を生み、それらを処罰しなければならなくなったことは、忸怩《じくじ》たる思いであられるはずじゃ。確かに、ここで勤王の道を進むことを止めるのは、昇の言う通り、何のための騒動であったかわからぬことになるが、咎人の処罰を終えて五か月しか経っておらぬ。御上洛なさるかどうか、殿の御心が決するまで、我らは待つしかあるまい」

針尾家老は右衛門にも、

「お主は、国に帰ってわかったであろうが、城下も未だ喪に服しているようなものだ。これは殿も同じじゃ。殿の御決心を急《せ》かすではないぞ」と言った。

次の日の朝、前日に引き続き、御前会議が開かれた。

「下賜された勅諚に、わが藩はどのように処すべきか。本日、余は、お主らの考えを聞くだけにする。家老のみならず、用人どもも忌憚《きたん》なく存念を申せ」

と藩主は最初に言い、針尾家老が会議の進行を任され、藩主は書院に下がった。会議の発言は長岡治三郎が書記し、使番の昇が東馬と一緒に藩主に報告することになった。

その日に出た発言は前日と大きく変わるところはなかったが、大村太左衛門の指示を受けて勘定方が藩庫の正確な貯えを調べ、また上洛にあたっての費用を随行者の人数をいくつかに分けて見積もり報告した。これによれば、随行者三十名、海路を蒸気船でできるだけ日数をかけずに上洛し、滞京一か月程度で帰国するのであれば借金なしで済ませることが可能だが、この旅程に齟齬《そご》が生じて日数が延び、掛かりが増えれば、大坂藩邸で商人から借りるなど、何らかの金策が避けられないという結論である。

また、家老の浅田進五郎と中老の原三嘉善、さらに大目付の渋江圭太夫は、藩主上洛による政治的、あるいは軍事的影響を分析した。それによる最悪の筋書きは、薩摩と長州が幕府勢力と開戦した場合に、薩長側に大村藩兵も加わるものの、もし幕府に負けるとすれば、長崎に九月に進駐してきた幕府兵三百名と島原と唐津の譜代藩の兵が加わって大村に攻め込み、さらに藩主も京で幕府側の虜《とりこ》になれば、大村藩は滅亡しかねないというものである。

これらの危険を冒してでも藩主が上洛する意味があるのか、という議論となり、針尾家老や昇や右衛門も、上洛を推し進める方向に議論をもっていくことができなかった。そして、一日かけての長い会議の結果を昇と東馬が藩主に報告したのである。

翌日、三日目の御前会議で、藩主が意を決したように言った。

「昨日の会議で皆が申したことを、余なりに考えた。今、上洛することが、わが藩にとり如何《いか》様《よう》な結末をもたらすか、確かなことはわからぬが、やはり余の勤王の心は変わらぬ。常々飯山が申していた通り、諸外国から日本を守り抜くには、天皇の下一枚岩の政が欠かせぬが、それは姑息《こそく》で因循《いんじゅん》な徳川幕府では無理であろう。日本を守るために、余で役立つのであれば立たねばならぬ。小藩とはいえ、余が上洛し勤王を全うするのでなければ、死んだ飯山のみならず、勤王に異を唱えて敗れ、刑に服した家臣たちの死が無駄になる。無論、京で戦が起こり勤王側が負ければ、余の命はないかもしれぬ。されど、義を貫くには、今をおいて他にあるまい」

これを聞いて、前日藩主の上洛に渋っていた家老たちも、

「殿がそのように、不退転の決意で仰せであれば、我らも覚悟を定め、異存は申しませぬ」

と口々に言い、針尾家老も、

「畏れながら、殿の御上洛は、拙者も『斯《か》くあるべき』と考えたことで御座いますので、全く異存は御座いませぬ」と言った。

「然様か、皆には礼を申す。さりとて、これは大村の存亡を賭けることである。がむしゃらに上洛あるのみという訳にはいくまい。昨夜、東馬と昇を交えて策を練った。昇、申せ」

と、藩主は昇に話すように命じた。「されば」と昇は、

「まず、此度《こたび》の勅諚が大村近隣の藩のいずれにも下されたものかどうか。そうであれば、各藩共に藩主が上洛するのかどうか。浅田様の仰せの如く、わが藩のみが突出する形はできれば避けたいと存じます。よって、殿の御発駕の前に、平戸、佐賀、五島、福岡、久留米、柳川、熊本あたりに使いを出し、確かめるべきかと存じます」と言った。

「つまり、譜代を除いた藩に確かめるのだな」と浅田家老が質した。

「然様《さよう》で御座います」と昇は頷き続けた。

「もし、多くの藩で藩主が上洛されるのであれば、わが藩も倣《なら》います。されど、佐賀、福岡、熊本といった大藩のみの上洛であれば、わが藩が出ていく要はなかろうかと存じます。いずれの藩も上洛しない場合で御座いますが、そのときは、薩摩と長州に遣いを出し、出兵の有り無し、出兵するのであればその人数、藩主が大将かどうかを確かめます。薩長共に藩主自ら大将となって上洛するのであれば、殿も御上洛遊ばすのが盟約上の筋で御座います。ただ、藩主が

大将でなく、あるいは上洛の兵の数が少ないようであれば、本気で戦をするつもりではないと思われますゆえ、その折は、殿は御上洛なさらずともよろしいのではないかと存じます」

「なるほど、其方《そなた》の言うことは理にかなっておる」

と針尾家老は言い、他の家老たち、さらに側用人たちも、「それならば、道を大きく間違えることもありますまい」と言った。

「これらの下調べには、おそらくひと月はかかるものと思われますが、その後、殿の御上洛が決まってから準備にかかるということでは、勅諚の命に添うことは難しくなり、御上洛の意味がなくなります。よって、これより数日中に藩士を城に集め、殿の御決意を披露していただき、今のうちに御上洛の準備にかかることが肝要かと存じます」

と昇は言い、これらの段取りが会議の出席者に了解されたのである。

こうして十一月十五日に、城下大給以上を城の大広間に集め、藩主が天皇の勅命に応じて近いうちに上洛することになる旨、そして京で藩主の身に何か椿事《ちんじ》が起きようとも、家臣一同、力を合わせて国を守り抜くようにと訓示したのである。

【四】凶刃《きょうじん》

この頃、京では坂本龍馬と中岡慎太郎に危機が迫っていた。

龍馬は、長崎でのイカルス号事件の決着後、九月十八日に、芸州（広島）藩船震天《しんてん》丸で長崎を出港した。下関を経て土佐に至り、土佐藩にライフル銃千数百丁を売り渡した後、土佐藩船空蝉《うつせみ》丸で兵庫に上陸し、大坂を経て十月九日に入京した。

龍馬は、京で後藤象二郎らと連絡を取りながら、大政奉還に向けての活動を続け、大政奉還後、十月二十四日に後藤の依頼で福井の越前藩主を訪い、同藩士三岡八郎らと会合を持ち、十一月五日に京に戻った。

この間、福井に行く前には、「新官制擬定書」を作り、関白、右大臣、議奏、参議という新しい政府の職制を提案し、戻ってからも「新政府綱領八策」を書いて、土佐藩参政福岡孝弟《たかちか》や後藤、さらに土佐藩大目付佐々木三四郎（高行）らの後押しで、幕府若年寄永井尚志《なおゆき》などと新しい政治体制の構想を模索したりしていた。

ただ、このような龍馬の動きは次第に目立つところとなり、十月十三日に、最初の逗留先である河原町三条にある材木商酢屋から、土佐藩邸に近い河原町蛸薬師《たこやくし》下ルの醤油屋近江屋に逗留先を替えたが、ここが暗殺団に狙われることになる。

一方、慎太郎は、四月に大宰府の五卿のもとから離れて入京して以来、薩摩藩の西郷、小松、大久保、吉井幸輔らと密接な関係を保ちながら、一貫して武力討幕に向けての下工作を続けていた。とくに、乾退助や谷干城《たてき》らの土佐藩の倒幕派と薩摩藩との間を結びつけ、これに龍馬も抱き込んで薩土盟約を成立させ、また長州から潜行して上洛する伊藤俊輔（博文）、品川弥二郎、山県狂介といった藩士らとも意思疎通を図っていた。

さらに、土佐藩の藩論が大政奉還に決まってからも、後藤、福岡、佐々木らに接近し、六月には、薩摩藩と土佐藩の正式の軍事密約を龍馬も見守る中で締結させた。しかしその後、土佐藩が薩摩藩との約束を違えて軍の上洛を中止したために、軍事密約は解消に至った。それでもなお慎太郎は、大政奉還後、薩長両藩と岩倉らの討幕公卿勢力とも関係を持ちながら、武力討幕への道を歩んでいたのである。

この二人が龍馬の逗留先の近江屋で何者かに襲撃されたのは、十一月十五日の夜であった。その日の夕刻近く、慎太郎は龍馬を訪ねて近江屋に来て、二階の奥の部屋で二人が何事かを話し込んでいたところ、亥《い》の刻四ツ（夜十時頃）前後、数人の武士に踏み込まれて襲われ、龍馬はその場で絶命した。

慎太郎は傷を負って物干し場から隣家の屋根に逃げ倒れていたが、近江屋の家人に発見された。そして、近江屋の目と鼻の先にある土佐藩邸から駆けつけてきた藩士に担がれて藩邸に運ばれ、手当てを受けたものの二日後に落命した。この襲撃で、下僕の藤吉も斬られて襲撃の翌日に死んだ。犯人は、いくつかの説があるが、幕府直参《じきさん》で京都見廻組の今井信郎、あるいは佐々木只三郎が龍馬を斬ったという説が有力である。

これは清左衛門の後日談であるが、実は、襲撃前日の十四日、清左衛門は近江屋に龍馬を訪れたという。清左衛門は新精隊の部下四十名と共に薩摩藩邸にいたが、大村藩士であることを幕府に悟られないようにするために、皆は薩摩藩士の姿で御所御門の警護に当たっていた。ただ清左衛門は、幕府側密偵に京に戻ったことが知られないように、薩摩風の髷《まげ》に髭《ひげ》を蓄えていたため別人のような容貌となっていた。

清左衛門が龍馬に会うために近江屋を訪れたのは二度目である。最初の訪問は前月の末で、無論、龍馬の変名である「才谷梅太郎」の名前で在宅を問うたが、近江屋の主人の話では、越前に出かけているということで会えなかった。ただ、龍馬は十日ほどで戻るということであったので、そろそろ戻っている頃だと思い、この日の昼過ぎに再び訪ねたのである。

近江屋の店先で案内を乞うと、前回応対に出た主人が、「少々、お待ちください」と言って二階に上がり、藤吉と一緒に降りてきた。

「どなた様でしょうか」

と藤吉が聞くので、清左衛門は、

「長崎でお世話になった渡辺清左衛門ですが、才谷殿がこちらに御逗留と伺い、お訪ねいたしました」と答えた。藤吉は、

「こちらで、少々、お待ちください。ご都合を聞いて参ります」

と言って二階に上がって行ったが、間もなく降りてきて、「どうぞ、お上がりください」と言い、清左衛門を案内した。清左衛門が階段を上がると、階段部屋があり、そこから奥に曲がり、二つ目の部屋の襖の前で膝をついた藤吉が、「渡辺様です」と声をかけた。奥から、「どうぞ、お入り下さい」と返事があり、藤吉が襖を開けると、龍馬が火鉢に手をかざして肩から綿入れをかけて待っていた。

「坂本殿。お久しぶりです。その節は、お世話になりました」

「渡辺殿こそ、お達者で何よりです。拙者は、旅先でひいた風邪がなかなか治らず、このような格好で失礼申します」

「本日伺ったのは、特段の用があってのことではありませぬが、先日、中岡（慎太郎）殿と薩摩藩邸にてお会いした際、こちらに坂本殿が御逗留と聞き、我らの上洛の際のお礼を申し上げねばならぬと考えた次第です」

「尊藩の皆様が、上洛後、薩摩藩邸に隠れておられることは慎太郎からも聞いておりますが、戦も起こらず、拍子抜けではありませぬか」

「我らは、京で今にも戦が始まるとの話を受けて上洛しましたが、手違いは、土佐藩が兵を上洛させなかったことに尽きます。これは、何も貴殿を責めているのではありませぬ。とはいえ、土佐が出兵し、これに薩摩と長州と芸州がそれぞれに兵を上らせて力を見せれば、幕府も政から手を引き、天皇の下で日の本一統の政の形ができたのではないかと思い、残念に存じた次第です」

「約束を違えたことについては、土佐脱藩の身の拙者ではありますが、同じ国の者として、我が身を恥じるばかりです。されど、正直に申し上げれば拙者は戦が嫌いでして、先の大政奉還で戦が避けられるのであれば、日本にとり何よりのことと考えています。このあたりは貴殿とも西郷さんや大久保さん、さらには長州の桂さんとも、新しい国の作り方の思惑存念の違いがあるようです」

清左衛門は、「昨今、龍馬君の動きは我らが狙いに反することが多くなった」という西郷の言葉を思い出しながら、

「拙者は、新しい国の政に慶喜公が加わることになるのであれば、結局は、これまでの幕府の因循《いんじゅん》、旧弊が残るのではないかと懸念するのです。それゆえ、武力をもってしても幕府は倒すべきだと思料するのです」と反論した。

「慎太郎も同じことを申していますが、今、日本で敵味方が相交えて戦になれば、外国勢の思う壺ではありませんか。拙者の目の黒いうちは、そんなことにならぬよう、各方面を説き回るつもりです」

清左衛門は、これ以上議論すると引けなくなると思い、

「本日は、お礼を申し上げるだけのつもりで参上したのですが、つい、話に熱くなりました。

これで失礼いたしますが、吉井幸輔殿が『貴殿の身に何か変事が起こらねばよいが』と案じ、近江屋は物騒だと仰せでありました。なるほど、表通りから近いゆえ、貴殿がいるのかどうか丸見えです。用心のために、どこか別に移るのがよろしいのではありませぬか」と言った。

「皆様が、拙者の身を案じてそのように仰せでありますが、ここは、なかなかに便良く使っております。されど、御忠告は忝《かたじけな》く存じます」と龍馬は答えた。

清左衛門の忠告も届かず、翌日、龍馬と慎太郎は遭難し、凶事を知った清左衛門は、すぐに近江屋に出向いたが、その時にはすでに掃除が始まっていて、店先に置かれた血のりの付いた畳、障子、襖などから、前日の惨事が偲ばれたという。

無論、この事件については、清左衛門が大村藩京都藩邸を通して昇に手紙で報せた。この手紙を読んだ昇は、龍馬や中岡に再び会えないという事実をなかなか受け入れられないまま、自分を襲ってきた新撰組のことが脳裏を過《よぎ》り、犯人と重ね合わせたのである。

【五】薩摩軍上洛

武力討幕の急先鋒である西郷、大久保、小松の三人は、十月十七日に、倒幕の密勅を携えて京を出た。隠密裏に上洛してきた長州藩の政務役広沢兵助（真臣《さねおみ》）と奇兵隊軍監福田侠平も一緒である。

西郷ら三人はまず長州三田尻に寄り、木戸（孝允）らと会談して、薩長の軍事同盟を確認し、長州藩主父子にも拝謁した。そして、十月二十六日に鹿児島に帰国し、すぐに国父島津久光と藩主島津忠義の謁見を受けて密勅を奉じ、軍の上洛を説いた。

前回六月に締結した、薩摩、土佐、芸州（広島）に長州を加えた四か国の軍事同盟に基づく出兵要請に対しては、薩摩藩内部での機運が高まらず、千人規模の出兵にとどまった。しかし今回は、倒幕の密勅という確かな証拠を携えての西郷らの帰国であり、大規模出兵の決断は早かった。十一月三日には、三千名の兵を藩主忠義自身が率いて上洛することが決まり、出兵の準備に入った。

薩摩藩軍が、新しく購入した春日丸を含めて計四隻の軍艦に分乗して鹿児島を出たのが十一月十三日で、このうち春日丸は十五日には三田尻に到着し、忠義と西郷が乗った三邦《みくに》丸は船足が遅く、十一月十七日に三田尻に着いた、そこで四隻が合流して、十八日、忠義は長州藩世子毛利元徳《もとのり》と会い、出兵上洛についていくつかの重要な取り決めを行った。すでに元徳は、前月の二十七日に芸州藩世子浅野長勲《ながこと》と会見し、芸州藩の長州藩との共同出兵に同意を得ていたので、薩摩と長州との共同出兵は、同時に芸州藩との共同出兵を意味した。

薩摩と長州と芸州の間の取り決めとは、まず三藩が拠って立つ基地を大坂に置き、薩摩が二小隊（百名弱）と、これに長州、芸州の兵が加わって基地を守ること、次に、薩摩藩の主力は京に進出し、長州と芸州のうちのどちらかが京の薩摩軍を応援すること、そのために、薩摩藩兵は二十一日に大坂に到着し、二十三日に京に入ること、長州藩兵は二十五日に三田尻を出港し、二十八日に西宮に着き、様子を見極めた上で京に進出すること、もし幕府との戦いに敗れたときは、天皇に山崎から西宮へと御動座いただき、芸州へお遷《うつ》しすること――という内容からなっていた。

そして、この取り決めを確かなものにするためにある儀式が行われた。それは、長州側からは上洛軍総督で毛利一門家老の毛利内匠《たくみ》（親信《ちかのぶ》）をはじめ、交野《かたの》十郎らの諸将、薩摩側からは家老の岩下方平《みちひら》をはじめ、西郷らが居並ぶ前で、毛利元徳と島津忠義との間で互いに信任状を交わすことである。

この意味するところは、長州と薩摩の兵の指揮権の統一であり、長州の兵は薩摩藩の上官、薩摩の兵は長州藩の上官に従うということで、両軍の一体的な作戦行動を目指したのである。

なお、小松は足の具合が悪くなったため国元に残ることになり、代わりに家老の岩下が上洛軍に加わっていた。

こうして、三田尻で軍容を整えた薩摩藩軍は、取り決め通り十八日に三田尻を発ち、二十一日に大坂に上陸し、二十三日には入京した。さらに二十四日には、浅野長勲が上洛のために芸州兵三百を率いて広島を発ち、二十八日に入京。毛利内匠が率いる長州藩の第一陣八百名は三田尻を出て、二十九日に西宮に上陸し、陣を布《し》いた。また三十日には、長州藩第二陣千三百名が三田尻を出て尾道に上陸し、そこで先発隊からの報せを待つ態勢を取った。

一方大久保は、忠義の上洛決定を受けて、十一月十日に鹿児島を発って土佐に行った。高知城で山内容堂と藩主山内豊範に拝謁し、薩摩藩主島津忠義の上洛を伝え、容堂の上洛を願い出た。容堂は、徳川慶喜を首班とする新しい政治体制を画策していたため、召し出しの勅諚に従って十一月中の上洛を確約し、また下準備をさせるために、後藤象二郎に上洛を命じたのである。しかし後藤は、小隊を率いて二十一日に入京したものの、容堂の上洛は十二月八日になった。遅延の理由は、土佐藩内部でも親幕府派と武力討幕派の対立が深まっていたからである。

大久保が土佐での工作を終えて京都に帰ったのが十五日であり、まさに龍馬と慎太郎が暗殺された日であったが、大久保や西郷が留守にしている間に、京や大坂では、大政奉還後の政治復権を目指す幕府内部や親幕府派勢力の押し返しが始まっていた。

その手始めが幕府軍の増強であり、十月末までに幕府軍艦順動丸で陸軍と海軍の各総裁を兼務する老中らが大坂に着き、さらに陸軍奉行がフランスの軍事訓練を受けた歩兵、騎兵、砲兵を引き連れて軍艦富士山《ふじやま》丸で大坂に着き、幕府の兵力が増強された。

また土佐藩は、容堂の指示で大政奉還を慶喜に勧め、慶喜が実行したことでもあり、新しい政治の仕組みを作る中で、慶喜の復権は第一の条件であるとの立場を諸方面に説き回っていた。この工作を担ったのは、同藩参政福岡孝弟であるが、その背後で容堂と後藤象二郎が糸を引いていた。また慶喜自身も、将軍位は返上したが官位（正二位）は保持したままであり、二条城で復権の沙汰を待っていた。

このような情勢の中、大名への上洛を命ずる勅諚に応じて十月二十七日に京に出てきたのは、前の尾張藩主徳川慶勝《よしかつ》で、さらに十一月八日には、越前藩前藩主松平慶永《よしなが》（春嶽）も上洛し、この二人は慶喜を首班にした政治体制の構築に賛成した。

また、当時の京の治安の実権は薩摩藩の影が薄れ、代わりに京都守護職松平容保《かたもり》の会津藩や京都所司代松平定敬《さだあき》の桑名藩が盛り返す形で握っていたために、力の面でも慶喜復権は当然とみる空気があった。慶喜と慶勝は従弟の関係であり、慶勝と容保と定敬の三人は実の兄弟であった。さらに、慶永も徳川の一門（田安徳川家）であるために、いずれも慶喜の復帰に向けて各方面を説き回ったものと思われる。

これに影響され朝廷内でも、倒幕の密勅に加わった中山忠能《ただやす》、中御門経之《なかみかどつねゆき》、正親町三条実愛《おおぎまちさんじょうさねなる》の公卿たち、さらには月初めに洛中に戻ることを許された岩倉具視卿さえも、この流れを止められないと考え始めていた。さらにまた、摂政二条斉敬《なりゆき》ら親幕派公卿が、衆議のもとで新しい政治の仕組みと人事を決め、そこで慶喜を首班に担ぎ上げようとして上洛の勅諚を全国の大名に配った。しかし、これに応じて上洛する大名は少なく、そのうえ、親幕府派の藩主たちからは、朝廷から受ける官位を返上し幕府に従うとの意思表示をする大名も多く、また様子見の藩もある。結局、尾張と越前のほかは、彦根、膳所、福知山など、畿内の藩の十数藩が上洛したのみであったので、大名の衆議という構想が実現する見通しは立ちそうになかった。

大久保は、京に戻った当初、倒幕の機を逸したかと思い留守にしたことを悔いたが、思いがけず、親幕派の動きは緩慢で、挽回が可能と判断した。大久保の帰京で力を得た岩倉卿と共に、早速、倒幕派の公卿をはじめ、京に藩邸を構える藩の重臣たちを連日訪ね回り、大政奉還後の朝廷を中心とした公議での政治体制作りに賛同を得て回った。

そうした中、十一月二十三日、薩摩藩軍三千名が藩主島津忠義に率いられて伏見の薩摩藩邸に入った。十月末に千名が入っていたので、合わせると四千名を超える軍勢であるが、一部は相国寺側の二本松藩邸にも移動し、北と南から薩摩藩の軍勢が洛中を挟むような形となった。

また二十八日には、芸州軍三百名が藩主浅野長勲に率いられて四条室町の芸州藩京都藩邸に入った。無論、長州軍が西宮に上陸し、駐屯して上洛の許しを求めてきたために、京は一気に緊迫した空気に包まれたのである。当然倒幕派は、俄然勢いを得たのである。

薩摩軍到着の翌日、伏見藩邸で西郷は大久保と二人だけで話し合った。

「吉之助どん。諸侯上洛の勅諚を受けて慶勝侯がいち早く上洛され、その後、春嶽侯も続かれた。おふた方は、慶喜公を首座とする天皇の下での公議政体を作ることで、各方面を説得され、これにには二条摂政や中川宮ら親幕派の堂上方のみならず、中山卿、中御門卿、正親町卿、さらには岩倉卿さえもが賛同の御様子で御座った」

「正助どん。尾張侯も越前侯も、所詮《しょせん》は慶喜公の身内じゃ。当然、そのような企ても生まれて来よう。公家方も根は事勿《ことな》かれに流れやすい。それでは、これまでの幕府と変わらぬ。公議政体はこれまでもこちらが唱えてきており異存はなかが、慶喜公の復位だけは何とか防がねばなりもうさぬ」

「幸いにして、岩倉卿には、『ここで、揺らいではなりませぬ』と強く申し入れ、卿は『わかった』と言ってくださった。よって、引き続き、こちらに合力していただくことになったもんの、公家衆は慶喜公の復位があるのではないかと、恐々としておられもうす。此度のわが軍の入京で、大分、押し戻すことができそうでごわすが、これを機に、一気に形勢逆転の手を打つのが肝要でごわす」

【六】政変計画

岩倉具視は、文久二年（一八六二）に蟄居処分を受け、その後昼間だけの洛内入域は認められていたが、夜は洛外に出なければならず、活動の時間と範囲が限られていた。

「正助どん。お前さんの言うことに異存はなか。国元のみならず、長州と芸州を説得して軍を出しもうしたが、ここで倒幕が停滞し、軍の帰国という事態になれば、倒幕は二度と望めなくなるは必定。我らも死んでお詫びするしかありもうさぬが、この際、いかなる手を使おうと、ここに至れば、我らは腹をくるしかなか。それで、如何なる手を打とうというのでごわすか」

「まず、何をやるにしても、薩摩だけが突出すれば、結局は、徳川と薩摩の私闘と捉えられかねもうさぬ。また、大政を奉還した幕府を武力で倒すことには賛同は得られぬゆえ、避けねばならぬとは岩倉卿の考えでごわす。無論、岩倉卿に朝廷内を説得していただくが、こちらも、味方を多くするために、打てる手は打たねばなりもうさぬ。まずは、尾張侯と越前侯のお二人を、何とかこちら側に引き寄せようと思う」

「それについても異存はないが、どうするのでごわすか」

「慶喜公に対して朝廷から条件を出して、お二人に説得してもらうことにしもうそ。もし、条件を拒否されたときは、復位も政への参画もなかと言ってもらいもうそ」

「正助どん。それで、どのような条件でごわすか」

「我らの理屈はこうでごわす。慶喜公も大政を奉還されたのは、幕府ではこの困難を乗り切れないと思われたからでござろう。であれば、慶喜公が返上を申し出ている征夷大将軍位は朝廷でそのまま受納し、一旦、内大臣も辞していただきもうそ。じゃっどん、朝廷が政をするためには、掛かりも要しもうす。よって、租を集めるために、幕府領のうち数百万石は朝廷に納めていただかねばなりもうさぬ。権限も土地も金も握ったままで、『手を引くゆえ、後はよろしく』ということは通りもうさぬ。つまり『辞官納地』でごわす。これを尾張侯と越前侯から慶喜公に説いてもらいもうそ」

「なるほど、こちらの理屈は当然でごわすが、慶喜公がそれを受けるのは難しかろう。で、断られたら、どうしもうそ」

「当然に、政に参画できぬ。つまり、御所で開く会議から慶喜公を締め出す理由になりもうそ。そうなれば、去る八月十八日の変事を、もう一度やるということで如何かと」

「実は、おいどんもそれを考えておりもうした」

と、西郷は組んでいた腕を下して強い口調で言った。

「八月十八日の変事」とは、文久三年（一八六三）の政変で、薩摩藩は会津藩と共同で尊王攘夷派公卿と長州藩勢力を参内させないようにして朝議を進め、長州勢の追い落としと三条実美卿ら七卿の都落ちを実現したのである。今度は同じことを、慶喜と親幕派公卿に対して行おうというのである。

「以上が、岩倉卿と数日前に会った際に話し合ったことでごわすが、ここに、一人厄介な御仁《ごじん》がおりもうそ」

「容堂侯か」

「然様。この変事を滞りなく進めるには、こちら側のコマが多ければ多いほどよか。そこで、土佐の後藤殿に、こちらの手の内を話して、容堂侯を説得してもらいもうそ」

「後藤どんには、何度か痛い思いをさせられもうしたが、この企てを漏らしても大丈夫でごわそうか」

西郷は躊躇《ちゅうちょ》するような口ぶりになった。

「十五日に坂本君と中岡君が殺されて、少しばかり考えが変わったようでごわす。後藤どんも土佐藩内の佐幕派に命を付け狙われ、京では新撰組らしい者たちに狙われているちゅうこつで、幕府を温存しても、あのような血に染まった連中がのさばる世の中に戻るようであれば意味がなかということじゃ」

この会談が行われる直前の十一月十八日に、伊東甲子《かし》太郎らの元新撰組隊士たちが新撰組によって襲われ、伊東を始め、四人が殺された事件が起きたばかりである。勤王を唱える伊東らは、佐幕の近藤勇らと意見が合わずに、この春に脱隊して御陵衛士となっていた。またこの頃は、龍馬と中岡の殺害も新撰組の仕業と思われていた。

「坂本君らが殺されたと聞いて、何とか助けられなかったかと思っちょるが、残念でごわす。仇は討ってやらねばなりもうさぬ」

「土佐で容堂侯に拝謁した後、後藤どんに聞いたこつが、土佐では乾退助らの倒幕派が容堂侯に反発しているちゅうこつで、一枚岩ではなか。じゃっどん、容堂侯さえ承知すれば、二個大隊（千人程度）くらいの出兵はすぐにできるちゅうこつで、実際、次に容堂侯が上洛なさる際は、それに近い兵を引き連れて来るちゅうこつだ。しかも装備は、坂本君が持ち込んだ新式銃でごわす。我らに味方してくれれば心強かじゃっどん、逆に敵に回せば、厄介この上なか。容堂侯には、慶喜公に対しても新しい政の仕組みん中で、それなりの地位が約束されるちゅうこつを匂わせれば、もともと、幕府の改革には意欲的な方ゆえ、話を聞いて、何とか合力してくれるとじゃなかかと思うとる」

「なるほど、土佐を敵にすることは避けねばなりもうさぬが、坂本君は嫌な置き土産を残したもんでごわすな」

「吉之助どん、尾張侯と越前侯へは拙者と岩倉卿から話しもうそ。後藤どんとの会談の日取りはこちらで決めもうすが、この会談には、お主にも出てもらわねばなりもうさぬ」

その後、実際に十一月末、土佐藩の兵が容堂の上洛に先駆けて入京してきた。大隊規模（五百人前後）であったが、これは第一陣で、さらに容堂自身も大隊規模の兵と砲兵を引き連れて来ることになっているということで、これを敵に回してはならないと、西郷らは改めて思ったのである。

岩倉と大久保が狙った政変決行の時期は、十二月早々に予定されている堂上方総出の朝議の後であり、遅くとも六日までに行いたいと考えていた。慶応三年十二月七日は、グレゴリオ暦で一八六八年一月一日である。この日は、五月に開催された四侯会議で、慶喜が粘りの末に勅許を勝ち取った兵庫開港の日であり、慶喜自身も、権益を求めて兵庫に来航する外国の代表団に対し、日本国の統治者としての地位を誇示したかった。一方、倒幕派も、同様に幕府に代わる政権を立ててから外国勢に臨みたいと思っていたのである。

この朝議では、慶喜から預かった形の征夷大将軍位の扱い、長州藩主父子の官位復活、西宮に駐屯している長州軍の入京許可、「八月十八日の変事」で長州に逃れ、今は大宰府にいる三条実美卿ら五卿の赦免と京への呼び戻し、さらには和宮降嫁など親幕的行動で勅勘《ちょっかん》を被った岩倉卿らの赦免と洛内居住の許可などを巡っての議論が交わされることになっていた。

とくに、岩倉卿の赦免、長州藩主父子の復位と長州軍の入京許可が認められれば、速やかに親幕派の二条摂政らを排除して御所の六門を固め、幕府から朝廷への政権交代を宣言するという手筈であり、軍事的な指揮は西郷が執るという段取りである。

この政変計画については、大久保と岩倉卿に中御門卿が加わり、まず、正親町卿、さらに中山卿を順に説得し、朝廷内の倒幕派を固めた。そして、十二月二日には、後藤に大久保と西郷が会って協力を求めた。後藤は、土佐藩の倒幕派を抑えきれないという事情もあり、また慶喜を新政権でも然るべく処遇すると匂わせられたため、協力を約束した。こうして、政変の決行を待つばかりとなったのである。

しかし、肝心の朝議の予定が進まなかったために、十二月六日までの決行計画は延期され、八日が決行日となった。ところが、後藤は容堂の上洛が遅れているという理由で決行の先送りを申し出てきたうえ、慶永の側近中根雪江を通して慶永に計画を漏らし、これが慶喜側にも伝えられたのである。ただ、この際、慶喜が然るべき地位に就くとの話が含まれていたために、慶喜は二条摂政ら親幕派の公卿には伝えず、これが倒幕派には幸いした。

このように、政変の決行は綱渡りのような様相となったが、六日と七日に、二条摂政の招集で朝議が開催され、八日から九日にかけては廷臣のみならず諸侯も加えての朝議となり、長州藩主父子の官位復活、三条実美卿ら五卿の赦免と京への呼び戻し、岩倉卿らの赦免と洛内居住の許可が決められたのである。

とくにこの朝議には、摂政、親王、左大臣、右大臣、内大臣、前の左大臣、同右大臣、正親町卿らの議奏、武家伝奏といった高位の廷臣のほかに、松平慶永、徳川慶勝、浅野長勲《ながこと》（芸州広島藩主）が出席した。

この会議は夜通しで行われ、翌九日未明に終わったのであるが、公卿たちが退出した後、岩倉卿は、薩摩、土佐、芸州、尾張、越前の五藩の重臣各二人を自邸に呼び寄せた。そして、王政復古が天皇の命であることを述べ、政変を起こすことを伝え、各藩の兵で御所の周りと内と六門を固める分担を指示したのである。

このうち、御所内と六門については、薩摩、土佐、芸州の兵で警護し、御所を取り巻く廷臣の屋敷は越前と尾張の兵で固め、また廷臣の屋敷と御所を囲む域を出入りする九門については、それぞれ警護を担当している福岡藩、熊本藩、徳島藩、仙台藩等から薩摩、土佐、芸州の兵が入れ替わった。また、蛤門などの会津藩と桑名藩の警護は、衝突を避けるために、朝廷からの沙汰書を別に出して薩摩、土佐、芸州が交代した。

とはいえ、薩摩藩の兵力は圧倒的であり、すべての箇所で実質的に警護を担うことになるが、このことが警戒されることを恐れて、他の藩には伏せられ、西郷はその薩摩兵を指揮するために、御所の北の相国寺に本営を置いて待機した。

この時期、清左衛門が率いる大村兵五十数名は、十一月下旬にそれまで潜んでいた薩摩藩邸を出て、相国寺西の今川道正庵、つまり清左衛門らが最初に上洛した際に宿舎にした場所に移っていた。薩摩軍の上洛で、相国寺南の二本松藩邸が手狭になり、大久保が便宜を図ってくれたのである。無論、全員が薩摩藩の軍装に身を包んで御所の周りの警護に当たっていたので、見かけは、薩摩兵そのものであった。

しかし十二月に入ると、御所周りの警護は薩摩藩の兵で間に合うという理由で宿所待機を命じられ、また、二本松藩邸で一日に一回行われる連絡会から、「大村藩は遠慮してくれ」ということで遠ざけられるようになった。

清左衛門は、薩摩藩に何か隠密の動きがあると察したが、薩摩藩側から説明があるまで待つつもりでいたし、配下の兵たちにも、今川道正庵の寺域から出ないように指示していたのである。

第十六章　鳥羽伏見の戦い〈その一〉

【一】王政復古

慶応三年十二月八日（一八六八年一月二日）の夕刻、薩摩藩邸から兵の大規模な移動が始まり、相国寺に陣を構えたという報告が清左衛門のもとに入った。清左衛門は、大村と薩摩とは軍事同盟で一体の行動をするものと思っているので怪訝《けげん》に思い、二本松藩邸を訪ねた。

応対に出た吉井幸輔に、清左衛門が抗議した。

「尊藩では、何か大きな動きがあるようですが、我らには下知がなく、宿所に待機したままで、如何に処すればよろしいのでしょうか」

「お報せすることを忘れたわけではありませぬが、軍を指揮するのは西郷ですので、しばらくこちらでお待ちください」

と吉井は言って、西郷に聞いてくるという。

「西郷殿はどちらにおいででしょうか」

「相国寺境内の本陣にいます」

「それならば、こちらから伺った方が早かろうと存じます」

と清左衛門は言って、吉井の返事も聞かずに藩邸の裏門から通じる相国寺の境内に入っていった。警護の兵を差配している薩摩藩士は清左衛門も知っている者だったので、すぐに西郷の陣屋に案内されたが、見たところ千人を下回らない大勢の兵であった。西郷は陣幕を張った中で火を焚いて暖を取っていた。

「西郷殿。これだけの大がかりな出動で、我らにお声がかからなかった訳を伺いたい」

と清左衛門は西郷に食ってかかるように言った。

「そのように、お怒り召さるな」

と西郷は宥めながら、理由を説明した。

「今日か明日の出動は、徳川の世を朝廷に取り戻すためのものですが、ひとつ間違えれば、我らは賊軍ともなります。それゆえ、あくまでも藩侯の承諾の下で兵を預かり、幕府に対峙しようとしております。されど、貴殿方については、大村侯の御了解を得ておりませぬ。本来であれば、前もって御相談いたし、大村侯からの御了解を得ていただくべきでありましたが、如何《いかん》せん、数日前に王政を取り戻す手筈を決した次第ですので、その猶予もありませぬ。また、秘匿を要することでもあり、お報せできなかったのです。何卒、このことを御承諾いただきとう御座る」と西郷は言うのである。

清左衛門は事情が呑み込めてきたが、引き下がることはできない。

「わが殿は勤王の御意志が篤《あつ》く、勤王奉公のためにわが軍勢を用いることには反対なされませぬ。また我らは、そのために上洛したので御座います。ましてや、王政に戻すということであれば、これに加わるは我らの本懐。我らが殿も、『よくやった』と褒めてくださることはあれ、我らをお咎めになることは御座いませぬ。何卒、我らを軍勢にお加えくだされ」

と食い下がったのである。

清左衛門の語気を強めた申し出に、西郷はただただ頷くしかなかった。

「お志《こころざし》を弁《わきま》えず、心得違いを御許し願いとう御座る。貴殿のお申し出は忝《かたじけな》く存じます。されど、今日か明日かの出動は、すでに配置も決めております。今、それを変えるは、しくじりの元となります。ただ、幕府側がこのまま引き下がるとは思われませぬ。その動き次第では存分に働いていただく所存です。このまま宿舎でお待ちくだされ」

「されば、我らも出動の支度を整えておきますので、何時《いつ》なりとも指図してください」

と清左衛門は言って、西郷の陣屋を辞したのである。

九日朝の政変では、八日から九日の早朝まで夜通しで行われた朝議が終わり、二条摂政ら親幕派公卿は御所を退出したが、中山卿、正親町《おおぎまち》卿らの倒幕派公卿と松平慶永、徳川慶勝、浅野長勲《ながこと》はそのまま残った。

岩倉卿が朝議の終了と自分への赦免の連絡を受けて参内したのは巳《み》の刻過ぎの四ツ半（午前十一時前後）頃で、中御門卿が続き、薩摩藩家老の岩下方平《みちひら》と大久保も参内し、計画通りに親幕派公卿の御所内禁足の措置が取られた。また同時に、薩摩藩の兵が西郷の指揮の下で、御所内、各御門、御所周りの辻々に配備され、警護体制が固められた。

続いて、土佐藩、芸州藩、さらに越前藩と尾張藩の兵が出動してきて、前日の岩倉卿邸での打合せに従って、所定の位置についていった。さらに、島津忠義と、前日の夜に大隊規模の歩兵と二百名ほどの砲兵と共に入京した山内容堂（豊信）にも御所からの召集がかけられ、午《うま》の刻（昼十二時）過ぎに参内した。また、廷臣たちも参内し、御所内の小御所で会議が開かれて、そこで岩倉卿が王政復古の大号令を宣言したのである。

宣言の要点は、去る十月二十四日に上奏されていた慶喜の征夷大将軍辞職願の聴許、さらに幕府、摂政・関白、ならびに京都守護職と京都所司代といった幕府・朝廷の旧政治体制の廃止であり、新しい政治体制として、総裁、議定《ぎじょう》および参与の三職の設置が発せられたのである。

その後、会議は一旦閉じられて再び召集され、三職の指名が行われて、総裁は従来の将軍、摂政、関白に代わり、国事全般を統括する職で有栖川宮熾仁《ありすがわのみやたるひと》親王が就任した。

続いて、議定には、皇族から、仁和寺宮嘉彰《にんなじのみやよしあき》親王（後、小松宮彰仁《あきひと》親王）と山階宮晃《やましなのみやあきら》親王、公家からは、中山忠能《ただやす》卿、正親町《おおぎまち》三条実愛《さななる》卿、中御門経之《なかみかどつねゆき》卿、大名家からは、徳川慶勝、松平慶永、浅野茂勲、山内容堂、島津忠義である。

さらに参与には、岩倉卿ら公卿五人のほか、尾張藩士三人、越前藩士三人、芸州藩士三人、土佐藩士三人、薩摩藩士三人が就き、薩摩藩士として西郷と大久保も名を連ねた。そして、その日の夕刻、王政復古の大号令が発せられた後の最初の三職会議が、御所内の小御所で開かれた。しかし、容堂は、慶喜がせめて議定には選ばれるべきと思っていたため、会議の冒頭から王政復古そのものに異議を唱え、その陰謀性を鋭く非難し、幼少の天皇を一部の廷臣と薩摩藩士が弄して、しかも、潔く大政奉還した慶喜公を議定に就けないなど、言語道断であると主張した。

これに対して岩倉卿は、天皇が幼少であると容堂が言ったことに反論し、王政復古は天皇自らの聖断であると主張し、容堂が天皇を侮っているのかと強く非難した。これで、一旦容堂を押し戻したかにみえたが、今度は慶永と慶勝が食い下がった。

「慶喜公を政権内に入れないのは、やはりおかしい」

両人共に、慶喜が新政権でも然るべき地位に就き、指揮することになると信じて政変に協力してきたからである。

対する大久保は、勅諚を無視した外国との通商条約の締結や、勅諚に従って尊王攘夷を実践した者たちを弑《しい》してきたことなどを持ち出して、幕府の政治的な非を唱え、また慶喜にも大きな罪があり、これらに責任を感じるのであれば、まずは内大臣の地位を朝廷に返上し、支配する領国も朝廷に納める『辞官納地』を行うべきで、その上で政権への復帰が考えられるべきあると発言した。

この会議が紛糾し、長々と続いたため、御所を警護する兵の総指揮を執る西郷は、不測の事態に備えて警護を強化することにし、清左衛門を呼び出した。

清左衛門はすぐさま、御所内で指揮する西郷の詰所に駆けつけてきた。

「御下知を、今か今かとお待ちしておりましたぞ。率いてきた兵五十名は乾御門で待たせております」

「早速で御座るが、近衛邸の裏門が今出川の通りに通じ、そこから幕府の兵が侵入すれば御所内の備えが崩れます。また、建春門は薩摩の兵が守っておりますが、鹿児島から出てきたばかりの兵で、出入りするお公家方に何か不調法があってはこれも困ります。貴殿は、十名ほどの兵を率いて建春門に出向き、門を警護してくだされ」

「承った」と清左衛門は言い、すぐに乾御門に戻り、そこに待たせていた部下たちを連れて近衛邸に行き、命令に従って裏門の警護に当たる四十名ほどを割り当てた。さらに残りの十名を連れて建春門に回った。結局、清左衛門とその部下は、九日と十日の二日間、近衛邸と建春門の警護に当たったのである。

一方、小御所の会議は、亥《い》の刻から子《ね》の刻（夜十二時頃）に移ろうとするが終わらなかった。西郷はやきもきして小御所の扉が開くのを待っていたが、やっと扉が開いた。しかし、疲れたような顔をして出てきた薩摩藩家老の岩下方平が西郷を手招きした。

「なかなか、収拾の目途が立ちもうさぬ」

「何か、支障が御座いますか」

「容堂侯がのう」

と、岩下が困り果てた顔をして事情を話した。

つまり、容堂、慶永、慶勝が慶喜の議定就任を言い張り、これを後藤が援護し、岩倉と大久保が反論する形になっているという。また、「辞官納地」についても、やはり堂々巡りの議論が続き、とくに容堂が反対を言いつのっているというのである。

西郷は、これでは埒《らち》が明かず、時が経つにつれて王政復古の機運が薄れていくのが心配になった。ここまでくれば、引き返すことはできないのである。

「容堂侯を黙らせるには短刀一本で決着がつきます」

と西郷は岩下に言った。

岩下は、その言葉で西郷の覚悟を改めて知り、「わかった」と言い、小御所に戻り、岩倉に耳打ちして西郷の言葉を伝えた。岩倉は、自分が目先の議論に振り回されていたことに気付き、容堂がこれ以上言い張るのであれば、刺し違えようと覚悟した。そして、大久保と浅野長勲を部屋の隅に呼び寄せ、「容堂侯を刺すしかあるまい」と告げた。

驚いた浅野は「暫《しば》し、お待ちくだされ」と言い、参与の芸州藩の辻将曹（維岳）に耳打ちし、辻から後藤に伝えるように命じた。辻から岩倉の覚悟を聞いた後藤は容堂に、「これ以上、異論を申されますれば、御命が危のう御座います」と耳打ちしたのである。これで容堂はおとなしくなった。慶永と慶勝も、容堂が黙ってしまったので、これ以上言い出せなくなり、十日未明に会議は終わったのである。

この会議を受けて、慶永と慶勝はその日に二条城にいる慶喜に会い、将軍位返上の聴許、幕府の廃止を伝え、「辞官納地」を慶喜に奏上したのである。

これを聞いた慶喜は怒りを覚えたが、形勢はまだ自分に有利で、反撃に出る機会は残されていると判断し、とりあえず二条城に幕府側勢力を集めた。会津藩と桑名藩の軍勢、さらには幕府陸軍と旗本隊、新撰組などの諸勢力の計一万である。これらは、当然に、新政府への反撃を叫んだ。また、政変の事情が明らかになるに連れ、「薩賊、薩奸」とか、一段と強硬な「討薩」といった合言葉が生まれ、薩摩への攻撃を主張する勢力が多くなった。

しかし慶喜は、京都での武力衝突を避けるため、十二日に軍勢を引き連れて二条城を出て、夜通し馬を駆って大坂城に移ったのである。

【二】開戦直前

慶応三年十二月九日（一八六八年一月三日）に王政復古の大号令が発せられたが、その後も幕府と新政府の間の力の駆け引きが続き、どちらが政治の実権を握ることになるのかは定かではなく、不安定な状況であった。

この緊迫した情勢が続いている頃、大村では藩主の上洛が決まると、すぐに大村軍の編成替えに着手した。大村騒動の際に編成された十三隊は、各隊ともに三十名から八十名程の規模だが、定員がなく隊員の出自も隊によりばらつきがあった。

馬廻などの中級藩士以上が中心の隊もあれば、城下大給、城下小給、村大給等々がそれぞれに隊の中核を作るなど、どうしても同じ身分や境遇の者が集まって隊を作る傾向にあった。また、これとは別に足軽鉄砲隊もある。したがって、ある隊の隊長が別の隊の隊長よりも身分が高く、自ずと隊相互で序列ができるなど、大村軍としての統一された行動が難しかった。

そこで、各隊を足軽鉄砲隊員も分散したうえで五十名前後にまとめ、十三隊を統括する督議（総司令）を設けて、これに家老大村太左衛門を就け、指揮命令系統を一本化したのである。

また、京都藩邸から勅諚を携えて大村に戻っていた大村右衛門は、藩主の上洛の決定を受けるやすぐに京に戻っていった。清左衛門に連絡し、また京での藩主の宿所と軍の屯所の手配をするためである。禁門の変で焼失した本圀寺《ほんこくじ》（現在は移転）門前の旧藩邸の代わりに、御所西の中立売《なかだちうり》通に面した場所に設けた仮藩邸はあまりに手狭で、藩主が寝泊まりするには適当でなかった。

ところが、一旦決定した藩主の上洛だが、十一月下旬になると、宙に浮いた事態になった。

まず、十一月中旬、京都の大村藩邸からの情勢を報せる書状が届き、尾張と福井の二つの藩の前藩主徳川慶勝と松平慶永が上洛したものの、近畿の近場の藩以外後続はなく、しかも近場の藩でさえ藩主自身は上洛せず、代理を送って様子見するか、幕府を憚《はばか》って上洛を辞退しているという。

また、九州各地の藩に、公式、非公式に問い合わせても、各藩の動きは鈍かった。大村と同盟関係にある平戸藩は、早くから上洛辞退の返事を出していた。また、京に藩邸を持っている福岡、佐賀、久留米、柳川、熊本のような大きな藩は、すでに藩邸を通して上洛を断ったり、朝廷ではなく幕府に打診したうえで、幕府を通して上洛を辞退したりしているというのである。無論、唐津、小倉、島原といった譜代藩は、朝廷の上洛命令は無視し、あくまでも幕府の命令に従う様子である。

ただこれらのうち、佐賀藩と大村藩は、長崎の警護を共同で担ってきた関係があり、佐賀藩が長崎に設立した英語学校である蕃学稽古所《ばんがくけいこどころ》（慶応四年に「致遠館《ちえんかん》」に改称）の運営に携わっていた副島次郎（種臣）と大隈八太郎（重信）と大村藩邸の聞役とが仲が良く、佐賀藩の詳しい情報が入っていた。

それによれば、佐賀藩主鍋島直正（閑叟《かんそう》）は、慶応三年七月に手勢を引き連れて上洛した。佐賀藩の武備は、当時としては薩摩藩にも匹敵し、自前の大砲や蒸気船など先進性を誇っていたので、閑叟は何か役立つかと考えていたが、とくになすべきこともないと判断して佐賀に帰国していた。現在、佐賀藩は、朝廷の上洛命令に対しては、藩主の命令で情勢を見極めているところだというのである。

いずれにせよ、九州諸藩の対応がこのような状態であるために、大村藩としては動きが取れないでいたのである。上洛するにしても、九州の最西端から京都に出るには、他藩領の通過は避けられない。唯一残された手段は、海路である。しかし大村藩には、他の大きな藩が持っている西洋式の動力機関の船どころか、大型の帆船さえもない。従来の和船では、時間と安全の問題で、藩主と率いる兵が乗るには問題が多過ぎた。

十一月下旬になると、薩摩藩と長州藩の軍勢上洛の報せが届き、両藩と軍事同盟を結んでいる大村藩としては、何とか上洛に向けて打開の道を拓きたいのであるが、小藩の悲しさで、その道が見つからないでいたのである。

一方、京は、十二月九日に王政復古の大号令が発せられた後も、政治的、あるいは軍事的不安定さが生み出す緊張の中にあった。そのなかで、清左衛門とその部下たちは朝廷から求められる御所内外の警護を昼夜を問わず熱心に行い、その堅実ぶりは、西郷や大久保や岩倉卿らの信頼を篤くしていた。また、清左衛門が持つ外国の最新武器や操兵術に関する知識は、皆にとっては、新鮮な驚きであった。

そのために、九日の長州藩主父子の復位宣旨と同時に上洛してきた長州軍の総督毛利内匠《たくみ》（親信《ちかのぶ》）と軍監片野《かたの》十郎、さらに薩摩藩の藩主島津忠義、家老の岩下、西郷、大久保を交えた作戦会議にも、参謀格で清左衛門が呼ばれるようになった。

国元では、上洛の手掛かりが得られないまま情報集めをしているときであったが、大村から京に戻ってきた大村右衛門は、大村での混乱も知らないで「殿様が上洛を決心なされ、準備が整い次第、上洛の途につかれることになった」という嬉しい報せをもたらした。無論、清左衛門と部下たちは大歓声で喜んだのである。

しかし、京、大坂の政治情勢も混迷していた。

十二日には、阿波徳島、筑前福岡、肥後熊本、肥前佐賀など、京に藩邸を有する西国の大藩が王政復古の進め方を非難し、岩倉卿ら公卿たちの不安感を煽《あお》った。岩倉卿は釈明に追われ、慶喜が「辞官納地」について回答するのであれば、議定に任命することとするという妥協案まで出した。しかも、辞官しても「前内大臣」と称することを許し、また納地も関東地方は除いても構わないという譲歩までし始めたのである。

他方、大坂城に移った慶喜は、自らを「上様」と呼ばせ、約束通りに開港した兵庫に待機するイギリス、フランス、アメリカ、オランダ、イタリア、プロシアの公使からなる代表団を、十六日に大坂城で謁見した。そして、引き続き自分が主権者であり、かつ京都の政権を認めないと主張し、外国勢の内政干渉を拒否することで幕府政権の健在ぶりを見せつけようとした。

無論、小御所会議で慶喜の議定就任と公議での政治決定の体制を設けるべきだと主張した山内容堂、松平慶永、徳川慶勝たちは、一旦は岩倉卿らに抑え込まれたものの、王政復古後も引き続き同じ主張を繰り返した。しかも、王政復古後の新政府は全く金がなかった。

新政府は、租を徴収する支配地を持たず、外国貿易での関税の徴収権も、さらに金座、銀座の貨幣鋳造権さえも持たないため、薩摩藩などからの支援や京阪の商人からの借入れで凌《しの》いでいた。しかしそれも限度があり、遂には慶喜に幕府からの財政支援を願い入れ、一時的に五万両を用立ててもらうといった事態も起きたのである。

こうして、王政復古の大号令が発せられた後も幕府と新政府の間の力の駆け引きが続き、いずれにせよ、どちらが政治の実権を握ることになるのかは定かではなかった。このなかでも徳川慶勝と松平慶永は、粘り強く慶喜の政治参加を各方面に説き回り、とくに慶永の懐刀《ふところがたな》といわれる中根雪江（靭負《ゆきえ》）が主命を帯びて京と大坂の間を奔走した。その結果、新政府総裁の有栖川宮熾仁《ありすがわのみやたるひと》親王、議定の仁和寺宮嘉彰《にんなじのみやよしあき》親王と山階宮晃《やましなのみやあきら》親王、中山忠能《ただやす》卿、正親町《おおぎまち》三条実愛《さねなる》卿、中御門経之《なかみかどつねゆき》卿、さらには岩倉具視卿さえも、慶喜を新政府に迎え入れるという妥協案に賛意を示す事態になり、ついには、慶喜に上洛の勅命が下されたのである。

しかし慶喜は、朝廷からの呼出しにも応じず、かといって政治から手を引いたわけではなかった。その背景には、財政的な力に加えて圧倒的な武力の後ろ盾があったからと思われる。幕府陸軍や旗本隊に加え、会津藩、桑名藩、紀州藩などの親藩、譜代藩の兵、さらには新撰組や見廻組などを、大坂城周辺だけでなく、伏見、枚方、山崎、守口といった要所に配置し、その兵の数は優に一万五千名になろうとしていた。この数は、薩摩、長州、土佐、芸州の兵の総数五千名を遥かに超えていたのである。このような反新政府勢力は、軍事的な優位性を背景に、意思を一つにして「討薩《とうさつ》」を旗印にした主戦論を展開した。

一方、こうした事態に薩摩と長州も安穏と構えているわけではなく、とくに西郷と大久保は、慶喜が「辞官納地」の要求に対する回答を引き延ばしているという理由で、慶喜の復権に反対する政治工作を続けていた。また、薩長軍は、京の警護のみならず、京に通じる街道の要衝を押さえ、上洛した土佐藩軍にも、一旦、破約した薩土同盟を改めて持ち出して、京都防衛に関わらせた。さらに、十二月二十三日には、薩長土芸合同（大村兵も加わっている）の軍事演習を天皇の前で披露して、公卿たちの離反を食い止めようとしたり、大宰府にいた三条実美《さねとみ》卿ら五卿の復権宣旨《せんじ》により、すぐに薩摩藩船春日丸で五卿を長州経由で上京させ、十二月二十七日に、三条実美卿の議定就任を推して、新政府内での薩長の足場を固めたりした。

しかし、政治、軍事、経済のすべての面で、新政府が幕府に引けを取っていることは隠しようもなく、唯一、天皇を盟主に据えているという点だけが、新政府への目立った離反行動を防ぐ防波堤となり、慶喜も朝敵になるような行動は慎まざるを得なかった。

【三】討薩表

十二月末、西郷と大久保は苦境に陥っていた。二人とも倒幕計画の首謀者であり、大軍勢と共に藩主を薩摩から京に連れ出し、長州、土佐、芸州の各藩、さらには朝廷をもその計画に巻き込み、京と大坂の間で幕府の軍と対峙するまでのお膳立てを整えた。

しかし、慶喜の巧みな政治的駆け引きで、倒幕の大義名分を掴めきれないまま、機を逸すれば土佐、芸州の離反だけでなく、朝廷の反幕勢力、ひいては天皇の信任さえも失いかねず、二人して切腹を覚悟する事態にまで追い詰められていたのである。ところが、この事態を打開する出来事が十二月二十五日に江戸で起こった。三田の薩摩藩邸に対する焼き討ち事件である。

少し時間をさかのぼるが、慶応三年五月頃から、西郷ら薩摩藩の軍首脳部は幕府を武力で倒す道を現実に考え始めていた。しかし、幕府と武力衝突するとなると、一つの障害となるのが、十三代将軍徳川家定に薩摩藩から輿入《こし》れし、今は未亡人となった天璋院篤姫《あつひめ》の存在である。江戸城にいる天璋院が人質の形で幕府に捕らわれると薩摩藩軍の士気に関わるということで、薩摩藩邸に各地で集めた五百人の浪士を送り込み、天璋院の奪還に備えていた。そしてこれらの浪士の監督には、薩摩藩士の益満《ますみつ》休之助《きゅうのすけ》や伊牟田《いむた》尚平《しょうへい》、さらに下総相馬郡の勤王の志士相楽《さがら》総三《そうぞう》があたっていた。

その後、十一月の薩摩藩軍の上洛に合わせるかのように、江戸の薩摩藩邸は関東かく乱の拠点となり、「幕府を助ける商人と諸藩の浪人、志士の活動の妨げになる商人と幕府役人、唐物を扱う商人、金蔵をもつ富商」を中心に、御用金調達と称する強請《ゆすり》や略奪や打ちこわしを重ね、捕吏に追われると、これ見よがしに薩摩藩邸に逃げ込んだ。

またさらに、十一月の末から十二月にかけては、薩摩藩邸から出た一団が、栃木、甲府、相模に分かれて暴動を起こし、武力鎮圧を受けたり、逃走したりを繰り返し、十二月二十二日には、江戸市中警護にあたっていた庄内藩の屯所も襲った。そして、ついに二十三日には、伊牟田尚平らが江戸城二の丸に放火して炎上させ、一般の江戸市民にも被害が及ぶことになり、薩摩藩の挑発に自重していた幕閣も、対薩摩主戦派の要求を抑えることができなくなったのである。

こうして十二月二十五日未明、庄内藩兵を中心にフランス軍事顧問も支援する幕府陸軍など千名近くの武装兵が薩摩藩邸を囲み、型通りの犯人引き渡しの交渉の後、大砲や鉄砲での攻撃を始めた。これにより、薩摩藩側に六十名以上の死者が出たほか、益満休之助ら百六十名以上が捕縛された。攻撃側の死者は十名余であった。また、相楽は脱出に成功し、江戸沖に待機していた薩摩藩船翔凰《しょうおう》丸に収容され、すでに乗り込んでいた伊牟田らと共に大坂に向かった。この際、翔凰丸は幕府海軍の咸臨《かんりん》丸と回天丸に追撃されて損傷を受け、修理を重ねながらも正月二日に兵庫沖に辿り着いたのである。

薩摩藩邸焼き討ちの報告は、西郷らよりも早く、二十八日に大坂城に伝えられた。焼き討ちの事実を慶喜に報せるために、幕府兵二百名と共に大目付滝川播磨守具挙《ともたか》と勘定奉行並小野広胖《ひろとき》（友五郎）らが幕府軍艦順動丸に乗って江戸を出て大坂に到着した。

大坂城にいた幕府側の兵は、「薩摩藩の江戸藩邸を完膚《かんぷ》なきまでに焼き、我らの勝利。後顧の憂いは霧散した」との滝川の報告を聞いて、喜びに沸いた。当然に、薩摩の横暴に忍耐を重ねてきた主戦派は薩摩を討つ自信を持ち、滝川を代表にして、討薩のために慶喜自身による卒兵上京の願いを老中板倉勝静《かつきよ》に上申した。

慶喜は、上洛の勅命を得ていたために、穏便な解決を最良の策と考え、自分が兵を率いて上洛することは断った。しかし、対薩摩強硬派を抑えることができず、慶応四年元旦、君側《くんそく》の奸《かん》である薩摩を弾劾するという主旨の「討薩表」を書いて滝川に託し、朝廷に上奏させることにしたのである。

「討薩表」は戦を前提の上奏であり、力を行使する裏付けとして軍を繰り出すことになり、一万五千名の幕府軍のうち五千名は大坂に後詰《ごづめ》として残し、慶応四年元旦から二日にかけて、一万余の軍勢が京に向かって進発した。これを率いるのは、総督大河内正質《まさただ》（大多喜藩主。老中格）と副総督塚原昌義《まさよし》（旗本。若年寄）であり、淀に本営を設けて、五千名ほどの兵を置き、残りの軍を伏見街道と鳥羽街道に分けて京へ入る先鋒とした。

先鋒の総指揮は、幕府陸軍奉行竹中重固《しげかた》であり、伏見街道を上って、二日に伏見奉行所に指揮所を構えた。伏見には薩摩藩邸があり、これを抑え、また奉行所には指揮するに相応しい堅固な建物と奉行所を取り巻く石垣と塀と防護柵もあり、保管している弾薬も確保できるためと思われるが、幕府陸軍の歩兵連隊に伝習隊の一部、会津藩、新撰組、遊撃隊が加わり、計三千の兵と十数門の四斤山砲《よんきんさんぽう》を中心とする砲兵隊が奉行所と市街地を固めた。

四斤山砲とは、一八五九年にフランスで開発された前装式青銅製ライフル野戦砲であり、四キログラムの椎実型炸裂砲弾を最大射程二千六百メートルで発射でき、銃身も百キログラムで、二輪式架台を含めて馬二頭で運搬できたため、幕府と薩摩藩の主力砲として使用された。青銅は国内調達が可能で威力も鉄製砲に劣らないことから、国内生産され戊辰戦争や西南戦争でも重宝されることになる。

また、鳥羽街道を上った幕府軍も、やはり二日に下鳥羽村に陣を構えた。下鳥羽村には伏見の薩摩藩邸から東西に走る道が通じ、これ以上、北上すると、薩摩藩邸から突いてくる軍に背後を衝かれる恐れがあったためと思われる。ただ、兵の数は圧倒的であり、幕府伝習隊の主力と陸軍歩兵連隊に桑名藩、伊予松山藩、高松藩、大垣藩の各藩兵と見廻組、さらに砲兵も加わり、二千名を超える数になった。

一方の西郷らは、年が明けてから薩摩藩邸焼き討ちの事実を知り、「これで軍を動かす大義ができた」と臨戦態勢に入ったが、同時に大坂の幕府軍が京に向かって動き出したとの報が届いた。西郷と大久保が待っていた状況を幕府側が作ってくれたのである。

そこで西郷らは、新政府軍として迎撃の軍を繰り出そうとしたのであるが、三職会議の総裁や議定らのうち公家たちは反対した。すでに年末に慶喜の議定就任を内諾しているので、殊《こと》更《さら》、戦を起こす必要はないという考えである。薩摩が頼みとする岩倉卿も、また新しく議定に就任した三条実美卿でさえも同様である。

ましてや二日になって、幕府軍の数が新政府軍を遥かに凌駕《りょうが》するという報告を受けると、公家たちは恐怖心でうろたえ、大久保らの薩摩藩の関係者から一定の距離を置こうとする動きを見せるようにさえなった。

西郷らは、幕府軍との戦闘で負けることもあり得るとして、その場合は天皇に女装していただき、三条実美卿と中山忠能卿が従い、薩摩と長州の軍で守り、山陰道から芸州、備前あたりに下り、行在所《あんざいしょ》を設けるとの計画も立てていた。したがって、公卿たちの気弱な反応については、無理もないとして憎む気にならなかった。要するに、幕府軍に勝ちさえすれば公卿たちはなびいてくると思っていたのである。

ただ、三職会議の議定のうち、慶喜の議定就任を周旋してきた徳川慶勝と松平慶永（春嶽）が新政府軍の出動に反対したのは当然として、山内容堂に至っては、「これは、薩摩と会津・桑名の間の私的な戦であって、徳川家には関わりない。ましてや、天皇を巻き込むのは不敬千万」と言い、土佐藩兵の出動を断る始末であった。さらに芸州も、参与の辻将曹《しょうそう》（維岳《いがく》）が内乱回避の持論を展開して、芸州軍の参戦に反対したので、新政府内部で足を引っ張られる事態には、西郷や大久保らも困った。

無論、西郷と大久保は、慶喜が幕府軍を京に上らせ攻めてきたことをもって、幕府軍を「賊軍」として新政府軍が討伐するという構図を作ろうとしたのであるが、そのような筋書《すじがき》通りには運ばなかったのである。

【四】火ぶた

こうしたなか、一月二日になって西郷は、幕府軍が伏見奉行所に入り、鳥羽街道にも陣を構えたとの報せを受けた。

「大坂の幕軍の迎撃を三職会議に諮る暇はなか。伏見口で防備にあたる兵を増派し、鳥羽街道にも兵を送りもうそ。事後承諾になりもうすが、これを総裁らに報告してやってもんせ」

西郷は、大久保にそう言って出撃しようとした。しかし大久保は、

「ここは、正しい手順ば踏みもうそ。我らが賊軍になりもうす」

と、逸《はや》る西郷を制止し、あくまでも新政府軍としての裏付けを得ることに拘った。

そのために大久保は、三日の夜明け前に岩倉卿と三条卿を訪ね、幕府軍と干戈《かんか》を交える決断を迫り、政府として伏見に大軍を送ること、議定の仁和寺宮嘉彰親王を征夷大将軍に任じ、錦旗と節刀を賜ること、在京列藩に慶喜征討を布告し、兵の動員を命ずることを求めた。

そして、ここは大久保の粘りが功を奏した。ついに、岩倉卿と三条卿は、大久保に根負けして覚悟を決め、鳥羽伏見方面への軍の派遣を認め、他の要求についても議定である公卿たちを説得し、三職会議で決定されるように図ることを約束したのである。

鳥羽伏見への軍の派遣を認められたことを受けて、西郷は素早く動いた。すでに、伏見奉行

所を扼《やく》する形で小銃隊二小隊、計百六十名ほどが全員前装式エンフィールド銃を携行し、四門の四斤山砲を中心に四十名の砲兵と三十名前後の警護兵からなる砲兵隊半隊、さらに外城《とじょう》（郷士）隊二百名ほどを布陣していたが、三日の昼までに、小銃隊二小隊と五門の携行式臼《きゅうほう》砲を派兵増援した。

さらに同日、伏見奉行所が幕府軍の指揮所であることが判明したことから、奉行所の北に位置する御香宮《ごこうぐう》に長州軍歩兵二中隊、四百名ほどを配置し、かつ薩摩藩の歩兵と砲兵を奉行所の東の桃山から攻撃できる位置につけた。ただ、竹田街道は伏見街道と鳥羽街道の間にあり、ここを抜けて幕府軍が京に入ることを阻止する必要があったために、街道の起点部に土佐藩兵百名を布陣させるように土佐藩に申し入れていた。

ところが山内容堂の命令は、薩摩と会津、桑名との私闘には加わるなというものであり、そのために着陣が遅れていた。ただ土佐軍の中には、山内容堂の命にもかかわらず、勤王に奉じる部隊長も多く、西郷らとも交流があったために、西郷らは竹田街道の警護を土佐藩に頼ることにした。

また西郷は鳥羽街道へ、薩摩藩小銃隊二小隊、外城隊（郷士隊）等歩兵四隊、砲兵隊半隊と四斤山砲四門を三日の朝に派遣した。兵の数は五百名を超えた。その先鋒の百名が、上鳥羽村で見廻組の佐々木只三郎の一隊と遭遇した。見廻組は五十名ほどだが、槍と刀に鎧兜の伝統的な武装で、新政府軍側は鉄砲と大砲である。新政府軍側は直ちに展開して大砲を据え、小銃で見廻組の一団を迎え撃つ態勢を整えた。

　佐々木は「慶喜公の先ぶれ」であるから通せと言うが、新政府軍側は「御所に問い合わせる。御所の許しがないかぎり、通せぬ」と断った。佐々木は火器に狙われているので動けず、「回答があれば報せてくれ」と言ってじりじりと下がり、新政府軍側は押していった。これを何度か繰り返した後、ついには、鳥羽街道が鴨川を渡る小枝橋まで到達すると防御線を布《し》き、後続を待ったのである。

　後続部隊が到着すると、小枝橋を渡ったところで陣を固め、土嚢を積み上げた。さらに、小枝橋から東に延びる城南宮の西参道からの道沿いに四門の四斤山砲を並べて、鳥羽街道に照準を合わせた。また、鴨川の土手の竹やぶに隠れるように小銃兵を配置して、川を挟んだ対岸の鳥羽街道を進む敵を狙撃できるようにした。

　以上が新政府軍の防備体制であるが、軍の中心となる薩摩藩兵も長州藩兵も、幕府軍を攻撃するように指示され、決して防御を命じられてはいなかった。西郷も大久保も、幕府軍を京に入れるつもりはなかったのである。

　これに対して伏見奉行所に陣取る陸軍奉行竹中重固と同行する大目付滝川具挙は、慶喜の上洛は朝命であり、その先鋒として京に上るのであるから新政府軍に通行を邪魔されるはずはないと勝手に思い込んでいた。ましてや、幕府の権威と圧倒的な軍事力の差をもってすれば、新政府軍の防御陣地を難なく通過できると考えていたのである。

三日の昼過ぎ、御香宮前の新政府守備隊との交渉がはかどらないことに痺《しび》れを切らした滝川具挙は、「討薩表」の入った背負袋を肩にかけ、「幕府大目付の滝川である」と名乗って自ら交渉に臨んだ。しかし、「銃砲を携える軍勢を、朝廷の許可なしに通すわけには参らぬ」と、同じことを繰り返し返答されただけで、埒《らち》が明かなかった。

そこで滝川は、「ここにいる薩摩の田舎者には幕府大目付がどれほどの権能を持つのかわからぬらしい」と思ったようで、「鳥羽街道にいる指揮官であればわかるであろう」と、竹中に断って鳥羽街道に回り、小枝橋の指揮官とも交渉したが、またしても拒絶されたのである。

戦いは、三日の夕刻、その小枝橋において始まった。

午後遅く、伏見から回ってきた滝川が薩摩の守備隊と再度の交渉をしたが入京を拒絶され、夕刻（午後四時過ぎ）になってついに堪忍袋の緒が切れ、幕府伝習隊に命じて強行突破を図ろうとした。

これに対して、薩摩藩軍側から発砲があり、たちまち伝習隊の先頭集団がなぎ倒され、また、鴨川を挟んだ土手の竹やぶに潜んでいた銃兵も川越しに幕府兵を狙い撃ちし始めた。さらに、城南宮から延びる道に沿って据えられた四門の大砲が、鳥羽街道に据えられた幕府軍の大砲一門を最初に襲って破壊し、その後、街道上で混乱する幕府兵の列にも着弾し始めたのである。

ここで幕府軍側は、決定的な軍事的過ちを犯していた。それは、京に向かって発砲することは逆賊の誹《そし》りを免れないので、京に着くまでは鉄砲に実弾を込めるなという慶喜の命令があったのである。

まさか、幕府軍が京へ入ることを拒絶され、さらには、戦闘が始まるとは想像していなかったためであるが、慶喜の命令があったとはいえ、軍を率いる将であれば、相応の準備をするのが当然であった。これを怠ったところは、幕府の衰退の証であったのかもしれない。

この最初の衝突で、馬上で指揮していた滝川の傍《そば》に砲弾が炸《さく》裂し、滝川は驚いた馬を制止できなくなり後方に退くことになった。

幕府軍側は、行進の先頭にいた伝習隊と幕府陸軍歩兵連隊が壊滅的な損害を出し、態勢の立て直しのために後方に下がると、見廻組が前に出て刀と槍で斬り込みを敢行した。しかし、これも鉄砲と大砲の前では役立たず、最初の半刻（一時間）ほどの戦闘で、幕府側の戦死者は五、六十名ほどに達した。それでも、見廻組は武芸者の集まりだけあって、味方の兵が遺《い》棄《き》した鉄砲を拾って新政府軍に立ち向かい、味方の後方撤退の時間を稼いだという。

そうするうちに、先鋒に続く形で街道を進んでいた桑名藩の鉄砲隊と砲兵隊が前面に出て、鉄砲と大砲で新政府軍の陣地に向けて応戦し始めた。これによって、伝習隊や幕府陸軍歩兵連隊も少し息をつく時間を持ち、城南宮東の油小路方面へ進出しようとする動きも出てきた。しかし日も暮れて、薩摩藩の砲撃で民家に火災が発生し、その炎に照らされた幕府軍側の兵は、新政府軍の格好の標的になったのである。

結局、この日幕府軍は、何度か攻撃を仕掛けるが、新政府軍側は小枝橋の陣地を動かず狙い撃ちをしたために、幕府軍は犠牲者を増やしていき、ついに下鳥羽村まで後退して、この日は終わった。

一方伏見でも、朝方から伏見街道を京に入ろうとする幕府軍と、これを通させまいとする新政府軍としての薩長軍が「通せ」「通さぬ」の交渉を続けていた。そして夕刻になり、鳥羽街道方面から砲撃の音が聞こえ、これをきっかけにして戦闘が始まった。

最初に動いたのは、奉行所を囲む柵門の内に控えていた新撰組、遊撃隊および会津藩兵四百名ほどであり、鳥羽方面からの砲撃の音に反応するかのように、柵門を開いて御香宮へまっすぐに延びる筋道を北に向かって白刃をかざして突撃した。柵門からの距離は三町（約三百メートル）である。

これに対して、御香宮に構えた薩摩藩の陣地の大砲三門が榴《りゅう》弾と散弾でもって連射砲撃し、さらに四列横隊列を組んだ鉄砲隊の前二列が射撃し、後列が弾込めするという段取りで、絶え間ない攻撃を続けた。

幕府側は接近戦に持ち込もうとするが、薩摩藩側がそれを許さず、結局、奉行所の柵門内に押し戻された。ここでも、幕府側は多くの戦死者を出したのである。

【五】大村藩軍

伏見で、薩摩藩の陣地の西側の道筋の防御に当たったのは長州藩軍であった。こちらも幕府陸軍歩兵隊の北への侵攻を防ぐだけでなく、徐々に奉行所に幕府軍を押し戻していた。長州藩軍は、前年の長州征討の折に近代兵器の扱いや接近戦に慣れたため、幕府側の攻撃を遮蔽物《しゃへい》をうまく使ってかわしながら確実に敵兵を倒していった。

薩長の北から南への攻撃に加えて、奉行所の東の小高い桃山からは、薩摩藩軍が臼砲《きゅうほう》数門を伏見の東西の街路に沿って発射した。そのため、奉行所と柵門内の一帯は十字砲火を浴びせられ、幕府側は奉行所の石垣や建物を遮蔽物にして応戦するしかなくなってきた。また、鳥羽方面の銃撃戦と同じく、火災を出した民家の明かりに照らされた幕府軍の兵士たちは次々に射撃の的となり、斃《たお》れていったのである。

しかも開戦後、夜五つ（午後八時頃）あたりで、奉行所の火薬庫に薩摩の砲弾が命中し、大爆発を引き起こした。戦闘中であるために消火活動もままならず、燃え盛る炎の中で、幕府軍は奉行所全体を砦として抵抗することが難しくなった。そのために、奉行所の北門に会津藩兵を中心に固まって抵抗する以外は、南の中書島《ちゅうしょじま》、浜町から高瀬川左岸へと幕府軍主力は移動し、負傷者は淀方面へ舟で運ばれた。幕府軍は撤退の際、新政府軍の追跡を遅らすために民家に次々と火をつけ、この結果、伏見の町の半分以上が焼失してしまう。

　また、奉行所の北門に拠って続けられた会津藩軍らの抵抗も徐々に弱まり、子《ね》の刻（午前零時）までには戦闘が終わった。こうして、鳥羽伏見の戦いにおける最初の衝突で新政府軍が勝利を収めた。

　しかし、足りない兵を工面して京を防御しなければならない新政府側にとって、最大の敵は大坂から北上する幕府軍であることは確かであったが、見逃せないのは東の守り、つまり近江口であった。

　西郷ら新政府軍の幹部は、もし近江口から幕府軍が侵攻してくれれば背後を衝かれる形になり、鳥羽伏見をいかにうまく防御しても、結局は京への侵攻を許してしまうことになると心配していた。というよりは、近江口の防御が心配なままでは、大坂からの幕府軍と対抗するための鳥羽伏見方面への出兵は難しいとさえ考えていた。

　その近江口に直結する藩は彦根藩である。彦根藩は徳川譜代第一等の大藩であり、事実、第二次長州征討戦争では幕府軍の先陣を任されたほどで、もし、彦根藩が近江口から侵攻してくれば、京の新政府軍は困難な状況に陥るのは自明であった。

　ところが、新政府軍にとって幸いなことに、慶応三年の末から彦根藩には異変が起きていた。原因は、安政七年（一八六〇）三月の桜田門外の変で、当時の藩主井伊直弼《なおすけ》が元水戸藩士らに討ち取られたことにある。

この事件の後、直弼の不始末を幕府から糾弾され、次の藩主井伊直憲《なおのり》のときに、従来の知行高三十万石を二十万石に減封された。その後、禁門の変や天狗党の乱での活躍などで旧知行の一部を回復するなどしたが、第二次長州征討で手痛い敗北を喫し、その際、旧態然《きゅうたいぜん》とした「赤備え」と称した軍装や軍制が幕府軍の中でも笑いものにされた。

そのときの家老岡本半介は一橋慶喜の支持を得ていたが、これが同藩内で虐げられてきた勤王派の藩士の反感を買い、勤王派が蜂起して藩論を勤王に傾けてしまったのである。その結果、鳥羽伏見の戦いの間、彦根藩は新政府軍の本営である東寺の警護に付き、このことが西郷らが近江口の防御の手薄さに対する懸念を緩和させる材料になった。

しかし、安心はできない。事実、西郷らは情報を得ていなかったが、幕府陸軍の騎兵一個中隊と砲兵一個大隊が伊勢方面から近江口侵入を狙って京に迫ってきていたのである。

西郷らは一月三日の朝、新政府の朝命という形で、近江口の防御を固めるために京に藩邸を構える彦根、大洲《おおず》、平戸、大村、佐土原《さどわら》の五藩に大津宿への出動を求めた。ところが、彦根藩は新政府軍本営の東寺の警護に兵員を出し、そのうえ藩内に残る佐幕派を動員することになればひと騒動が避けられないという判断からか、すぐには対応ができないと伝えてきた。また、大村を除く他の藩も、人手と軍備が足りないとか、佐土原藩はすでに薩摩軍に編入されているために改めて引き戻す時間がないといった理由で出動できなかったのである。

困った西郷らは、大村藩邸留守居の大村右衛門と清左衛門を呼び出して窮状を伝えた。

「彦根、尾張、大垣、加賀あたりからの攻撃はないと思われますが、これも大坂の幕府軍を抑え切れるかどうかにかかっております。当方からそちらに加勢する余裕はありませぬが、我らが負ければ、一気呵成《いっきかせい》に押し寄せてくるは必定。尊藩には申し訳ありませぬが、その折は助けることはできませぬので、戦うなり、引くなり、投降するなり、御随意になされよ」

と語る西郷に対し、清左衛門は言った。

「ここは武士の習い。いざとなれば討ち死にも覚悟の上。貴殿も気になさることは御座らぬ。どうか存分に幕府軍と戦い、吉報をお待ち申し上げる。我らも幕府軍の前面で戦いたく存ずるが、大津の警護も戦のうちで御座れば、しかと御役目を果たし申し上げる」

「ここは大村武士の根性の見せ所。清左衛門も恥じることのない戦いをするものと存ずる」

と、右衛門も続けた。

これを聞いて西郷は感激し、「忝《かたじけな》い、忝い」と何度も頭を下げ礼を言った。そして、幕府の直轄地である大津宿の代官所を新政府が接収するとの三職会議総裁有栖川宮熾仁親王《ありすがわのみやたるひと》の名での命令書を渡し、「代官が抵抗をみせれば、殺しても構いもうさぬ」と告げたのである。

清左衛門は、藩主が上洛した際の宿所として用意した寺に戻り、そこに待つ五十余名の兵士を連れて、途中薩摩藩邸に寄り、弾薬を補充して大津に急行した。右衛門が途中まで見送り、「清左衛門殿、御武運を願っており申す」と言って別れた。

大津は見知らぬ土地であるが、明るいうちに現地に着いて代官所を接収し、防衛線を布く必要があった。

大津に着くと、直ちに大津宿の代官所を接収したが、すでに代官は大坂に退避したといい、地方《じかた》の役人だけが残っていた。清左衛門は、すぐに部下たちに指示して、代官所にあるだけの薪を集めてかがり火を焚《た》かせ、大津宿の柵門や通りの要所に置いた。

大津宿は琵琶湖の水運を利用した米の流通拠点であり、大坂に送る前の中継基地ともなっているので、東国と北国の藩が蔵を抱えている。そこで清左衛門は、代官所に各藩の蔵の管理者を呼び、やはり蔵の周りにかがり火を焚かせ、同時に宿場から外に出ることを禁じた。こうすることで、大津宿全体が明かりに照らされたようになると同時に、宿場の事情が外部に漏れないようにしたのである。

また清左衛門は、部下全員に鉄砲を携帯させ、寝ずの番で歩哨に当たらせた。これが功を奏し、三日の五つ半（夜九時頃）過ぎ、幕府騎兵隊の斥候が大津宿に偵察に来た際に、「すでに、朝廷の兵に固められている」旨の報告を指揮官にすることになった。そのとき指揮官は、戦端を開く許可を大坂から得ておらず、迷った末に大津を回避し、幕府軍は伊賀街道越えの道をとって大坂に向かったのである。

このことを知らない清左衛門の部隊は、終夜大津宿を守り通した。四日の昼、改めて朝命を受けた佐土原藩、岡山藩、徳島藩の兵五百名と彦根藩の兵二百名が大津に入って、清左衛門は、佐土原藩の指揮官から鳥羽伏見での勝利を知らされたのである。

後に、清左衛門らは朝廷から勲功を賞されるが、自分たちが果たした役割の重大さを知るのは大坂城が落ちてからのことになる。もし、清左衛門の機転がなく、幕府軍が大津宿を占拠し、ここから京に進軍していたら、新政府軍は背後を衝かれ鳥羽伏見の戦勝も水の泡になっていたと思われるのである。

また、大村藩の大津警護には余禄があった。

一つは、鳥羽伏見の戦いが数日続くなかで、大坂からの米の供給が途絶え、京市内の食料がひっ迫してきたのだが、大津の米蔵を押さえたために、彦根藩など蔵を有する藩から米を融通してもらうことができ、京の市民の不満を和らげることができたことである。

もう一つは、大坂城が陥落した後、官軍が東国に進軍する際、大津にいた大村藩軍は、東国攻めの先陣を任されることになり、同時に清左衛門は、大津宿での采配の手腕を買われ、官軍の指揮官兼参謀に就くのである。

【六】戦局

慶応四年正月三日の夜遅く、鳥羽伏見方面での新政府軍勝利の報が届くと、御所内の空気ががらりと変わった。

それまで、幕府軍を相手に勝ち目のない無謀な戦を仕掛けたとして、詰《なじ》ったり、殊更《ことさら》自分は無関係だというような余所余所《よそよそ》しい態度を取ったりしていた公卿たちが、急に大久保に面会を求めて詰所にやってきたり、新政府軍の総司令として忙しく出入りする西郷吉之助をつかまえては、追従《ついしょう》の言葉をかけたりした。

またこれらの公卿は、三職会議議定の三条実美卿や参与職の岩倉具視卿のところにも祝いの言葉を述べに来た。三条と岩倉は、大久保の粘りと脅しに根負けして鳥羽伏見への新政府軍派遣を承諾したのだが、本音は徳川慶喜を議定に任じ、これによって戦を回避できれば後は何とかなると思っていた。しかし、新政府軍が勝っているという報せを受けると、それまでの妥協的な態度を捨て、勝利は当然のことといった顔をして、挨拶に来た公卿たちに接した。

一方、尾張藩前藩主徳川慶勝と越前藩前藩主松平慶永（春嶽）は、折角、慶喜の議定就任と朝命での上洛をお膳立てしたにもかかわらず、目の前で企てがほころび、沈鬱な表情で藩邸に待機していた。また、土佐藩前藩主山内容堂も、藩邸で酒をあおって酔っていたが、やはり参与に就任した後藤象二郎らから、逐次様子を報せてもらいながらも、成り行きを傍観するしかなかった。

このようなときでも、大久保は沈着に次の手を打った。つまり、前日来朝議での決議を求めていた、仁和寺宮嘉彰親王《にんなじのみやよしあき》を征夷大将軍に任じ錦旗《きんき》と節刀を賜ること、さらに全国諸藩に慶喜征討を宣旨することの決議を求めたのである。こうして、再会された三職会議には、総裁の有栖川宮熾仁《ありすがわのみやたるひと》親王をはじめ、議定の山階宮晃《やましなのみやあきら》親王などの皇族、公卿、慶勝、慶永、容堂、さらに薩摩藩主島津忠義や芸州藩主浅野長勲《ながこと》らも加わった。そして、ついに仁和寺宮嘉彰親王を征夷大将軍に任じることなど、大久保の提案通りに議事が進み、天皇の玉璽《ぎょくじ》を得て四日の朝には仁和寺宮に錦旗と節刀が下賜されたのである。

さすがにこれが決まれば、慶喜の復権は望めないばかりでなく、朝敵となることを意味するので、慶勝、慶永、容堂は反対した。とくに、容堂は土佐藩の兵士を幕府との戦に派遣するために上洛させたのではないと言い、兵を引き連れて国元に帰るとまで言った。

しかし、時間が経つにつれて、幕府側の敗北がより鮮明になり、議論の流れを変えることができなくなった。大久保らが慶喜を朝敵とした理由は、慶喜が「辞官納地」について何ら回答しないばかりか、京に向けて軍を進め、新政府軍と干戈《かんか》を交えたということであり、この明白な理由をもってしては、慶勝らの慶喜擁護論も霞《かす》んでしまったのである。

こうして四日の朝が明けたが、戦況は、実は新政府軍が断然に優勢とばかりはいえない状況であった。

まず、三日に下鳥羽村まで撤退した幕府軍は、後方に控えていた幕府陸軍歩兵二個連隊（二千名ほどか）を主力として夜明けとともに攻撃を開始した。火器の一部はフランスから購入した最新式で、薩長の軍が使った先込めライフル銃ではなく、発射の間隔が三、四倍も短い元込めライフル銃であったようである。これにより、薩摩主体の新政府軍は押し戻された。だが幕府軍は、前日と同じように鳥羽街道に沿った縦隊での隊列を組んでの攻撃であったため、火器と兵数の優位を生かせず、これが新政府軍に幸いした。結局、大砲の支援もあって、一刻（二時間）ほどの攻防で、新政府軍は幕府軍を下鳥羽村まで押し返すことができたのである。

撤退した幕府軍は、下鳥羽村から半里（約二キロメートル）ほど南にある富の森まで下がった。薩長連合の新政府軍は幕府軍を追って富の森まで進み、一時は富の森を占拠し、さらに幕府軍本営がある淀まで進もうとした。しかし、この一帯は桂川の本流と鴨川、天神川の支流起点になるあたりで、川に沿った堤防道以外は両側を葦《よし》が覆う沼地であった。新政府軍が堤防の道を進軍していると、葦《よし》の茂みから会津藩と桑名藩と大垣藩の兵が刀と槍で斬り込みをかけ、また一旦下がった幕府陸軍歩兵隊も鉄砲と大砲で攻撃を仕掛けてきたため、新政府軍は大きな損害を被ることになった。結局、新政府軍は下鳥羽村まで撤退し、幕府軍は富の森を取り返すことで四日の戦闘は終わったのである

一方、前日激戦を繰り広げた伏見では、町の半分が火災で焼失し、中書島《ちゅうしょじま》、浜町から高瀬川左岸へと移動した幕府軍主力は、四日になって散発的に抵抗したものの、前日の損害が響き、組織的な抵抗ができないまま舟で淀方面へ撤退していった。

そのために、新政府軍は苦戦が続く鳥羽街道方面に兵力と大砲などの火器を回す余裕が生まれ、これが鳥羽街道での新政府軍を有利にした。この日の伏見での戦闘には土佐藩歩兵と砲兵隊も含まれ、前日は容堂の命令を無視した行動を取ったのであるが、やがて、慶喜を朝敵とす

ることの宣旨《せんじ》が届き、正式に新政府軍に加わることになる。

五日早朝の戦いは、その富の森陣地への新政府軍の攻撃から始まった。新政府軍は、薩摩の小銃隊と砲兵隊と長州の歩兵部隊の計約七百名が鳥羽街道を進み、幕府軍が陣を構える富の森への正面攻撃を仕掛け、また、桂川の西岸からやはり薩摩と長州の歩兵部隊の計約三百名が側面攻撃をしたのであるが、幕府軍は、会津藩と桑名藩を中心に兵と大砲で頑強に抵抗した。

とくに幕府軍は、伏見の造り酒屋から調達した大きな木樽に土を詰め、これを並べて土を被せ土塁壁としたが、これが新政府軍の鉄砲攻撃を無力にし、逆に、土塁の隙間から狙い撃ちする幕府軍側の射撃で新政府軍に多くの人的な損害を与えた。

そこで新政府軍は、大砲での攻撃に切り替え、榴弾を土塁に撃ち込み穴を開けた。また、臼《きゅう》砲《ほう》を使って土塁の向こう側で散弾を爆発させ、これにより新政府軍は、昼すぐにようやくにして富の森陣地を奪還し、幕府軍は淀に向かって退却していったのである。

同じく五日朝、新政府軍は、伏見街道方面でも作戦を展開し、薩摩と長州の歩兵部隊に大砲をけん引させ、さらに臼砲隊も加えて宇治川に沿って南下させた。これは、鳥羽街道を進む新政府軍との両面作戦であったが、淀にある幕府軍の本営まで突き進もうとするものであった。

ところが、淀に入る淀小橋から東に十町（約一キロメートル）ほどのところに、千両松という場所がある。ここは広大な巨椋池《おぐらいけ》の西の端に位置し、池の北を宇治川が流れ、川の北を伏見街道が延びているが、街道を挟んで北は湿地帯、南は宇治川の砂州で、街道が狭まっているため幕府軍にとっては守備しやすい。

この千両松に、新政府軍が長州藩兵を先頭にして鉄砲を撃ちながら押し寄せた。これに対して幕府軍側は、大砲と鉄砲で応戦し、また前日の富の森の戦いで威力をみせた接近戦での斬り込みを行うつもりで、川堤の両側の葦の茂みに会津槍隊、新撰組、見廻組、遊撃隊が隠れて機会を狙った。

衝突の最初は、川堤の上を突き進む新政府軍に対して幕府軍の火器が縦横に火を噴き、一旦、銃撃と砲撃が止むと、堤の横合いから槍と刀の斬り込み隊が突っ込むという戦法で、瞬く間に新政府軍側に多数の戦死者と負傷者を出した。この日の新政府軍側の戦死者十五人、負傷者五十名のうち、半数が最初の衝突で生まれたといわれる。

この状況を変えようとして、新政府軍は最前線の長州兵を後方に下がらせ、大砲主体の攻撃にして白兵戦を避け、幕府軍側の斬り込み隊を小銃で倒すという戦術に変えた。その結果、会津藩の槍隊や新撰組の隊士らは、新政府軍の兵士の身体に槍や刀が届く前に次々に銃弾に倒れたのである。

新撰組や見廻組は、この日の戦闘で事実上の壊滅状態になり、とくに新撰組の隊士十数名が戦死し、負傷者を含めると隊士の三分の二以上が失われたとされる。

千両松の戦いは昼頃まで続いたが、幕府軍は防御線を維持できなくなり、午《うま》の刻九ツ半（午後一時頃）には千両松から撤退して、本営のある淀城方面へ下がっていった。

ところが、淀に設営された幕府の本営に五日の昼過ぎに届いた報せは、朝議により征夷大将軍に任ぜられた仁和寺宮嘉彰親王自らが、今朝がた薩摩藩と芸州藩の軍勢に前後を護られて、古来の煌《きら》びやかな鎧、直垂《ひたたれ》に身を固めて京都側の陣に出馬し、軍を巡察、督戦した。しかも、宮の両脇には、朝廷の軍であることを示す二旒《りゅう》の錦旗《きんき》、つまり「錦の御旗」が掲げられ、これを見た新政府軍が奮《ふる》い立ったというのである。

これにより、「錦の御旗」を擁している新政府軍が「官軍」となり、幕府軍は「朝敵」であることを意味し、負い目を与えることになった。

この錦旗は、前年十月の倒幕の密勅の宣旨に合わせて、岩倉具視卿が大久保に指示して準備させたものである。岩倉卿は、後醍醐天皇による建武の中興（元弘三年（一三三三））の故事に倣《なら》った旗印が討幕の際には必要となると考え、股肱《ここう》の国学者玉松操《たままつみさお》に想像上の意匠を作らせ、これをもとに、長州藩の品川弥二郎が錦旗二旒と菊花章の紅白各十旒を作らせ、鳥羽伏見の戦いに間に合わせせた。これが、四日未明の朝議の後、征夷代将軍に任じられた仁和寺宮に節刀と共に天皇より下賜され、五日の戦闘の場に現れたのである。

第十七章　鳥羽伏見の戦い〈その二〉

【一】幕府軍の崩壊

慶応四年（一八六八）一月四日の仁和寺宮嘉彰親王《にんなじのみやよしあき》への征夷大将軍宣旨、さらに節刀と錦旗《きんき》（「錦の御旗」）の下賜が終わり、その後幕府軍の敗戦の報が伝わると、京に藩邸を置く諸藩が続々と新政府軍への参加を申し出てきた。それらの藩は、京都藩邸に置く兵の数が限られるとして、急使を立てて、国元から兵を呼び寄せることを約束した。

こうした動きは、いち早く動いた土佐藩（容堂は最後まで抵抗したが）や鳥取藩に続き、肥後熊本、肥前佐賀、肥前平戸、筑後柳川、筑後久留米、筑前福岡、豊後竹田（岡）、日向飫《お》肥《び》、石見津和野、備前岡山、伊予宇和島、伊予大洲《おおず》、讃岐丸亀、阿波徳島などの西国外様諸藩が中心であったが、それぞれが近隣の親藩や譜代、さらには彦根藩や淀藩といった譜代の代表、尾張徳川といった御三家の一角をも巻き込んで、大きなうねりとなっていった。

このうち、尾張徳川藩については六日、新政府軍の指示で、徳川慶勝《よしかつ》の指揮のもと、幕府による京都支配の象徴であった二条城を接収し、大きな抵抗もなく役目を終えることになる。これはまさに、徳川幕府の退出を象徴する出来事であった。

敗色濃い幕府軍にとって、前線での頼みの綱となったのは淀であった。

淀本営には、もともと幕府陸軍を主体に、大坂で徴募した兵などの後詰の兵と多数の大砲が配備され、それに敗残の軍とはいえ、前線から退却してきた四千ほどの兵が加わった。これだけでも、せいぜい二千か三千の新政府側の軍の侵攻を食い止め、さらに押し返して、京に上るには十分な勢力である。

しかも、淀には淀城がある。淀城にさえ入れば、一息ついて反攻に移ることができると、幕府軍の総司令だけでなく、各部隊の指揮官でさえ思っていたのである。しかし、負い目の幕府軍にとって追い打ちをかけるように、反撃の拠点として頼みにしていた淀城が、幕府軍を城内に入れることを拒絶したのである。

淀城は、交通の要衝である。淀城の北で桂川は宇治川に流れ込み、木津川も淀城の南で宇治川に合流し、淀川本流となる。江戸時代、何度か藩主の入れ替わりがあったが、享保八年（一七二三）に稲葉氏が入り、淀藩十万二千石を統治した。現藩主は老中を務める稲葉正邦であり、徳川家の忠臣として知られている。

ところが、折悪しく、稲葉正邦は江戸城に詰めて不在であり、城代家老が城を預かっていたが、幕府軍が相次ぐ敗走の末に朝敵になったことで、自分の判断で中立を決め、幕府の軍が城内に入ることを拒絶したのである。

この淀藩の裏切りは、淀城を態勢立て直しの拠点にするつもりであった幕府軍にとっては、驚きというよりも、絶望に近い所業であった。逆に、もし幕府軍が入城していれば、兵数の少ない新政府軍にとっては、攻め落とすことが不可能と言っても過言ではなかったはずである。

結局、幕府軍は、淀からの撤退を余儀なくされ、裏切りへの報復の意味もあったと思われるが、新政府軍の追撃を振り切るために淀の城下に火を放った。またさらに、淀城への北からの入り口にあたる宇治川にかかる淀小橋と、南へ下る大坂口にあたる木津川にかかる淀大橋を焼き落とし、山崎方面へと移動していったのである。

淀には、幕府軍の撤退の後、間髪を入れず新政府軍が侵攻してきた。新政府軍の薩摩軍と長州軍は淀藩の裏切りが信用できなかったようで、自分らを陥れる罠ではないかと考えた。しかし、淀城内を検分しようやく信用した。それほどに、淀藩の幕府への背信は当時の常識を覆《くつがえ》す出来事であったのである。

さらにもう一つ、幕府軍の敗北を決定付けた出来事が、伊勢津藩藤堂家三十二万石の朝廷への恭順と幕府軍への攻撃参加であった。

富の森、千両松における五日の戦闘でも敗れた幕府軍は、淀藩の裏切りを受けて淀を撤退し、これまでの京都上洛という方針を捨てて、新政府軍の大坂侵攻を食い止めるという、現実的な選択をしなければならなくなった。

そこで幕府軍が選んだ防御線は、木津川の南、石清水八幡宮が鎮座する男山山麓一帯から橋本に至る宇治川河川敷と堤道を見下ろす河岸段丘と宇治川対岸の天王山中腹の山崎関門に至る線である。宇治川沿いの道は京街道といい、淀と大坂を結ぶ直近の路であり、大軍を動かしての新政府軍の作戦もここを進むしかないし、未だに数の上で新政府軍を上回る幕府軍を放置して先に進めるはずもなかった。

また、山崎関門は、前年十一月に長州藩軍が西宮に上陸し、入洛の許可を待つ間、西宮から京に至る西国街道の要衝である山崎関門を守るために、幕命により津藩が千名を超える守備隊を駐屯させていた。守備隊長は家老の藤堂元施《とうどうもとひろ》である。状況によっては、長州藩軍とも戦わねばならないため、大砲も備えて万全の守りについていた。

こうして、幕府軍が設けた防御線は、京都盆地の出入り口を扼《やく》し、桂川と木津川が宇治川に合流し淀の大河になる直前の場所で、合流で増した水圧が山を削り浅い地峡となっている天然の要害といってもよかった。男山と橋本の間は半里（二キロメートル）ほどで、橋本と山崎関門の直線距離も同じくらいである。幕府軍は、橋本に本営を置き、高台に砲台陣地を築いた。また、木津川を見下ろす石清水八幡宮境内にも大砲を置き、川を渡渉《としょう》する新政府軍に備えた。

幕府軍の布陣は、橋本に幕府陸軍歩兵隊、砲兵隊と伝習隊の主力を置き、会津藩槍隊、新撰組、見廻組、遊撃隊が宇治川の堤道の陰に潜み、再び斬り込み攻撃を目論んだ。また、男山一帯には、桑名藩、大垣藩、若狭小浜藩、宮津藩などの各藩兵が配置された。これらの各陣地から淀との間は一里も離れておらず、冬場の乾燥した空気の中で、新政府軍の動きも手に取るようにわかったと思われる。

対する新政府軍は三手に分かれ、主力の薩摩藩軍は橋本本営を攻撃、長州藩軍は男山を正面から攻撃、さらに薩摩、長州、芸州、土佐の別動隊は、木津川を渡渉《としょう》の後、男山を東に回り、側面を攻撃するという作戦となった。

新政府軍側の攻撃は六日早朝に始まったものの、橋本本営を攻撃する薩摩軍は幕府主力の反撃に遭い犠牲を増やした。幕府軍は、この防御線を新政府軍に突破されれば大坂まで遮るもののない平野となるので、必死であったからである。また、男山への攻撃も、最初は頑強な抵抗に遭い手こずっていたが、男山の東に回り込んだ別動隊が攻撃を始めると、幕府軍側の防衛線がずたずたになり、組織的な抵抗が弱まってきた。

そのような状況下、追い打ちを掛けるように、津藩が守る山崎関門から幕府軍本営に向けて砲撃が始まったのである。昼前の時刻であった。またしても、淀藩に続いての「裏切り」である。幕府軍本営では、男山の防御線が側面攻撃で破られそうになっており、正面の新政府軍の攻撃を何とか凌ぐのが精一杯のところに、徳川に対する恩顧が篤いと目され信頼をして山崎関門を任せた藤堂藩が、選りに選って、勝敗の瀬戸際の攻防戦の最中に敵方に加担し、幕府軍を砲撃してきたのである。

実は、山崎関門の守備を任せられた藤堂藩家老藤堂元施は、戦いの当初、「この戦は、薩摩、長州と徳川家の私的な争い」と考え、「藤堂家の徳川家に対する恩顧もあり、助力を頼まれれば断ることはできない」と考えていた。実際、幕府軍からの使者に対しても、「助力」を約束したのである。ところが、四日の朝議で、「私的な争い」ではなく、幕府軍が「朝敵」となったことから、藤堂元施は幕府軍への助力に大義がないと考えて戦争への不参加を決め、幕府側からの督戦の申し出に対しても、態度を明確にしなかった。しかし五日になって、新政府軍の錦旗奉行である四条隆謌《たかうた》卿が、朝廷からの勅使として薩摩藩と長州藩の兵百名ほどに守られて山崎関門に来た。四条卿は、勅命として幕府軍への攻撃を命じ、実際に攻撃するのかどうかを監視するというのである。

四条卿は文久三年（一八六三）の八月十八日の政変で京を追われ、三条実美卿らと共に長州に逃れ、やがて大宰府に幽閉されたが、やっと許されて京に戻り新政府軍の指揮に当たっていた。したがって、普通の公卿たちとは異なり筋金《すじがね》入りで、藤堂元施に対する命令も容赦のない厳しい口調であった。

藤堂元施は、本藩に問い合わせる間を与えられず、幕府への攻撃を拒否すれば朝命に反することになり、ましてや幕府側を支援すれば朝敵となるという事態に追い詰められ、悶々《もんもん》と悩んだ末、幕府軍への攻撃を命じたのである。

幕府軍にとって藤堂藩の裏切りは、前日の淀藩に続いて「またか」というより、絶望のどん底に突き落とされた思いの方が強かった。同時に、現実問題として、山崎関門からの砲撃に対抗しなければ防御線は確実に崩れるので、橋本砲台の砲撃相手を山崎関門にも向けなければならなくなったのである。

しかし、新政府軍の猛攻と、味方と思っていた藩の連日の裏切りで、幕府軍主力も次第に浮き足立ち、また堤道の陰で斬り込み攻撃の機会を窺う会津藩槍隊、新撰組、見廻組、遊撃隊にも新政府軍の攻撃が加えられてきた。この戦闘で、会津藩士、新撰組隊士、見廻組隊士、遊撃隊士の多数が撃たれ、見廻組隊長の佐々木只三郎も重傷を負った（後、死亡）。佐々木は、坂本龍馬と中岡慎太郎の暗殺の指揮を執ったとされる。

見廻組と並んで勤皇の志士たちに恐れられた新撰組は、すでに局長の近藤勇を怪我で欠き、副長の土方歳三が鳥羽伏見の戦いを通して指揮を執っていた。近藤は前月十二月十八日、伏見奉行所から二条城に出かけた帰り、竹田街道で狙撃され肩を負傷した。犯人は、十一月に新撰組が暗殺した元参謀で、御陵衛士になった伊東甲子太郎の弟鈴木三樹三郎らである。

六日早朝に始まった橋本、男山での攻防戦も、藤堂藩の裏切りもあって新政府軍側の圧勝に終わり、午後には幕府軍本営の軍総督松平（大河内）正質《まさただ》をはじめ、竹中重固《しげかた》、滝川具挙《ともたか》らの幕府軍首脳陣は橋本を去った。そして、枚方《ひらかた》まで下がって、一旦軍議を開くが、敗北の事実は重く、また慶喜の命令も重なり、大坂への軍の撤退を決めたのである。

ちなみに、開戦以来の四日間の戦いでの戦死者は、新政府軍が百十二名（薩摩藩七十二名、長州藩三十八名、土佐藩二名）、幕府軍が二百七十七名（徳川家百名、会津藩百二十二名、桑名藩十一名、大垣藩十名、浜田藩五名、新選組二十九名）とされている。

【二】大坂城炎上

幕府軍は、一月三日の鳥羽街道と伏見での最初の戦闘で敗れ、四日の下鳥羽村、五日の富の森と千両松での攻防戦と淀藩の裏切り、六日の橋本の戦いと津藩（藤堂藩）の裏切りにより、総崩れの状態で大坂に退いた。

しかし幕府軍としては、大坂まで退却しても、後詰の五千の兵を合わせれば一万余となり、大坂城に備蓄する武器弾薬を用いれば、薩長中心の新政府軍を凌駕《りょうが》する。さらに、大坂城という難攻不落の城が控えており、城に入りさえすれば戦線を立て直し、再度、上洛を窺う機会が到来するはずという一縷《いちる》の希望があった。また、幕府の虎の子の海軍力も健在であり、これらをもって、もう一度幕府軍を立て直すことができるとの読みも、多くの将兵にはあった。

実際、退却してきた軍が大坂城に入ると、六日の朝に幕府幹部を前に徳川慶喜が徹底抗戦の檄《げき》を飛ばし、そのことが一般将兵にも披露され皆が奮起した。しかし、檄を受けた興奮も冷めやらぬその夜、徳川慶喜は、老中板倉勝静《かつきよ》、同酒井忠惇《ただとし》、大目付戸川忠愛《ただなる》らの側近、さらに会津藩主松平容保《かたもり》や桑名藩主松平定敬《さだあき》らを同道して、隠密裏に大坂城を抜け出たのである。

慶喜の突然の変意の理由は明らかではない。いくつかの説があるが、もともと、幕府軍の京都進軍は「討薩表」にあるように、薩摩の討伐が目的であった。しかし、薩摩側の画策で、いつの間にか慶喜率いる旧幕府軍と新政府軍との戦いという図式に変質した。また、負けるとは思われない戦に負けたことで、慶喜自身が朝敵になることを避けようとし、早々と恭順の意思を示そうとしたのではないだろうか。

こうして六日の夜、大坂城を抜け出た慶喜の一行は、最初に、大坂城沖に停泊していたアメリカの砲艦に乗船して、翌七日の朝、幕府海軍旗艦開陽丸に乗り移った。しかし、開陽丸の艦長で幕府海軍総督の榎本武揚《たけあき》は大坂に用事があるとして下船しており、副長の澤太郎左衛門が代わりを務めていた。

実は、榎本に率いられた幕府海軍は、鳥羽伏見方面で劣勢の幕府軍のなかにあって、圧倒的な強さで薩摩藩海軍を抑えていた。幕府海軍は、すでに慶応三年十二月には、旗艦開陽丸（二五九〇トン）艦長榎本武揚の指揮の下で、蟠竜《ばんりゅう》丸（三百七十トン）、翔鶴《しょうかく》丸（三百五十トン）、富士山《ふじやま》丸（千トン）を従えて大坂城沖で待機していた。

そこに、二十八日に入港した順動丸（四百五十トン）に乗船していた滝川が薩摩藩邸焼き討ち事件の報をもたらし、それを聞いた榎本は薩摩との間で交戦状態に入ったと判断した。そこで榎本は、兵庫に入港していた薩摩藩軍艦春日丸（千十六トン）と輸送船平運丸（七百五十トン）を、元旦をもって攻撃しようとしたが、兵庫港には開港に合わせて外国船も多く来航し、これらに被害を与えることはできないために、限定的な攻撃しかできなかった。

ところが、二日には江戸から薩摩藩船翔凰《しょうおう》丸（四百六十一トン）が傷だらけの形で入港し、それが、幕府海軍回天丸（千六百七十八トン）の追撃を受け、薩摩藩邸焼き討ちの際の生き残りの逃亡者を乗せてきたことがわかった。しかも、四日早朝に春日丸は翔凰丸を曳航《えいこう》して紀淡海峡方面へ、平運丸は淡路海峡方面へと脱出を図ろうとしたため、榎本は攻撃を命じた。

このとき、翔凰丸を曳航する春日丸の船足は遅く、開陽丸らの追跡と攻撃をかわすことはできないと判断したため、翔凰丸は阿波沖で自焼、自沈し、春日丸と平運丸は幕府海軍の追尾を振り切り、鹿児島に帰着している。こうして、阿波沖海戦と呼ばれる日本初の近代的軍船同士の戦いは幕府軍の勝利に終わったのである。

そのような戦績を誇り大坂湾を支配する幕府海軍であったが、慶喜が大坂城を抜け出し、開陽丸に乗り込んできて江戸帰還を命じたのである。

榎本の離船中、開陽丸を預かる澤に対して板倉老中は、「殿は江戸に帰還なさるゆえ、早々に船を出せ」と言うが、澤はさすがに、慶喜が大坂を抜け出て江戸に戻ることは敵に対する敗北以外の何ものでもないと考え、抜錨《ばつびょう》を渋った。こうなれば、榎本に慶喜を説得してもらおうと考え、「艦長榎本の許可が必要だ」と言って、出航を引き延ばしにかかったのである。

だが、開陽丸が、なかなか出航しないことにしびれを切らした慶喜は、板倉老中を通して出航を促し、幕府艦隊の総指揮を富士山丸艦長に移して、澤を開陽丸代理艦長に任じ、出航を命じた。澤は、やむを得ず命令に従うことにし八日午前に抜錨したが、なおも大坂湾を遊弋《ゆうよく》して時間稼ぎをした。しかし、同じ海域を行き来していることに気付いた慶喜が改めて出航を命じ、八日夜、大坂湾を出たのである。

その後、開陽丸は紀州沖で時化《しけ》に遭い、一旦遠州灘を南下してから北上して浦賀に停泊し、江戸沖に到着したのは十一日、江戸城に慶喜が入ったのは翌十二日であった。この航海中、慶喜は江戸に戻ってから朝廷に恭順するつもりであるとの意向を老中らに示したが、無論、皆は反対した。しかし、慶喜は意志を曲げないまま江戸に帰還したのである。

一方、大坂に取り残された幕府軍の将兵は、慶喜がいなくなったことで新政府軍と戦う名目がなくなったが、慶喜の大坂退去が判明した翌七日には、追い打ちをかけるように慶喜追討令が出され、慶喜は官位をはく奪されたうえ朝敵となった。

これにより、幕府軍は解散するしかなくなり、幕府陸軍の将兵、旗本、御家人、幕府軍に加わった会津、桑名、高松、松山、越前小浜、姫路の各藩兵、さらには新撰組や見廻組などは、それぞれに帰還や逃避の路を見つけ移動し始めた。その多くは、大坂から陸路を南下し、紀州から船で江戸に向かい、大坂湾に残っていた幕府海軍の艦船に直接に拾われた者もいた。また一部は、東海道や山陽道を歩いて帰還した者もいた。

ただ、これらの退却兵は略奪狼藉《ろうぜき》も行い、大坂市内に放火をした。大坂の薩摩藩邸は三日の開戦と同時に焼き討ちされ、略奪を受けて焼失していたが、一般の商家や各藩の蔵屋敷も、七日、八日で被害に遭った。

こうしたなか、八日には新政府軍の先鋒が大坂に着き、大坂城を包囲し始めた。そして、九日に新政府軍の先鋒として大坂城に入った長州藩（実際は徳山藩と岩国藩）の軍は、尾張藩と越前藩の代表の立会いの下、城の明け渡しについて幕府側引き渡し役の旗本妻木頼矩《よりのり》と話合いをもった。ところが、その最中に本丸御殿台所から出火し、みるみる延焼し、幕府側の手の者が少なくなっていたため消火することもできず、火薬庫にも燃え移って大爆発を引き起こした。火事は十日にかけても続き、ついに、本丸、二の丸、蔵、櫓《やぐら》など、城の主要な建物のすべてを焼き尽くしたのである。

一月八日、大村藩主大村純熈は、大坂方面で上がる火の手を兵庫港に入港する船上から遠望していた。大坂城の炎上は九日から十日であるので、大坂を退去する幕府軍が放した火が街中に燃え広がっているところを見たのであろう。

なぜ、大村藩主がここにいるのかについては、少し時間を遡る必要がある。

【三】御座船調達

大村藩では、慶応三年（一八六七）十月の大政奉還の報と上洛を命ずる勅諚を受けて、十一月上旬に御前会議で藩主の上洛を決め、十五日には藩士らを集めて、藩主自ら勤王に殉じる決意表明まで行ったのであるが、その際、執政の中には上洛を懸念する声もあり、まず情勢を慎重に見極めたうえで最終的に上洛の日を決めるということにしたのである。

そのために、九州近隣の諸藩がどのような行動をとるかを調べたが、薩摩を除いて、藩主が上洛する藩はなかった。とくに、京都に藩邸を構える大きな藩は、藩邸を通して情報収集に努め、薩摩が軍を動かそうとしていることについては、多くの藩が薩摩と幕府の私闘に近いものと受け止めていることもわかった。したがって大村藩では、御前会議の決定後も、なおも上洛に慎重な意見が出ていたのである。

しかし十一月下旬には、薩摩藩主が率いる三千名からなる大軍が上洛の途についたとの報が届き、これに合わせた長州軍の出兵の報も続いた。当然に、これらの藩と軍事同盟を結んでいる大村藩は出兵しなければならない。さらに、先行出兵した清左衛門の新精隊が毎日、御所の警護の任を負い、朝廷からの信任を篤《あつ》くしているとの京都藩邸からの報も重なり、藩主の進発の是非そのものを問う議論は消えていった。

一方、藩主から上洛の手筈《てはず》を任された昇は、解決しなければならない多くの現実的な問題に直面した。

最初の問題は、上洛の供の数と人選と運ぶ武器の問題である。昇は、先行した清左衛門からの情報をもとに、藩主には鉄砲足軽も含めて二百名ほどの軍勢と大砲二門を率いて上洛してもらい、薩摩藩と長州藩の軍勢に加勢すべきだと主張し、藩主もこの案に意欲を示した。

また、藩主が出馬する限りは、主だった執政たちも供奉《ぐぶ》すべきだということになり、針尾家老以下、中老、旗本元締、側用人らが供に加わり、無論、藩主の親衛隊である二十騎馬副《にじゅっきばぞえ》も駕籠廻りをかためるということになった。これに荷駄人足も加わると、総勢で三百名を超えた。これが当初の案である。

しかし、藩の財政を預かる家老の大村太左衛門が勘定方に調べさせた結果、藩の蔵には、これだけの大人数を京まで上らせ滞在させる金がないことがわかった。様々な形で民に課している年貢、物成《ものなり》、冥加金、運上金なども限界に達し、藩士からの借上げも嵩《かさ》んでいる。そのため、藩主の他、藩士三十名に駕籠担ぎの小者や荷駄の人足二十名ほどを加えるのが精一杯であり、これ以上に供の数を増やすのは無理だと太左衛門は言うのである。

結局、ない袖は振れず、随伴する者は、筆頭家老針尾九左衛門と浅田進五郎、同横山雄左衛門、新しく中老に就いた稲田東馬、側用人一瀬伴左衛門、同井石忠兵衛、同楠本勘四郎らの執政に加えて、藩主の親衛隊二十騎馬副の十人、小姓組二人、典医北野道春、各執政個人の従卒者に鉄砲足軽と駕籠担ぎなど二十名が加わって計四十名、さらに荷駄人足を加えると合計で六十名ということになった。留守方の筆頭は、稲田中衛家老である。また、家老ら上級藩士と典医以外の藩士は鉄砲を携行することにした。

ただ、藩の金庫にある資金は少ないために、出立時の手元金は最小限に抑え、大坂の藩邸で金を補充することにして、直ちに大坂藩邸と京都藩邸に報せた。

実は、このことを手紙で知らされた大坂藩邸の留守居野沢半七は頭を抱えた。日頃から、大村の産物を買い入れている商人たちに借金を申し入れたが、世の中が騒然としたときであり、商人たちも先が見通せないとして借金の申し出に応じようとしなかったからである。

さらに清左衛門からは、弾薬不足が深刻で薩摩藩から融通してもらっているが、大村藩として独立した作戦行動をとるためにも自前の弾薬が必要だとの催促があった。だが、新しく弾薬を買い入れる余力はなく、藩の弾薬庫の在庫を持参することにしたが、留守中の藩の防御に支障が出る恐れもあり、この事実については緘口令《かんこうれい》が敷かれた。

次の問題は宿所である。

藩主が上洛しても、禁門の変で焼失する前の藩邸であれば余裕はあったが、現在の京都仮藩邸では藩主の居場所さえなく、ましてや供奉衆を収容する余裕もないのである。そこで、京都藩邸の留守居大村右衛門が探したところ、御所の中立売《なかだちうり》御門から西に延びた通り沿いに、滞在を許してくれる寺が見つかった。

早速、清左衛門ら大村兵がこれまでの今川道正庵の屯所を引き払い、この寺に先に入り、藩主を迎える準備をすることになったのである。ただ、宿所の決定の報せは、大村を進発するまでに届かず、見切りで上洛の途につかざるをえなかった。

次は足、つまりどのような手段と道筋を使って上洛するかという問題である。昇は最初に、薩摩藩に藩所有の動力船を出してもらうことを考えた。これは同盟の約束の一つであり、そうすれば大人数を短期間で運ぶことができるので、旅費の節約にもなるからである。

そこで昇は、自分で長崎の薩摩藩邸に行き、五代才助（友厚）に相談した。

「丁度、海事方軍務役の松方助左衛門（正義）殿がみえているゆえ、直《ぢか》に相談なさるのがよかろう」と五代は言って、松方に引き合わせた。しかし松方は、

「お力になれず、心苦しく存ずるが、藩の汽船は一隻を除けば、すべて江戸と摂海（大坂）に出払っています」との返事である。理由を聞くと、

「もし、幕府との間に戦が始まれば、幕府の兵員、兵糧、武器弾薬が大坂に運び込まれることを阻まねばなりません。また、万が一、わが藩が負けて退却する事態になれば、江戸、大坂で藩士や家族を拾って、鹿児島に戻らねばなりませぬ」と言うのである。

「では、その残る一隻は如何であろうか」

「拙者が乗って来た春日丸は長崎に停泊していますが、これより博多に回航し、そこで大宰府の三条実美卿らの赦免と復位の宣旨を待ち、宣旨が下され次第、卿らを大坂までお運びすることになっています。これは、西郷からの厳重な命令でありますので、曲げられませぬ」

「困りました」

と昇が落胆した顔を見せると、松方は、

「弊藩の古くなった汽船を宇和島藩が買うことになり、宇和島に回航する前に長崎で修理しているところです。宇和島への引き渡しの前に、これを尊藩で使うことならできます。無論、操船は弊藩の仕官と水主《かこ》が行います。この船は豊瑞《ほうずい》丸と申しますが、汽船とはいえ、もともとは

荷物の運搬に使う船で、まともな船室もなく十名も乗れませぬ。ただ力は強く、もう一隻大村侯御一行がお乗りになる船を御用意なされれば、これを曳航《えいこう》して外洋にも出ることができます」

と提案してくれたのである。

昇は、早速大村藩の長崎藩邸に行き、手分けして探したところ、越前藩の富有丸《ふゆう》という木造の洋式帆船が越前三国の物産を上海に運び長崎に寄港しているが、帰りの積荷に空きがあるために積荷を募集中であることがわかった。しかも、表向きは越前藩船であるが、実際は三国港の豪商内田惣右衛門の持ち船で、乗る者が誰であろうと文句は言わないという点も都合がよかった。また、大坂に寄ることにも難色を示さないという。

昇が、早速検分に行くと、二本マストで、長さ二十二間弱（約三十九メートル）、幅四間強（約八メートル）、排水量二百七トンの堂々とした船で、大砲は一門であるが、御座船としては申し分ないものである。昇は船長と談判し、すぐに手付金を払い、こうして上洛の足が確保されたのである。

残る問題は、藩主が、毎年正月に長崎奉行に挨拶に行くことが恒例になっている点であるが、脚気と称して代理を遣《や》ることにした。大政奉還が行われたとの報せも来ており、長崎奉行所も今まで通りの権限を維持できるかわからない。しかし、長崎奉行に上洛のことが知られれば、反幕府の意思表明をしたのも同然である。そこで、当面秘密裏に動くこととして、豊瑞丸と富有丸を大村に回航して、大村から乗ることにしたのである。

【四】藩主進発

こうして大村藩主一行は、十二月二十八日に大村の本町の波止から豊瑞丸に曳航される富有丸に乗り込み、上洛の途についた。

いくつかの不確定なこともあったが、出立の三日前に京都の藩邸から王政復古の大号令が発せられた旨の報せが届いていたため、藩主一行はこれを吉報だと喜び、不安が吹き飛んだような思いで船に乗り込んだのである。

藩主は、出発の前日、上洛組と居残り組の主だった者を玖島城の本丸大広間に集めて、壮行の席を設けた。

「此度《こたび》の上洛は、我らが藩の勤王の旗印を高々と掲げるものである。過日の王政復古の号令により徳川の世は終わりを告げたとはいえ、なおも旧に戻さんとする勢力もあると聞く。此度の上洛が戦場《いくさば》になり、我らと国元に残る者とは、あるいは三途《さんず》の川で相まみえることになるかもしれぬが、武士として恥じることのなきよう、心せよ」

と藩主は訓示し、出陣の古式に則り、「打ちアワビ」「かち栗」「昆布」を皆の前で食べ、「エイ、エイ、オーッ」の勝鬨《かちどき》で締めたのである。

一方昇は、藩主の命で一足早く、二十二日に大村を出ていた。用務は、針尾と並ぶ筆頭家老に就任した浅田進五郎（千葉之助）を正使として長州藩主毛利敬親《たかちか》に藩主大村純熈の親書を奉呈し、また、木戸孝允（桂小五郎）や広沢兵助（真臣）ら長州藩の執政と、大村藩主の上洛に合わせた長州藩軍と大村藩軍の協力体制を確認することである。さらに長州から兵庫に向かい、藩主を迎えて京に上り、藩主の天機伺い、可能なら天顔拝謁の準備、ならびに西郷らの薩摩藩軍首脳と大村藩軍の処遇と共同作戦について話し合うことが次の用務であった。

このような使命を帯びて浅田家老と昇が長州の山口に到着したのが一月一日であった。二日に山口藩庁を訪れ、事務方を通して毛利侯に大村からの親書を奉呈すると、毛利侯の用人で先の奇兵隊総督の滝弥太郎がすぐに応接に当たった。

「殿へは確かに御親書をお届け申し、殿からは大村侯に謝意を申し述べるよう、御言葉と受け書をいただきましたが、殿におかれては正月の行事も立て込み、御貴殿らを謁見できるのは二日後になるとのことです。それまでは、どうか御ゆるりとお過ごしくだされ」

と滝は言った。昇は浅田家老と顔を見合わせたが、浅田家老が「御言葉に甘えるか」と言いたそうな顔をしたので機先を制した。

「毛利侯にはありがたき御言葉を賜りましたが、我らは急ぎ兵庫に行き、上洛する殿を待つことになっております。それゆえ、毛利侯への拝謁は御遠慮申し上げ、明朝、出立いたしたく存じます。毛利侯にはよしなにお伝えくだされ。つきましては、殿自らが兵を率いて上洛しているところでありますので、尊藩の軍勢と共に動くこともあろうかと存じ、軍事役の木戸様か広沢様に御挨拶申し上げたく存じます」

「そういうことであれば、明朝までに殿の返書を用意し、木戸の許にすぐにご案内いたします」

と滝は言って、昇らを木戸の執務室に案内した。そこには広沢もいた。たまたま、藩主への正月の挨拶行事で、二人が揃って山口に出て来ていたという。

昇が木戸と久闊《きゅうかつ》を交わした後、大村藩の状況を話した。

「それは上々。わが軍の上洛の先鋒が伏見に入り、後詰の本隊が西宮で待機している。多分に今頃は、先鋒が入京しているのではないかと存ずるが、大村侯の御出陣については、西宮に急使を立てて、報せておこう」と、木戸は言った。

「わが藩の兵と薩摩の兵は西郷殿の指揮の下、一体で動くことになっているゆえ、西郷殿にも報せるように申し添えておきましょう」と、広沢も付け加えた。

「お主とは久しぶりゆえ、今晩酒宴を設けようぞ。先だっての長崎での紛議を収めてくれた礼もしたい」

と木戸が昇に言ったが、昇は急いでいる事情を話した。

「拙者らは、明朝早いうちに、下関か上関かの瀬戸内の港に行き、兵庫に向かう船に乗ることにいたします」

「然様《さよう》なことであれば、引き留めもできまい。では、馬と兵を付けるゆえ、早駆けで三田尻まで行けば、途中まで藩船が送ってくれよう」

と木戸は言い、三日の朝、毛利敬親侯から大村侯への返書も用意され、護衛の兵を付けて浅田家老と昇を送り出したのである。

昇らは四日の午前中に三田尻に到着すると、木戸の命令書を現地の指揮官に渡した。

「わが軍が尾道に陣を張っており、明朝、物資を運ぶ船を出します。とりあえず、そこまでは貴殿らをお送りできます」

とその指揮官は言い、便宜を図ってくれた。

昇らが長州藩の船で尾道に到着したのは六日の夕刻であった。上陸するとすぐに長州藩の本陣に案内された。指揮官は、昇とも親交がある杉孫七郎（徳輔《とくすけ》）である。

「渡辺君、丁度よかった。京で薩摩の軍とわが軍が幕府軍と衝突したとの一報が京より来たばかりだ」と杉は言い、

「こうなれば幕府方に遠慮はいらぬ。近日中に福山を攻めるつもりだが、観戦に参らぬか」

と聞くのである。

「昇よ。このような、またとない機会は逃すべきではなかろう。拙者は、福山の戦いを観てみたい」

と、横で聞いていた浅田家老が言った。

「御家老。我らの役目は殿を兵庫でお迎えし、京にお連れすることで御座います。すでに、殿の船はここの沖あたりを兵庫に向かって通過しているはず。我らも急がねば、兵庫で殿をお迎

えすることはできませぬ」

昇はそう言って浅田家老の福山行きを断念させ、杉に兵庫までの船の手配を頼んだ。

「渡辺君。そういう事情であれば引き留めぬが、姫路あたりから先は幕府の軍船が五月蠅《うるさ》い。薩摩か長州の船と思えば、臨検、拿捕、さらには砲撃も辞さない構えじゃ。西宮の本隊への補給も海路は難しい。大村侯の船がそのようなことにならねばよいのだが、貴殿らも、海路はくれぐれも注意なされ」と杉は言った。

翌朝昇らは、尾道港から兵庫まで長州藩の補給船で送られたが、結局、昇らが兵庫に着いたのは十日であり、藩主が乗った富有丸の兵庫到着よりも二日遅れになったのである。ちなみに、杉が指揮して攻めようとした福山藩は石高十二万石で、譜代大名の阿部氏が治めている。老中主座として安政の改革を断行し、幕末の名君といわれた阿部正弘は第七代の藩主である。

福山は毛利や芸州への抑えの要衝であり、福山藩は二度の長州征討に出兵し、長州とは敵対関係にある。この時、杉が率いる長州藩軍は一月九日に福山への攻撃を開始するが、福山藩が新政府への恭順の意を示したため、杉は軍を引き揚げさせることになる。

ところで、藩主大村純熈の一行も、兵庫に辿り着くまでに思わぬ出来事があり、順風満帆の旅とは言えなかった。まず一行は、十二月二十八日に大村の本町の波止から豊瑞丸に曳航される富有丸に乗り込んで大村を出立したが、富有丸の乗組員は汽船に曳航される際の操船に慣れておらず、ましてや冬の玄界灘を航行するからには、藩主の身に何か予期せぬ事故が起こるかもしれないと皆が心配した。

結局、針尾家老の裁量で、藩主に、家老横山雄左衛門、楠本勘四郎、典医北野道春、小姓二人、従卒五名、さらに駕籠担ぎの足軽六人を付けて、川棚から陸路を辿ることにした。川棚は大村の北方六里（約二十五キロメートル）であり、落ち合う場所は、下関の南、彦島の福浦とした。駕籠は二挺《ちょう》を用意して富有丸に積み込んでいるが、一挺は、三万石大名としての格式をもって入京し御所に参内するための駕籠である。もう一挺は小さな用向きのもので家老なども使うが、担ぎ手の数も少なく済むのでこちらを陸路用に船から下ろした。

藩主一行の陸行は、川棚から伊万里、唐津、糸島、黒崎を経て、彦島に至る海岸沿いの道を辿ったが、藩主自らが上洛することは伏せねばならない。とくに、道中には譜代の唐津藩があり用心しなければならなかった。そこで藩主は、「大村藩家老横山雄左衛門」と名乗り、宿所も本陣を使わず、また、本来大名が他藩領を通る際はその藩の藩主、あるいは城代家老に挨拶するのが仕来りだが、それも省いたのである。こうして予定よりも早く一月三日には黒崎に着いたが、彦島に渡る船を探すと、乗って来た駕籠が邪魔になった。

「御駕籠は富有丸に積んでいる一挺で十分かと思われます」

と横山家老は藩主に進言し、藩主も了としたのでこれを大村に帰すことになった。

丁度その相談をしているとき、筑前福岡藩の黒崎番所に「大村藩家老横山雄左衛門が脇本陣に宿泊」する旨を届け出た勘四郎が、十二月二十五日の江戸の薩摩藩邸の焼き討ち事件と幕府と薩摩が開戦必至の状況にあるとの報があったと聞き込んできたのである。

「これは容易ならぬ事態じゃ。我らの上洛も急がねばならぬが、国元にも早々に報せねばならぬ。楠本、其方《そなた》はこれより大村に戻り、異変に備えるようにと報せるのじゃ。とくに、長崎奉行所の動きには目を離すではないぞ」

と藩主は命じ、勘四郎は駕籠と共に大村に帰ることになったのである。

藩主一行は翌朝、黒崎から彦島の福浦に船で渡ったが、豊瑞丸と富有丸が福浦に着いたのは五日未明であった。玄界灘の波風が強く、伊万里で風待ちをしたということであった。

「先を急がねば開戦に間に合わぬ」として、すぐさま藩主は富有丸に乗り込み、その日のうちに出航。幸い幕府の艦船にも邪魔されず、八日夕刻に兵庫に到着したのである。

【五】椿事《ちんじ》

藩主一行は兵庫港で富有丸を下船せずに、長州に派遣した浅田家老と昇の到着、さらに大坂の藩邸からの使いを待った。

というのも富有丸の船頭に船代を払えば手元資金が底を尽き、上洛しようにも動けないというのが実情であった。幸い、豊瑞丸の運航に関わる諸経費は薩摩藩が手当てする約束であったのでこちらの負担はなかったが、いずれにせよ、大坂大村藩邸が持参することになっている金が生命線という情けない事態に陥っていたのである。

それにしても、この夜、大坂方面の火の手は収まることはなかった。無論、まさか慶喜がこの日に大坂を脱出して、江戸に向かったとは知る由もなかった。

翌九日の昼過ぎ、大坂藩邸から留守居の野沢半七が探索方の中村鉄弥を連れて兵庫に来た。五百両を何とか工面したというので、藩主も執政らも安堵の顔を見せた。野沢らは、鳥羽伏見の戦いの状況や、幕府軍の大坂での動きを詳しく話し、藩主らは思っていた以上に新政府軍が一方的な勝利を収めたことに驚くと同時に喜んだ。

さらに中村は、大坂にいる幕府の軍勢が統率の取れない事態になっていることも報告した。

「我ももそっと早く上洛しておれば、戦に間に合ったかもしれぬ。これで戦が終わるのであれば、大村から出てきた甲斐がないではないか」

藩主は焦ったように言った。

その後、夕刻までに、富有丸から藩主の駕籠だけを下ろし、藩主と執政たちと小姓、さらに護衛につく二十騎馬副の一部だけが、宿所となった脇本陣に移った。ただ、大村から運んできた武器弾薬やその他の荷駄の運び出しは翌日の作業に回した。

しかしこの頃には、大坂方面の火の手に新たな黒煙が加わり、まるで大坂全体が火に包まれているかのような様相が見て取れるようになった。それは大坂城の炎上によるものであったが、まだ詳しい情報は兵庫まで届いていなかった。この火は夜中も続き、朝になって大坂城の火災だとわかったのである。

翌十日の昼過ぎ、浅田家老と昇が兵庫に着き、すぐに宿所で藩主に拝謁し復命した。藩主は、毛利侯の返書を読んだ後、二人に労《ねぎら》いの言葉をかけた。

翌日の昼過ぎ、大村藩の一行は兵庫を出た。当初は、早朝に出立し、神戸の居留地の北側を通り、西宮へ抜け、そこから昆陽《こや》宿（伊丹）か瀬川宿（箕面）あたりまで行き、次の日に京に入るという計画であった。

当時、兵庫から六甲山中を抜けて西国街道に入る西国往還付替《つけかえ》道が幕府により開削されていた。文久二年（一八六二）に横浜で起きた生麦事件と同様の事態を避けるために、兵庫から西宮に向かう大名行列を迂回させるためである。しかしこの道では、半日ほど余計な時間がかかる。そこで大村藩では、居留地のそばを通る道を選んだのである。

ところが、西宮自体が幕府の直轄であり、周りは譜代大名の尼崎藩が領有している。さらに西国街道の途中の高槻あたりも譜代大名の永井氏であり、いかに幕府側が敗れたとはいえ、西国街道を無事に辿ることができるか不安である。

そこで、中村鉄弥ら数人の藩士を前日から先遣させ状況を調べさせたのであるが、兵庫に戻って来たのが十一日の昼前である。その偵察の情報をもとにこの日は西宮まで進み、翌十二日に一気に京まで駆け上がることにした。このようなことで、大村藩の行列が兵庫を出たのが昼を大きく過ぎた頃となったのである。

ところが三宮神社にさしかかる前で、行列の前を遮《さえぎ》るように、外国の兵十名ほどが銃剣を付けた銃口を一斉にこちらに向けて立ちはだかったのである。「何事か」と、大村藩側の一行は、やはり手にした銃を水平にして藩主の駕籠を取り巻くようにして立ち並び、睨み合った。大村の侍は長崎で外国の兵を見慣れているため慌てることはなかったが、やはり尋常ではない。

ほどなくその中から、金モールを肩章にした一人が通詞（通訳）らしい者を連れて前に出てきた。このような場合、応接役の昇が応対に当たることになっているため、昇が列の先頭に出た。中村鉄弥も後ろに控えている。

昇は金モールの兵と背丈は変わりなく、体躯は昇の方が頑強に見える。昇の経験では、金モールの兵はフランス兵で将校であると思われ、意外に若い。

「貴殿らはどこの藩で御座いますか」

金モールの兵の尋ねるままに、通詞らしい者が日本語で聞いた。

「肥前大村藩だ」と昇が答えると通詞が、

「何用で、ここを通るのでしょうか」と聞いてきた。

「藩主侯を擁して京に上るところだが、ここは公道ではないか」と昇は答えた。

通詞は「しばし、お待ちください」と言って、金モールの兵の方に寄って何事かを話しかけ、その兵が通詞に話すと通詞が昇の前に戻って来た。

「総督に確かめるゆえ、しばしこちらでお待ちください」

と通詞は言い、外国兵たちは銃を構えたままで、このうちの二人が居留地内の方面に駆けていった。この二人が戻るのに、四半刻（三十分）ほどかかったが、戻った兵が金モールの兵に何事かを伝えると、その兵が通詞を呼んだ。何事かを通詞と話して、通詞が昇のところに来て言った。

「どうぞ、お通り下さい。大村藩については総督も御存知であり、通しても構わないということで御座いました」と言った。

「公道で大名行列を遮るのが御法度だとは其方も知っていると思うが、ここで外国兵とことを荒立てたくはない。先を急ぐゆえ、通る」

と昇は言い、行列の先頭に進むように促し、昇自身は油断なく刀に手を置いて行列が通り過ぎるまで立っていた。しかしその後も、街道沿いに外国兵が部隊単位で要所を固めて物々しく行列を見ているため、足を止めることも難しい。そのまま、灘の南の岩屋の立場《たてば》茶屋まで進み、やっと休憩をとることになった。

この間昇は、二十騎馬副の面々と共に藩主の駕籠脇を固めて歩き、椿事《ちんじ》に備えた。藩主から「何事か」と問われたが、「定かではありませぬが、何か騒動があったのではないかと思われます」と答えるのが精一杯であった。事実この日、大村藩の一行が通過する直前、居留地を巡って大騒動が起きていたのである。これが神戸事件であり、まさか昇が大きく関わることになるとは、昇自身も思ってもいなかった。

　昼過ぎに兵庫を出立した大村藩主の一行四十数名と荷駄人足の行列は西宮まで進み、そこで本陣といくつかの宿に分けて泊まることになった。当初、西宮から西国街道に入り、昆陽宿（伊丹）か瀬川宿（箕面）まで進めば、次の日は京都に入ることが容易になったはずだが、三宮で思わぬ邪魔が入った。

　そうでなくとも鳥羽伏見の戦いが終わったばかりで、街道筋は殺気立ち、進むにも慎重にならざるを得なかった。実際、西宮に到着すると、幕府直轄であった宿場が鳥羽伏見の戦いの後の混乱状態にあり、藩主が泊まる本陣でさえ、決まるまで待たされたのである。

　こうした騒ぎも収まり、昇は本陣の隣の宿に泊まることになって、久しぶりに風呂を浴びようとして湯船に入った。しかし、まだ体が温まらないところに、本陣に泊まる針尾家老から「急ぎ来るように」との呼出しがあった。

　昇が本陣に出向くと、玄関脇の八畳ほどの部屋に通された。そこでは、二人の見知らぬ侍を針尾家老と側用人の一瀬伴左衛門と井石忠兵衛が応対していた。

　昇の入室を待って針尾家老が、「これが応接役の渡辺昇で御座る」と二人の侍に昇を紹介し、

「こちらは伊予大洲《おおず》藩の御用人松本半平殿と磯田政右衛門殿じゃ」と昇に言い、

「渡辺昇で御座います」と昇も自己紹介した。

「初にお目にかかります。貴殿の剣の御高名は、江戸に詰めていた折、度々耳にし、また勤王

の志の高い御仁であるとも聞いております」と松本が言った。

昇は、褒めてくれたことに礼を言うように辞儀をし、

「拙者に何か御用で御座いますか」と聞いた。

「貴殿の剣の腕とお志を見込んでお願いしたい儀が御座います」

と、磯田が話し始めた。

【六】神戸事件

大洲藩では、幕府の直轄地であった西宮の警護に当たるように朝命が下り、急ぎ京都藩邸から人手を出し、警護に当たってきた。前年末までは譜代の尼崎藩が幕府の直轄地経営を支えていたが、鳥羽伏見の戦いで尼崎藩も西宮から手を引いたからである。ところが、西宮の警護に大洲藩だけでは手が回らず、備前岡山藩が交代することになった。

この日（十一日）の昼過ぎ、岡山藩の藩士と人足ら五百名近くの隊が大砲を引きながら三宮神社前を過ぎようとしたところで、フランス兵数名が行列の前を横切ろうとした。岡山藩側がこれを遮ろうとしたところでもみ合いとなり、弾みでフランス兵を傷つけ、その後、鉄砲の撃ち合いに発展した。ただ、この銃撃戦では双方に負傷者は出ていない。しかし、岡山藩が戦線

を収めたにもかかわらず、外国側は追撃の兵を出してきて一時は西宮近くまで迫ってきた。

今は、兵庫に戻ったということだが、外国軍の暴虐無礼な動きは見逃せない。大洲、岡山、大村の連合軍で兵庫の外国軍を撃破したい。このことを大村藩に掛け合い、とくに勤王の士としての名が知られた昇に助力を求めることになった。幕府が消滅した今、兵庫の外国軍に対抗するには、大洲、岡山、大村が協力するしかない。

以上が、大洲藩の二人が大村藩主の泊まる本陣を訪れ、昇を呼び出した理由であった。

昇は、松本らの話を聞いて、大村藩の一行が居留地の北を通りかかったのは、この最初の衝突が収まった直後で、行列を遮ったフランス兵の行動の背景がわかったのである。

「本日、弊藩の行列を外国兵が邪魔したわけがわかり申した。されど、外国軍との交戦は重大事で御座います。朝廷から命が下れば、我らも一戦を交えるにいささかも怯《ひる》むことはいたしませぬが、朝命がなくば、徒《いたずら》に外国勢とことを構えるは決して日本のためになりませぬ。自国民の命とか権益が侵されることをもって他国を占拠する理由とするのは、外国勢の常套手段です。これは、中国の香港、あるいは上海の例をもってしても明らかです。貴奴《きやつ》らは日本に食い込もうと、虎視《こし》眈々《たんたん》と狙う豺狼《さいろう》の如きもの。挑発に乗ってはなりませぬ」と昇は諭《さと》した。

昇の言うことを聞いて、松本は磯田と顔を見合わせた。

「岡山藩がなされた外国兵への処置は当然で御座るが、外国勢はことさらことを荒立てようとしております。これを耐えよと申されるか」と、松本は悔しそうな顔をした。

「然様《さよう》です。ここは朝命を待って処しなければならぬと存じます」

大洲藩の二人は諦めたように帰ったが、ほどなく次の問題が持ち込まれた。それは、藩主一行を乗せた富有丸を曳航してきた豊瑞丸が、兵庫で外国勢に拿捕されたという報せである。このことが、大洲藩が相談してきた岡山藩の神戸での事件と関わりがあるとは報せを受けた時点ではわからなかったが、やがて日本の将来を左右する大問題になる。

岡山藩とフランス兵との諍《いさか》いが銃撃戦に発展し、この騒ぎがたまたま兵庫居留地の視察に来ていた各国の公使がいるところで起き、銃弾が飛んできたのである。公使団のなかでも強硬な姿勢で知られるイギリス公使ハリー・パークスは、兵庫に集まるイギリス、フランス、アメリカの軍の出動を要請し、西宮に進もうとする岡山藩軍を追撃し、居留地の自国民保護という名目で居留地一帯を占拠するという騒動になった。その余波が、船舶拿捕事件であった。

この日、イギリス、フランス、アメリカの公使らは、オランダ、イタリア、プロシアの公使も集めて協議し、紛争の損害に対する担保を取るために、兵庫港に停泊していた日本の各藩所有の蒸気船の拿捕を決めた。そして、実際に各国の兵が乗り込んで、久留米藩、越前藩、大村藩（実際は宇和島藩）、福岡藩の蒸気船を拿捕したのである。

しかも、単に拿捕といっても、外国兵たちは船の内燃機関を破壊し、金庫にある金銭を略奪し、乗組員には食事も与えないなど、実態は破壊と略奪であった。

豊瑞丸が拿捕されたとの報せを受けた大村藩の執政たちは、早速対応策を練って、藩主に進言した。その内容は、豊瑞丸の所有は宇和島藩にあるが、運航は薩摩藩が行ってきており、また、兵庫港に入る際に船に掲げた旗印は大村藩のものである。したがって、宇和島、薩摩の両藩とも連絡を取りながら返還の交渉を進めねばならないが、両藩の代表は兵庫にいないために、とりあえず大村藩が外国勢の前面に出て交渉する。この交渉には、豊瑞丸と富有丸の借用の手配を進めた昇を出すというものである。

この進言を受けた藩主は、本当は昇を休ませたかった。自分の上洛に関わる一切の準備をし、また長州にも遣いし、合流したと思ったら、次の難題が持ち上がったのである。しかし、他に、この問題を解決できる適任者がいるわけではなかった。

「大儀だが、薩摩侯と宇和島侯に儂《わし》の顔が立つよう計らってくれ。手勢を率いて行くがよい」

「畏《かしこ》まりました。されど、手勢を率いても、相手を構えさせるだけで御座います。また、少々の手勢で勝てる相手では御座いませぬ。よって、拙者ともう一人を副使に付けていただき、二人で交渉して参ります」と昇は答え、許された。

副使には、長崎で英語を学んだこともある福坂幸蔵を指名した。

宿に戻ると、野沢半七、中村鉄弥、長岡治三郎など、勤王党の面々が心配し、「お主を護って我らも行く」と言ったが、昇は、

「外国の奴らも、理屈がわからぬ相手ではなかろう。大勢で押し掛ければ、却って硬化するだけだ」と言い、同志たちの同行を断ったのである。

翌十二日、藩主一行は京を目指して西国街道を上り、その日のうちに大山崎までは進むということで早出となった。これに合わせて昇も福坂を連れて西宮を出て兵庫に向かった。藩主が泊まった本陣で聞いた情報では、西国街道は兵庫に入る前の砂川（現、生田川）の手前に外国勢が砲台を築いて通行を止めているため、居留地の関門にまでたどり着くことさえできないということだった。

昇と福坂は、とりあえず豊瑞丸がどのような状況に置かれているかを探ることにした。そのために、海岸に近い浜街道を下り、深江村という浜で漁から帰ったばかりの漁師を舟ごと雇って、豊瑞丸の傍に漕ぎ寄せた。

豊瑞丸は、拿捕されたらしい四艘の船の中では最も小型で、漕ぎ寄せた小舟から昇が立ち上がって甲板を覗くと、船員たちが一か所にかたまって数枚のケトル（毛布）と蓆《むしろ》にくるまって寒さを凌いでいた。見張りはいないが、一町ほど離れたところに停泊している大型船の甲板から、数名の外国兵らしい者がこちらを見ていた。

「拙者は、大村藩の渡辺昇だ。すぐに助けるが、何か欲しいものはないか」

昇が船員たちに声をかけると、以前長崎で会った船長が船べりに寄って来た。

「渡辺様。昨日から何も食べておりませぬ。水も要ります。機関も壊されましたので、船を動かすこともできず、難儀しております」

「それはひどい。これより戻って、とりあえず水と食い物を持ってくるゆえ、待っておれ」

こう言って昇は浜に戻った。戻る途中漁師に相談すると、兵庫港が開港されて生まれた新しい商売で、小舟で蕎麦《そば》や握り飯や餅を売る漁師仲間がいるという。そこに連れて行ってもらい、近所の同業者にも声をかけて、あるだけの握りと餅を竹皮に小分けして用意した。そして、再び豊瑞丸に漕ぎ寄せて、竹皮に包んだ食い物と竹筒の水を甲板に投げ入れたのである。

こうして豊瑞丸の船員の急場を何とか凌ぎ、外国勢との交渉をすることにした。多分、他の船でも同じ状況下にあると思われるので、解決を急ぐ必要があった。

昇と福坂はこの日の宿を求めて、西国街道沿いの打出陣屋（現、芦屋市）に行った。前日、藩主一行と西宮に向かう途中でこの宿に気付いていた。

宿の玄関の土間で昇らが足を洗っていると、後ろから声がかかった。

「もしや、渡辺君ではありませぬか」

昇が振り向くと、長州藩の遠藤謹助がいた。

「これは、遠藤殿。このような所で会うのも奇遇」と昇は言うが、遠藤は、

「いやいや、貴殿こそ、ここで何用で御座るか」と尋ねた。

昇は下関で、イギリス留学から帰ったばかりの遠藤を伊藤俊輔（博文）に紹介され覚えていた。年齢は、昇より二歳ほど年上のはずである。

昇は知らなかったが、打出陣屋は長州藩とは深いつながりがあり、「陣屋」という名も長州軍が付けた名であった。また、かつて禁門の変の折は長州藩の軍事拠点ともなり、さらに前年、

長州軍の軍船が芸州藩の船に曳航されて上洛の途についたとき、上陸して最初に宿営を張った場所でもあった。そのために、今もなお長州軍の一部が駐留し、遠藤がいるのも偶然ではなかったのである。

第十八章　新しい時代へ

【一】アーネスト・サトウ

慶応四年（一八六八）一月十三日早朝、昇は西国街道を西へ神戸の外国人居留地に向かっていた。連れは、大村藩の福坂幸蔵、長州藩の遠藤謹助と南八郎である。

前日、昇と福坂が西国街道打出陣屋の宿に入るところで、遠藤らと出会った。昇は、拿捕された宇和島藩の船が、実は薩摩藩が間に入って大村藩で借りたものであることを説明した。

「貴殿は外国語が達者で御座ろう。拙者が兵庫の外国勢と交渉し、拿捕された船を解放するのに、力を貸していただけぬか」

と昇は遠藤に頼んだ。遠藤が長州藩からイギリスに留学生として派遣されていたことを知っていたからである。

しかし、実は遠藤は、前々日に発生した岡山藩と外国兵の間の紛議が外交問題に発展したため、その問題を解決し、また拿捕された船の解放のために、京の新政府における外国事務取《とり》調掛《しらべがかり》（後の外務省）として居留地に赴《おもむ》くところであった。

この外国事務取調掛は、筆頭参与（後の外務卿）が東久世通禧《ひがしくぜみちとみ》卿、次席参与が薩摩藩家老岩下方平《みちひら》で、その下に、長州藩の遠藤と伊藤（博文）、薩摩藩の吉井友実と寺島陶蔵（宗則）

が任命されたばかりであった。

船出したばかりの新政府にとって、最初の外交事案が神戸の衝突事件であり、外国との紛争は何としても避けねばならない重大事であった。また、外国貿易の運上金（関税）の確保も歳入財源を探している新政府にとっては喫緊の課題であった。

このような背景のもとで、前日に伊藤、吉井、寺島が神戸に行き、少し遅れて遠藤が出向くところで昇に会ったというのである。これを聞いた昇にとっては、まさに、渡りに舟であった。

「居留地の中に入って、外国勢の代表に談判したい」と、昇は遠藤に言った。

「拙者も京から命じられていますので同行しますが、そのためには、まず腰の大小を外すことを約束していただかねば交渉は始まりませぬ」と、遠藤は昇に言った。

外国の外交官も兵隊も商人も、佩刀《はいとう》した侍を極度に警戒し、傍に近づくことさえ怖がるということは昇もよく知っている。

「然様《さよう》なれば、刀は福坂に預けることにいたそう」

と、昇も大小の佩刀を差さずに交渉に当たることを約束した。

「居留地にはイギリス公使の秘書兼通詞のアーネスト・サトウというイギリス人が赴任しています。アーネストは邦語が堪能で、物分かりも良い御仁ですので、まずはこの御仁に会うことといたしましょう」

「『サトウ』殿も、やはりヒコ殿と同じく、漂流して帰ってきた御仁ですか」

ヒコとはジョゼフ・ヒコで、本名は浜田彦蔵という。播磨出身で、嘉永四年（一八五一）、乗り組んだ船が紀州沖で難破し、米国の商船に救助され、その後米国籍を取得し、九年ぶりに日本に戻り、米駐日公使タウンゼント・ハリスの下で通訳となった。昇は、ヒコのことを長崎の大村藩邸で聞いて知っていた。

「いいえ、サトウは本名です。本人は、日本名に変えたのかとよく聞かれて困ると言っていますが、日本人には親切です」

このような話をしているうちに、昇ら四人は生田神社の手前の砂川にかかる橋に陣取る外国兵の陣地に着いた。そして、そこを指揮する士官と交渉し、昇も遠藤も丸腰で中に入ることを許された。ただし二人だけである。

外国兵が前後に付いて、居留地の関門を潜り、建設中の領事集会所に連れていかれた。その一室にアーネスト・サトウとフランスとオランダの領事館員がいたが、サトウは一等書記官で、三人のうちでは一番に地位が高いと説明を受けた。遠藤とサトウは仲が良いようで、最初に握手を交わし、早速、昇を紹介し交渉に入った。

「貴殿らが拿捕した船の一隻は、大村藩が宇和島藩から借りたものである。何故《なにゆえ》、岡山藩と関係のない藩の船を拿捕するのか」と昇は尋ねた。

「そのことは、昨日、薩摩藩の吉井と寺島が来て、説明してくれた。しかし、船の拿捕は、我々に対する岡山藩の攻撃による損害を補償する政府がこの国にはないことによるものだ。以前であれば、大君（徳川幕府）が責任を取ったが、今は内戦状態である。したがって、われわれも自分の身は自分で守るほかはない。適切に損害を補償する政府ができれば、船を解放する」

サトウは流暢な日本語でそう答えた。

「幕府は消滅し、今は朝廷が国の政府になった」と遠藤は言った。

「われわれは、まだ正式に知らされていない。昨日の吉井殿の話では、明日か明後日かに、京都の外国事務取調掛の頭《かしら》がここに来るということだが、新しい政府ができ、条約を交わすまでは解放交渉に応じることはできない」と、サトウは昇らとの交渉を撥《は》ねつけた。

「わかった。朝廷には、早々に、条約の交渉に入るように伝える」と遠藤は言い、昇も、

「拙者からも、そちらの言い分を京の政府に伝えるが、そのことと、拿捕した船員に食事も与えず、船内の機関や金品を略奪することとは別だ。これは許せない。早く船員に食事を与えてくれ。また、略奪は取り締まってくれ」と、強く抗議した。

「食事については、すぐに対応する。略奪については承知していないが、事実かどうかを調べる」とサトウは約束したのである。

その後、遠藤は、伊藤、吉井、寺島らの同役と合流して、翌日来るという東久世卿らを迎える準備をしなければならないと言い、兵庫宿の本陣に向かった。

昇はその日、居留地関門の近くに宿をとり、大久保利通に手紙を書いて、兵庫の事情を詳しく報せ、早く外国勢との条約交渉に臨み、外国勢に中立を保たせ、新政府が国際的に承認を受

けるようにしなければならないと進言したのである。

昇が宿で大久保宛に手紙を書いていると、拿捕された久留米藩と福岡藩の船の船長という二人が昇を訪ねて宿に来た。

「船の解放の交渉で居留地に行ったが、邦語を話せる外国人が、お前たちはこちらの話を理解できないようだ。先程、大村藩の渡辺昇殿が交渉に来たが、渡辺殿はよく理解してくれた。細かい話は渡辺殿に聞いてくれ、と言って、無理やり追い出された」と二人は言うのである。

「多分、相手はサトウ殿だろうが、貴殿らは、何を話したのですか」

「船を返してくれねば、ここで腹を切るしかないと言いました」

と久留米藩船の船長が答えた。

「そのような話は外国人には通用しませぬ。切腹など迷惑だと思われ、追い出されたのです。数日中に京から外国事務取調掛の代表が来て交渉するでしょうから、それまでは待つしかありませぬ。拙者も待つつもりですが、くれぐれも、短慮で早まったことをしないようにせねば、交渉に悪い影響を及ぼすかもしれませぬ」

昇は、彼らに自重を約束させて帰したのである。

翌十四日、サトウが言っていた通り、新政府の外国事務取調掛の長である東久世通禧卿が岩下方平、片野十郎（長州）、陸奥陽之助（宗光、紀州）を伴って、大坂から船で兵庫に入った。そこで、先遣の吉井、寺島、遠藤、伊藤と合流し、外交交渉団が形成された。

このことは直ちにサトウに伝えられ、イギリス公使ハリー・パークスの決定で、神戸運上所(関税事務所。旧幕府海軍操練所)で、翌十五日正午から外交交渉が行われることとなった。パークス公使の指示で、フランス、オランダ、プロシア、イタリア、アメリカの公使らには事後通知であったが、フランスは幕府を政治と軍事で支援し、新政府を各国が承認しないように画策していたために、同国のレオン・ロッシュ公使は不満を爆発させた。しかし、他の国が会議に参加することになり、フランスも参加せざるを得なかった。

会議の主要議題は、新政府の国際的承認、神戸事件での岡山藩の処罰と補償、拿捕された船舶の解放であったが、新政府にとっては、もう一つ重要な議題があった。それは関税である。

新政府は、歳入の確保のためにも、函館、神奈川(横浜)、兵庫(神戸)、長崎での関税を徴収する権利を幕府から引き継ぐことを外国勢に認めてもらう必要があった。またその際、日本にとって不利な従量税(貿易品の重量をもとに課税する方式)を従価税(貿易品の価格をもとに課税する方式)に変える交渉を進める必要があると、寺島、伊藤、遠藤、陸奥らの若手は考えていた。従量税は、日本からの主要な輸出品である生糸の貿易には極めて不利であったからである。なぜなら、生糸は価格は高いが、極めて軽量だからである。

しかし、老獪《ろうかい》なパークス公使の議事進行で、新政府と明治天皇の元首としての地位についての承認は得られたが、関税徴収については、横浜も函館も幕府支配下にあるために、新政府の軍事的展開次第ということになった。そこで新政府は、長崎と兵庫の支配権の確保を急ぎ、また軍を東進させ、支配権を全国に及ぼすことが必須となったが、従量税を従価税に変えることなど、議事の片隅にも出ることはなかった。

さらに神戸事件については、外国勢からは責任者の厳正な処罰と怪我した外国兵への補償が求められた。新政府側は死人が出たわけでないことから、責任者の処罰も穏便な形を主張したが、事件に巻き込まれたパークス公使ら外国の代表団の主張は強硬であり、結局、新政府側は解決を急ぐために、責任者を切腹させることで決着したのである。

【二】大村純熈の面目

サトウが言ったように、東久世卿ら新政府代表と各国公使団との会合後、豊瑞丸は十六日に解放された。しかし、船の内燃機関は破壊され、備品も略奪されて動かせる状態ではなかった。宇和島藩に返すまでは大村藩の預かりとなっているが、昇も豊瑞丸の船長も手の打ちようもなかった。

昇は兵庫の新政府側代表部まで出向き、

「サトウ殿を通して外国公使団に賠償を要求したい」と遠藤と伊藤に相談すると、

「船が返還されただけでも儲けものだ」と言い、二人とも相手にしてくれない。

昇が困っていると、岩下が、

「もとは薩摩藩の船で、大村藩に貸したとはいえ、宇和島藩に渡すまでは薩摩に責任がある」

と言い、二月から新政府に仕えるために大坂に出て来た五代才助（友厚）に命じて豊瑞丸の処分方法を検討させることになった。五代は、姫路藩が動力洋船を探していることを聞きつけ、「修繕は姫路藩が行い、その上で宇和島藩に返すまで無償で貸し付ける」という約束を取り付けてきた。渡りに舟の思いで昇は承諾し、豊瑞丸の件はやっと昇の手を離れたのである。

後日談だが、姫路藩では修繕に数千両も掛かり、高い買物をしたと悔やんだという。しかし、姫路藩は幕府の大老や老中も出す酒井家が藩主であり、一時は幕府方に兵を送り朝敵にされそうになったところで許され、代わりに同じ幕府側の高松藩を攻めるための出兵を新政府から要求された。そのために、渡海して軍を出す必要があったが、船の手当てが間に合わず、薩摩藩の五代から悪条件を承知で豊瑞丸を借りたというのである。

こうして、豊瑞丸の件は昇の手を離れた。また神戸事件で、岡山藩の謝罪と処罰について外国勢が了承したのが二十日で、翌二十一日に、昇らは東久世卿や岩下と一緒の船で兵庫から大坂に渡り、さらに京まで同行したのである。

昇らが兵庫で豊瑞丸拿捕事件の処理に追われている頃、藩主の一行は十二日に西国街道の大山崎宿の本陣に泊まり、十三日に入京して、かねて宿舎として借りることを決めていた大超寺（当時は西陣にあり、現在は岩倉に移る）に入った。

大村藩京都藩邸留守居の大村右衛門は藩主を迎えるために大山崎まで行こうとしたが、衣冠を正して十三日朝に御所に上がるようにとの朝廷からの達示があり、「何事か」と訝《いぶか》しみながらも御所に参内した。すると、新政府議定の中山忠能《ただやす》卿から天皇の名で、大村藩主に感状が下賜されたのである。理由は、渡辺清左衛門が大津に出兵し、近江口からの幕府軍の京都進出を阻止し、これが新政府側の勝利につながる一因となったというのである。

一月三日に西郷隆盛の指示を受けて、清左衛門は大村藩兵五十名だけで大津宿に下り、ここを固めた。そのため、この夜大津から京に入ろうとした幕府陸軍砲兵隊は入京を諦め、その結果、新政府軍は背後を衝かれることなく、鳥羽伏見の戦いで勝利を収めたのである。

西郷が背後に危機感を抱き、大津布陣の命をいくつかの藩に発したが、これを受けた藩のうち大村藩だけが大津出兵に応じた。この際、それまでは薩摩藩軍の陰に隠れていた大村藩の存在を公表し、朝廷からの出陣の勅命も大村藩主に対するものとなり、大津へも大村藩の五木瓜《いつもっこ》紋《もん》の旗印を初めて掲げて進んだ。四日になって、彦根、阿波、佐土原、備前の各藩の軍が加わり、大津の新政府軍は増強されたが、それまで大村藩だけで大津宿を守ったのである。

五日には、越前小浜藩の軍勢三百名余が幕府側の小浜藩本隊に合流するために大津を通過して京に入ろうとした際も、清左衛門は「我らは朝命でここを守っている。もし、無理に通るのであれば、朝敵になることを覚悟の上で、我らを討ち破って通られよ」と言い、あくまでも死守する姿勢を見せたために、小浜藩軍は諦めて国元に引き返したのである。

六日には、やがて東海道鎮撫《ちんぶ》総督に任命される参与の橋本実梁《さねやな》卿と、同じく参与で副総督になる柳原前光《さきみつ》卿が大津を訪れて、清左衛門を謁見して働きを賞した。このとき二人は、清左衛門の知略や人柄を頼もしく思い、これが三職会議総裁の有栖川《ありすがわの》宮熾仁《みやたるひと》親王や議定らにも報告された。とくに橋本卿は、東海道鎮撫総督に就任するに当たり、大津の守備隊に錦旗二旒《りゅう》を与え東征の先鋒とすることにし、さらに朝廷から大村藩に感状が下されたのである。

右衛門は、入京してきた藩主にこのことを真っ先に報告したところ、当然、藩主は喜んだ。清左衛門が率いる大村兵が今度の戦でどの程度の働きをしたのか、また自分の上洛が遅過ぎたのではないかということを藩主は非常に気にしていたからである。

十四日、藩主は入京の届けを朝廷に出し、上々の機嫌で王政復古から鳥羽伏見の戦いに至る京の情勢を右衛門から聞いた。また、清左衛門を大津の陣から呼び寄せ、「苦労であった」と声をかけ、さらに京都藩邸の人員補強のために江戸藩邸から呼び寄せた江戸留守居の中尾静摩らも加えて、久方ぶりの君臣交えての小宴を設けたのである。

翌十五日は、伺いを立てていた天皇拝謁の許しが出たので藩主が参内し、感状下賜の礼を奏上し、天皇からも「これからも励め」との言葉を賜った。

その後、藩主は有栖川宮親王など、新政府枢要への挨拶を終え、大久保とも会った。大久保は、大村藩の兵の派遣と清左衛門の活躍は幕府に対する勝利の要因の一つで、自分も西郷も大村侯に感謝していると言い、爾後《じご》の協力も頼んだ。

「これより、東征の軍を進めねばなりませぬが、大村侯には引き続き、渡辺（清左衛門）殿の率いる尊藩の兵の参戦をお認めいただきたく存じます」

「無論のこと。政《まつりごと》の権を徳川から取り戻し、天皇の世が安泰となるまでは、如何なる助力も惜しまぬ所存じゃ」

と藩主は約束し、引き連れてきた兵を清左衛門の下に残すつもりであると言った。

こうして清左衛門には、大村から率いてきた者のうち、長岡治三郎を軍監として十数名が配下に加えられ、また江戸藩邸から京都藩邸に応援に来た者から五名が加わったので、清左衛門の部隊は七十名近くに増えたのである。

清左衛門は二日だけ京にとどまり、新しく加わった部隊員を連れて大津に戻り、到着するなり大村部隊全員を前に藩主の訓示を代読し、東征に備えて覚悟を新たにすることを隊員に促した。そして十八日早朝、大村部隊は大津に集まった岡山藩、彦根藩、佐土原藩の部隊と共に東征軍先鋒として出陣していったのである。

一方、外国事務取調掛の東久世卿らに兵庫から同行し、二十二日に京に入った昇は、すぐに藩主に復命し、豊瑞丸の一件が決着したことを述べた。

「苦労をかけた。大村に帰着した後、其方《そなた》と清左衛門には褒美を遣わす。楽しみにしておれ」

と藩主は昇に言った。実は前日、藩主は針尾家老らと相談し、昇と清左衛門について、家禄の加増と中老に相当する役職に就けることでまとまっていたのである。

「忝《かたじけな》く、存じます」と昇は言い、深く、頭を下げた。

ところが、鳥羽伏見の戦いに勝利した後も、新政府の課題は山積し、その一部は大村藩にも影響し、昇に息つく暇を与えなかった。

王政復古後の慶応三年十二月九日に立ち上がった総裁、議定、参与の三職として、総裁の有《あり》栖川《すがわの》宮熾仁《みやたるひと》親王、議定の仁和寺宮嘉彰《にんなじのみやよしあき》（後、小松宮彰仁《あきひと》）親王ら三職創設時の十人に加えて、三条実美卿、岩倉具視卿（参与から昇格）、伊達宗城、細川護久《もりひさ》なども加わり、やがて五十人の体制となる。さらに、参与に西郷隆盛や大久保利通など、軍事や事務を束ねる実力者が名を連ねるが、慶応四年一月九日には三条卿と岩倉卿が副総裁となった。

新政府は、その発足後の最初の外交問題となった神戸事件を教訓にして、早急に実務的な組織体制を整備する必要に迫られた。そこで一月十七日に、神祇《じんぎ》事務科（総督は中山忠能《ただやす》卿ら四人）、内国事務科（総督は正親町三条実愛《おおぎまちさんじょうさねなる》卿ら五人）、外国事務科（総督は三条実美卿ら五人）、海陸軍務科（総督は仁和寺宮嘉彰親王ら三人）、会計事務科（総督は岩倉卿ら五人）、刑法事務科（総督は長谷信篤《ながたにのぶあつ》卿ら二人）、制度寮（総督は万里小路博房《までのこうじひろふさ》卿ら二人）の六科一寮の政府組織を創設したのである。

この慌ただしい動きの中の一月二十三日、神戸事件の収束を任された参与の東久世通禧《ひがしくぜみちとみ》卿と同じく参与の薩摩藩家老岩下方平から新政府総裁、副総裁、議定らは神戸事件の顛末の報告を受けた。その中で、外国代表団に幕府に代わる新政府を承認させると同時に、新政府が長崎を放置すれば、兵庫港と同じく港の管理権も関税徴収権も不在のまま、外国勢に牛耳られる恐れがあるとの上申を受けた。

そこで新政府は、長崎についても管理権を早々に発動させることにして、白羽の矢を立てたのが大村藩主大村純熙である。純熙は、新政府樹立に大きな功績があり、しかも、長崎を幕府の命を受けて長年にわたって警護してきたので、長崎の経営を任せるには最適の人材であり、至急帰国させ、鎮撫に当たらせることが肝要であるという判断を新政府がしたものと思われる。

【三】長崎奉行の脱出

一月二十三日の夜、新政府から「大村丹後守純熙へ」として、「明朝、参内するように」との達示が来た。

藩主をはじめ、皆は「何事か」といろいろと心当たりを探ったが、昇には見当がついた。

「東久世卿に随行して京に上る間に御下問がありましたが、多分に、長崎の処置についての殿への御下命ではないかと存じます」

「そのような大事を殿の頭越しに話し合うなど、怪しからぬ」

と針尾家老らは言ったが、昇は、

「拙者は、東久世卿に問われるまま、長崎の事情をお話し申し上げただけです」と答えた。

　翌二十四日、藩主に家老の針尾と中老の稲田東馬が随行して参内すると、総裁の有栖川宮親王、議定の小松宮彰仁《あきひと》（仁和寺宮嘉彰《よしあき》改め）親王、さらに議定の三条実美卿と参与の東久世卿、さらに参与の岩倉具視卿と大久保も加わって、「朝命である」として、「直ちに、大村純熈を長崎表《おもて》に派し、鎮撫を命ず」というのである。

　この朝命伝達の後、三条卿が藩主に歩み寄ってきた。

「大村さんには大宰府では世話になりました。渡辺（昇）さんを通してでありますが、あなたさんの好意が嬉しく、また心強く存じました。改めて、礼を申します」

と三条は言い、藩主は「畏れ入ることであります」と畏《かしこ》まったのである。

　実は、このような決定がなされる十日ほど前、長崎では異変が起きていた。慶応四年（一八六八）一月十五日、第百二十四代長崎奉行河津伊豆守祐邦《すけくに》は、イギリス商船アトリン号に乗り込み、江戸に向けて長崎を発った、というより、逃げ出したのである。

　二月に、長崎奉行所に代わって長崎裁判所が設立されるまでの間、長崎奉行支配組頭の中台信太郎が奉行並の扱いで職を執ることになるが、徳川幕府が任命した長崎奉行としては、河津奉行が最後であった。

　河津奉行が鳥羽伏見の戦いでの幕府側敗北の報せを受け取ったのは一月十日である。すぐに江戸帰還を決意し、江戸から来た奉行所の配下や家族に内意を告げて備えさせ、そのうえで、十三日になって福岡藩長崎藩邸聞役《ききやく》の粟田《あわた》貢《みつぐ》を奉行所に呼び、後事の相談をした。福岡藩と佐賀藩が隔年で長崎の警護に当たるという、寛永十九年（一六四二）以来続いた制度が、元治元年（一八六四）に一旦廃止され、それが復活したばかりで、このとき福岡藩が当番であったからである。

粟田は、河津奉行から受けた相談が福岡藩だけで対応できるものではないと判断し、相役の佐賀藩聞役にも声をかけ、さらに薩摩藩聞役松方助左衛門（正義）や土佐藩聞役佐々木三四郎（高行）も呼んだ。さすがに河津奉行は、幕府に敵対した薩土両藩の代表を呼ぶことをためったが、粟田は、新しい政府がどのようなものであれ、幕府の敵方である両藩の協力を得ない限り、河津奉行が江戸に去った後の長崎の治安を維持できないと主張したからである。

「御奉行の江戸御帰還については、引き止めたり、拘束したりはしませぬが、突然に御不在となれば長崎の混乱は避けられませぬ」

と松方と佐々木の両名は言い、事前の周知と後を託す者に引き継ぎをしてから去るように求めた。そこで河津奉行は、奉行所の管理や市中警護を譜代の島原藩と警護当番の福岡藩に任せ、事務についても正式の引き継ぎを行うと約束した。また、奉行所に保管されている金子《きんす》、蔵米、武器、調度、裁判記録などは、私物を除いて置いていくことで合意した。

ところが、これらについて、河津奉行は「承知した」と言ったが、実際には、西奉行所を立山奉行所に引っ越すと称し、引っ越し作業のどさくさに紛れて当座の金子や武器や調度品の類をアトリン号に積み込み、江戸から派遣された役人、兵、家族、家来、女中、下僕も乗り込ませた。そのうえで、西奉行所の公儀の書類は福岡藩と佐賀藩に引き渡し、アトリン号への乗り込みと同時に河津奉行が東上したとの布告が出されて、十五日の早朝に江戸を目指して慌ただしく出港したのである。

河津奉行が船に乗り込み、布告まで出されたとの報せを受けて、後を任された福岡藩、佐賀藩、島原藩、さらに薩摩藩や土佐藩に大村藩も加えて、各藩の留守居や聞役らが十四日の夜中に西奉行所に集まり、奉行所にいる地役人らも交えて徹夜して当面の対応を協議した。

実はこのとき、長崎市内には不穏な動きがあった。長崎奉行所が擁する三百人ほどの遊撃隊の存在である。

遊撃隊は、元治元年に一旦廃止された福岡藩と佐賀藩の隔年交代での長崎警護の穴を埋めるために、当時の長崎奉行の服部常純と朝比奈昌広の肝煎りで創設された。地役人の次男や三男、長崎に流れてきた浪士などが中心で、当然に佐幕的な傾向があり、当初百名程度の集団だったが次第に数を増やしてきていた。服部奉行に求められて昇の従弟の梅沢武平も剣術指南をしたことがある。

河津奉行の東奔により、遊撃隊は主を失った形になったものの、長崎奉行所は残っているので、地役人と協力して自分たちで長崎奉行所を支配下に置こうとした。そこで、西奉行所がもぬけの殻になった機に乗っ取ろうとして遊撃隊が押し寄せてきたのである。

これに対して、河津奉行がアトリン号に移るや否や、土佐藩の佐々木が海援隊の壮士を率いて西奉行所に乗り込んで遊撃隊の占拠を阻んだ。両者でしばらく睨み合いが続いたが、薩摩藩の松方が間に入り、遊撃隊の身が立つ処遇を約束して引き揚げさせ、各藩聞役たちと地役人たちとの協議が円滑に始められるように地ならしをした。

この協議で、まず長崎奉行職の正式の引き継ぎがないままであったので、地役人筆頭である長崎奉行支配組頭の中台信太郎を奉行並とし、残った地役人や遊撃隊員の手当てとして、五千石の米と金子六千両を用意して安心させることにした。これにより遊撃隊も納得し、暴発は止められた。その上で、

(一) 長崎の政治向きのことは、地役人と長崎に藩邸を構える諸藩の代表が相談して決めること。
(二) 政治以外のことはこれまで通りとすること。
(三) 西奉行所は長崎会議所と改めること。
(四) 立山の長崎奉行所は、新政府からの沙汰があるまで福岡藩が預かること。
(五) 以上のことを長崎会議所の名で新政府に伝達すること。

という五つを、とりあえず決めたのである。

早速、十五日の正午に皆が立山の奉行所に集まり、奉行所内の金子、備品、蔵米、書類等の点検をして福岡藩に引き渡し、今後、いかなる紛議があろうとも、天皇の世のために尽くすとの誓約を結び、このことを市内数か所の制札場で布告した。その上で、長崎の人心を落ち着かせるために、町方に五千石の米を渡し、市民へ配給することにしたのである。

これらの長崎での一連の出来事が大村に伝えられたのは、十五日の夕刻であった。この日、楠本勘四郎が、藩主大村純熈の駕籠だけを運んで大村に帰った。上洛する藩主一行と大村を船で発ったのが十二月二十八日であり、途中、冬の玄海灘を船で航行する危険を避けて、藩主を船から降ろし、共に陸路を辿って黒崎に着いたのが一月三日であった。

黒崎で、江戸の薩摩藩邸焼き討ちの報を聞き、幕府と薩摩の戦が近いと判断した藩主が、このことを国元に報せ、椿事《ちんじ》に備えるように勘四郎に大村に帰ることを命じたのである。ただ、上洛を急ぐ藩主にとって駕籠は邪魔であり、勘四郎にこれを持ち帰ることも命じた。

こうして勘四郎は、四日に黒崎で藩主を見送り、そのまま藩主の駕籠を人足に担がせて大村への帰路についたのであるが、これが意外に手間取った。空の駕籠とはいえ、担ぎ手として与えられた人数は四名で、交代もないために、休み休みに進まざるを得なかった。

また、空の駕籠が長崎街道沿いの先々で怪しまれ、関所で事情を吟味された。勘四郎は藩主の上洛の事実を他藩に知られないようにしなければならず、あくまでも駕籠が大村藩家老横山雄左衛門の乗り物で、大坂に出向く家老を黒崎まで送り届けた帰りであると申告して、関所をである。
通してもらう有様であった。そのために、通常は四日ほどの行程が、倍以上の日数を要したの

勘四郎が十五日の昼遅く大村に帰着し、留守家老の稲田中衛に復命した。稲田家老は「疲れたろう。殿の御様子なども聞きたいが、話は明日にして、今日は屋敷でゆっくりせよ」と言ったので、屋敷に戻った。ところが、勘四郎が家族と夕餉をとっているところに稲田家老本人が訪れた。勘四郎は驚いて、「何事で御座いますか」と聞いた。

「長崎で、とんでもないことが起きた」と稲田家老は言い、

「先程、河津奉行の江戸帰還の報せが長崎から届いた。長崎藩邸からは、長崎の処置を他藩と話し合わねばならぬゆえ、応接役を寄こしてくれと言ってきておる。無論、ここは藩として早急に動かねばならぬが、応接役の昇と(長岡)治三郎は京に出ているうえ、大村に残っておる者で代わりが務まりそうな者はお主をおいて他には見当たらぬ。大儀じゃが、これより長崎に出向いてくれ」と言ったのである。

勘四郎は、内心、「殿の見立て通りだ」と思ったが、「明朝では間に合いませぬか」と言うと、稲田家老は「お主が疲れていることは承知じゃが、御家の大事じゃ。城から早舟を出すゆえ、時津まで行き、長崎までは駕籠を使え。殿には後ほど申し上げるが、これよりお主は応接役じゃ」と言って、追い立てるように勘四郎に出立の支度をさせたのである。

こうして、十六日早朝、勘四郎は大村藩長崎藩邸に到着した。藩が用意してくれた早舟と駕

籠の中で睡眠をとったので、長旅の疲れも感じなかった。

【四】長崎裁判所

勘四郎は藩邸で留守居からこれまでの経緯と現状を聞いたが、一つだけ容認できないことがあった。それは、立山の長崎奉行所を福岡藩が預かったことである。

無論、新政府の沙汰が下りるまでの措置であるが、大村の領地であった長崎の地は、かつて豊臣秀吉に収奪され、その後、徳川幕府の直轄地になった。しかしこの間も、大村藩は長崎の経営のために多大な負担を強いられてきた。

確かに、福岡藩は佐賀藩と隔年で長崎警護の当番に当たってきたが、通年で兵力を繰り出しているのは大村藩であり、そのために、幕府も大村藩には遠慮して、譜代に近い扱いをしてきた。近年も、長崎総奉行という過去に例のない職を設けて、大村藩主を就任させたほどである。

また福岡藩は、勤王派の弾圧に始まって、大宰府に幽閉された三条実美卿ら五卿を幕府に引き渡そうと画策した経緯もある。したがって、ここは大村藩が長崎奉行所を預かり、新政府からの何らかの沙汰が下りるまで、断じて死守すべきだと勘四郎は思ったのである。

勘四郎がこれを主張する機会はすぐに来た。十八日に長崎会議所の最初の会合が開かれたのである。

この日、会合に集まった藩は、大村藩をはじめ、長崎に藩邸を持つ薩摩藩、土佐藩、広島藩、佐賀藩、柳川藩、熊本藩、福岡藩、平戸藩、五島藩、島原藩、小倉藩など十を超え、急遽、留守居代行を派遣してきた長州藩も含まれた。

この会合に先立って勘四郎は、薩摩藩、長州藩、土佐藩、五島藩、平戸藩の留守居に会い、長崎奉行所の管理を大村藩に任せてもらいたい旨を説き内諾を得たが、とくに、土佐藩の佐々木は福岡藩が気に入らなかった。大宰府で五卿の衛士をしていた土方楠左衛門や故人の中岡慎太郎などから、福岡藩の悪評を聞いていたからである。

長崎会議所の会合で、佐々木が主張した。

「筑前（福岡）殿が立山の奉行所をお預かりなさるのは、幕命により長崎の警護を託されてきたという理由によるものですが、その幕府は消えました。ただ、これまでも筑前殿の兵だけでは足りず、長崎の警護には大村殿の手を借りてきました。大村殿は、これまで、兵二、三百を、毎年長崎警護に繰り出しておりますが、この非常時にまとまった数の兵を出せるのは大村殿しかありませぬ。この際、幕命に関わりなく大村殿にお任せし、他の藩はこれを補佐するという仕組みにするのがよろしいのでは御座いませぬか」

佐々木は十四日の夜、奉行所を占拠しようとした遊撃隊に対し、海援隊を引き連れて対抗し、睨み合いの末についに占拠を諦めさせたばかりで、福岡藩も反論できない。

佐々木の発言を受けて、薩摩藩と長州藩も、

「もし、大村殿がご同意であれば、それがよろしいのではないかと存じます」と賛意を示した。

ここぞとばかり、勘四郎は言った。

「わが藩は、二百五十年の間、長崎有事の際は一番の責任を担って参りました。それゆえ、わが藩主は、常に長崎奉行格としての扱いを受け、理屈からも、わが藩が奉行所の差配に責任を負うべきであります。ただ今、藩主は朝廷の命を受けて京に上り国元を留守にしておりますが、長崎への責任を全うする所存で御座います」

そして、勘四郎が最後に話した「藩主が朝命で京に上っている」というのは、土佐、薩摩、長州および平戸以外の藩にとっては初耳で重みがあり、福岡藩も含めて、いかなる藩も反論できなかった。

こうして、長崎奉行所の管理を福岡藩から大村藩に移すことが決められ、藩兵の駐留は長崎奉行所に残された金と食糧で賄われることが認められた。この決定を受けて、勘四郎は即座に大村に戻った。留守家老の稲田中衛と相談して、長崎警護に要する兵を増員してもらうためである。

勘四郎の話を聞いた稲田家老は、「天晴《あっぱれ》じゃ」と大喜びで、即座に、次席留守家老の大村太左衛門と相談し、太左衛門自身が三百の手勢を引き連れて長崎に向かうことになった。これにより、長崎の大村兵は五百ほどとなり、長崎奉行所を福岡藩から引き継ぎ、長崎の町や港の警

護も行い、二月になって新政府から澤宣嘉《のぶよし》卿が鎮撫使総督となって派遣されてくるまで、奉行所の経営と長崎の治安を維持することになる。

他方京では、新政府は一月二十四日付で大村藩主に対し、長崎の鎮撫に当たることを命じたのであるが、新政府は大村藩に論功行賞を行ったつもりでいたのかもしれない。しかし、この命を受けた針尾家老ら執政たちは困った。

「ありがたいことだが、お公家様は長崎の事情を御存じない。さらにいえば、わが藩には肝心の金がない。すぐに帰国しようとも、自前の船さえもない。お断りするしかない」

と、「朝命返上」を申し出ようとした。

長崎は、福岡藩と佐賀藩が隔年で警護の責任を負ってきている。無論、その間も大村藩は両藩を助けて兵を出してきたが、朝命だといわれても、大村藩が新しい形の領主になることに両藩が簡単に納得するはずもない。さらに、長崎には多くの藩が藩邸や蔵屋敷を置いているが、そのような藩の多くは大村藩よりも大きな藩であり、これらの納得も得る必要がある。

さらに、藩主の上洛の際に出費を賄うだけの金がなく、切り詰めてやっと上洛に漕ぎつけたのであり、大坂藩邸の留守居野沢半七や探索方の中村鉄弥からも、藩主の帰国の費用をどのように工面したらよいか困っていると聞いている。

執政たちは、ともかくも藩主に報告してから「朝命返上」を申し出た。無論、これを聞いた藩主は「折角、新しい世に役立てる機会をいただけるというに、何とかならぬか」と言うのだが、自分でも藩に金がないことはわかっているので、それ以上に執政たちを責めることはできない。このやり取りを傍で聞いていた昇が言った。

「仰せの如く、これは殿の勤王の御志《こころざし》を朝廷にお示しになるまたとない機会で御座いますが、確かに我が藩には金がありませぬゆえ、我が藩のみで長崎鎮撫使をお受けするのは難しいと存じます。されど、もし鎮撫総督を宮様かどなたかに就いていただき、殿がそれを補佐なさるのであれば、九州には勤王に乗り遅れた藩が多く御座いますゆえ、我も我もと合力《ごうりき》を申し出て参るのではないかと存じます」

「昇よ。殿は京に上られたとはいえ、そのようなことを朝廷に向かって仰せ出せるほど御所にお知り合いはおられぬ」

　と針尾家老は言い、他の執政たちも同意というような顔をした。

「昇。どなたか当てがあるのか」

　藩主は、可能であれば昇の提案に乗ってみたいというような口ぶりで聞いた。

「政府の実権は、副総裁の三条卿と岩倉卿、さらに参与の大久保様が握っておられます。生憎とこれまで、拙者は岩倉卿と大久保様には接する機会が御座いませぬが、三条卿には親しくお目にかかっております。明日、三条卿にお会いし、このことをお願いしたいと存じます」

「余は先日、三条卿に初めて拝謁したばかりだが、頼んでみようか」

　と藩主が言ったので、針尾家老らも、

「そのように殿が仰せであれば、行かせてみましょう」

と、あまり期待はしないといった言い方で認めた。

一月二十五日、昇は三条卿へ拝謁の機会を得るために御所に出向いた。しかし、三条卿は御不快で屋敷にいると聞き、その足で三条卿の屋敷に行った。玄関で案内を乞うたが、邸吏に断られた。

「宮は風邪気味で床にお臥《ふ》せになっておられますので、別の日にしてくだされ」

「大村藩の渡辺昇が来たとだけお取り次ぎ願えませぬか」

と昇が言うと、邸吏が「仕方ないな」といった顔をして奥に入り、ほどなく、「お殿様は臥《ふし》所《ど》でお会いになられます」と意外そうな顔をして言い、昇を案内した。

「渡辺昇が訪ねてきた」と三条卿は聞いて、大宰府で世話になったことでもあり、その頃の苦労話を交わすのも一興、多分、藩主の長崎鎮撫使就任の勅命に対する礼を述べに来たのだろうと思い会うことにしたのである。

昇は、久闊《きゅうかつ》と三条卿が京に戻った祝いと鳥羽伏見の戦勝を叙し、病にも関わらず、謁見を許してくれたことに謝意を述べ、用件を述べた。

要は、長崎鎮撫使に大村藩主を任じても、長崎の警護を隔年で務めた佐賀と福岡が納得しないであろうこと、むしろ九州全体の鎮撫総督として、宮家か高位の公家を長崎に遣わしてもらえれば、九州の諸侯は新政府に従順となるはずであり、大村藩主も鎮撫総督の補佐として腕を振るうことができるであろうこと、したがって、大村藩主への朝命を考え直してもらいたいことを述べた。ただ、「大村藩には金がない」とは言えなかった。それだけで三条卿は不安に思い、鎮撫使自体を大藩の大名に指名替えするかもしれないからである。

三条卿は昇の話を聞きながら、大宰府時代の九州の状況を思い起こして、九州諸藩を新政府に糾合するためには重要なことだと思った。

「なるほど。あなたさんが言うことは道理ですな。明日、岩倉（具視）に話してみましょう」と、引き受けてくれた。

そして翌一月二十六日、澤宣嘉《のぶよし》卿を九州鎮撫総督兼長崎裁判所総督に、大村藩主を澤卿の補佐に任ずるとの朝廷の宣旨が下されたのである。

これには、藩主も針尾家老らの執政たちも驚いた。昇の筋書き通りであったからである。藩主は昇を呼び「よくやった」と褒め、針尾家老も「殿も御上洛の甲斐を形にして大村に御帰還なされる。お主の働きは格別じゃ」と言い、他の執政たちも頷いたのである。

【五】凱旋《がいせん》帰国

こうして新政府は、澤宣嘉卿を九州鎮撫総督兼長崎裁判所総督に任命し、その補佐役に大村純熈を指名した。

澤卿は、天保六年（一八三六）に姉小路公遂《あねこうじきんすい》（正二位、権中納言）の五男として生まれ、澤家に養子となった。生粋の闘士派公卿で、文久三年（一八六三）八月十八日の政変で三条実美卿らと共に京を追われた。しかし、大宰府に幽閉された三条卿らとは行動を別にし、平野國臣《くにおみ》らに担がれ、但馬の国生野で挙兵するが（生野の変）、敗れて四国に潜伏した。後、下関に逃れ、王政復古後に京に戻っていた。

澤卿は九州鎮撫総督を歴任し、明治二年に初代外務卿に就任し、外国との不平等条約の改正に尽力するが、三十八歳という短い波乱の人生を終えることになる。

ところで大村純熈は、澤卿に次ぐ長崎裁判所副総督の地位を得たが、藩主一行の帰国の足が確保されていないという問題だけは残っていた。藩主のいない、執政だけの席でこの話が持ち出された。中老の稲田東馬が、

「殿の前で話せば心配なさる。我らだけで何とか解決しなければ、面目が立たぬ」

と言うと、針尾家老と横山家老も「何とかならぬか」と、また昇の顔を見た。

「拙者に心当たりがありますが、少し、お待ちくだされ」

と昇は言い、その日は澤卿の屋敷に藩主の名代で挨拶に行き、その足で三条卿に礼を述べるために、また、思いついた願い事もあって屋敷に向かった。

三条卿は御所に出て留守であったが、土方楠左衛門（久元）に会った。土方は、大宰府で三

条卿らの衛士《えじ》であったことから、新政府でも功労者の一人として一目置かれていたが、昇とは、大宰府時代から肝胆相照らす仲である。

「丁度、よかった。三条卿に頼みたいことがあって参りましたが、土方殿が話してくれれば、一層、話が早い」

と昇は言い、これまでの経緯を話した。そして、

「佐賀藩の船で澤卿を長崎に送り、我らの藩主も随行するように、三条卿から佐賀藩に命を出していただきたいのです」と言った。

佐賀藩は先進的ではあるが、慎重な性格の前藩主鍋島閑叟《かんそう》（斉正《なりまさ》、後、直正）の下、徳川にも朝廷にも与《くみ》せず、そのために大政奉還後の京の政局に追随できなかった。しかし、中央情勢が耳に入る長崎にいた副島種臣や大隈八太郎（重信）、さらに京に出ていた江藤新平らの若手が、藩の動きをもどかしく感じていた。

そこで、現藩主鍋島茂実《もちざね》（後、直大《なおひろ》）を担ぎ上げて鳥羽伏見の戦いの直前に上洛を決め、先遣隊として、一月十一日になって伊万里港から藩船甲子丸《きのえね》で兵を京に上らせたのであるが、兵が到着した頃には戦いの決着はついていた。したがって佐賀藩は、新政府のために貢献して、これまでの遅れを挽回する機会を狙っていたのである。

甲子丸は鉄製のスクリュー蒸気船で、イギリス製。二百四十馬力、五百トン、長さ五十メートル余、備砲八門、三張りの帆のメインマストに二本の副帆という堂々の威容の船である。甲

子丸のことを昇が知ったのは大坂藩邸留守居の野沢半七からである。大村藩と佐賀藩の大坂藩邸同士は近隣藩ということで交流があり、留守居同士も話す機会がある。

留守居の野沢は実際に甲子丸を見に行き、「このような大船がわが藩にあれば苦労はないものを」と嘆いたところ、「いやいや、殿様が慎重居士だと折角の船も宝の持ち腐れです。やっと腰をあげる御決意をなされた殿様を迎えに、月末にも佐賀に戻らねばなりませぬ」と、知り合いの佐賀藩士が言ったことを昇に伝えていたのである。

そこで昇は、佐賀藩に九州鎮撫総督である澤卿を長崎に送らせるように朝命を出してもらい、その際に大村藩主も同乗させてもらうという計画を立てたのである。大村藩から佐賀藩に申し出ても、大村藩の功名を佐賀藩が助けるはずもなく、ここは、朝廷からの命令が必要だと思った昇が三条卿に願い出ようとしたところで土方に会った。

昇は、正直に藩の苦境を土方に話し、土方は三条卿に話すことを約束した。そしてこれが、すぐに現実になったのである。

一月二十七日、藩主純熈が朝命をいただいたお礼を述べに天皇に拝謁を乞い、それが叶い、後で議定の中山忠能卿にも挨拶に回ったところ、佐賀藩の甲子丸で澤総督を送ることになったのでそれに随伴して帰国するようにとの命令が下ったのである。

宿所に帰った藩主は、針尾家老をはじめ執政らを部屋に呼び、その日の出来事を話し、「佐賀藩には借りを作りたくないが、ここは真に『渡りに舟』じゃ」と言って笑った。

「出過ぎたことをしたかと存じましたが、よろしゅうございました」

と昇が言うと、針尾家老が、

「お主は手妻師《てづまし》（手品師）か」

と言ったので、主従共々、大きな笑いに包まれたのである。

こうして、大村藩主と随行の一行は一月二十九日に京を出て帰国の途についたのであるが、無論、九州鎮撫総督の澤卿を守って長崎に同行するというのが名目であった。

また、昇は澤卿の家来と共に、澤卿と藩主ら一行の乗船の準備をするために、前日の二十八日に京を発った。ただ、昇には心残りがあった。一月二十三日に、兄と慕う木戸孝允が出京し、二十五日に総裁局顧問に就任したのである（なお、同職には、一月二十七日に薩摩藩の大久保利通、二月二日に小松帯刀が就任している）。しかし、木戸も忙しいが、昇も多忙であったため、会う時間を持てなかった。二人は正月に山口で会いそれ以来であったが、これから新政府内で重要な役を担うであろう木戸に、是非に会っておきたかった。だが結局、昇は長崎に下る旨の文を長州藩邸の木戸宛てに届けただけで京を出たのである。

澤卿らは、二月一日に大坂の佐賀藩藩邸に到着し、佐賀藩の大歓待を受けて、六日に甲子丸で大坂を出港し、途中、下関で数日を過ごした。

下関では、長州に澤卿が落ちた際、仲が良かった井上聞多（後、馨《かおる》）が総督参謀として乗り込んできたが、これは九州で何か騒動があれば、長州藩も総督を支援するという意思表示でもあった。下関でも長州藩の歓待を受けたのは当然であるが、長州藩は、澤卿が九州鎮撫総督として下向するに当たり失礼がないようにするために、九州の各藩に使いを出して、長崎到着の予定日を報せた。そのため九州の諸藩は、朝廷への恭順の意を示すために、長崎に代表を送ったのである。

こうして、甲子丸が長崎に入港したのは、二月十四日になった。

大村純熈が上洛した際に引き連れた藩士の大半は清左衛門配下の東征軍部隊に割いたため、針尾九左衛門ら、数名の執政たちを連れての長崎帰還となったのだが、大波止の岸壁に集まった大勢の出迎えの群衆の前に、大村太左衛門と楠本勘四郎に率いられた二百を超える大村軍が鉄砲を構えて隊列を組んで整然とならび、ひと際存在感を放っていた。

それが大村藩の兵であることを聞いた澤卿は純熈に、

「大村さんの軍は統率がとれ、頼もしいことでありますな」

と声をかけ、純熈も嬉しそうに、

「総督におかれましては、わが兵をご自分の兵の如く、ご自由にお使いくださいませ」と答えた。

また、澤総督を出迎えた中には、旧長崎奉行配下の遊撃隊（のち、振遠隊）員約百五十名の集団もいた。帰属は決まっていないが、長崎会議所から移管され、今は長崎裁判所の預かりとなっているので、経緯からすれば、澤総督の配下に組み入れられるのが自然であった。

さらに、迎える側には、長崎に藩邸を置く各藩の代表のみならず、外国人居留地の代表や家族、また、予め報せを受けた九州各地の藩代表も加わり、これらを長崎の町の寄り合い代表と長崎市民が取り囲み、盛大な式典になった。

二月一日付で長崎奉行所は長崎裁判所へと名称を変え、澤卿はこの総監も兼務することになったが、本来ならば、新政府が長崎のみならず九州にどのような政治を布くか、集まった皆が、期待と不安の中で澤卿を迎えたはずである。

しかし、同じ船には総督の補佐役として朝廷からの辞令を受けた大村藩主大村純熈が乗船し、今後大村藩が長崎警護の総責任を担うことが正式に通知されていたので、長崎の市民をはじめ迎える者たちには、大きな変化はないという安堵感を与えたのである。

またこの日、大村太左衛門や楠本勘四郎、さらに大村から派遣された兵たちは、藩主の凱旋帰国を高揚感に包まれながら祝ったのであり、長崎裁判所で行われた歓迎会を終えて大村藩邸に入った藩主と家老針尾九左衛門ら執政の一行と共に、万感の思いで、帰還を喜び合ったのである。

ただ、この祝いの席には、昇はいなかった。

【六】大村軍の奮戦

一方、清左衛門に率いられた大村兵は、引き続き大津宿に陣を張っていたが、江戸の大村藩邸にいた藩士や勉学で出府していた書生たちが京に上って合流したり、藩主が上洛した際に率いてきた兵も加わったりして、総数が九十名近くになった。

ただ、これほどの規模になると清左衛門だけでは隊の統制が執れなくなり、隊長清左衛門の下、軍監に長岡治三郎、さらに部隊長と小隊長の任命も行われ、これにより軍隊としての姿がはっきりしてきた。

この大村軍は、一月十八日の朝、新政府軍総督府の命を受けて、岡山藩、佐土原藩、彦根藩と共に大津宿を出発し、東海道を東下して、江戸に向かって東征の途についた。他藩との連合軍であるが、清左衛門の申し出により大村軍は先鋒である。

最初の攻撃先は桑名藩であった。桑名藩主は京都所司代であった松平定敬《さだあき》で、会津藩主で京都守護職であった松平容保《かたもり》と尾張藩前藩主徳川慶勝の実弟である。旧幕府勢力討伐の格好の的とされたのであるが、桑名藩は戦わずして降伏し、新政府軍に城を明け渡した。先陣を担うはずの大村軍は、二十八日に無傷で入城し、この作戦でも清左衛門は感状を賜ったのである。

東征軍はさらに尾張に転じ、東海道、東山道、北陸道の三手に分かれて江戸に向かうことになり、大村軍は、東海道の先遣隊総督橋本実梁《さねやな》卿の下、薩摩、長州、佐土原、尾張、紀州、岡山、津、大洲、熊本の連合軍の一角を担った。

二月十七日に大村軍は、薩摩、長州、佐土原の軍と共に尾張を出て、府中（静岡）を抜けて、二十七日には興津《おきつ》宿に達している。この間、大村から追加派遣された大砲隊を加え、さらに、江戸藩邸から下ってきた十数名の藩士らも加えて、大村軍は百名を超える陣容になった。

同月三十日、清左衛門が率いる大村軍は箱根の関を一番乗りで抜けた。清左衛門は西郷に、「決死の覚悟で箱根の関を占拠するつもりだ」と言って向かったものの、意外にも箱根の関番は清左衛門に抵抗することなく関を明け渡したため、湯本、さらに小田原に下って、後から来た東海道連合軍と合流し、三月三日には大磯に至っている。

さらに、六日には鎌倉建長寺に宿陣し、十二日に鎌倉を出て、十三日に川崎に至った。

この間、総督府からの命令により、清左衛門は、東海道東征軍参謀で長州藩の木梨精一郎と共に横浜のイギリス公使ハリー・パークスに会い、江戸城攻撃に伴う新政府軍傷病兵のために野戦病院の設置と横浜の外国人用の病院の開放を依頼した。

しかし、パークスは申し出を断った。

「降伏の意を表している相手を攻撃することは野蛮人がすることで、これを行えば、欧米の国々の信用を失うことになる、また、現在はっきりとした政府もないので、一方に味方することはできない」と言うのである。

これを聞いた木梨と清左衛門は相談し、木梨は横浜に残り、清左衛門だけが品川に行き、パークスの返答を西郷に伝えた。これを聞いた西郷は衝撃を受けた。このことが、江戸城無血開城を受け入れる西郷の決断の要因の一つになったといわれる。

三月十三日から翌十四日にかけて、西郷は江戸高輪の薩摩藩邸で勝海舟と幕府側が持ち出した講和条件について交渉し、二人の間で、江戸総攻撃の中止、江戸城の無血開城と武器引き渡し、徳川慶喜の処遇などが決められたが、十四日の交渉では、清左衛門も隣の部屋で固唾を呑んで聞いていた。

この話し合いの結果、江戸総攻撃は中止となり、江戸城の無血開城が実現し、四月末には江戸城の収用が完了したが、この間も、清左衛門は西郷の下で動き、大村軍も江戸城の警戒巡視活動に加わった。

だが、江戸城の明け渡しが終わっても、旧幕府勢力は栃木、群馬、茨城、さらには千葉で抵抗したため、これに合わせて清左衛門らが率いる大村軍も新政府軍の一翼を担って転戦し、とくに千葉の八幡、船橋、検見川、さらに五井での衝突では戦果を挙げた。

この頃、大村軍は、江戸藩邸にいた藩士らを加えて百五十名近い規模になっていた。そして、新政府軍が房総半島一円を支配下に置き、この作戦に加わっていた大村軍が江戸に戻ったのは閏《うるう》四月末であった。

さらに大村軍は、五月十五日、上野に陣取った幕府旗本を中心とする彰義隊との戦いにも参戦し、負傷者を出しながらも新政府軍の勝利に貢献した。

その後、五月二十日に、清左衛門は総督府参謀に任命され、入間、青梅、飯能方面で旧幕臣の振武軍を掃討する作戦を指揮し、二十四日に江戸に戻ったのである。

なお東山道を辿った新政府軍は、三月に、甲府で旧新撰組を主体とした軍事勢力（甲陽鎮撫隊）を打ち破り（甲州勝沼の戦い）、また下野足利の梁田宿方面での旧幕府勢力にも勝利して（梁田の戦い）、江戸に入った。

こうして関東一円の戦闘が収まったが、これで東征が一段落したわけではなく、すでに奥羽での戦いは始まったばかりであり、新政府軍にとっても、また大村軍にとっても、新たな苦難が待ち受けていた。

奥羽戦争の発端は、三月二十二日に奥羽鎮撫総督九条道孝卿らの参謀と新政府軍が仙台に到着したことに始まる。最初は、仙台藩も新政府の命令に従って会津藩への攻撃と降伏を説得したが、会津藩は一転、二転して結局は応じず、一方で、奥羽諸藩は連名で会津藩と庄内藩に対する寛容な処置を嘆願していたが、これが拒絶され、さらに庄内藩への攻撃が始まるにつれて態度を硬化させた。

そのなかで、新政府軍下参謀の世良修蔵（長州藩士）の不遜な態度に反感を持った仙台藩と福島藩は、閏四月二十日に世良を捕縛し斬首した。これを皮切りに、新政府軍の指揮官たちを次々と襲い、また、総督と副総督などを監禁する事態に発展したのである。そして、五月六日に、仙台藩の呼びかけで奥羽越列藩同盟が成立した。これは、輪王寺宮公現《りんのうじのみやこうげん》入道親王（のち、北白川能久《よしひさ》親王）を盟主にして、仙台、二本松、米沢、福島、山形、盛岡、新発田、長岡など、奥州、北越の諸藩が参加した軍事同盟であり、新政府軍に対抗する姿勢をみせたのである。

その後、新政府も本格的な軍事投入を開始し、越後から奥州各地に戦線が拡がり、九月二十二日の会津藩の降伏、同二十四日の庄内藩の降伏まで、約五か月にわたる戦争が続いたのである。新政府軍と同盟軍との戦いは、大きく、庄内・秋田戦線、北越戦線、白河戦線、平潟戦線に分けられるとするが、このうち、大村軍は北越戦線を除く、他の三つの戦線に動員された。

まず、五月中、上野、武州、千葉、飯能と転戦して、下旬に江戸に戻った大村軍は、六月に入って、奥州への出兵を命じられた。土佐藩の板垣退助の指揮の下、清左衛門と木梨が参謀となり、十四日に、大村藩、土佐藩、薩摩藩、長州藩、佐土原藩の兵が品川から船に乗り、十六日に磐城平潟港に上陸した。その後、小名浜、泉、平、三春、川俣、二本松、福島、白石、さらに転じて、猪苗代、会津若松へと転戦した。

とくに、平潟攻略（十七日）、泉城陥落（二十八日）、小名浜攻略（二十九日）、磐城平城攻防戦と陥落（七月十三日）、三春攻略（二十六日）、二本松城攻略（二十九日）といった戦闘に参戦し、三春滞陣中には、大村からの兵の補充を受け、二百名を超える規模になっている。この中には、新規の砲兵隊も含まれている。

新政府軍の会津進撃は八月二十日であるが、同日、大村軍も会津軍と初めて交戦し、二十二日には猪苗代に進出した。その後、会津藩主松平容保に同行してきた桑名藩主松平定敬の兵とも交戦し、退けている。

二十三日、大村藩軍は会津若松城大手門の攻撃に加わり、城からの銃撃で戦死者四名、重傷者八名（のち、一名死亡）という損害を被っている。この間も、砲兵隊は砲撃戦に加わっている。会津若松城攻防戦では会津藩側に民間人も含めて三千名近い戦死者が出たとされるが、大村軍側にも相応の損害があったのである。

九月八日には元号が明治に変わり、同十四日に会津若松城の総攻撃が始まった。このとき、大村軍の砲兵隊が砲撃に加わっていたが、他の大村軍は米沢軍来襲との報が届き、迎撃のために猪苗代に転じたため、そこで二十一日に会津藩の降伏を知ることになる。その後大村軍は、会津藩の捕虜の移送を担当し、すべての処置が済んで、東京（七月十七日に「江戸」から改称）に帰還したのは十月末になった。

以上だけでも、大村藩のような三万石に届かない小藩の働きとしては大きなものがあるが、これだけに留まらなかった。

遡ること六月下旬、岩倉具視卿が参議の副島種臣（佐賀藩）を長崎に派遣し、九州鎮撫総督の澤宣嘉卿に兵の増派の打診があった。これに対して、澤卿は旧長崎奉行所の遊撃隊を振遠隊と改名し、三百名を派遣することとし、同時に大村純熈へも同規模の兵を送ること、さらに平戸藩と島原藩にも派兵の命を出し、総計千人規模の増派を決めた。そして、七月二十八日に振遠隊、八月六日に大村藩と島原藩をそれぞれ、イギリスのチャーター船で、さらに平戸藩は自前の船で出羽へ兵を送り出した。

このうち大村藩の軍は、総督を家老の大村右衛門とし、歩兵と砲兵を合わせて三百二十六名になった。これを北伐軍と称し、八月十一日に男鹿半島船川港（秋田〈久保田〉藩）に上陸して、長州藩、佐賀藩、小倉藩、平戸藩、島原藩の兵と合同で角館などを基地にして、庄内・秋田戦線を戦った。

秋田藩は、国学者平田篤胤《あつたね》の影響で勤王思想が浸透しており、奥羽諸藩で奥羽越同盟からいち早く離脱し、羽前新庄藩も続いたため、庄内藩が中心となって同盟軍がこれらを攻撃した。新政府は秋田藩と新庄藩を助けるために出兵したのであるが、大村藩軍もこの戦いに加えられた。ただ、庄内藩は酒井了恒《のりつね》（通称、玄蕃《げんば》）に率いられた強力な軍で、各地で新政府軍を圧倒し、大村軍も苦戦を強いられ、人的な被害も大きかった。とくに、九月の刈和野の戦いでは白兵戦となり、死者九名、戦傷者三十名となった。それでも、二十一日の会津藩の降伏の後、庄内藩も降伏したため、新政府軍は陸路を辿って東京に向かい、十一月十一日に着京したのである。

その後、大村軍のうち、東征軍が十一月三日に東京を出て、東海道を経て、大坂からの船で二十八日に大村に帰着した。また、北伐軍が十二月一日に品川からの船で出立し、八日に大村に帰着した。戊辰戦争で、大村藩は合計五百八十四人の兵を出し、戦死者十八人、戦傷者五十七人という犠牲を出したのである。

一方で、明治二年（一八六九）六月に明治維新の功労者へ賞典禄（恩賞）が下され、鹿児島藩主父子と長州藩主父子に十万石、土佐藩主に四万石、これらに次いで、大村藩主大村純熈は三万石（いずれも永世禄。ただし、七年後に廃止）であったが、それほどに、大村藩の貢献は高く評価されたのである。

エピローグ

慶応四年（一八六八）二月十四日、九州鎮撫総督兼長崎裁判所総督として赴任する澤宣嘉《のぶよし》卿を乗せた佐賀藩船甲子丸は長崎に着いた。この船には新政府により澤卿の補佐を命じられた大村藩主大村純熈と家臣たちも同乗していたが、その中に昇はいなかった。

昇は甲子丸で澤卿らと下関に着いたが、同船が下関に六日ほど停泊することを聞いて、自分はひと足早く陸路で大村に帰った。国元に藩主の帰国を報せ、また長崎での出迎えの準備を指示するためだが、大村に帰るなり昇は原因不明の熱を出し動けなくなった。藩医長与専斎の診《み》立《た》てでは、風邪をこじらせたということであったが、前年十二月から続いた激務からきた過労であることは誰の目にも明らかであり、さすがの剛健な昇も倒れたのである。

一方、純熈は長崎で五日を過ごし、この間、家老の大村太左衛門と楠本勘四郎に澤卿への助力を命じ、自らは大村に帰国し次の日に昇の屋敷を訪れた。藩主が家臣の屋敷を病気見舞いで訪れるというのは異例である。

清左衛門の屋敷と地続きだが、昇の屋敷には庭といえる場所はなく、武芸者らしく野外稽古のための土むき出しの空き地があるだけであるが、昇の留守中も下男の和助夫婦が草刈りを欠かしていなかった。

昇は、殺風景な座敷に敷いた布団に羽織を肩にかけた寝巻姿で座り頻《しき》りに恐縮するが、純熈は「そのままで構わぬ」と言って制し、昇の母サンが淹《い》れた茶を縁側に腰かけて啜《すす》りながら昇に話しかけた。

「其の方が江戸から帰国してこの方、余も休まる暇《いとま》がなかったが、この数年の修羅場を切り抜けられたのは、其の方の働きに拠るところが大だ。礼を申す」

「畏れ多いことで御座います。大村のためというより、日本のために走り回りましたが、殿様にはそれをお咎《とが》めなさることなくお許しいただき、私の方こそお礼を申し上げなければなりませぬ。おかげをもちまして、私の信ずるところを貫くことができました」

「『一縄《ひとなわ》の策』とか申したな」

「御存知でありましたか」

「(稲田)東馬から幾度か聞いた。藁《わら》束に過ぎぬ大村をまとめて細縄にし、それをより大きな縄に撚《よ》り上げ、さらに日本を大縄にまとめ上げてまず幕府を倒し、諸外国に対峙できる国にするということであったが、余も、其の方の信念に乗せられたようじゃな」

「殿様をお乗せするなど、とんでもないことで御座います。どうか、『一縄の策』のことはお忘れくださいませ」

「まあ、よいではないか。余の存念とも合ったゆえ、承知で乗ってきたのじゃ」

「御勘弁ください」

「ワッハッハ」

「畏れ入ります」

「とは申せ、先の騒動では多くの有能な家臣を失った。また、清左衛門らは東征中で、多数の藩士が戦の場で苦労していることを思えば、こうして戯言《ざれごと》を言い合っていることも憚《はばか》られる」

「然様《さよう》で御座います。私も早く病を治し、遠くの地で戦っている大村の兵を助けたく存じます」

「焦りは禁物じゃ。しっかりと養生せよ」

こうして、純熈は城に戻っていった。

江戸での剣術修行から昇が帰国したのが、文久三年（一八六三）二月である。その後、五年で昇は、大村藩という表石高二万八千石ほどの西国の小藩をして、薩摩、長州という、灰汁《あく》の強い大藩の連合体の一角に食い込ませ、徳川幕府の崩壊に直接に手を下すお膳立てをしたのである。逆に、昇がいなければ、大村藩が活躍する場はなかったと言えよう。

また、大村騒動で刑に処せられた者たちの罪は、明治になって解かれた。主義主張の対立が引き起こした悲劇で、正邪の問題ではなかったからである。

【参考】その後の渡辺昇

慶応四年四月（一八六八）　諸郡取調掛（長崎裁判所、後、長崎府）
明治元年十二月（一八六九）　四等官権弁事、刑法官権判事を兼務
明治二年四月（一八六九）　五島へ、富江事件の収拾のために出張
　待詔《たいしょう》局御用掛
　五月　耶蘇宗徒御処置取調掛（待詔局主事）「浦上四番崩れ」対応
　七月　中弁（従五位）
　八月　弾正大忠（明治四年七月、弾正台廃止）
明治三年六月（一八七〇）　九州辺贋札取調御用
※旧福岡藩主脳陣が贋札に関わっていることが判明し、これを擁護し、實典を望む西郷隆盛と政府側から厳罰を下そうとする昇との間に対立が生まれ、二人は決別した。
明治四年七月（一八七一）　盛岡県権知事
　八月　大阪府大参事
　十一月　大阪府権知事

明治十年一月（一八七七）　大阪府知事
明治十三年五月（一八八〇）　元老院議官（六月、従四位）
明治十四年十月（一八八一）　参事院議官（二等官）
※この間、租税関係審議事項を中心とした各種委員会の委員として活動
明治十七年五月（一八八四）　会計検査院長
明治十九年十月（一八八六）　従三位
明治二十年五月（一八八七）　子爵（同年三月より、同十二月まで、欧米視察）
明治二十二年二月（一八八九）　大日本帝国憲法公布（会計検査院を憲法上の機関とする。）
明治二十五年二月（一八九二）　正三位
明治三十一年三月（一八九八）　勲一等旭日大綬章
十二月　会計検査院長依願退職
明治三十七年（一九〇四）　貴族院議員
大正二年十一月（一九一三）　七十五歳で死没

あとがき　～昇《のぼり》との出会い～

琴海（長崎県大村湾）を擁する西国の小藩に生まれた渡辺昇《のぼり》は、剣の修行で江戸に出て、江戸三大道場の一つ、神道無念流《しんとうむねんりゅう》練兵館道場に入門した。そして時を経ずしてその塾頭に就いた。前の塾頭は長州藩の桂小五郎、言わずと知れた明治維新の元勲、木戸孝允《たかよし》である。

この二人は義兄弟の契りを結び、自ずと昇も勤王の志士として尊王攘夷の只中に身を投じた。その活躍は、本書に記した通りである。

昇との出会いは、私が二〇〇八年二月国会の承認を得て、会計検査院の検査官に就任したことにある。第三代会計検査院長が昇であったこと、しかも昇は、創設されて間もない会計検査院を大日本帝国憲法の中に条文として位置付け、それが日本国憲法にも引き継がれ今日に至っていることを知った。

やがて私も、日本国憲法下の第二十九代会計検査院長に任じられ、改めて昇の足跡の偉大さを噛み締めたが、同時に、明治維新の元勲に準じる働きをした昇が、歴史の中に埋もれていることを残念に思った。

そこで史料を調べてみると、意外にも、私が幼い頃に育ち、学生時代を送った長崎の地で様々の接点があることなど興味深いことが次々と見つかった。とりわけ、昇が大佛次郎《おさらぎじろう》の『鞍馬天狗』のモデルの一人と目されていることは、この主人公が、私と同世代の者にとってはまさにヒーローであり、執筆意欲を掻き立てる強い縁《えにし》を感じたのである。

執筆のスタイルは、迷うことなく小説にした。理由は、昇の広い交友関係にある。

小五郎のほかに、高杉晋作、太田市之進、伊藤博文、三条実美、土方楠左衛門、坂本龍馬、中岡慎太郎、西郷隆盛、五代友厚、加藤司書など多彩であり、敵《かたき》役新撰組の近藤勇さえも、昇の若い日の飲み仲間であった。

こうして、昇の実兄清左衛門や、友人楠本勘四郎（正隆）、稲田東馬、長岡治三郎らと歩んだ大村藩内の改革を土台に、明治維新の大河の流れに乗ったモチーフが脳裏をめぐったのである。

また、このモチーフを固めるに当たり、大村の郷土史家の集まりである大村史談会が発表してきた数々の研究成果や、大村市が編纂した市史など、先人の研究を参照したことは言うまでもない。この場を借りてこれらの研究者に謝意と敬意を表したい。

とはいえ、本書を上梓するにあたり、大村、長崎を何度も訪問し、史料を閲覧し、歴史の現場を踏査した。さらに、京都、大阪、下関、山口、萩、福岡、大宰府、佐賀、鹿児島など、物語のゆかりの場所も訪ねた。

その過程で、大村市立歴史資料館の今村明氏ならびに山下和秀氏、さらに大村藩の武芸史を研究した田畑真弓氏（大分大学準教授）ら、多くの人の示唆も得た。また、本書の元になった原稿を連載の形で掲載する場を与えてくれた会計検査院月報の編集スタッフにも感謝している。

また、私の勤務先であった明治大学の附属図書館の豊富な図書と資料の類は執筆にあたっての心強い味方となった。心から感謝したい。

無論、調査と執筆を始めて十五年、持ち出しだけで対価のない道楽としかいえない私の作業を、文句も言わずに支えてくれた妻には感謝しかない。

読者諸賢が本書を通して、幕末期の日本人の鼓動を改めて感じていただければ、私にとって何よりの対価となろう。

最後に、本書の発刊を強く薦め、編集にも情熱を燃やしてくれた文芸社のスタッフ、とくに編集部の原田浩二氏と出版企画部の砂川正臣氏にも感謝したい。

二〇二三年一〇月

筆者

【主要参考文献】

アーネスト・サトウ著／坂田精一訳「一外交官の見た明治維新（上）（下）」岩波文庫、１９６０年
明田鉄男編「幕末維新全殉難者名鑑」新人物往来社１９８６年
池波正太郎著「上意討ち」所収「剣友渡辺昇」新潮文庫、１９８１年
泉三郎著「伊藤博文の青年時代」祥伝社文庫、２０１１年
一番ケ瀬康子・津曲裕次・河尾豊司編「無名の人、石井筆子」ドメス出版、２００４年
井上勲著「王政復古」中公新書、１９９１年
井上清著「西郷隆盛（上）（下）」中公新書、１９７０年
井上清著「日本の歴史⒇明治維新」中公文庫、２００６年
稲富裕和著「幕末の大村騒動と大村藩の動き」大村史談会刊、大村史談　第73号、２０２２年
揖斐高訳注「頼山陽詩選」岩波文庫、２０１２年
今村明著「長崎奉行と大村藩」大村史談会刊、大村史談　第48号、１９９７年
梅田和郎著「松林飯山の思想形成（二）」大村史談会刊、大村史談　第60号、２００９年
浦川和三郎編、岩永四郎著「浦上切支丹史」国書刊行会、１９７３年（復刻版）
大江志乃夫著「木戸孝允」中公新書、１９５８年

大岡昇平著「天誅組」講談社、１９７４年
大久保利謙著「岩倉具視（増補版）」中公新書、１９９０年
大園隆二郎著「大隈重信」西日本新聞社、２００５年
大坪武門著「幕末偉人斎藤弥九郎伝」京橋堂書店、大正七年（１９１８）
大佛次郎著「天皇の世紀⑸⑹⑺⑻⑼」文春文庫、２０１０年
大村市・石井筆子顕彰事業実行委員会編「石井筆子の生涯」２００２年
大村家資料「渡辺昇自傳」大村市歴史資料館所蔵、明治二十一年（１８８８）
大村家資料「新撰士系録」大村市歴史資料館所蔵
大村市教育委員会編「大村の歴史」２００３年
大村市史編さん委員会編「新編大村市史 第三巻 近世編」大村市、２０１５年
大村市史編さん委員会編「新編大村市史 第四巻 近代編」大村市、２０１８年
大村史談会編「九葉實録第五冊」１９９７年
海音寺潮五郎著「西郷隆盛 第六巻」「第七巻」「第八巻」「第九巻」朝日新聞出版、２００８年
片岡弥吉著「浦上四番崩れ」智書房、１９６３年
片岡弥吉著「日本キリシタン殉教史」智書房、２０１０年
川副義敦著「海に火輪を」佐賀新聞社、２０２２年
北島正元著「日本の歴史⒅幕藩制の苦悶」中公文庫、２００６年

木戸公伝記編纂所「松菊木戸公伝」（上）マツノ書店、１９９６年
木村紀八郎著「剣客斎藤弥九郎伝」鳥影社、２００１年
久田松和則著「大村史　琴湖の日月」国書刊行会刊、１９８９年
小島慶三著「戊辰戦争から西南戦争へ」中公新書、１９９６年
小谷超著「幕末屈指の道場開いた斎藤弥九郎」北國文華、２０１２年秋号所収
佐伯泰英著「未だ行ならず（上・下）」双葉文庫、２０１８年
小西四郎著「日本の歴史⒆開国と攘夷」中公文庫、１９７４年
佐々木克著「戊辰戦争」中公新書、１９７７年
佐々木克著「大久保利通」講談社学術文庫、２００４年
志田一夫監修「改訂版 大村史話（上）（下）」大村史談会、１９７７年
司馬遼太郎著「竜馬が行く⑴～⑻」文春文庫、２０１２年
週刊朝日ムック「歴史道、第六号」朝日新聞社、２０１９年
新創社編「京都時代ＭＡＰ、幕末・維新編」光村推古書院刊、２００３年
鈴木康子著「長崎奉行」筑摩選書、２０１２年
成美堂ムック「図解、幕末・維新」成美堂出版、２００９年
清涼院流水著「純忠」ＷＡＶＥ出版、２０１８年
高見米一著「大村物語」大村市郷土研究会、１９５２年

瀧井一博著「伊藤博文」中公新書、２０１０年
田中光顕著「維新風雲回顧録」河出文庫、２０１０年
田畑真弓著「大村藩士渡辺昇と藩校五教館に関する体育史的研究」福岡教育大学、１９９８年
田畑真弓著「幕末を支えた大村藩の武術と藩士たち」大村史談会刊、大村史談　第70号、２０１９年
津曲裕次著「『石井筆子』読本」大空社、２０１６年
津本陽著「幕末御用盗」講談社、２００３年
津本陽著「龍馬（一）（二）（三）（四）（五）」集英社文庫、２００９年
津本陽著「修羅の剣（上）（下）」ＰＨＰ文庫、２００９年
外山幹夫著「長崎奉行」中公新書、１９８８年
外山幹夫著「もう一つの維新史―長崎・大村藩の場合」新潮社、１９９３年
ドナルド・キーン著、角地幸男訳「明治天皇（上）（下）」新潮社、２００１年
内藤一成著「三条実美」中公新書、２０１９年
中尾博一編「維新前後の大村藩略年表（一）（二）（三）」大村史談会、１９７０年３月、１９７１年３月、１９７２年３月
長崎新聞社編「わかる！　和華蘭『新長崎市史』」長崎新聞社、２０１５年
長崎大学（附属図書館幕末・明治期写真データ・ベース）
長野栄俊著「幕末福井藩の洋式船と航海記―一番丸・黒竜丸・富有丸―」福井県文書館研究

紀要18、２０２１年3月
似田達雄著「大村騒動後書き」大村史談会刊、大村史談　第10号、１９７５年
日本近代史研究会編「画報 近代百年史」第二集、国際文化情報社、１９５１年
野口武彦著「長州戦争」中公新書、２００６年
野口武彦著「鳥羽伏見の戦い」中公新書、２０１０年
葉室麟著「蜩ノ記」祥伝社、２０１１年
半藤一利著「幕末史」新潮社、２００８年
菱谷武平著「福田頼蔵の日記抜抄（一）（二）（三）（四）」大村史談会刊、大村史談第11号、１９７６年、同13号、１９７７年、同16号、１９７９年、同17号、１９７９年
深草静雄著「兵庫港における大村藩船の抑留事件」大村史談会刊、大村史談、17号、１９７９年
福島公義著「幕末大村藩新旧勢力争いの渦中に巻き込まれた大村邦三郎の自刃」大村史談会刊、大村史談　第25号、１９８３年
福田八郎著「『慶応三年丁卯日記』に見る「大村騒動」の記録」大村史談会刊、大村史談　第57号、２００６年
藤野保著「大村藩と郷村記」大村史談会刊、大村史談　第16号、１９７９年
藤野保著「大村藩における貢租形態と財政構造（上）（下）」大村史談会刊、大村史談　第50号、１９９９年、同51号、２０００年

松井保男著「大村藩校『五教館』小史」私家版、1990年
松井保男著「人物史の魅力―近代史のなかの大村人」箕箒文庫、2005年
松井保男著「幕末、維新期の渡辺昇（一）（二）（三）」大村史談会刊、大村史談　第15号、1978年、同16号、1979年、同17号、1979年
松井保男著「史料で見る渡辺昇と剣道」大村史談会刊、大村史談　第54号、2003年
松井保男著「東民、渡辺昇のために―資料と文献の紹介」大村史談会刊、大村史談　第56号、2005年
松尾正人著「木戸孝允」吉川弘文館、2007年
村松剛著「醒めた炎（上）（下）」中央公論社、1987年
毛利敏彦著「大久保利通」中公新書、1969年
毛利敏彦著「幕末維新と佐賀藩」中公新書、2008年
盛山隆行著「新出渡辺昇宛書状について」大村史談会刊、大村史談　第57号、2006年
山岡荘八著「高杉晋作（1）（2）（3）」講談社、1986年
山路弥吉著「臺山公事蹟」日清印刷株式会社、大正九年（復刻版、1985年）
吉村昭著「桜田門外ノ変（上）（下）」新潮文庫、1995年
渡辺建著「渡邊昇」自家製作本、2000年
渡辺有一著「大村騒動について（一）（二）」大村史談会刊、大村史談　第1号、1964年、

同第2号、1966年
ローレンスムック「図解幕末・維新年表」総合図書、2008年

著者プロフィール

山浦 久司（やまうら ひさし）

1948年　福岡県生まれ
長崎大学経済学部を卒業し、一橋大学大学院に進み、博士（一橋大学）
千葉大学教授、明治大学教授、会計検査院長等を歴任
明治大学名誉教授、著書多数、瑞宝重光章受勲

琴海《ことうみ》の嵐　―幕末大村藩剣客、渡辺昇《のぼり》伝―

2023年12月15日　初版第１刷発行

著　者　山浦 久司
発行者　瓜谷 綱延
発行所　株式会社文芸社
〒160-0022 東京都新宿区新宿１－10－１
電話 03-5369-3060（代表）
03-5369-2299（販売）

印刷所　株式会社フクイン

ISBN978-4-286-24802-8